Katharina Erfling

Rabenlied
Ewig mein

Rabenlied - Band 1 der Rabentrilogie

Bibliografische Information der Deutschen Nationalbibliothek: Die Deutsche Nationalbibliothek verzeichnet diese Publikation in der Deutschen Nationalbibliografie; detaillierte bibliografische Daten sind im Internet über dnb.dnb.de abrufbar.

© 2017
Katharina Erfling
August-Kierspel-Str. 94
51469 Bergisch Gladbach
katharina.erfling@gmail.com

Herstellung und Verlag: BoD – Books on Demand, Norderstedt
Umschlaggestaltung: Casandra Krammer
Umschlag Motive: www.shutterstock.de

ISBN: 9783743140387

Inhaltsverzeichnis

1. Sieben Raben	5
2. Paranoia	15
3. Der böse Wolf	31
4. Jäger und Gejagter	49
5. Meine Welt und deine Welt	77
6. Märchen alt wie Stein	97
7. Der Feind in Rot	119
8. Rotkäppchen und der Wolf	149
9. Freund oder Feind?	167
10. Wahrheit und Lüge	195
11. Aschenputtels Entscheidung	209
12. Der Rat der Fürstinnen	221
13. Der Ruf des Raben	289
14. Elyanos Ziel	255
15. Der Fisch und das Meer	267
16. Ein Spiegel der Macht	279
17. Der Fluch der Geschwister	297
18. Ruhe vor dem Sturm	309
19. Die Rache der roten Fürstin	321
20. Samtene Grausamkeit	331
21. Der Gesang der Nachtigall	339
22. Eine Zeit zu finden und zu verlieren	351
Einfach mal Danke sagen	365
So geht es weiter...	366

Sieben Raben

Es gab viele Dinge, die Siandra mochte. Einen Serienmarathon am Samstagnachmittag beispielsweise. Oder einfach mit Freunden essen zu gehen. Verfolgt zu werden, gehörte jedenfalls nicht dazu.

Ihre Haare waren noch ein wenig feucht, als sie aus dem Schwimmbad ins Freie trat. Hastig zog sie eine Mütze über ihre rotblonden Haare und sah zu ihrer besten Freundin herüber. Becca schien von dem Ganzen nichts mitzubekommen. Gedankenverloren tippte sie auf ihr Handy ein. Aber immerhin hatte sie von all dem schließlich auch nichts bemerkt, als sie wie jeden Donnerstag nach der Schule zum Schwimmen gefahren waren. Und da war es Siandra schon aufgefallen.

Sie seufzte. Vermutlich entwickelte sie langsam aber sicher einen handfesten Verfolgungswahn. Sie schnappte ihr Fahrrad, das sie an eine Laterne gebunden hatte und schob es neben sich her, als sie Becca folgte. Obwohl es durchaus nicht das erste Mal wäre, dass jemand ihr nachstellte, um aus erster Hand etwas über die Pläne ihres Vaters zu erfahren. Ihr Vater nannte sich selbst Gesellschafter und Unternehmer, doch bis heute wusste sie nicht so richtig, was er den ganzen Tag lang trieb. Seit ein paar Jahren verdiente er sein Geld – und das nicht gerade wenig – mit dem Internet, oder besser gesagt mit Videoplattformen. Er kaufte Netzwerke auf, machte sie populär, warb Videokünstler an, um sie mit Verträgen an sich zu binden und verkaufte das Ganze dann gewinnbringend. Eigentlich sollten diese Netzwerke wie Plattenfirmen funktionieren. Vermutlich hatten die Klienten ihres Vaters sich die Unterstützung eines Netzwerks ganz anders vorgestellt.

Der eisig kalte Februarwind peitschte ihr ins Gesicht. Fröstelnd zog Siandra ihre Daunenjacke fester um sich. Selbst hier in Köln reichte ihr der Schnee bis über die Fußknöchel. Die Nässe hatte sich schon nach wenigen Schritten in den Stoff ihrer Jeans gefressen. Doch nicht nur die Aussicht noch den kompletten Abend mit diesen Klamotten herumzulaufen, beunruhigte sie. Sie spürte genau, dass jemand sie verfolgte, auch wenn sie nichts auffälliges sah. Es war wie ein Prickeln im Nacken und ein

Gefühl der Enge, das sich in ihrer Brust ausbreitete. Unbewusst beschleunigte sie ihre Schritte.

Um sich von dem Gedanken abzulenken, warf sie einen Seitenblick auf Becca. Es war immer wieder faszinierend zu beobachten, wie ihre beste Freundin es schaffte den Blick unentwegt auf den kleinen Bildschirm zu richten und gleichzeitig nicht zu stolpern. Bei ihrem Glück wäre Siandra sofort gegen die nächste Straßenlaterne gelaufen.

„Mal schauen, was die Bachmanns sagen, wenn ich ihnen eröffne, dass ich bis Mai erst einmal nicht mehr auf Lynn aufpassen kann. Sonst komme ich mit dem Lernen wirklich nicht mehr hinterher."

Becca sah von ihrem Handy auf und steckte es zurück in die Tasche. „Sie werden dir schon nicht den Kopf abreißen", sagte sie mitleidig, doch Siandra erkannte den Schalk, der sich hinter ihren Worten versteckte.

Ein halbes Grinsen schlich sich auf Siandras Gesicht. „Bist du sicher? Sie könnten es wie einen Unfall aussehen lassen. Stell dir die Schlagzeile vor. Schülerin tödlich vom Balkon gestürzt. Oder besser: Abiturientin von Kind mit Pfanne erschlagen."

„Jetzt mach dich nicht lächerlich", sagte Becca, konnte sich das Lachen jedoch kaum verkneifen.

„Oder sie murksen mich ab und verscharren mich in dem großen Wald hinter ihrem Haus. Niemand wird meine Schreie hören. Keiner wird es je erfahren..." Ihre Worte verloren sich in einem Flüstern.

„Lass das mit der Psychostimme", rief Becca lachend. Sie schlug spielerisch nach ihrer Freundin, als sie die Straße überquerten. „Ich würde es ja wohl merken. Und dann würden ich meine detektivistischen..."

„Gibt es das Wort überhaupt? Detektivistisch?", unterbrach Siandra sie, doch Becca ließ sich nicht beirren.
„Lass mich ausreden. Ich wäre die neue Miss Marple und würde nach dem grausamen Fund der auf übelste entstellten und zerstückelten Leiche meiner besten Freundin..."

„Erspar mir die Einzelheiten."

„... in Interviews das große Geld machen. Vielleicht schreibe ich auch ein Enthüllungsbuch über dich. Das geheimnisvolle Leben der Siandra Ecker."

Siandra schmunzelte. „Das sähe dir ähnlich, aus allem Profit zu schlagen."

„t'ürlich, t'ürlich! Selbst ist die Frau." Sie deutete eine Verbeugung an.
„Außerdem weißt du doch ganz genau, dass dein Vater sofort eine Suchmannschaft losschicken würde. Notfalls mit Hubschrauber und Hundestaffel."

Siandra hob die Augenbrauen und atmete geräuschvoll aus. Das würde ihr Vater in der Tat tun, aber nicht aus sentimentalen Gründen. Sie war zu wertvoll um verloren zu gehen. Immerhin hatte er seine ganz eigenen Pläne mit ihr. Sie hatten nie ein sonderlich inniges Verhältnis zueinander gehabt – dazu war ihr Vater nicht geschaffen – aber in den letzten Jahren hatte sich ihre Beziehung noch verschlechtert. Er wollte sie in seine Bahnen lenken, ohne darüber nachzudenken, was Siandra wollen könnte.

Angespannt rieb sie ihre eisigen Hände aneinander. Hätte sie sich doch mal lieber Handschuhe angezogen. „Wie läuft die Partyplanung?", fragte sie, um sich selbst von dem leidigen Thema abzulenken.

Beccas Grinsen wurde immer breiter. Schon seit Wochen plante sie die Feier zu ihrem achtzehnten Geburtstag und fieberte dem Tag entgegen. „Absolut klasse! Teddy hat gesagt, er sorgt für einen DJ! Es wird einfach nur le-gen-där", erzählte sie aufgeregt in bester Barney-Stinson-Manier. Sie blieb an der Bushaltestelle stehen und lehnte sich an die Glasscheibe. „Natürlich gibt es Cocktails und eine Tanzfläche. Teddy hat gesagt..."

Dann sah Siandra ihn. Er stand auf der anderen Straßenseite und durchbohrte sie geradezu mit seinem Blick. Lässig lehnte er an einer Mauer, die Daumen in den Bund seiner Hose gehakt. Siandra erwiderte seinen Blick und auf einmal wusste sie, dass er es war, der sie die ganze Zeit beobachtete. Sie konnte ihre Augen nicht von ihm lösen, selbst wenn sie es versucht hätte.

Seinen Oberkörper zierte ein lederner Harnisch und eine sichelförmige Schwertscheide hing an seiner Hüfte. Die Passanten, die an ihm vorbeigingen, beachteten ihn nicht einmal. Hier war man solch bunte Vögel einfach gewohnt, zumal das Lieblingsfest der Kölner mal wieder vor der Tür stand.

Noch immer lag der Blick des Fremden auf ihr und für einen kurzen Augenblick dachte Siandra, Verwunderung in seinen Augen zu sehen. Doch dann verschwand dieser Ausdruck wieder so schnell, dass sie es sich nur eingebildet haben konnte. In einer fahrigen Bewegung strich er über die dunklen Bänder, die um seinen Arm geschlungen waren.

„Siandra, hörst du mir überhaupt zu?"

Hastig wandte sie ihren Blick von dem Fremden ab und sah in Beccas Gesicht, die sie belustigt musterte. „Langer Tag, was?"

„Kannst du laut sagen. Was hast du denn heute noch vor?", fragte Siandra und ließ ihre Augen wieder über die Straße wandern. Doch der Fremde war verschwunden.

Becca lächelte und band ihre dunklen Korkerzieherlocken mit einem Haargummi zurück. „Ich fahre nachher mit Teddy in die Stadt um nach Deko für die Party gucken", erzählte sie und hob den Kopf, als der Bus herannahte. Thomas ‚Tedddy' Brockmann war Beccas Stiefvater und Zar seines eigenen Modelabels. Und immer schaffte er es, seiner Prinzessin jeden Wunsch von den Augen abzulesen. Siandra mochte ihn. Er war einer dieser Menschen, die man schnell ins Herz schloss und nie wieder loslassen wollte.

„Überleg dir das nochmal mit der Sitzung", rief Becca ihr noch über die Schulter zu, ehe sie in den Bus stieg.

Siandra winkte ihrer Freundin nach, ehe sie sich auf ihr Fahrrad schwang. Kurz hatte sie überlegt auch mit dem Bus zu fahren, doch die Bachmanns waren mit den öffentlichen Verkehrsmitteln derart schlecht zu erreichen, dass sie lieber auf ihren Drahtesel setzte.

Der Wind zerrte an ihrer Kleidung und zwang sie zu einem langsameren Tempo. Hektisch sah sie auf die Uhr. Sie hatte wieder einmal zu wenig Zeit einkalkuliert. Die Bachmanns würden ihr definitiv den Kopf abreißen.

An einer Kreuzung lenkte sie ihr Fahrrad auf eine kleine bepflanzte Allee zwischen den beiden breiten Straßen. Sie war derart in Gedanken, dass sie den Mann, der ihren Weg kreuzte, zu spät sah. Sie riss den Lenker ihres Fahrrads herum und spürte wie ihr Hinterreifen ins Schlingern kam und unter ihr wegrutschte. Mit einem dumpfen Knall schepperte Metall zu Boden und riss sie mit sich hinab.

„Alles in Ordnung?", fragte der Mann mit leicht französischem Akzent in der Stimme. Sie schätzte ihn auf um die dreißig. Seine halblangen blonden Haare fielen ihm ins Gesicht, als er sich bückte, um sie von dem Fahrrad zu befreien und ihr aufzuhelfen.

Stöhnend strich Siandra sich über das schmerzende Bein. Das würde wohl einige neue Schrammen geben. Aber sie hatte Glück. Ihr Kopf hatte nichts abbekommen und ihr Fahrrad wirkte auch noch heile. „Das sollte ich wohl besser Sie fragen. Tut mir leid."

Der Mann lächelte ihr freundlich zu, doch sein Blick hatte etwas wildes an sich, das sie beunruhigte. Ein Hund saß neben ihm. Siandra hatte so einen schon einmal gesehen. Ein entfernter Onkel züchtete diese Rasse. Tschechoslowakischer Wolfshund? Ja, das müsste es gewesen sein. „Das sollten wir lieber abklären lassen. Nicht, dass Sie noch eine Gehirnerschütterung..." Er wollte nach ihrem Arm greifen, doch Siandra machte einen Schritt zurück und hob ihr Fahrrad auf.

„Mit mir ist alles in Ordnung. Absolut nichts passiert. Machen Sie sich keine Sorgen. Ich habe es ein wenig eilig, tut mir leid." Sie hatte sich auf ihr Fahrrad geschwungen und wollte gerade losfahren, als sich die Hand des Fremden auf den Lenker legte.

Durchdringend sah er sie an. „Sie sollten nicht unvernünftig sein."

Siandra wollte etwas erwidern, als der Blick des Fremden an ihr vorbei glitt und einen Punkt hinter ihr fixierte. Er runzelte die Stirn und ließ sie einen Moment lang los. Der Hund knurrte neben ihm bedrohlich, doch Siandra erkannte nicht, was die beiden sahen.

Ein kurzer Blick auf die Uhr ließ sie fluchen. Hastig fuhr sie los. „Tut mir leid", rief sie nochmal über die Schulter zurück. Der Mann machte Anstalten ihr zu folgen, schien es sich dann aber noch einmal zu überlegen. Siandras Augenbrauen zogen sich zusammen, als sie gegen den Wind ankämpfte. Seltsamer Kerl.

Einige Zeit später kam sie am Haus der Bachmanns an. Ihr Fahrrad war doch nicht so unbeschadet davon gekommen, wie erhofft. Der Hinterreifen eierte und schliff alle paar Meter am Rahmen. Doch sie hatte keine Zeit, sich darüber Gedanken zu machen. Sie war so schon zu spät dran.

Siandra schloss ihr Fahrrad am Gartenzaun ab. Als sie durch das kleine Tor trat, stolperte sie um ein Haar über eine rot getigerte Katze. Heute schien sie das Pech wirklich gepachtet zu haben.

Auf der Holzbank vor dem Haus lag eine dicke weiße Decke auf der sich Vogelspuren abzeichneten. Der Schnee unter ihren Füßen knarzte, während sie sich ihren Weg zu der Haustür bahnte. Zum ersten Mal in ihrem Leben wünschte sie sich, doch die hässliche Schneehose angezogen zu haben, die sie von ihrer Mutter zu Weihnachten geschenkt bekommen hatte. Mit fast schon steif gefrorenen Fingern betätigte sie die Klingel.

Ein Wirrwarr aus Stimmen drang gedämpft an ihr Ohr. Erst nach einer schier endlosen Diskussion öffnete sich die Tür. Ein Blondschopf grinste ihr mit einem breiten Zahnlückenlächeln entgegen. Lynns helle Locken waren ganz zerzaust und fielen ihr frech in die Stirn. Eingetrocknete Farbe zeichnete eine Spur über ihr grünes T-Shirt. „Siandra!"

„Joselynn!", rief Frau Bachmann von innen. „Lass Siandra rein, bevor sie an der Fußmatte festfriert. Du weißt genau, dass wir los wollen!" Siandra atmete noch einmal tief durch, ehe sie durch die Tür trat. Frau Bachmann richtete gerade die Krawatte ihres Mannes, als Siandra in das große Wohnzimmer kam. Sie warf ihr nur einen vielsagenden Blick zu und eilte an ihr vorbei. Ihre High Heels klackten bei jedem Schritt auf dem hellen Parkett.

Aufmunternd lächelte Herr Bachmann Siandra zu. Er nahm alles immer mit einer unglaublichen Gelassenheit, die sie jedes Mal aufs Neue bewunderte. „Schatz, deine Tasche ist hier", rief er ihr hinterher.

Ihre Schuhe kündigten ihr Herannahen schon von weitem an. Sie beachtete Siandra kaum, als sie nach ihrer Handtasche griff und in ihrem Inneren nach etwas suchte. „Mach euch ruhig noch etwas zu essen. Und lass Joselynn nicht zu lange wach bleiben. Wir müssen morgen alle früh raus." Sie sah noch kurz zu Siandra herüber, ehe sie sich ihren schwarzen Mantel überwarf und durch die Tür rauschte.

„Es wird wohl etwas später werden", sagte ihr Mann mit dem Anflug eines Augenrollens. Siandra wusste, wie sehr er es hasste, von seiner Frau zu diesen Kunstausstellungen geschleift zu werden. Trotzdem nahm er es mit einer beneidenswerten Gemütsruhe.

Siandra strich sich kurz über den Nacken, als die Tür hinter den beiden ins Schloss fiel. In ihrer Gegenwart fühlte sie sich immer völlig deplatziert und schaffte es kaum einen Ton über die Lippen zu bringen – was ganz und gar nicht ihre Art war. In einer fließenden Bewegung schlüpfte sie aus ihren durchnässten Schuhen und genoss die wohltuende Wärme der Fußbodenheizung. So langsam kam wieder etwas Leben in ihren Körper. Und endlich sprachen auch ihre Beine wieder mit ihr, die sie bereits seit einer geschlagenen halben Stunde schändlich ignorierten.

Dutzende von Gemälden hingen an der Wand und Statuen säumten den Flur, der zu Lynns Zimmer führte. Das Kinderzimmer war ein Traum aus Rosa: Rosafarbener Teppich, blassrosa Tapete, selbst ihre Möbel waren rosa lackiert. Lynn saß auf dem Boden und spielte. Jedenfalls machte es den Anschein. Im nächsten Moment fiel Siandra ihr fragender Blick auf, als das Mädchen aufstand und das Fenster öffnete und wieder schloss.

„Alles in Ordnung?", fragte Siandra behutsam.

Lynn schien aus ihrer Gedankenwelt aufzuschrecken. Sie sah hinaus, ehe sie sich zu Siandra umdrehte. „Ich habe nach etwas gesucht", flüsterte sie und ließ sich auf dem Schreibtischstuhl nieder.

„Und? Hast du es gefunden?", fragte Siandra, doch das Mädchen schüttelte den Kopf. Siandra stützte die Hände auf die Rückenlehne des Schreibtischstuhls. „Was hältst du davon, wenn ich uns etwas zu essen mache? Worauf hast du Lust?"

Grinsend drehte Lynn sich mit dem Stuhl und sprang auf. Einen Moment lang überlegte sie und sah fast so aus, als würde sie über eine bedeutende Entscheidung nachdenken, etwa über einen Friedenspakt oder neue Rettungspakete für verschuldete Staaten. „Spaghetti?", fragte sie zögerlich.

Siandra nickte lächelnd und machte sich mit ihr zusammen zur Küche auf. Während sie die Zutaten zusammensuchte und Wasser für die Nudeln aufsetzte, saß Lynn auf einem der hohen Hocker und erzählte von ihren Lehrern und dem Jungen, mit dem sie in der Pause gespielt hatte. Auch während sie aßen, lauschte Siandra den Geschichten des Mädchens. Nachdem sie fertig waren, sprang Lynn gleich auf, um nach einem Buch zu suchen, das sie Siandra zeigen wollte.

Siandra stapelte die Teller übereinander und wollte sie in die Spülmaschine stellen, als ihr Blick aus dem Fenster wanderte. Ihr wurde heiß und kalt zugleich, als sie einen Schemen zwischen den Blättern des Baumes entdeckte. Er huschte über den Ast und schien inmitten einer Astgabel zu verweilen. Siandra vergaß einen Moment lang zu atmen. War das etwa ein Mensch zwischen den Zweigen?

Als die Teller mit einem lauten Klirren auf dem Boden zersprangen, wurde Siandra bewusst, dass sie sie losgelassen haben musste. Sie fluchte leise und sah noch einmal hinaus, doch da war nichts. Kein Mensch, nicht einmal eine streunende Katze. Hastig ließ sie die Überreste der Teller im Müll verschwinden und wischte die roten Soßenspritzer mit einem Lappen weg. Erst, als sie sich wieder aufrichtete, beruhigte sich ihre Atmung ein wenig. Noch einmal sah sie aus dem Fenster. Für den Bruchteil einer Sekunde hätte sie schwören können, den Fremden von der Bushaltestelle zwischen den Blättern zu sehen. Schnell schob sie den Gedanken beiseite. Das war nicht möglich. Das ergab alles keinen Sinn. Als sie ihren Blick über den Baum wandern ließ, war da nur ein Rabe, der sich krächzend in die Lüfte erhob.

„Liest du mir etwas vor?", bat Lynn leise, als Siandra das Zimmer betrat. In eine flauschige Decke gehüllt, sah das Mädchen erwartungsvoll zu ihr auf.

„Was willst du denn hören?", fragte Siandra lächelnd und ließ sich neben ihr auf das Bett sinken.

„Ein Märchen. So wie beim letzten Mal."

Ein fröhliches Lächeln zupfte an Siandras Lippen. Als sie das letzte Mal hier gewesen war, hatte sie ihr die Geschichte von Rotkäppchen und dem bösen Wolf erzählt. Lynn liebte die Märchen der Gebrüder Grimm, genau wie sie, als sie in ihrem Alter gewesen war. In den letzten Wochen und Monaten hatten sie unzählige Märchen miteinander entdeckt. Siandra überlegte, welches ihnen fehlen könnte, als ihr eines einfiel, das mit Sicherheit noch nicht an die Reihe gekommen war. „Dann ist heute das Märchen von den Sieben Raben dran."

Siandra machte eine Pause, damit Lynn sich bequem hinsetzen konnte, ehe sie zu erzählen begann. „Ein Müller hatte einst sieben Söhne, doch keine Tochter, so sehr er es sich auch wünschte. Dann schienen seine Gebete erhört. Ihm wurde eine Tochter geschenkt, aber das Mädchen war klein und schwach und drohte die Nacht nicht zu überleben. Also schickte der Müller seine Söhne mit einem Krug los, um Wasser für eine Nottaufe zu holen."

„Was ist eine Nottaufe?", fragte Lynn leise.

„Früher waren die Menschen sehr gläubig. Sie dachten, dass man nicht in den Himmel kam, wenn man nicht getauft war."

„Ach so", flüsterte das Mädchen. „Also wollte er, dass seine Tochter in den Himmel kommen darf... aber ist sie auch in den Himmel gegangen?"

„Wart's doch ab", sagte Siandra und zwinkerte ihr zu. „Die Jungen nahmen also den Krug und liefen so schnell ihre Beine sie tragen konnten zur Quelle. Jeder von ihnen wollte der Erste sein und so stritten sie sich darum, wer den Krug nun füllen durfte. Doch sie konnten sich nicht einigen und das Gefäß fiel ins Wasser."

„Oh nein! Was haben sie dann gemacht?" Lynns Augen weiteten sich vor Schreck.

„Die Brüder trauten sich nicht mehr nach Hause und ihr Vater dachte, sie hätten beim Spielen die Zeit vergessen. Wütend rief er ‚Ach sollen die Jungen doch alle Raben werden!' Kaum hatte er das letzte Wort ausgesprochen, schlug die Tür auf und sieben Raben schossen quer durch das Zimmer. Sie flogen auf und davon. Es waren seine Söhne."

„Aber es war ein Unfall!", unterbrach Lynn sie. „Die Jungen können doch nichts dafür. Was geschah dann?"

Siandra lachte auf und strich sich eine Strähne aus dem Gesicht. „Langsam, langsam, alles der Reihe nach. Die Raben flogen hinaus in die weite Welt. Das Mädchen überlebteund wurde bald schon der ganze Stolz ihrer Eltern. Eines Tages jedoch erfuhr sie von den Brüdern und war zu Tode betrübt. Es gab sich selbst die Schuld für ihr Unglück und so machte sich das Schwesterchen auf den Weg, um nach ihren geliebten Brüdern zu suchen.

Es nahm einen Laib Brot für den Hunger, ein Krüglein Wasser für den Durst, ein Stühlchen für die Müdigkeit und ein Ringlein, um sich an seine Eltern zu erinnern. Das Mädchen reiste bis ans Ende der Welt, zu der Sonne, doch die war viel zu heiß und fraß kleine Kinder und zum Mond, doch der war kalt und böse. So lief das Kind zu den Sternen. Die Sterne waren lieb und gut und sie wussten, wo die Brüder waren."

„Ach ja? Woher wissen sie das?"

„Weil sie vom Himmel aus alles überblicken können."

Lynn überlegte kurz. „Und wenn sie tagsüber geflogen sind?"

Siandra lächelte. „Auch dann. Weißt du, auch wenn du sie nicht sehen kannst, heißt das nicht, dass sie weg sind."

„Und wo waren die Brüder?"

„Der Morgenstern zeigte ihnen den Weg zum Glasturm. Dort fand das Mädchen sieben Tellerchen und sieben Becherchen und von jedem Tellerchen nahm es ein Bröckchen und von jedem Becherchen ein Schlückchen. In das letzte Becherchen ließ es den Ring seiner Eltern fallen. Als die Raben hineinkamen, setzten sie sich an den gedeckten Tisch und einer nach dem anderen sprach: ‚Wer hat von meinem Tellerchen gegessen?

Wer hat aus meinem Becherchen getrunken?'"

Lynn lachte. „Das klingt ja fast wie bei Schneewittchen."

„Das stimmt. Als der Siebte auf den Grund des Bechers sah, fand er dort den Ring der Eltern. Und traurig sprach er: ‚Wäre doch nur unser Schwesterchen hier, wir wären von unserem Zauber erlöst.' Als das Schwesterchen das hörte, kam es heraus und all ihre Brüder bekamen ihre menschliche Gestalt zurück. Sie umarmten sich und zogen fröhlich heim."

„Und sie lebten glücklich bis ans Ende aller Tage?", fragte Lynn gähnend.

„Bis ans Ende aller Tage", flüsterte Siandra.

2. Paranoia

Die Nacht verschluckte jedes Geräusch und hüllte Siandra in ein zeitloses Vakuum. Sie war gerne im Dunkeln unterwegs uns genoss die Stille, die sie selbst hier, im sonst so belebten Stadtwald, umgab. Der Schein der Laternen tauchte die verschneiten Gehwege in ein diffuses Licht. Erst hatte sie gezögert, den Weg durch den Park einzuschlagen, doch sie war müde. Es war ein langer Tag und der Pfad durch den beleuchteten Wald war der kürzeste Weg nach Hause. Auch wenn der seltsame Fremde von der Bushaltestelle sie noch immer beunruhigte, konnte sie es sich nicht vorstellen, dass ihr hier etwas passieren sollte. Vor allem, weil ihr immer wieder andere Nachtschwärmer entgegen kamen.

Erschöpft setzte sie einen Fuß vor den anderen. Sie lehnte sich mehr auf ihr Fahrrad, als dass sie es neben sich her schob. Wenn sie daran dachte, dass sie in wenigen Stunden wieder aufstehen musste, wurde ihr ganz anders. Sie seufzte. Eigentlich war sie es ja auch selbst Schuld, also hatte sie keinen Grund sich zu beschweren. Ihre Füße waren wieder einmal zu einem einzigen Eisklumpen erfroren. Sie war froh, wenn sie endlich zu Hause war.

Auch wenn sie sich versuchte selbst zu beruhigen, blieb da ein Rest Nervosität. Trotz der Menschen, die ihr immer wieder entgegen kamen und dem Pfefferspray, das griffbereit in ihrer Handtasche lag – eines der wenigen halbwegs nützlichen Geschenke ihres Vaters – fühlte sie sich beobachtet. Ein ungutes Gefühl, das sich langsam in ihrem ganzen Körper ausbreitete. Doch als sie einen Blick über die Schulter warf, war da nur eine Joggerin mit Hund, die an der Weggabelung links abbog. Die Frau wirkte wie eine Schauspielerin aus einem Bollywood-Film und der Hund ähnelte dem, den sie vor einigen Stunden gesehen hatte.

Siandra zuckte vor Schreck zusammen, als ihr Handy schrill klingelte. Wer rief zu dieser Uhrzeit noch an? Becca mit der nächsten Nervenkrise? Sie stöhnte in Gedanken auf, als sie die Stimme ihrer Mutter am anderen Ende der Leitung hörte. „Hallo, mein Schatz. Ich rufe aus Hamburg an."

Siandra kniff die Augen zusammen. „Aber du rufst nicht von dort aus hier herüber. Sprich doch bitte etwas leiser."

„Wo bist du denn? Ich habe dich zuhause gar nicht erreicht."

Siandra strich sich über den Nacken. Ihre Mutter und ihre Kontrollanrufe. Seit einigen Jahren hatte sich die Beziehung zu ihren Eltern immer weiter verschlechtert und mehr als einmal musste ihre Tante Liza schlichtend eingreifen. Als die Situation an einem Abend eskalierte, bot sie ihr an, in einer ihrer Mietwohnungen unterzukommen – ein Angebot, das Siandra nicht ausgeschlagen hatte. Das war kurz nach ihrem achtzehnten Geburtstag gewesen. Sie hatte eigentlich nichts gegen die Anrufe ihrer Mutter. Ihr Verhältnis war seit ihrem Auszug deutlich besser geworden, so lange ihre Gespräche oberflächlich blieben, aber jetzt war sie nicht zu Smalltalk aufgelegt. „Du weißt doch, dass ich bei den Bachmanns war..."

„So lange? Du hast morgen Schule!"

„Ich weiß. Deshalb versuche ich ja auch so schnell wie möglich nach Hause zu kommen, um noch ein wenig zu schlafen." Erneut sah sie hinter sich, doch da war nichts. Nichts, außer dem Gefühl verfolgt zu werden. Als wäre da etwas im Unterholz, das nur darauf wartete, dass sie einen Moment lang unachtsam wurde. Sie versuchte den Gedanken zu vertreiben. Das war doch absurd.

„Du gehst sicher wieder durch diesen fürchterlichen Wald. Du weißt genau, was alles passieren kann. Erst gestern habe ich von diesen Wolfsattacken gelesen. Und das war gar ganz in deiner Nähe!"

„Mir passiert schon nichts, mach dir keine Sorgen", versuchte Siandra sie zu beruhigen. „Hier sind genug Menschen unterwegs, die mich retten oder zumindest die Polizei rufen können."

Ihre Mutter stieß einen missbilligenden Laut aus. Ganz überzeugt war sie nicht. „Kommst du morgen nach der Schule kurz bei uns vorbei? Hier liegt noch ein Paket, das du mit zu deiner Schwester nehmen sollst. Den Schlüssel hast du ja noch."

Siandra atmete geräuschvoll aus. Ach, daher wehte der Wind. Deshalb rief sie so spät an. Damit ihr Vater auch ja nichts davon mitbekam. „Warum bringst du es ihr nicht einfach selbst?"

Einen Moment lang war es am anderen Ende der Leitung still. „Ich habe diese Woche keine Zeit mehr dazu, sonst würde ich es ja machen."

Siandra wusste, dass das nicht alles war, doch sie hakte nicht weiter nach. Für einen Streit war sie viel zu müde.

„Ich komme morgen kurz vorbei. Sonst noch etwas?"

„Nein, nichts. Wir sehen uns dann am Sonntag. Es bleibt doch dabei, oder?"

Siandra sah nach links und rechts, als sie den Stadtwald verließ und die Straße überquerte. „Wie könnte ich das vergessen. Ich bin fast zuhause. Lass uns ein ander Mal weiter reden."

„Denk daran, dass dein Vater morgen noch mit dir sprechen wollte. Du weißt schon, Termine absprechen und so."

Siandra verkniff sich einen Kommentar. Mit einer knappen Verabschiedung legte sie auf und ließ ihr Handy in der Jackentasche verschwinden. Noch einmal atmete sie den Duft des Winters, den Geruch des frisch gefallenen Schnees ein. Eigentlich schaffte es ein solcher Spaziergang immer, sie zu beruhigen. Doch sie wusste, dass sie in dieser Nacht wohl keinen Schlaf finden würde.

„Siandra, hörst du mir überhaupt zu?"

Siandra schreckte aus ihren Gedanken auf, als die Stimme ihrer besten Freundin an ihr Ohr drang. Die Müdigkeit riss an ihren Augenlidern und machte sie ganz verrückt. Selbst die gefühlten vier Liter Dreckwasser, die sie in ihrer Mensa als Kaffee verkauften, schafften es kaum, sie wach zu halten. Ihre Mundwinkel zuckten leicht. „Also eigentlich sollte ich auch eher Herr Freytag zuhören."

Sie schielte zu ihrem Lehrer herüber, der halb auf dem Pult saß und einen Artikel aus der Zeitung vorlas, wie er es in jeder Doppelstunde tat. Es ging um die Wölfe, die in Köln aufgetaucht waren und den Angriff auf einige Fußgänger vor einer Woche. Nun schien einer von ihnen in dem Wildgehege im Stadtwald gewütet zu haben. Niemand wusste, woher sie kamen, oder wo sie sich versteckten. Siandra wunderte sich nur, dass sie selbst nichts bemerkt hatte. Sie war immerhin im Stadtwald unterwegs gewesen und ihr Weg führte sie ziemlich nah an das Wildgehege heran. Wieder ein Grund mehr, weshalb ihre Mutter sich darüber pikieren konnte, dass sie durch den dunklen, bösen Wald ging. Doch Siandra glaubte nicht an die Panikmache der Tageszeitungen. Vermutlich war nur einer der vielen Stadthunde durchgedreht und hatte ein wenig gewildert.

„Siandra, das ist nicht witzig. Ich habe hier eine echte Krise!" Beccas Stimme wurde so schrill, dass Herr Freytag einen Moment lang von seiner Zeitung aufsah und sie mit einem tadelnden Blick bedachte, bevor er weiter las.

„Lass mich raten. Es hat mit deiner Party zu tun?", fragte Siandra.

Vorwurfsvoll starrte Becca sie an. „Kannst du, oder willst du es nicht verstehen? Es ist wichtig!"

„Es ist doch nur eine Party..."

„Nur eine Party?", japste Becca empört.

Beschwichtigend hob Siandra die Hände. „Ich habe es ja begriffen. Es ist die eine Party, das Nonplusultra. Vergib mir, dass ich keinen Freudensalto mache, ich habe mir den Rücken verknackst."

„Siandra!"

„Ist ja okay. Wo liegt das Problem?"

Hastig kramte Becca in ihrer Tasche. Herr Freytag sah nur kurz auf, entschied dann aber scheinbar, dass es die Mühe nicht wert war und las weiter vor.

Siandra zuckte zusammen, als Becca einen rosa Papierstapel auf den Tisch fallen ließ. „Was ist das?", fragte sie mit hochgezogenen Augenbrauen.

„Die Einladungskarten, was sonst?!"

„Dir ist aber bewusst, dass du keine Hochzeit ausrichtest, sondern..." Sie stockte seufzend, als sie Beccas schockierten Gesichtsausdruck bemerkte. „Okay, was ist damit?"

Wie ein Fächer wedelte sie mit dem Traum aus Pink vor ihrem Gesicht auf und ab. „Sieh es dir doch mal an! Einfach grauenvoll. Völlig falsch formatiert. Und nicht einmal meinen Namen haben sie richtig geschrieben! Was ist daran denn so schwer?!"

„Dann ruf doch einfach mal da an und stell es richtig...", sagte Siandra, als sie von der Stimme ihres Lehrers unterbrochen wurde.

„Meine Damen, ich hoffe, ich störe Sie nicht bei Ihrer kleinen Privatparty. Wenn Sie sich dann auf den Unterricht konzentrieren würden? Der Tag ist schon schlimm genug, ohne, dass Sie beide mir auf den Nerven herumtanzen."

„Hast du dir das mit der Sitzung überlegt?", fragte Becca leise, als das Auge Saurons sich wieder von ihnen abgewandt hatte.

Schon seit Wochen ließ Becca nicht locker, Siandra davon zu überzeugen, sie auf die Karnevalssitzung zu begleiten. Eigentlich war ihr nicht unbedingt danach. Sie war kein sonderlicher Karnevalsfan, nicht so wie Becca, die am Ende jeder Session, den Anfang der nächsten schon nicht mehr erwarten konnte. Obwohl es sie vermutlich auf andere Gedanken bringen würde. Schon spürte sie Beccas Hundeblick auf sich liegen, den sie bis zur Perfektion beherrschte. „Du wärst mal besser Wackeldackel geworden."

„Und?" Becca ließ nicht locker und sah sie erwartungsvoll an. „Kommst du?"

„Ich weiß zwar nicht, weshalb ich es tue, aber ja. Ich komme."

Beccas plötzlicher Jubel kratzte empfindlich an Siandras Gehör. Tadelnd starrte Herr Freytag zu ihnen herüber, während er mit seiner gleich monotonen Stimme weitersprach. Nicht mehr lange und sie würden mit Sicherheit auf der Abschussliste stehen. Siandra und Becca zogen gleichzeitig die Köpfe ein.

Als sie die Aufgaben der letzten Stunde durchgingen, streifte Siandras Blick ihre Freundin. Sollte sie ihr von dem seltsamen Fremden an der Bushaltestelle erzählen? Sie verdrängte den Gedanken. Becca machte wegen jeder Kleinigkeit einen heillosen Aufstand. Sie würde nicht eher Ruhe geben, bis sie auf jedem ihrer Wege von einem Geleitschutz begleitet wurde. Oder zumindest die Polizei verständigte. Und was sollte sie denen auch schon sagen? Hallo, ich habe einen seltsamen Kerl an der Bushaltestelle gesehen und glaube jetzt, dass er mich verfolgt?

Siandra hob ruckartig den Kopf, als Herr Freytags Stimme sie unsanft aus ihren Gedanken riss. „Ich hoffe, Sie haben Robert Musils Werk gelesen. Wer kann mir etwas dazu sagen? Nur zwei? Das macht mich traurig." Langsam ließ er seine strengen Augen über die Klasse schweifen. „Vier? Das erheitert mich. Aber es sind siebenundzwanzig Personen in dieser Klasse, die hoffentlich alle Robert Musils außergewöhnliches Werk gelesen haben."

Siandra tauschte einen Blick mit ihrer Freundin. Außergewöhnlich stimmte wohl... außergewöhnlich eigenartig.

„Siandra!" Wieder zuckte sie zusammen, als ihr Lehrer vor ihr stehen blieb und sie mit seinem Blick durchbohrte. „Wir sind aber schreckhaft", sagte er mit einem halben Lächeln. „Können Sie mir etwas zu unserem Zögling Törleß sagen?"

„Nichts Nettes jedenfalls", grummelte sie leise.

„Hättest du geschwiegen, wärst du Philosoph geblieben", sagte er, sichtlich stolz auf seine Dichtung und ging durch die Klasse, auf der Suche nach seinem nächsten Opfer. Ein Wunder, dass es nicht direkt Becca getroffen hatte.

Siandra hörte ihm nicht mehr zu. Ihre Augen schweiften unaufhörlich aus dem Fenster. Die Sonne ließ den Schnee, der auf dem Schulhof lag, wie Kristalle funkeln. Ein Rabe saß in der Krone der Bäume und starrte sie an. Hektisch wandte sie den Blick ab und ihre Atmung beschleunigte sich. Im nächsten Moment rief sie sich selbst zur Ordnung. Jetzt dachte sie auch noch, ein Vogel würde sie bespitzeln? So langsam wurde es aber wirklich lächerlich. Trotzdem war da wieder das Gefühl beobachtet zu werden, ein Gefühl, das sie wie ein warmer Nebel einhüllte.

„Ist alles in Ordnung mit dir?", fragte Becca neben ihr leise.

„Ja", kam es unbeteiligt von ihren Lippen. Nein, hallte es in ihrem Kopf wider.

Laut hallte die fröhliche Musik aus den Boxen und malträtierte Siandras Ohren. Ihr Kopf dröhnte, als würden die sieben Zwerge versuchen ein Loch in ihren Frontallappen zu hämmern. Vorsichtig rieb sie sich über ihre Schläfe. Selbst die Schmerztablette, die sie genommen hatte, half reichlich wenig.

Jeder in dem großen Saal schien gute Laune zu haben. Mehr oder weniger verkleidet tanzten und sangen sie ausgelassen oder lauschten dem Bühnenprogramm, das zwischen den Liedern hin und wieder einsetzte. Kurz dachte sie den blonden Mann zu sehen, den sie mit ihrem Fahrrad beinahe umgenietet hatte, doch als sie eine vertraute Stimme hinter sich hörte, verwarf sie den Gedanken.

„Hey Rotkäppchen!", rief Becca. „Alles in Ordnung?"

Siandra zwang ein Lächeln auf ihre Lippen. Ihr Kopf drohte zwar beinahe zu explodieren und ihre Schuhe waren mindestens zwei Nummern zu klein, doch sie versuchte sich von Beccas Begeisterung anstecken zu lassen. „So lange du nicht von mir verlangst zu singen, ist alles in Ordnung."

„Komm", sagte Becca und griff lachend nach ihrem Arm. „Ich will dich ein paar Freunden vorstellen." Ohne auf eine Antwort zu warten, zog sie Siandra mit sich mit. Sie zerrte sie quer durch die Menschenmassen, bis sie gefühlt am anderen Ende des riesigen Raumes stehen blieb.

„Leute, das ist Siandra", sagte Becca. Eine kleine Gruppe lächelte ihnen entgegen. Einer von ihnen schien schon deutlich angeheitert. Der Blonde mit Kilt und Ziegenbart hob sein Glas und grölte Siandra „Rooootkäppchen, wo hast du deinen Woooolf gelassen" entgegen.

Siandra verkniff sich einen Kommentar und sah zu den anderen. Zwei glitzernde Prinzessinnen musterten sie - freundlich, aber doch leicht argwöhnisch. Ein schwarzhaariger Kerl im Teddy-Kostüm hatte seinen Arm um eine der beiden gelegt. Doch Siandras Blick blieb an dem Mann neben ihnen hängen.

Seine hellblauen Augen musterten sie unbeeindruckt. Siandra runzelte die Stirn, als sie versuchte zu erahnen, was er wohl darstellen wollte. Der schlichte Anzug, den der trug, passte nicht so recht zu seinem restlichen Outfit. Seine mittellangen Haare waren an der einen Seite kurz rasiert und er trug mehrere Piercings in der Unterlippe. Unter den Stoppeln schimmerten dunkle Linien hindurch, die einem Muster gleich hinter seinem Ohr und dann über den Hals nach unten verliefen. Auch unter den hochgekrempelten Ärmeln lugten vereinzelte bunte Tätowierungen hervor. Das war es nicht, was Siandra beunruhigte. Es war etwas in seinem Blick, das sie erschaudern ließ. Sie konnte es nicht beschreiben, doch etwas an ihm, ließ in ihr das dringende Bedürfnis aufkommen, rückwärts zu stolpern und aus dem Raum zu fliehen.

„Das sind Paul, Clara, Tamara, Freddy und Florian", stellte Becca der Reihe nach vor. Siandra schaffte es kaum, die Augen von dem seltsamen Kerl im Anzug abzuwenden, auch wenn sein Blick ihr tief in Mark und Bein ging. Sie hörte Becca, die wieder von ihrer eigenen Party erzählte, kaum zu. Ihre Augen folgten Florian, als dieser wortlos verschwand.

Becca ließ ihr keine Zeit über ihn nachzudenken. Lachend zog sie ihre Freundin mit sich auf die improvisierte Tanzfläche, als der Komödiant auf der Bühne verstummte und Technomusik aus den Boxen dröhnte. Sofort spürte Siandra, wie ihre Kopfschmerzen wieder stärker wurden und die Bässe in ihrem Inneren widerhallten.

Siandra hielt es drei endlos lange Lieder aus, bevor sie mit ihren Händen ein Time-Out andeutete und verschwand, um sich etwas zu trinken zu organisieren. Sie merkte erst, wie ausgetrocknet ihre Kehle war, als die kalte Cola in ihr herab lief. Wieder strich sie sich über die Schläfe und hielt sich das kühle Glas an die Stirn, doch auch das verschaffte ihr keine Linderung.

Und da war es wieder, so plötzlich, dass sie vor Schreck beinahe das Getränk fallen gelassen hätte. Das Prickeln im Nacken, das warme Gefühl, das sich wie Nebel um ihre Schultern legte. Hektisch sah sie sich um, doch sie konnte nichts entdecken, abgesehen von den karnevalsverrückten Gästen. Wurde sie langsam aber sicher wirklich paranoid?

„Siandra!" Sie hob den Kopf, als Beccas Stimme an ihr Ohr drang. Die Technomusik war verstummt und die Bühne wieder von lautem Gelächter erfüllt. Ihre Freundin musterte sie besorgt, als sie neben sie trat und ebenfalls etwas zu trinken bestellte. „Ist wirklich alles in Ordnung mit dir?"

Siandra seufzte. Ihr Gefühl sagte ihr, dass sie immer noch beobachtet wurde, aber da war einfach niemand. „Ich habe nur Kopfschmerzen." Sie zögerte kurz. „Sag mal, du kennst doch eine Menge Leute. Ist da zufällig einer, der als eine Art Krieger verkleidet ist? Du weißt schon, dunkle Klamotten, Rüstung, seltsam gebogenes Schwert..."

„Nein, sorry, noch nie gesehen. Warum willst du das wissen? Verschossen?" Sie grinste wissend.

Schnell schüttelte Siandra den Kopf und bereute es sogleich, als die Schmerzen vierfach zurückkehrten. Mitleidig sah Becca sie an, als sie wieder zu den anderen zurückkehrten. Scheinbar hatten sie sich Sitzplätze organisiert. Nur Florian blieb verschwunden.

„Schön, dass du trotzdem gekommen bist", flüsterte Becca ihr ins Ohr bevor sie sich setzten.

Es war schon ziemlich spät – oder besser gesagt früh – als Siandra sich auf den Heimweg machte. Der Abend war ganz entgegen ihrer Erwartung noch wirklich schön geworden, doch irgendwann hatte die Müdigkeit sie dann doch niedergestreckt. Pauls gelalltes Angebot sie nach Hause zu begleiten hatte sie dankend abgelehnt. Seufzend atmete sie die kalte Luft ein. Der Himmel über ihr schimmerte orange. In dieser Nacht würde es sicherlich noch schneien und Köln weiter im Chaos versinken lassen.

Ein Blick auf die leuchtende Anzeige machte ihr klar, dass es sich nicht lohnte auf einen Bus zu warten. Angeschlagen waren fünfundfünfzig Minuten und der kleine Lauftext darunter höhnte, dass es immer noch zu massiven Verspätungen kam. Da war sie zu Fuß schneller unterwegs. Kurz überlegte sie die Abkürzung durch den Stadtwald zu nehmen, aber um die Uhrzeit war wirklich niemand mehr unterwegs. Ganz lebensmüde war sie dann doch nicht.

Sie fluchte, als sie in den viel zu kleinen Schuhen stolperte und beinahe der Länge nach im Schnee gelandet wäre. Was war sie froh, wenn sie endlich zuhause war und die Schuhe ausziehen konnte. Anfangs hatte sie nicht einmal ein Kostüm anziehen wollen, aber das hatte Becca ihr nicht durchgehen lassen und ihr eines von ihren geliehen. Also war es letztendlich Rotkäppchen geworden. Und sie musste gestehen, abgesehen von den absolut unpassenden Schuhen stand ihr das Kostüm gar nicht mal so schlecht.

Mit langen Schritten überquerte sie die Straße. Um diese Uhrzeit fuhr kaum noch jemand Auto, zumindest nicht in diesem Stadtteil. Es herrschte diese Drei-Uhr-Stille, die einem vorgaukelte, der letzte Mensch auf Erden zu sein.

Es tauchte so plötzlich auf, dass ihr Herz einen Schlag lang aussetzte. Dieses eigenartige Gefühl legte sich glühend heiß um ihre Schultern und ließ sie zurückweichen, als hätte sie sich an der Herdplatte verbrannt. Sie hatte keine Zeit darüber nachzudenken. Etwas glattes schoss an ihrem Kopf vorbei und das wütende Fluchen das folgte, ließ sie herumfahren. Ihre Augen weiteten sich, als sie erkannte, was sie beinahe getroffen hatte. Hektisch schlug ihr Herz gegen ihre Rippen und sie stolperte rückwärts. Ein Schwert?! Was zum...?!

Als sie in das Gesicht ihres Angreifers sah, erschrak sie. Sie kannte ihn! Es war Florian, dieser seltsame Kerl im Anzug, der ihr allein mit seinem Blick eine solche Angst eingejagt hatte. Den Anzug hatte er abgelegt. Seine dunklen Haare waren vom Wind zerzaust und lagen nicht mehr so akkurat am Kopf, wie noch vor wenigen Stunden. Er trug eine lederne Rüstung und hielt das Schwert wie selbstverständlich in der Hand. Florian war nicht allein. Vier weitere Männer standen hinter ihm, in einer ebenso seltsamen Kampfkleidung. Ein gefährliches Lächeln schlich sich auf Florians Gesicht, als er erneut seine Klinge hob – tödlich echt und keineswegs aus Plastik.

Siandra wartete nicht ab, was dieser Irre vorhatte. Sie drehte sich um und lief los. Hinter sich hörte sie Florian Befehle bellen und die Schritte ihrer Verfolger, doch sie sah nicht zurück. Panik schnürte ihre Kehle zu und trieb ihr Herz zu einem noch schnelleren Takt an. Was waren das für Wahnsinnige?

Der Schnee knarzte unter ihren Füßen. Obwohl sie an der Straße entlang lief, war weit und breit kein Mensch zu sehen, der ihr auch nur ansatzweise helfen konnte. Nicht einmal ein einsames Taxi kam ihr entgegen. Die Verzweiflung griff nach ihr, überzog ihr Herz immer mehr mit Kälte. Sie war nie ein sonderlich gläubiger Mensch gewesen, doch nun betete sie, bloß auf keine Eisplatte zu treten und zu fallen.

Sie lief. Immer schneller führten ihre Schritte sie auf dem engen, nur schwach beleuchteten Fußweg am Waldrand entlang. Noch immer hörte sie ihre Verfolger dicht hinter sich. Sie kamen näher. Ihre Lungen brannten vor Anstrengung. Mit Sicherheit würde sie dieses waghalsige Tempo nicht mehr lange halten können.

Siandra stolperte über eine Unebenheit und verlor den Boden unter den Füßen. Der Aufprall vertrieb alle Luft aus ihren Lungen und ließ sie aufkeuchen. Sie versuchte weg zu robben, als jemand neben sie trat, doch der lachte nur verächtlich und drehte sie mit dem Fuß um. Der Ausdruck in seinen Augen jagte ihr einen kalten Schauer über den ganzen Körper Im schwachen Licht der Straßenlaternen sah sie, wie Florian sein Schwert hob und spürte das kalte Metall an ihrem Schlüsselbein. Ein brennender Schmerz breitete sich auf ihrer Haut aus, als die Klinge einen leichten Schnitt hinterließ. Die Verzweiflung trieb ihr beinahe die Tränen in die Augen. Ihr Herz schlug immer schneller und stärker in ihrer Brust, schien beinahe zu zerspringen. Doch dann spürte sie eine seltsame Wärme, die sie von innen heraus zu beruhigen schien.

„Lass dein Schwert sinken, Florian."

„Rabe", zischte Siandras Angreifer. In seiner Stimme schwang Trotz mit, aber genauso auch Wut und Unsicherheit. Seine Klinge verweilte jedoch an der Stelle an ihrer Schulter, wanderte langsam weiter herunter.

„Ich sagte, du sollst deine Waffe sinken lassen!" Rabes Stimme war so scharf, wie die Schneide von Florians Schwert.

„Hast du den Verstand verloren?! Sie ist ein Halbblut! Es ist unsere Aufgabe, diesem schändlichen Wesen ein Ende zu bereiten. Als Jäger unserer Fürstin..."

„...hast du meinen Befehlen Folge zu leisten, ohne sie zu hinterfragen", bellte der Fremde von der Bushaltestelle ihm entgegen. Doch Siandra wagte es nicht, den Blick von der Klinge abzuwenden, die noch immer über ihrer Haut schwebte. „Das war keine Bitte, sondern ein Befehl deines Offiziers! Senke. Deine. Klinge!"

Siandra atmete geräuschvoll aus, als der Druck des Schwertes verschwand. Dort, wo die Klinge die Haut eingeschnitten hatte, brannte es leicht. Rabe kniete neben ihr nieder und berührte kurz ihre Schulter, ehe er den Blick wieder zu Florian hob. Siandra musterte ihn aus dem Augenwinkel. *Rabe also... Was ein seltsamer Name.*

„Verschwindet! Ihr werdet hier nicht mehr gebraucht!"

„Wenn Ariel davon erfährt...", setzte Florian zornig an.

„Das lass mal meine Sorge sein", erwiderte Rabe gelassen. „Und jetzt macht euch vom Acker. Ich will euch hier nicht mehr sehen!"

Florian setzte zu protestieren an, doch ein weiterer Blick seines Offiziers brachte ihn zum Schweigen. Seine Augen trafen Siandra noch ein letztes Mal. In ihnen lag ein Versprechen, das ihr eine Heidenangst einjagte.

Die Schritte dieser seltsamen Jäger wurden immer leiser, doch auch als sie ganz schwanden, schaffte Siandra es noch nicht ihren Herzschlag zu beruhigen. Sie runzelte die Stirn, als Rabe ihr auf die Beine half. Seine Augen hatten die Farbe eines aufziehenden Sturmes und musterten sie, doch sie verrieten nicht, was er dachte. Sie hielt die Luft an, als er über die Haut strich, die Florians Klinge verletzt hatte. Ein merkwürdiges Ziehen breitete sich in ihrem Inneren aus und erfüllte sie mit einer Wärme, die sie zurückweichen ließ. „Alles in Ordnung?"

Sie nickte langsam, auch wenn ihr Herz noch immer mit voller Wucht gegen ihren Brustkorb trommelte. „Was war das gerade? Wer waren diese Irren? Und warum hilfst du mir?", sprudelte es aus ihr heraus.

Rabes Gesicht verfinsterte sich. „Du weißt jetzt schon viel mehr, als gut für dich ist." Der melodische Akzent in seiner Stimme nahm seinen Worten einen Teil der Härte. Siandra war sich nicht sicher, ob es irisch oder doch schottisch war. Ihr blieb keine Zeit darüber nachzudenken. Fest schlossen sich Rabes Finger um ihre Schulter. „Komm mit mir. Ich bringe dich in Sicherheit."

Empört schob sie seine Hand beiseite und starrte ihn entgeistert an. Für den Bruchteil einer Sekunde war sie tatsächlich so naiv gewesen zu glauben, ihr Abend würde endlich in geregelteren Bahnen verlaufen. Scheinbar hatte sie den einen Wahnsinnigen nur gegen einen anderen ausgetauscht. Zu der Fassungslosigkeit und Panik gesellte sich langsam aber sicher Wut. Was glaubte dieser Kerl? Dass sie sich abführen ließ wie ein unmündiges Kind?

Ihr Herz schlug ihr pochend bis zum Hals, als sie nach Rabe trat. Das hatte dieser eigenartige Krieger wohl nicht erwartet. Siandra nutzte den Überraschungsmoment, um sich aus seinem Griff zu winden und das Weite zu suchen.

Hätte ich mich doch mal als etwas anderes verkleidet und bequeme Schuhe angezogen, dachte sie gequält. Aber nein, es musste ja dieses eine Kostüm sein. Hätte ja keiner ahnen können, dass ihr eine nächtliche Verfolgungsjagd bevorstand.

Aus dem Augenwinkel bemerkte sie, dass Rabe zu ihr aufgeschlossen hatte. Obwohl sie schon so schnell wie nur irgendwie möglich lief, joggte er fast schon entspannt neben ihr her. Belustigt hob er die Augenbrauen.

„Das ist doch lächerlich", rief er gegen den Wind an.

Am liebsten hätte sie ihm das selbstgefällige Grinsen von den Lippen gekratzt, aber sie musste sich aufs Atmen konzentrieren. Sie versuchte noch schneller zu laufen. Ihre Beine pochten vor Anstrengung und ihre Lungen schrien um Gnade, doch sie gönnte sich keine Verschnaufpause. Rabe war dicht hinter ihr, das konnte sie genau hören.

Es war nicht mehr weit bis zur nächsten Kreuzung. Diese Straße war normalerweise belebter und mit ein bisschen Glück fuhr ein Polizist Streife. Nicht mehr weit und sie war in Sicherheit... hoffentlich.

Plötzlich wurde sie zurückgerissen. Sie zielte mit dem Ellbogen nach ihrem Verfolger, warf ihren Kopf zurück, um ihn zu treffen, doch er hielt sie unbarmherzig fest. Seine Arme waren wie Schraubstöcke, die jede ihrer Bemühungen sich zu befreien ins Leere verlaufen ließen.

„Verdammt! Ich will dir nichts böses", presste er hinter geschlossenen Zähnen hervor.

„Warum sollte ich dir das glauben?", rief Siandra und versuchte mit Händen und Füßen von ihm loszukommen.

„Wenn ich dich jetzt loslasse, versprichst du mir, dass du nicht panisch wegrennst?"

Siandra seufzte. „Meinetwegen."

Sein Griff lockerte sich, als er sie behutsam zu sich umdrehte. Er verschränkte die Arme vor der Brust und musterte sie ganz unverhohlen.

„Und jetzt?" Sie versuchte sich die Furcht, die noch immer ein eisernes Band um ihren Brustkorb legte, nicht anmerken zu lassen.

„Ich werde dich in Sicherheit bringen", sagte Rabe unbeeindruckt und wollte nach ihrer Schulter greifen. Er fasste ins Leere, als Siandra einen Schritt zurück machte.

„Du glaubst doch nicht allen Ernstes, dass ich nach all dem, was gerade passiert ist, noch freiwillig mit dir mitkomme?" Sie schlang sich den Schal wieder fester um den Hals, der bei der Verfolgungsjagd ein wenig gelitten hatte. „Was du jetzt machst, ist mir ziemlich Latte, aber ich gehe jetzt nach Hause."

Rabe verschränkte die Arme vor der Brust und musterte sie belustigt. „Auf zu Großmutter?"

Sie warf ihm noch einen bösen Blick zu, ehe sie sich umdrehte. Erst später fragte sie sich, warum er sie plötzlich gehen ließ.

„Zu spät", krächzte es aus dem Inneren der Wohnung, als Siandra die Haustür ein wenig zu ruppig ins Schloss fallen ließ. „Doofkopp! Doofkopp!"

„Halt den Rand, Jack!", brummelte sie. Sie ignorierte das Wippen des grauen Papageis, als sie sich auf ihr Bett fallen ließ. Sie bemerkte nicht einmal, dass sie den Fernseher angelassen haben musste und Heidi Klum ihr mit starrem Gesicht verkündete, dass sie heute leider kein Foto für sie hatte. Ihr waren schon einige seltsame Dinge passiert, doch das toppte alles. Vorsichtig berührte sie den Schnitt an ihrem Schlüsselbein. Warum hatte Florian sie angegriffen? Und was hatte dieser Rabe damit zu tun? Die beiden kannten sich, so viel war sicher. Waren sie in der gleichen eigenartigen Rollenspielgruppe? Ohne auf das weitere Gekrähe ihres Vogels zu achten, zog sie eine Tube Salbe aus der Nachttischschublade und strich ein wenig auf die oberflächliche Wunde. Aber waren sie wirklich nur verwirrt oder zugedröhnt? Weder Florian, noch Rabe hatten gewirkt, als hätten sie zu viel Alkohol intus oder irgendetwas eingeworfen. Warum sagte Florian sie sei ein Halbblut? Gehörten die beiden zu irgendeiner abgedrehten Sekte? Sie griff nach ihrem Handy und tippe mit immer noch leicht zitternden Händen eine SMS an Becca. 'Hatte grad ne psychotische

Episode im Park. Ruf mich an, wenn du wach bist.' Dreimal musste sie von Neuem beginnen, weil sie die Tasten nicht richtig traf.

Siandra zuckte zusammen, als es an der Tür klingelte. Ihr Atem raste, als sie aufstand und hinüber ging. Hoffentlich war das nur ein Nachbar, der sich wegen des Lärms beschwerte. Doch dieser Gefallen wurde ihr nicht getan.

„So sieht man sich wieder", sagte Rabe und lehnte sich lächelnd an den Türrahmen. „Du hast mir vorhin gar nicht die Gelegenheit gegeben, mich vorzustellen. Mein Name ist Elyano."

Siandra hob die Augenbrauen und versuchte all die Selbstsicherheit aufzufahren, die ihr zu entgleiten drohte. „Kein Wunder. Immerhin warst du viel zu sehr damit beschäftigt, mich zu entführen. Tut mir leid, dir sagen zu müssen, dass das nicht gerade zu meinen Hobbys zählt."

Theatralisch packte er sich ans Herz. „Siandra, Siandra. Das verstehst du völlig falsch." Er löste sich vom Türrahmen. „Darf ich reinkommen?"

„Nein."

Elyano schmunzelte kurz, wurde aber schlagartig ernst, als sein Blick die Wunde an ihrem Schlüsselbein streifte. „Wir müssen uns unterhalten. Über diesen Angriff, deine Rolle in dem ganzen..."

„Meine Rolle? Was habe ich denn damit zu tun?", brach es aus ihr heraus, doch Elyano überging es einfach. Er machte einen Schritt vor und hatte schon fast einen Fuß in ihrer Wohnung. Siandra überlegte gerade, wie sie am schnellsten an ihre Messer in der Küche kommen konnte, als Elyano sich kurz durch die dunklen Haare strich.

„Da gibt es etwas, das du wissen musst. Du bist hier nicht sicher."

Siandra wich zurück und verschränkte die Arme vor der Brust. „Ich will damit absolut nichts damit zu tun haben. Bevor ich mich auf dich und deine seltsame Sekte einlasse, bleibe ich lieber in meiner ach so gefährlichen Wohnung. Und wenn ich dich jetzt bitten dürfte, bevor ich die Polizei rufe..." Sie wollte die Tür schließen, doch Elyano drückte seine Hand dagegen.

„Wir müssen reden", presste er hinter geschlossenen Zähnen hervor. Siandra sah genau, wie sehr er mit seiner Beherrschung kämpfte.

„Gar nichts müssen wir. Ich kenne dich nicht und deine eigenartige Sekte noch viel weniger. Ich habe mit diesem ganzen Krieger-Halbblut-Mist nichts am Hut und will es ganz bestimmt auch nicht. Und jetzt verschwinde, verdammt nochmal!"

„Alles in Ordnung, Siandra?" Eine ältere Dame lugte von der Treppe zu ihnen herauf. „Wer ist dein Freund?"

Siandra atmete tief durch, ohne den Blick von Elyano abzuwenden. „Niemand. Er wollte gerade gehen." Einen Moment lang befürchtete sie, Elyano würde sich an ihr vorbei drängen, oder anderswie toben. Doch er sah sie noch einmal durchdringend an, ehe er sich umdrehte und ging. Siandra knallte die Tür hinter sich zu. Kraftlos ließ sie sich zu Boden sinken und lauschte Elyanos Schritten im Treppenhaus, die sich langsam entfernten.

Der böse Wolf

Das Schrillen ihres Telefons riss Siandra unsanft aus dem Schlaf. Noch etwas benommen rollte sie sich auf dem Bett herum und schmiss reflexartig ihr Kissen nach dem Übeltäter. Doch sie hörte nur metallenes Klirren und ein empörtes Krächzen als das Kissen sein Ziel traf. „Sorry Jack", murmelte sie und rieb sich über die Augen. Es konnte erst wenige Minuten her sein, seit sie eingeschlafen war. So fühlte es sich zumindest an. In der Nacht hatte sie keinen Schlaf gefunden. Die Gedankenspirale in ihrem Kopf hatte einfach keine Ruhe gegeben und sie immer wieder mit bohrenden Fragen malträtiert. Sie war versucht das Klingeln einfach zu ignorieren, doch ihr Anrufer ließ nicht locker. Wer war denn verdammt nochmal so penetrant um acht Uhr morgens anzurufen?!

Es dauerte eine Weile, bis sie ihr Telefon gefunden hatte. Dem verstörenden Klang folgend, robbte sie durch ihre Wohnung und wunderte sich aufs Neue, wie ihre Sachen auf den wenigen Quadratmetern verschwinden konnten. Aber gab der Anrufer auf? Nein! Noch immer dröhnte das Klingeln in ihren Ohren.

„Guten Morgen, Frau Ecker. Mein Name ist Matthias Stratmann und ich rufe im Auftrag Ihres Vaters an."

Siandra unterdrückte ein Stöhnen. Unterhaltungen, die so begannen, nahmen häufig kein sonderlich gutes Ende. Was hatte ihr alter Herr denn jetzt schon wieder mit ihr vor? „Egal, was es ist. Kein Interesse." Normalerweise war sie bemüht, die ganzen Vertreter, die ihr Vater ihr auf den Hals hetzte, freundlich abzuwimmeln, doch der Schlafentzug beeinträchtigte ihre Nettigkeit und ihr Bett rief so verlockend nach ihr.

„Aber Frau Ecker. Ihr Termin..."

„Welcher Termin?"

Matthias Stratmann schien fast ein wenig erleichtert, dass sie noch in der Leitung war. „Ihr Vater hat mich gebeten, Sie an das Seminar zu erinnern, das er für Sie ausgehandelt hat. Es findet heute Mittag um zwölf im..."

„Richten Sie ihm doch bitte aus, dass ich anderweitig beschäftigt bin.

Einen schönen Tag noch", sagte sie, auch wenn ihr ganz andere Dinge auf den Lippen gelegen hatten, und legte auf. Sie versuchte die Wut, die in ihr aufkam, zu verdrängen. Ihr Vater wollte ihr einen Einstieg in seine Welt ermöglichen. Vielleicht hätte sie sich geschmeichelt fühlen sollen, doch ehrlich gesagt, weckte es eher andere Gefühle in ihr. Sie wusste ja selbst nicht einmal, was sie wollte. Sie wollte nichts von ihrem Vater und sie wollte ihm erst recht nichts schulden müssen.

Erneut setzte das Klingeln ein. Ein Blick auf das Display zeigte ihr, dass es wieder dieser Matthias war, der anrief. *Übermotivierter Speichellecker,* dachte sie genervt und ließ sich wieder auf das Bett sinken. Sie versuchte das Telefonklingeln zu ignorieren, doch als auch Jack anfing in seinem Käfig Terror zu machen, richtete sie sich wieder auf. „Danke auch, Vogel!", fauchte sie dem Tier entgegen und erntete nur ein „Wie macht Katze? Wuff."

Entnervt richtete sie sich auf und schaltete mit der einen Hand die Kaffeemaschine an. Die andere fischte nach der Fernbedienung. Vielleicht konnte der Fernseher die anderen nervigen Geräusche ja ausblenden. Ihr Blick wanderte zum Käfig. Jack – der eigentlich Dr. Jekyll hieß – gehörte ihrer Schwester. Als sie ihn nicht mitnehmen konnte, hatte Siandra ihn zu sich geholt. Und dort schien er sich auch recht wohl zu fühlen. Der graue Vogel wippte mit dem Kopf auf und ab und starrte sie an. „Leben ist schön. Was guckst du?"

Schmunzelnd warf sie ihm ein paar Nüsse in die Schale, über die er sich sofort hermachte und riss mit einem Ruck das Telefonkabel aus der Wand. Sie wollte schon erleichtert aufatmen, als stattdessen ihr Handy anfing zu klingeln. Wieder dieselbe Nummer. Um ein Haar hätte Siandra ihr Handy aus dem Fenster gepfeffert, begnügte sich dann aber doch damit es lautlos zu schalten. Gab dieser Kerl denn niemals auf?

Ein beklemmendes Gefühl breitete sich in Siandra aus, als sie auf den Haupteingang des großen Gebäudes zuhielt. Sie widerstand dem Drang auf der Stelle kehrt zu machen und zu fliehen. Immerhin kam sie freiwillig hierher. Sie wollte ihre Schwester besuchen. Doch jedes Mal brachen hier diese ganzen Gefühle, die sie immer so gut verdrängt hatte, wieder hervor.

Siandra brauchte nicht an der Rezeption nachzufragen. Sie kannte den

Weg ganz genau. In den letzten Monaten war sie oft hier zu Gast gewesen. Hin und wieder begegnete ihr das ein oder andere freundliche Gesicht. Sie nickte ihnen zu, war aber froh nicht in ein Gespräch verwickelt zu werden. Sie wollte nicht über ihre Schwester sprechen. Sie wollte einfach nur zu ihr.

Eine Tasche baumelte an ihrem Handgelenk. In ihrem Inneren befand sich das Paket, das sie bei ihren Eltern abgeholt hatte, ebenso wie zwei Fotoalben und ein Buch. Ihre Schwester hatte gebeten, sie ihr zu bringen, auch wenn sie nie der Mensch für sentimentale Augenblicke gewesen war. Sie hatte es immer gehasst, selbst fotografiert zu werden und nannte es stets eine Zeitverschwendung, Momente festhalten zu wollen.

Gedankenverloren trat Siandra in den Aufzug und beobachtete die Zahlen, die sich im Inneren der Anzeige abwechselten. Sie seufzte, als der Aufzug mit einem leisen Pling stehen blieb und sich die Tür öffnete. Das mulmige Gefühl in ihrem Bauch verstärkte sich noch, als sie hinaus trat. Doch dann stieß sie gegen etwas – oder besser gesagt gegen jemanden. Sie verlor das Gleichgewicht und wäre fast gestürzt, hätte dieser Jemand sie nicht am Arm festgehalten. Leider ließ sie dabei die Tasche fallen und die Fotoalben landeten mit einem lauten Klatschen auf dem Boden. Sie wollte sie wieder aufheben, doch der Jemand kam ihr zuvor. Als er sich aufrichtete und ihr die Tasche reichte, wich sie unbewusst einen Schritt zurück. Es war der Mann mit dem Hund, den sie schon einmal fast umgenietet hatte. Was machte er denn hier?

„Die Welt ist klein, was?", fragte er lächelnd und hakte die Daumen in den Bund seiner Hose. „Ich hoffe, du bist beim letzten Mal noch gut nach Hause gekommen. Was machst du eigentlich hier? Du hattest doch wohl keinen weiteren Unfall?"

Siandra versuchte sich zu beruhigen. Immerhin schien der Mann nicht so irre zu sein, wie sie anfangs dachte. Doch ganz konnte sie dieses Gefühl nicht abschütteln. Es war, als würde es sich mit Klauen an ihr festhalten. „Nein, nein, keine Sorge. Ich besuche nur jemanden. Und Sie? Was führt Sie hierher?"

Er zwinkerte ihr zu. „Sag ruhig du, sonst fühle ich mich noch älter, als ich ohnehin schon bin. Meine Verlobte erwartet unser erstes Kind", sagte er und strich sich nervös eine Strähne aus dem Gesicht.

Ein ehrliches Lächeln trat auf ihre Züge. „Herzlichen Glückwunsch."

Er erwiderte ihr Lächeln. „Danke. Ich lasse dich dann mal weiter zu deiner Bekannten und ich sollte mich langsam auch auf den Weg zurück machen. Wer weiß, vielleicht ja bis bald." Mit den Worten zwinkerte er ihr nochmal zu und verschwand im Aufzug.

Bis zum Zimmer ihrer Schwester hatte Siandra es nicht mehr weit. Als sie vor der dunklen Tür stand, spürte sie, wie ihre Hände zitterten. Sie freute sich ihre Schwester zu besuchen, doch jedes Mal war da auch noch Anspannung und Furcht, die sich unter dieses Gefühl mischten. Sie atmete noch einmal tief durch und trat ein.

„Hallo Sia." Ihre Schwester lag in dem Bett am Fenster und richtete sich ein Stück weit auf, als Siandra näher kam.

Mit einem Lächeln auf den Lippen ließ sie sich auf dem Bettrand nieder und stellte die Tasche auf den Stuhl, der neben dem kleinen Nachttisch stand, ehe sie ihre Schwester begrüßte. Vero hatte ihre dunklen Haare zu einem lockeren Zopf zusammengebunden und einige Strähnen fielen ihr in die Stirn. Ihre Augenbraue hob sich, als sie Siandra musterte. „Ist alles in Ordnung mit dir? Du siehst schlecht aus."

Siandra zwang sich zu einem Lächeln. „Ich sehe immer noch besser aus als du."

„Das kann ich mir kaum vorstellen." Vero lachte, doch ihr Lachen ging in ein Husten über. Angestrengt trank sie einen Schluck Wasser, ehe sie sich zurück in die weichen Kissen fallen ließ. „Also was ist los? Jetzt mal Tacheles."

„Ach so das Übliche. Lernstress, unser Vater mit seinen Plänen…"

„Hat er dir wieder einen Vertreter auf den Hals gehetzt?", fragte Vero mitleidig.

Siandra grinste diebisch und überkreuzte ihre Beine. „Heute Morgen hat mich ein höflicher junger Mann aus dem Bett geklingelt."

Veros Blick wurde wachsam. „Ich hoffe du warst nett."

„Ich bin doch immer nett."

„Wer's glaubt."

Siandra seufzte. „Ich habe nur manchmal die Hoffnung, dass er es endlich einsieht."

„Wer? Vater?"

„Nein, der Kentucky-Fried-Chicken-Kerl. Natürlich unser Vater."

Siandra strich kurz über ihren Nacken und ließ ihren Blick aus dem

Fenster schweifen. Ausnahmsweise jagten die Halluzinationen keinen Herzinfarkt durch ihren Körper und sie fühlte sich auch nicht verfolgt wie in den letzten Tagen. Dieses Gefühl war so penetrant gewesen, dass sie sich fast schon daran gewöhnt hatte. Siandra runzelte die Stirn. Das war doch lächerlich.

„Du weißt, Vater wird niemals aufgeben", sagte Vero leise. „Wenn er sich etwas in den Kopf gesetzt hat, hört er nicht eher auf, bis er sein Ziel erreicht. Er hat nur noch dich."

„Das ist Unsinn und das weißt du auch. Er hat auch dich."

„Du weißt, wie er denkt. Ich habe ihn und die Familie enttäuscht. Ich kann es ihm auch nicht einmal verübeln. Immerhin habe ich ihn mehr als einmal bestohlen, belogen und hintergangen. Vielleicht hat er recht, wenn er sagt, dass ich mir das alles selbst zuzuschreiben habe."

„Vero..."

Sie schüttelte den Kopf. „Lass uns über etwas anderes reden, ja?"

Siandra nickte, doch sie schwieg, als wären alle anderen Gedanken schlagartig aus ihrem Kopf verschwunden und hätten gähnende Leere hinterlassen.

„Was macht Jack?", fragte Vero schließlich.

Siandra zwang sich ein Grinsen auf die Lippen, auch wenn ihr eigentlich nicht danach war. „Frisst mir die Haare vom Kopf. Und kann einfach nicht aufhören zu quatschen. Manchmal erinnert er mich ein wenig an Becca."

Vero lachte. „Wie geht es Becca denn? Was machen ihre Partyvorbereitungen?"

„Sie bringt mich nochmal um den Verstand", sagte Siandra und seufzte theatralisch, ehe sie abwinkte. „Nein, Scherz beiseite. Es geht gut voran, auch wenn sie es selbst nicht sieht. Aber du kennst sie ja. Wenn sie etwas absolut möchte, kann sie eine echte Perfektionistin sein."

„Schade, dass ich nicht dabei sein kann."

„Wenn du entlassen wirst, schmeißt Becca bestimmt eine Party nur für dich", sagte Siandra und versuchte ihr zuzulächeln, versuchte die Worte zu ignorieren, die unsichtbar zwischen ihnen schwebten.

Vero nickte nur schwach und sah aus dem Fenster heraus. „Ja, wenn ich hier raus komme. Du Sia, ich bin sehr müde."

Siandra verstand den Wink und erhob sich von dem Bett. Sie beugte

sich noch einmal vor, um ihre Schwester zu umarmen. „Ich wollte sowieso noch bei Becca vorbeischauen. Die Tage bin ich wieder da."
„Bestell ihr liebe Grüße, ja?"
„Das werde ich. Versprochen."

Als sie in die enge Straße einbog, die zum Haus von Beccas Eltern führte, war sie in Gedanken noch bei ihrer älteren Schwester. Ihr Verhältnis war nicht immer das einfachste gewesen und es gab Zeiten, in denen der Kontakt gänzlich abgebrochen war. Es war nicht die Art Streit, die zwischen Geschwistern üblich war, kein Motzen über endlose Badezimmerzeiten oder geliehenes Make-Up. Mehr als einmal hatte Vero ihr Geld geklaut, hatte sogar Siandras neuen DVD-Player verkauft, um sich den nächsten Trip leisten zu können. Ihren Eltern hatte sie noch tiefer in die Tasche gegriffen und oft hatte ihr Vater den Kopf hingehalten, um sie vor einer Strafe zu bewahren. Doch irgendwann war auch seine Geduld am Ende. Nachdem er sie vor die Tür gesetzt hatte, brach auch Siandras Kontakt zu ihrer Schwester ab. Erst Jahre später rief Vero sie an, als sie schon längst im Krankenhaus lag. Die Zeit hatte sie gezeichnet und die Drogen ihren Körper zerstört. Siandra konnte sich nicht an all die Fachbegriffe erinnern, die der Arzt ihr zu erklären versucht hatte, doch der Begriff Ösophagusvarizen war mehr als einmal gefallen. Vero ging es mal besser und mal schlechter, doch langsam schien die Therapie anzuschlagen. Ihre Eltern mieden sie noch immer, nur ihre Mutter besuchte sie ab und an mal, wenn ihr Ehemann es nicht mitbekam. Ihr Vater schien vollends mit seiner ältesten Tochter abgeschlossen zu haben. Siandra hatte Vero vergeben – warum konnten ihre Eltern das nicht?

Als sie den wild wuchernden Vorgarten durchquerte, fiel sie beinahe über das Skateboard von Beccas kleinem Bruder Lars, doch sie schaffte es noch sich zu fangen. Teddy öffnete ihr die Tür, als sie klingelte. Bis heute verstand sie nicht, warum er Teddy genannt wurde. Er war hochgewachsen und eher schmal, als rund und kuschelig. Im Gegensatz zu den farbenfrohen Paradiesvögeln, mit denen er zusammenarbeitete, wirkte er geradezu schlicht. Nur sein fast schon kunstvoll in Form gebrachter Bart und der eigenartige Schimmer in seinen Augen hoben ihn von der Masse ab. Früher hatte sein stahlgrauer Blick ihr Angst eingejagt, doch mittlerweile war er zu fast so etwas wie einem Vaterersatz geworden. Ein Lächeln schlich sich auf das Gesicht des Modezaren, als er erkannte, wer da vor der Tür stand und er drückte sie kurz an sich. „Siandra! Schön, dass du uns besuchen kommst. Du möchtest bestimmt zu Becca, oder?"

„Teddy, was...?" Ein dunkler Haarschopf tauchte hinter ihm auf. Becca grinste breit und packte Siandras Arm. Ehe diese wusste, wie ihr geschah, stand sie auch schon in Beccas weitläufigem Zimmer.

Ihre Freundin schien es sich zur Lebensaufgabe gemacht zu haben, es zu dekorieren. Jedes Mal, wenn Siandra sie besuchte, sah es anders aus. In dieser Woche schien sie Afrika als Thema gewählt zu haben. Das Zimmer war in sanfte Erdtöne getaucht und an den Wänden hingen skurrile Masken.

„Gut, dass du da bist", sagte Becca und ging unruhig vor dem Bett auf und ab. Drei Kleider waren darauf ausgebreitet, eines extravaganter als das andere. Das eine war cremefarben, mit einer überdimensional großen Schleife auf der Schulter, eines royalblau, das unter dem Dekolleté gerafft war und dessen Ärmel eine gewisse Ähnlichkeit mit Zelten hatten und das letzte war ein pink-goldenes Kleid mit riesigen blassrosa Blüten an der Seite. Ehrlich gesagt fand Siandra alle drei schrecklich.

„Was hältst du davon?" Beccas Wangen waren vor Aufregung gerötet, als sie ihre Freundin näher an das Bett heranzog. Nicht, dass Siandra die Kleider hätte übersehen können. Es war fast ein wenig wie ein Autounfall: Man konnte es nicht ertragen hinzusehen, aber noch viel weniger konnte man den Blick abwenden. „Ich kann mich einfach nicht entscheiden, welches von Teddys Kleidern ich zur Party anziehen soll. Sie sind alle außergewöhnlich."

...hässlich, vervollständigte Siandra in Gedanken. Teddy sollte vielleicht doch besser beim Altbewährten bleiben. Siandra liebte die lässigen T-Shirts und eleganten Oberteile, die er entwarf. In ihrem Schrank hing ein gutes Dutzend von ihnen, die sie allesamt irgendwann einmal von Teddy geschenkt bekommen hatte. *Produktionsfehler*, hatte er ihr jedes Mal aufs Neue zugezwinkert.

„Nimm das Blaue", murmelte sie und ließ sich auf das Bett sinken.

Besorgt musterte ihre Freundin sie. „Alles in Ordnung mit dir? Was ist denn los?"

„Ich war nur bei Vero", sagte sie und starrte zur Zimmerdecke. „Liebe Grüße übrigens." Becca nickte, als würde das alles erklären und das tat es eigentlich auch. Jedes Mal, wenn Siandra ihre Schwester besuchte, fühlte sie sich hinterher unendlich schlecht. Es war die Hoffnungslosigkeit, das Wissen nichts ausrichten zu können, das ihr so sehr zusetzte. Auch wenn sie und ihre Schwester nicht immer das beste Verhältnis zueinander gehabt hatten, war sie Familie und sie liebte sie. Es tat weh sie so zu sehen.

Doch das war nicht das Einzige, das Siandra beschäftigte. Es war dieser seltsame Fremde, Elyano, der ihr einfach nicht mehr aus dem Kopf ging.

„Als ich am Donnerstag mit dir auf den Bus gewartet habe, hab ich da jemanden gesehen."

Becca hob die Augenbrauen. „Da war sicher mehr als eine Person. Warum erzählst du mir...?" Ein wissendes Grinsen breitete sich auf ihren Lippen aus. „Sah er denn gut aus?"

Irritiert runzelte Siandra die Stirn, ehe sie aus ihrer Starre erwachte. „Keine Ahnung. Ja. Was tut das denn zur Sache? Jedenfalls habe ich ihn wieder gesehen. Mehrmals!"

„Krass. Wie ein verrückter Stalker." Beccas Augen weiteten sich.

„Und als ich dann nach der Party nach Hause gegangen bin..."

„Wieder durch den Stadtwald? Du weißt, was da passieren..."

„Das ist Lindenthal, verdammt. Wie gefährlich kann es da schon sein? Aber nein, ich bin nicht durch den Wald gegangen. Da wollte ich mal ausnahmsweise die Straße am Gürtel nehmen, weil ich dachte ‚Hey, die ist heller beleuchtet, da passiert schon nichts.' Wäre ich mal besser durch den Stadtwald gegangen."

„Und was ist passiert?"

„Ich wurde von Irren in Kostümen angegriffen, die mit ihren Schwertern rumgefuchtelt haben. Mit echten wohlgemerkt. Einer von ihnen war übrigens dieser Florian."

„Moment, Florian?" Becca zog die Augenbrauen zusammen und setzte sich auf den Stuhl, der neben dem Bett stand. „Der Florian, den ich auch kenne?"

„Ja genau der. Er war immerhin der Erste, der mir seine Klinge ins Gesicht gehalten hat." Becca sog scharf die Luft ein, doch sie schwieg. „Natürlich habe ich auf dem Absatz kehrt gemacht und bin gelaufen. Weit gekommen bin ich aber nicht."

„Mit den Schuhen sicher nicht", sagte Becca und versuchte zu lächeln, doch es wirkte mehr wie eine Gesichtslähmung.

„Und dann ist dieser Fremde von der Bushaltestelle aufgetaucht. Er befahl Florian und den anderen zu verschwinden und sie haben ihm sogar gehorcht. Als er mich dann aber auch noch kidnappen wollte, habe ich Reißaus genommen."

Siandra dachte für einen kurzen Moment so etwas wie Mitleid in den Augen ihrer Freundin aufblitzen zu sehen. „Süße, bist du sicher, dass du dir das nicht nur eingebildet oder schlecht geträumt hast?"

Fassungslos starrte Siandra sie an, ehe sie ihr Oberteil ein Stück weit herunterzog und die Stelle entblößte, an der Florians Schwert ihre Haut eingeschnitten hatte. „Ach ja? Und das habe ich mir auch nur eingebildet?"

„Ach du Scheiße...."

Vorsichtig schob sie den Stoff wieder hoch. „Ja, das trifft es glaube ich ganz gut."

„Hast du mit der Polizei gesprochen? Mit solchen Irren ist nicht zu spaßen. Erst vor zwei Wochen habe ich auf Facebook...."

Siandra hob abwehrend die Hände. „Ich werde nicht zur Polizei gehen. Es ist nichts passiert und..."

„Das nennst du nichts?", fragte Becca mit verständnislosem Blick und stach ihr in die Schulter.

Siandra schob ihren Finger beiseite. „Es ist nichts. Nur ein Kratzer."

„Ein Kratzer?!" Beccas Stimme war vor Aufregung ganz hoch. „Das ist nicht nur ein Kratzer! Was auch immer das war, es hätte dich töten können."

Siandra gab ihr einen kräftigen Tritt vors Schienbein als sich die Tür öffnete und Teddy den Kopf hinein streckte. „Alles in Ordnung?", fragte er besorgt.

Becca lächelte ihm engelsgleich zu und hielt sich unauffällig das schmerzende Bein. „Ja, alles in bester Ordnung." Erst, als ihr Stiefvater den Raum verlassen hatte, stöhnte sie stumm auf und schlug leicht nach ihrer besten Freundin. „Danke für den nächsten blauen Fleck. Ernsthaft jetzt! Das ist sicher irgend so eine gefährliche Sekte. Du musst zur Polizei gehen!"

„Und was soll ich denen sagen? ‚Hallo, nach einer Karnevalssitzung hat mich so ein Irrer mit einem Schwert bedroht'. Die werden nur denken, ich hätte zu viel..."

„Ein Schwert?!", unterbrach Becca sie schrill.

So langsam bereute Siandra es, überhaupt davon angefangen zu haben. „Hast du mir gerade überhaupt nicht zugehört?"

„Ich war ein wenig davon abgelenkt, dass Florian dich angegriffen haben soll!"

Siandra strich sich kurz über die Augen. „Weißt du was? Ich hätte es dir nicht erzählen sollen. Ich weiß doch, wie schnell du dir Sorgen machst."

„Das ist wirklich gefährlich. Versprich mir, dass du sofort die Polizei rufst, wenn du diesen Stalker das nächste Mal siehst."

Siandra nickte und spürte gleich das schlechte Gewissen an sich nagen. Sie wusste, dass sie dieses Versprechen nicht halten würde. Nein, eigentlich war da sogar ein kleiner Teil in ihr, der hoffte den seltsamen Fremden wiederzusehen.

Der frostige Abendwind hauchte sie an, als Siandra den Bus verließ. Nach dem Unterricht hatte sie sich mit ein paar Mitschülern getroffen, um ein wenig Biologie und Mathe zu büffeln. Die Prüfungen rückten immer näher und sie fühlte sich absolut nicht dazu bereit. Außerdem hatte sie ihre Deutschhausaufgaben schon viel zu lange aufgeschoben. Kurzum, sie hatte viel mehr Zeit in der Schule verbracht, als ihr lieb war und wollte jetzt nur noch eines: auf dem schnellsten Weg zurück nach Hause. Sie beantwortete eine SMS ihrer Schwester, als sie die schwach befahrene Straße überquerte und ohne groß nachzudenken, den kürzesten Weg nach Hause einschlug. Auch wenn ihr die Kälte einen Schauer über die Arme jagte und im ersten Moment den Atem genommen hatte, genoss sie die frische Luft, die sie umgab. Der Schnee kam spät in diesem Jahr. Eigentlich hatten alle schon mit milderen Temperaturen gerechnet, als der Winter sie noch einmal mit der vollen Breitseite getroffen hatte.

Wie von selbst trugen ihre Schritte sie über den harten Waldboden. Der Stadtwald war wie ausgestorben, doch Siandra bemerkte ohnehin kaum etwas. Schon im Bus hatte sie sinnlose Textnachrichten mit ihrer Schwester getauscht und jetzt gesellte Becca sich auch noch dazu. Es vertrieb immerhin die Zeit.

Der Weiher vor dem schicken Hotel war völlig zugefroren. Laut platschte das Wasser des Springbrunnens auf die dicke Eisschicht. Siandra schloss die Augen, als der kühle Atem des Winters über ihre Haut strich.

Es gab einfach nichts Schöneres, als in den späten Abendstunden durch den Stadtwald zu laufen. Tagsüber war er oft überlaufen, doch je weiter die Uhr wanderte, desto weniger Menschenmassen tummelten sich hier.

Siandra runzelte verwirrt die Stirn, als ein eigenartiges Geräusch an ihr Ohr drang. Ohne den Blick vom Weg abzuwenden, ließ sie ihr Handy in die Jackentasche wandern und sah sich um. Im ersten Moment dachte sie, sie hätte es sich bloß eingebildet, doch dann hörte sie es erneut. Lauter. Klarer. Es war ein Knurren, das ihr tief in die Knochen fuhr und ihren Magen vor Angst verkrampfen ließ. Unbewusst beschleunigte sie ihre Schritte. Etwas Helles glühte zwischen den Zweigen der Büsche. Augen? Sie verdrängte den Gedanken. Jetzt mach dich nicht lächerlich! *Das bildest du dir alles nur ein.* Doch die eiskalte Hand legte sich immer fester um ihre Brust. Hastig fuhr sie herum, als sie wieder ein Knurren hörte, doch sie sah niemanden hinter sich. Ihr Atem raste. Das Unterholz raschelte, doch sie konnte nichts sehen. Spielten ihre Sinne ihr einen Streich? Sie merkte kaum, wie sie fast schon ins Rennen verfiel.

Siandra stoppte, als sie etwas erkannte, das in einiger Entfernung in dem schummrigen Schein einer Straßenlaterne stand. Gelbliche Augen musterten sie. Es war ein Wolf. Sein struppiges Fell schimmerte in dem künstlichen Licht bernsteinfarben. Für den Bruchteil einer Sekunde musste Siandra an die Werwolffilme denken, die sie erst vor kurzem mit Becca gesehen hatte. Doch das war kein Werwolf. So etwas wie Werwölfe gab es nicht. Und trotzdem war dieser Wolf größer, als er eigentlich sein sollte. Auch wenn Siandra streng genommen einem Wolf noch nie so nah gewesen war. Weitere Wölfe traten in das Licht der Laterne und entblößten knurrend ihre Fangzähne.

Siandra wusste, dass es vermutlich klüger wäre, ruhig stehen zu bleiben, doch sie dachte nicht mehr nach, sie handelte nur noch. Sie drehte sich auf dem Absatz um und lief los. Hinter ihr nahmen die Wölfe ihre Verfolgung auf, doch sie wagte es nicht, zurück zu sehen.

Ihre Schuhe knirschten und hinterließen Spuren im Schnee. Siandra rutschte in den Kurven und schaffte es nur um ein Haar nicht zu stürzen. Doch sie durfte nicht langsamer werden. Der Atem der Wölfe verfolgte sie mit jedem Schritt. Siandra fluchte ungehemmt, als weitere Wölfe aus dem Unterholz brachen und stürzte beinahe bei dem Versuch ihnen auszuweichen. Von beiden Seiten kamen Wölfe auf sie zu. Auch wenn die Stimme der Vernunft in ihrem Inneren rebellierte, strauchelte sie die sanfte Böschung herab. Ihre Füße rutschten ein Stück weit weg, als sie die glatte Eisfläche berührten. Kurz kämpfte Siandra mit ihrem Gleichgewicht, doch sie schaffte es im letzten Augenblick sich zu fangen. Das Eis war nicht gleichmäßig dick, aber sie hatte keine Zeit vorsichtig zu sein. Sie rutschte mehr, als dass sie lief. Die Wölfe, die sich auf die Eisfläche wagten, schienen mit dem glatten Untergrund weniger Probleme zu haben. Gleichmäßig trommelten ihre Schritte hinter ihr. Sie fluchte. So viel zu ihrem tollen Einfall.

Unter ihr vibrierte die Eisfläche und ein Jaulen hallte durch die Luft, als einer der Wölfe durch die Eisdecke brach. *Nicht umdrehen*, raunte sie sich selbst zu. *Bloß nicht umdrehen.*

Nur noch wenige Meter trennten sie vom rettenden Ufer. Nicht mehr weit und sie würde wieder festen Boden unter ihren Füßen spüren. Die Verzweiflung in ihrem Inneren verdrängte mit jedem Herzschlag weitere dieser Gedanken. Es war unmöglich. Die Wölfe waren zu schnell. Aber das Ufer war nah. Vielleicht konnte sie es trotzdem schaffen.

Doch dann verlor sie vollends das Gleichgewicht. Sie kam hart auf dem Boden auf und schlidderte noch ein gutes Stück weiter. Einer der Wölfe hatte sie schon fast erreicht. Geifer tropfte von seinen Fängen. Hastig robbte Siandra zurück, versuchte aufzuspringen, fiel aber immer wieder hin. Ihre Arme brannten und ihre Beine schmerzten, doch sie spürte es kaum.

Die Wölfe gaben nicht auf. Vor Wut brüllend hefteten sie sich an ihre Fersen. Panik kroch in Siandra hoch und legte sich wie eine Schlinge um ihren Hals. Sie konnte es nicht schaffen. Sie konnte es einfach nicht.

Ein Arm riss sie zur Seite und nahm ihr für einen Moment die Luft zum Atmen. „Verschwindet!", rief eine vertraute Stimme und ein großer Körper schob sich zwischen sie und ihre Angreifer. Im diffusen Licht erkannte sie, dass es Elyano war. Wut verhärtete sein Gesicht.

Verwirrt wanderte Siandras Blick von Elyano zu den Wölfen. Was hatte er mit diesen Bestien zu tun? Die Wölfe schienen ihm nicht zu gehorchen. Wütend knurrend kamen sie auf ihn zu. Das Geräusch, das Elyano fluchend ausstieß, klang gar nicht unähnlich, als er die Hand an den Griff seiner Klinge legte.

„Sie hören nicht auf dich, Rabe", sagte eine belustigte Stimme.

„Pfeif deine verdammten Kuscheltierchen zurück!"

Ein Mann trat aus der Dunkelheit der Zweige auf sie zu. Seine welligen blonden Haare fielen ihm unbändig ins Gesicht.

Siandras Augen weiteten sich, als sie ihn erkannte. „Du!", stieß sie hervor. Es war der Fußgänger, den sie mit seinem Hund beinahe umgefahren hatte. Der Mann, den sie im Krankenhaus getroffen hatte. Was wurde hier verdammt nochmal gespielt?!

„Wie konnte ich nur meine Manieren vergessen?" Der Fremde machte eine Handbewegung, fast zu schnell für das menschliche Auge und seine Wölfe verstummten. Sie ließen sich mit gesenktem Blick im Schnee nieder. Ein halbes Lächeln schlich sich auf das Gesicht des Mannes, als sein Blick an Elyano vorbeiglitt. „Liebste Siandra. Wie schön, dich wiederzusehen."

Sie versuchte sich ihre Verwirrung nicht anmerken zu lassen, auch wenn sich in ihrem Kopf die Fragen überschlugen. War es wirklich ein Zufall gewesen, dass sie ihn im Krankenhaus getroffen hatte oder war er ihr gefolgt? Dann war die Geschichte mit seiner Verlobten vermutlich auch nur eine Lüge. „Wer bist du? Und woher kennst du meinen Namen?"

Der Fremde verbeugte sich galant. „Man nennt mich Pyrros Raeghár, Khazit von Azincourt und Anjou und oberster General unserer Fürstin Rotkäppchen."

Entgeistert starrte Siandra ihn an. Jetzt war sie sich absolut sicher, dass diese Typen übergeschnappt waren. Rotkäppchen?!

„Was willst du von ihr, Wolf?", mischte Elyano sich ein. „Was will die rote Hexe mit einem Halbblut?"

Belustigt musterte Pyrros ihn. „Warum sollte ich dir das sagen, Federvieh?" Sein Grinsen wurde breiter, als er bemerkte, wie Elyanos Hand wieder zum Griff seiner Waffe wanderte. „Viel interessanter ist es doch, warum das Halbblut noch lebt und gerade du dich so schützend vor sie stellst. Trichtern Ariel und eure Fürstin Aschenputtel euch nicht ein, das Gleichgewicht zu wahren und alles, was eure heile kleine Welt gefährdet auszumerzen?"

„Halbblut? Aschenputtel? Wovon redet ihr da, verdammt nochmal?" Wütend schob Siandra sich an Elyano vorbei. Sie warf einen nervösen Seitenblick auf die Wölfe, doch sie versuchte sich ihre Unsicherheit nicht anmerken zu lassen.

„Halt dich da raus", knurrte Elyano neben ihr, doch die Wut, die sich langsam aber stetig in ihrem Inneren aufbaute, trieb sie an.

„Nein! Was habt ihr geraucht, um euch so etwas auszudenken?! Ich bin ganz sicher kein Halbblut!"

Pyrros lächelte ihr zu, doch es hatte nichts Freundliches an sich. „Erfreue dich an deinem Leben, solange es dir noch erhalten bleibt. Nicht viele unwissende Halbblüter erfahren so viel über ihre wahre Herkunft, ehe sie zugrunde gehen." Er wandte sich an Elyano. „Und du halte dich aus Angelegenheiten raus, die dich nichts angehen. Sei ein braver kleiner Lakai und tu, was deine Fürstin dir aufgetragen hat. Aber lass dieses Halbblut gehen. Sie ist zu wichtig, um durch deine Klinge zu sterben."

Verwirrt sah Siandra von Pyrros zu Elyano. Elyano sagte, er wolle sie in Sicherheit bringen. War das wirklich so, oder wollte er sie nur in die nächstbeste Gasse zerren, um ihr da in aller Ruhe das Licht auszupusten? Pyrros schien sie davor bewahren zu wollen, doch konnte sie ihm trauen, nachdem seine Wölfe sie durch den Wald gejagt hatten?

Pyrros streckte die Hand nach ihr aus. „Los, komm mit mir, Siandra. Dieser Rabe ist Offizier einer Gruppe, die es sich zur Aufgabe gemacht hat, Halbblüter zu töten. Er hat einen Eid abgelegt. Das Blut hunderter Unschuldiger klebt an seiner Klinge. Du darfst ihm nicht vertrauen. Er wird dir den Tod bringen."

Elyano machte energisch einen Schritt vor und zog eine gebogene Klinge, an deren Griff eine lange Kette hing. „Verschwinde", presste er hinter geschlossenen Zähnen hervor.

Pyrros Lächeln blieb auf seinen Lippen, doch seine Augen bekamen etwas Wildes. Etwas Wahnsinniges. „Wir sollten das Halbblut entscheiden lassen."

„Ich werde ganz sicher nicht mit euch mitgehen. Mit keinem von euch beiden!" Sie wich zurück und versuchte das Pfefferspray zu ertasten, das sich in einer Seitentasche ihres Rucksacks versteckte.

Pyrros folgte ihr, ignorierte Elyano, der sich wieder vor sie schieben wollte. Er zog ein Blatt Papier aus der Jackentasche und kritzelte etwas darauf. „Hier", sagte er und reichte ihr den Zettel. „Ich werde dich zu nichts zwingen. Wenn du deine Meinung ändern solltest, ruf an." Mit den Worten drehte er sich um. Er gab seinen Wölfen mit einer kurzen Handbewegung zu verstehen ihm zu folgen, ehe er hinter der nächsten

Kurve verschwand.

Siandra wollte sich ebenfalls umdrehen, als sie eine Berührung an der Schulter spürte. „Wohin willst du?"

Sie schob Elyanos Hand beiseite. „Na wo werde ich schon hin wollen? Nach Hause natürlich."

„Du kannst auf keinen Fall nach Hause gehen. Pyrros wird dir folgen und es gibt noch andere die nach deinem Tod trachten."

Siandra fuhr herum. „Wie du etwa?"

„Jetzt mach dich nicht lächerlich. Wenn ich dich hätte töten wollen, würdest du hier nicht mehr stehen und dich nett mit mir unterhalten. Du hättest mich nicht einmal gesehen."

„Wie beruhigend", murmelte Siandra und ließ ihren Blick über den Weiher schweifen. Einzig das Loch in der Eisdecke, dort, wo der Wolf eingebrochen war, bewies ihr, dass sie sich das nicht alles nur eingebildet hatte.

„Wirst du mir jetzt endlich zuhören?"

„Sprich, bevor ich's mir anders überlegte", sagte Siandra erschöpft, ohne den Raben anzusehen.

„Pyrros hat die Wahrheit gesagt. Er dient der Fürstin Rotkäppchen, ebenso, wie mein Eid Aschenputtel gilt. Und auch wenn ich an seiner Stelle nicht so mit meinen Titeln hausieren würde, stimmt es, dass er ein Khazit ist, ein niederer Herrscher aus den Grenzreichen."

Siandra hob die Augenbrauen und ließ sich auf einer der kalten Parkbänke nieder. Elyano gesellte sich zu ihr. „Und wer soll er sein? Etwa der böse Wolf?"

„Nein, sein Sohn."

„Das ist doch krank!" Sie wollte aufspringen, doch er hielt sie am Handgelenk zurück.

„Ich werde es dir erklären, wenn du mich nur lässt. Du schwebst in großer Gefahr."

Siandra sah ihn nicht an. Sie war nicht so naiv zu glauben, dass er sie aus reiner Nächstenliebe schützte – vor was für einem Feind auch immer. „Was hast du davon?", fragte sie, ohne den Blick von dem Weiher abzuwenden.

„Rotkäppchen zeigt großes Interesse an dir und ich will wissen, was sie vor hat", erklärte er sachlich. Sie hätte Ausflüchte erwartet, irgendwelche altruistischen Halbwahrheiten, aber nicht so etwas. Einen Moment lang starrte sie ihn nur perplex an.

„Nehmen wir mal an, sie existiert wirklich. Was soll sie von mir wollen? Ich bin niemand. Und warum ist es dir so wichtig zu wissen, was diese Fürstin treibt?"

Elyano hob den Blick zum Himmel und schwieg einige Atemzüge lang. „Je weniger du weißt, desto sicherer ist es." Sie wollte protestieren, als er fortfuhr. „Sie führt etwas im Schilde und ich mache mir Sorgen, wohin ihre Pläne uns alle führen." Siandra spürte, dass da noch mehr war, doch sie hakte nicht weiter nach.

„Du sagtest, Pyrros hätte die Wahrheit gesagt. Auch über dich?"

Elyano atmete geräuschvoll aus, ehe er nickte und die Arme vor der Brust verschränkte. Abwartend beobachtete Siandra ihn, wachsam und bereit jeden Moment aufzuspringen. Er hatte recht. Wenn er sie tot sehen wollte, hätte er es schon längst erledigt. Sie war scheinbar seine Trumpfkarte, doch sie verstand noch nicht ganz, weshalb. „Ich gehöre einer Gruppe an, die sich der Orden der Jäger nennt. Wir unterstehen der Fürstin Aschenputtel und Ariel, dem Hüter unseres Ordens. Unsere Aufgabe ist es unsere Welt vor den Augen der Menschen zu verbergen."

Siandra wölbte die Augenbrauen. „Eure Welt?"

„Wir leben vielleicht auf der gleichen Erde, doch nicht in derselben Welt. Die Menschen kennen nur Bruchstücke unserer Geschichten, übermittelt in Märchen und Sagen. Doch die Wirklichkeit sollte ihnen stets verschlossen bleiben. Nur eine Handvoll weiß oder wusste überhaupt von unserer Existenz."

„Die Gebrüder Grimm", stellte Siandra fest.

„Aye, die Gebrüder Grimm. Sie durften unsere Geschichte nur aus einem Grund aufschreiben: Sie mussten schwören, nur kleinste Bruchstücke wiederzugeben und auch diese abwandeln. Ganz daran gehalten, haben sie sich aber nicht in allen Fällen."

„Und was hat das mit mir zu tun?"

„Wir folgen dem Ruf unserer Fürstin, unsere Welt im Gleichgewicht zu halten. Die Menschen dürfen unter keinen Umständen von uns erfahren. Jedes Halbblut birgt ein Risiko für unsere Welt. Sie sind ein Teil der menschlichen Welt und dennoch auch Teil der Unseren. Diese Vermischungen bringen viele Gefahren mit sich."

„Aber wie kommt ihr darauf, dass ich ein Halbblut sein sollte? Meine Eltern sind Menschen."

Elyano überging ihre Frage. „Wir müssen mit Ariel sprechen, dem Höchsten meines Ordens. Vielleicht kannst du ihn davon überzeugen, dass ich recht habe, was Rotkäppchen betrifft. Und im Austausch dafür werde ich dafür sorgen, dass niemand mehr Jagd auf dich macht."

Siandra hob abwehrend die Hände. „Stopp, stopp, stopp! Deine kleine Freunde wollten mich umbringen! Und auch wenn du es gerade nicht versuchst, werde ich doch den Teufel tun und in ihr Nest rein spazieren, als wäre ich das Abendessen."

Elyanos Mundwinkel zuckten. „Was glaubst du eigentlich, was wir sind? Vampire? Ich kann dich beruhigen. Wir glitzern nicht und tragen auch keine super modischen Sonnenbrillen." Er grinste breit. „Obwohl, das kann durchaus mal vorkommen."

„Mach dich nicht über mich lustig, Rabe!"

„Tue ich nicht, aber du musst mich wirklich begleiten. Das wird nicht der letzte Angriff bleiben und ich weiß nicht, ob ich dann so schnell da sein kann, um dir wieder zu helfen. Die Jäger können dir nichts antun, so lange ich bei dir bin, das verspreche ich dir. Aber wir müssen mit Ariel reden und der einzige Weg das zu tun, ist der in den Orden."

Zu ihrer eigenen Verwunderung nickte sie nur stumm und ließ sich von Elyano auf die Beine ziehen.

4. Jäger und Gejagter

Siandra kannte das Gebäude zu dem Elyano sie führte. Sie war schon oft hier vorbeigefahren, hatte dem Gebäudekomplex aber nie größere Beachtung geschenkt. Einst war es ein Militärstützpunkt gewesen. Heute beherbergte es irgendwelche Büros für Verwaltungs- und Steuerbelange. Zumindest hatte sie das immer geglaubt. Sie konnte sich definitiv nicht vorstellen, dass Elyano sie hierher gebracht hatte, um sich plötzlich als Beamter des öffentlichen Dienstes zu outen. Das Gelände, das hinter den hohen Mauern lag, war riesig. Siandra fragte sich, wie viele Gebäude sich tatsächlich dahinter versteckten oder wie lange man wohl brauchte, um das Gebiet zu umrunden. Sie wusste nicht einmal, warum sie über solche Banalitäten nachdachte. Es war wohl besser sich über so etwas Gedanken zu machen, als über das, was vor ihr lag. Trotzdem konnte sie kaum glauben, dass hinter dem Grau der Wände noch so viel mehr stecken sollte. Schweigend schloss sie zu Elyano auf, der sich an den Türrahmen des Torhäuschens lehnte.

„Sag bloß, du beehrst uns auch mal mit deinem Besuch, Rabe? Wir dachten schon, du wärst mal wieder bei Rotkäppchen abgestiegen."

Trotz des Lächelns auf Elyanos Gesicht spürte Siandra die Anspannung in seinem Körper und erkannte, wie falsch es war. Sie warf einen Blick an ihm vorbei in das Innere des Häuschens. Einige Männer saßen auf dem Boden, auf Kisten oder vereinzelten Stühlen. Der Geruch nach billigem Wein und Zigaretten lag schwer in der Luft und nahm Siandra den Atem, obwohl sie den Raum nicht einmal betreten hatte.

In einer ausladenden Bewegung warf ein rothaariger Mann in schwarzer Weste seine Karten auf den improvisierten Tisch. „Hättest dich nicht mit mir anlegen sollen, Mikhail. Mein Geld, wenn ich bitten darf."

Mikhail grummelte etwas unverständliches und schob einen Schein über den Tisch.

Sein Gegenüber lachte triumphierend. „Solltest nicht mit mir spielen, wenn dir dein Geld lieb ist." Galant drehte er sich auf der Kiste zu den

Neuankömmlingen um. Kurz musterte er Siandra und wölbte die rote Augenbraue. „Elyano", sagte er knapp.

„Mirko."

„Du hast das Halbblut also mitgebracht?", fragte Mirko mit einem weiteren ungläubigen Seitenblick auf Siandra. „Schön. Vielleicht stimmt das Ariel ein wenig gnädiger."

Bei seinen Worten spannte sich Siandras ganzer Körper an und alles in ihr schrie danach auf der Stelle umzudrehen und wegzulaufen. Doch Elyanos Hand, die sich auf ihre Schulter legte, hinderte sie an jedem noch so kleinen Fluchtversuch.

„Ariel hat übrigens schon nach dir gesucht", sagte Mirko mit einem selbstgefälligen Lächeln. „Er klang wütend. Sehr wütend. Möchte nicht in deiner Haut stecken."

Elyano rieb sich genervt über die Augen. „Das hat mir gerade noch gefehlt. Hilft alles nichts. Ich muss auch mit ihm sprechen", sagte er und schob Siandra in Richtung des Hauptgebäudes.

„Was hast du mit dem Halbblut vor?", fragte Mirko noch, doch Elyano ignorierte ihn.

Mit langen Schritten ging er über den weiten Hof auf das Größte der Gebäude zu. Siandra musste fast laufen, um mit ihm Schritt zu halten. Immer wieder schielte sie zu Elyano herüber. Warum war Ariel wütend auf ihn? Wegen ihr? „Alles in Ordnung?", fragte sie atemlos. „Elyano?"

„Das werden wir gleich sehen", sagte er und schob die schwere Tür auf. „Halte dich dicht bei mir und bleib nicht zurück. Ich weiß nicht, was die anderen tun werden, wenn sie dich sehen."

Okay, wenn er mir Angst einjagen wollte, ist es ihm gelungen, dachte Siandra zähneknirschend, als Elyano sie durch die hohe Eingangshalle führte. Der Geruch nach Kaminfeuer und exotischen Gewürzen stieg ihr in die Nase. An den langen Seiten führten kunstvolle Treppen zu den höher gelegenen Ebenen. Über der Empore, die in den fast schon ballsaalartig anmutenden Raum hineinragte, thronte ein riesiges Ziffernblatt und gab dem Ganzen das Aussehen eines enormen Uhrenkastens. Doch Siandra hatte keine Augen für den pompösen Raum, nicht einmal für den gigantischen Kronleuchter über ihnen. Ihr Blick fiel auf das Gemälde, das die Wand unter der Empore fast vollständig zu bedecken schien. Es zeigte sechs Frauen in prachtvollen Kleidern, die unterschiedlicher kaum sein könnten. Neben einer von ihnen stand außerdem ein junger Mann, der dieser wie aufs Haar glich.

Aus dem Augenwinkel erkannte sie Elyano, der neben sie trat. „Das sind unsere Fürstinnen. Die sechs hohen Frauen, die die Reiche regieren."

„Und wer ist er?", fragte Siandra und zeigte auf den Mann neben der blonden Fürstin, die in ein rubinrotes Kleid gehüllt war. Ihre Hand lag auf dem Kopf eines Wolfes, der an ihrer anderen Seite stand.

„Das ist Stefano. Der Zwillingsbruder der roten Fürstin. Rotkäppchen."

„Stefano?", fragte Siandra verwundert. Neben den Fürstinnen erschien ihr dieser Name geradezu schrecklich normal.

Elyano schien ihre Gedanken zu erraten. „Aschenputtel. Rotkäppchen. Das sind keine Namen. Keine richtigen jedenfalls. Vielmehr sind es Titel, Decknamen. Wer die echten Namen der Fürstinnen kennt, kann Macht über sie ausüben. Zumindest sofern man weiß wie. Deshalb kennt kaum jemand ihre wahren Namen. Nur die engsten Vertrauten wissen darüber Bescheid. Wenn überhaupt." Er schmunzelte. „Ich bin mir nicht einmal sicher, ob die Fürstinnen sich untereinander bei ihrem richtigen Namen kennen. Bei dem Rest ihrer Familie ist das anders. Sie haben nicht dieselbe Macht wie die Fürstinnen."

„Was meinte dieser Kerl? Was hast du mit Rotkäppchen am Hut?"

Elyanos Gesicht verhärtete sich. „Das geht dich nichts an", sagte er mit unnachgiebiger Stimme.

Siandra hakte nicht weiter nach, auch wenn es ihr auf der Zunge lag. Schließlich löcherte er sie auch nicht über ihre Vergangenheit.

Elyano fuhr fort. „Hier haben wir Fürstin Schneewittchen, Fürstin Dornröschen", er zeigte auf die schlanke Frau im blassrosa Kleid. „Fürstin Rapunzel, Fürstin Gretel die Große und natürlich unsere Fürstin Aschenputtel. Jede von ihnen herrscht über ihr eigenes Reich. So gehört Köln und seine Umgebung zu Aschenputtels Einflussbereich. Die Fürstinnen regieren aber nicht absolut. Ein Rat steht ihnen zur Seite, genau wie ihr jeweiliger Orden."

„Also gibt es sie tatsächlich."

„Natürlich gibt es sie", hörte Siandra auf einmal eine harsche Stimme hinter sich, die sie zusammenzucken ließ. Ein hochgewachsener Mann mit kurzen blonden Haaren kam auf sie zu, der Siandra mit seiner bloßen Anwesenheit das Fürchten lehrte. Ein wenig erinnerte er sie an eine düstere Version von Sean Bean. Er musterte sie unverhohlen abschätzig, bevor er sich ein wenig ungehalten an Elyano wandte. „Wir müssen reden. Sofort!" Seine Stimme war hart und ließ keinen Widerspruch zu und doch folgte Elyano ihm nicht sofort.

Elyano senkte den Blick. „Ariel..."

„Warum hast du sie mitgebracht?", fragte der Hüter des Ordens mit einem Seitenblick auf Siandra.

„Darüber muss ich mit dir sprechen. Sie kann dir beweisen..."

„Und wir werden uns unterhalten. Aber unter vier Augen!"

Elyano schüttelte den Kopf. „Ich kann sie nicht allein lassen. Du weißt, was die anderen tun werden."

„Deine Arbeit erledigen?" Als Ariel sie ansah, wäre Siandra am liebsten im Boden versunken oder geflohen, doch sie trotzte seinem Blick. Auch als er kurz die Nase rümpfte, als wäre sie ein Insekt... oder Schlimmeres.

„Bitte Ariel. Es hat einen Grund, weshalb ich sie hergebracht habe."

Ariel warf ihm einen erschöpften Blick zu. Hart umschloss seine Hand Siandras Arm, als er sich umdrehte und sie mit sich zog. „Ich werde sie zu deinem Bruder bringen. Wir treffen uns dann in meinem Büro. Geh schon mal vor." Elyano nickte nur und verschwand hinter der Ecke.

„Ich weiß nicht, was er dir versprochen hat, Mädchen", sagte Ariel. „Aber mach dir nicht allzu große Hoffnung."

Sein Griff schmerzte sie und sie stolperte bei dem Versuch bloß nicht zurückzufallen, doch sie gab ihm nicht die Genugtuung, indem sie ihm das zeigte. „Ich habe auch einen Namen. Ich heiße Siandra."

Ariels Mundwinkel zuckten kaum merklich. „Siandra. Ein ungewöhnlicher Name. Aber gewöhnlich ist scheinbar nichts an dir."

Siandra wusste nicht, ob das ein Kompliment oder eine Beleidigung war, deshalb zog sie es vor zu schweigen.

Ariel schob sie durch eine unscheinbare Tür. Schlagartig richteten sich alle Augen auf sie. Das weitläufige Zimmer war allen Anschein nach eine Art Aufenthaltsraum. Auf Sofas und Sandsäcken saßen Männer und Frauen. Manche von ihnen waren in ähnliche Rüstungen gekleidet wie Elyano oder Florian, andere trugen jedoch normale Alltagskleidung. Zumindest wenn normal die Waffen beinhaltete, die sie sie am Körper trugen. Auf dem Flachbildschirm in der einen Ecke des Raumes lief eine alte Folge Criminal Minds, doch niemand achtete mehr auf die Serie. Siandra hörte das metallische Klicken und Schaben, als sämtliche Waffen gezogen wurden.

„Halt!", rief Ariel, noch ehe sie sie erreichen konnten. Verblüfft hielten die Jäger in der Bewegung inne. Siandra entdeckte Florian, der an der Wand lehnte. Er beobachtete sie mit zu Schlitzen verengten Augen und hatte die Arme vor der Brust verschränkt.

„Fynn", sagte Ariel mit ungewöhnlich ruhiger Stimme und Siandra sah, wie sich ein junger Mann von der Masse löste und auf sie zu kam. Er musste etwa in ihrem Alter sein, wenn nicht sogar ein Jahr jünger. Von weitem hatte er nicht viel Ähnlichkeit mit Elyano und kurz kam ihr der Gedanke, dass Ariel vielleicht nur einen x-beliebigen Jäger ausgewählt hatte, um sie sauber um die Ecke zu bringen. Seine Haare waren blond, fast schon einen Ticken zu hell, um noch als natürlich durchzugehen. Seine Augen hingegen sahen Elyanos tatsächlich ähnlich. Sie hatten das gleiche selbstbewusste Funkeln, das ihr auch schon bei Elyano aufgefallen war. Selbst die Art wie er sich bewegte, erinnerte sie unweigerlich an den Raben. Lässig verschränkte Fynn die Finger im Nacken und wechselte einen fragenden Blick mit Ariel.

„Dein Bruder möchte, dass du auf sie aufpasst, während ich mit ihm rede", erklärte Ariel mit einem Anflug von Belustigung in der Stimme. „Scheinbar hat er Angst, dass ihm einer von euch sein Spielzeug wegnimmt." Verhaltenes Lachen folgte ihm, während er den Raum verließ und Siandra in einem Zimmer voller Jäger zurückließ.

Ihr Herz raste. Sie versuchte ihre Angst herunterzuschlucken, doch sie blieb sie ihr wie ein Kloß im Hals im Hals stecken. Was sagte man noch über Raubtiere? Bloß nicht die eigene Schwäche zeigen? Ihr Blick wanderte über die unzähligen Waffen, die noch immer auf sie gerichtet waren. Fynn legte kaum merklich den Kopf schief und schien nicht so recht zu wissen, was er von ihr halten sollte. Als er sie musterte, bemerkte er ihren Blick. „Ihr habt gehört, was Ariel gesagt hat", rief er und klatschte kurz in die Hände, ehe er auf Siandra zu trat. Aus dem Augenwinkel beobachtete sie, wie die Jäger zögerlich die Waffen senkten. Alle bis auf einen.

Florian ließ sie nicht aus den Augen, während er mit gezücktem Breitschwert Schritt für Schritt näher kam. Er erinnerte sie mehr an eine Schlange, die ihr Opfer erfasst hatte, als an ein menschliches Wesen. Siandra presste die Lippen aufeinander, versuchte ihr hektisch schlagendes

Herz zu beruhigen, konnte es aber nicht verhindern, dass sie zurückwich.

„Hast du mir nicht zugehört? Senke deine Waffe!", sagte Fynn scharf und stand mit einem großen Schritt zwischen dem Jäger und Siandra.

Florian ließ sich davon keinesfalls einschüchtern. Stur, fast schon eine Spur trotzig, hob er das Kinn, als er Fynn entgegentrat. „Sie ist ein Halbblut!"

„Ich weiß, was sie ist, aber das tut jetzt nichts zur Sache."

„Natürlich tut es das! Rabe verhöhnt den Orden und alles für das er steht, indem er sie herbringt. Wenn unsere Fürstin davon erfährt, werden wir alle dafür bestraft!" Er verengte die Augen. „Das ist doch sein Plan. Oder sollte ich besser sagen, der Plan der roten Fürstin?"

„Wage es dich nicht..."

Florian lachte nur verächtlich. „Was sollte ich wagen? Die Wahrheit zu sagen? Rabe hat es geschafft Ariel und einigen anderen den Kopf zu verdrehen, doch das ändert nichts daran, dass er noch immer Rotkäppchens Marionette ist. Er war ihr stets loyal und wird es auch immer sein!"

Zornig fuhr Fynns Hand zum Griff seiner Klinge. „Das ist nicht wahr! Elyano hat sich von ihr abgewandt! Er steht nicht mehr länger auf ihrer Seite!"

„Als ob", schnaubte Florian und wich aus, als Fynns Faust auf sein Kinn zielte.

„Was ist hier los, verdammt?" Eine Jägerin stand im Türrahmen, die dunklen Haare zu einem langen Zopf verflochten. Ihre indischen Wurzeln konnte sie nicht verbergen, auch wenn kein Akzent in ihrer Stimme lag. Der kurze Rock und die High Heels passten kaum zu der Armbrust auf ihrem Rücken oder der schlanken Klinge an ihrer Hüfte. An ihrem Ellbogen entdeckte Siandra feine schwarze Linien, Spinnweben, die in die Haut tätowiert waren. Es kam ihr fast so vor, als hätte sie diese Jägerin schon einmal gesehen, doch sie konnte nicht sagen, wo das gewesen sein sollte. Sie bemerkte die feindseligen Blicke, die der Jägerin folgte, doch auch die konnte sie sich nicht erklären. Wer war sie?

„Priya...", setzte Fynn an, doch die Jägerin sah ihn nicht mehr an. Ihr Blick fiel auf Siandra und sie zögerte keine Sekunde. Sie griff nach ihrer Armbrust und ließ einen Bolzen durch die Luft surren. Siandra war wie versteinert, doch Fynn griff mit übermenschlicher Geschwindigkeit nach einem Schild, der am Couchtisch lehnte und hielt ihn in die Schussbahn.

Er fluchte etwas. Siandra dachte erst, es wäre englisch, doch sie verstand nicht, was er da von sich gab. Vielleicht war sie auch viel zu erstarrt. „Was sollte das, verdammt nochmal?", rief er wütend.

Priya starrte ihn nicht minder zornig an, ehe sich ihr Blick wie ein Dolch in Siandra bohrte. „Wie kannst du es wagen, ein Halbblut zu schützen? Es ist unsere Aufgabe..."

„Glaub mir, als Offizier weiß ich ziemlich gut, was unsere Aufgabe ist. Aber das ist jetzt gleichgültig. Ariel hat uns den Auftrag gegeben, dafür zu sorgen, dass dem Halbblut nichts geschieht und auch du wirst dich seinem Willen beugen!"

Doch Priya achtete nicht mehr auf ihn. Ohne die Augen von Siandra abzuwenden, riss sie ein kurzes Schwert aus der Lederscheide an ihrem Gürtel. Siandra schaffte es gerade noch im letzten Moment über die Sofalehne zu hechten, als die Klinge mit einem reißenden Geräusch den Stoff aufschlitzte. *Das hättest auch du sein können*, flüsterte eine Stimme in ihrem Inneren und ihr wurde schlecht bei dem Gedanken.

Fynn bellte irgendwelche Befehle, doch sie verstand nicht, was er da schrie. Flucht war das Einzige, was ihr Denken einnahm. Sie dachte nicht mehr nach, als sie sich aufrappelte und loslief. Sie ignorierte ihr Herz, das ihr bis zum Hals sprang und die Angst, die sich immer weiter in ihr ausbreitete. Sie wollte einfach nur weg von hier. Doch wenn die Jäger ihr folgten, hatte sie nicht den Hauch einer Chance.

Wütend schlug Ariel mit der Hand auf den Schreibtisch. Mit einem Blick, der auch den gefährlichsten Krieger in seine Schranken weisen konnte, starrte er Elyano an, doch der Rabe hielt ihm stand. Es brauchte mehr als Ariels Blick, um ihn in die Knie zu zwingen. „Wie konntest du es nur wagen?!", polterte der Hüter des Ordens. „Bist du von allen guten Geistern verlassen? Wann wirst du deinen Kopf endlich zum Denken gebrauchen? Wie lautete der Auftrag, den ich dir gab?"

„Ich habe es nicht grundlos getan!"

Ariel stützte sich mit beiden Händen auf die Tischplatte. „Dein Auftrag, Elyano!"

„Das Halbblut erledigen, das sich im 132. Gebiet aufhält."

„Und warum hast du es nicht?", fragte Ariel betont ruhig und massierte seine Nasenwurzel. „Sag bloß, du empfindest etwas für dieses Wesen."

Elyano schnaubte. „Du weißt genau, dass es mir nicht möglich ist. Nicht so, wie du es anspielst jedenfalls." Ein Hauch von Bitterkeit lag in seiner Stimme.

Kurz zuckten Ariels Mundwinkel, ehe er um den Tisch herum auf seinen Offizier zu trat. „Sie war schon immer sehr besitzergreifend", sagte er, bevor er sich auf den freien Sessel neben Elyano sinken ließ. Einen Augenblick lang schwiegen beide. Ariel lehnte sich zurück und strich sich erschöpft über seine Augen. „Warum tust du das alles für ein Halbblut?"

„Nicht uneigennützig, wenn du das denken solltest. Sie hat übrigens einen Namen."

Ariels Lippen verzogen sich zu einem halben Lächeln. „Ja, den hat sie mir schon freundlicherweise an den Kopf geworfen. Also, was macht dich so sicher, dass sie dir hilfreich sein kann?"

„Sie wurde von Wölfen angegriffen. Nicht nur das. Pyrros verfolgt sie schon eine ganze Weile. Ich frage mich, was Rotkäppchen mit ihr vorhat. Vielleicht..."

„Vielleicht was?" Ariel zog die Stirn kraus. „Du planst, sie als Druckmittel zu benutzen? Glaubst du denn wirklich, dass Rotkäppchen sich auf so einen Tausch einlassen wird"?

„Keine Ahnung, aber vielleicht lässt sie mit sich verhandeln."

„Rotkäppchen handelt nicht." Ariels Blick wurde weicher. „Sie wird dich niemals ganz gehen lassen. Sie..."

Elyano unterbrach ihn mit einer harschen Handbewegung. „Hier geht es nicht nur um mich. Rotkäppchen plant etwas, das uns allen schaden wird."

„Du machst dich doch lächerlich. Sie ist eine Fürstin. Selbst wenn sie etwas planen würde, könnte sie das nicht, ohne dass die anderen Fürstinnen davon Wind bekämen."

„Vielleicht hat sie eine Möglichkeit gefunden dies zu umgehen. Sie hat schon ganz andere Dinge getan, die Aschenputtel verborgen geblieben sind."

„Hüte deine Zunge", fuhr Ariel wütend dazwischen. „Sie ist eine Fürstin und du hast mit Respekt von ihr zu sprechen. Diese Ungeheuerlichkeiten, die du ihr vorwirfst..."

„Du weißt, dass ich recht habe! Ich kenne sie besser, als irgendeiner von euch und weiß, wozu sie fähig ist."

„Jeder weiß über diese ... Verbindung zwischen dir und der Fürstin genauestens Bescheid", sagte Ariel abfällig.

Elyanos Augen verengten sich. „Gerüchte. Niemand kennt die ganze Wahrheit, mit Ausnahme von ihr und mir."

Ariel schwieg. Er presste die gefalteten Hände vor den Mund und starrte aus dem kleinen Fenster heraus. Elyano tat es ihm gleich. Mit verschränkten Armen saß er da, wartete auf eine Reaktion seines Hüters. „Woher willst du wissen, dass Pyrros nicht aus eigenen Interessen heraus handelt? Er hat durchaus eigene Anliegen, die er verfolgt. Wer weiß, ob Siandra nicht auch dazu gehört."

Elyano strich sich kurz über die Stirn. „Pyrros handelt niemals ohne Rotkäppchens Wissen. Er käme nie auf die Idee etwas anderes zu tun, als zu dienen. Auch wenn du da anderer Meinung bist."

Ariel wusste, worauf er anspielte. „Du meinst der Mord an deinen Brüdern und der Angriff auf dich? Was geschehen ist, ist tragisch, doch die Fürstin trägt dran nicht die Schuld, sondern ihre Wölfe. Ihr wart ihnen schon lange ein Dorn im Auge. Pyrros wollte euch aus dem Weg räumen, damit es nur noch einen an Rotkäppchens Seite gab. Es wäre eine Lüge, wenn ich sagen würde, dass sich keiner meiner Jäger euren Tod gewünscht hätte, doch so ein Ende hatten sie nicht verdient."

„Pyrros und seine Wölfe sind nur Marionetten! Sie waren es damals und sind es auch heute noch!"

„Elyano, hör mir zu", sagte Ariel und fasste ihn an den Schultern. „Dein Bruder, ich selbst und eine handvoll anderer stehen auf deiner Seite, doch du weißt, wie viele dir nicht trauen. Mach dir nicht noch mehr Feinde."

Elyano machte sich von ihm los. „Wenn du mir nicht glauben willst, sprich mit Siandra. Vielleicht überzeugt sie dich ja."

Einen Moment lang sah Ariel ihn perplex an, nickte dann aber. „Okay, ich werde mit deinem Halbblut reden."

„Du wirst ihr nichts antun. Die Jäger..."

„Elyano, sie ist ein Halbblut. Unsere Unterredung ändert nichts daran", sagte Ariel mit Nachdruck in der Stimme. „Ich werde ihr heute kein Haar krümmen und auch die Jäger werden sie nicht angreifen. Aber für den morgigen Tag kann ich nicht garantieren. Und nun lass uns zu deinem Halbblut gehen."

Schon von weitem hörten sie den Lärm auf dem Gang und die lauten Stimmen. Elyano entdeckte sofort seinen jüngeren Bruder Fynn, der sich mit gezogener Waffe einigen Jägern in den Weg stellte. Priya war eine von ihnen. Ohne nachzudenken, beschleunigte Elyano seine Schritte und legte die Hand an den Griff seiner Klinge, als Ariels Stimme durch den Gang hallte. „Stopp! Was habt ihr vor?!"

Augenblicklich erstarrten die Jäger und senkten den Kopf, als der Hüter des Ordens näher kam.

Elyanos Augen suchten hektisch den Gang ab, doch Siandra war verschwunden. Er suchte den Blick seines Bruders, aber der drehte den Kopf weg. „Wo ist Siandra?", fragte er mit ruhiger Stimme, obwohl ihm ganz anders zumute war. Er spürte, wie jemand die Arme um ihn schlang.

„Wo warst du die letzten Tage? Wo bist du gewesen?"

Elyano erwiderte Priyas Umarmung kurz, ehe er sich wieder an Fynn wandte. Noch immer hielt sein Bruder den Blick gesenkt. „Wo ist Siandra? Fynn!"

„Ach, das Halbblut gehört zu dir?", fragte Priya herablassend. „Was hast du denn damit vor? Ein privates Jagdvergnügen?"

„Was habt ihr getan?"

Priya rollte genervt mit den Augen. „Nur die Ruhe, Rabe. Wir haben deinem Halbblut kein Haar gekrümmt. Dafür hat Fynn schon gesorgt."

Elyano warf seinem Bruder einen kurzen dankbaren Blick zu. „Wo ist sie dann?"

„Geflohen. Keine Ahnung, wo sie hin gelaufen ist", sagte Fynn und zuckte mit den Achseln.

„Wir müssen ihr folgen! Wenn wir sie entwischen lassen, wird die Fürstin uns dafür zur Verantwortung ziehen", zischte Priya wütend und stieß Fynn gegen die Schulter. „Das ist alles deine Schuld!"

„Priya, du wirst ihr nichts antun! Keiner von euch wird das!" Zornig baute Elyano sich vor ihr auf, doch die Jägerin ließ sich nicht von ihm einschüchtern.

„Du hast scheinbar einen echten Narren an diesem Halbblut gefressen. Hast du es wirklich so nötig?"

„Priya!"

„Es reicht, alle beide!", fuhr Ariel dazwischen. „Heute werden wir die Waffen ruhen lassen. Ich habe Elyano versprochen, dass wir ihr kein Haar krümmen und ich stehe zu meinem Wort. Doch morgen weht wieder ein anderer Wind."

„Ariel!"

„Nein, Elyano! Wir folgen dem Schwur, den wir vor unserer Fürstin abgelegt haben. Auch du musst dich dem beugen, wenn du auf unserer Seite stehen willst. Aschenputtel gibt uns Befehle und wir befolgen sie. Halbblüter sind eine Gefahr für unsere Welt. Das Machtverhältnis in ihnen ist zu instabil. Es mag unser Blut in ihren Adern fließen, aber sie ist doch nur ein Mensch. Sie wird uns verraten. Es war leichtsinnig von dir, sie hierher zu bringen. Und genauso leichtsinnig war es, ihr so viel über uns zu verraten. Es bleibt dabei. Das Mädchen darf nicht überleben."

Elyano wollte etwas entgegnen, doch Ariel griff nur nach seinem Arm und zog ihn beiseite. „Vergiss deine Hirngespinste! Ich brauche dich bei wachem Verstand."

„Du hattest versprochen, mit ihr zu reden."

„Elyano, Rotkäppchen plant nichts", zischte Ariel ihm ins Ohr, bevor er verschwand und ihn an Ort und Stelle stehen ließ.

Atemlos ließ Siandra sich an der Tür auf den Boden gleiten und schlang die Arme um die Knie. Jack hüpfte in seinem Käfig herum und pfiff wie ein Arbeiter auf einer Baustelle, doch sie achtete nicht auf den Vogel. Noch immer zitterte sie am ganzen Körper und ihre Lungen schrien um Gnade. Warum hatte sie bloß zugestimmt Elyano zu begleiten? Sie hätte es sich doch sofort denken können, dass es eine Schnapsidee war!

Den ganzen Weg nach Hause war sie gerannt, abgesehen von den Strecken, die sie mit Bus und Bahn zurückgelegt hatte. Beinahe wäre sie in die falsche Richtung gefahren und war auch im Inneren der vermeintlich sicheren Bahn nicht zur Ruhe gekommen. Sie war auf dem Sitz hin und her gerutscht und hatte sich den ein oder anderen verwirrten Blick eingefangen. Die Jäger blieben verschwunden. Warum waren sie ihr nicht gefolgt? Sie konnte es nicht verstehen. Elyano war schließlich mit Ariel verschwunden – wer hätte ihr also helfen sollen? Sein Bruder?

Einen kurzen Moment überlegte sie Becca anzurufen, doch sie verwarf den Gedanken. Becca würde einen halben Herzinfarkt bekommen und selbst die Polizei anrufen. Und die würden ihr vermutlich kein Wort abkaufen.

Das Prickeln in ihrem Nacken kehrte so plötzlich zurück, dass sie zusammenzuckte und versehentlich gegen den Vogelkäfig trat. Jack kreischte empört. Wieder dieses seltsame Gefühl beobachtet zu werden, wie ein Nebel, der sich um ihre Schultern legte und sich immer dichter um sie schloss. „Elyano, ich weiß genau, dass du da bist. Verschwinde!" Sie ging in ihre kleine Küchenzeile, um sich ein Glas Wasser einzuschenken, doch der Nebel verfolgte sie auch dorthin. „Elyano, jetzt verschwinde endlich!", rief sie wieder, aber er reagierte nicht. Kein dumpfes Klopfen an der Tür, keine laute Stimme, noch nicht einmal Schritte auf dem Flur.

„Elyano?", rief sie erneut. Keine Antwort. Dann bleib doch wo du bist, dachte Siandra und ließ sich auf ihr Bett sinken. Ihre Nachbarn würden sie nur für noch verrückter halten, als sie es ohnehin schon taten, wenn sie weiterhin die Luft anbrüllte.

Das Klingeln ihres Telefons ließ sie aufschrecken. Sie hatte gar nicht bemerkt, dass sie kurz eingenickt war. Ohne auf das Display zu achten ging sie dran und hörte schon die Stimme ihres Vaters. „Siandra Ecker! Was hast du dir dabei gedacht?!", tobte er am anderen Ende der Leitung. „Wo bist du gewesen?!"

Siandras Augenbrauen zogen sich zusammen. Was...? Sie stöhnte in stummer Erkenntnis lautlos auf. Das Seminar. Daran hatte sie gar nicht mehr gedacht. „Ich hatte zu viel zu tun."

„Du hattest...?" Er verstummte kurz und Siandra hörte, wie er scharf die Luft einsog. „Willst du denn nicht verstehen? Ich meine es doch nur gut mir dir."

„Hast du denn nur einmal darüber nachgedacht, was ich möchte?"

Ihr Vater lachte trocken. „Du hast doch keine Ahnung, was du willst. In ein paar Wochen machst du dein Abitur und hast dich weder beworben, noch über Studiengänge informiert. Siandra, dir wird nicht immer alles so zufliegen..."

„Das heißt aber auch nicht, dass ich brav dem Weg folge, den du dir für mich überlegt hast. Selbst, wenn ich mein Geld mit Putzen verdienen will, ist es immer noch meine Entscheidung und nicht deine!"

Ihr Vater schwieg eine Weile, bevor er wieder zum Sprechen ansetzte. Seine Stimme war vor Wut ganz leise. „Wage es ja nicht, so mit mir zu reden. Jeder Mensch hat in seinem Leben eine Aufgabe zu erfüllen und du kennst deine ganz genau. Du gehst einen schwerwiegenden Fehler ein, indem du deine Anlagen einfach mit Füßen trittst."

Siandra schüttelte den Kopf, auch wenn sie wusste, dass ihr Vater das nicht sehen konnte. Warum konnte er es nicht verstehen? Jedes Mal lief es auf dasselbe heraus, jedes Mal drehten sie sich im Kreis. Immer wieder die gleichen Vorwürfe, dieselben Reaktionen. „Ich habe dir nichts mehr zu sagen", erklärte Siandra ruhig, bevor sie auflegte und sich der Länge nach auf dem Bett ausstreckte. Erschöpft vergrub sie ihr Gesicht in den Händen. Wann würde das endlich aufhören?

Die Tage flossen wie eine zähflüssige Masse ineinander über. Der Alltagstrott hatte Siandra wieder vollständig im Griff. Morgens machte sie sich mit ihrem reparierten Fahrrad auf den Weg zur Schule. Es war die letzte Schulwoche ihres Lebens, doch die Euphorie ihrer Mitschüler konnte sie nicht ganz teilen. Dafür spukten ihr viel zu viele andere Dinge im Kopf herum. Nachmittags lernte sie im Akkord, half Becca bei den Vorbereitungen zu ihrer Party oder besuchte Vero im Krankenhaus. Auch wenn sie Elyano seit dem einen Abend im Orden der Jäger nicht mehr gesehen hatte, wanderten ihre Gedanken immer wieder zu ihm. Ob es daran lag, dass sie sich nach wie vor ständig beobachtet fühlte? Doch sie hatte keine Angst. Es fühlte sich mehr an, als würde jemand über sie wachen. Auch die Jäger hatte sie nicht mehr gesehen. Hatte Elyano seine Hände dabei im Spiel?

In den letzten Tagen musste sie oft an Elyanos Worte denken. Wenn die Gebrüder Grimm die Geschichten dieser Märchenwesen umgedichtet hatten, was war dann wahr und was erfunden? Wie viel von dem, was sie über sie zu wissen geglaubt hatte, stimmte tatsächlich? Ihre Gedanken wanderten zu Pyrros, der so selbstverständlich von seiner Fürstin Rotkäppchen gesprochen hatte. Warum arbeiteten die Wölfe für sie? War es nicht ein Wolf gewesen, der ihr Leben und das ihrer Großmutter bedroht hatte?

Schnaufend trug sie die schweren Tüten die Treppen zu ihrer Wohnung hinauf. Lange hatte sie das Einkaufen vor sich hergeschoben, doch als sich in ihrem Kühlschrank nur noch eine Flasche Cola Light, ein halbes Stück Butter und die bunt angelaufenen Reste eines Sandwiches tummelten, hatte sie eingesehen, dass es wieder einmal an der Zeit war. Mit einem Lächeln auf den Lippen schielte sie zu der Postkarte, die sie mit langen Fingern aus dem Briefkasten gezogen hatte und die nun hoch oben auf der Tüte thronte. Ihre Tante hatte ihr geschrieben. Sie machte wohl ein paar Tage Urlaub, bevor sie beruflich weiter nach Australien fliegen musste.

Als sie an der obersten Treppenstufe angekommen war und den Schlüssel aus ihrer Tasche ziehen wollte, erschrak sie und verlor fast das Gleichgewicht. Die Wut, die sie ergriff, als sie Elyano entdeckte, konnte sie noch verstehen, nicht aber ihr verräterisches Herz, das einen Sprung machte. „Sag mal, verfolgst du mich?", fragte sie betont ruhig und schloss ihre Wohnung auf.

„Sei froh, dass es das Einzige ist, was ich tue. Wir müssen reden." Seine Stimme jagte ihr einen Schauer über den Körper. Sie antwortete nicht, schob sich nur wortlos an ihm vorbei und stellte die Tüten auf die Anrichte ihrer Kochnische. Während sie die Einkäufe wegräumte, hörte sie, wie die Tür ins Schloss fiel. „Doofkopp! Doofkopp!", rief Jack Elyano entgegen, als er durch den Raum schritt, doch der schenkte dem Vogel keine Beachtung.

„Was ist passiert, nachdem ich dich bei Ariel gelassen habe?"

„Gibst du mir mal bitte den Lauch?", fragte Siandra, ohne auf seine Frage einzugehen.

Perplex sah er sie an. „Was?"

„Das lange grün-weiße Ding mit den Fusseln am Ende."

„Ich weiß, was Lauch ist", sagte er mit säuerlicher Stimme.

„Warum fragst du dann?"

Elyano warf ihr einen erschöpften Blick zu und lehnte sich mit einer Hand auf die Anrichte. „Wirst du jemals aufhören, meinen Fragen auszuweichen?"

Siandra tat, als hätte sie ihn nicht gehört. Schweigend räumte sie einige Pakete Fertignudeln in den Vorratsschrank.

„Grüße von den Malediven? Wer hat dir denn geschrieben?"

„Auch, wenn es dich nichts angeht, die ist von meiner Tante."

Elyano schwieg, warf einen weiteren Blick auf die Karte, bevor er sie auf den Kühlschrank legte. „Was ist passiert, nachdem ich gegangen bin? Geht es dir gut?"

Siandra schnaubte. „Ich bin mir sicher, dass du ganz genau weißt, was passiert ist. Und ja, es ging mir gut, bis du hier aufgetaucht bist." Dass das nicht die ganze Wahrheit war, brauchte er ja nicht zu wissen. „Was hast du mit Ariel eigentlich besprochen?"

„Ich weiß nicht, ob es so ratsam ist..."

„Warum? Hast du Angst mich in irgendetwas reinzuziehen? Dann mach dir keine Sorgen. Ich stehe schon mitten drin, mit beiden Füßen!"

Elyano schwieg eine Weile, ehe er zum Sprechen ansetzte. „Ariel glaubt mir nicht. Er glaubt nicht, dass Rotkäppchen etwas im Schilde führt."

„Und? Tut sie es?"

„Du hast Pyrros selbst gesehen. Sein Interesse an dir ist ungewöhnlich und geht sicher nicht von ihm selbst aus. Rotkäppchen hat irgendetwas mit dir vor, aber ich verstehe einfach nicht, warum sie gerade dich ausgewählt hat. Vielleicht hat es etwas mit deiner Familie zu tun."

„Weder meine Mutter, noch mein Vater ist ein... Märchenwesen", fuhr Siandra ihn an.

„Eshani'i, wenn ich bitten darf."

„Wie auch immer. Wie kann ich ein Halbblut sein, wenn ich doch genau weiß, dass meine Eltern normal sind?"

Elyano versuchte seine Worte vorsichtig zu wählen. „Du gehörst... nicht dazu. Nicht richtig jedenfalls. Doch ich habe bisher nicht mehr herausgefunden. Woher du stammst. Wer du wirklich bist."

Siandra runzelte die Stirn. „Woher ich stamme? Willst du mir jetzt noch weismachen, dass ich von einem anderen Planeten komme?"

„Natürlich nicht", sagte Elyano und konnte das genervte Knurren in seiner Stimme kaum unterdrücken. „Ich habe noch nicht mehr herausgefunden, als reine Mutmaßungen. Aber ich werde es schon noch in Erfahrung bringen." Er streckte ihr die Hand entgegen. „Komm mit."

Mit verschränkten Armen trat Siandra einen Schritt zurück. „Wieso sollte ich? Und wohin überhaupt?"

„Im Orden kann ich..."

„Bist du von allen guten Geistern verlassen? Ich gehe nicht freiwillig in dieses Irrenhaus zurück."

„Dort bist du sicher."

Siandras Augenbrauen schossen in die Höhe. „Ist dir bewusst, wie das klingt? Wir haben gesehen, wie sicher ich beim letzten Mal gewesen bin. Gib mir einen guten Grund, weshalb ich das tun sollte."

„Ich bleibe dabei. Du bist hier nicht sicher." Er sprach weiter, bevor sie ihn unterbrechen konnte. „Ich konnte Ariel davon überzeugen, dir eine Schonzeit zu geben. Doch morgen wird die Jagd aufs Neue beginnen."

„Und warum sollte ich dann in eurem Nest sicherer sein?"

„Weil sie dir im Orden nichts antun dürfen. In den heiligen Hallen darf kein Blut fließen."

„Na das beruhigt mich jetzt aber", sagte sie sarkastisch. „Asylrecht also. Und warum haben die Jäger mich dann beim letzten Mal angegriffen?"

„Weil ich es nicht offiziell eingefordert habe."

„Und warum hast du nicht...?"

„Verdammt, Siandra! Ich hatte anderes im Kopf! Ist ja nicht gerade so, als würde ich so etwas tagtäglich machen!"

Einen Augenblick lang sah sie ihn nur schweigend an, ehe sie sich auf den Boden sinken ließ. Elyano setzte sich neben sie, weit genug entfernt, um sie nicht zu berühren, aber so nah, dass sie sich seiner Nähe mehr als bewusst war. „Warum hast du mich an der Bushaltestelle nicht getötet?", fragte sie nach einer Weile.

„Zu viele Menschen."

„Es gab danach mehr als eine Möglichkeit mich alleine anzutreffen. Also, warum lebe ich noch?"

„Wie ich schon sagte: Rotkäppchens Interesse an dir. Wenn sie etwas plant, bringt uns das alle in Gefahr. Du hast keine Ahnung, wie mächtig sie ist."

Siandra drehte den Kopf, um ihn anzusehen. „Du kannst mir nicht erzählen, dass du das alles nur aus rein uneigennützigen Gründen tust. So gut bist du nicht."

Kurz huschte ein Grinsen über Elyanos Gesicht, ehe er wieder ernst wurde. „Du kennst mich doch gar nicht. Aber du hast recht: So gut bin ich nicht. Ich habe durchaus meine eigenen Interessen, was Rotkäppchen angeht."

„Willst du sie etwa für dich zurückgewinnen?", fragte sie kühl.

„Selbst wenn es dich etwas angehen würde: unsere Vergangenheit hat damit nichts zu tun. Jedenfalls nicht so, wie du es denken magst."

Siandra richtete sich auf und ging zur Tür. „Du solltest jetzt gehen."

„Wirst du mit mir kommen?"

Siandra schnaubte. „Solltest du mich nicht erst auf einen Drink ausführen, bevor wir einen Schritt weitergehen?" Sie stöhnte genervt auf.

„Vergiss es. Nur über meine Leiche." Sie war viel zu sehr damit beschäftigt mit ihrer Selbstbeherrschung zu kämpfen, um sich zu wundern, weshalb Elyano einfach so klein beigab und verschwand. Doch als die Tür hinter ihm ins Schloss fiel, ließ sie sich zitternd auf ihrem Bett nieder und schlang die Arme um die Knie. Das konnte doch nur ein böser Traum sein.

„Was ist denn los mit dir?" Besorgt musterte Becca sie, als sie die Schildergasse in Richtung Neumarkt entlang schlenderten. Ihre Tüte schlug bei jedem Schritt gegen ihr Bein, doch das schien sie nicht zu stören. „Seit Tagen bist du schon ganz seltsam. Hat es etwas mit deinem Stalker zu tun?"

„Es ist alles in Ordnung", sagte Siandra ruhig. Seit ihrem Gespräch vor zwei Tagen hatte sie Elyano nicht mehr gesehen. Auch die angedrohten Jäger waren nicht aufgetaucht. Ob er etwas damit zu tun hatte? Sie spürte noch hin und wieder, dass er sie aus der Ferne beobachtete, doch das Gefühl wurde von Mal zu Mal schwächer. „Ich mache mir Sorgen um Vero, das ist alles." Es war nicht einmal eine Lüge, auch wenn es nicht alles war, das sie beschäftigte. Als sie ihre Schwester das letzte Mal besucht hatte, ging es ihr wieder schlechter. Ihr Zustand war ein einziges Auf und Ab, bei dem niemand wusste, wie es letztendlich ausging. Siandra hoffte nur, dass es bald wieder besser wurde. Becca nickte nur. Sie hatte ihr schon am Morgen von ihrem letzten Besuch berichtet.

Schweigend betraten sie die Neumarktgalerie und bestellten sich in einem Café etwas Heißes zu trinken. Becca erzählte ihr von den Partyvorbereitungen und was nun noch alles getan werden musste. Siandras Gedanken drifteten aber immer wieder ab – zu Vero, Elyano und diesen eigenartigen Jägern.

Siandra verschluckte sich beinahe, als sie erkannte, wer da auf sie zu kam. „Hey Siandra! Darf ich mich zu euch setzen?" Ohne auf eine Antwort zu warten, sprang er über den hüfthohen Zaun, der das Café vom Weg trennte und ließ sich neben sie auf den Stuhl fallen. Mit einer Mischung aus Verwirrung und Faszination musterte Becca ihn. Elyano grinste nur belustigt. „Willst du uns nicht vorstellen?"

Ruckartig erwachte Siandra aus ihrer Starre. „Das ist Becca. Becca, das ist Elyano, ein..."

„...Freund", vervollständigte er und orderte lässig einen Kaffee.

Siandra beobachtete ihre Freundin kurz. Scheinbar schien sie Elyano nicht mit dem ‚Stalker' in Verbindung zu bringen. Sie lehnte sich zu ihrem Verfolger herüber. „Was soll das?", zischte sie kaum merklich.

„Du hast doch auf einem Drink bestanden", antwortete er ebenfalls flüsternd, ohne das Lächeln von seinen Lippen zu vertreiben. Siandra musste gestehen, dass ihr dieses kleine Lächeln deutlich besser gefiel, als die starre leblose Maske, die er so häufig mit sich herum trug.

„Ach ja?" Ein wissendes Grinsen schlich sich auf Beccas Gesicht. „Habt ihr euch an Karneval kennengelernt?"

„Kann man so sagen", murmelte Siandra und nahm einen weiteren Schluck von ihrem Kaffee.

„Hast du es dir eigentlich überlegt?", fragte Elyano.

„Was habe ich mir überlegt?"

Becca fing den Blick auf, den die beiden sich zuwarfen und fragte: „Ja, was?"

„Die Sache mit dem Wasserrohrbruch in deiner Wohnung. Mein Vater hat dir doch angeboten, in der nächsten Zeit deshalb erst mal bei uns zu wohnen."

„Du hattest einen Wasserrohrbruch und sagst mir nichts davon?", quietschte Becca.

„Alles halb so wild", sagte Siandra ohne den Blick von Elyano abzuwenden. Sein Vater? Wasserrohrbruch? Schlau eingefädelt, Rabe. Aber nicht schlau genug. „Ich kann doch sicher bei dir unterkommen, oder Becca?"

Becca gab sich kaum die Mühe, das Lächeln zu verkneifen. „Sorry, da kann ich nicht helfen, Siandra. Unser Haus ist zu klein."

Angespannt knirschte Siandra mit den Zähnen. Das Haus war zu klein? Jedes der beiden Gästezimmer war so groß wie ihre gesamte Wohnung. Ihre beste Freundin dachte vermutlich auch noch, sie täte ihr damit einen Gefallen.

„Unser Anwesen hingegen ist gigantisch", mischte Elyano sich ein. „Man würde dich vermutlich eh übersehen."

„So riesig? Was überlegst du denn da noch?", fragte Becca.

„Ja genau. Was überlegst du denn da noch?", wiederholte Elyano und hielt Siandra die Hand hin. „Lass uns deine Sachen holen und zu mir bringen."

„Aber mein Kaffee", wollte sie protestieren, doch sie wurde von Becca unterbrochen.

„Jetzt zier dich nicht so. Verschwinde schon", sagte sie lächelnd.

Ein Arm legte sich um Siandra und zog sie mit sich. Elyanos Nähe brannte sich geradezu in ihr Bewusstsein. „Ich kaufe dir auch ein ganzes Paket Kaffee", flüsterte er ihr ins Ohr und legte genug Geld für die drei Tassen auf den runden Tisch.

Siandra schwieg, als er sie aus dem Gebäude heraus und durch die schmalen, verwinkelten Gassen lotste, die sie immer weiter von der Einkaufsmeile wegführten. Das laute Stimmengewirr wurde leiser, bis nur noch ihre Füße auf dem harten Gehweg und vereinzelte Autos zu hören waren.

„Kannst du mir mal verraten, was in deinem Kopf vorgeht?", fuhr Siandra ihn an, nachdem sie sich an einer Gruppe Touristen vorbei gedrängt hatten. „Ich bin weder deine Jagdbeute, noch dein Eigentum. Du glaubst doch nicht, dass ich auf deinen miesen kleinen Trick hereinfalle..."

„Gib's zu, der war gut", entgegnete er grinsend.

„Es ändert nichts an der Tatsache, dass ich trotz meiner diversen kleinen Problemchen wirklich an meinem Leben hänge. Da bringe ich mich doch nicht eigenhändig in die Schusslinie."

Elyano griff nach ihrer Schulter und brachte sie dazu stehenzubleiben und ihn anzusehen. Seine Berührung war nicht unangenehm, trotzdem wünschte sie sich, er würde sie endlich gehen lassen. „Du verstehst es immer noch nicht. Dort wirst du vor den Jägern in Sicherheit sein."

Siandra hob eine geschwungene Augenbraue. „Das glaubst du doch selbst nicht. Und überhaupt: Mir geht es gut! Keiner deiner Jäger ist aufgetaucht. Es ist nichts passiert!"

Elyano wollte etwas erwidern, doch irgendetwas ließ ihn erstarren. Siandra folgte seinem Blick, als er neben ihr fluchte und nach ihrem Arm griff. Eine Kutsche schlängelte sich durch den Verkehr, doch sie wurde nicht von Pferden gezogen, sondern von riesigen Wölfen. Eine Frau saß im Inneren der Kutsche. Frostig blaue Augen starrten Siandra mit einer Mischung aus Verwunderung und Empörung an. Ihre blonden Haare lagen halb versteckt unter der roten Kapuze eines Mantels. „Rotkäppchen", stieß Siandra leise hervor. Ein Ruck ging durch ihren Körper, als Elyano sie hinter sich her zog. Die Gruppe Touristen protestierte lautstark, als sie sich eine Schneise durch sie hindurch schlugen. „Warum laufen wir?", rief Siandra gegen den Wind an, doch dann hörte sie es. Eine eisig kalte Hand legte sich um ihre Brust, als die Erinnerungen an Pyrros und seine Wölfe in ihr wach wurden. Sie hörte ihren hechelnden Atem, doch sie wagte es nicht, sich umzudrehen. Elyano trieb sie zu einem unbarmherzigen Tempo an. Warum nur konnten die Menschen die Wölfe nicht sehen? Unbeteiligt gingen sie ihrer Wege, warfen Siandra und Elyano lediglich irritierte Blicke zu. Nur um ein Haar konnten sie einem herannahenden Auto ausweichen, als sie über eine Straße hechteten. Der wütende Fahrer bemerkte die Wölfe nicht einmal, die über seine Motorhaube sprangen.

„Schneller, Siandra!", rief Elyano. Sie antwortete nicht, brauchte allen Sauerstoff, der ihr noch blieb zum Atmen. Doch ihre Gedanken standen nicht still. Laut schrie die Stimme in ihrem Kopf. Wir schaffen es nicht! Wir können es einfach nicht schaffen.

Obwohl sie sich in ihrer Heimatstadt auskannte, hatte sie bald schon die Orientierung verloren. Auf verworrenen Wegen führte Elyano sie durch das Labyrinth der Gassen. Doch die Wölfe gaben nicht auf. Unerbittlich folgten sie ihnen auf der von Schneematsch nassen Straße.

„Schnell", rief Elyano und zog sie im halsbrecherischen Tempo über die Fahrbahn. Wütend hupte der herannahende Fahrer und Reifen quietschten auf dem Asphalt. Siandras Lunge pochte und ihr Herz schlug ihr bis zum Hals. Sie spürte das Blut in ihren Ohren pulsieren. Lange würde sie nicht mehr durchhalten.

„Rein da!", rief Elyano und schob sie in eine Straßenbahn. Sie fiel und knickte ihr Handgelenk um, als sie versuchte den Sturz abzufangen. Verwirrt starrten die Fahrgäste sie an, als Elyano hinterher hechtete, kurz bevor die Türen zuschnappten.

Mit einem dumpfen Klatschen sprangen die Wölfe gegen die Scheiben. Zornig knurrten sie und versuchten sich Einlass zu verschaffen, doch sie blieben zurück, als die Bahn losfuhr.

„Alles okay?", fragte Elyano und beugte sich zu ihr hinab, um ihr aufzuhelfen.

Vorsichtig betastete sie ihr Handgelenk. Es schmerzte höllisch, war aber scheinbar nicht gebrochen. „Was hatte das zu bedeuten?", fragte sie atemlos. „Warum können die Menschen sie nicht sehen?"

„Das sollten wir später besprechen", zischte Elyano ihr leise zu. Fast alle Augen waren auf sie gerichtet. Er legte einen Arm um sie und führte sie zum anderen Ende des Waggons. „Setz dich", forderte er mit einer Stimme, die keine Widerworte duldete, ehe er sich ebenfalls auf einem der Sitze niederließ. Einige Zeit blieb er stumm, nur das Rattern des Zuges und die leisen Gespräche der anderen Fahrgäste waren zu hören. „Wir entziehen uns den Blicken der Menschen."

„Warum konnte Becca dich sehen?", fragte Siandra verwirrt.

„Erinnerst du dich an unsere letzte Begegnung?"

Ihre Augenbrauen zogen sich zusammen. Wie konnte sie sich nicht daran erinnern? Aus irgendeinem Grund wollte das Schicksal scheinbar, dass sie davon lief, sobald er in ihrer Nähe war. Doch dann fiel es ihr schlagartig wie Schuppen von den Augen. Er sah heute anders aus... so normal. Auch schon, als er in ihrem Flur gestanden hatte. Die Lederrüstung hatte er gegen einen dunklen Mantel und Jeans getauscht. Kein Schwert hing an seiner Hüfte, selbst diese Bänder an seinen Armen waren verschwunden.

„Wir Jäger tragen Segensbänder, die uns vor den Blicken der Menschen schützen. Rotkäppchen hat andere Möglichkeiten, sich selbst und ihre Diener vor ihnen zu verbergen."

Unruhig strich Siandra über ihre Arme. „Meinst du, sie sind uns gefolgt?", fragte sie und spähte aus dem Fenster. Nichts war zu sehen, außer die tiefe Dunkelheit des Tunnels. Dennoch nagte die Angst wie ein Tier an ihr und schlug ihre Klauen in ihre Haut.

Elyano zuckte gelassen mit den Schultern. „Wer weiß. Vielleicht. Vielleicht auch nicht. Rotkäppchen und ihre Wölfe waren schon immer schwer zu durchschauen."

Siandra schwieg. Was sollten sie bloß machen, wenn die Wölfe sie tatsächlich verfolgten? Sie konnten nicht ewig hier drinnen bleiben. Früher oder später würde sie jemand rausschmeißen und dann waren sie ein gefundenes Fressen für die Wölfe.

„Mach dir keine Sorgen", sagte Elyano mit ruhiger Stimme, die Arme vor der Brust verschränkt.

Fassungslos starrte sie ihn an. Wie konnte er nur so gelassen da sitzen, als würde er nur zum Einkaufen oder ins Kino fahren? „Wie kann ich mir keine Sorgen machen? Du weißt genau, was da draußen auf uns lauert!"

„Nicht so laut", sagte er grinsend, als eine ältere Frau sich irritiert zu ihnen umdrehte. Er wollte noch etwas hinzufügen, aber dann verließ die Straßenbahn den Tunnel.

Einen Moment lang war Siandra wie geblendet und sie kniff ihre Augen zusammen. Als sie sich an die Helligkeit gewöhnt hatte, spähte sie hinaus. Von den Wölfen war nichts zu sehen. Draußen waren nur Menschen, die auf dem Weg zur Arbeit über den Gehweg hetzten oder Touristen, die sich gegenseitig vor der kleinen Kapelle zwischen den hohen Häusern fotografierten. Nichts ließ auf irgendeine Gefahr schließen. Aber waren sie auch wirklich sicher?

Siandra hob fragend die Augenbrauen, als Elyanos Hand sich um ihre schloss. „Komm", sagte er. „Lass uns sehen, ob die Luft rein ist."

„Aber was, wenn die Wölfe..."

„Wir können nicht ewig hier bleiben, kleine Pechmarie." Ein diebisches Grinsen stahl sich auf sein Gesicht. „Glaub ja nicht, dass ich unbewaffnet bin. Trotzdem hoffe ich, dass es nicht so weit kommt. Die Menschen mögen die Wölfe nicht sehen, mich und meine Waffe aber schon." Er fuhr über seine Manteltasche, aus der ein Stück Kette hervorblitzte.

Beunruhigt trat Siandra hinter ihm ins Freie und ließ ihren Blick schweifen. Alles sah friedlich aus, doch sie wusste, dass die Wölfe jeden Augenblick auftauchen konnten. Elyano wirkte vollkommen entspannt. Kurz sah er sich um, bevor er die Hände lässig in die Taschen seines Mantels steckte und sich zu ihr umdrehte. „Und? Wollen wir?"

„Wir? Wohin?"

Ein Grinsen zupfte an seinen Mundwinkeln, als er einen Schritt auf sie zumachte. „Ja, wir beide. Zurück in den Orden der Jäger."

Siandra schlang die Arme um ihren Oberkörper und versuchte ihre Unsicherheit zu verbergen. Sie hatte mittlerweile begriffen, wie gefährlich ihre Welt geworden war. Doch fast noch mehr als vor den Wölfen und etwaigen Angriffen auf offener Straße, fürchtete sie sich davor in den Orden zurückzukehren. „Das hättest du wohl gerne", sagte sie trocken.

Es war offensichtlich, dass Elyano mit seiner Selbstbeherrschung kämpfte. Sein Gesicht war wie versteinert und er öffnete und schloss krampfhaft die Hände. „Geht es dir immer noch nicht in den Kopf? Die Jäger werden nicht aufgeben. Sie werden die Jagd wieder aufnehmen und nicht eher ruhen, bis sie ihre Beute erlegt haben. Du bist in Gefahr."

„Nein."

„Siandra!"

„Nein! Ich werde nicht dorthin zurückgehen! Wenn die Jäger hinter mir her sind, laufe ich ihnen doch nicht entgegen!" Sie wollte gehen, doch Elyano stellte sich ihr in den Weg.

„Du kannst ihnen nicht entkommen, indem du fliehst! Du kannst nicht weglaufen!"

Siandra schüttelte den Kopf und versuchte, sich an ihm vorbei zuschieben. „Nein."

„Ich fürchte, das kannst du dir nicht aussuchen. Sei vernünftig und komm mit mir", sagte er und wollte nach ihrer Hand greifen. Siandra wich zurück.

„Sei vernünftig? Elyano, ich habe ein eigenes Leben. Ich kann nicht so mir nichts dir nichts verschwinden!"

„Du machst mich wahnsinnig!", fluchte er und fuhr sich durch die dunklen Haare.

„Da hättest du mich mal lieber umgebracht, als du die Chance dazu hattest. Hättest dir einiges an Arbeit erspart." Siandra wartete nicht auf seine Reaktion. Sie drehte sich nur um und lief in Richtung Straßenbahn.

„Du kannst vor der Wahrheit nicht davonlaufen!", hörte sie ihn noch rufen, ehe seine Stimme vom Wind verschluckt wurde.

„Na du kleiner Idiot?", flüsterte Siandra mit zittriger Stimme und kraulte Jack am Kopf. Der Papagei ließ sich das sichtlich gefallen und schloss die Augen. Doch sie selbst schaffte es einfach nicht ihren Atem zu beruhigen. Wo war sie da nur rein geraten? Sie steckte Jack noch einige Sonnenblumenkerne zu und lächelte, als er „Leben ist schön", vor sich hin flötete. Doch die Angst, die einem Schraubstock gleich ihre Brust zerquetschte, konnte auch er nicht vertreiben. Verzweiflung stieg in ihr auf, als sie an die Jäger dachte – und die Wölfe, die sie ebenfalls jagten. Der Zettel mit Pyrros' Nummer wog schwer in ihrer Tasche. Siandra verstand es einfach nicht. Sie glaubte Elyano, wenn er ihr sagte, dass sie in Gefahr war. Doch viel mehr Angst hatte sie vor dem, was ihr im Orden widerfahren würde, wenn sie dorthin zurückkehrte und Elyano nicht schnell genug war.

Ihr Anrufbeantworter leuchtete wild wie eine Reklametafel in Las Vegas. Sie warf einen kurzen Blick darauf, ehe sie sich auf's Bett legte und den Fernseher einschaltete. Unzählige Anrufe in Abwesenheit. Allesamt von ihrem Vater. Sie seufzte. „Tut mir leid. Ich habe gerade andere Dinge im Kopf", flüsterte sie leise. Kalter Wind blies durch das offenstehende Fenster herein, doch sie hatte einfach keine Energie aufzustehen und es zu schließen.

Wenn Elyano recht hatte, was die Jäger, die Wölfe und seine ganze Welt betraf, stimmte auch das, was er über sie selbst gesagt hatte? War sie wirklich ein Halbblut? Wer war dann ihr Vater? Wohin zum Teufel gehörte sie? Siandra strich sich durchs Haar. Konnte sie Elyano überhaupt trauen? Er war ein Jäger. Selbst wenn er sie aus irgendeiner Laune heraus verschonte, könnte es sein, dass er früher oder später auch die Jagd auf sie eröffnete. Elyano war ein Killer, auch wenn sie das in seiner Anwesenheit häufig vergaß. Er versuchte herauszufinden, welches Interesse Rotkäppchen an ihr hatte – doch, was tat er, wenn er sein Ziel erreicht hatte? Würde er sie an seine Fürstin verkaufen? Oder würde er sie den anderen Jägern vorwerfen, wenn sie keinen Nutzen mehr für sie hatte?

Siandra zuckte zusammen, als sie eine Bewegung aus dem Augenwinkel bemerkte. Erst dachte sie, sie habe es sich eingebildet, doch als Jack krächzte, strafften sich ihre Schultern und Panik übernahm eine Sekunde lang ihr Denken. Ihr Puls begann zu rasen, als sie in das Halbdunkel ihres Zimmers starrte. Dann erkannte sie einen Schatten, der an der Wand entlang schlich.

Ruckartig setzte sie sich auf - oder versuchte es zumindest. Eine Hand schloss sich um ihre Kehle und drückte sie wieder zurück in die Kissen. Instinktiv schlug sie um sich, versuchte sich dem Griff zu entwinden, aber sie schaffte es nicht sich zu befreien. Der Schatten lehnte sich über sie. Hinter seiner Schulter erkannte sie weitere Schatten an der Tür. „So trifft man sich wieder", hauchte eine Stimme dicht an ihrem Ohr.

Eine Eiseskälte breitete sich in ihrem Magen aus und drückte ihn zusammen. „Florian", keuchte sie, als sich glatter Stahl an ihren Hals legte.

„Wie schön. Du erkennst mich noch. Dann brauche ich nichts weiteres zu erklären."

Siandra versuchte nach seinem Arm zu greifen, doch er hielt sie erbarmungslos fest. Egal, wie viel Kraft sie auch einsetzte, sie schaffte es nicht, sich ihm zu entwinden. Sie versuchte nach ihm zu treten, doch Florian drückte ihre Beine einfach mit seinem Knie runter.

„Lass sie los", sagte plötzlich eine sehr vertraute Stimme. Siandra sah Elyano nicht, doch sie spürte seine Anwesenheit ganz deutlich, als hätte sich ein Scheinwerfer auf ihn gerichtet.

Florian lachte verächtlich. „Das ist armselig. Selbst für deine Verhältnisse. Willst du dich mir wirklich wieder in den Weg stellen?"

„Du hast meinen Befehlen Folge zu leisten, Jäger!" Das unterdrückte Knurren in seiner Stimme war kaum zu überhören.

„Das sehe ich anders! Meinen Auftrag habe ich von Ariel persönlich bekommen. Du kannst mir rein gar nichts befehlen. Und jetzt sieh weg, während ich deinem Halbblut die hübsche Kehle durchschneide."

Ein lauter Knall peitschte durch den Raum, gefolgt von einem Krächzen und einem Schrei, der sich unter den Lärm mischte. Klingen wurden gezogen und aufgeregte Stimmen drangen an Siandras Ohr, als sich ein Arm um sie legte und sie hochriss. Auch ohne aufzusehen, wusste sie, dass es Elyano war, der sie an sich drückte.

„Bleib stehen, Rabe!", brüllte Florian hinter ihnen. Siandra wusste nicht, was Elyano getan hatte, doch es schien äußerst schmerzvoll für den Jäger gewesen zu sein.

Ein Ruck ging durch ihren Körper, als Rabe mit unvorstellbarer Leichtigkeit aufs Fensterbrett sprang und hinaus kletterte. Siandras Augen weiteten sich, als ihr klar wurde, was er vor hatte. Noch bevor sie auch nur protestieren konnte, machte er einen Satz. Reflexartig krallte sie sich in seinen Mantel.

„Halt dich gut an mir fest, kleine Pechmarie", flüsterte er ihr ins Ohr, doch sie hörte ihm kaum zu. Ihr Magen verkrampfte sich vor Angst, als sie in die Tiefe blickte. Fast schon mühelos hangelte Elyano sich am Regenrohr nach unten. Siandra unterdrückte einen Schrei, als er sich mehrere Meter von der Hauswand abstieß. Er federte den Sprung ab und stellte sie wieder auf die Füße. Siandras Beine drohten nachzugeben, doch Elyano griff nach ihrem Arm und zog sie mit sich mit. „Lauf", sagte er schlicht. Diese Aufforderung hätte Siandra eigentlich nicht gebraucht.

Der Lärm der Jäger hinter ihnen trieb sie stärker an, als Elyanos Stimme es vermochte. Panik baute sich in ihrem Inneren auf. Sie lief so schnell sie konnte, doch die Jäger schienen immer näher zu kommen. Sie wagte es nicht sich umzudrehen, aber sie war sich sicher, dass sie aufholten. Elyano führte sie nicht über die Straße, sondern bog in den Wald ab. Der Stadtwald war wie ausgestorben und verschluckte den Lärm der Stadt. Während er leichtfüßig neben ihr her lief, keuchte sie wie ein Flusspferd nach einem Hundert-Meter-Lauf. Elyanos Fähigkeiten in allen Ehren, doch sie wusste nicht, wie lange sie dieses Tempo noch durchhalten konnte. Sie wusste nicht mal, ob er es selbst schaffen konnte. Der Orden lag nicht gerade hinter der nächsten Ecke.

„Vertraust du mir?", fragte Elyano dicht an ihrem Ohr. Seine Stimme jagte ihr einen Schauer über den Rücken.

„Was?"

„Vertraust du mir?"

Ohne darüber nachzudenken, nickte sie. Sie spürte, wie sich Elyano neben ihr anspannte und sich seine Hand noch fester um ihre schloss. Seine Lippen bewegten sich, doch kein Laut verließ sie.

„Rabe, was tust du da?", rief Florian und beschleunigte seine Schritte. „Du kannst uns nicht entkommen!"

Elyanos Fingerknöchel traten weiß hervor, ehe sie schlagartig dunkel wurden. Ein schwarzer Nebel breitete sich auf ihnen auf, der zu pulsieren schien. Waren das Federn?

Siandra spürte, wie sie nach vorne gerissen wurde. Es war, als würde etwas sie durch eine halb durchlässige Wand zerren, in der sie immer wieder stecken blieb. Ihre Sicht verschwamm, zurück blieb nur Schwärze. Als sich die Dunkelheit legte, taumelte sie und wäre beinahe gestürzt, hätte Elyano sie nicht gehalten.

„Ich dachte, du wolltest nicht mehr auf diese Art reisen."

Siandra hob den Kopf und entdeckte Fynn, der sich lässig an die Hauswand lehnte. Er war unbewaffnet. Lange schien er noch nicht hier draußen zu sein, sonst würde er sicherlich nicht nur in T-Shirt und Jeans in dieser Eiseskälte stehen. Sie schienen sich innerhalb der Mauern des Ordens zu befinden, doch sie kannte diese Tür nicht. Es war keines der Haupttore, so viel war sicher. Dazu war es viel zu abgelegen. Auch wenn sie keine anderen Jäger entdecken konnte, raste noch immer ihr Puls.

Elyano grinste neben ihr, doch sie spürte, dass diese Aktion – was auch immer es gewesen war – ihn ausgelaugt hatte. Er schien zum Sprechen anzusetzen, stockte aber dann. Mit einem Mal verschwand die Unbekümmertheit aus seinem Blick. Auch sein Bruder schien zu spüren, was ihn bewegte. Fynns Augenbrauen zogen sich zusammen. „Du solltest dich beeilen, bevor..."

Seltsame Geräusche drangen an sie heran. Siandra kannte die Stimme nicht, die da in der Ferne Befehle bellte. „Lasst ihn nicht durch", rief sie immer wieder.

Siandra zuckte zusammen, als einige Jäger um die Ecke des Gebäudes bogen und geradewegs auf sie zuliefen. Elyano schien völlig ruhig zu bleiben. Er griff nach Siandras Schulter und schob sich ein Stück weit vor sie, ohne sie loszulassen. Er murmelte etwas, doch erst als er seine Stimme hob, wurde Siandra bewusst, dass sie die Worte nicht kannte, die er benutzte. Die fremde Sprache klang so frisch und klar, wie der kalte Wind, der sie umgab. Als Elyano die ersten Silben sprach, wurden die Jäger hektisch. Sie zogen ihre Waffen und beschleunigten ihre Schritte. Doch auch Elyano wirkte von Sekunde zu Sekunde angespannter. Seine Stimme wurde unsicherer, als wäre er sich nicht mehr sicher, ob die Worte richtig waren, die er da sprach. Je näher die Jäger kamen, desto hastiger wurde auch seine Stimme. Mit der freien Hand griff er zum Griff seiner Waffe und einen kurzen Augenblick lang schien seine Stimme sicherer zu werden. Die letzten Worte, die er über die Lippen brachte waren kurz, klangen fast schon abgehackt, doch sie zeigten Wirkung.

Die Jäger, die sie fast erreicht hatten, waren wie erstarrt und Siandra spürte, dass sie ihr nichts mehr anhaben konnten. Ein unzufriedenes Raunen lag in der Luft und immer wieder trafen sie missgünstige und hasserfüllte Blicke. Siandras Augen fanden Fynn, der seinen Bruder ebenfalls entgeistert anstarrte. Bis vor wenigen Sekunden hatte er ruhig, fast schon unbeteiligt an der Tür gestanden, doch nun schien ihm kurzzeitig alles aus dem Gesicht gewichen. Siandra hatte angenommen, dass er ahnte, was sein Bruder vorhatte und deshalb so gelassen und unbewaffnet war. Was hatte ihn jetzt derart aus der Fassung gebracht? War es etwas, das Elyano in dieser eigenartigen Sprache gesagt hatte? Hatte er einen Fehler gemacht?

Als die Jäger näher kamen, erkannte Siandra, dass auch die Frau unter ihnen war, die sie bei ihrem letzten Besuch angegriffen hatte. Unbewusst wich sie einen Schritt zurück, doch Elyanos Hand, die noch immer auf ihrer Schulter lag, hielt sie davon ab noch weiter im Schatten zu verschwinden. Zornig baute Priya sich vor Elyano auf. „Wie konntest du nur?!", rief sie vorwurfsvoll. „Was hast du dir nur dabei gedacht?"

„Einmal Verräter, immer Verräter", raunte jemand hinter ihr. Unruhe breitete sich aus. Die Jäger tobten.

Siandra erschrak, als die Tür hinter Fynn aufflog und Ariel ins Freie trat. Seine Augen wanderten über die Menge und blieben an Elyano und Siandra hängen. Ariel zog die Augenbrauen zusammen, schien einen kurzen Moment perplex, ehe sich Wut auf seinen Gesichtszügen ausbreitete. Doch schon einen Herzschlag später, wich dieser Ausdruck einer unbeeindruckten Maske. Mit einer Handbewegung gab er Siandra zu verstehen vorzutreten. Sie zögerte, spürte dann aber Elyanos Hand in ihrem Rücken, eine flüchtige Berührung, die Hitze durch ihren Körper sandte.

Vorsichtig trat sie vor und zuckte zusammen, als Ariel nach ihrem Handgelenk griff. Ihre Haut wurde warm, doch der Hüter des Ordens ließ nicht locker. Erst nach unzähligen Minuten ließ er sie los. Feine braune Linien zeichneten sich auf ihrer Haut ab, dort wo Ariel sie berührt hatte. Ranken, die sich im Kreis um verschiedene Schriftzeichen wanden. In der Mitte war ein Symbol, doch die Linien verblassten bereits. Siandra konnte nicht erkennen, was es darstellen sollte. Vielleicht einen Vogel? Die Linien waren kaum noch zu sehen, als sie zu verharren schienen. Wie feine Adern unter der Haut hoben sie sich von ihrem hellen Untergrund ab und waren nur zu erkennen, wenn man wusste, wonach man suchte.

„Bring sie rein", sagte Ariel mit unnachgiebiger Stimme. Ehe sie auch nur reagieren konnte, hatte Elyano den Arm um sie gelegt und führte sie ins Innere des Ordens.

Meine Welt und deine Welt

Stumm folgte Siandra den Jägern. Auch wenn sie wusste, dass sie keine Bedrohung mehr für sie darstellten, konnten sie nicht entspannen. Die missbilligenden Blicke um sie herum ließen sie immer kleiner werden. Doch Elyano, der neben ihr her ging, gab ihr Kraft. Sie fragte sich, ob sie wohl immer noch erhobenen Hauptes durch die Gänge spazieren könnte, wäre da nicht sein Arm, der ihr Halt gab.

„Was hast du dir nur dabei gedacht?", fluchte Ariel unbeherrscht, ohne Elyano anzusehen. „Warum hast du sie zurückgebracht? Und warum hast du diesen Eid gesprochen?" Unwillkürlich wanderte Siandras Hand zu den Linien, die sich kaum sichtbar auf ihrer Haut abzeichneten.

Elyanos Stimme war ebenso hart wie Ariels. „Du hast mir keine Wahl gelassen."

Ariel fluchte frustriert. „Man hat immer eine Wahl. Jetzt bring sie zu Heinrich. Soll er sich mit ihr befassen. Ich habe genug eigene Probleme." Bevor er sich umdrehte, griff er nach Elyanos Arm und zischte ihm etwas zu. Es war so leise, dass Siandra es nur schwer verstand. „Bist du dir der Folgen deiner Entscheidung im Klaren? Ist das wirklich dein Wunsch gewese..."

Elyano sagte nichts. Ohne auf seine weiteren Worte zu achten, machte er sich los und zog Siandra hinter sich her. Sie wollte ihn fragen, was Ariel gemeint hatte, als er vor einer schweren Eichentür stehen blieb.

Der Geruch nach Druckerschwärze und alten Büchern schlug ihr entgegen, als sie die große Bibliothek betraten. Unzählige Bücher türmten sich auf Regalen bis zur Decke. „Heinrich?", rief Elyano und schritt durch die engen Gänge. Keine Reaktion. „Heinrich?"

Siandra folgte Elyano und ließ ihren Blick dabei über die Buchrücken wandern. Alte Klassiker waren vertreten, aber auch Titel, die sie nie zuvor gesehen hatte. Beinahe rammt sie Elyano, als der unvermittelt stehen blieb. Ein belustigtes Lächeln lag auf seinem Blick. Doch es galt nicht ihr.

Vor dem Ofen saß ein alter Mann in einem tiefroten Ledersessel. Seine

Brille war ihm tief auf die Nase gerutscht und ein Gehstock lehnte an seinem Knie. Ein Buch lag aufgeschlagen auf seinen Beinen. Allen Anschein nach war er beim Lesen eingeschlafen.

Elyanos Mundwinkel zuckten, als er langsam auf ihn zuging. „Ach, unser Alterchen."

„Sei doch leise und lass ihn schlafen", zischte Siandra und versuchte nach seinem Arm zu greifen, doch Elyano war schneller. „Wir wecken ihn noch, wenn du weiter so laut bist."

Elyano lachte nur. „Den? Mach dir keine Sorgen. Er hört kaum noch etwas. Sehen kann er auch nur noch schlecht. Es wundert mich wirklich, dass er versucht zu lesen. Vermutlich kann er nicht einmal die Buchstaben erkennen. Armes Alte..."

„Sehr komisch, Rabe."

Siandra erschrak, als der Alte die Augen öffnete. „Tut uns leid, wir wollten Sie nicht wecken."

Heinrichs Blick wanderte von Siandra zu Elyano und wieder zu ihr zurück. Ein Lächeln schlich sich auf seine Züge. „Hallo Eorlina." Verwirrt wollte sie zum Sprechen ansetzen, doch ehe sie den Mund aufmachen konnte, wandte er sich an Elyano. „Das ist also dein Halbblut?"

„Ja, das ist Siandra. Ariel schickt uns zu dir. Du kannst dir ja denken weshalb."

Heinrich seufzte. „Ariels Einstellung gegenüber Halbblütern ist sehr speziell und dass du es warst, der den Eid gesprochen hat, macht die ganze Situation nicht einfacher. Du hast nicht sonderlich viele Freunde hier. Es hat Fynn einiges an Mühe gekostet, Ariel zu überzeugen, dir zu vertrauen. Ich kann deine Entscheidung verstehen, aber bist du dir sicher...?"

„Um Ariel kümmere ich mich selbst", sagte Elyano schroff. „Und alles andere geht niemanden etwas an."

Heinrichs Blick glitt kurz an Elyano vorbei. „Du hast ihr nichts davon gesagt?"

„Ich habe ihr das gesagt, was sie zu wissen braucht. Alles Weitere ist egal."

Wütend stieß Siandra ihn gegen den Arm. „Verdammt, Elyano! Kannst du mir nicht einfach mal sagen, was Sache ist? Was geschieht hier?"

Durchdringend sah Heinrich ihn an und legte eine Hand auf seinen Arm. „Sie verdient die Wahrheit."

„Sie wird es erfahren, aber jetzt ist nicht die richtige Zeit dafür."
Heinrich lächelte Siandra leicht an. „Komm setze dich zu mir. Du hast sicherlich viele Fragen."
Siandra schluckte und ließ sich auf einen der Sessel sinken. Unzählige Fragen lagen ihr auf den Lippen, die nach Antworten verlangten. „Was passiert jetzt?" Aus dem Augenwinkel bemerkte sie Elyano, der sich lässig auf der Armlehne ihres Sessels niederließ.
„Du bist in Sicherheit", sagte Heinrich. „Vorerst zumindest. So lange du hier im Orden bleibst, wird dir nichts geschehen."
„Wir müssen herausfinden, was Rotkäppchen vorhat. Und ob sie Jagd auf weitere Halbblüter macht", erklärte Elyano neben ihr.
„Aber kann sie sie denn so einfach aufspüren?", fragte Siandra und strich nervös über ihre Arme. „Wenn die Halbblüter unerkannt in der Gesellschaft leben..."
„Wer ein Halbblut aufspüren möchte, kennt seine Methoden", sagte Elyano. „Jede Fürstin hat ihren Orden und Pyrros hat viele Wirkungsbereiche. Seine Ausbildung unterscheidet sich nicht wesentlich von der eines Jägers."
„Und wer gibt euch das Recht, sie einfach abzuschlachten?", brach es aus ihr hervor. „Weil sie das Gleichgewicht durcheinanderbringen?"
„Jeder Mensch, der über uns Bescheid weiß, birgt die Gefahr uns und unsere Welt zu verraten. Wir mögen den Menschen in unseren Fähigkeiten deutlich überlegen sein, doch gegen die Masse können auch wir nichts ausrichten. Die Sicherheit der Eshani'i geht immer vor. Das ist der Grund, weshalb Verbindungen zwischen Unsrigen und Menschen nicht geduldet sind und Halbblüter verfolgt werden. Halbblüter sind instabil, weil beide Blutlinien in einem ständigen Kampf miteinander sind. Dieser schwelende Konflikt kann ständig ausbrechen und die Menschen auf sie aufmerksam machen."
Das war nicht wahr. Das konnte einfach nicht wahr sein! Sie war kein Halbblut, sie war ein Mensch, wie auch ihre Eltern. „Aber ich..." Sie stockte, als sich Heinrichs Hände um ihre legten.
„Ich kann verstehen, wie du dich fühlen musst", sagte er mitfühlend. „Aber es ist die Wahrheit. Das Blut unserer Welt fließt in deinen Adern. Die Jäger können deine Andersartigkeit spüren." Siandra wandte den Blick ab und presste die Lippen aufeinander. Wie konnte das möglich

sein? Sie sah auf, als Heinrich freundlich ihre Hände drückte. In seinen Augen lag keine Missgunst, wie in denen der Jäger und auch nicht der Zorn, den sie in Ariels Blick gesehen hatte.

„Warum behandeln Sie mich so?", fragte sie. Warum Elyano sie nicht tötete und sich für sie einsetzte, konnte sie sich denken. Auch wenn ein Teil von ihr hoffte, dass mehr dahinter steckte, war sie bei weitem nicht so naiv zu glauben, dass Elyano ernsthaft etwas an ihr lag. Vermutlich sorgte er sich nur um seine Trumpfkarte. Aber Heinrich hatte keinerlei Gründe nett zu ihr zu sein.

Heinrich schien zu erahnen, woran sie dachte. „Du musst Ariel verstehen", setzte er an. Siandra runzelte die Stirn. Wie konnte sie einen Mann verstehen, der nach ihrem Leben trachtete und ihr seine Jäger auf den Hals gehetzt hatte? Noch ehe sie etwas erwidern konnte, fuhr Heinrich fort. „Für ihn ist die Situation eine ganz andere, als für Elyano oder mich. Er hat die Halbblüter noch von einer ganz anderen Seite kennengelernt."

„Was ist passiert?"

„Damals hatte sich eine Gruppe von Halbblütern gegen die Jäger zusammengeschlossen. Sie hatten nur ein Ziel: den Orden zu vernichten und die Welt mit unserer Existenz zu erschüttern. Nur im letzten Moment schafften Ariel und seine Jäger es das Schlimmste abzuwenden. Auf beiden Seiten gab es große Verluste."

„Und wer hat den Halbblütern erst die Mittel gegeben, sich in so großer Zahl zusammenzufinden?", fragte Elyano kühl und stand auf. „Wer hat sie erst gegen den Orden aufgehetzt? Das war Rotkäppchen." Mit verschränkten Armen lehnte er sich an ein Bücherregal.

„Die Fürstin hat sich in diesen Jahren nicht einmal im Kernreich aufgehalten, sondern war zu ihrer Familie nach Italien zurückgekehrt. Sie hatte weder die Möglichkeiten, noch einen Grund dazu."

„Du kennst sie nicht", fuhr Elyano ihn an. „Du warst nicht dabei."

„Du aber auch nicht. Vergiss das nicht."

Verwundert sah Siandra die beiden an. Wenn Heinrich die Aufstände nicht miterlebt hatte, Ariel aber schon, wie alt war der Hüter des Ordens dann? Er wirkte nicht älter als vierzig. „Wann waren diese Aufstände?"

Heinrich runzelte die Stirn, schien einen Moment lang nachzudenken. „Müsste im 18. Jahrhundert gewesen sein. Um 1792, denke ich."

Ungläubig starrte Siandra ihn an. Ariel konnte nie im Leben so alt sein.

Verarschte er sie etwa?! Wenn das die Wahrheit sein sollte... dann müsste er weit über 200 Jahre alt sein!

Sie zuckte zusammen, als Elyano schallend lachte. „Ich glaube, du überforderst sie ein wenig, alter Mann."

Tadelnd hob Heinrich den Finger. „Ein bisschen mehr Respekt, Rabe, wenn ich bitten darf."

„Aber wie kann das sein?!", stotterte Siandra und hakte ihre Finger ineinander. „Kein normaler Mensch..."

„Ich habe es dir doch bereits erklärt: Wir sind keine Menschen, wir sind Eshani'i. Oder Märchenwesen, wie du uns gerne nennst."

„Unsere Lebensspanne lässt sich nicht an menschlichen Maßstäben messen", erklärte Heinrich ruhig.

Siandra musterte ihn unauffällig. Wenn Ariel so alt war und trotzdem so jung wirkte, was war dann mit ihm? „Und wie alt...?"

Heinrich unterbrach sie lächelnd. „Ich weile nun schon seit 78 Jahren auf dieser Erde."

„In Menschenjahren oder nach eurer eigenen Zeitrechnung?"

Elyano lachte. „Wir haben vieles, aber noch keine eigene Zeitrechnung. Wobei das durchaus seinen Reiz hätte. Heinrich ist ein Mensch."

„Ich bin als Kind in den Orden gekommen. Ariel hatte Mitleid mit mir, nachdem meine Eltern mit einem Zug in den Tod geschickt worden waren. Er hat mein Leben gerettet und gleichzeitig mein Leben als Mensch beendet. Nicht wie du jetzt denken wirst", fuhr er schnell fort, als er Siandras erschrockenen Gesichtsausdruck bemerkte. „Ich bin noch immer ein Mensch. Doch ich habe nie als Mensch gelebt. Ich wuchs hier bei den Jägern auf, als einer von ihnen. Ich lernte ihr Handwerk und wurde recht gut, obwohl ich nur ein Mensch war. Und was..."

„Recht gut?", echote Elyano mit hochgezogenen Augenbrauen. „Hör nicht auf ihn. Er war nicht recht gut, er war einer der Besten. Lange Zeit stand er direkt an Ariels Seite."

Heinrich griff nach seinem Gehstock und strich über das glatte Holz. „Das ist wahr. Bis ich mich zurückgezogen habe und seitdem nur noch unterrichte."

Wenn er einst mit Ariel auf einer Stufe stand, war er ein wichtiger Mann, auch wenn er ein Mensch war. Röte schoss ihr ins Gesicht, als sie daran dachte, wie sie mit ihm gesprochen hatte.

Ein Lächeln zupfte an Heinrichs Lippen. „Mach dir nichts draus. Der Rabe hier ist ein kleiner Schuft, der sich immer wieder einen Spaß daraus macht, andere hereinzulegen."

Konnte er etwa ihre Gedanken lesen? Als sich ihre Augen trafen, hatte Siandra fast das Gefühl. Unsicher wandte sie den Blick ab.

„Du solltest Siandra ihr Zimmer zeigen", sagte Heinrich nach einer Weile. „Sie ist sicher müde. Es war ein aufwühlender Tag für sie. Wir können ein andermal weitersprechen."

Elyano legte ihr eine Hand in den Rücken und flüsterte ihr ein leises „Komm" ins Ohr. Sie nickte nur und ließ es zu, dass er sie durch die Bibliothek und zurück in den Gang schob. Vor der Tür ließ er sie los und ging neben ihr her.

Siandra schielte immer wieder zu ihm herüber. Sein Gesicht war ausdruckslos und verriet wie immer nicht, was er gerade dachte. Wie alt er wohl war? Jünger als Ariel auf jeden Fall, aber das musste nichts heißen. Sicherlich älter als sie. Vielleicht sogar älter als Heinrich? Sie verdrängte den Gedanken. Sie würde es wohl nie herausfinden.

Ihr Blick wanderte über die zahlreichen Gemälde, die den Weg säumten. Es wirkte fast, als wären sie in die Wand eingelassen worden und bildeten nun eine Einheit mit der steinernen Oberfläche. Jedes Gemälde erzählte seine eigene Geschichte und viele von ihnen waren ihr bekannt. Hans im Glück, der Froschkönig und seine Prinzessin, oder Brüderchen und Schwesterchen. Nur was hatten die Gebrüder Grimm hinzu gedichtet und was entsprach der Realität? Ihr Blick wanderte wieder zu Elyano, der sie mittlerweile ein Stück weit hinter sich gelassen hatte. Gab es auch ein Märchen über ihn? Er wurde Rabe genannt… vielleicht war er einer der sieben Raben? Aber dann müsste Fynn ebenfalls einer von ihnen sein und nur Elyano hatte diesen Spitznamen. Sie schüttelte den Kopf. Nicht jeder von ihnen musste einem Märchen entsprungen sein. Ihre Gedanken kamen von einem ins Tausendste. Sie dachte an die Schule und die wenigen Wochen, die ihr noch zum Lernen blieben. Ihre Mutter würde wohl einen Herzinfarkt bekommen, wenn sie einfach hierblieb, von ihrem Vater ganz zu schweigen. Ob Becca ihnen bereits die Geschichte mit dem Wasserrohrbruch aufgetischt hatte? Siandra blieb ruckartig stehen. Der Fernseher. Hatte sie den Fernseher überhaupt ausgeschaltet? Ob ihre Wohnungstür noch offen stand? Oder hatten die Jäger wenigstens die Güte besessen, sie zu schließen, bevor sie ihnen hinterher gestürmt waren?

„Siandra?" Fragend hob Elyano die Augenbrauen.

Hoffentlich schrie Jack nicht schon wieder die Nachbarn zusammen. Verdammt, sie musste nach Hause, um sich um den Vogel zu kümmern. Sie konnte ihn nicht allein da lassen. Ob die Nachbarn schon die Polizei gerufen hatten? Hatte ihre Tante schon von all dem erfahren? Hoffentlich nicht! So wie Siandra sie kannte, würde sie gleich den nächsten Flieger nehmen, um nach Hause zu kommen. Und das letzte, was Siandra wollte, war ihr noch mehr Umstände zu bereiten, als sie ohnehin schon wegen ihr hatte.

Sie hob den Kopf, als Elyano kurz ihre Schulter berührte und sie abwartend ansah. „Können wir dann weiter?"

„Wie stellst du dir das eigentlich vor?", brach es aus ihr heraus. „Ich kann nicht einfach hier bleiben! Meine Eltern und meine Tante werden noch denken, ich wäre gekidnappt worden. Von meiner Stromrechnung, die gerade vermutlich durch die Decke geht, will ich gar nicht erst anfangen. Ich habe Dinge, um die ich mich kümmern muss. Man verlässt sich auf mich!"

Elyano nickte nur in Richtung Gang, ein Wink für sie ihm zu folgen. „Kann ich nicht ändern. Draußen bist du nicht mehr sicher", sagte er schlicht. Damit schien die Unterhaltung für ihn beendet. Als er merkte, dass sie ihm nicht folgte, hob er nur die Augenbrauen und gab ihr mit einer schnellen Handbewegung zu verstehen mit ihm zu kommen.

Alles in ihr widerstrebte Siandra diesem arroganten Idioten zu folgen und auf seine herablassenden Befehle zu reagieren. Doch alleine hier im Flur zu bleiben, war ihr noch viel unangenehmer, weshalb sie sich ihm notgedrungen anschloss.

Siandra unterdrückte einen Aufschrei, als ein Schatten durch das Zwielicht huschte. Sofort spürte sie eine beruhigende Hand an ihrem Arm und hörte Elyanos belustigte Stimme. „Ein bisschen schreckhaft, die Dame?"

Doch ehe sie etwas zynisches erwidern konnte, erklang eine helle Stimme aus dem Dunkel des Ganges. „Da hast du wohl recht, Rabe. Keine Angst, kleines Halbblut. Ich werde dir nichts tun."

Elyano lachte auf. „Zeig dich endlich Salomo, sonst springt Siandra mir noch auf den Arm. Nicht, dass ich etwas dagegen hätte", fügte er zwinkernd hinzu.

Ungläubig beobachtete Siandra den Schatten, ohne auf Elyanos Worte zu achten. Mit einem geschickten Sprung landete der Kater auf dem Tisch, der an der Wand vor ihnen stand und grinste ihnen entgegen, sofern eine Katze das überhaupt konnte. Sein rötliches Fell schimmerte im Licht der Lampen golden. Nur seine Hinterbeine waren schwarz. Irgendwo hatte sie ihn schon einmal gesehen, auch wenn sie nicht wusste wo. Vermutlich verwechselte sie ihn mit irgendeinem anderen Kater, der ihr irgendwann einmal über den Weg gelaufen war. Katzen sahen ohnehin alle gleich aus. Hätte sie ihn nicht vor wenigen Sekunden noch sprechen gehört, hätte sie ihn für ein herkömmliches Tier gehalten. Doch welche normale Katze erhob sich schon auf die Hinterbeine und lehnte sich lässig mit einer Pfote an die Wand? „Was zum Teufel...?"

Der Kater deutete eine galante Verbeugung an. „Gestatten, Erich Lothar Salomo von Argenau. Kurz Salomo."

Siandra musterte den Kater, von den buschigen Ohren bis zu den dunklen Pfoten. „Bist du der Gestiefelte Kater?"

Salomo kniff die Augen zusammen und stieß einen seltsamen Fauchlaut aus. Siandra warf Elyano einen fragenden Blick zu. Der zuckte nur mit den Schultern. „Er mag den Namen nicht, den die Gebrüder Grimm ihm angedichtet haben."

„Aber warum denn? Was ist so schlimm daran?"

„Ich habe vielleicht schon einen Namen? Er mag lang und altmodisch sein, aber ich mag ihn." Er strich mit der Pfote über sein rotes Fell. „Wie würdest du es finden, wenn man dich nur noch Mensch nennen würde?"

„Noch nicht mitbekommen, dass man mich hier nur Halbblut nennt?", konterte Siandra.

Das Grinsen kehrte auf Salomos Gesicht zurück. „Touché. Dann entschuldigt den Fauxpas, meine Gnädigste." Etwas ernster wandte er sich an Elyano. „Hast du einen Moment?"

„Sprich", sagte er und setzte sich wieder in Bewegung. Siandra und der Kater folgten ihm. „Gibt es etwas Neues? Konntest du etwas in Erfahrung bringen?"

„Nicht viel", gab der Kater leise zu. „Du weißt, wie bedacht Rotkäppchen darauf ist, nichts nach außen dringen zu lassen. Und das gelingt ihr auch wie immer meisterhaft. Aber eines weiß ich zumindest: Die Wölfe versammeln sich."

„Wie sieht es mit den Halbblütern aus?", fragte Elyano kühl. Angesichts der Härte in seiner Stimme zuckte Siandra zusammen. War sie wirklich in Sicherheit, wenn sie doch ein Halbblut war? Warum fürchtete sie sich nicht vor Elyano? Er hatte mit Sicherheit schon unzählige Halbblüter auf dem Gewissen. Dieser Rabe ging ihr ganz schön auf die Nerven mit seinem arroganten Befehlston und seiner herablassenden Art, aber Angst hatte sie keine.

„Relativ unauffällig, doch die Übergriffe der Wölfe haben sich in den letzten Tagen gemehrt. Ich habe mit Nikolai gesprochen. Er wurde bei seiner letzten Säuberungsaktion wieder von Wölfen gestört."

Scharf sog Elyano die Luft ein. „Was ist mit dem Halbblut?"

„Es wurde nicht getötet, so viel ist sicher. Pyrros hat es mitgenommen."

Elyano fluchte nur etwas unverständliches.

Unsicher sah Siandra zu ihm herüber. Also war Pyrros nicht nur hinter ihr her. Hatte sie nun den Reiz für Elyano verloren? Jetzt bekam sie es doch langsam mit der Angst zu tun. „Elyano...?"

„Jetzt nicht", presste er hinter geschlossenen Zähnen hervor, ehe er wieder mit Salomo sprach. „Versuch weiterhin Rotkäppchens Deckung zu durchdringen", sagte er im gewohnten Befehlston. „Wir brauchen einen Beweis, um Ariel und Aschenputtel auf unsere Seite zu ziehen. Der Fürst glaubt uns, aber das reicht nicht. Wir brauchen die Unterstützung aller Fürstinnen, um etwas ausrichten zu können."

„Und der einzige Weg dorthin ist Aschenputtel, die im Zentrum aller Fürstinnen steht", vervollständigte Salomo.

„Genau. Lass nichts unversucht. Setze zur Not auch die Ratten ein."

„Die Ratten?" Angewidert rümpfte Salomo die Nase. „Warum denn die Ratten?"

„Ich dachte, Katzen haben Mäuse zum Fressen gern?", warf Siandra ein, um sich von ihren eigenen Gedanken abzulenken.

„Erstens sprechen wir hier von dreckigem, übelriechendem Ungeziefer und nicht von kleinen, süßen, delikaten..."

„Ich glaube, sie hat's verstanden", unterbrach Elyano feixend.

„... und zweitens hasse ich solche Verallgemeinerungen. Typisch Mensch würde man da sagen. Tut mir leid, du bist ja ein Halbblut."

Siandra unterdrückte einen Fluch und knirschte mit den Zähnen. „Ich sehe nicht weniger menschlich aus, als Elyano!"

„Also das habe ich jetzt aber überhört. Ich bin kein Mensch", sagte Elyano betont ernst, doch seine Mundwinkel zuckten. „Salomo, du weißt, was auf dem Spiel steht. Und du weißt, wie schwierig der Rattenfänger sein kann. Auf dich hört er vielleicht."

Der Kater rollte mit den Augen, ehe er an einer Weggabelung stehen blieb. „Immer bin ich es, der sich mit dem Irren auseinandersetzen muss. Du wirst von mir hören", sagte er, ehe er im anderen Gang verschwand.

Siandra hob die Augenbrauen. Rattenfänger? Sie verdrängte den Gedanken. Sie sollte endlich aufhören, sich über alles zu wundern, was ihr in Elyanos Welt über den Weg lief.

Elyano bog in die andere Richtung ab. Das Schweigen begleitete sie, bis er vor einer etwas unscheinbaren Tür stehen blieb. Er öffnete die Tür und ließ ihr den Vortritt. „Das ist dein Zimmer", sagte er und lehnte sich an den Türrahmen.

Schweigend ging Siandra bis ans Fenster. Der Raum war fast größer, als ihre gesamte Wohnung. Ein schlichtes Bett mit cremefarbenen Bezügen stand einladend an einer Wand des Zimmers, die andere Seite zierte ein schwerer Eichenschrank. Sie schlang die Arme um ihren Körper und drehte sich wieder zur Tür um. Elyano stand immer noch dort, als hätte er Sorge, dass sie ihm durch das Fenster entwischte. „Elyano", setzte sie leise an. „Ich muss wirklich nach Hause."

Er löste sich von der Tür und machte einen Schritt auf sie zu. „Ich fürchte, das kann ich nicht zulassen. Noch nicht."

„Aber wenn Pyrros doch Jagd auf andere Halbblüter macht, wieso ist es dir dann so wichtig, dass ich hier bleibe? Er hat sich mit Sicherheit schon ein neues Opfer ausgesucht, das ihm nicht so viele Mühen bereitet."

Elyano strich über seine Augen. „Pyrros macht schon seit etwas über einem Jahr immer mal wieder Jagd auf Halbblüter. An dir scheint Rotkäppchen aber ein besonderes Interesse zu haben. Glaub mir, er wird dich sofort erwischen, sobald du auch nur einen Fuß aus dem Orden setzt."

„Ach ja?", fuhr sie ihn an. „Woher weißt du das?"

„Ich weiß es eben", entgegnete er nicht minder gereizt. „Du bleibst hier, bis wir genaueres wissen! Morgen werde ich deine Sachen holen."

Siandra unterdrückte einen frustrierten Schrei. „Würdest du jetzt bitte gehen?", fragte sie. „Oder habe ich das Recht verloren, ein paar Minuten für mich zu haben?"

Kurz ballte Elyano die Hände zu Fäusten. „Ich muss sowieso noch mit Nikolai und Fynn sprechen." Er warf einen kurzen Blick auf seine Uhr. „In einer halben Stunde wird gegessen. Der große Saal ist nicht schwer zu finden. Einfach den Gang weiter hinab und am Ende links, dann siehst du die Tür schon. Mach dir keine Sorgen, niemand wird dir etwas antun."

Mit einem Klacken fiel die Tür ins Schloss. Siandras Blick wanderte aus dem Fenster heraus. Einige Schatten huschten über das Gelände unter ihr. Jäger. Durch das, einen Spalt weit geöffnete Fenster, drang der Lärm des Straßenverkehrs an sie heran. Keiner von den Menschen da draußen ahnte, was hinter diesen Mauern geschah. Sie konnte es selbst kaum begreifen. Elyano hatte recht. Sie lebten nicht in derselben Welt.

Auf ihrem Handy blinkten mehrere verpasste Anrufe. Ihre Tante hatte angerufen, genau wie ihre Mutter und ihre Schwester. Als sie ihre Mailbox abhörte, schlugen ihr panische Stimmen entgegen. „Ich wurde angerufen, weil scheinbar jemand in deine Wohnung eingebrochen ist!", hörte sie die Stimme ihrer Tante. „Wo bist du? Melde dich bitte! Ich habe meinen Assistenten geschickt, damit er sich um alles kümmert." Siandra seufzte. Sie hätte sich ja denken können, dass die Jäger sich keine Mühe machen würden, ihre Tür wieder zu schließen. Sie schrieb ihrer Tante eine kurze SMS, damit sie wusste, dass sie noch lebte. Zum Telefonieren fehlte ihr die Energie. Jetzt, da sich ihr Adrenalinpegel wieder normalisierte, spürte sie die Müdigkeit, die tief in ihren Knochen steckte. Ihre Mutter hatte ebenfalls von dem Einbruch Wind bekommen. Auch ihr schickte Siandra eine knappe SMS, einfach damit sie nicht auf die Idee kam, die Polizei zu verständigen. Sie würde sie morgen anrufen. Immerhin wusste sie ja selbst nicht einmal, was los war. Siandra zuckte zusammen, als ihr Handy in dem Moment klingelte, als sie gerade eine SMS an ihre Schwester schicken wollte. Es war Becca, doch sie drückte ihre Freundin weg und schickte auch ihr eine Nachricht.

Erschöpft ließ sie sich auf das Bett fallen. Es war genauso weich, wie es aussah und roch nach einem lichten Sommerwald. Sie wusste nicht, wie lange sie dort lag, ohne sich zu bewegen, ohne zu denken. Als sie wieder auf die Uhr sah, zuckte sie zusammen und sprang auf. Sie wollte den Jägern nicht noch mehr Angriffsfläche bieten, indem sie zu spät kam.

Mit langen Schritten eilte sie den Gang entlang, als sie eine kühle Stimme hinter sich hörte. „Halbblut! Stehen geblieben!" Sie brauchte sich nicht umzudrehen, um zu erkennen, wer da nach ihr rief. Diese Stimme würde sie so schnell nicht wieder vergessen.

„Was gibt's?", fragte Siandra betont gelassen, obwohl ihr Herz bis zum Hals schlug.

Priya bewegte sich so schnell, dass sie nicht einmal die Chance hatte auszuweichen. Ein Kloß bildete sich in ihrem Hals, als ihr bewusst wurde, wie sehr sie den Jägern unterlegen war. Priya drängte sie an die Wand und funkelte ihr wütend entgegen. Ihr Gesicht war Siandra so nah, dass sie fast ihren Atem auf ihrer Haut spüren konnte. „Du gehörst nicht hierher", zischte sie. „Ich weiß nicht, wie du ihn dazu gebracht hast, diesen Eid zu sprechen und es ist mir auch egal. Mir ist es zwar verboten, dich zu töten, aber das heißt nicht, dass ich dich akzeptiere, Halbblut."

„Alles in Ordnung, Siandra?", erklang Fynns Stimme.

„Alles ist bestens", rief Priya, ohne den eisigen Blick von Siandra abzuwenden. Sie versetzte ihr noch einen Stoß, ehe sie weiter ging.

Fynn lächelte Siandra freundlich zu, als er näher kam. Sie fragte sich, warum er so nett zu ihr war. War es eine Gefälligkeit seinem Bruder gegenüber, oder war er einfach so? „Ist wirklich alles in Ordnung?", fragte er. „Du sahst ein wenig hilflos aus. Mach dir nichts draus. Du bist nicht die Einzige, die mit Priya so ihre Probleme hat. Sie hat sich hier nicht sonderlich viele Freunde gemacht."

„Nein, es ist alles okay", sagte sie und ging neben Fynn her. „Sag mal, ist da eigentlich was zwischen Elyano und Priya?"

„Sie haben jedenfalls nichts miteinander, wenn du das denkst", sagte er und zwinkerte ihr zu. Siandra versuchte, die leichte Röte zu verbergen, die ihr in die Wangen schoss. „Priya ist einfach... sehr speziell. Sie ist Elyanos beste Freundin, auch wenn ich nicht verstehen kann, was er an ihr findet. Vermutlich hat ihre gemeinsame Vergangenheit sie so zusammengeschweißt. Er hat dafür gesorgt, dass sie ihm hierher folgen konnte."

Siandra horchte auf. „Die beiden waren nicht immer hier?"

Fynn zögerte, schien zu überlegen, was er ihr erzählen konnte. Er schüttelte nur den Kopf, ehe er vor einer Tür stehen blieb und nach der Klinke griff. „Na komm."

Als sie hinter Fynn in den Saal trat, verstummten die Gespräche schlagartig und alle Augen richteten sich auf sie. Unsicher sah Siandra sich um. Sie hätte auf ihrem Zimmer bleiben sollen, dann wäre ihr diese Demütigung erspart geblieben. Doch ehe sie sich umdrehen und verschwinden konnte, hatte Fynn ihre Hand ergriffen und sie mit sich gezogen.

Drei lange Tafeln standen in dem Raum, der mehr hoch als breit war und an eine Kapelle erinnerte. Als Fynn sie an einer Reihe von Stühlen vorbeizog und zu dem neben Elyano schob, verfielen auch die Jäger nach und nach wieder in ihre Gespräche.

„Hat die Dame auch endlich zu uns gefunden?", fragte Elyano belustigt, als sie sich neben ihm niederließ.

„Ich wurde aufgehalten."

Elyanos Augenbrauen zogen sich zusammen. „Was ist passiert?"

„Priya, das ist passiert", mischte Fynn sich ein und ließ sich auf den anderen Stuhl neben Siandra sinken. „Du solltest deinen Wachhund an die Leine legen."

„Ich sollte mit ihr reden", sagte Elyano und warf einen Seitenblick auf Priya.

Siandra wollte etwas erwidern, als der Duft köstlicher Gerichte in ihre Nase stieg und ihr Magen protestierte. Doch es tat sich nichts. Die langen Tafeln blieben ungedeckt. „Klatscht jetzt jemand in die Hände und ruft ‚Tischlein deck dich'?, fragte Siandra, um das Thema zu wechseln und lachte, auch wenn ihr das Lachen im Hals stecken blieb.

Elyano grinste schief und warf Ariel einen Blick zu, der wenige Plätze von ihnen entfernt saß. Doch zu Siandras Überraschung bedachte der Hüter des Ordens sie nicht mit seinem gewohnt verachtenden Blick. Belustigt schnellte eine seiner Augenbrauen in die Höhe. Sie zuckte zusammen, als er plötzlich in die Hände schlug und seine Stimme durch den Saal hallte. „Tischlein deck dich", rief er mit einem Schmunzeln in der Stimme.

Auf einmal öffneten sich die Türen hinter ihm und Diener in nachtblauen Uniformen trugen unzählige Platten hinein. Deftige oder mediterrane Gerichte, alles schien vertreten. Siandra konnte sich nicht daran erinnern, jemals so viele unterschiedliche Speisen gesehen zu haben. Vielleicht auf der Hochzeit von Teddy und Beccas Mutter... nein, ehrlich gesagt selbst da nicht. Wahllos probierte sie sich durch die Gerichte und lauschte dem Gespräch, das zwischen Fynn und Elyano entbrannt war.

Doch sie hörte nur mit einem halben Ohr zu. Die Speisen auf dem Tisch interessierten sie deutlich mehr, als irgendwelche Einsatzpläne für das rechts- und linksrheinische Köln oder die späteren Diskussionen über Videospiele. Die anderen Jäger ignorierten sie, doch sie konnten es nicht lassen, immer wieder argwöhnisch zu ihr herüber zu sehen.

„Komm", sagte Elyano, nachdem sich die Platten gelehrt hatten und immer mehr der Jäger bereits wieder aufgestanden waren. Langsam erhob sich Siandra von ihrem Stuhl. So gut hatte sie schon lange nicht mehr gegessen und sie befürchtete, dass sie sich nicht mehr bewegen konnte. Vielleicht musste Elyano sie sogar den Gang entlang rollen. Ein Grinsen schlich sich auf ihr Gesicht, als sie ihm aus dem großen Saal hinaus folgte. Als die Tür hinter ihr ins Schloss fiel, überkam sie dennoch Erleichterung. Sie konnte der Idylle nicht trauen. Es war nur eine Frage der Zeit, bis die Jäger es sich anders überlegten und die Jagd auf sie eröffneten.

„Machst du dir immer noch Sorgen?" Elyanos Frage ließ sie zusammenzucken. Konnte er etwa ihre Gedanken lesen, oder war es wirklich so offensichtlich, was sie dachte? „Das brauchst du nicht. Sie werden dir nichts tun, selbst, wenn sie wollen."

„Wie kannst du dir da so sicher sein? Woher willst du wissen, dass sie nicht alle Prinzipien vergessen, um ein Halbblut zur Strecke zu bringen?"

„Unsere Aufgabe in allen Ehren, aber das ist es nicht wert. Gegen einen Eid vorzugehen, oder seinen eigenen Schwur zu brechen, ist etwas tiefgehendes. Es hat nichts damit zu tun, ein Versprechen nicht einzuhalten. Derjenige, der den Eid bricht, hat sein Leben verwirkt." Der Schatten von Erinnerungen verdüsterte seine Züge.

„Er stirbt?", fragte Siandra erschüttert, aber Elyano schüttelte den Kopf. „Nein, doch das wünscht sich derjenige vielleicht."

Siandra wollte etwas erwidern, als Fynns Stimme durch den Gang hallte. „Wartet auf mich!" Grinsend kam er vor ihnen zum Stehen und strich sich eine blonde Strähne aus dem Gesicht. „Was wird das? Eine kleine Führung?"

Sein Bruder erwiderte sein Grinsen. „Wenn du es so nennen willst, klar", sagte er und schlängelte sich an einigen Jägern vorbei.

Siandras ganzer Körper spannte sich an, als die Blicke der Jäger sie erneut trafen, doch als sie Elyanos Hand in ihrem Rücken spürte, die sie weiterschob, beruhigte sie sich ein wenig. Abgesehen von dem Tumult, den seine Berührung in ihrem Inneren auslöste.

„Der Raum, in dem wir gerade gegessen haben, wird auch für Versammlungen genutzt", erklärte Elyano. „Ansonsten befinden sich hier auf dem Stockwerk Gemächer und Badezimmer."

„Aber keine Sorge, es wird dich niemand im Schlaf überfallen", sagte Fynn und lachte, während sie die breite Treppe hinab liefen.

„Wer weiß", murmelte Siandra.

„Hier unten befinden sich die Küche, diverse Trainingsräume und die große Bibliothek. Ich..." Elyano stockte, als sein Telefon klingelte. Sie erkannte den Klingelton irgendwo her. Musste aus irgendeinem alten Videospiel stammen. Der Rabe warf einen kurzen Blick auf das Display und fluchte.

Verwundert sah Siandra ihn an und bemerkte, dass auch Fynn ihn besorgt musterte.

„Alles in Ordnung?", fragte Fynn, doch sein Bruder schüttelte den Kopf.

„Nein. Ich... Darum muss ich mich kümmern. Bleib du bei Siandra."

Fynn machte Anstalten sich ihm in den Weg zu stellen. „Was ist es? Vielleicht kann ich dir helfen."

„Du hilfst mir, indem du ein Auge auf sie hast."

„Du sagtest doch, dass mir hier nichts geschehen kann", sagte Siandra und wunderte sich, weshalb ihre Stimme so ruhig klang, obwohl alles in ihr tobte. „Die Jäger können mir durch den Schwur nichts anhaben, das hast du selbst gesagt. Verzichte nicht auf Hilfe, nur weil du denkst, dass du es mir schuldig bist."

„Damit du dich ganz gepflegt aus dem Staub machen kannst? Nein, das muss ich alleine erledigen. Fynn, bleib bei Siandra!" Mit langen Schritten durchquerte Elyano die Eingangshalle und verschwand durch die hohen Flügeltüren

Verwirrt sah Siandra ihm nach. Was hatte er vor und warum ließ er sich nicht von seinem Bruder helfen? Verheimlichte er etwas? Sie verdrängte den Gedanken und folgte Fynn. Er schien genauso ratlos, wie sie selbst. Immer wieder warf er einen Blick zurück, schien in einem inneren Kampf mit sich selbst.

„Wenn es dir nichts ausmacht, werde ich hochgehen und mich ins Bett legen. Ich bin verdammt müde."

„Soll ich dich begleiten?", fragte Fynn besorgt, doch sie schüttelte den Kopf.

„Nein, das schaffe ich schon", sagte sie und drehte sich um. Fynn folgte ihr nicht, als sie die Treppen wieder nach oben stieg. Er sah ihr kurz noch nach, ehe er in die Richtung lief, in die sein Bruder geflüchtet war. Als er aus ihrem Blickfeld verschwand, überlegte sie kurz wegzulaufen, sich einfach umzudrehen, durch die Tore zu spazieren und nach Hause zu gehen. Doch sie verwarf den Gedanken. Sie wusste nicht, ob die Jäger sie aufhalten würde. Immer wieder kamen sie ihr in ihren Rüstungen entgegen, scheinbar auf dem Weg zu ihren Patrouillen. Vermutlich würde sie es nicht einmal bis zum Torhäuschen schaffen.

Siandra seufzte entmutigt, als sie Priya im Gang vor ihr entdeckte. Sie stand dort zusammen mit zwei anderen Jägerinnen, doch sie schienen nicht auf dem Weg zu einem Auftrag zu sein. Die Frauen waren eher für eine Party gekleidet. Priya strich ihren kurzen roten Rock glatt und zog ihr Handy aus der Tasche. „Kommt Rabe nicht mit?", fragte eine der beiden Jägerinnen neben Priya.

Priya schüttelte den Kopf. „Diese Woche nicht. Er schreibt, dass er kurzfristig noch einen Auftrag bekommen hat."

„Bist du dir sicher, dass es nicht an dem Halbblut liegt?", fragte die andere.

Priya wollte etwas erwidern, als sie Siandra entdeckte. Sie und ihre Freundinnen verfolgten sie mit ihren gewohnt verachtenden Blicken, doch sie blieben stumm.

Siandra atmete auf, als sie den Spießrutenlauf hinter sich gebracht hatte und die Tür hinter sich schloss. Erschöpft ließ sie sich auf das weiche Bett fallen und starrte zur Decke. Sie musste irgendwie nach Hause kommen, egal, was Elyano sagte. Auch wenn der Gedanke an die Wölfe, die da draußen lauerten, ihr wirklich Angst einjagte. Sie atmete tief durch. Morgen würde ihr schon etwas einfallen. Morgen würde sie nach Hause gehen. Elyano konnte sie nicht ewig hier festhalten.

Sie lief. Immer schneller trugen ihre Füße sie durch die Dunkelheit des Waldes. Die Bäume zogen in einem Meer aus düsteren Grün- und Brauntönen an ihr vorbei, doch sie hatte nicht das Gefühl vorwärts zu kommen. Eher im Gegenteil: Es war, als würde sie durch dichten Morast waten. Ihre

Beine waren schwer und gehorchten nur mechanisch. Schmerzhaft zog sich ihre Lunge bei jedem Atemzug zusammen und das Blut pochte in ihren Ohren. Sie hörte ihre Verfolger hinter sich: Den keuchenden Atem der Wölfe, die dumpfen Schritte auf dem Waldboden. Es war hoffnungslos. Sie konnte ihnen nicht entkommen. Die Wölfe waren zu schnell.

Siandra verlor das Gleichgewicht und kam hart auf dem Boden auf. Fast schon spürte sie den heißen fauligen Atem des Wolfes auf ihrer Haut. Doch der todbringende Biss kam nicht. Mit einem Satz sprang der Wolf über sie hinweg. Ein Schrei hallte durch die Nacht, als er seine Zähne in einem anderen Opfer versenkte. Eisige Kälte breitete sich in ihr aus, als sie erkannte, wer dort lag. Sie wollte ihrer Schwester zur Hilfe kommen, doch sie wurde zurückgehalten. Mit Händen und Füßen versuchte sie sich aus dem Griff zu befreien, wurde aber immer weiter weg gezerrt. Als sie aufsah, erkannte sie ihre Tante Liza. Sie trug die Haare zu einem Dutt hochgesteckt und ein weiter dunkler Umhang verhüllte ihren Körper. Immer weiter brachte sie ihre Nichte fort. Siandra wollte etwas sagen, sie anschreien, doch kein Laut kaum über ihre Lippen. Auf einmal schien ihre Tante zu verschwinden. Der ganze Wald um sie herum löste sich in einem Strudel aus Farben auf, bis alles um sie herum weiß wurde.

Im ersten Moment dachte Siandra sie wäre allein, aber dann entdeckte sie einen Mann, der langsam auf sie zukam. Ein wenig erinnerte er sie an Charles Dance. Er war in eine helle Rüstung gekleidet, die blonden Haare sorgsam zurück gekämmt und der Bart gestutzt. Siandra war sich sicher, dass sie ihn noch nie zuvor gesehen hatte und doch war er ihr so seltsam vertraut wie fremd zugleich. Wer war das bloß?

Wieder versuchte sie den Mund zu öffnen, doch sie brachte es immer noch nicht fertig Wörter zu bilden. Als der Mann sie erreicht hatte, verzogen sich seine Lippen zu einem Lächeln. Siandra konnte nicht anders, als es zu erwidern. Einen Moment sah er sie nur stumm an, ehe ein Ruck durch seinen Arm ging. Es ging alles so schnell, dass sie den Schlag des Schwertes nicht einmal kommen sah.

Keuchend erwachte Siandra und richtete sich im Bett auf. Ihr Herz raste und ihr Atem ging stoßweise. Der Traum war so real gewesen, dass sein Nachhall immer noch in ihr pulsierte. Was hatte das zu bedeuten und wer war dieser Mann gewesen?

Zitternd schlang sie die Arme um ihren Körper. Sie war niemand, der oft von Alpträumen geplagt wurde. Ab und an verwirrend, aber niemals so grauenhaft und real zugleich. Ihr Hals war wie ausgetrocknet. Vielleicht würde sie sich beruhigen, wenn sie sich bewegte. So lange sie sich auf der Suche nach dem Badezimmer nicht verlief.

Die Gänge waren wie ausgestorben. Die Jäger, die nicht auf Patrouille waren oder andere Aufträge hatten, schliefen in ihren Zimmern. Trotzdem konnte Siandra die Anspannung nicht vertreiben, die in ihrem Körper steckte. In jedem Schatten sah sie einen möglichen Angreifer, hinter jeder Ecke vermutete sie einen Jäger, der ihr auflauerte. Sie versuchte ihren Herzschlag zu beruhigen. Das war doch lächerlich.

Als sie um die Ecke bog, drangen auf einmal Stimmen dumpf an ihr Ohr. Neugierde keimte in ihr auf und verdrängte die Angst ein Stück weit. Vorsichtig schlich sie der Quelle der Geräusche entgegen. Durch einen Spalt fiel Licht in das Dunkel des Ganges. Eine der aufgeregten Stimmen gehörte zu Elyano. Erst, als sie vorsichtig durch den Spalt spähte, erkannte sie, dass die andere Person Heinrich war. Siandra runzelte die Stirn. Worüber unterhielten sie sich so spät in der Nacht?

„Was hast du dir dabei gedacht?!", rief Heinrich wütend. „Wirst du jemals nachdenken, bevor du handelst?!"

„Du weißt genau, dass ich keine Wahl hatte!"

Heinrichs Stimme wurde leiser. „Du hast gesagt, du hättest es unter Kontrolle. Fynn hat sich für dich verbürgt. Du reißt auch ihn mit, wenn..."

„Erzähl mir nichts von Konsequenzen!", unterbrach Elyano ihn. „Du hast keine Ahnung, womit ich zu kämpfen habe!"

„Du weißt genau, was passieren wird, wenn Ariel davon erfährt."

„Ich weiß", knurrte Elyano. „Aber er wird es nicht erfahren."

„Du musst einen Weg finden, dich davon zu lösen. Dein Stand hier im Orden steht auf wackeligen Füßen. Die Jäger werden darin nur einen weiteren Grund sehen dir nicht zu trauen. Und eine weitere Möglichkeit, dir deine Vergangenheit vorzuhalten."

„Das wird nicht geschehen."

„Was war das?", fragte Heinrich plötzlich erstaunt. Einen Moment lang wurde Siandra heiß und kalt zugleich und ihr Atem raste. Doch sie war es nicht, die er gesehen hatte.

Elyano protestierte zornig. „Lass meine Hand los, Heinrich!"

Scharf sog er die Luft ein. „Elyano, du hast es wieder getan."

„Und wenn es so wäre?"

„Du weißt genau, was es für dich heißt. Je öfter du diese Kraft einsetzt, desto weniger wird der menschliche Teil sich in dir halten können. Und dann wird es dir wie deinen Brüdern ergehen. Der Ruf des Raben wird dich ereilen."

Siandra runzelte die Stirn. Ruf des Raben?

„Das ist mir egal!"

„Elyano...", versuchte Heinrich ihn zu beschwichtigen, doch seine Stimme schien ihn nicht zu erreichen.

„Du weißt genau, ich würde gehen. Ich würde dem Ruf folgen, wenn ich nur könnte! Du kannst es nicht verstehen. Niemand kann das! Es reißt an mir, Heinrich. Es zerreißt mich beinahe innerlich, doch egal, was ich tue, ich kann dem Ruf nicht nachgeben."

„Du wirst hier gebraucht. Fynn braucht dich. Der Ruf darf dich nicht erreichen."

Elyano schwieg und Heinrich tat es ihm gleich. Ratlos lehnte Siandra sich an die Wand. Was hatte das zu bedeuten? Was würde es für Elyano heißen, dem Ruf des Raben zu folgen und was hielt ihn?

„Vielleicht kann der Gesang einer Nachtigall den Raben in dir besänftigen."

Elyano schnaubte verächtlich. „Noch bleibe ich, Heinrich, aber sobald mich nichts mehr hält, werde ich dem Ruf folgen."

„Natürlich bin ich nicht in der Position dir Ratschläge zu erteilen, aber..."

„Es ist mein letztes Wort!"

Siandra zuckte zusammen, als die Tür aufgerissen wurde. Angespannt presste sie sich an die Wand und hoffte, dass die beiden sie nicht bemerkten. Doch Elyano beachtete sie nicht. Wütend rauschte er an ihr vorbei. Heinrich folgte ihm kurz danach etwas langsamer. Seufzend sah er ihm nach, bevor er in die entgegengesetzte Richtung verschwand.

Märchen alt wie Stein

„Bist du wach?" Elyanos Stimme drang dumpf durch die Tür hindurch. „Kommt auf die Definition von wach an." Siandra saß im Schneidersitz auf dem Bett und hob den Kopf, als der Rabe hinein kam. Um sich ein wenig abzulenken, hatte sie sich einige Bücher aus dem kleinen Regal neben dem Fenster geschnappt, die nun aufgeschlagen vor ihr lagen. Es waren vor allem Bildbände und eine Hand voll Groschenromane, die nicht so spannend waren, als dass sie sich noch den ganzen Tag damit beschäftigen könnte. Sie musste sich irgendetwas einfallen lassen.

„Das werte ich dann mal als Ja", sagte er grinsend. Er trug nicht seine Lederrüstung sondern lässige Kleidung: ein Dishonored-T-Shirt und verwaschene Jeans. Eine sichelförmige Klinge steckte in der Lederscheide an seiner Hüfte. Aus seiner Hosentasche hing eine lange Kette heraus, die an dem Griff der Waffe befestigt war. Seine Haare bedeckte ein bordeauxrotes Beanie. Er zog die Sonnenbrille von der Nase, als er auf das Bett zukam. Siandra hob die Augenbraue. Wofür brauchte er bei dem Wetter denn bitte eine Sonnenbrille?

„Es ist nach Mittag, was denkst denn du?" Sie atmete geräuschvoll aus, als sein Grinsen noch breiter wurde. „Was willst du?", fragte sie ruppiger, als eigentlich beabsichtigt.

„Hat da jemand etwa schlecht geschlafen?", feixte er und ließ sich neben ihr aufs Bett sinken.

„Elyano, ich habe in Jeans geschlafen. Was sagt dir das?"

„Dass du ein wenig paranoid bist?"

Siandra schwang die Beine über den Rand des Bettes. „Ich werde heute nach Hause gehen."

„Nein, das wirst du nicht."

Siandra fauchte frustriert. „Ich kann nicht ewig hier drinnen bleiben. Ich habe vielleicht keine Schule mehr, aber ich muss lernen. Von dem Chaos, das eure Jäger in meiner Wohnung hinterlassen haben, will ich gar nicht erst anfangen. Noch ein Grund, weshalb meine Familie wohl dachte, ich wäre entführt worden. Ich habe ein Leben, Elyano! Ich kann es nicht einfach pausieren, nur weil du der Meinung bist, ich wäre da draußen nicht sicher. Da sind Dinge, um die ich mich kümmern muss."

„Es ändert nichts daran. Du kannst nicht hier raus. Ich werde dafür sorgen, dass jemand ein wenig Kleidung für dich holt. Gib mir deine Schlüssel."

„Damit ihr noch mehr Chaos veranstaltet? Vergiss es. Ich werde selbst gehen." Siandra bemerkte, wie Elyanos Blick an ihr vorbeiglitt. Innerlich fluchte sie. Sie hatte den Schlüssel auf den kleinen Nachttisch gelegt, weil er in jeder erdenklichen Position in ihr Bein gestochen hatte. „Nein", rief sie, als sie Elyanos Gedanken erahnte und wollte selbst zum Schlüsselbund zu greifen, doch da hatte er sich bereits über sie geworfen.

Mit einem Arm drückte er sie in die Kissen und mit der anderen Hand griff er nach den Schlüsseln. „Ha!", feixte er und steckte den Schlüssel in seine eigene Hosentasche. In einer lässigen Bewegung rollte er sich von ihr herunter und stand auf. Siandra brauchte einen Augenblick, um ihren Herzschlag zu beruhigen.

„Warte!", rief sie und hechtete ihm auf den Gang hinterher. „Das kannst du nicht machen!"

Elyano grinste ihr zu, als sie versuchte mit ihm Schritt zu halten. „Du siehst doch, dass ich es kann." Ein hohes Pfeifen drang aus seiner Tasche und ließ ihn fluchen. Er wurde fast schon blass, als er auf das Display sah.

„Auch etwas, bei dem dir niemand helfen kann?", fragte Siandra, als er kurz stehenblieb.

Elyano schwieg einen Moment, schien die Nachricht zu lesen, ehe er sich wieder in Bewegung setzte. „Es gibt Dinge, die selbst Ariel nichts angehen", sagte er und wählte eine Nummer. „Bleib im Orden. Ich bin nicht lange genug weg, als dass sich eine Flucht für dich lohnen würde!"

Wie erstarrt sah Siandra ihm nach. Sie zuckte zusammen, als sich jemand bei ihr einhakte.

„Mach dir nichts draus", sagte Fynn neben ihr. „Dafür darfst du die Zeit mit mir verbringen."

Siandra hob die Augenbrauen, als er sie in Richtung Treppe führte. „Hat er dich etwa engagiert, damit ich keinen Fluchtversuch wage?" Sie musste aufpassen, um bei seinem Tempo nicht die Treppen herunter zu stolpern.

„Elyano hat damit nichts zu tun", sagte er und zwinkerte ihr zu. Galant hielt er ihr eine Zwischentür auf.

Siandra seufzte. Jeder Winkel des Gebäudes schien nahezu gleich auszusehen. Das ganze Haus war ein einziger endlos langer und verwinkelter Gang mit den ewig gleichen Statuen und Gemälden. Es war fast, als wäre der Raum immer wieder mit Copy und Paste eingefügt worden. „Fragst du dich nicht, was Elyano da tut? Wohin er gegangen ist?", fragte sie ihn, nachdem sie eine Zeit lang schweigend nebeneinander her gegangen waren,

„Natürlich mache ich mir darüber Gedanken", sagte Fynn und strich über die Lederbänder an seinem Handgelenk. „Elyano behält viel für sich und lässt auch Ariel meist im Unklaren. Das heißt aber nicht, dass ich ihm deswegen weniger vertraue. Glaub mir, er hat seine Gründe so zu handeln."

„Meinst du, die Anrufe haben etwas mit Rotkäppchen zu tun?"

Ungläubig starrte Fynn sie einen Moment lang an, bevor sein Gesicht ernst wurde. „Glaub den Gerüchten kein Wort."

„Welchen Gerüchten? Wovon sprichst du?"

„Sie haben eine gemeinsame Vergangenheit, die nicht zu leugnen ist und weswegen viele der Jäger ihm misstrauen. Mehr brauchst du nicht zu wissen."

Siandra wollte etwas erwidern, als Stimmen hinter ihr laut wurden.

„Aus dem Weg, Fynn! Aus dem Weg!"

Lachend zog Fynn sie zur Seite, als zwei Jungen an ihnen vorbei liefen. Sie waren vielleicht acht oder neun Jahre alt und trugen beide die gleiche schwarze Trainingskleidung mit roten Streifen auf Schultern und Beinen. „Ihr seid wieder reichlich spät dran", rief er ihnen nach. „Vielleicht solltet ihr damit anfangen, früher aufzustehen."

Verwirrt starrte Siandra den beiden Jungen nach, die hinter einer Tür verschwanden. Sie hätte alles erwartet, nur keine Kinder.

Fynn bemerkte ihren fragenden Blick. „Zwei unserer Rekruten. Nicht alle Eshani'i leben hier im Orden. Die meisten von uns bewegen sich unbemerkt unter den Menschen und gehen nach euren Maßstäben normalen Tätigkeiten nach. Nur ein kleiner Teil der Kinder, die sich in Prüfungen und Vorauswahlen bewiesen haben, dürfen die ehrenvolle Ausbildung antreten und ihrer Fürstin dienen."

Siandra strich sich über den Nacken. Wenn sie wirklich unentdeckt in der Bevölkerung lebten, wer wusste wie viele Eshani'i sie bereits kannte?
„Wir können beim Training reinschauen, wenn du möchtest."
„Möchte ich das denn wirklich?", fragte sie zweifelnd.
„Es ist nicht so schlimm, wie du vielleicht denken wirst. In dem Alter ist das Training noch harmlos. Das wirklich harte Training beginnt erst mit sechzehn Jahren."
„Also wurden du und Elyano auch von klein auf hier trainiert?", fragte sie, doch Fynn schüttelte den Kopf.
„Wir sind in Schottland aufgewachsen. Ich bin erst als Jugendlicher ins Kernreich und an Aschenputtels Orden gekommen. Was die Rekruten in den frühen Jahren lernen, habe ich mir selbst auf der Straße beigebracht. Heinrichs Training hat mir dann nochmal den letzten Schliff verpasst." Er lächelte schwach. „Elyano hat unsere Heimat schon früher verlassen, ist aber erst seit kurzem hier im Orden."
Anders als bei seinem Bruder, hörte man Fynns Akzent nur, wenn man darauf achtete. Ihre Augenbrauen schoben sich zusammen, als ihr bewusst wurde, was er ihr gesagt hatte. „Wo war Elyano denn, bevor er hierher gekommen ist?"
„In einem anderen Orden", erwiderte Fynn knapp. „Mehr brauchst du nicht zu wissen. Mehr wissen die wenigsten. Auch über seine Ausbildung ist kaum etwas bekannt. Er und unsere Brüder wurden an einem geheimen Ort ausgebildet. Ich weiß nicht, was dort vorgefallen ist, aber er hat unzählige Narben davongetragen, körperliche und seelische. Er redet nicht darüber, nicht einmal mit mir", sagte er leise und griff nach der Klinke der Tür.
Laute Stimmen umfingen sie, als sie den Trainingsraum betraten. Vor einer langen Spiegelwand stand Heinrich tief auf seinen Gehstab gebückt und beobachtete die jungen Rekruten, die in zwei Reihen vor ihm standen, das hölzerne Übungsschwert in die Luft gestreckt. Heinrich hob die rechte Hand und bewegte sie in einer schlangenförmigen Linie, fast schon zu schnell für das menschliche Auge. Mit einem Aufschrei schwangen die Rekruten ihr Schwert, vollführten einige einstudierte Bewegungsabläufe, bevor sie ihrer Klinge zu Boden folgten und sich hinknieten.
Heinrich sagte einige Worte in einer Sprache, die Siandra nicht kannte. Ohne die Anweisung zu hinterfragen, drehte sich die vordere Reihe zu

den hinteren Rekruten um und kreuzte die Waffen mit ihnen.

„Hallo Eorlina", sagte Heinrich lächelnd, als Siandra und Fynn auf ihn zukamen. Wieder dieses Wort. Was hatte es nur zu bedeuten?

„Morgen Heinrich", sagte Fynn und ließ seinen Blick über die Kinder schweifen. „Wie machen sich die Rekruten aus diesem Jahr? Einige Gute dabei?"

„Wie du siehst, machen sie sich wirklich ganz ordentlich. Du brauchst dir keine Sorgen, um Nachwuchs für deine Truppen zu machen." Heinrich nahm Siandra beiseite. „Unser Fynn hier ist in den letzten Jahren zu einem wichtigen Mann im Orden geworden. Er und Elyano unterstehen Ariel persönlich. Als Offiziere sind sie es, denen die Jäger Rede und Antwort schuldig sind."

Siandra runzelte die Stirn. Wie konnte Elyano Offizier sein, wenn er doch erst seit kurzem im Orden war? War er so gut? Vielleicht war das einer der Gründe, weshalb die Jäger ihm misstrauten. Oder hatte es mit etwas ganz anderem zu tun? „Was ist deine Aufgabe?", fragte sie, um sich von dem Gedanken an Elyano abzulenken.

„Elyano und ich befehligen in Ariels Namen die Truppen unserer Fürstin. Ich kümmere mich dabei um den Teil von Köln, der rechts vom Rhein liegt und Elyano um die linksrheinischen Gebiete."

„Und ihr jagt Halbblüter."

„Das ist stimmt, ist aber nicht das Einzige, was wir tun. Wir haben uns vor vielen Jahren zur Aufgabe gemacht, die Menschheit vor all dem zu schützen, was in unserer Welt auf sie lauern könnte."

„Lauern?", fragte Siandra und musste schlucken.

„Die Welt beherbergt mehr Raubtiere, als jene, die die Menschen sehen. Unsere Aufgabe ist es, diese Wesen vor den Augen der Menschen zu verbergen und sie vor unserer Existenz zu schützen. Nicht die Halbblüter sind die größte Gefahr, sondern diese Wesen."

„Aber..."

„Hast du dich je gefragt, was mit Menschen geschehen ist, die ohne Vorwarnung tot umfallen?", unterbrach Fynn sie, während Heinrich durch die Reihen ging und seine Schüler korrigierte. „Die Menschen begründen es mit schwachen Herzen oder tückischen Infarkten. Und was ist mit angeblichen Lecks in Leitungen, Erdrutschen oder Explosionen? Nichts geschieht zufällig oder grundlos. Es geschieht jedes Mal, wenn wir nicht schnell genug waren, um es zu verhindern."

„Eorlina, möchtest du es auch einmal versuchen?", fragte Heinrich hinter ihr.

Hastig drehte sie sich zu ihm um. Ein Holzschwert lag auf seinen Händen. „Aber ich kann das doch gar nicht", versuchte sie sich rauszureden, doch sofort spürte sie Fynns Hand in ihrem Rücken, der sie nach vorne schob.

„Komm schon", sagte er spitzbübisch. „Selbst die Kinder können es, da dürfte das für dich doch nur ein Klacks sein."

„Aber sie sind keine Menschen, sie..."

„Du auch nicht", erinnerte Heinrich sie und drückte ihr die Waffe in die Hand.

Der raue Holzgriff fühlte sich ungewohnt an. Die Übungswaffe war schwerer, als sie den Anschein machte. Vorsichtig schwang Siandra sie durch die Luft. Ihre Bewegungen waren ungelenk und erinnerten nicht im entferntesten an die Bewegungsabfolgen der Kinder. Sie erschrak, als sie auf Widerstand traf. Fynn hatte ebenfalls nach einem der Schwerter gegriffen und kreuzte es nun mit ihr.

„So ganz alleine und ohne jeglichen Ansporn wäre es doch langweilig, meint ihr nicht?", fragte er grinsend in die Runde. Die Kinder beobachteten sie und mit einem Mal wünschte Siandra sich in ihrem Zimmer geblieben zu sein. Breit grinsend ließ Fynn seine Holzklinge auf sie niedergehen. Der Aufprall ging durch ihre Arme und brachte ihren ganzen Körper zum erzittern. Sie taumelte einige Schritte rückwärts, als ein erneuter Angriff ihre Klinge traf. „Komm schon, Siandra! Wehr dich!", rief Fynn. „Schlag zu!" Selbst die Kinder feuerten nicht Fynn an, sondern sie, was der Offizier mit gespielt ernsten Drohungen quittierte, die entfernt an einen Pirat erinnerten.

Siandra nahm alle Kraft zusammen und ließ die Waffe durch die Luft zischen. Mit einem hohlen Geräusch traf sie auf Fynns Schwert, doch den schien ihr Angriff kaum zu beeindrucken. Fast schon gelangweilt stieß er sie mit seiner Klinge zurück. „Das ist alles? Da habe ich schon Halbblüter erlebt, die besser gekämpft haben, als du."

Wieder startete sie einen Versuch und lief mit gezogener Klinge auf ihn zu, doch Fynn brauchte lediglich einen Schritt zur Seite zu machen, um ihr auszuweichen. Verdammt. Diese Jäger waren einfach zu schnell für sie.

„Hier wird nicht gerannt. Sei bitte ein gutes Vorbild für die Kinder hier", rief Fynn lachend und ging wieder in Angriffsposition.

Ernsthaft? Dieser Kerl machte sich auch noch lustig über sie? Wütend riss sie ihr Schwert hoch und ging erneut zum Angriff über. Wieder und wieder ließ sie ihre Klinge auf Fynn niedergehen, doch der fing die Angriffe spielerisch ab. Mit jedem Schlag, der ins Leere verlief, wurde sie wütender. Verdammt, konnte sie ihm denn gar nichts anhaben?!

„Lass dich nicht von deiner Wut leiten, Siandra!", rief Heinrich, doch sie dachte gar nicht daran, auf seine Meister-Yoda-Sprüche zu hören. Die Wut war alles, was sie vorwärts trieb. Sie war das, was sie die Schmerzen in ihren Armen vergessen ließ, die bleierne Schwere, die sich langsam in ihrem Körper ausbreitete. Zornig holte sie mit dem Bein aus, um Fynn zu Fall zu bringen, doch der sprang gekonnt hoch.

„Spielen wir etwa mit unlauteren Mitteln, Madame?", rief er lachend und schwang sein Schwert durch die Luft. Hart traf es auf Siandras Klinge und ließ ihren Körper erzittern. Der Griff glitt ihr aus der Hand und fiel zu Boden. Doch anstatt nach ihrem Schwert zu greifen, nutzte sie ihre Faust, um nach Fynn zu schlagen. Noch immer lachte der und wich mit Leichtigkeit aus. Doch dann trat Siandra zu und traf. Einen Augenblick lang zuckte Fynn zusammen. Zeit genug für Siandra, ihn mit einem gezielten weiteren Tritt zu Boden zu schicken. Noch ehe er sich aufrichten konnte, hockte Siandra über ihm und versuchte ihm am Boden zu halten. Es war ein leichtes für Fynn einfach den Spieß umzudrehen. Immer noch mit einem Grinsen auf den Lippen kniete er über ihr und hielt ihre Arme über ihrem Kopf fest. Mit Händen und Füßen versuchte sie, sich aus seinem Griff zu winden, doch er ließ ihr keine Chance.

„Ihr scheint euch auch ohne mich gut zu amüsieren", sagte Elyano belustigt.

Fynn lachte, als er Siandra aufhalf. „Dein Halbblut kämpft mit unsauberen Mitteln, wusstest du das?"

Elyano lehnte am Türrahmen, die Arme vor der Brust verschränkt. „Ja, das ist mir durchaus bewusst", sagte er, ohne die Augen von Siandra zu lösen und ging auf sie zu. Sein Blick war fast schon bohrend intensiv, doch er war ihr nicht unangenehm. Es war, als würde er etwas tief in ihrem Inneren berühren, von dem sie nicht einmal wusste, dass es da war.

„Ich nehme an, du wirst nicht erzählen, wo du gewesen bist?", fragte sie, als er sie erreicht hatte. Hinter ihnen war Heinrich wieder dazu übergegangen harsche Befehle in der fremden, melodiösen Sprache zu rufen. Elyano schüttelte den Kopf. „Glaub mir, du willst es nicht wissen." Er wechselte einen kurzen Blick mit Fynn, doch der sagte nichts. „Ich habe Nikolai gebeten, deine Sachen zu holen. Er bringt sie in dein Zimmer", sagte er, als er sich wieder an Siandra wandte.

Siandra setzte zum Sprechen an, als die Tür aufgerissen wurde. Mit gehetztem Blick stürmte Priya in den Raum.

„Was ist los?", fragte Elyano sie alarmiert. Auch Heinrich hatte sich wieder zu ihnen umgedreht und sah die Jägerin fragend an.

„Ariel hat eine Versammlung einberufen", sagte sie mit betont kühler Stimme, doch Siandra hörte ein leichtes Zittern heraus.

„Was ist passiert?", fragte Fynn. „Er beruft doch sonst keine Sitzung ein, ohne mit mir oder Elyano zu sprechen. Priya, was ist vorgefallen?"

Priya ignorierte ihn. Ihr Blick durchstach Siandra wie ein Dolch. „Dein Halbblut soll auch kommen", sagte sie abschätzig.

„Warum das?" Elyano hob verwundert die Augenbrauen. „Warum sollte sie einer Versammlung der Jäger beiwohnen?"

Priya zuckte mit den Schultern. „Frag mich nicht. Ariel hat es veranlasst. Ihr sollt sofort kommen." Sie wandte sich zum Gehen um, stockte aber und drehte sich noch einmal zu Elyano um. „Warum hast du das getan?", fragte sie fassungslos.

Für den Bruchteil einer Sekunde wich sämtliche Farbe aus seinem Gesicht, doch er schaffte es, sich wieder zu fangen. „Lass uns gehen", sagte er mit ruhiger Stimme und griff nach Siandras Hand. „Ariel wartet."

Angespannt trat Siandra hinter Elyano in den hohen Raum, in dem sie am vergangenen Abend noch gegessen hatten. Von der angenehmen Stimmung war nichts mehr zu spüren. Die Luft war zum Zerreißen gespannt. Die Tafeln waren verschwunden und Stühle mit breiten Lehnen an ihren Platz getreten. Sie waren im Halbkreis aufgestellt. An der Öffnung des Kreises standen drei rote Stühle, die etwas dunkler waren als die anderen. Goldene Ranken verzierten den Mittleren. Hinfort war der süße Duft nach exotischen Früchten, es roch nur noch nach kaltem Stein.

„Setz dich hier hin", sagte Elyano und schob sie zu einem der Stühle.

„Ich muss vorne bei Ariel Platz nehmen."

Stumm nickte Siandra, schaffte es kaum, einen Ton über die Lippen zu bekommen. Angespannt beobachtete sie die Jäger, die in den Raum strömten und sich niederließen. Elyano und Fynn nahmen auf den dunkleren Stühlen Platz, der Dritte blieb frei, vermutlich für Ariel. Priya warf ihr einen vernichtenden Blick zu, als sie an ihr vorbeiging, doch Siandra versuchte, nicht auf die Jägerin zu achten.

„Mach dir keine Sorgen", sagte Heinrich sanft und ließ sich auf den Stuhl neben ihr nieder.

Siandra ließ ihren Blick über die Menge schweifen. „Sind das alle Jäger des Ordens?"

„Nein. Viele Jäger sind außerhalb unterwegs. Nur die Jäger, die im Rang hoch genug stehen, dürfen an solchen Veranstaltungen teilnehmen."

„Warum hat Ariel die Versammlung einberufen? Was hat Elyano denn getan?", fragte sie leise.

Heinrich schwieg und sah zu Ariel, der in den Raum getreten war. Augenblicklich verstummten die Jäger und senkten den Blick, als er an ihnen vorbei ging und sich auf seinem Platz zwischen Elyano und Fynn niederließ.

Der Hüter des Ordens erhob die Stimme. „Jäger! Ich habe euch hier zusammenkommen lassen, um ein Thema zu besprechen, das uns alle betrifft. Das Halbblut."

Siandra zuckte zusammen, als sich sämtliche Blicke auf sie richteten.

„Wird Rabes Eid für ungültig erklärt?", fragte Priya laut.

Fassungslos starrte Siandra erst sie, dann Elyano an. War das denn überhaupt möglich? In seinem Blick fand sie nicht die Sicherheit, die sie zu sehen erhoffte.

„Vorerst nicht", sagte Ariel ruhig. Sofort breitete sich ein unruhiges Flüstern unter den Jägern aus, das er mit einer schnellen Handbewegung unterband. „Aber das ist nicht der Punkt. Wir haben nicht mehr länger zu bestimmen, was aus ihr wird. Unsere Fürstin wünscht sie zu sehen."

Ungläubiges Raunen ging durch die Menge. Verwirrt presste Siandra die Lippen aufeinander. Warum wollte die Fürstin sie nur sehen? Um sie wieder zu Freiwild zu machen?

„Noch heute wird eine Eskorte sie zum Schloss unserer Fürstin bringen. Aschenputtel wird entscheiden..."

„Das kannst du nicht machen!", mischte Elyano sich wütend ein.

„Hüte deine Zunge! Vergiss nicht, mit wem du hier sprichst!"

„Du weißt genau, wer zum Konzil angereist ist und deshalb im Moment unter ihrem Dach wohnt. Und du weißt genauso gut wie ich, dass sie es auf Siandra abgesehen hat!"

„Ich habe dir bereits genug zu dem Thema gesagt! Zu deinem Vergehen komme ich noch", zischte Ariel. „Es ist beschlossen. Das Halbblut wird heute zu ihr gebracht. Die Fürstin wird entscheiden, was mit ihr geschehen soll."

Siandra hatte geglaubt, dass sie durch den Eid sicher war. Was, wenn die Fürstin ihren Tod beschließen sollte? Nicht einmal Elyano würde ihr dann noch helfen können. Sie spürte, wie ihr ganzer Körper zu zittern begann. Eine Hand legte sich beruhigend auf ihren Arm. Als sie den Kopf hob sah sie in Heinrichs klare Augen, die sie mitfühlend musterten.

„Elyano, erhebe dich", sagte Ariel kühl. Ein wenig zögerlich stand der Angesprochene auf und kniete vor dem Hüter des Ordens nieder. „Warum hast du dich wieder gegen uns und deine Fürstin gestellt?"

Angespannt beobachtete Siandra, wie Elyano den Blick abwandte.

Etwas ruhiger fuhr Ariel fort. „Du bist in das Anwesen unserer Fürstin Aschenputtel eingebrochen und hast damit gegen die Auflagen deiner Bestrafung verstoßen. Um dich mit der Person zu treffen, der du einst deine Treue geschworen hast."

„Bestrafung?", fragte Siandra Heinrich leise, als sich ein Rumoren im Raum ausbreitete.

„Die musste er über sich ergehen lassen, bevor er seinen Platz in unserem Orden einnehmen konnte."

„Warum?"

Heinrich zögerte. „Er hat Dinge getan, die dem Orden geschadet haben."

Mit einer kurzen Handbewegung brachte Ariel seine Jäger zum Schweigen. „Warum hast du all das aufs Spiel gesetzt, um zu Rotkäppchen zu gelangen? Du hattest geschworen, dass es keinen Kontakt mehr zwischen euch gibt. Was hast du damit bezweckt?"

„Das ist doch keine Frage", rief Florian dazwischen. „Ein kleines Stelldichein mit seiner Geliebten. Ein Treffen, um ihr noch mehr von unseren und Aschenputtels Plänen zu offenbaren."

„Das reicht jetzt!", warf Heinrich wütend ein. „Ihm so eine Ungeheuerlichkeit vorzuwerfen."

„Ihr wisst genau, dass das die Wahrheit ist! Er hat nicht nur ihr Bett gewärmt, sondern neben Pyrros ihre Truppen angeführt. Er hat seine Verbindung zu der roten Fürstin nie gekappt, sondern ist zum Spitzel in unseren Reihen geworden."

„Er ist kein Spitzel!", rief Fynn aufgebracht.

„Es ist nur natürlich, dass du ihm glaubst. Du bist sein Bruder. Du hast dich für ihn verbürgt, damit er, trotz all der Dinge, die er getan hatte, hier Schutz finden konnte. Fühlst du dich nicht verraten, wo Rabe dein Vertrauen so mit Füßen tritt?"

„Still ihr beiden!", fuhr Ariel dazwischen und wandte sich wieder an den Angeklagten. Elyano schwieg, versuchte gar nicht erst, sich zu verteidigen oder die Vorwürfe zu widerlegen. „Mit deiner Tat hast du unser Vertrauen in dich zutiefst erschüttert. Priya wird deine Aufgaben als Offizier übernehmen, bis du wieder zur Vernunft gekommen bist. Außerdem wird Nikolai dich in Zukunft zu deinen Aufträgen begleiten und du hast dich fortan täglich bei mir zu melden. Habe ich mich klar ausgedrückt?"

Fynn sog scharf die Luft ein, doch Elyano nickte nur stumm, ehe er sich aufrichtete und den Raum durchquerte. Siandra spürte seine Hand an ihrem Arm, als er sich zu ihr herab beugte. „Komm mit mir", flüsterte er dicht an ihrem Ohr und verschwand hinter der Tür.

Stumm schritten die beiden nebeneinander her. Keiner von ihnen hatte auch nur ein Wort gesprochen, seit sie den Ratssaal verlassen hatten. Immer wieder schielte Siandra zu Elyano herüber, setzte zum Sprechen an, doch keine einzige Silbe kam über ihre Lippen. Ob Florian die Wahrheit gesagt hatte? War Rotkäppchen wirklich seine Geliebte und er einst ihr Offizier? Es würde zu dem passen, was Fynn ihr erzählt hatte, darüber, dass Elyano erst seit kurzer Zeit in Aschenputtels Orden war, aber schon viel früher als sein Bruder ihre Heimat verlassen hatte. Auch, dass er in einem anderen Orden gewesen war. Aber war er deshalb auch wirklich ein Spion? Würde er seinen Bruder derart hintergehen?

„Elyano!" Fynn folgte den beiden aufgebracht. „Musstest du gestern etwa dort noch so dringend hin? War das die Sache, um die du dich nur alleine kümmern konntest?!"

„Du verstehst das nicht, Fynn", sagte Elyano und öffnete die Tür zu Siandras Zimmer, jedoch ohne einzutreten. „Ich hatte keine Wahl."

„Nein, in der Tat. Ich verstehe nicht. Ich hätte dir ein wenig mehr Verstand zugetraut. Was hast du dir nur dabei gedacht? Die anderen trauen dir ohnehin schon nicht. Für sie bist du nur Rotkäppchens Henker und du bietest ihnen nur noch mehr Gründe dir nicht zu trauen." Er stockte und seine Augen weiteten sich. „Ihre Strafe. Du hattest keine Wahl."

Irritiert sah Siandra von Fynn zu Elyano, der seinen Bruder durchdringend musterte. Wovon redete er? Welche Strafe? Die von der Heinrich gesprochen hatte? Oder eine ganz andere?

„Es war meine einzige Möglichkeit. Ich muss herausfinden, was sie vor hat. Da kam mir ihr Ruf gerade recht. Auch wenn ich weiß, dass sie das nur getan hat, um mich herauszufordern."

Er verstummte, als eine dunkelhaarige Frau in der blauen Kluft der Diener an der Tür stehen blieb. „Ich bringe das Kleid für das Halbblut", sagte sie mit monotoner Stimme und gesenktem Blick und trat an ihnen vorbei, um das Bündel auf dem Bett abzulegen.

„Womit habe ich denn die Ehre verdient?", fragte Siandra verwundert.

„Vermutlich wollen sie nur verhindern, dass du den Orden blamierst", murmelte Elyano, fast ebenso monoton wie die Dienerin. „Du solltest dich fertig machen. Die Fahrt zum Anwesen der Fürstin dauert seine Zeit."

Die beiden folgten ihr nicht, als sie in das Zimmer trat und die Tür hinter sich schloss. Noch immer hämmerte ihr Herz schmerzhaft gegen ihre Rippen. Kurz schloss sie die Augen und lehnte sich an die Tür.

„Doofkopp", krächzte eine Stimme in der Ecke. „Leben ist schön."

Ein ungläubiges Lächeln schlich sich auf ihre Lippen, als sie den Käfig bemerkte, der neben dem Kleiderschrank stand. Fast schon traten ihr die Tränen in die Augen, als sie Jack kraulte. Sie hätte nicht gedacht, dass sie den Vogel einmal vermissen würde. Viel weniger hätte sie erwartet, dass Elyano ihr nicht nur ein paar T-Shirts bringen ließ, sondern sogar an ihn dachte.

Siandra ging zum Kleiderschrank herüber und öffnete die Türen. Ihre eigenen Klamotten lagen dort, nicht sonderlich sortiert, aber sie waren da. Seufzend strich sie über einen ihrer Lieblingspullover. Erleichterung durchströmte sie, ein Gefühl von Vertrautheit in der Fremde.

Als Siandra sich von dem Schrank löste, fiel ihr Blick auf das Fenster und den Schreibtisch, der dort stand. Sie konnte sich nicht daran erinnern, dass er schon vorher dort gestanden hatte. Hatte Elyano sich auch darum gekümmert? Ihr Rucksack stand auf dem Stuhl und auf der Arbeitsplatte lagen mehrere Stapel Hefte und Bücher.

Siandra drehte sich zu dem Bett um. Das Kleid war schlicht geschnitten und in einem tiefen Rotton gehalten. Schnell streifte sie es sich über und ging zu dem hohen Schrank. Sie wusste nicht, wie viel Zeit ihr bleiben würde, bis sie endgültig los mussten. Wenn von ihrem Besuch bei der Fürstin wirklich so viel abhing, konnte sie es sich nicht leisten, den ersten Eindruck in den Sand zu setzen. Nach einigen Minuten des Suchens fand sie ein Paar passende Schuhe, in die sie schnell schlüpfte und ihre Tasche mit Make-Up. Behelfsmäßig steckte sie ihre rotblonden Haare hoch und schminkte sich schlicht. Als sie in den Spiegel sah, ertappte sie sich dabei, wie sich die Worte fast wie von selbst formten. „Spieglein, Spieglein an der Wand. Wer ist die Schönste im ganzen Land?"

„Meine Dame, Ihr seid die Schönste hier." Sie zuckte zusammen, als die tiefe Stimme den Raum erfüllte. Elyano lehnte grinsend am Türrahmen, ehe er auf sie zu kam. Sie rieb sich unbewusst die Arme, als versuche sie sich von der fühlbaren Elektrizität zu befreien, die zwischen ihnen pulsierte. „Allein in einem Zimmer ist das nicht sonderlich schwierig", sagte sie, um ihre Anspannung zu überspielen. „Hast du etwa die ganze Zeit da gestanden?"

„So sehr ich den Anblick sicherlich genossen hätte, nein. Ich habe Anstand, was denkst du denn von mir? Wärst du nicht so sehr in Gedanken gewesen, hättest du auch mitbekommen, wie ich zur Tür hereingekommen bin. Also, wollen wir?", fragte er und hielt ihr galant den Arm hin.

„Wir?"

Er zögerte einen Moment, nickte dann aber. „Ich werde dich dorthin begleiten."

„Ich dachte, es ist dir verboten, das Anwesen zu betreten", fragte Siandra und legte die Stirn in Falten. „Hast du noch Dinge mit Rotkäppchen zu besprechen?"

„Das glaubst du?"

„Ariel glaubt es", erwiderte sie.

„Und auf sein Urteil vertraust du? Schon vergessen, dass er deinen Tod will?"

„Hat er denn unrecht?", fragte sie und fügte leise „Ich habe keine Ahnung, was ich glauben soll", hinzu.

Elyano schwieg eine Weile, bevor er antwortete. „Hör zu. Du hast genau zwei Möglichkeiten. Entweder ich begleite dich, oder du fährst allein zu Aschenputtel. Es liegt ganz bei dir."

Im ersten Moment wollte sie ihn zum Teufel jagen, ihm sagen, dass sie auch ganz gut ohne ihn zurecht kam. Dass sie ihn dafür nicht brauchte. Doch das wäre gelogen. Tief im Inneren wünschte sie sich, dass er sie begleitete, das konnte sie nicht leugnen. „Lass uns gehen", murmelte sie leise und hakte sich bei ihm ein.

Siandra traute ihren Augen kaum, als Elyano sie zu einer schwarzen Limousine führte. Sie hätte niemals gedacht, dass der Orden auch nur annäherndes besaß – immerhin kämpften sie mit Schwert, Axt und Bogen.

„Was ist?", fragte Elyano grinsend und hielt ihr die Tür auf. „Dachtest du etwa, der Fortschritt geht spurlos an uns vorbei?"

Siandra schmunzelte und wollte ins Auto steigen, als eine Stimme sie stocken ließ.

„Elyano, wohin willst du?" Ein Jäger kam auf sie zu gestürmt. Unter seiner Schiebermütze lugten dunkelblonde Haare hervor. Er sah so wütend aus, dass es Siandra nicht wundern würde, wenn er die Armbrust auf seinem Rücken dazu nutzte, Elyano an das Auto zu nageln.

Sanft aber bestimmt schob Elyano sie in die Ledersitze. „Ich fahre nur ein wenig spazieren", rief er über die Schulter, ehe er ebenfalls ins Auto einstieg. Er sagte etwas zu dem Fahrer, doch Siandra verstand es nicht, weil es wieder diese fremde Sprache war, die er nutzte.

„Wer war das?", fragte sie misstrauisch, als das Fahrzeug anrollte.

„Nur Nikolai, der sich wieder völlig grundlos aufregt", sagte Elyano unbeteiligt und ließ sich zurück sinken. Er hob den Kopf, als der Fahrer ihn noch etwas fragte und er antwortete in der Sprache, die Siandra nicht kannte.

„Und was ist das für eine Sprache?"

„Das ist eshani, die Sprache unseres Volkes, die uns alle eint", erklärte er ruhig. „Eine Zeit lang wurde sie recht wenig genutzt, mittlerweile wird sie aber wieder vermehrt eingesetzt, vor allem, um mit den Grenzreichen zu kommunizieren."

„Eine Art Weltsprache der Jäger also?"

„Aye. Kann man so sagen."

Siandras Blick wanderte zum Autofenster. Es fiel zwar spärliches Licht hindurch, nach draußen gucken konnte sie aber nicht. „Was bedeutet Eorlina?", fragte sie nachdem sie eine Weile geschwiegen hatten.

Elyano stutzte. „Warum fragst du?"

„Heinrich hat mich so genannt."

Kurz wurden seine Lippen schmal. „Eorlina bedeutet Nachtigall. Aber frag mich nicht, weshalb er dich so genannt hat. Heinrich hat für viele von uns die seltsamsten Spitznamen. Fynn nennt er immer noch Scardix, was übersetzt so viel wie Pfefferkorn heißt."

Siandra grinste. Pfefferkorn also. Sie konnte sich gut vorstellen, dass ihn das zur Weißglut treiben musste.

„Hör zu", sagte Elyano schlagartig ernst. „Ich hoffe, du weißt, wie wichtig dein Besuch ist. Du musst einen guten Eindruck auf unsere Fürstin machen."

„Warum? Bringt sie mich um, wenn ich ihr unsympathisch bin?"

„Das nicht. Aber der Eid, den ich gesprochen habe und der dich vor den Jägern schützt, kann mit ihren Worten stärker werden oder fallen."

„Ich dachte, der Eid wäre sicher? Dass mir damit niemand etwas anhaben könnte?"

„Das habe ich auch gedacht", sagte er zähneknirschend. „Doch wie mir scheint, zählt mein Wort nicht mehr so viel, wie es es früher einmal tat."

Siandra fragte sich, ob er von der Zeit in Rotkäppchens Diensten sprach. Oder vielleicht sogar von einer Zeit bevor er zu Rotkäppchen kam? Schlagartig wurde ihr bewusst, wie wenig sie, über den Raben wusste. Unauffällig beobachtete sie ihn aus dem Augenwinkel. Elyano hatte sein Handy herausgezogen und tippte einige Minuten auf die Tasten ein, ehe er es wieder in die Tasche gleiten ließ. Er wirkte angespannt – kein Wunder, wenn man bedachte, dass er quasi auf der Flucht vor Nikolai war. Siandra lehnte ihren Kopf gegen die Scheibe und ließ ihren Gedanken freien Lauf. Sie dachte an Beccas Party und wie wütend sie werden würde, wenn sie ihr schrieb, dass sie heute Abend wohl nicht dabei sein würde. Sie glaubte nicht, dass sie ihrem Wachhund irgendwie entfliehen konnte. Und wer wusste schon, ob sie heute Abend nicht schon wieder

Freiwild war. Bei dem Gedanken erschauderte sie. Siandra spürte Elyanos Blick auf sich liegen, doch sie sah nicht zu ihm herüber. Sie musterte das Lederpolster, als wäre es ungeheuer spannend und versuchte die Gedanken an das, was vor ihr lag, so weit wie möglich zu verdrängen.

Die Minuten gingen zähflüssig ineinander über und fühlten sich an wie Stunden. Stunden, in denen sie sich anschwiegen und ihren eigenen Gedanken nachgingen. Sie wusste nicht, wie viel Zeit vergangen war, als der Wagen endlich zum Stehen kam und sich die Tür öffnete. Auch wenn Siandra froh war, sich endlich wieder bewegen zu können, schlug ihr Herz schmerzhaft in ihrem Brustkorb und erinnerte sie an das, was vor ihr lag.

Sie staunte nicht schlecht, als sie ins Freie trat. Auf einem Hügel lag ein Anwesen, das diese Bezeichnung kaum verdiente. Mit den ausufernden Gärten, die sich an das Gebäude zu schmiegen schienen, den marmornen Skulpturen, die den hellen Weg säumten und der makellosen Fassade, wirkte es, wie eine verkleinerte Ausgabe des Barockschlosses Versailles. Sie hatte immer geglaubt die Umgebung von Köln zu kennen. Ob die Fürstin ihr Anwesen vor den Augen derer verbarg, die es nicht sehen sollten?

„Schick, was?" Elyano trat neben sie und lehnte sich lässig an die Limousine. Sie brachte nur ein stummes Nicken zustande. Die Anspannung drückte ihr fast die Luft ab und das Einzige, woran sie denken konnte, war das Treffen mit der Fürstin.

Als sie auf die Marmortreppen zuging, bemerkte sie, wie die Wachen leise tuschelten. Sie zeigten in ihre Richtung, bevor einer durch die Tür verschwand und die anderen beiden einen Schritt auf sie zu machten. Erst im nächsten Atemzug wurde ihr bewusst, dass sie nicht sie, sondern Elyano mit den Augen verfolgten.

„Ich werde hier auf dich warten", sagte Elyano ruhig, als sie die erste Treppenstufe erreicht hatten. „Unsere Freunde da drüben werden vermutlich einen Herzinfarkt bekommen, wenn ich näher an Aschenputtels Allerheiligstes herangehe. Und das können wir doch nicht zulassen. Wir sehen uns später wieder." Ohne den Blick von ihr zu lösen, griff er nach ihrer Hand und berührte ihre Fingerknöchel mit den Lippen. Bei jedem anderen hätte sie diese Geste als lächerlich abgetan, doch bei ihm wirkte es ehrlich und ungekünstelt. Sie folgte ihm kurz mit dem Blick, als er sich von ihr löste und zurück zum Auto ging. Noch einmal atmete sie tief durch, ehe sie die Treppenstufen zu dem eindrucksvollen Gebäude hinauf schritt.

„Bitte wartet hier", sagte der Diener, ehe er sie in der Empfangshalle stehen ließ. Staunend ließ Siandra ihren Blick wandern. Licht fiel durch die hohen Fenster hinein und hüllte die Umgebung in einen warmen Schein. Wie von selbst trugen ihre Füße sie durch die Halle. Doch es waren nicht die riesigen Wandteppiche, die ihr ins Auge gefallen waren, auch nicht die prachtvollen Schnitzereien an den Säulen. Es war ein Gemälde, das ihre Aufmerksamkeit erregte. Es zeigte eine bildschöne Frau, die die Zügel eines Pferdes in den Händen hielt. Ihre fast schon ein wenig scheuen, rehbraunen Augen zogen Siandra in ihren Bann.

„Wunderschön, nicht wahr?"

Sie erschrak, als sie eine Stimme neben sich hörte und fuhr herum. Ein Mann in schlichter dunkler Weste und hellem Hemd musterte sie freundlich. Wer der Fremde wohl wahr? Jemand, der sie als Halbblut erkannte und hinterrücks umbrachte? Doch das Lächeln, das auf seinen Lippen lag, vertrieb diese Gedanken. Scheinbar kam er geradewegs von draußen. Matsch klebte an seinen dunklen Lederstiefeln. Siandra nickte. „Wer ist sie?"

„Das ist die gütige Herrscherin unserer Ländereien, die unsterblich schöne Herrin dieser gläsernen Hallen, unsere Fürstin Aschenputtel, meine Gemahlin."

Es dauerte einen Moment, bis sie begriff, was er da gerade gesagt hatte. „Ach du Schreck", entfuhr es ihr und sie machte einen unbeholfenen Knicks. Angespannt biss sie sich auf die Unterlippe. Alles hing von dem Treffen mit Aschenputtel ab und sie schaffte es bereits es grundlegend zu vermasseln, noch bevor sie die Fürstin überhaupt zu Gesicht bekommen hatte. „Es tut mir leid, Euer Hoheit, ich..." Verdammt, wie verhielt man sich in solch einem Moment bloß? Im Geiste ging sie sämtliche Filme durch, in denen irgendetwas ähnliches geschehen war, doch ihre Erinnerungen ließen sie kläglich im Stich. Sie hob den Kopf, als sich eine Hand auf ihren Arm legte.

„Beruhigt Euch", sagte der Fürst und lächelte ihr aufmunternd zu. „Ihr müsst Siandra sein. Kommt, Aschenputtel wartet bereits."

Siandra folge dem Fürsten durch die lichtdurchfluteten Gänge des Anwesens. Das Gebäude erinnerte sie an die prachtvollen Palastanlagen, die ihr im Geschichtsunterricht begegnet waren. Dieses Anwesen war nicht annähernd so überfüllt, wie die Paläste der alten Zeit. Wie alt mochte dieses Gebäude sein? Mehrere hundert Jahre mit Sicherheit. Und doch roch es keinesfalls so muffig, wie sie es sich in solchen Schlössern immer vorgestellt hatte. Es roch anders, frischer, wie ein belebender Frühlingswind.

Der Fürst blieb vor einer breiten Eichentür stehen und hielt einen Moment inne, ehe er nach der Klinke griff. „Geht Ihr schon vor. Ich werde erst einmal Ordnung in meine Kleider bringen", sagte er und hielt ihr die Tür auf.

Das große Zimmer hatte fast ein wenig Ähnlichkeit mit dem Ratssaal im Orden der Jäger. Drei funkelnde Kronleuchter hingen in dem langen Raum. Eine Tafel erstreckte sich fast über das ganze Zimmer und die Decke war mit einem beeindruckenden Mosaik versehen. Siandra konnte Dornröschens Schloss entdecken und den Prinzen, der sich hoch zu Ross durch die Dornenhecken schlug oder den gläsernen Sarg und Schneewittchen. Und da waren auch Raben, sieben an der Zahl....

„Hallo Siandra." Eine weiche Stimme riss sie aus ihren Gedanken. Die Frau, die vor ihr stand, war zweifellos die Fürstin von dem Gemälde. In der Realität war sie noch schöner als auf dem Bild. „Bewunderst du die Kunst unserer Handwerker?", fragte Aschenputtel und bat sie an der Tafel Platz zu nehmen.

Siandra hätte sich eine der Märchenprinzessinnen anders vorgestellt. In einem pompösen Ballkleid und nicht so bescheiden. Aschenputtel trug ein elegantes, aber dennoch schlichtes Kleid in den Farben des Waldes. Ein Lächeln zupfte an ihren Lippen, als sich die Tür erneut öffnete und der Fürst sichtlich abgehetzt im Türrahmen stand.

„Entschuldigt die Verspätung", sagte er und ließ sich auf den Stuhl neben seiner Frau sinken, nicht ohne ihr einen Kuss auf den Scheitel zu drücken. Das Jackett seines Anzuges war nur halb zugeknöpft und die Krawatte hing schief.

Tadelnd musterte Aschenputtel ihn. „Beliar, sieh dich doch einmal an. Wenn du immer erst auf die letzte Sekunde zurückkehrst, brauchst du dich nicht zu wundern, wenn du dich beeilen musst oder zu spät kommst. Lass mich mal dran." Kopfschüttelnd richtete sie seine Krawatte.

Siandra beobachtete die beiden schweigend. Sie wirkten so schrecklich normal, nicht als wären sie hochrangige Fürsten oder geradewegs einem Märchenbuch entsprungen.

„Wie war deine Anreise, Siandra? Hast du gut hierher gefunden?"

Siandra nickte zaghaft. So recht konnte sie Aschenputtel und Beliar nicht einschätzen. Die beiden wirkten nett, aber sie konnte nicht wissen, ob sie wirklich auf ihrer Seite standen oder sie im nächsten Atemzug wieder zur Beute der Jäger machen würden. „Ich wurde hergebracht."

„Ah ja, stimmt. Man sagte mir etwas davon, dass Elyano am Schloss gesehen wurde", sagte Aschenputtel und nippte an dem Glas, das eine der Dienerinnen auf den Tisch gestellt hatte. Siandra probierte ebenfalls von ihrem Getränk. Es schmeckte nach Pflaumen und exotischen Gewürzen, die sie nicht kannte. „Ich hätte nicht gedacht, dass er sich noch einmal her traut."

„Was geschieht nun mit mir?", fragte sie nervös.

Aschenputtel wechselte einen kurzen Blick mit ihrem Gemahl. „Was meinst du, Siandra?"

„Sie haben doch nicht ohne Grund nach mir verlangt. Ariel sagte, Sie würden entscheiden, was mir mir passiert. Also warum bin ich hier?"

Aschenputtel lächelte weich. „Ich habe von den Unruhen in meinem Orden gehört und war einfach auf die Person neugierig, die alles so gehörig auf den Kopf gestellt hat."

„Das stimmt", warf Beliar ein. „Seit sie davon gehört hat, spricht sie von nichts anderem mehr."

„Beliar!"

„Aber es ist doch wahr. Und du sagtest noch, wie gerne du Ariels Gesicht gesehen hättest, als sein eigener Offizier diesen Eid für ein Halbblut ausgesprochen hat."

„Sie kennen Ariel gut?", fragte Siandra. Sie bemerkte wie Beliar kurz die Lippen aufeinander presste, doch als Aschenputtel zum Sprechen ansetzte, galt ihre Aufmerksamkeit der Fürstin.

„Wir sind zusammen aufgewachsen. Er war der Sohn der Köchin, die mir immer wieder Süßes zugesteckt hat. Lange Zeit gingen wir getrennte Wege, ehe wir uns irgendwann wiederfanden. Er gründete den Orden der Jäger und ich hatte Beliar kennengelernt und herrschte bereits über dieses Reich." Mit einem zärtlichen Lächeln ergriff sie die Hand ihres Gemahls.

„Warum ist es denn schlimm, dass gerade Elyano den Eid gesprochen hat?"

Aschenputtel seufzte. „Elyano hat keinen sonderlich guten Stand bei den Jägern. Sie halten ihn noch immer für einen Verräter. Nur durch das Zutun seines Bruders und seine gute Ausbildung ist er überhaupt in den Orden und in diese Position gekommen. Ariel setzt große Stücke auf ihn, doch viele seiner Jäger sind gegen den Raben. Deshalb steht dein Schutz unter keinem guten Stern."

„Was soll das heißen?", fragte Siandra mit einem leichten Zittern in der Stimme. „Was heißt das für mich?"

„Der Schutz kann nur so lange gewährleistet werden, solange der, der den Eid ausgesprochen hat, die volle Unterstützung des Ordens erhält."

„Was, wenn Elyano kein Jäger mehr ist? Was, wenn ihm niemand mehr glaubt?"

„Dann verfällt der Schutz", sagte Aschenputtel mit ruhiger Stimme.

Fassungslos starrte Siandra sie an. Also hing alles von der Unterstützung des Ordens ab. Aber warum machte sie sich solche Sorgen? Elyano war ein Jäger und würde es auch immer bleiben!

„Und Ariel...?"

„Er fühlt sich von Elyano hintergangen. Einer seiner besten Krieger setzt sich für ein Halbblut ein einem jener Wesen, die er zu verfolgen geschworen hat. Noch dazu lädt er es ein, in seinem Haus zu leben. Aber mach dir keine Sorgen", fügte sie hinzu, als sie Siandras erschrockenen Gesichtsausdruck bemerkte. „Ariel wird sich schon daran gewöhnen. Er ist kein schlechter Kerl, er ist nur stur."

„Und Sie? Was werden Sie tun? Werden Sie den Schwur lösen?"

Aschenputtel schwieg unsägliche Minuten, ehe sie antwortete. „Das liegt weder in meiner Macht, noch ist dies mein Wunsch."

„Aber ich bin ein Halbblut. Haben Sie Ariel und seinen Jägern nicht aufgetragen, uns zu jagen und zu töten."

„Das stimmt", sagte Aschenputtel leise. „Der Schutz unserer Welt muss stets an erster Stelle stehen. Niemals darf das Wohl des Einzelnen über das Wohl der Gemeinschaft treten. Ich stehe nach wie vor hinter meinen Jägern und ihrer Aufgabe. Doch sei unbesorgt, ich werde dir nichts tun. Es muss einen Grund geben, weshalb Elyano all das auf sich genommen hat, um dich zu schützen. Er handelt oft unüberlegt, aber er ist nicht dumm. Wenn er dich schützen will, hat es sicherlich einen guten Grund."

„Er sagt, dass Rotkäppchen etwas plant."

„Oh, das tut sie in der Tat", sagte Aschenputtel und nahm einen Schluck aus ihrem Glas. Beliar warf seiner Gemahlin einen kurzen Blick zu, doch Siandra konnte nicht aus seinen Augen lesen.

„Sie wissen es?", fragte Siandra fassungslos. „Warum unternehmen Sie nichts? Ariel glaubt Elyano nicht, genauso wenig wie all die anderen Jäger. Sie halten ihn für einen Verräter! Warum stellen Sie sich nicht auf seine Seite und unterstützen ihn, wenn Sie es doch wissen."

„Siandra, Elyano ist ein Verräter. Nur deshalb ist er bei uns." Sie fuhr fort, noch ehe Siandra etwas einwerfen konnte. „Ich kann nichts tun. Mir sind die Hände gebunden. Ich kann nichts unternehmen, ohne dass Rotkäppchen und die anderen Fürstinnen es bemerken. Deshalb muss ich darauf hoffen, dass Elyano etwas erreicht."

„Und tatsächlich auf unserer Seite steht", vervollständigte Beliar.

„Sie vertrauen ihm nicht?"

„Mit Vertrauen hat das nichts zu tun", sagte Aschenputtel ruhig. „Aber wir kennen seine Vorgeschichte. Jedenfalls die vielen verschiedenen Versionen, die sich erzählt werden. Was wirklich geschehen ist, wissen nur Elyano und Rotkäppchen. Vielleicht auch Rotkäppchens Bruder Stefano. Immerhin sagt man, dass die rote Fürstin ihm stets alles erzählte."

„Also ist es wahr, was man über Elyano und Rotkäppchen sagt?"

„Rotkäppchen hatte einst zwei Truppen: Die sechs Raben, die tagsüber flogen und die Wölfe, die ihre Befehle des Nachts ausführten", erklärte Beliar.

„Sechs Raben?", fragte Siandra verwundert. In dem Märchen war doch von sieben Raben die Rede. Oder hatte dieses Märchen wirklich nichts mit der Realität zu tun?

„Ja, zu sechst. Auch wenn sie nur wenige waren, tat das ihrem Können keinen Abbruch. Niemand konnte sich derart lautlos bewegen wie sie, niemand kämpfte wie sie. Es war fast, als könnten sie im Schatten verschwinden. Rotkäppchen schenkte ihrer Truppe viel Aufmerksamkeit. Man sagt auch, dass sie ein besonderes Auge auf einen ganz bestimmten Raben geworfen hatte. Doch dann starben die Brüder einer nach dem anderen, von mysteriösen Unfällen in den Tod gerissen, bis nur noch Elyano übrig blieb. Auch er wurde in einen Hinterhalt gelockt, doch er konnte schwer verletzt fliehen." Beliar warf seiner Gemahlin einen schnellen

Blick zu. „Fynn hat seinen Bruder gefunden, nachdem er von den Wölfen derart zugerichtet worden war. Obwohl es ihm eigentlich verboten war, schmuggelte er Rotkäppchens einstigen Henker in den Orden. Ariel war alles andere als begeistert und drohte sogar ihn hinrichten zu lassen. Doch Fynn hat sich für ihn verbürgt und auch wir haben Ariel schließlich geraten, dem Raben eine zweite Chance zu geben."

„Warum habt ihr das getan?", fragte Siandra Beliar, doch es war Aschenputtel, die antwortete.

„Weil Elyano eine wichtigere Rolle im großen Ganzen spielt, als ihm selbst bewusst ist." Ein sanftes Lächeln zeichnete sich auf den Lippen der Fürstin ab. „Mach dir keine Sorgen. Solange Elyano hinter dir steht, wird dir nichts geschehen. Du solltest jedoch bald aufbrechen", sagte sie und warf einen Blick auf die Uhr an der Wand. „Der Weg ist weit und es wird bald dunkel. In der Dunkelheit solltest du besser nicht draußen herumspazieren. Selbst wenn Elyano bei dir ist."

Siandra nickte und wollte sich gerade erheben, als sie eine Hand an ihrer Schulter spürte.

„Gib mir deinen Arm", sagte Aschenputtel weich. Siandra tat, wie die Fürstin es verlangte und spürte sofort die Wärme, die von Aschenputtels schmaler Hand ausging, als sie ihr Handgelenk berührte. „Mache dich nun auf den Weg, Siandra Ecker", flüsterte sie. „Habe keine Angst vor den Jägern. Fürchte den Feind in Rot."

Der Feind in Rot

Mit gemischten Gefühlen trat Siandra aus dem Gebäude ins Freie. Aschenputtel hatte recht. Die Schatten wurden länger und das Licht schwand. Die Dunkelheit war nicht mehr fern.

Behutsam strich sie über ihren Arm. Noch immer spürte sie die Wärme, die sie durchflutet hatte. Es war fast, als wären die dünnen Linien Adern durch die heißes Blut pulsierte. Sie fragte sich, ob sich das kaum sichtbare Muster ausgebreitet hatte. Sie verdrängte den Gedanken. Vermutlich bildete sie sich das nur ein.

Aschenputtel hatte den Eid nicht gelöst. Sie hatte nicht die Jagd auf sie eröffnet. Warum konnte Siandra dann nicht zur Ruhe kommen? Noch immer hämmerte ihr Herz schwer gegen ihre Rippen und ihre Hände zitterten. Der Eid blieb erhalten, solange Elyano von den Jägern unterstützt wurde. Doch was war, wenn die Anzahl seiner Widersacher im Orden immer größer wurde und er irgendwann alleine da stand? Schnell schüttelte sie den Gedanken ab. Elyano war nicht allein. Sein Bruder Fynn stand hinter ihm, Priya, Heinrich und auch Ariel. Sie konnte sich nicht vorstellen, dass sie sich gegen ihn stellen würden.

Ihr Fahrer lehnte rauchend am Auto, doch von Elyano war weit und breit keine Spur. Auf die Frage, wo er denn sei, zuckte der Mann nur die Schultern. Besorgt ging Siandra den Kiesweg entlang, der in die Gärten zu führen schien. Sie sollte nach ihm suchen. Hoffentlich hatte er sich nicht in Schwierigkeiten gebracht.

Es war still um sie herum. Nur ihre Schritte knirschten leise auf den kleinen Steinchen, als sie sich ihren Weg durch die Farbenpracht des Gartens bahnte. Verwundert strich Siandra über die pelzigen Blütenblätter einer goldgelben Blume. Der Frühling kam gerade erst auf und trotzdem standen die Pflanzen hier in voller Blüte. Der Gesang eines Vogels drang durch die dichten Hecken an sie heran.

Siandra wollte sich gerade umdrehen und zum Wagen zurückkehren, als eine vertraute Stimme an ihr Ohr drang. Verwirrt runzelte sie die Stirn. Elyanos Stimme klang angespannt. Ob er sich tatsächlich mit jemandem angelegt hatte?

Erst entdeckte sie nur Elyano, der inmitten eines violett blühenden Blumenbeets mit dem Rücken zu ihr stand. Im zweiten Atemzug wurde ihr die Frau bewusst, die bei ihm stand und die ihre Arme um seinen Nacken geschlungen hatte. Elyano beugte sich zu ihr vor, als würde er sie küssen – ob er es tatsächlich tat, konnte sie von ihrem Platz an der Ecke aus nicht sehen, doch es sah ziemlich eindeutig aus. Eine seltsame Anspannung breitete sich in ihrem Inneren aus, als sie die Frau erkannte. Es war Rotkäppchen. Ihre blonden Haare fielen offen über ihren Rücken und wurden nur von einer geflochtenen Strähne zurückgehalten.

Elyano strich über ihre Wange, ehe er ein Stück zurückwich und die Arme vor der Brust verschränkte. Siandra verstand nicht, worüber sie sprachen, doch sie schienen sich über etwas nicht ganz einig zu sein. Einige Augenblicke hörte Elyano der Fürstin stumm zu, ehe er sich über die Augen strich und harsch gestikulierend antwortete. Der Wind umspielte den Saum ihres roten Kleides, als sie einen Schritt auf Elyano zumachte und eine Hand auf seinen Arm legte. Sie beugte sich vor, um ihm etwas ins Ohr zu flüstern und strich mit den Fingern sanft seinen Arm hinauf. Auf einmal glitt ihr Blick an Elyano vorbei und legte sich auf Siandra.

Ruckartig drehte Siandra sich um und lief in die Richtung zurück, aus der sie gekommen war. Das war nichts, was für ihre Augen bestimmt war. Sie konnte sich genau denken, was da ablief und das Letzte, was sie wollte, war Spanner zu spielen. Nun wurde ihr einiges klarer. Sie versuchte die Enttäuschung, die in ihr aufwallte, zu ignorieren, als ihr bewusst wurde, dass Elyano sie alle belogen hatte. Etwas in ihrem Inneren brach und riss an ihr. Sie verteufelte ihr verräterisches Herz.

„Siandra?", rief Elyano hinter ihr, doch sie drehte sich nicht um. Sie sah ihn auch nicht an, als er neben ihr her lief und sie unverwandt anstarrte. „Was hast du hier zu suchen?"

„Das Gleiche könnte ich wohl dich fragen", sagte sie, ohne ihn anzuschauen. Ihre Augen klammerten sich an die Limousine, wie an einen lebensrettenden Anker.

„Ich wusste gar nicht, dass du so passiv-aggressiv sein kannst."

Nun sah Siandra doch zu ihm herüber und ignorierte das Ziehen in ihrer Brust. „Ich kann auch aktiv-aggressiv werden, wenn dir das lieber ist", zischte sie. „Was hatte das zu bedeuten?"

Sein Gesicht nahm wieder den distanzierten Ausdruck an. „Das geht dich nichts an", sagte er kalt. „Es gibt Dinge, die du nicht wissen solltest. Dinge, die du nicht wissen darfst."

„Vielleicht hat Florian recht, was dich betrifft." Elyano wollte etwas erwidern, doch sie unterbrach ihn gleich wieder. „Wir sollten fahren", sagte sie mit kühler Stimme und stieg in den Wagen.

Die ganze Fahrt über wechselte sie nicht ein Wort mit Elyano. Sie spürte, dass er immer wieder zu ihr herüber sah, doch sie versuchte es zu ignorieren. Unbeteiligt tat sie, als würde sie die Landschaft beobachten, auch wenn das durch die getönten Scheiben nicht möglich war.

Die Minuten zogen sich unerträglich in die Länge. Als der Fahrer endlich am Orden hielt und ihr die Tür öffnete, wäre sie beinahe hinaus gesprungen, konnte sich aber noch zusammenreißen. Sie wollte nichts anderes, als Elyanos Blicken zu entgehen, fürchtete sich fast vor dem, was er sagen könnte. Immer wieder spielten sich die Szenen aus Aschenputtels Gärten vor ihrem inneren Auge ab. Sie wusste einfach nicht mehr, was sie glauben sollte. Auf welcher Seite stand Elyano überhaupt? Hatte Florian recht damit, dass er einzig und allein in den Orden gekommen war, um für Rotkäppchen zu spionieren? Sie konnte sich kaum vorstellen, dass er Fynn so etwas antun würde. Doch was wusste sie schon? Sie kannte ihn überhaupt nicht. Wer wusste, ob er sie nur bei Laune hielt, um sie im geeigneten Moment an Rotkäppchen zu übergeben – ob nun im Tausch oder als Geschenk.

Es dämmerte und Scheinwerfer erhellten bereits den Weg, der zum Orden führte. Siandra biss die Zähne aufeinander, damit sie nicht klapperten. Auch wenn es mit großen Schritten auf den Frühling zuging, war es doch zu kalt, um in dem luftigen Kleid lange draußen herumzulaufen. Fröstelnd strich sie über ihre Arme und wollte so schnell wie möglich im Orden verschwinden, als sich eine Hand auf ihre Schulter legte. Elyano hielt sie fest, hinderte sie an ihrer schnellen Flucht in das Gebäude. Sie konnte seinen Blick nicht deuten, genauso wenig wie die Gefühle, die ihr Inneres zerrissen. „Was willst du, Rabe?", fragte sie betont kühl.

Elyano sagte nichts, zog sie nur mit sich. „Vergiss es! Ich gehe mit dir nirgendwo hin!" Mit aller Kraft lehnte Siandra sich gegen ihn, versuchte sich aus seinem Griff zu winden, doch er ließ nicht locker. Sie stolperte die Stufen hinauf und bemerkte aus dem Augenwinkel den Jäger, der auf sie zulief.

„Elyano, bleib gefälligst stehen!", rief Nikolai wütend. Er war so aufgebracht, dass sich sein russischer Akzent beinahe überschlug.

„Nicht jetzt!", knurrte Elyano und schlug ihm die Tür vor der Nase zu. Russische Flüche drangen durch die Tür, doch Nikolai folgte ihnen nicht.

Elyano lief so schnell, dass sie in ihren hohen Schuhen Probleme hatte, mit ihm Schritt zu halten. Bald schon hatte Siandra vollends die Orientierung verloren. Sie hätte nicht gedacht, dass ein einziges Gebäude so viele Treppen beherbergen konnte. „Wohin bringst du mich?", fragte sie wieder, aber noch immer gab er ihr keine Antwort. Sie versuchte nach ihm zu treten, oder ihm zumindest ihre spitzen Absätze in den Fuß zu rammen, doch damit erreichte sie nur, dass sie stolperte und Elyano sie am Arm hochreißen musste, um einen Sturz zu verhindern.

In diesem Teil des Gebäudes war sie definitiv noch nicht gewesen. Nackte cremefarbene Wände umgaben sie und der Boden war fast ebenso hell. Vor einer hohen Tür blieb Elyano schließlich stehen. Das Holz war prachtvoll gearbeitet und mit zahlreichen Ornamenten versehen, aber das war es nicht, was Siandra einen Moment lang sogar ihre Wut und die Angst um die Ungewissheit vergessen ließ. Es war der weiße Pferdekopf, der hoch über der Tür hing. Seine Augen waren geschlossen. „Ist das...?", fragte sie atemlos.

Elyanos Mundwinkel verzogen sich zu einem halben Lächeln. „Probier es doch aus."

Eigentlich lag es Siandra auf der Zunge, ihm etwas zynisches an den Kopf zu werfen, doch ihre Neugierde überwog. Was, wenn er sie nicht hereinlegen wollte? Sie konnte sich noch an den genauen Wortlaut erinnern. Dieses Märchen mochte sie immer am liebsten. „Oh du Fallada, da du hangest", sagte sie mit ruhiger Stimme.

Einen Augenblick lang tat sich nichts, doch dann öffnete der Pferdekopf seine Augen. Sie zuckte zusammen, als seine Stimme erklang. Sie hätte sofort geglaubt, dass Fynn irgendwo hinter einer Säule stand und sprach, hätten sich nicht die Lippen des Pferdes bewegt. „Oh du Jungfer, da du gangest. Wenn das deine Mutter wüsst', das Herz täte ihr zerspringen."

Elyano schmunzelte, ehe er sich von der Wand löste an die er sich gelehnt hatte. „Fallada, öffne die Tür."

Das Pferd schnaubte empört. „Höflich wie eh und je, was Rabe?"

Elyano antwortete nicht. Auf seinen Lippen machte sich ein Grinsen breit, ehe er Siandra bei der Hand nahm und sie durch die Tür zog.

Energisch löste sie sich aus seinem Griff. „Verdammt, Elyano! Ich bin doch keine Ziege, die du zu irgendeinem x-beliebigen Markt schleifen kannst. Würdest du jetzt endlich die Güte haben, mir zu sagen, was..." Sie erstarrte, als ihr Blick in den Raum fiel, der vor ihr lag. Hohe Bäume und farbenfrohe Sträucher erhoben sich vor ihnen. Ein enger Weg schlängelte sich durch den wilden Garten, der fast einem Dschungel glich. Es erinnerte sie ein wenig an das Urwaldhaus im Kölner Zoo. Doch anders als dort, war hier keine erdrückend feuchte Hitze, die ihr den Atem nahm. Als hätte jemand ein Fenster geöffnet, wehte ein frischer Wind durch die Zweige und strich über ihre Wange. Ein Meer aus Gerüchen stieg ihr in die Nase. Ein lichter Tannenwald, raue salzige Seeluft, ein blumiger Gruß... die Vielzahl überwältigte sie fast.

Staunend ging sie neben Elyano her und konnte den Blick kaum von den ganzen exotischen Pflanzen abwenden, die rings um sie herum wuchsen. Trichterförmige Blüten reckten sich ihnen hoch über dem Weg entgegen. Ein kleiner Vogel schwebte nur wenige Meter von ihnen entfernt fast auf der Stelle. War das etwa ein Kolibri? Zwischen den dichten Blättern blitzten die Fenster des Raumes hindurch und zerstörten die Illusion von Wildnis.

„Ich komme oft hierher", sagte Elyano leise. „Nirgends anders ist es so friedlich." Sanft strich er über den Kelch einer riesigen orangeroten Blume.

„Warum ist dieser Pferdekopf hier?", fragte Siandra und strich über ihre Arme.

„Isabella hat ihn damals hergebracht", erklärte er ruhig. Als er ihren fragenden Blick bemerkte, fuhr er fort. „Isabella war eine von uns. Eine Jägerin. Doch du kennst sie vermutlich unter einem anderen Namen, aus dem Märchen Die Gänsemagd."

Verwirrt sah Siandra ihn an. Die Prinzessin aus ihrem Lieblingsmärchen sollte eine Jägerin sein? Sie konnte sich noch genau an die Geschichte erinnern. An die Königstochter, die einem weit entfernten Prinzen zur Frau versprochen wurde, das Tüchlein mit den drei Blutstropfen ihrer

Mutter und die Zofe, die mit ihr gereist war und sie so sehr verraten hatte. Und natürlich an Fallada, ihr sprechendes Pferd, das durch das böse Spiel der Zofe seinen Tod gefunden hatte. Diese hatte die arme Königstochter gezwungen die Kleider mit ihr zu tauschen und trat an ihrer Stelle an die Seite des Prinzen, während die Prinzessin niedere Dienste verrichten musste. Sie konnte Falladas Tod nicht verhindern, doch sie bat darum seinen Kopf über das Tor zu nageln, das sie jeden Tag mit ihren Gänsen passierte. Im Märchen ging die Geschichte gut aus. Die Prinzessin bekam ihren Prinzen und die Zofe wurde bestraft. Elyanos Worte kamen ihr in den Sinn. Die Menschen kannten nur Bruchstücke der Wahrheit. Wie war Isabellas Geschichte also ausgegangen?

„In der wirklichen Welt gibt es kein Happy End", stieß Elyano bitter hervor. „Vor allem nicht für uns. Isabella verlor ihren Gemahl während des Bürgerkrieges und das Königreich zerfiel. Sie hatte nichts mehr zu verlieren und kam zu uns. Vieles hat sie mich gelehrt, auch wenn wir auf unterschiedlichen Seiten standen. Ein Kampf gegen sie war jedenfalls nie langweilig."

„Ist sie immer noch hier?", fragte Siandra neugierig.

Langsam schüttelte Elyano den Kopf. „Sie kam ums Leben. Alter hat für uns keine Bedeutung, doch unser Leben ist gefährlich. Die Aufgabe, die unser Sein bestimmt, ist tückisch und voller List. Jeder Tag könnte unser letzter sein."

Schweigend folgten sie den engen Pfaden durch den Dschungel. Elyano warf ihr hin und wieder Seitenblicke zu, blieb aber ansonsten still. Siandras Gedanken wanderten aus dem Gebäude, zurück zu Aschenputtels Anwesen. Sie versuchte den drückenden Knoten in ihrem Bauch zu ignorieren, doch er drängte sich immer weiter in den Vordergrund, je länger sie an Elyano und Rotkäppchen dachte. Sie hatten so vertraut miteinander gewirkt, wie enge Verbündete, nicht wie Feinde oder eine Zweckgemeinschaft. Stimmten die Gerüchte also? War Elyano nur in Aschenputtels Orden gekommen, um für Rotkäppchen zu spionieren? Aber wie passten dann Elyanos Versuche Rotkäppchens Pläne aufzudecken damit zusammen? Hatte die Fürstin etwas gegen ihn in der Hand? Was, wenn er keiner von den Guten war? Wenn er auf der anderen Seite stand? Mit den Fragen kehrte auch die Wut und die Angst um die eigene Ungewissheit zurück. Was hatte Elyano vor? „Was war das zwischen dir und Rotkäppchen?"

Ruckartig drehte Elyano sich zu ihr um und drängte sie an einen der Bäume. Die raue Rinde kratzte über ihren Rücken, als er eine Hand auf ihren Mund presste und sie durchdringend ansah. „Du hast nichts gesehen. Da war nichts", sagte er und lockerte seinen Griff.

„Deine Jedikräfte sind bei mir wirkungslos", sagte sie und strich über ihren schmerzenden Rücken, doch bei dem Blick in sein Gesicht verging ihr der sarkastische Tonfall.

Elyano starrte sie einen Moment lang an, ehe er den Kopf schüttelte und seinen Schritt beschleunigte. „Ich kann es dir nicht sagen. Du würdest es ja doch nicht verstehen."

Siandra wollte etwas erwidern, als ein heller Ton durch den Raum zuckte. Elyano warf einen kurzen Blick auf das Display des Handys, ehe er es zurück in seine Manteltasche gleiten ließ.

„Dann sag mir nur, ob die Gerüchte wahr sind."

„Das hängt von dem ab, den du fragst", antwortete er ausweichend und griff noch einmal nach seinem Handy, um eine SMS zu verschicken. Er wollte es wieder zurückstecken, als es erneut klingelte. Er fluchte, doch er ignorierte den Ton und ließ das lärmende Handy in der Tasche verschwinden. „Unsere Vergangenheit verbindet uns und wird uns immer verbinden. Mehr brauchst du nicht zu wissen", sagte er knapp und beschleunigte seine Schritte.

„Elyano!", rief sie, doch er hörte ihr gar nicht zu.

„Zephir, was ist?!", brüllte er in sein Handy, als es immer noch keine Ruhe gab. Schlagartig verstummte er, ehe er hektisch in einer fremden, kehligen Sprache auf den Anrufer einredete. Es war nicht eshani und doch hatte Siandra das Gefühl sie zu kennen, auch wenn sie nicht wusste, woher.

„Wer war das?", fragte sie, als Elyano auflegte.

Er schüttelte den Kopf. „Geh in den Gemeinschaftsraum", sagte er und fluchte, als sein Handy erneut piepte. „Und erzähl bitte niemandem was du gesehen hast. Sie könnten es missverstehen. Ich muss gehen." Er sah sie noch nicht einmal an, als er loslief.

Einen Augenblick lang starrte Siandra ihm nur perplex hinterher. Hatte er sie gerade tatsächlich einfach so stehen gelassen? „Hey! Was soll denn das?", rief sie aufgebracht, als sie die Verfolgung aufnahm. Doch Elyano war verschwunden.

Ein wenig ziellos lief Siandra durch die Gänge des Ordens. Es hatte eine gefühlte Ewigkeit gedauert, dem Labyrinth des Urwaldes zu entkommen. Missmutig wurde sie langsamer. Sie würde ihn ja doch nicht mehr einholen. Elyano war schnell, viel zu schnell für sie, selbst wenn sie wüsste, in welche Richtung er gelaufen war. Sie würde ihn nicht mehr finden. Aber was hatte es mit diesem mysteriösen Anruf auf sich? Wer war Zephir?

„Na na na. Wohin des Weges? Warum sind wir denn so schick angezogen?"

Verwundert hielt sie in der Bewegung inne. Dann blickte sie in die grauen Augen des gestiefelten Katers, die sie unverwandt ansahen. Sie atmete geräuschvoll aus. „Ich suche Elyano. Hast du ihn vielleicht gesehen?"

Salomo schüttelte lachend den Kopf, während er auf vier Beinen näherkam. „Nein, ich habe ihn nicht gesehen. Ich bin selbst auf der Suche nach ihm. Aber warum suchst du ihn?"

„Weil er ein Idiot ist, deshalb." Sie stockte, als ihr Blick durch das Fenster fiel. In dem Licht der Scheinwerfer, die Teile des Hofes beleuchteten, konnte sie eine Gestalt auf dem Dach ausmachen. Elyano? Doch bei näherer Betrachtung erkannte sie, dass es Fynn war.

„Er kann einem echt leid tun", sagte Salomo mit weicher Stimme.

Wie von selbst führten ihre Füße sie zu der Tür, die sie hinaus aufs Dach führte. Salomo folgte ihr nicht.

Kalter Wind schlug ihr entgegen, als sie das flache Dach betrat. Fynn musste ihr Herannahen schon längst bemerkt haben. Selbst wenn die Absätze ihrer Schuhe nicht dem Prasseln von Regen an einer Fensterscheibe geglichen hätten, war er immerhin ein Jäger. Sein Gehör war scharf und seine Augen klar. Vorsichtig tastete sie sich näher an ihn heran, ließ sich neben ihm auf dem Boden nieder und lehnte sich wie er gegen die Steinwand. Noch immer nahm er keinerlei Notiz von ihr. Tiefer Schmerz lag auf seinem Antlitz. Er war immer so fröhlich gewesen. Was war dem Jäger zugestoßen, dass er einen solchen Schmerz durchlitt? Auch wenn sie ihn kaum kannte, tat es ihr weh, Fynn so zu sehen.

In seinen Händen hielt er eine gebogene Klinge. Feine Linien hoben sich von dem Metall ab. Aisling stand dort in geschwungenen Lettern und einige andere kleine Worte, die Siandra nicht lesen konnte. „Wer ist

Aisling?", fragte Siandra sanft, bemüht den Namen richtig auszusprechen. „Ein ungewöhnlicher Name."

Ein kaum merkliches Lächeln trat auf das Gesicht des Jägers. „Der Name stammt aus unserer Heimat. Wir haben viele Jahre lang auf den schottischen Hochebenen gelebt, ehe wir nach Köln gekommen sind und Jäger des Ordens wurden. Aisling ist..."

Behutsam legte Siandra einen Hand auf seinen Arm, als er stockte. Sein Schmerz war fast mit den Händen greifbar. Wer auch immer sie war, er musste viel für sie empfinden. „Fynn, du musst nicht darüber sprechen, wenn du..."

Er schüttelte den Kopf und legte den Dolch auf seine angezogenen Knie. „Es ist schon okay. Niemand hätte damals angenommen, dass wir die Reise hierher überleben. Wir hatten lange Zeit auf der Straße gelebt, hatten keine Mittel und Aisling war sehr krank. Gemeinsam haben wir es aber irgendwie geschafft."

Siandra runzelte die Stirn. „Wo war Elyano?" Wo war er gewesen, als sein Bruder ihn so dringend brauchte?

Fynn strich sich über den Nacken. „Das war einer der Gründe, die mich ins Kernreich gezogen haben. Ich war auf der Suche nach meinen Brüdern. Ihr Ruf eilte ihnen voraus, woran mein ältester Bruder Perry nicht ganz unschuldig war. Er hat sich immer gerne in den Mittelpunkt gestellt."

„Und du hast sie gefunden."

„Elyano habe ich gefunden. Die anderen habe ich immer nur aus der Ferne, oder im Kampf gesehen. Und er hätte mich bei unserem ersten Treffen auch beinahe getötet." Siandras Augen weiteten sich, doch Fynn fuhr dort, ehe sie etwas erwidern konnte. „Elyano kannte mich überhaupt nicht. Zumindest hat er in mir nur einen von Ariels Jägern erkannt. Als er mich das letzte Mal gesehen hatte, war ich noch ein kleiner Junge gewesen. Und immerhin war ich sein Gegner, seit Ariel mich und Aisling bei sich aufgenommen hatte."

„Gibt es Krieg zwischen den Fürstinnen?"

„Nicht offiziell jedenfalls. Und Elyano war auch nie ein Jäger. Seine Ausbildung ging tiefer."

„Wie...? Was war er dann?", fragte Siandra und runzelte die Stirn.

„Er war Rotkäppchens persönlicher Henker."

Siandra legte die Beine übereinander. „Aber warum haben die Fürstinnen nie eingegriffen, wenn es doch Kämpfe gab? Warum wurde Rotkäppchen nie für ihr Handeln bestraft?"

„Rotkäppchen hat sich niemals etwas zu Schulden kommen lassen. Sie ist eine Meisterin der Täuschung. Niemand hat ihr jemals etwas nachweisen können. Ihre Wächter wussten, wie sie ihre Spuren verbargen."

„Aber wenn ihr euch doch so lange nicht gesehen habt, wie kommt es dann, dass er jetzt hier ist?" Sie dachte an das unerschütterliche Vertrauen zwischen den beiden Brüdern und das Verhältnis zwischen ihnen, das nicht auf bloße Verwandtschaft zurückzuführen war. Sie war sich sicher, dass sie füreinander töten würden.

„Wir haben uns heimlich getroffen", erzählte Fynn und legte die Hand auf sein Knie. „An einem Ort, an dem nur wir beide zählten, an dem wir alles andere, unsere Verpflichtungen, die Rollen, die wir eingenommen hatten, an der Tür zurückließen." Er schwieg und Siandra tat es ihm gleich. Ihr Blick wanderte über das Dach hinaus, zu den Lichtern der Stadt, die vor ihnen lagen.

„Aisling wurde getötet", sagte Fynn nach einer Weile. Siandra starrte ihn geschockt an, doch sie unterbrach ihn nicht, als er weitersprach. „Das ist jetzt fast ein Jahr her. Sie hatte gemeinsam mit Priya die Patrouille am Rheinufer übernommen. Doch Priya kam allein zurück. Sie erzählte, dass Aisling versucht hatte, einen Menschen zu retten, der von einem Narakrux, einem nilpferdähnlichen Wesen mit gewundenen Hörnern, ins Wasser gezogen wurde. Der Mensch konnte gerettet werden, aber Aisling wurde von mehreren dieser Kreaturen eingekreist und in die Tiefen des Flusses gezerrt."

„Das ist ja schrecklich!"

Fynn hob bitter den Mundwinkel. „Wir wussten, worauf wir uns einließen, als wir Jäger wurden."

Siandra schlang die Arme um ihren Körper.

„Wenn du meinen Bruder siehst, sag ihm bitte, dass ich ihn sehen möchte", sagte er schließlich leise. „Ich werde noch ein wenig hier bleiben."

Siandra nickte stumm und richtete sich auf. Kurz drückte sie seine Schulter, ehe sie sich umdrehte und wieder ins Gebäude trat. Aus dem Augenwinkel bemerkte sie Salomo, doch in Gedanken war sie immer noch bei Fynn. Er tat ihr so unendlich leid. Die Trauer um seine verstorbene Freundin nahm ihn ziemlich mit. Hoffentlich tat er nichts unüberlegtes.

„Er wird schon nichts tun", sagte Salomo, als hätte er ihre Gedanken erraten.

„Bist du dir da sicher?"

Der Kater nickte. „Nichts in dieser Welt kann ihm Aisling wieder zurückbringen, doch er hat eine Aufgabe zu erfüllen. Und sei es nur, seinen Bruder aus allem Ärger herauszuhalten."

Siandra hob den Kopf, als sie schnell näher kommende Schritte hörte. Es war Elyano, der den Blick starr geradeaus gerichtet hatte. Er trug wieder seine vollständige Rüstung. Der Knauf einer Klinge lugte hinter seiner Schulter hervor. Breite Lederriemen kreuzten sich über seiner Brust und hielten es. Eine Kette hing von seiner Hüfte herab und endete in einer gebogenen Schwertscheide an seinem Gürtel. Er schien geradewegs von draußen zu kommen. Schlamm klebte an seinen Schuhen und als er näher kam, bemerkte Siandra das Blut an seinen Armen und dem Rest seiner Kleidung. „Elyano... was...?"

„Das ist nicht mein Blut", sagte er nur knapp, als er an ihr vorbei eilte.

„Wo gehst du hin?!", rief sie ihm nach, doch er ignorierte sie. Brennende Wut stieg in ihr auf. „Verdammte Scheiße, Rabe! Bleib stehen!"

Elyano stoppte tatsächlich. Ein schwaches Grinsen zupfte an seinen Mundwinkeln, als er sich zu Siandra und dem Kater umdrehte. „Verdammte Scheiße? Solche Ausdrücke aus dem Mund einer Dame?"

„Du wirst noch ganz andere Dinge von mir hören, wenn du mir nicht endlich sagst, was hier gespielt wird."

Schlagartig verschwand das Grinsen aus seinem Gesicht. „Das geht dich ganz bestimmt nichts an", sagte er kühl und wandte sich zum Gehen um.

Verwirrt starrte Siandra ihn an. Was war nur mit diesem Kerl los? Erst diese Szene in Aschenputtels Garten, dann schleppte er sie in diesen eigenartigen Dschungel und jetzt haute er einfach ab, ohne auch nur irgendetwas zu erklären?

„Rabe!", rief Salomo. Seine Stimme war so hart, dass Siandra kurz zusammenzuckte. „Wir müssen reden."

Elyano stieß ein höhnisches Lachen aus. „Später Kätzchen", sagte er und verschwand hinter der Kurve.

„Kätzchen? Wen nennst du hier Kätzchen?!", wütete Salomo und fauchte laut. „Das ist der Grund, weshalb dich keiner leiden kann, Rabe!" Einige Atemzüge lang starrte Siandra Elyano nur fassungslos hinterher, während sich in ihrem Kopf der Plan formte. Ihre Augen verengten sich zu Schlitzen. Was er konnte, konnte sie schon lange. „Salomo", sagte sie, ohne den Blick von dem Gang zu lösen, in dem Elyano verschwunden war. „Ich brauche deine Hilfe."

„Ist das dein Ernst? Eine Menschenparty?" Ungläubig verfolgte Salomo sie mit den Augen, während sie durch das Zimmer lief, ihre Sachen zusammensuchte und zu der Handtasche aufs Bett warf. Begleitet wurde sie dabei von Jacks lautem Geschnatter. War überhaupt noch irgendetwas in ihrer Wohnung? Es kam ihr fast so, als hätte Elyano dafür gesorgt, dass ihre komplettes Hab und Gut ausgeräumt und hergebracht wurde.

„Ja ist es. Bei dir klingt es ja fast, als würde ich eine Orgie besuchen. Es ist nur eine Party. Meine beste Freundin wird achtzehn, da kann ich nicht fehlen."

„Rabe wird das nicht gutheißen", sagte Salomo ruhig und sprang mit einem Satz auf das Bett,

„Es gibt so einiges, was Elyano nicht gutheißt."

„Also habe ich das jetzt richtig verstanden?" Genüsslich rollte Salomo sich auf einem Berg T-Shirts ein und sah sie aus seinen grauen Katzenaugen fast ein wenig schmunzelnd an. „Du willst, dass ich dich aus dem Orden schmuggle, durch die wolfsverseuchte Stadt schleuse, mein Leben aufs Spiel setze und riskiere, dass Rabe mich vierteilt, nur damit du auf eine kleine Menschenfeier gehen kannst?"

„Genau das möchte ich."

Salomo grinste diebisch. „Du bist verrückt, Mädchen, aber ich mag dich. Warum glaubst du denn, dass ich dir irgendwie helfen kann?"

Siandra erwiderte sein Grinsen. „Na, der Gestiefelte Kater muss doch zu etwas gut sein."

„Dein Vertrauen ehrt mich", sagte er lachend und sprang auf. „Ich habe in der Tat etwas, das dir helfen könnte."

Neugierig sah Siandra dem Kater hinterher, als er zu dem Leinensack lief, den er vor wenigen Minuten in das Zimmer geschleppt hatte. Nun gab er ihr zu verstehen, hinein zu greifen. Sie zog eine schmale Lederscheide heraus.

Mit geweiteten Augen fuhr Siandra über die Vertiefungen der Punzierungen in der glatten Oberfläche und zog das kurze Schwert heraus. Es war aus bläulich schimmerndem Metall gefertigt und ungewöhnlich leicht. Vorsichtig ließ Siandra es durch die Luft schwingen, ehe sie es wieder in die Scheide steckte. „Salomo, woher hast du den?", fragte sie zögerlich, auch wenn sie nicht wusste, ob sie die Antwort hören wollte.

Der Kater zwinkerte ihr zu. „Den habe ich unserem Raben abgenommen, als er nicht hingesehen hat. Mach dir keine Sorgen", fügte er hinzu, als er ihren erschrockenen Gesichtsausdruck bemerkte. „Er wird ihn nicht vermissen. Unser guter Rabe hat eine Vorliebe für Waffen aller Art. Außerdem kämpft er am liebsten mit seinem Kusarigama."

„Seinem was?"

„Kusarigama. Die sichelförmige Klinge mit der langen Eisenkette, die er immer mit sich herumschleppt. Wenn man nicht richtig damit umzugehen weiß, kann sie auch für den Kämpfer äußerst tödlich sein. Aber Elyano weiß, was er tut. Ich kenne niemanden, der diese Waffe so schonungslos führt wie er."

Siandras Blick fiel wieder auf die Klinge in ihren Händen, die eher einem zu lang geratenem Dolch glich, als einem Kurzschwert. Sie hatte noch nie etwas derartiges in den Händen gehalten. Selbst ihre schärfsten Küchenmesser waren so stumpf, dass sie es damit nur unter größter Kraftanstrengung schaffte, Fleisch zu schneiden. Würde sie damit umgehen können? Und würde sie es schaffen die Waffe auf jemanden zu richten, wenn es nötig war?

„Gefährlich ist nicht die Waffe, sondern der, der sie in Händen hält", sagte Salomo sanft.

Siandra antwortete nicht. Stumm ließ sie die Klinge in die Schwertscheide gleiten und widmete sich wieder ihrer Handtasche. Handy, Portemonnaie und andere wichtige Dinge hatte sie bereits eingepackt. Sie griff nach dem auberginefarbenen Oberteil mit dem, für ihre Verhältnisse recht gewagten, Ausschnitt und räusperte sich laut. „Würdest du bitte?" fragte sie und deutete mit dem Finger einen Kreis an.

Einen Moment lang starrte der Kater sie perplex an, bevor er sich kopfschüttelnd umdrehte. „Keine Panik, ich guck dir schon nichts weg."

Vorsichtig zog sie das Kleid aus, streifte den Stoff des Oberteils über und schlüpfte in eine Jeans. Elyano würde wütend werden, wenn er erfuhr, dass sie den Orden einfach so verlassen hatte, doch das war ihr egal. Mit Wut im Bauch tippte sie eine SMS an Becca und legte letzte Hand an sich, überprüfte ihr Make-Up und fuhr noch einmal mit der Bürste durch ihre langen Haare. Sie würde den Orden verlassen, wenn auch nur für einige Stunden – ein Gedanke, der sie gleichsam in Freude und Angst versetzte. Sie konnte es nicht erwarten hier rauszukommen und Becca wiederzusehen. Doch was wohl geschah, wenn sie einen Fuß nach draußen setzte? Ob sich die Wölfe sofort an ihre Fersen setzen und sie jagen würden?

Ihr Blick huschte kurz zu Salomo. Sie war froh, dass er zugestimmt hatte sie zu begleiten, doch würde er ihr auch nur irgendwie helfen können, wenn es wirklich zum Schlimmsten kam?

Ein weiteres Mal atmete sie tief durch und legte Beccas Geschenke – eine CD und eine DVD - auf den restlichen Kram in ihrer Handtasche. Den Dolch steckte sie so ein, dass sie ihn im Zweifel schnell ziehen konnte. „Okay, lass uns aufbrechen."

Unsicher sprang Siandras Blick hin und her. Sie schluckte krampfhaft und versuchte die Angst zu verdrängen, die sich in ihr festsetzte. Aus dem Orden zu kommen, war leichter gewesen als gedacht. Die Jäger am Torhäuschen hatten nur die Augenbrauen gehoben, als sie mit Salomo an ihnen vorbeigegangen war, hatten aber weiter nichts gesagt. Nun kamen Siandra doch langsam Zweifel und sie bekam Angst vor ihrer eigenen Courage. Was, wenn die Wölfe auf eine solche Gelegenheit nur gewartet hatten?

Das Dämmerlicht der Straßenlaternen brach sich auf dem frisch gefallenen Schnee und ließ ihn funkeln und glitzern. Es kamen ihr kaum Menschen entgegen, als sie sich auf dem Weg zum Bus machte.

„Mach dir keine Sorgen", sagte Salomo, der gelassen neben ihr her lief.

„Mach ich nicht", erwiderte Siandra, konnte es aber nicht verhindern ihre Augen wandern zu lassen. In jeder dunklen Ecke und hinter jedem Baum dachte sie Pyrros oder einen seiner Wölfe zu entdecken. Oder Elyanos wütendes Gesicht. Sie fragte sich, wohin er gestürmt war. Was dieser Anruf zu bedeuten hatte. Ob er nicht nur ihr etwas verheimlichte, oder sie alle hinterging. Sie dachte an die Szene im Garten, an Elyanos Bitte es niemandem zu sagen.

„Hör auf Trübsal zu blasen", rief Salomo. „Du bist auf dem Weg zu einer Party, schon vergessen?"

„Wie könnte ich das", seufzte sie und blieb an der Bushaltestelle stehen. Nervös sondierte sie mit ihren Augen die Straße vor ihr. Eine graue Katze saß auf dem Dach eines parkenden Autos und starrte sie einen Moment lang an, ehe sie im Gebüsch verschwand. Siandra ließ sich auf der eiskalten Bank nieder und sah hoch zur Anzeigentafel. Wenn der Bus tatsächlich hielt, was er versprach, hatte sie ausnahmsweise Glück.

„Immer so schwach zu Fuß, ihr Menschen", feixte Salomo und ließ sich neben ihr nieder.

Siandra hob die Augenbrauen. „Du kannst ja gerne laufen, wenn dir danach ist. Ich für meine Fälle nehme lieber den Bus", sagte sie. Sollten die Wölfe doch nach ihr suchen, konnten sie ihr im Bus weniger anhaben, als auf der Straße. Sie zog ihr Handy aus der Tasche. Ihre Mutter hatte einen Anruf auf ihrer Mailbox hinterlassen, in der sie fragte, ob es beim Brunch am Sonntag bliebe. Siandra atmete tief ein. Eigentlich hatte sie keine Lust darauf wieder ‚Perfektes Familienleben' zu spielen, doch wie sie sich kannte, würde sie trotzdem hingehen. Aber sie würde sie nicht mehr heute anrufen. Darum würde sie sich definitiv morgen kümmern. Sie wechselte ein paar SMS mit ihrer Schwester, in der sie ihr von einem gutaussehenden Pfleger vorschwärmte. Nach einer Weile verabschiedete sie sich aber, weil wohl wieder irgendeine Untersuchung anstand.

„Was meinst du Salomo? Wo ist Elyano hingegangen?"

Der Kater zuckte mit den Schultern. „Keine Ahnung. Vielleicht ein Auftrag für Ariel. Vielleicht etwas anderes. Ich habe noch nie verstanden, was in diesem Kopf vor sich geht."

„Meinst du, er tut etwas unüberlegtes?"

Einen Augenblick lang bedachte er sie mit einem Blick, den Siandra absolut nicht deuten konnte, ehe er anfing zu lachen. „Du machst dir wirklich Sorgen um ihm, was?"

Sie wollte etwas erwidern, als helle Scheinwerfer den herannahenden Bus ankündigten. Anscheinend hatte sie ausnahmsweise mal tatsächlich Glück. Leise tapsend folgte Salomo ihr und sprang hinter ihr in den Bus.

Der Wagen war nicht sonderlich voll. Aus dem Handy eines Jugendlichen plärrte eine trommelfellschädigende Techno-Version von Party

Rock Anthem und eine Gruppe aufgetakelter Mädels unterhielt sich lautstark. Die monotone Ansagestimme hatte auch schon bessere Zeiten erlebt – sie klang kratzig und schleifend. Siandra ließ sich auf einen der hinteren Plätze sinken. Salomo sprang auf den Sitz neben ihr und rollte sich entspannt ein. „Lass mich raten", flüsterte Siandra leise. „Du versteckst dich auch vor den Blicken der Menschen."

„Nicht ganz. Anders als die Jäger brauche ich mich nicht verstecken. Sie können mich nicht sehen, selbst wenn sie es wollten."

Siandra zuckte zusammen, als ihr Handy klingelte. Der Anrufer redete ohne Punkt und Komma und ließ sie nicht zu Wort kommen. Es dauerte einige Herzschläge bis Siandra bewusst wurde, dass es der Assistent ihrer Tante war, der sie über den Zustand ihrer Wohnung in Kenntnis setzte und ihr mitteilte, dass er sich um alles gekümmert hatte. Seine Stimme war geschäftig und sie kam nicht einmal dazu, ihm zu danken, ehe er schon wieder aufgelegt hatte.

„Warum hast du vorhin nach Elyano gesucht?", fragte Siandra kaum hörbar.

„Es war nichts wichtiges."

„Hat es etwas mit dem Auftrag zu tun, den er dir gegeben hat?"

„Wäre möglich", sagte Salomo unbeteiligt und schlug mit dem Schwanz im Takt des Dubstepterrors.

„Du willst es mir nicht sagen."

„Nö, das ist es nicht. Es gibt nur nicht viel zu erzählen. Ich habe wieder nichts erreicht. Und auch unser armer Irrer hat mir nicht weiterhelfen können", sagte er, doch Siandra hatte das Gefühl, dass da noch mehr war. Warum war er so wütend gewesen, wenn er nichts wichtiges zu sagen hatte?

„Sprichst du vom Rattenfänger?", fragte sie ihn. „Wie ist er so?"

„Ein wenig verwirrt, aber harmlos. Ein harmloser Exzentriker. Früher war er einer hellsten Köpfe, doch das war, bevor er vor einigen Jahren seinen Verstand endgültig gen Süden geschickt hat. Vor allem Kinder sind ihm zuwider."

Ruckelnd kam der Bus zum Stehen. Siandra seufzte erleichtert, als der frische Wind die stehende Luft vertrieb und Ruhe sie umfing. Becca wohnte verdammt nah am Orden – und sie konnte nicht sagen, ob sie es gut oder schlecht finden sollte.

Ein dunkles Knurren jagte ihr einen eiskalten Schauer über den Rücken und ihr Magen krampfte sich zusammen. Angespannt suchte ihr Blick nach Wölfen, doch als sie sich umdrehte, war da nur Salomos lachendes Gesicht.

„Mensch, wir sind aber schreckhaft, was? Beruhige dich, das war nur ein Hund!"

Er hatte recht. Ein dunkler Schnauzer versuchte sich zwischen den Latten eines Gartenzaunes hindurch zu pressen. Kein schöner Anblick zwar, aber immerhin war es kein Wolf.

Siandra seufzte erleichtert. „Hör auf mich auszulachen", sagte sie, als sie auch noch hinter der übernächsten Hausecke Salomos Gekicher hörte. Dabei erinnerte er sie so sehr an Archimedes aus Die Hexe und der Zauberer, dass sie ihm am liebsten einen Fußtritt verpasst hätte. Nur langsam schien der Kater sich zu beruhigen. Er verstummte, als eine getigerte Katze von einer Mauer sprang und auf sie zu kam. Verwundert beobachtete Siandra ihn und die fremde Katze. Obwohl beide still waren, schienen sie lautlos zu kommunizieren, wie in einem stummen Zwiegespräch. Nach wenigen Sekunden schon drehte die Katze sich um und verschwand in den Büschen. „Siehst du?" Salomo grinste. „Ich sagte doch, du brauchst dir keine Sorgen zu machen. Es sind keine Wölfe unterwegs. Meine Späher haben nichts auffälliges entdecken können. Abgesehen von dem Heidenlärm, der von dem Haus da vorne kommt."

Kurz darauf hörte auch sie die Musik und die lauten Stimmen. Die Tür zu Beccas Haus stand sperrangelweit offen.

„Ist das hier ein Selbstbedienungsladen?", murrte Salomo neben ihr. „Hier hält wohl jemand nicht viel von Begrüßung, oder?"

Siandra ignorierte ihn und folgte dem Lärm die Treppen zum Partykeller herab. Teddy und Becca hatten ganze Arbeit geleistet. Der mit Holz verkleidete Raum wurde von dem schummrigen Licht zweier riesiger Discokugeln erleuchtet. Becca hatte sie unbedingt haben wollen und hatte ihren Stiefvater durch die halbe Stadt gehetzt, um die Richtigen zu finden. Laute Musik von Lady Gaga dröhnte aus den Boxen und einige nutzten die freie Fläche unter dem Kellerfenster zum Tanzen.

Becca stand an der Bar hinter der ein professionell aussehender Mann Cocktails mixte. Sie quietschte, als sie Siandra entdeckte und ihr um den Hals fiel. „Du bist gekommen!"

„Natürlich bin ich das", sagte Siandra lachend und zog das Geschenk hervor. „Alles Gute zum Geburtstag."

Lächelnd nahm Becca das Geschenk entgegen, ehe ein diebisches Grinsen auf Beccas Lippen trat. „Und? Wie ist es mit Sexy Loverboy unter einem Dach zu wohnen? Dabei fällt mir ein, warum hast du ihn eigentlich nicht mitgebracht?"

„Er hatte zu tun. Musste arbeiten", log Siandra.

„Ach ja? Was macht er denn? Du musst den Caipirinha probieren, der ist einfach göttlich", fügte ihre beste Freundin hinzu und warf dem Barkeeper einen Blick zu, der sich sofort ans Werk machte.

„Ähm, Security", antwortete Siandra knapp. Sie konnte Salomos Grinsen förmlich in ihrem Nacken spüren, als dieser neben ihr auf den Tresen sprang.

„Wie ein Türsteher sieht er gar nicht aus."

„Also wirklich Becca. Nur weil er in der Sicherheitsbranche arbeitet, muss er noch lange kein Türsteher sein." Siandra kannte den Kerl, der neben sie trat. Er war auch auf der Karnevalssitzung gewesen – Freddy, wenn sie sich richtig erinnerte. Doch dieses Mal trug er ein Band-Shirt von Oomph! und ausgewaschene Jeans. Die Finger hatte er mit denen der Blonden verwebt, die ihn auch schon auf die Sitzung begleitet hatte.

Becca drückte Siandra noch einmal kurz an sich und rief ihr ein „Schön, dass du gekommen bist", zu, ehe sie mit Freddy und der Blondine auf der Tanzfläche verschwand.

Als Siandras Blick durch den Raum schweifte, blieb er an einem dunkelhaarigen Mann hängen, der an einer Jukebox lehnte. Es war Florian. Mit einem Anflug von Belustigung in seinen eisigen Augen musterte er sie. Siandra spürte, wie sich ihr Magen zusammenzog, als er auf sie zu kam, doch sie versuchte sich nichts anmerken zu lassen und trotzte seinem Blick.

„Auch hier?", fragte er unbeteiligt und lehnte sich mit einer Hand lässig an die Bar. Er sah kurz zu Salomo, ehe er sich wieder ihr zuwandte. „Hat dein Wächter dich etwa gehen lassen?"

„Ich wüsste nicht, was dich das angeht", sagte Siandra kühl lächelnd und nippte an ihrem Cocktail.

„Das wird Rabe ganz und gar nicht gefallen."

„Es gibt vieles, das ihm nicht gefällt", erwiderte sie knapp.

Florian wollte sich abwenden, hielt aber noch kurz in der Bewegung inne und hob die Augenbrauen. „Türsteher?", fragte er mit einem Schmunzeln, ehe er in der Masse der Jugendlichen verschwand.

„Prost", rief Salomo neben ihr grinsend und schlabberte aus einem Glas Piña Colada, das auf dem Tresen stand. Sie hätte den Kater beinahe vergessen. Ihr Blick suchte Florian, der sich mit einem Rothaarigen unterhielt. Sie könnte schwören, dass sie ihn schon einmal im Orden gesehen hatte, aber das war nicht möglich. „Wie kommt es, dass Florian mit so vielen Menschen befreundet ist?", fragte sie den Kater leise.

„Ach sind sie Menschen?"

„Sind sie es denn nicht?"

„Nicht alles ist, wie es scheint", sagte er knapp und maunzte empört, als jemand seinen Cocktail mitnahm. Kurz danach stand aber wieder ein sahniger Drink vor seiner Nase, den er genüsslich kostete. „Keine Panik. Deine Freundin Becca ist ein Mensch durch und durch, genau wie die meisten ihrer Freunde auch."

„Die meisten?", fragte Siandra, als Becca auf einmal hinter ihr stand.

„Du hast doch gesagt, er muss arbeiten", setzte sie an, doch da schob Elyano sich schon an ihr vorbei.

Ein gefährliches Lächeln lag auf seinen Lippen, als er einen Arm um Siandra legte. „Ich dachte, wir wollten zusammen fahren, Schatz", sagte Elyano und zog das letzte Wort in die Länge.

Wie vom Donner gerührt starrte Siandra ihn an und zuckte zusammen, als seine kalten Lippen ihre Wange streiften. Trotz der Anspannung konnte sie den Schauer nicht verleugnen, der durch ihren Körper zuckte. Schatz? Welche Gehirnwindung war denn jetzt bei ihm durchgebrannt?

Beccas Augen weiteten sich, doch Siandra spürte nur den Arm und die Hitze, die sie versengte.

„Entschuldigst du uns kurz?" Seine Stimme hauchte an ihrem Ohr vorbei, als er sie bestimmt mit sich zog.

Beunruhigt sah Siandra zu ihm auf. Seine Züge wirkten gelassen, doch sie ahnte, was unter der Oberfläche brodelte. Wie hatte er sie so schnell finden können?

In einer dunklen Ecke, etwas fernab der Massen, drehte er sie zu sich um. Das flimmernde Licht jagte immer wieder Schatten über sein Gesicht. „Wie bist du auf diese hirnrissige Idee gekommen?" Der sanfte Ton war verschwunden. Nun lag wieder Stahl in seiner Stimme. „Kannst du mir bitte verraten, was du hier zu suchen hast? Du solltest im Orden bleiben!"

„Und was machst du hier?" Sie stopfte ihre Hände in die Hosentaschen, um zu verbergen, dass sie zitterten – ob nun vor Wut, Anspannung oder Furcht konnte sie nicht sagen. Vermutlich eine Mischung daraus. „Ich kann mich nicht daran erinnern, dich eingeladen zu haben."

Elyano stieß einen missbilligenden Laut aus. „Deine Freundin hätte mich mit Sicherheit eingeladen. Sonderlich wählerisch scheint sie ja nicht zu sein."

Wütend funkelte sie ihn an. „Ich dachte, du hättest etwas zu erledigen", zischte sie. „Oder wohin bist du vorhin wieder verschwunden?"

„Das geht dich..."

Siandra hob abwehrend die Hände. „Ja, ja, ich weiß. Es geht mich nichts an."

Eine steile Falte bildete sich auf Elyanos Stirn. „Es ist besser für dich, es nicht zu wissen", flüsterte er und seine Stimme war scharf wie ein Peitschenhieb. An anderen Tagen hätte sein Auftreten sie eingeschüchtert, aber nun war sie so geladen, dass sie kaum etwas anderes wahrnahm. „Warst du wieder...?", setzte sie an, doch sofort presste er seine Hand auf ihren Mund, um sie am sprechen zu hindern.

„Halt bloß die Klappe!", zischte Elyano und starrte mit bewegungslosem Blick an ihr vorbei.

„Verbietest du deinem Halbblut etwa die Zunge?", fragte Florian hämisch, als Elyano sie losließ.

„Was willst du?", fragte er kalt.

Florian erwiderte seinen eisigen Blick. „Wir müssen reden. Sofort. Ohne dein Halbblut."

Elyano nickte nur und ließ Siandra an Ort und Stelle stehen. Einen Augenblick lang starrte sie den beiden fassungslos nach, ehe sich jemand bei ihr einhakte.

„Du hast mir gar nicht gesagt, dass die beiden sich kennen!", sagte Becca mit vorwurfsvoller Stimme. „Wie konntest du mir das verheimlichen?"

Siandra zuckte mit den Schultern. „Vielleicht wusste ich es selber nicht? Du kennst Florian doch besser als ich."

„Nicht unbedingt", druckste sie herum.

„Nicht?"

„Ich habe ihn erst vor Karneval auf einer Party kennengelernt. Paul hat ihn angeschleppt. Es ist nichts ungewöhnliches, dass er ab und zu Fremde aufgegabelt, vor allem, wenn er zu viel getrunken hat. Aber einen so heißen Kerl hat er noch nie mitgebracht", sagte sie mit einem Seitenblick auf Florian, der mit Elyano ein wenig abseits stand. „Kennst du ihn?"

„Kann man nicht gerade sagen..."

„Was soll das denn wieder heißen? Kennst du ihn nun oder nicht?" Ihre Augen weiteten sich, als Siandra nicht sofort antwortete. „Sag bloß, du stehst auf ihn? Oder hast du sogar etwas mit ihm? Und mit Elyano? Oh mein Gott, hast du etwas mit beiden?"

„Jetzt mach dich nicht lächerlich", fuhr Siandra ihre Freundin an. „Natürlich habe ich nichts mit Florian."

Beccas Lippen zuckten verschwörerisch. „Aber mit Elyano schon?"

Hastig schüttelte Siandra den Kopf. „Nein, so kann man das nicht nennen."

„Was auch immer da zwischen euch läuft, meinst du, er könnte bei Florian ein gutes Wort für mich einlegen? Sie scheinen befreundet zu sein."

‚Befreundet' war wohl das letzte Wort, das die Beziehung zwischen den beiden beschreiben würde. Siandra sah zu den beiden herüber. Elyano hatte eine Hand auf Florians Schulter gelegt, doch der wich nur aus und verschränkte seine Arme vor der Brust. Der Blick, den er ihm zuwarf, war alles andere als freundlich.

„Dem würde ich zu gerne mal im Dunklen begegnen", schwärmte Becca. Irritiert runzelte Siandra die Stirn. Dass Florian es war, der sie nach der Karnevalssitzung angegriffen hatte, schien ihre Freundin wohl schon wieder vergessen zu haben – oder sie hatte es von Anfang an nicht geglaubt. Sie zog Siandra näher an sich heran. „Also meinst du dein sexy Freund..."

„Er ist nicht mein sexy Freund!"

„Wirst du ihn fragen?"

Siandra überlegte, wie sie es Becca schonend beibringen konnte, dass sie sich lieber Glasscherben in die Augen rammen würde, als Florian auf sie loszulassen, als sich ein Arm um sie legte und sie von Becca löste.

„Lass uns tanzen", flüsterte Elyano dicht an ihrem Ohr. Seine Nähe war ihr viel zu bewusst. Atmen war plötzlich etwas sehr schwieriges geworden. Ihr Herz raste, als er sie mit sich zog.

„Ich bin mir nicht sicher, ob ich das möchte", sagte sie und versuchte sich aus seinem Griff zu winden, doch keine Chance. Erbarmungslos zerrte er sie auf die Tanzfläche. Sie gingen in dem Meer tanzender Jugendlicher fast unter. Aus den Boxen hallte eine Techno-Version von Rihannas Umbrella, die unter ihren Füßen dröhnte und in ihrer Brust widerzuhallen schien. Wie von selbst folgte sie Elyanos Bewegungen. Als er sie an sich zog, machte ihr Herz einen merkwürdigen Satz, ehe sie ihre Gefühle wieder unter Kontrolle hatte. Sie spürte, wie sich etwas Unsichtbares über ihnen ausbreitete, sie wie dichter Nebel einschloss und von den Feiernden trennte. Die Musik und die lauten Stimmen um sie herum wurden dumpfer, als wären sie in Wasser eingetaucht, bis sie Elyano in dem Trubel ohne Schwierigkeiten verstehen konnte.

„Eigentlich kann ich Techno auf den Tod nicht ausstehen", sagte er grinsend und kam ihr in seiner nächsten Bewegung wieder ganz nah. Eine gefährliche Wärme regte sich in ihrem Inneren.

„Woher wusstest du, dass ich hier bin?", fragte sie ihn. „Bist du mir gefolgt?"

„Ich habe Salomo gebeten, ein Auge auf dich zu haben."

„Du hast was?!" Vorwurfsvoll sah sie zur Bar, wo Salomo genüsslich auf dem Rücken lag und aus einem Strohhalm schlüfte. Deshalb war er ihr also ohne große Proteste gefolgt. Dieser hinterlistige kleine Fellball. Doch das erklärte nicht, wo Elyano gewesen war. Hatte er sich schon wieder mit Rotkäppchen getroffen? Bilder der beiden taten sich vor ihrem inneren Auge auf und sie schaffte es einfach nicht, sie beiseite zu wischen. Was, wenn Elyano sich ihr Vertrauen nur erschlich, um sie an Rotkäppchen ausliefern zu können? „Wo bist du gewesen?"

Einer seiner Mundwinkel zuckte, als er sie ansah. „Machst du dir etwa Sorgen? Das ist schon ein wenig putzig."

Sie schoss einen vernichtenden Blick in seine Richtung. „Nicht um dich jedenfalls", log sie. „Sag mir einfach nur, ob du wieder... Bist du...?"

Sanfte Finger schlossen sich um ihr Kinn und brachten sie dazu ihn anzusehen. Sie war ihm so nah, dass sie seinen Atem auf ihrer Haut spürte. „Ja?", fragte er sie schief lächelnd. „Bin ich was?"

Sie atmete tief durch. „Bist du wieder bei Aschenputtel eingebrochen?"

Sein Griff löste sich. „Großer Gott, nein." Er lachte und strich sich seitlich über das Gesicht. „Ich habe durchaus genug anderes zu tun. Dass ich offiziell kein Offizier mehr bin, heißt nicht, dass Priya alle meine Aufgaben übernimmt. Glaub mir, dazu habe ich im Moment wirklich keine Zeit."

Siandra wusste nicht, ob das eine seiner Ausflüchte war, oder ob es tatsächlich stimmte.

„Aber was war es dann? Wenn es etwas war, das..." Elyano fasste sie auf einmal an der Schulter und strich fast unabsichtlich mit dem Daumen über ihren Hals. Seine Berührung ließ ihre Stimme stocken.

„Keine Sorge, es hat den Eid nicht in Gefahr gebracht. Mehr brauchst du nicht zu wissen."

Das Lied wechselte mit einem lauten Knacken. Ein Techno-Remix der Fluch der Karibik Filmmusik. Während sie dicht an Elyano tanzte und versuchte ihr Herz zu beruhigen, beobachtete sie aus dem Augenwinkel Florian. Der Jäger hatte es sich an der Bar bequem gemacht und hielt ein breites Glas mit einer bernsteinfarbenen Flüssigkeit in der Hand. Unbewusst spannte sich ihr ganzer Körper an, als sie sah, wie Becca, schon deutlich angeheitert, an ihn heran tanzte, ihm etwas ins Ohr flüsterte und eine Hand auf sein Bein legte. Angespannt biss Siandra auf ihre Unterlippe.

„Na, da ist sie doch", sagte Elyano dicht an ihrem Ohr. „Ist sie es wirklich wert, dich so sehr für sie in Gefahr zu bringen?"

„Es war ihr wichtig", flüsterte sie leise.

„Und das reicht?"

Siandra nickte nur. Becca war ihre beste Freundin. Auch wenn sie ihr manchmal gehörig auf die Nerven ging, war sie da gewesen, als alle anderen es nicht waren. An den schlimmsten Tagen, solange sie denken konnte, war Becca immer da gewesen.

„Die legt sich aber ganz schön ins Zeug." Elyano grinste schief und legte einen Arm um Siandras Schulter, um sie zu den beiden umzudrehen.

Beunruhigt folgte sie seinem Blick. Becca hing dem Jäger fast schon auf dem Schoß. Wenn das nur gut ging. „Hmm", murmelte sie und überlegte fieberhaft, wie sie die beiden voneinander trennen konnte. Vielleicht sollte sie einen Schlaganfall vortäuschen? Oder doch besser einen Herzinfarkt? Misstrauisch beobachtete sie Florian, der sich nun vorlehnte und Becca etwas ins Ohr flüsterte. Sie kicherte und schlug spielerisch nach ihm.

„Du machst dir Sorgen?", fragte Elyano und kam ihr dabei wieder ganz nah.

Siandra atmete tief durch. Den Infarkt brauchte sie nicht mehr vorzutäuschen, wenn Elyano so weitermachte. Ihr Herz schlug schmerzhaft in ihrer Brust. Sie verdrängte die Gefühle, die sie nicht benennen konnte und drehte sich zu ihm um. „Natürlich macht es mir Sorgen. Immerhin ist es Florian von dem wir sprechen!"

„Um die beiden musst du dir wirklich keine Gedanken machen. Auch wenn er schwierig ist, er ist kein schlechter Kerl. Er würde sich niemals auf einen Menschen einlassen und erst recht keine Hand an einen legen. Vertrau mir."

„Er scheint nicht sonderlich gut auf dich zu sprechen zu sein", bemerkte sie leise.

Elyano schwieg einen Moment, ehe er zum Sprechen ansetzte. „Ich kann es ihm auch nicht verübeln. Immerhin habe ich seinen Bruder umgebracht."

Siandra runzelte die Stirn und wich einen Schritt zurück. „Warum hast du das getan?"

„Ich habe für Rotkäppchen gekämpft und blind meine Befehle befolgt, wie es sich für einen guten Soldaten gehört. Ich habe so viele getötet", sagte er bitter und seine Stimme erstarb einen Moment lang. Dann seufzte er. „Deshalb kann ich Florian durchaus verstehen. Ich verlange auch nicht, dass er mich mag oder gar akzeptiert, aber ich erwarte Respekt. Immerhin ist er mir untergeben."

„Elyano...", setzte sie an. Sie wollte ihn so vieles fragen. Wie er überhaupt zum Offizier geworden war, was in Rotkäppchens Diensten wirklich vorgefallen war, doch sie stockte, als sie in sein Gesicht sah. Sein Blick war hart und die Lippen zusammengepresst. „Alles in Ordnung?"

Doch er sagte nichts. Wortlos zog er sie mit sich, die schmale Treppe hinauf und durch die Tür, die zum Garten führte. „Was hast du vor...? Was ist...?"

„Sie sind hier..."

Beunruhigt sah Siandra sich um. Es wirkte alles so friedlich. Salomo hatte doch gesagt, dass seine Späher nichts ungewöhnliches gesehen hatten. Hinter ihnen hallte der Partylärm bis in den Garten hinauf. Niemand hatte ihr Verschwinden bemerkt.

Florian trat hinter ihnen ins Freie. Der Rothaarige, mit dem er unten im Keller gesprochen hatte, stand neben ihm. Jetzt erinnerte Siandra sich auch wieder an ihn. Er war in dem Torhäuschen gewesen, als Elyano sie das erste Mal in den Orden gebracht hatte. Sie entdeckte ebenfalls Nikolai, der scheinbar mit Elyano hergekommen sein musste.

„Pyrros, jetzt zeig dich endlich, du feiges Stück Scheiße!"

Nichts geschah. Nur die dumpfe Musik erfüllte die Stille der Nacht. Noch immer hielt Elyano Siandra am Arm fest. Doch nun spürte sie es auch. Die Gefahr lag so bedrohlich in der Luft, dass sie beinahe daran zu ersticken glaubte.

Dann trat Pyrros aus dem Zwielicht hervor. Flankiert wurde er von zwei seiner Wölfe. Er trug ein dunkles T-Shirt, das in den Schneeresten auf der Wiese skurril wirkte. Völlig gelassen rückte er seinen dunkelroten Ledermantel zurecht. Er schien unbewaffnet, doch Waffen brauchte er mit seinen Wölfen vermutlich auch nicht. „Wie unhöflich von dir, mich nicht zur Party einzuladen, Rabe", sagte er und strich dem hellgrauen Wolf neben ihm über den Pelz. Siandra spürte, wie das Tier sie mit seinen bernsteinfarbenen Augen fixierte und einen Moment lang war sie wie erstarrt.

„Da ist ja auch das Halbblut", fuhr Pyrros fort und machte einen weiteren Schritt auf sie zu. „Was für ein Glück für mich. Dann brauche ich zumindest nicht in dem Lärm da unten nach dir zu suchen. Meine Ohren sind zu empfindlich für diese Art von Musik."

„Was will Rotkäppchen von ihr, Wolf?", fragte Elyano kühl und verstärkte den Griff um Siandras Handgelenk.

„Warum hast du sie nicht selbst gefragt, als du gestern in ihr Bett gehüpft bist?"

Angespannt ballte Elyano seine Hand zur Faust. „Du übelriechende Töle! Verschwinde endlich zurück in den Wald, aus dem du gekrochen bist!"

Wütend fletschten Pyrros Wölfe die Zähne und wollten zum Sprung ansetzen, doch eine Handbewegung brachte sie zum Verstummen. Pyrros Augen verengten sich zu Schlitzen. „Auch wenn du es mir nicht glauben wirst, aber hier geht es weder um eine persönliche Fehde, noch um deine Beziehung zu Alessandra. Und jetzt gib mir das Halbblut!"

Siandras Magen verkrampfte und ihr Herz überschlug sich fast. Alessandra? Wer war Alessandra und was hatte sie auf einmal damit zu tun? Doch sie kam nicht hinzu, diese Gedanken zu Ende zu bringen. Elyano schob sie hinter sich. „Vergiss es!", knurrte er.

Ein halbes Lächeln stahl sich auf Pyrros Gesicht. „Zu süß, Rabe. Ehrlich mal. Ich dachte Halbblüter widern dich so sehr an? Und jetzt willst du dich auch noch tatsächlich ohne deine geliebten Waffen meinen Wölfen zur Wehr setzen? Das ist wirklich putzig."

Jetzt war es Elyano, der gefährlich grinste. „Denkst du wirklich, dass ich wehrlos bin?"

Plötzlich ging alles schnell. Ein Ruck ging durch Siandras Körper, als Elyano sie zur Seite stieß. Der Aufprall auf dem festgetretenen Schnee nahm ihr die Luft zum Atmen und ließ sie aufkeuchen. Mit Entsetzen sah sie, wie Elyano unter einem der Wölfe begraben wurde. „Elyano!"

Nur Zentimeter vor seinem Gesicht schnappten die kräftigen Fänge des Wolfes zusammen. Immer wieder wich er den scharfen Zähnen aus, bevor es ihm gelang den Kiefer zu fassen. Wütend tobte der Wolf über ihm und versuchte sich aus seinem Griff zu befreien, doch er schaffte es nicht.

Siandra rappelte sich auf. Aus dem Augenwinkel entdeckte sie Florian, der einen Dolch zog und versuchte sich seinen Weg zu Pyrros freizukämpfen. Als der dunkle Stahl in der Hand des Jägers auftauchte, erinnerte sie sich so schlagartig an die Waffe, die Salomo ihr gegeben hatte, dass die kleine Tasche an ihrer Hüfte plötzlich zentnerschwer zu werden schien. Einen Moment zögerte sie, bevor sie die Klinge mit einem Ruck herauszog.

Ohne noch einmal nachzudenken, lief Siandra los. Hinter Florian tauchte der Rothaarige auf, der mit reiner Muskelkraft auf die Wölfe einschlug und Nikolai, der eine kleine Axt gezogen hatte. Noch immer schaffte Elyano es, den Wolf davon abzuhalten, ihm den Schädel zu zertrümmern, doch es gelang ihm einfach nicht, ihn von sich herunter zu rollen. Sie musste ihm helfen. Doch weit kam sie nicht.

Siandra keuchte auf, als sich der Kopf eines Wolfes in ihren Bauch bohrte und sie zur Seite schleuderte. Schwer atmend versuchte sie aufzuspringen, aber der Wolf brachte sie gleich wieder zu Fall. Unbeholfen ließ sie ihre Waffe durch die Luft zischen, als er knurrend näher kam. Es kam ihr fast so vor, als würde er mit ihr spielen – wie eine Katze mit einer Maus, kurz vor dem letzten Biss.

„Verdammt, Siandra! Verschwinde!", presste Elyano hervor, der noch immer den Wolfskiefer umklammert hielt.

Siandra ließ ihren Gegner nicht aus dem Augen. Wütend bleckte er die Zähne und schien sich von ihrem Dolch nicht beeindrucken zu lassen. Ihr wurde ganz schlecht vor Angst, als er zum Sprung ansetzte. Sie konnte nichts tun, war wie erstarrt.

Auf einmal schoss ein rötlicher Schatten an ihr vorbei. Fauchend sprang Salomo auf den Kopf des Wolfes zu und krallte sich in sein Gesicht. Der Wolf warf sich knurrend vor Schmerzen hin und her, doch der Gestiefelte Kater ließ nicht locker.

Hastig rappelte Siandra sich auf und hechtete auf Elyano Gegner zu. Den Angriff von der Seite hatte der Wolf nicht erwartet. Er jaulte, als Siandra den Dolch tief in sein Fell stach und brach reglos zusammen.

Ekel überkam sie, als das dunkle Blut über ihre Hand lief und ein Zittern durchlief ihren Körper. Sie hatte ihn getötet. Sie hatte ihn ohne mit der Wimper zu zucken getötet.

Siandra bemerkte erst, dass sie im Schnee kniete, als Elyano sie auf die Beine zog. Kurz drückte er ihre Schulter, ehe er zu der Kette griff, die an seiner Hüfte baumelte. Im Laufen zog er die gebogene Klinge aus der Schwertscheide. Viel zu schnell für das menschliche Auge zischte sie durch die Luft, als er die lange Kette über seinem Kopf schwang. Ein Wolf nach dem anderen ging zu Boden, doch jedes Ungetüm, das fiel, wurde durch ein Neues ersetzt. Immer mehr Wölfe brachen aus dem Unterholz hervor.

Die Jäger versuchten sich zu Pyrros durchzukämpfen, doch der war stets von einer Traube seiner Wölfe umstellt. Sie schafften es einfach nicht an ihn heranzukommen. Fast schon ein wenig gelangweilt stand er dort und beobachtete den Kampf mit im Nacken verschränkten Armen.

Mit aller Kraft setzten sich die Jäger den Wölfen zur Wehr. Der Schnee unter ihren Füßen färbte sich nach und nach rot. Siandra erstarrte, als ein stahlgrauer Wolf sich an sie heranpirschte. „Schwirr ab", rief sie mit zittriger Stimme und stieß mit dem Dolch in seine Richtung. Der Wolf ließ sich davon aber noch lange nicht einschüchtern. Zornig biss er in die Luft und machte einen Satz auf sie zu. Siandra schrie auf, als sich ein unsäglicher Schmerz in ihrem Arm ausbreitete. Ihr Dolch fiel zu Boden, als der Wolf ihren rechten Arm packte und sie zu Boden riss. Nasser Schnee schmiegte sich an ihren Rücken, doch sie spürte die Kälte kaum. Ein Stöhnen entfuhr ihr. Sie versuchte nach dem Wolf zu schlagen, nach ihm zu treten, doch sie traf ihn nicht. Alles, was ihr Denken einnahm waren die Zähne, die sich tief in ihren Arm bohrten und ihr eigenes Blut, das in den Schnee tropfte.

„Siandra!" Elyano rief nach ihr, doch seine Stimme klang weit entfernt.

Dann traf sie ihn endlich. Er taumelte ein wenig zur Seite und öffnete seinen Kiefer, gab Siandra die Möglichkeit zurückzurobben und mit der linken Hand nach dem Dolch zu greifen. Der brennende Schmerz strahlte von ihrem Arm in ihren ganzen Körper aus. Wieder sprang der Wolf auf sie zu. Mit einer Schnelligkeit, die sie selbst erstaunte, stach sie mit der Klinge zu und rammte sie bis zum Heft in den Hals des Wolfes. Klebriges Blut lief über ihre Hand, ihren Arm und tränkte ihre Kleidung, als ihr Gegner keuchend zusammenbrach. Sie biss die Zähne zusammen und umfasste ihren verletzten Arm. Vorsichtig strich sie über ihre Schläfe und bemerkte nicht einmal, dass sie das Blut damit nur noch mehr auf ihrem Körper ausbreitete. Ein Arm legte sich um ihre Hüfte und zog sie hoch. Es war Elyano, der sie dicht an sich presste und zischte, als sein Blick auf die Wunde fiel. Er sagte nichts, doch in seinem Blick lag viel Unausgesprochenes. Ein Wirrwarr aus Gefühlen hatte sich in ihrer Kehle verklumpt und ließ sie nur noch winzige Atemzüge tun. Noch immer jagte die Angst das Blut durch ihren Körper und der brennende Schmerz tat sein übriges.

„Wie süß, Rabe", sagte Pyrros hämisch. „Man könnte fast denken, du meinst das Ganze ernst."

„Was ist hier los?!"

Siandra fuhr herum, als sie Beccas Stimme hörte. Ihre beste Freundin stand auf der Terrasse und starrte sie fassungslos an. Siandra wusste nicht, wie viel sie von der ganzen Szenerie sehen konnte, doch es war scheinbar genug. „Siandra? Was ist mit deinem Arm? Wo kommt das ganze Blut her?! Was...?"

„Ein Mensch..." Pyrros Mundwinkel zuckten, als er einen Schritt auf sie zu machte. Gelassen strich er sich übers Kinn, ehe er den Arm ausstreckte. „Tötet sie."

Siandra dachte nicht nach, als sie sah, wie die Wölfe zum Sprung ansetzten. Ohne zu zögern rannte sie los und warf sich dem Wolf in den Weg. Der Aufprall presste alle Luft aus ihren Lungen. Sie wurde durch die Luft geschleudert und landete unsanft auf dem glatten Schnee. Tränen schossen in ihre Augen und der Schmerz in ihrem Arm war kaum auszuhalten. Pyrros kam auf sie zu, doch sie schaffte es nicht, sich zu bewegen. Aus dem Augenwinkel erkannte sie Florian und die anderen Jäger, die mit Leibeskräften versuchten die Wölfe zurückzudrängen. Elyano brüllte ihren Namen, doch der Wolf, der Becca angreifen wollte, setzte ihn Schachmatt. Becca stand nur wie versteinert da, sackte langsam auf die Knie.

Ein heller Schmerz jagte über Siandras Kopfhaut, als Pyrros sie an den Haaren hochriss und ihr ins Ohr flüsterte. „Das war wirklich herzzerreißend, Halbblut, also wirklich! Hat mich gut unterhalten, aber jetzt habe ich keine Geduld mehr. Die Fürstin wünscht dich zu sehen."

Siandra versuchte sich zu befreien, schlug mit ihren letzten Kraftreserven um sich. Pyrros lachte kurz auf, ehe sich ein dumpfer Schmerz an ihrer Schläfe ausbreitete. Elyanos Stimme war das Letzte, das sie hörte, ehe die Welt um sie herum in Dunkelheit versank.

Rotkäppchen und der Wolf

Pochende Schmerzen rissen Siandra unbarmherzig in die Wirklichkeit zurück. Ein widerlich metallischer Geschmack lag in ihrem Mund. Sie musste sich in die Wange gebissen haben - die Haut hing in Fetzen herab. Vorsichtig fuhr sie mit der Zunge darüber. Ihr Arm pulsierte und auch der Rest ihres Körpers schmerzte von der harten Erde auf der sie lag. Stück für Stück versuchte sie sich aufzurichten, doch da drehte sich die Welt schon wieder in rasender Geschwindigkeit. Keuchend stützte sie sich an der Felswand ab. Kaltes Eisen schnitt in ihre Handgelenke und kettete sie an die Wand. Nur langsam lichtete sich ihre Sicht. Sie befand sich in einer Höhle. Lampen, die viel zu modern wirkten, um hierher zu passen, tauchten den Raum in düsteres Licht.

Siandra strich über ihren Arm. Irgendjemand hatte sich um die Wunde gekümmert, die der Wolf ihr zugefügt hatte. Der Verband war frisch und schien erst kürzlich gewechselt worden zu sein. Der Schmerz hingegen war noch derselbe.

Zwei Wölfe flankierten den einzigen Gang, der aus der Höhle zu führen schien. Bedrohlich fixierten sie Siandra. Auf der anderen Höhlenseite saßen einige Menschen, die ebenso angekettet waren wie sie. Sie hatten die Augen geschlossen und schienen zu schlafen. Ob es Menschen waren, konnte sie natürlich nicht sagen. Auf ihr Gespür konnte sie sich schon lange nicht mehr verlassen.

Wenige Meter neben ihr lag ein schmaler Junge mit dem Rücken zu ihr, die Knie dicht an den Körper gezogen. Sein dunkles Haar war zerzaust und stand in alle Richtungen ab, als hätte sie jemand unachtsam mit einer Schere abgeschnitten. Ein durchsichtiger Schlauch führte von seinem Arm zu einem Loch in der Wand. Panik kroch in ihr hoch. Was war das hier?

Siandra hob den Kopf, als die Wölfe seltsame Laute von sich gaben. Unterwürfig senkten sie ihre Köpfe und legten die Ohren zurück, als Pyrros in den kleinen Höhlenraum trat. Sein Blick fiel auf Siandra und ein gefährliches Lächeln umspielte seine Lippen. Seine Schritte klangen hohl von dem harten Stein wider, als er auf sie zukam. „Hallo Prinzessin", sagte er spöttisch. „Gut geschlafen?"

Grenzenlose Wut erfüllte sie, als sie zu dem Wolfsfürsten aufsah. Auf einmal fiel ihr alles wieder ein. Der rote Schnee. Becca. Elyano. Die Wölfe. Doch alles, was danach folgte, war verschwommen. Wie lange lag sie bereits hier?

„Was ist das hier?", fragte sie angewidert. Als sie zu den Anderen herüber sah, bemerkte sie, dass auch sie durch Schläuche mit Löchern in der Wand verbunden waren. Es wirkte fast, wie irgend so ein schräges Versuchslabor.

„Das wirst du noch früh genug herausfinden." Der tierische Ausdruck in seinen Augen jagte ihr Angst ein. Unwillkürlich rutschte Siandra zurück, bis die Felswand es nicht mehr weiter zuließ. Er kniete sich vor ihr nieder und tätschelte ihre Wange so grob, dass es brannte. „Was geht wohl in deinem hübschen Kopf vor? Oh, was hast du für große Augen? Was hast du für große Ohren? Was hast du für einen großen Mund? Was denkst du wohl gerade?"

Angespannt schluckte Siandra die Furcht herunter, die wie ein Kloß in ihrem Hals saß. „Ich überlege, ob ich dir eine Silberkugel in den Schädel jagen sollte."

Lachend ließ Pyrros ihr Kinn los. „Glaubst du etwa immer noch an diesen Unsinn? Ich bin jedenfalls kein Werwolf, falls du das denkst."

„Genau, weil ihr ja auch so normal seid", brach es aus Siandra heraus.

Pyrros wollte etwas erwidern, doch er verstummte, als hinter ihm jemand in den runden Höhlenraum trat. Siandra erkannte sie sofort. Es war Rotkäppchen. Gelassen schlug sie die weite Kapuze zurück und ließ ihre frostig blauen Augen durch den Raum wandern. Ihre Mundwinkel zuckten, als ihr Blick auf Siandra fiel, doch sie beachtete sie nicht weiter.

Pyrros war sofort an ihre Seite geeilt und sprach schnell und leise in einer fremdartig klingenden Sprache auf sie ein, bis sie ihn mit einer einfachen Handbewegung zum Schweigen brachte. Misstrauisch beobachtete Siandra die Fürstin, als diese auf den schmalen Jungen zuging und sich neben ihm niederkniete. Sie beugte sich über ihn, überprüfte seinen Puls und zog einige Gegenstände aus der Tasche ihres Mantels. Mit geübten Handgriffen nahm sie dem Jungen Blut ab. Pyrros stand neben ihr und lauschte ihren leisen Erklärungen.

„Sie sterben zu schnell", flüsterte Pyrros.

„Wer?"

„Gruppe A."

Siandra runzelte die Stirn. Sie hatte keine Ahnung, wovon die beiden sprachen. Als sie die Fürstin und den Herrn der Wölfe so nebeneinander knien sah, fragte sie sich erneut warum Rotkäppchen mit den Wölfen gemeinsame Sache machte. Vielleicht hatten die Gebrüder Grimm sich die ganze Geschichte um sie nur ausgedacht. Sie konnte nicht glauben, dass es sich bei dieser kühlen und berechnenden Frau um das kleine Mädchen aus dem Märchen handeln sollte.

Rotkäppchen sah auf und ihr harter Blick traf sie. Wieder hoben sich ihre Mundwinkel, als sie auf Siandra zukam, doch es hatte nichts freundliches an sich. „Du musst Siandra sein. Nett dich endlich auch einmal kennenzulernen, wo Elyano dich doch so sehr unter Verschluss hält."

„Rotkäppchen..."

„Natürlich kennst du mich. Wie reizend. Wie schrieben die Gebrüder Grimm noch so schön? Es war einmal eine kleine süße Dirn, die hatte jedermann lieb, der sie nur ansah. Am allerliebsten aber ihre Großmutter, die wusste gar nicht, was sie alles dem Kinde geben sollte. Einmal schenkte sie ihm ein Käppchen von rotem Sammet und weil ihm das wohl stand und es nichts anders mehr tragen wollte, hieß es nur noch Rothkäppchen. Eine nette Geschichte, die sich die beiden ausgedacht haben, meinst du nicht? Du fragst dich wohl, was davon der Wahrheit entspricht?", fragte sie, als sie Siandras Blick auffing. „Ach, was ist schon wahr in dieser Welt."

„Warum die Wölfe?"

„Es gibt so vieles, was du nicht verstehen kannst, Siandra", sagte sie kühl und beugte sich über sie.

Beunruhigt wich Siandra zurück. „Was hast du vor?"

„Betrachte es als mein persönliches Experiment. Und stell dir vor! Du hat das Privileg es hautnah mitzuerleben. Wenn es nach deinem Vater gegangen wäre, hättest du schon viel früher bei uns mitspielen dürfen."

Siandras Augen weiteten sich. Ein feiner Schmerz breitete sich in ihrem linken Arm aus. Sie keuchte auf, als sich die dünne Nadel in ihre Haut bohrte und eine glühend heiße Flüssigkeit durch ihren Arm schoss.

„Du kannst dich glücklich schätzen", sagte Rotkäppchen mit gefährlich

151

ruhiger Stimme. „Nicht jedes Halbblut hat das Privileg..." Ihre Stimme verlor sich in dem Nebel, der Siandra umhüllte und aus der Wirklichkeit riss.

Raue Erde kratzte an ihrer Haut und ein Stein bohrte sich unsanft in ihre Seite, als Siandra erwachte. Ihre Umwelt nahm sie wie durch einen Schleier wahr, als wäre sie unter einer schweren Glocke gefangen. Noch immer zirkulierte die brennende Flüssigkeit durch ihren Körper und verätzte ihre Adern. Ihr Herz raste und alles in ihr schrie danach aufzuspringen und zu fliehen, doch sie schaffte es nicht, sich zu bewegen.

Durch den Nebel spürte sie, wie sich jemand über sie lehnte. Kurz verschwand das Brennen aus ihrem Körper, ehe es vierfach zurückkehrte. Sie schrie, doch kein Laut kam über ihre Lippen. Eine kalte Woge breitete sich in ihr aus, die sie einzufrieren schien. Jemand fühlte ihren Puls und überprüfte ihre Atmung. Sie versuchte sich zu befreien, doch sie war nicht mehr länger Herrin ihres Körpers. Sie kämpfte gegen den Nebel an, der sich über ihr Bewusstsein legte, doch er riss sie einfach mit sich.

Sie wusste nicht, wie lange sie geschlafen hatte. Durch die massiven Höhlenwände war sie völlig von der Außenwelt abgeschnitten. Sie konnte nicht einmal sagen, ob Tag oder Nacht war. Benommen rappelte sie sich auf. Der Schlauch an ihrem Arm war verschwunden, doch die Haut war von blauen und grünlich schimmernden Flecken übersät und schmerzte. Stimmen drangen erst leise, dann immer lauter an ihr Ohr, als würde jemand den Ton einer Stereoanlage aufdrehen.

„Hey, das Mädel ist aufgewacht", brummte eine bärengleich tiefe Stimme. „Alles in Ordnung, Kleines?"

Siandra kniff die Augen zusammen und wischte sich über das Gesicht. Dann nickte sie. „Was ist das hier?" Ihr Kehlkopf wehrte sich gegen ihre Stimme und war ganz rau.

„Das ist eine von Pyrros Bauten. Hier leben dieser Speichellecker und seine Brut und warten nur auf Rotkäppchens Befehle", erklärte ein anderer Mann. Ein dunkler Bart bedeckte sein Kinn und das mittellange braune Haar fiel ihm strähnig über die Schultern. Seiner Kleidung nach zu urteilen war er schon eine ganze Weile hier. Siandra legte ihre Stirn in Falten. „Warum sind die Wölfe hier?" Köln war doch Aschenputtels Gebiet. Wie konnte Pyrros seine Bauten hier haben?

„Ein Teil der Wölfe unter Pyrros folgt Rotkäppchen auf Schritt und Tritt, deshalb sind sie ihr auch von Marburg nach Köln gefolgt. Und in allen Reichen hat sie Tunnelsysteme anlegen lassen, vor den Nasen der Fürstinnen und doch unbemerkt. Aschenputtel hat keine Ahnung von den ganzen Höhlen, die unter ihrer Stadt verlaufen. Wir hätten sie ausräuchern sollen, als Pyrros mit den ersten von ihnen aufgetaucht ist."

„Das ist auch nicht richtig, Garo", mischte sich die junge Frau neben ihm ein. Sie trug eine Rüstung, die Siandra an die von Ariels Jägern erinnerte, nur dass ihre einmal rot gewesen sein musste. Ein dunkles Muster schnörkelte sich über ihren Brustkorb, wie ein dichter Tannenwald.

„Doch, es ist richtig!", rief er wütend. Die Wölfe knurrten leise, als er die Stimme erhob, aber das störte ihn nicht. „Wir hätten Rotkäppchens rechte Hand sein sollen! Wir, als ihre Jäger, nicht diese flohverseuchten Flickenteppiche! Nun sind wir nicht mehr als eine lose Armee Krieger, Söldner, die in ihrem Namen kämpfen."

„Ihr seid Jäger?", fragte Siandra verwundert. Abgesehen von der Frau in der Rüstung sah keiner von ihnen aus wie ein Jäger.

„Nur wir beiden", sagte die Frau und zeigte auf Garo. „Die anderen sind Halbblüter, wie du eines bist. Schätze ich zumindest", sagte sie mit einem Seitenblick auf weitere Schlafende. „Bei manchen bin ich mir nicht sicher."

Siandra ließ ihren Blick über die Halbblüter schweifen. Der Mann mit der Bärenstimme, der mit seinem kräftigen Körperbau wie ein Holzfäller wirkte, lächelte ihr freundlich zu. Neben ihm saß ein zierliches Mädchen von etwa vierzehn Jahren und ein schlaksiger junger Mann, der mit verschränkten Armen da saß und ins Leere starrte. Einige andere lehnten ebenfalls an der Wand, doch sie hatten die Augen geschlossen, genau, wie der Junge, der neben Siandra lag. „Aber warum die Wölfe?"

Rotkäppchens Jägerin seufzte. „Die rote Fürstin ist niemals zufrieden. Sie zog erst die Wölfe auf ihre Seite und kaufte dann die Raben. Zwischen ihren beiden Elitegruppen kam es von Anfang an zu Machtkämpfen und was daraus geworden ist wissen wir ja. Die Wölfe haben die Raben einen nach dem anderen ausgeschaltet, bis nur noch einer übrig geblieben ist. Oder zwei, wenn man den Gerüchten Glauben schenken darf."

Ob sie damit Fynn meinte? Siandra hatte sich schon die ganze Zeit gefragt, warum Fynn als einziger der Brüder nicht in Rotkäppchens Dienste getreten war. Warum er so lange auf der Straße gelebt hatte. „Aber warum seid ihr hier? Ihr seid Rotkäppchens Jäger. Was will sie von euch?" Sie konnte einfach nicht verstehen, wie Rotkäppchen ihren eigenen Jägern etwas derartiges antun konnte.

Garo knirschte mit den Zähnen. „Dieser Sadistin ist jedes Mittel recht, um an ihr Ziel zu kommen. Es ist ihr ganz persönliches Experiment. Und wir sind ihre Jäger. Wir haben Folge zu leisten, ganz egal, was sie verlangt."

Schweigen legte sich über sie. Siandra fuhr mit der Fingerspitze über die Flecken an ihrem Arm. Was war das für eine Flüssigkeit gewesen, die ihren Körper in Brand gesteckt hatte? Ihr Blick fiel auf den Jungen neben ihr. Hielt die Flüssigkeit ihn im Schlaf gefangen? Vielleicht schlief er aber auch gar nicht. Vielleicht war er wach, unfähig sich zu bewegen und bekam alles mit, was um ihn herum geschah. Ein Schauer lief über ihren Rücken, als sie daran dachte. Nicht mehr Herr des eigenen Körpers zu sein, die brennende Flüssigkeit, die einen von innen versengte...

Vorsichtig tastete Siandra sich auf ihn zu, so weit es ihre Ketten zuließen, bis sie nur noch etwa ein halber Meter trennte. Sie verstand es nicht, aber irgendetwas zog sie in seine Nähe. Sie wollte nicht, dass er sich alleine fühlte. „Was hat Rotkäppchen nur vor?"

„Wir wissen es nicht", antwortete die Jägerin. „Wir können es nur vermuten. Es hat sicherlich etwas mit dem Netz der Eide zu tun."

„Netz der Eide?"

„Unsere Welt ist ein einziges Geflecht aus Eiden. Jedes in dieser Welt geborene Wesen ist sofort an unzählige Pflichten gebunden. Sie stellen das Gleichgewicht her. Manche Eide sind stärker, andere schwächer, je nachdem wie mächtig die Person ist, die diesen Schwur trägt und die der Fürstinnen sind die stärksten. Wir sind durch unsere Eide miteinander verbunden, doch die Fürstinnen haben vor vielen Jahrhunderten einen besonderen Eid geschlossen, der es ihnen nicht möglich macht, Entscheidungen zu treffen ohne dass die anderen es bemerken. Reine Vorsichtsmaßnahme schätze ich. Mit ihren Wölfen und später auch mit den Raben ist es Rotkäppchen in Ansätzen gelungen diese Regelung zu umgehen. Die Gefahr, dass die anderen Fürstinnen etwas bemerken, besteht immer. Und das Letzte, was Rotkäppchen gebrauchen kann, ist ein offener Krieg. Ich bin mir aber ziemlich sicher, dass die Fürstinnen durchaus wissen, oder zumindest ahnen, was Rotkäppchen so treibt und ihre Augen aus

Angst vor einem Konflikt davor verschließen. Rotkäppchen führt diese Experimente durch, weil sie verstehen will, wie diese Eide funktionieren, um hinter das Geheimnis ihrer Macht zu kommen. Um ihnen irgendwann entgehen zu können und eine ganze Armee zu schaffen, die vor den Augen der Fürstinnen verborgen bleibt."

„Aber warum bin ich hier?", fragte Siandra. „Weil ich ein Halbblut bin?"

„Ich glaube nicht, dass das der Grund dafür ist", sagte Garo ruhig. „Es wäre bei weitem einfacher für sie einfach ein Halbblut zu fangen, das nicht unter Elyanos persönlichem Schutz steht. Und wie du siehst, hat sie das auch getan."

„Aber warum dann gerade ich?"

„Ich glaube, das hat dein Vater zu verantworten."

Siandras Augen weiteten sich und sie fühlte sich, als hätte er ihr geradewegs in den Magen geschlagen. „M-mein Vater?", stammelte sie.

Garos Augenbrauen zogen sich zusammen. „Du weißt nicht, wer er ist?"

„Aber du schon?"

„Nur weil Rotkäppchen es fallen gelassen hat, als du bewusstlos warst. Wenn man es weiß, ist die Ähnlichkeit wirklich verblüffend."

Siandra versuchte ihre Atmung zu beruhigen, doch so recht wollte ihr das nicht gelingen. „Du kennst ihn? Wer ist er?"

„Kann man so sagen. Er ist ein wichtiger Mann in Rotkäppchens Rat. Sein Name ist Shaikos Beleton."

Shaikos Beleton also. Stumm formten ihre Lippen die Buchstaben seines Namens. Doch mehr war es nicht für sie. Buchstaben. Ein Wort. Nichts von Bedeutung. „Aber wenn er doch in Rotkäppchens Rat sitzt und sie scheinbar auf sein Wort Wert legt, warum lässt er dann zu..." Sie stockte. Wusste er überhaupt von ihr?

Garo presste die Lippen aufeinander. Ihm schien das Gespräch ganz und gar nicht zu behagen. „Er und Rotkäppchen arbeiten schon seit vielen Jahren Hand in Hand. Eigentlich war er es sogar, der die Forschungen angetrieben hat."

„Ich glaube aber, dass Rotkäppchens Interesse auch der Beziehung zwischen dir und Elyano gilt", warf die Jägerin ein. „Keines der Halbblüter, die sie für ihre Experimente in die Finger bekommen hat, ist durch einen Eid geschützt. Vermutlich ist ihr Interesse daran aber vor allem von persönlicher Natur."

„Du kennst ihn?"

„Wer kennt Rabe nicht?", mischte sich Garo wieder ein. „Aber wirklich viel weiß niemand über ihn. Woher er kommt, auf welcher Seite er steht. Ich kann dir nicht einmal sagen, was wirklich zwischen ihm und der Fürstin gelaufen ist und das obwohl wir lange Zeit unter einem Dach gelebt haben. Manchmal glaube ich, dass er es liebt, sich so sehr in Rätsel zu verstricken. Ich kann es wirklich nicht verstehen, warum sein Bruder sich für ihn verbürgt. Seinem Wort kann man nicht trauen. Alle Raben sind Lügner."

Ein Knoten setzte sich in Siandras Magen fest, als sie an Elyano dachte. Was, wenn er sie alle hinterging? Wenn er sie alle für seine Fürstin aufs Spiel setzte?

Siandra hob den Kopf, als jemand in die Höhle trat. Es war Pyrros. Er beachtete die hasserfüllten Blicke gar nicht, die ihm zugeworfen wurden, sondern ging gleich weiter zu Siandra.

„Hallo Prinzessin", sagte er mit einem gefährlichen Lächeln und ging vor ihr in die Hocke. Er trug einen dicken schwarzen Mantel und wirkte, als wäre er gerade erst von draußen gekommen. „Rotkäppchen bedauert es zutiefst, nicht selbst kommen zu können. Sie wurde aufgehalten."

„Ach ja? Hat sie etwa ihren abtrünnigen Geliebten wiedergefunden?"

Pyrros ignorierte Garo. Er beugte sich über Siandra und rammte ihr einen spitzen Gegenstand in den Arm. Fast schon erwartete sie das Brennen, das sich durch ihren Körper fressen würde, doch es blieb aus. Einen Herzschlag lang spürte sie nur einen dumpfen Schmerz, der sich von der Einstichstelle ausbreitete, doch dann verschwamm ihre Sicht. Ihre Augen begannen zu tränen und Panik schoss heiß durch ihren Körper. Der gleißende Schmerz jagte wie ein Pfeil durch ihren Kopf. Sie keuchte, schrie, vergrub ihre Hände in der kalten Erde. Krampfhaft kniff sie die Augen zusammen. Pyrros Hand schloss sich um ihren Arm, doch den Stich der nächsten Nadel bemerkte sie kaum. Als die brennende Flüssigkeit durch ihre Adern floss, krampfte Siandra. Sie wimmerte vor Schmerzen und krümmte sich. Immer mehr verlor sie die Kontrolle. Da war noch etwas. Ein weiterer Stich an ihrem anderen Arm, kaum ein Hauch und doch spürte sie es. Sie spürte, wie etwas unaufhaltsam aus ihr heraus tropfte, wie Wasser aus einem undichten Hahn. Die Bewusstlosigkeit griff mit klammen Fingern nach ihr, doch zum ersten Mal wehrte sie sich nicht. Sie hatte keine Kraft mehr.

Als Siandra erwachte, fühlte sie sich wie erschlagen. Ihre Arme waren wie taub. Sie schaffte es kaum, sie zu heben. Noch immer dröhnte ihr Kopf und sie spürte die Spuren von Tränen auf ihrer Haut.
„Alles in Ordnung, Mädchen?", fragte der Mann mit der Bärenstimme und rollte ihr eine Flasche Wasser zu. Siandra brauchte all ihre Kraft, um danach zu greifen und sie aufzuschrauben. Gierig trank sie in langen Zügen. Das kühle Wasser war eine echte Wohltat für ihren ausgetrockneten Hals.
„Woher habt ihr die?", fragte sie, als sie wieder Luft geholt hatte.
„Dieser verdammte Hundesohn hat die gebracht", knurrte Garo zornig. „Im Ernst, der hat doch Spaß daran, diese Experimente an uns durchzuführen. Er wird mehr und mehr wie diese Sadistin."
„Wie lange habe ich geschlafen?", fragte sie und strich sich, so gut es ihr möglich war, über das Gesicht.
„Lange."
„Wie lange?", fragte sie mit einem Anflug von Panik.
„Keine Ahnung", entgegnete Garo genervt. „Ist ja nicht so, als hätte die rote Hexe uns einen Kalender oder eine Uhr dagelassen."
„Ich frage mich, ob alles anders gelaufen wäre, wenn Rotkäppchen nicht die Wölfe an ihre Seite geholt hätte", überlegte die Jägerin.
„Vielleicht wären wir ihre Elitetruppe geblieben. Vielleicht auch nicht. Aber dann hätte sie jemand anderes für ihre krankhaften Versuche gefunden", meinte Garo bitter.
„Warum ist Pyrros eigentlich bei ihr?", fragte Siandra nach einer Weile. „Rotkäppchen hat den großen Wolf doch getötet. Warum ist Pyrros an seiner Seite, wenn er doch sein Sohn ist?"
„Wie sagt man so schön? Sei deinen Freunden nah, deinen Feinden aber noch näher?", sagte Garo zynisch. „Kennst du das Märchen Die drei Brüder?"
Siandra nickte. Natürlich kannte sie das Märchen von dem Vater und seinen drei Söhnen, die ihm ihre Meisterstücke präsentieren sollten. Wenn sie sich recht erinnerte, ging es um das Haus, das einer von ihnen erben sollte. Sie wusste noch genau, wie lächerlich die Fähigkeiten der

Brüder waren. Einer von ihnen rasierte ein Kaninchen im vollen Lauf, der Andere beschlug ein Pferd im rasenden Galopp und der Dritte ließ es mit Hilfe seines Degens regnen, indem er die Wolkendecke zerschnitt. „Aber was hat das mit Pyrros zu tun?"

„Einfach alles. Wenn auch nicht ganz so wie in dem Märchen der Gebrüder Grimm erzählt. Der eine Sohn war ein Barbier und wusste es vortrefflich mit der Klinge umzugehen und der andere Sohn schmiedete todbringende Klingen und wusste es, jedes noch so störrische Pferd zu beschlagen. Doch das wahre Talent des dritten Sohnes war nicht seine Fertigkeit am Degen. Sein Talent war gleichzeitig sein größter Fluch. Denn er war nicht, was er immer zu sein glaubte." Garo hielt kurz inne und strich sich eine Strähne aus dem Gesicht. „Nicht alle Kinder der Wölfe kommen auch als solche zur Welt. Selten gibt es unter ihnen auch menschliche Kinder. Diese können nicht bei ihren Eltern aufwachsen. Sie würden es nicht überleben. Und so werden sie zu denen gebracht, die sie besser aufziehen können."

„Menschen?", fragte Siandra, doch Garo lachte nur abfällig.

„Keine Menschen, Eshani'i. Die Wölfe bringen ihre Jungen zu ihnen und schaffen es, diese Eltern glauben zu lassen, der Wolf in Menschenhaut wäre ihr eigen Fleisch und Blut. Als Pyrros im Alter von acht Jahren herausfand, was er wirklich war, überkam ihn eine ungeheure Wut und das Tier in ihm übernahm die Kontrolle."

„Pyrros ist wirklich ein Wolf?"

Garo schüttelte den Kopf. „Ja und nein. Er ist ein Wolf durch und durch, doch er kann niemals die Gestalt seiner Vorväter annehmen, so sehr das Verlangen danach auch an ihm reißt. Über die wenigen anderen menschlichen Wolfsnachkommen wird berichtet, dass es sie so sehr leiden ließ, bis sie letztendlich verrückt wurden. Pyrros hingegen weilt schon sehr lange auf dieser Erde. Sein Erbe schenkt ihm eine unmenschliche Kraft. Seine vermeintliche Familie hatte keine Chance gegen Pyrros. Mit seinem Degen in der Hand ließ er Blut regnen. In gewisser Weise haben die Gebrüder Grimm doch recht." Garo hielt kurz inne und sein Mundwinkel zuckte. „Einige Zeit irrte Pyrros ziellos umher, ehe sein richtiger Vater ihn fand und er den Platz im Rudel einnahm, der ihm zustand. Auch wenn sein menschlicher Körper ihn von den anderen unterschied, war er sein Erbe. Und die Rudel achten die Blutlinie."

„Aber wie kam Pyrros dann zu Rotkäppchen?"

„Auch Rotkäppchens Geschichte ist nicht die, die du aus dem Märchen kennst. Pyrros Vater tötete Rotkäppchens Großmutter. Rotkäppchen rächte sich dafür an ihm, tötete einen Teil seines Rudels und verlangte seinen Sohn. Als er den Thronerben nicht freiwillig hergab, entführte sie ihn und ließ den großen Wolf ermorden."

„Ein wenig wie Rumpelstielzchen", entfuhr es Siandra.

„Eines der Märchen, das fast vollständig aus der Feder der beiden Brüder stammt. Schließlich konnten sie der lieben kleinen Dirn keine solch grässliche Tat andichten. Also wurde gebogen, was das Zeug hielt, bis das Märchen so war, wie sie es sich vorstellten. Rotkäppchen nahm Pyrros mit sich. Er war noch jung und leicht zu beeinflussen und mit ihrer charmanten Art brachte sie ihn schnell auf ihre Seite. Mit der Zeit wurde er immer mehr zu einem Werkzeug in ihren Händen, einem Werkzeug um sich der Armee der Wölfe zu bedienen."

„Aber wie kann er der Frau folgen, die seinen Vater umgebracht hat?", fragte Siandra fassungslos.

„Er kannte seinen Vater ja kaum. Und Rotkäppchen ist Meisterin der Manipulation. Sie wusste genau, was sie sagen musste, um ihn von seinem Vater abzubringen und auf ihre Seite zu ziehen."

„Du kanntest Pyrros gut, oder?", fragte Siandra behutsam.

Zögerlich nickte Garo. „Es gab Zeiten, da war er mein Freund."

Bestürzt starrte Siandra ihn an. Wie konnte Pyrros nur zulassen, dass sein einstiger Freund derart gequält wurde?

Angestrengt rutschte sie zurück und lehnte sich an die kalte Felswand. Ihr Blick wanderte zu dem Jungen neben ihr. Ein dünnes Zittern schüttelte seinen Körper. „Was ist mit...?", setzte sie an, doch die Jägerin zuckte mit den Schultern.

„Keine Ahnung", sagte sie. „Er war schon da, als wir hierhergebracht wurden."

Siandra schwieg. Sie legte den Kopf in den Nacken und schloss die Augen. Hinter ihrer Stirn dröhnte es und ihr Magen rebellierte. Sie versuchte ein wenig zu schlafen, doch sie kam einfach nicht zur Ruhe.

Eine schmerzhaft vertraute Stimme ließ sie aufhorchen. Er konnte nicht hier sein. Sie hoffte es so sehr und gleichzeitig fürchtete sie sich davor. Wenn Elyano tatsächlich hier war, konnten die Gerüchte um ihn nur stimmen. Sie hatte Angst davor einen anderen Gedanken zuzulassen, zuzulassen, dass die Hoffnung in ihr keimte. Was, wenn er wegen ihr gekommen war? Schmetterlinge flatterten wild in ihrem Inneren auf und ab. Seine Stimme wurde lauter, doch sie konnte ihn nicht sehen.

Und da war noch eine Stimme. Sie gehörte zu Rotkäppchen. „Du warst bei Shaikos? Hat er dir den neuen Wirkstoff mitgegeben?"

„Aye", sagte er mit der monotonen Stimme eines Soldaten, der seine Befehle befolgte. „Alles hier. Ich soll Euch ausrichten,..."

„Ach Elyano, wir sind doch unter uns", flötete die Fürstin vergnügt.

„... dass wir enorme Fortschritte machen. Shaikos ist optimistisch und erwartet bald Erfolge zu sehen."

Und die Schmetterlinge stürzten ab. Siandra schluckte. Seine Worte kratzten wie Sandpapier über ihre Haut und trafen sie tiefer, als sie sich selbst eingestehen wollte. Mit jedem Wort, das er an die rote Fürstin richtete, breitete sich die Eiseskälte weiter in ihrem Körper aus.

Elyano trat neben Rotkäppchen in den Höhlenraum. Sein Blick fand Siandra sofort, doch sie wandte hastig die Augen ab. Trotzdem war sie sich seiner Nähe mehr als bewusst. Seine Wärme schien den ganzen Raum einzunehmen. Sie versuchte den Kloß zu verdrängen, der sich in ihrem Hals festsetzte. Atmen! Wie konnte er sie so hintergehen? Immer weiteratmen!

Rotkäppchen blieb in der Mitte des Raumes stehen. Sie hakte sich bei ihm ein und strich ihm über die Hand, ehe sie ihm einen Kuss auf die Wange hauchte. „Du hast mir wieder einmal gute Dienste erwiesen", sagte sie weich und löste sich von ihm.

„Immer ein Vergnügen, meine Fürstin."

Als Siandra den Kopf dann doch wieder hob, bemerkte sie, dass Elyano sie unentwegt ansah, auch als er sein Wort wieder an Rotkäppchen richtete. Angespannt biss sie sich auf die Unterlippe. Sein Blick war ausdruckslos, als würde er sie überhaupt nicht kennen.

„Alles weitere haben wir ja schon besprochen", sagte Rotkäppchen, nicht ohne ihn ein weiteres Mal am Arm zu berühren. „Bring sie einfach in die hintere Höhle. Dort können wir fortfahren. Ich kümmere mich um den Wirkstoff."

„Sehr wohl,..." Elyano stockte, als sein Blick auf den Jungen fiel, der auf dem Boden lag und für den Bruchteil einer Sekunde entglitten ihm sämtliche Züge. „... meine Fürstin."

Rotkäppchen schien nichts davon mitzubekommen. Sie wollte sich gerade zum Gehen abwenden, als ein ohrenbetäubendes Gebrüll durch die Höhlenanlage hallte. Derbe Flüche folgten, ehe Pyrros atemlos im Höhleneingang auftauchte. „Meine Fürstin! Ihr müsst sofort kommen!" Rotkäppchen nickte nur und verschwand hinter ihrem Offizier.

Elyano wartete einen Augenblick, ehe ein halbes Lächeln auf seinen Lippen aufblitzte und er einen Pfiff ausstieß. Ein Mann trat hinter ihm in den Höhlenraum und schlug seine Kapuze zurück. Siandra schätzte ihn auf Mitte zwanzig. Auch sein Blick fiel auf den Jungen neben Siandra und seine Augen weiteten sich. Er fuhr sich über den Mund, beugte sich zu ihm herunter und berührte ihn an der Schulter. „Das ist nicht möglich. Das ist nicht möglich", flüsterte er immer wieder.

Auch Elyanos versteinerte Miene war verschwunden. In seinen Augen tobte ein Sturm aus Erschütterung und Hoffnung, Glück und Furcht. Vorsichtig griff er nach dem Arm des Jungen und entfernte den Schlauch. Siandra runzelte die Stirn. Wer war dieser Junge und warum waren die beiden derart geschockt ihn hier zu sehen? Hatte Rotkäppchen sie geschickt um ihn zu holen? Und wer war der Mann, der Elyano begleitete? Ungeduldig tippte der Fremde mit seinem Fuß auf die harte Erde und spähte immer wieder in Richtung Höhleneingang. Ob er einer von Rotkäppchens Jägern war? „Bist du endlich fertig?", fragte er unruhig.

Elyano nickte und trat zur Seite, als der Fremde den Jungen hochhob und dessen Kopf an seine Schulter bettete. Siandra wollte gerade protestieren, als Elyano sich zu ihr hinab beugte. „Kannst du aufstehen?", fragte er mit ungewöhnlich sanfter Stimme.

Siandra antwortete nicht. Ihr Herz schlug so schnell, dass es schmerzte. Sie wusste nicht, was sie denken sollte. Ein Teil von ihr wollte einfach glauben, dass Elyano gekommen war, um sie hier rauszuholen. Doch sie wusste nicht, ob sie ihm trauen konnte. So viel wies darauf hin, dass er noch gemeinsame Sache mit Rotkäppchen machte. Stumm nickte sie und streckte ihm auf sein Bitten ihre Handgelenke entgegen. Mit wenigen Griffen schaffte Elyano es die Fesseln zu lösen. Vorsichtig strich Siandra über ihre gepeinigte Haut, als er nach ihrem Arm griff und ihr aufhalf. Die plötzliche Nähe zu ihm jagte ihr Herz über den Abgrund. Sie wich zurück, bis sie mit dem Rücken an der Wand lehnte.

„Alles in Ordnung?", fragte er und ehrliche Sorge schwang in seiner Stimme mit. Konnte sie ihm wirklich vertrauen? Doch sie hatte keine andere Wahl. Er war ihre einzige Chance zu entkommen.

Schwindel überkam sie, als sie einen Schritt vormachte. Elyano wollte nach ihrer Hand greifen, doch sie schob sie in einer fahrigen Bewegung beiseite und lehnte ihre Stirn gegen die kalte Felswand. Ihre Beine waren zittrig und am liebsten hätte sie sich hingelegt um zu schlafen. Sie zuckte zusammen, als Elyano ihren Arm berührte. „Schaffst du es?", fragte er behutsam.

Sie nickte nur stumm. Wenn sie den Mund aufmachte, würde ihre zitternde Stimme sie verraten. Also biss sie die Zähne aufeinander und machte den ersten Schritt. Sie schaffte es tatsächlich sich auf wackligen Beinen zu halten, ohne gleich wieder zu stürzen. „Wohin bringst du die beiden, Federvieh?", rief Garo zornig.

Elyano ignorierte ihn ganz bewusst. Es war der Kerl, der Rotkäppchens Jäger antwortete, ehe er auf den Gang hinaus trat. „Das geht allein unsere Fürstin an."

Siandra schloss die Augen. Ihre Hoffnung war mit einem Schlag in tausende Stücke zerbrochen. Dann war es also ohne Zweifel wahr. Elyano gehörte zu Rotkäppchen. Er war nicht gekommen, um sie hier rauszuholen. Nur um seine Befehle zu befolgen. Ihr ganzer Körper schrie danach zu fliehen, doch sie würde nicht weit kommen. Selbst wenn sie nicht so unsicher auf den Beinen wäre, hätte Elyano sie schon nach wenigen Sekunden wieder eingeholt.

„Geht es wirklich?" Elyanos Stimme brachte sie dazu die Augen zu öffnen. Wieder nickte sie nur stumm und folgte ihm.

Die Wölfe legten die Ohren zurück und knurrten, als sie vorbei gingen, doch Elyano und der Fremde beachteten sie nicht. Unruhig erhoben sich die beiden Raubtiere, nur um sich kurz danach wieder auf dem Boden niederzulassen, als hielte eine unsichtbare Macht sie davon ab, ihren Posten zu verlassen.

Etwas benommen folgte Siandra den beiden durch die engen und nur spärlich beleuchteten Höhlengänge. Die beiden Männer bogen immer wieder rechts oder links ab und schienen sich genauestens auszukennen. Siandra hingegen hatte schon nach kürzester Zeit die Orientierung verloren. Ihr Verstand arbeitete fieberhaft. Sie musste schnellstens einen Weg hinaus finden. Wenn sie es schaffte, unbemerkt zu entwischen, würde sie es auf ihr Glück ankommen lassen. Vielleicht würde sie einem Wolf begegnen oder am Ende gar in der Höhle stehen, aus der sie gekommen war, aber es war ihre einzige Chance.

Elyano und der Fremde beachteten sie kaum. Sie unterhielten sich, zu leise, als dass Siandra es hätte verstehen können. Zitternd holte sie Luft, als ihr Blick auf den Jungen fiel. Konnte sie ihn einfach so seinem Schicksal überlassen? Doch sie war nicht so naiv zu glauben, sie könne die beiden Jäger überwältigen, um mit ihm zu fliehen. Jetzt musste sie erst einmal schaffen selbst zu entkommen. Und dann würde sie Fynn von Rotkäppchens Versteck berichten. Er würde wissen, was zu tun ist.

Sie wollte gerade in einem der Gänge verschwinden, als Elyano sich zu ihr umdrehte. Hastig hielt sie in der Bewegung inne, doch der Rabe schien zu begreifen, was sie gerade vorgehabt hatte. Er hob nur die Augenbrauen und griff nach ihrem Arm. Dahin war ihre Chance zur Flucht. Von Elyano konnte sie sich nicht losreißen, selbst wenn sie es gewollt hätte.

Sie schaffte es kaum mit den beiden Schritt zu halten. Minutenlang liefen sie ohne auch nur irgendjemand anderen zu sehen. Niemand kann ihnen entgegen. Keine Wölfe, keine Jäger und erst recht nicht Pyrros oder Rotkäppchen. In der Ferne hörten sie noch immer das aufgeregte Geheul der Wölfe.

Siandra prallte gegen Elyano, als dieser auf einmal stehen blieb. Er beachtete sie nicht, sondern wandte sich an seinen Begleiter, der den Jungen trug. „Zephir, geh du schon mal vor. Ich muss noch nach etwas suchen."

Eindringlich sah Zephir ihn an, nickte dann aber zögerlich. „Wenn du meinst, dass das so eine gute Idee ist?"

„Es ist eine beschissene Idee, aber ich habe keine andere Wahl."

„Elyano..."

„Es bleibt mir nichts anderes übrig", sagte er mit erhärteter Stimme. Er schob Siandra in Zephirs Richtung und verschwand hinter der nächsten Kurve.

Zephir sah ihm kurz hinterher, ehe er sich umdrehte. „Du bist Siandra, richtig?"

Siandra nickte irritiert. Sie hätte nicht gedacht, dass ihn ihr Name interessieren würde.

„Na dann komm", sagte er und setzte sich wieder in Bewegung. Nach wenigen Metern merkte er, dass Siandra immer noch wie angewurzelt da stand. „Jetzt beweg dich", sagte er mit gehetzter Stimme. „Ich kann dich nicht auch noch tragen."

Siandra blieb nichts anderes übrig, als ihm zu folgen. Sie lief schräg hinter ihm her, während er sich weiter seinen Weg durch das undurchdringbare Labyrinth bahnte. Hektisch überlegte sie hin und her. Es musste eine Möglichkeit zur Flucht geben. Doch Zephir schien geradezu Augen im Hinterkopf zu haben. Jedes Mal, wenn sie auch nur etwas langsamer wurde, passte er sofort sein Tempo an. Aber vielleicht konnte sie ihr Problem anders lösen.

Sie stockte, als sich der Gedanke in ihrem Kopf formte, doch sie verwarf ihn gleich wieder. Das konnte sie nicht. Das konnte sie einfach nicht tun. Aber blieb ihr denn eine Wahl? Wo auch immer Rotkäppchen sie hinbringen ließ, sie konnte es nicht zulassen. Wer wusste, ob sie noch einmal die Chance zur Flucht bekam.

Im Gehen bückte sie sich, um einen Stein vom Boden aufzuheben. Sofort breitete sich wieder der Schwindel in ihr aus und drohte ihr die Beine wegzuschlagen.

„Alles in Ordnung?", fragte Zephir. Seine Stimme war angespannt, doch es versteckte sich ein Hauch von Belustigung und Sorge dahinter. Unauffällig barg sie den Stein hinter ihrem Rücken und nickte. „Dann beeil dich, wir haben nicht den ganzen Tag Zeit."

Der Stein lag kühl in ihrer Hand. Zweifel gruben sich unter ihre Haut, schlitzten eine Ader nach der anderen auf. Doch die Angst vor dem, was wohl vor ihnen lag, rief lauter in ihr und ließ ihr Herz rasen. Wie ein Pendel schlug es gegen ihre Rippen. Siandra atmete tief durch und beschleunigte ihre Schritte, bis sie knapp hinter Zephir her ging. Er schien sie nicht zu bemerken.

Ohne noch einmal zu überlegen, ließ sie den Stein auf Zephir niedersausen. Der Jäger hatte den Angriff nicht erwartet. Er keuchte dumpf auf, als er getroffen zu Boden ging. Siandra eilte zu ihm und fühlte seinen Puls. Er war bewusstlos. Hoffentlich lange genug, um ihnen einen Vorsprung zu verschaffen.

Sie beugte sich über den Jungen und hob ihn behutsam hoch, soweit ihr Kopf es zuließ. Er war nicht sonderlich schwer. Ohne sich auch noch einmal umzudrehen, lief sie los. Aber dann stockte sie in der Bewegung und sah auf den Jungen in ihren Armen herab. Ihre Augen weiteten sich. Das war kein Junge, sondern eine Frau. Doch sie war klein und unheimlich dünn. Wie lange war sie schon in der Dunkelheit gefangen? Und wer war sie? Siandra verdrängte den Gedanken. Sie würde noch genug Zeit haben darüber nachzudenken, wenn sie erst aus diesem stinkenden Bau entkommen war.

Nervös huschte sie durch die Gänge, immer bedacht den Wachen auszuweichen. Doch es kam ihr niemand entgegen. Siandras Körper war bis zum Bersten angespannt, immer auf der Hut, immer die Angst im Nacken, dass jemand sie entdeckte.

Die Stille machte ihr von Sekunde zu Sekunde mehr zu schaffen. Schlagartig wurde ihr bewusst, weshalb diese Ruhe sie so beunruhigte. Das Heulen der Wölfe! Es war verschwunden. Die Wölfe waren allesamt verstummt. Eine eiserne Hand legte sich um ihren Magen und erfüllte ihr Inneres mit Kälte. Und schon als sie in den nächsten Gang einbog, entdeckte sie die Wölfe, die in die Höhle zurückgekehrt waren.

Ihr Herz hämmerte wie wild in ihrer Brust, als sie auf der Stelle kehrt machte und einen anderen Weg einschlug. Sie konnte ihr Blut in den Ohren pulsieren hören, als sie durch die endlos langen Gänge hetzte. Ihre Arme schmerzten von dem Gewicht der Frau und ihre Lunge pochte. Einen Augenblick lang dachte sie Pyrros gesehen zu haben und hechtete in einen anderen Gang. Mit jedem weiteren Meter, den sie unter der Erde zurücklegte, stieg ihre Verzweiflung und trieb ihr beinahe die Tränen in die Augen. Sie hatte die Hoffnung schon fast aufgegeben, als der Erdboden unter ihr anstieg. Wenige Minuten später spürte sie schon den Grasboden unter sich.

Ihr Blick flog umher. Sie hatte keinerlei Ahnung wo sie gelandet war. Sie schien in einem Waldstück zu sein, doch es war nicht der vertraute Stadtwald. Es war dunkel, nur das spärliche Licht des abnehmenden Mondes leuchtete durch die Kronen der Bäume auf den Waldboden. Der Schnee war völlig verschwunden. Wie viele Tage und Nächte hatte sie dort unten in der Dunkelheit verbracht?

Siandra beschleunigte ihre Schritte und sah sich nervös um. Ob Elyano ihre Flucht bereits bemerkt hatte? Sie hatte keinerlei Zweifel daran, dass er sie schnell finden würde. Das hatte er bisher immer geschafft. Sie fragte sich, ob es an dem Eid lag, der sie vor den Jägern schützte und nun an ihn auslieferte.

Einige Minuten lief sie durch die Düsternis des Waldes, ehe sich die Bäume über ihr auftaten und eine Straße zum Vorschein kam. Ratlos knabberte sie an ihrer Unterlippe. Sie hatte weder Geld, noch ihr Handy bei sich. Ihre Handtasche war fort. Sie musste sie entweder im Kampf mit den Wölfen verloren haben oder Rotkäppchen hatte sie an sich genommen. So oder so, weg war weg. Klasse.

Die Fremde in ihren Armen wimmerte leise und regte sich. Ob sie langsam ins Bewusstsein glitt? Furcht flackerte in Siandra auf, als der Ruf eines Wolfes ihr durch Mark und Bein ging.

Ihre Beine pochten vor Anstrengung, als sie schneller wurde und über die Straße lief. Die Stadt war wie ausgestorben, niemand war unterwegs. Selbst die Straßenlaternen waren dunkler als sonst. Oder bildete sie sich das nur ein? Das Kläffen und Heulen dutzender Wölfe hallte durch die Nacht. Als Siandra einen Blick über die Schulter warf, erkannte sie, dass es eine ganze Meute war, die sie verfolgte. Panik überrollte sie wie eine eiskalte Welle. Verdammt, sie konnte ihnen nicht entkommen! Sie war immer noch unsicher auf den Beinen und durch das Gewicht, das sie trug, wurde sie von Sekunde zu Sekunde langsamer.

Ihr Herz schlug laut bis in ihren Hals und ihre Lungen schrien um Gnade, doch sie gab nicht auf. Sie würde nicht freiwillig in diese Höhlen zurückkehren. Die Wölfe kamen immer näher. Es würde nicht mehr lange dauern, bis sie sie zu Boden rissen und unter sich begruben.

Auf einmal schloss sich eine Hand um ihren Arm und riss sie in ein Auto. Sie hatte das Fahrzeug nicht einmal bemerkt. Hart landete sie auf dem dunklen Ledersitz, die Fremde immer noch in den Armen. Der Fahrer gab Gas, als einer der Wölfe aufgeholt hatte und durch die offene Tür nach ihnen schnappte.

„Mistvieh", knurrte eine vertraute Stimme. Der Fahrer lehnte sich über Siandra und stieß dem Wolf die Tür vor den Kopf, ehe er sie mit einem lauten Knall zuzog. Siandra keuchte auf. Es ging alles so plötzlich, dass sie beinahe das Atmen vergessen hatte. Das Gesicht ihres Retters lag im Schatten, doch es erhellte sich, als das Licht einer Laterne ins Auto fiel. Geschockt hielt Siandra den Atem an, als sie erkannte, wer am Steuer des Wagens saß. „Teddy?!", keuchte sie.

Freund oder Feind

Ungläubig starrte Siandra ihn an. Die Wahrheit fühlte sich an, wie ein Schlag ins Gesicht. Ihr Kopf drehte sich. Das konnte nicht wahr sein. Was machte Beccas Stiefvater hier und warum konnte er die Wölfe sehen?

„Hallo Siandra", sagte Teddy ruhig und warf einen Blick in den Rückspiegel. „Da hast du dir aber keine schöne Gegend für einen Spaziergang ausgesucht."

„W-wie... Was?", stammelte sie, nicht imstande auch nur einen vollständigen Satz über die Lippen zu bringen. Ihre Gedanken waren wie betäubt.

Teddy lächelte sie sanft an. „Jetzt atme erst einmal durch. Du bist in Sicherheit." Sein Blick fiel auf die Frau in ihren Arme. Er stockte kurz, ehe sich seine Augen wieder auf die Straße richteten. „Ich sollte euch so schnell wie nur irgendwie möglich zum Orden bringen."

„Du weißt vom Orden?", fragte Siandra verwirrt. „W-woher...?"

„Das liegt daran, dass ich kein Mensch bin, Siandra."

Einen Augenblick lang war ihre Sprache wie ausgelöscht, als hätte man ihr die Worte gestohlen. Teddy, der Mann, der ihr immer mehr Vater als ihr eigener war, war nicht das, was er zu sein vorgab. „Weiß Becca davon?"

Teddy schüttelte den Kopf. „Meine Familie hatte keine Ahnung davon, was ich bin."

„Aber ich dachte, das sei verboten?" Angespannt verflocht sie ihre Finger. Doch Teddy antwortete nicht. Sein Blick war starr auf die Straße gerichtet.

„Wusstest du, was ich bin?", fragte sie nach einer Weile.

„Ja. Ich wusste es von Anfang an", sagte er und bog in eine breitere Straße ein.

„Warum hast du mir nie etwas gesagt?"

Er presste kurz die Lippen aufeinander. „Weil es für dich sicherer war im Unklaren zu sein."

„Aber wie kann es für mich sicherer sein? Rotkäppchens Wölfe haben versucht mich zu entführen, was sie letztendlich ja auch geschafft haben und die Jäger wollen meinen Tod. Wenn ich davon gewusst hätte, wäre es mir vielleicht möglich gewesen, mich zu wappnen."

Teddy blieb stumm. Wortlos fuhr er über belebtere Straßen auf die Mülheimer Brücke. Als sie keine Antwort mehr bekam, ließ sie ihren Blick aus dem Fenster hinaus wandern.

„Die Unwissenheit ist ein Ort, an den du nie wieder zurückkehren kannst", sagte er auf einmal leise. „Ich wollte dich lange genug vor dem Wissen um diese Welt schützen. Wir... Ich hatte gehofft, sie würde dich nicht finden. Doch ich habe mich getäuscht."

„Aber warum? Warum sucht Rotkäppchen nach mir?"

„Wir vermuten, dass sie schon seit Jahrzehnten versucht ihre Macht auszuweiten. Sie kämpft gegen die Stellung der Eshani'i in dieser Welt an, gegen unsere Unsichtbarkeit unter den Menschen. Es gab eine Zeit, in der wir uns aktiv in die Belange der Menschen eingemischt haben. Viele der Eshani'i hatten hohe Titel inne und mischten in der Politik mit. Doch nach den Bürgerkriegen entstanden die neuen Reiche und mit ihnen neue Gesetze. Rotkäppchen kämpft gegen das neue System an, noch immer, nach all den Jahren. Sie verlangt, dass wir uns gegen die Menschen erheben und unseren rechtmäßigen Platz in der Gesellschaft einnehmen." Tedd stoppte an einer roten Ampel und blickte angespannt in die Seitenspiegel. Die Wölfe waren fort. „Wir vermuten, dass sie deshalb Jagd auf Halbblüter macht. Sie fängt sie ein und versucht sie auf ihre Seite zu ziehen. Damit sie ihre Wahl für sie treffen und ihr helfen unsere Welt aufzudecken."

Siandra runzelte die Stirn. Sie dachte an die Halbblüter, die mit ihr zusammen in der Höhle gelegen hatten. Rotkäppchen suchte andere Wege ihre Ziele zu erreichen. Aber etwas machte sie stutzig. „Ihre Wahl?", fragte sie verwirrt.

Teddy stockte. Seine Hände umfassten krampfhaft das Lenkrad, als er an der Ampel abbog. „Du weißt nichts davon?"

„Nein. Wovon?"

Er schwieg einen Moment, ehe er zum Sprechen ansetzte. „Halbblüter tragen sowohl menschliches Blut, als auch das der Eshani'i in sich. Ihr Erbe kann aber nicht zu gleichen Teilen bestehen, eine Seite muss Überhand haben. Und so müssen sie früher oder später eine Wahl treffen. Sie können sich für ein sterbliches Leben als Mensch entscheiden oder ein unsterbliches Leben in unserer Welt."

Geschockt starrte Siandra ihn an. Sie hatte eine Wahl? „Aber warum bringen die Jäger Halbblüter dann um, anstatt ihnen die Wahl zu lassen?"

„Ich bin kein Jäger, Siandra. Über viele Angelegenheiten des Ordens weiß ich kaum Bescheid. Nur so viel, dass Ariel und seine Jäger einem jahrtausendealtem Credo folgen", erklärte er bitter. „Es gibt viele unter uns, die die Reinheit des Blutes über alles stellen. Denn selbst, wenn Halbblüter sich für das Leben in unserer Mitte entscheiden würden, bleibt ihr menschliches Erbe wie ein Makel an ihnen haften. Es gibt kaum Halbblüter, die sich für diesen Weg entschieden haben und fast alle haben aus den unterschiedlichsten Gründen den Tod gefunden." Er seufzte. „Mehr darf ich dir dazu nicht sagen. Ich bin ein Ratsmitglied und es gibt Informationen, die diesen Kreis nicht verlassen dürfen. Aber viel könnte ich dir ohnehin nicht erzählen. Aschenputtel und auch Ariel halten eine Menge Informationen unter Verschluss. Ich möchte nur daran glauben, dass hinter den Massenmorden an den Halbblütern mehr steckt, als reine Bequemlichkeit."

Eine schwache Stimme ließ Siandra stocken. „Was...? Wo bin ich?", flüsterte die Fremde.

„Keine Angst, du bist in Sicherheit", sagte Siandra erleichtert und zwang sich zu einem Lächeln.

Die Frau drehte den Kopf und sah Siandra kurz aus hellblauen Augen an, ehe sie den Blick abwandte.

„Wir sind da", sagte Teddy, als er auf das Gelände des Ordens einbog. Am Haus der Torwächter hielt er kurz an und ließ das Fenster herunterfahren. Einer der Jäger trat an das Auto heran. Siandra erkannte ihn. Er war auch dagewesen, als Elyano sie in den Orden gebracht hatte. Der Gedanke an den Raben schmerzte sie. Mit Sicherheit hatte er schon gemerkt, dass sie geflohen war. Ob er bereits nach ihr suchte? Sie versuchte ihren Herzschlag zu beruhigen, sich einzureden, dass sie hier sicher war. Aber was, wenn Elyano sie fand und zu Rotkäppchen zurückzubringen? Und wann hatte sie eine solche Angst vor ihm bekommen?

Dem Jäger wich sämtliche Farbe aus dem Gesicht, als er ins Auto blickte. Er stammelte etwas Unverständliches. Teddy erwiderte etwas in eshani. Siandra verstand nicht, worüber sie sprachen, doch seine Stimme klang drängend und immer wieder fielen die Namen Ariel und Fynn. Der

Jäger nickte nur und lief los.

Teddy atmete noch einmal tief durch, ehe er das Fenster schloss und auf den Hof fuhr. Die Reifen knirschten auf dem Kiesweg, als er das Auto vor dem beleuchteten Brunnen parkte.

Siandra schreckte auf, als sich die Autotür ruckartig öffnete und Elyano vor ihr stand. Ihr Herz machte einen Sprung und fror zeitgleich ein. Er bedachte sie mit einem Blick, den sie nicht deuten konnte. Sie selbst war wie erstarrt. Was sollte sie tun? Eine Flucht war ausgeschlossen.

„Du suchst dir die ungünstigsten Zeiten für deine Entdeckungstouren aus", sagte Elyano und Siandra wusste nicht, ob sie lachen oder weinen sollte. Er sah über Siandras Schulter hinweg zu Teddy und schnaubte. „Du hättest ruhig auf uns warten können." Teddy zuckte nur entschuldigend mit den Schultern.

„Yano", flüsterte die Frau plötzlich.

Ein sanftes Lächeln schlich sich auf die harten Züge des Jägers. Er strich kurz über ihre Wange, ehe er ihr aus dem Auto half. Zittrig stand die Fremde auf ihren Beinen und krallte sich an seinem Arm fest, um nicht das Gleichgewicht zu verlieren.

Elyanos Nähe umhüllte Siandra wie einen Schleier, als sie aus dem Auto ausstieg. Doch obwohl sie sicherer auf den Beinen war als zuvor, zitterte sie am ganzen Körper. Sie verstand ihre eigenen Gefühle nicht mehr. Da war die Angst vor dem, was in den Höhlen geschehen war, vor der Wahrheit, die sie erfahren hatte und doch drängte alles in ihr danach Elyano einfach zu vertrauen.

„Elyano!" Fynns Stimme ließ sie herumfahren. Eine Gruppe von Jägern lief die Stufen herab, allen voran Fynn. Als er den Fuß der Treppe erreichte, fiel sein Blick auf die Person neben seinem Bruder und er erstarrte in der Bewegung. Auch Ariel und die anderen Jäger waren stehen geblieben. Erst als der Hüter des Ordens eine Hand auf seine Schulter legte, kam wieder Regung in seinen Offizier. Zögerlich setzte Fynn einen Fuß vor den anderen, schien zu fürchten, seine Augen würden ihn täuschen. Doch Schritt für Schritt wurde er sicherer, bis er geradezu über den hellen Kies flog.

Elyano lächelte, als sich die junge Frau von ihm löste und sein jüngerer Bruder sie in die Arme schloss. Siandras Blick wechselte zwischen der Fremden und den Brüdern hin und her. Wer war sie bloß?

Fynn hielt die Frau umklammert und schien sie nie wieder loslassen zu wollen. „Tha grádh agam ort, mo cridhe", flüsterte er immer wieder unter Tränen. Die Frau schluchzte und krallte sich in sein dunkles Hemd. Er schob sie ein Stück von sich weg, um sie anzusehen, umfasste ihr Gesicht und hauchte ihr Küsse auf die Stirn, die Wangen und Lippen, ehe er sie wieder dicht an sich zog.

„Aisling", sagte Ariel lächelnd, als er neben sie trat.

Siandras Augen weiteten sich. Das war Aisling? Fynns Aisling? Aber Fynn hatte doch erzählt, dass sie bei einem Auftrag umgekommen war. Sie bemerkte Priya, die etwas abseits stand und Aisling sonderbare Blicke zuwarf. Was war nur geschehen?

„Lasst uns reingehen", sagte Ariel mit einer Weichheit in der Stimme, die Siandra fremd war. „Dr. Allwissend soll nach euch beiden sehen. Ihr seht wirklich nicht gut aus."

Vermutlich war auch das noch untertrieben. Siandras ganzer Körper spannte sich an, als Elyano einen Arm um sie legte und sie mit sich zog. Sie erwartete das Schlimmste, dass er sie greifen und an seine Herrin ausliefern würde. Doch nichts von all dem geschah. Mit sanftem Druck zog er sie mit sich, die Treppen hinauf zum Orden.

In ihrem ganzen Leben war Siandra nicht sonderlich oft krank gewesen. Ärzte kannte sie größtenteils aus den Krankenhausserien, die in Endlosschleife im Fernsehen wiederholt wurden oder aus den Gesprächen mit ihrer Schwester. Dr. Allwissend jedoch, der eigentlich Samoel hieß, war ganz anders, als sie ihn sich vorgestellt hatte. Sofern man sich in der kurzen Zeit überhaupt eine Vorstellung ausmalen könnte. Er trug ein schlichtes schwarzes T-Shirt mit der Aufschrift *Schandmaul*, das sich über den muskulösen Oberkörper dehnte und dunkle Jeans. Seine Arme waren komplett tätowiert, doch die Muster waren so ineinander verschlungen, dass Siandra sie wohl länger betrachten musste, um jedes kleinste Detail zu entdecken. Seine braunen Haare waren an den Seiten kurz geschoren und er trug Piercings in Lippe und Nase. Genau wie alle anderen Jäger schien auch er niemals unbewaffnet. An seiner Hüfte hing eine kurze Lederscheide.

Der nachdenkliche Gesichtsausdruck, den er aufgelegt hatte, während er sich um Aisling kümmerte, wich einem freundlichen Lächeln, als er auf Siandra zukam.

Siandra saß im Schneidersitz auf dem Bett der Krankenstation, den Rücken an das metallene Kopfteil gelehnt. Elyano, der auf dem Stuhl neben ihr saß, hatte schon mehrmals versucht, sie dazu zu überreden, sich endlich hinzulegen - ohne Erfolg. Nur langsam ebbte das Adrenalin aus ihrem Körper und noch immer verspürte sie das dringende Verlangen, aufzuspringen und zu fliehen. Selbst der vertraute Schleier konnte sie weder beruhigen, noch ihre innere Zerrissenheit kitten. Ihre Vernunft und ihr Herz lagen in einem ständigen Kampf miteinander. Sie wusste nicht mehr, was sie glauben oder fühlen sollte. Wahrheit und Lüge hatten zu lange an ihrem Herz gezerrt. Nun war es taub.

„Dann wollen wir uns mal um dich kümmern", sagte Samoel vergnügt und ließ sich auf dem Rand des Bettes nieder. Mit dem Fuß zog er lässig einen Wagen auf Rollen zu sich heran und griff nach einem Stethoskop. „Möchtest du mir nicht erzählen, was vorgefallen ist?"

Siandra zuckte zusammen, als sie das kalte Metall auf ihrer Haut spürte. Es dauerte einige Sekunden, bis Samoel es wieder von ihr löste und sie fragend ansah. Sie atmete tief durch und begann das zu erzählen, was ihr geblieben war. Viel war das nicht mehr, das meiste verlor sich in einem dichten Nebel. Die ganze Zeit über spürte sie Elyanos Blick auf sich liegen, doch sie versuchte es zu ignorieren. Sie konnte nicht mit ihm sprechen. Zu groß war die Angst, dass sich ihre größte Furcht als wahr herausstellte. „Wie lange war ich da drinnen?", fragte sie, um sich abzulenken. Was nicht ganz gelang, da es Elyano war, der antwortete.

„Etwa zweieinhalb Wochen", sagte er ausdruckslos. Seine Hand öffnete und schloss sich immer wieder, als würde er um Beherrschung ringen. „Wir sind jedem Hinweis nachgegangen, den wir bekommen haben, doch wir wurden immer wieder in die Irre geführt."

Sie sah Elyano an und er erwiderte ihren Blick mit einer Intensität, die ihr die Beine wegzog. Hastig schluckte sie, umfasste ihre Knie, fast um sich selbst zu halten. „Was hat Rotkäppchen mit uns gemacht?", fragte sie, als sie ihre Stimme wieder einigermaßen unter Kontrolle hatte.

„Das kann ich erst nach einigen Tests genau sagen", erklärte Samoel ruhig und befestigte einen Stauschlauch an ihrem Arm um ihr Blut abzunehmen. „Aber es scheint nichts lebensgefährliches zu sein."

„Ein Glück", murmelte sie und ließ sich zurück in die Kissen fallen, als der Arzt von ihr abgelassen hatte. Samoel stellte zwei Becher auf den Tisch neben ihrem Bett. Einer war mit Wasser gefüllt und auf dem Grund des anderen befanden sich zwei runde Tabletten. „Nimm die", sagte Samoel mit Nachdruck in der Stimme. „Du wirst dich danach besser fühlen."

Siandra nickte nur stumm und nahm die Tabletten, ohne es zu hinterfragen.

„Ruh dich aus. Ihr seid jetzt in Sicherheit", sagte Samoel lächelnd ehe er den Raum verließ.

Erschöpft ließ Siandra sich wieder zurückfallen. Sie schloss die Augen und tat so, als würde sie schlafen. Natürlich wusste sie, wie feige das war, doch sie konnte nichts daran ändern. Elyano blieb an seinem Platz sitzen und beobachtete sie stumm. Ein kleiner Teil von ihr, der noch immer vor der Furcht gelähmt war, wieder in Rotkäppchens Fänge zu geraten, wünschte sich, er würde verschwinden. Vielleicht gehörte das alles zu einem Plan, den er sich zusammen mit Rotkäppchen ausgedacht hatte. Bilder schoben sich wie ein Vorhang vor ihr inneres Auge. Bilder der beiden, das Wenige, was sie von den Gesprächen mitbekommen hatte – es sprach eine ganz eigene Sprache. Und doch: Elyano war gekommen, um sie zu retten. Warum konnte sie ihm also nicht vertrauen?

Noch nie war ihr ein Zimmer so klein vorgekommen. Elyanos Nähe umfing sie und wieder strich dieser seltsame, warme Schleier über ihre verletzte Seele. Die Schatten von Pyrros Höhlen konnte aber auch er nicht auslöschen.

Vorsichtig öffnete sie die Augen und sah in Elyanos besorgtes Gesicht. Es kam ihr fast so vor, als wäre er näher an das Bett heran gerutscht. Angespannt presste Siandra die Lippen aufeinander. Was sollte sie glauben? Was sollte sie fühlen? Atmen war so schwer geworden. So lückenhaft ihre Erinnerungen auch waren, die Worte zwischen ihm und Rotkäppchen hatten sich in ihr Herz gebrannt. Er hatte sie hintergangen, oder etwa nicht? Sie wusste es nicht. Sie wusste nicht, was sie glauben sollte. Warum hatte er sie nicht schon längst zu seiner Herrin zurückgebracht? Ob er auf den richtigen Moment wartete? Immer weiter atmen. Sie wollte ihm glauben, aber sie wusste nicht, ob sie das auch konnte.

„Sieh mich an", flüsterte Elyano und wollte über ihren Arm streichen, doch sie wich vor seiner Berührung zurück. Es dauerte einen Moment, bis Siandra es schaffte den Blick zu heben und in seine dunklen Augen zu sehen. „Du vertraust mir nicht", stellte er fest und griff nach ihrer Hand. Diesmal zog sie die Hand nicht zurück. Zögerlich nickte sie. Wie konnte sie ihm auch bedingungslos trauen nach all dem, was geschehen war?

„Es war der Plan", erklärte er mit leiser Stimme. „Es war der einzige Weg, dich unbeschadet da rauszuholen. Und dass du Zephir niedergeschlagen hast, war nicht gerade hilfreich."

Siandra schloss die Augen, als eine Woge Schuldgefühle sie überkam. „Wie geht es ihm?"

„Mach dir keine Sorgen. Dem ist schon viel schlimmeres widerfahren. Es ist mehr als ein Rudel Wölfe nötig, um ihn aus dem Konzept zu bringen." Er hielt kurz inne. „Glaubst du mir? Dass ich nur gekommen bin, um dich da rauszuholen?"

„Ich weiß es nicht", flüsterte sie und schlang die Arme eng um ihren Körper. Sie wollte ihm so gerne glauben. Dass er gekommen war, um sie zu retten und nicht, weil er etwas gemeinsam mit Rotkäppchen plante. Doch die Zweifel ließen sie nicht los. „Und das in Aschenputtels Garten? Gehörte das auch zum Plan?" Als er nicht antwortete, biss sie auf ihre Lippe und beließ es dabei.

„Ich bin nicht dein Feind", sagte er schließlich leise. „Wenn du mir vertrauen würdest, könnte ich es dir zeigen."

Zitternd holte sie Luft. „Aber wie kann ich das denn? Was ist zwischen dir und Rotkäppchen? Und sag mir nicht, dass da nichts ist. Ich weiß, was ich gesehen habe. Keine Geheimnisse mehr."

„Es gibt einfach Dinge, die ich dir nicht sagen kann. Das heißt nicht, dass ich dich oder den Orden hintergehe."

Siandra hob eine Augenbraue. „Warum? Weil du mich dann töten müsstest?"

„Weil es dann andere erledigen würden."

Die Stille, die sich daraufhin im Raum ausbreitete war ohrenbetäubend. Das Gespräch schien für ihn beendet. Doch Elyano blieb sitzen. Er ließ den Kopf in den Nacken sinken und schloss mit einem lautlosen Fluch die Augen. Sein Blick wanderte kurz zu Aisling, die in ihrem Bett schlief und von ihrer Unterhaltung nichts mitbekam. Fynn war schon vor einigen Minuten aus dem Zimmer verschwunden, weil er Ariel auf eine Pressekonferenz begleiten sollte. „Ich erzähle dir jetzt etwas", sagte er nach einer ganzen Weile. „Etwas, das niemand anderes mit wirklicher

Sicherheit weiß. Und ich möchte, dass du es für dich behältst. Du musst es schwören." Er fuhr fort, als sie nickte. „Du hast recht. Da ist etwas zwischen Rotkäppchen und mir. Da war einmal etwas. Doch das ist vorbei."

Der spitze Stachel seiner Worte traf sie bis ins Mark. Sie lechzte nach jedem Detail und wollte gleichzeitig nichts lieber, als ihn am weiterreden zu hindern.

„Es gab eine Zeit, in der ich den Boden unter ihren Füßen verehrt habe. Ich habe alles getan, worum sie mich gebeten hat, alles, ohne es zu hinterfragen. Doch das ist vorbei. Es wird nie wieder einen Weg zurück geben und ich möchte auch keinen finden. Nicht nach all dem, was sie mir und meiner Familie angetan hat. Aber sie ist meine Vergangenheit und das kann ich nicht ignorieren."

„Warum erzählst du mir das?", fragte sie und umklammerte ihr Kissen wie einen Rettungsanker.

„Damit du mich verstehst."

„Aber warum ist dir das nur so wichtig?"

Elyano antwortete nicht. Er bedachte sie nur mit einem Blick, den sie nicht deuten konnte, ehe er den Raum verließ.

Weiß wie Schnee und Rot wie Blut... ein gläserner Schuh... drei Blutstropfen... ein goldener Ball... Siandras Schlaf war unruhig und von wirren Träumen geprägt. Immer wieder warf sie sich im Bett hin und her. Das dünne Hemd, das sie trug, war vor Schweiß ganz feucht und klebte an ihrem Körper. Die Erinnerung an die Zeit in den Höhlen verfolge sie wie ein Raubtier. Sobald sie auch nur etwas unachtsam wurde, sprang sie sie von hinten an und riss sie nieder.

Vorsichtig richtete Siandra sich auf. Ihr Magen rebellierte und die Welt schien sich in rasender Geschwindigkeit um sich selbst zu drehen. Hastig trank sie einen Schluck Wasser, doch es verschaffte ihrem kratzigen Hals keine Linderung. Ihr Atem klang wie feiner Sand, der durch ein Metallrohr rieselte. Siandras Blick fiel auf Aislings Bett und ein Lächeln zupfte an ihren Mundwinkeln. Fynn saß dort auf einem Stuhl, oder besser gesagt, er lag viel mehr. Den Kopf hatte er auf Aislings Beinen gebettet und hielt ihre Hand wie ein rettendes Seil.

Plötzlich spürte Siandra, wie ihre Übelkeit die Oberhand gewann. Behäbig stand sie aus ihrem Bett auf und hätte beinahe die Balance verloren, schaffte es aber noch sich an dem Stuhl festzuklammern, auf dem Elyano noch vorgestern gesessen hatte. Seitdem hatte sie ihn nicht mehr gesehen. Nicht, dass sie ansonsten viel von ihrer Umwelt mitbekommen hatte. Sie verdrängte den Gedanken an den Raben. Sie wollte jetzt nicht über ihn nachdenken.

Schritt für Schritt tastete sie sich an der Wand entlang und hatte in jeder Sekunde das Gefühl, es würde sie innerlich zerreißen. In jeder Hinsicht. Alles drehte sich. Die Jagd der Wölfe. Teddy. Elyano und Rotkäppchen. Ihr Vater. Siandra lehnte ihre Stirn gegen die kühle Wand, als ein weiterer Schwindelanfall an ihr riss. Einatmen und Ausatmen. Etwas anderes zählte nicht. Ihr Herz raste wie ein gehetztes Reh. Erst, als die Schwärze, die sie einzunehmen drohte, verschwunden war, traute sie sich weiterzugehen.

Im Badezimmer ließ sie sich auf den kalten Fliesenboden sinken. Ihr ganzer Körper bäumte sich auf, als ihr Magen gegen sie ankämpfte. Sie schmeckte die bittere Galle, als auch der letzte Rest des spärlichen Abendessens sich von ihr verabschiedet hatte. Erschöpft streckte sie sich auf dem Boden aus. Ihre Arme und Beine waren plötzlich zentnerschwer und die Kälte der Fliesen irgendwie tröstlich.

Nach einer Weile klopfte es an der Badezimmertür. „Alles in Ordnung mit dir?", fragte Fynn besorgt durch die geschlossene Tür hindurch. „Kann ich dir irgendwie helfen, dir irgendetwas bringen...?"

„Nein, es ist alles in Ordnung. Ich möchte nur ein wenig allein sein."

„Bist du dir sicher?"

Sie flüsterte nur ein leises „Ja". Für mehr fehlte ihr die Kraft.

Immer wieder wandelte sie zwischen Bewusstsein und ohnmächtigen Schlaf hin und her.

Der helle Nebel trug sie fort aus dem Badezimmer des Ordens in einen dichten Wald. Vorsichtig setzte sie einen Fuß vor den anderen auf den kalten Waldboden. Ihren Korb presste sie unwillkürlich noch fester an sich. Er durfte ihr nicht verloren gehen, sonst setzte es Schläge.

Flink huschte ein Eichhörnchen über den Weg und kletterte an dem Stamm eines alten Baumes herauf. Ein Lächeln schlich sich auf ihr Gesicht. Als ein kühler Windhauch über ihre Haut strich, zog sie fröstelnd ihren Umhang fest um ihren Körper. Ihr Blick wanderte unsicher umher. Sie wusste nicht, was es war, doch sie wurde das Gefühl nicht los, verfolgt zu werden. Irgendetwas war ihr auf den Fersen... oder irgendwer.

Sie wollte loslaufen, als etwas sie am Fußgelenk packte und zu Boden riss. Ihr Korb fiel. Die Weinflasche zerbarst an einem Felsen und die dunkle Flüssigkeit tropfte wie Blut auf den Waldboden. Sie versuchte zu fliehen, doch dann spürte sie schon eine Pranke, die sie zu Boden drückte und den Atem der Bestie auf der Haut.

Siandra wusste nicht, wie lange sie dort im Bad gelegen hatte. Es gab kein Fenster, durch das Sonne scheinen konnte und die Wände waren zu dick, um zu hören, was sich auf der anderen Seite abspielte. Sie hatte ihr Zeitgefühl fast völlig verloren, als sie es endlich schaffte, sich aufzurichten. Unbeholfen zog sie sich am Waschbecken hoch und schaufelte sich kaltes Wasser ins Gesicht. Mit der nassen Hand fuhr sie sich über den Nacken und erschrak, als sie ihr Spiegelbild betrachtete. Sie war wirklich nur noch ein Schatten ihrer selbst. Dunkle Ringe hoben sich unter ihren Augen ab und ihr Gesicht war eingefallen. Das rotblonde Haar war stumpf und zerzaust. Siandra griff nach einer Bürste, um es wenigstens einigermaßen unter Kontrolle zu bringen, doch nach wenigen Minuten gab sie auf. Sie machte damit alles nur schlimmer. Übelkeit stieg wieder in ihr auf, doch da war nichts mehr zu erbrechen, außer der bitteren Galle, die sie noch immer auf den Lippen schmeckte.

„Alles in Ordnung?", fragte Aisling besorgt, als Siandra zurück in das Krankenzimmer trat. „Fynn sagte zwar, dass du keine Hilfe brauchst, aber..."

Siandra zwang sich zu einem Lächeln. „Es ist alles in Ordnung", sagte sie und biss die Zähne aufeinander, als sie Schritt für Schritt die Entfernung zum Bett überbrückte. Sie seufzte erleichtert auf, als sie sich in die Kissen sinken ließ. Unauffällig sah sie zu der Jägerin herüber. Fynn war verschwunden - was nichts ungewöhnliches war. Siandra hatte bereits begriffen, dass er eine unheimlich wichtige Person hier im Orden war. Immer war er in Bewegung, immer war er beschäftigt und wenn er nicht gerade selbst unterwegs war, schien er pausenlos zu telefonieren oder Nachrichten zu verschicken. Es gab wenige, die ihn länger als ein paar Minuten zu Gesicht bekamen. Sie schien nun zu dem kleinen Zirkel zu gehören.

Aisling saß aufgerichtet im Bett und blätterte in einer Zeitschrift. Sonnenstrahlen fielen durch das Fenster und brachten die Staubkörner zum

Tanzen. Hatte sie wirklich so lange im Badezimmer gelegen? Vorsichtig trank Siandra einen Schluck Wasser. Es war nicht nur ihr Körper, der schmerzte. Die Zeit in den Höhlen hatte tiefe Wunden in ihre Seele gerissen. Über zwei Wochen war sie fort gewesen. Sie musste unbedingt ihre Schwester anrufen, Becca, ihre Mutter. Siandras Blick wanderte zu Aisling. Wie lange sie wohl dort gelegen hatte? Fynn hatte erzählt, dass sie vor einem knappen Jahr ums Leben gekommen war. Hatte sie all die Zeit in den Höhlen verbracht? Sie konnte sich das Glück, das Fynn empfinden musste, nun da er sie wieder bei sich hatte, kaum vorstellen.

„Woran denkst du?"

Aislings Frage riss sie ruckartig aus ihren Gedanken. „Nichts. Ich frage mich nur, was damals wirklich passiert ist. Wie bist du in den Höhlen gelandet?"

Aisling strich fahrig über ihren Arm und wandte den Blick ab. „Ich weiß es nicht."

„Was meinst du?"

„Ich meine, ich kann mich noch genau an den Tag erinnern. Was Fynn und ich getan haben, bevor ich zu meiner Patrouille aufgebrochen bin, aber danach ist einfach alles weg. Nur zusammenhanglose Fetzen und wirre Gedanken."

Siandra schwieg. Es musste schwer für sie sein, nicht zu wissen, was in all der Zeit geschehen war. Ein Jahr. Keine lange Zeit für jemanden, der die Ewigkeit auf seiner Seite hatte, doch in Pyrros Höhlen wurden sie zu einem Lebenszeitalter.

„Guten Morgen, die Damen", sagte Fynn auf einmal lächelnd und trat in das Zimmer. Der verführerische Duft von heißem Kaffee und frischen Brötchen stieg ihr in die Nase, doch auch wenn der Hunger an ihr riss, wusste Siandra nicht, ob sie auch nur irgendetwas runter bekommen würde. Der Jäger hauchte Aisling einen Kuss auf die Lippen und stellte das Tablett auf den Tisch, der zwischen den beiden Betten stand. „Ihr müsst doch Hunger haben", sagte er und zwinkerte Siandra zu. „Da dachte ich mir, ich bringe euch etwas vorbei."

„Du denkst aber auch an alles." Aisling lachte und fischte sich ein Croissant aus dem Brotkörbchen.

„So bin ich nun einmal."

„Und überhaupt nicht von sich selbst überzeugt."

„Warum sollte ich auch nicht, sieh mich doch an", sagte Fynn grinsend und griff ebenfalls zu.

Stumm nippte Siandra an der Tasse Kaffee in ihren Händen. Immer wieder hielt Fynn ihr die Brötchen entgegen, bot ihr an, ihr irgendetwas anderes zu holen, oder gar ein Omelette zu machen, doch sie lehnte lächelnd ab. So sehr Fynns überschwängliche Dankbarkeit sie auch rührte, rebellierte ihr Magen schon wenn sie nur daran dachte, etwas zu essen.

„Fynn", begann Aisling leise. „Was ist passiert, nachdem ich..."

Mit einem Schlag verschwand das Lächeln von seinem Gesicht. „Ich wollte es erst nicht glauben. Ich wollte einfach nicht wahrhaben, was Priya uns erzählt hat. Wochenlang habe ich gesucht..." Der Schatten von Erinnerungen huschte über sein Gesicht und einen kurzen Augenblick lang schien er in der Vergangenheit gefangen. Dann schüttelte er den Kopf. „All das zählt nicht, denn jetzt habe ich dich endlich wieder hier bei mir", sagte er sanft lächelnd und lehnte seine Stirn an ihre.

„Ja, ich bin wieder hier."

„Tha grádh agam ort", flüsterte Fynn mit leicht zittriger Stimme.

„Was bedeutet das?", fragte Siandra den Jäger neugierig.

Fynn wandte den Blick nicht von Aisling ab. „Ich liebe dich", flüsterte er und küsste sie kurz. „Es ist gälisch. Auch Elyano spricht unsere Muttersprache, obwohl er unsere Heimat schon so früh verlassen musste. Sie wurden alle weggebracht. Ich konnte nur entkommen, weil ich mich vor den Männern unseres Vaters versteckt habe." Fynn stockte. „Vielleicht hätte ich es verhindern können."

Sanft griff Aisling nach seiner Hand. „Rede nicht so einen Unsinn. Du warst nur ein Kind. Du hättest nichts tun können."

„Was ist mit ihnen passiert?", fragte Siandra.

Fynn griff nach einem der Brötchen, machte aber keine Anstalten es auch aufzuschneiden. „Unser Vater hat sie verkauft. An einen Ort, fernab der Zivilisation, an dem sie zu Kämpfern gedrillt werden sollten." Er rieb sich über den Nacken. „Ich frage mich, wohin er jetzt schon wieder verschwunden ist."

Siandra runzelte die Stirn und griff jetzt doch nach einem der Croissants. Lustlos kaute sie auf dem Gebäck herum. „Elyano ist weg?"

„Aye. Er war schon weg, als ich von der Pressekonferenz zurückgekommen bin. Nikolai hat's mir erzählt. Er war nicht sonderlich begeistert davon, dass Elyano ihm schon wieder abhanden gekommen ist." Er schmunzelte. „Priya wollte mir auch nicht glauben, dass ich nicht weiß, wo mein Bruder ist. Sie wollten zusammen ins Kino gehen, aber scheinbar hat Elyano sie versetzt. Wieder einmal. Langsam sollte sie ihn doch gut genug kennen, um zu wissen, dass er nicht gerade der Verlässlichste ist, was Termine angeht." Er legte das Brötchen zurück biss stattdessen herzhaft in eine Laugenstange. „Hast du eine Ahnung, wo er sein könnte?"

„Ich? Warum sollte ich es wissen?", fragte Siandra mit einem Anflug von Unsicherheit.

„Du hast als Letztes mit ihm mehr als zwei Sätze gesprochen. Hat er dir nichts gesagt...?"

Sie schüttelte den Kopf und wollte etwas sagen, als die Tür geöffnet wurde.

„Ich hoffe ich störe nicht. Ich komme nur, um noch einmal nach meinen Lieblingspatientinnen zu sehen", sagte Samoel mit einem Augenzwinkern und trat ins Zimmer.

Nachdem der Arzt nach ihnen gesehen hatte, dauerte es nicht lange, bis der Schlaf nach Siandra griff. Benommen wandelte sie in einem Zustand zwischen Bewusstsein und Schlaf. Die Sonne wanderte durch das Zimmer und verschwand. Siandra schaffte es kaum, sich zu bewegen. Ihre Glieder schmerzten und waren schwer wie Blei. Mehr als einmal dachte sie Elyano neben sich sitzen zu sehen, doch er verschwand so schnell, dass sie sich sicher war, es sich nur eingebildet zu haben.

Als sie das nächste Mal erwachte, stand die Sonne hoch am Himmel. Behäbig rappelte sie sich auf und suchte nach der Quelle der Stimme, die sie geweckt hatte. Auch Aisling hob den Blick von ihrem Buch und sah sich verwirrt um.

Die Tür öffnete sich. Unbewusst spannte sich ihr ganzer Körper an, als Siandra Ariel erkannte. Auch wenn sie wusste, dass er auf ihrer Seite stand, schaffte sie es nicht, die Furcht zu verbergen, die in ihr hohe Wellen schlug. Der Hüter des Ordens lächelte, als sein Blick auf Aisling fiel. Dann wandte er sich an Siandra. „Du hast Besuch", sagte er mit ruhiger Stimme.

„Ich? Besuch?", fragte sie irritiert. Niemand, den sie kannte, wusste vom Orden. Wer sollte sie besuchen? Ihr schlechtes Gewissen regte sich, als sie daran dachte, dass sie schon längst einige Anrufe gemacht haben wollte.

„Ariel seufzte. Er schien darüber selbst nicht gerade begeistert zu sein. „Ja, Besuch. Es ist..."

Er wurde unterbrochen, als die Tür aufschwang und ein dunkler Lockenkopf herein spähte. Becca quietschte und warf sich an Ariel vorbei auf Siandras Bett.

„Becca?" Ungläubig starrte Siandra ihre Freundin an. Was hatte sie denn hier verloren? Und woher wusste sie...? Auf einmal ging ihr ein Licht auf. Natürlich. Teddy! Aber warum hatte er ihr von all dem erzählt? War das nicht sogar verboten?

„Ihr habt sicherlich einiges zu besprechen", sagte Ariel mit einem Schmunzeln in der Stimme, ehe er den Raum verließ.

„Was... Woher...?", stotterte Siandra, unfähig auch nur einen geraden Satz über die Lippen zu bringen.

„Ich bin so froh, dass es dir gut geht. Als Teddy erzählt hat, dass man dich gefunden hat, wollte ich gleich herfahren, aber er hat mich nicht gelassen."

„Wie lange weißt du davon?"

„Seit meinem Geburtstag. Teddy ist früher wieder nach Hause gekommen, als er erfahren hat, was passiert ist. Meine Mutter und Lars sind noch in Norwegen geblieben." Becca erschauderte, als sie an die Geschehnisse dachte. „All das Blut... und dieser Mann mit dem wölfischen Lachen. Nachdem er dich entführt hat, ist das absolute Chaos ausgebrochen. Elyano hat versucht, dir zu folgen, aber die Wölfe haben ihn aufgehalten. Kurz danach ist Teddy gekommen. Und dann hat er es mir erzählt. Alles."

„Ach ja?", fragte Siandra vorsichtig.

„So ziemlich. Ich habe ihm natürlich erst nicht geglaubt, aber dann habe ich Aschenputtel kennengelernt und Teddy hat mir den Orden gezeigt."

Aisling und Siandra wechselten schnelle Blicke miteinander. „Du hast Aschenputtel kennengelernt?"

Becca nickte. „Sie haben einen Rat einberufen, um zu entscheiden, was mit mir geschehen sollte. Weil ich doch Pyrros gesehen habe. Aber sie haben auch etwas davon gesagt, dass ich nicht durch einen Eid geschützt werden kann. Wovon haben sie da geredet?"

„So einen hat Elyano gesprochen, als ich in den Orden gekommen bin, um mich vor den Jägern zu schützen. Ich..."

Ein klirrendes Geräusch ließ Siandra zusammenzucken. Erschrocken drehte sie sich zu Aisling um, die sie wie vom Donner gerührt anstarrte. Die Scherben des Glases hatten sich über den ganzen Boden verteilt.

„Aisling?", fragte Siandra behutsam.

Die Jägerin blickte einen Moment lang durch sie hindurch, schien wie aus einem bösen Traum zu erwachen. „Also doch", murmelte sie und sah zu Boden. „So eine Unordnung."

Was war mit ihr los? Siandra tauschte einen kurzen Blick mit Becca. Was war denn da gerade passiert?

„Du hättest Elyano sehen sollen, als Pyrros dich mitgenommen hat", erzählte Becca kurz darauf weiter. „Er ist völlig ausgetickt. Wollte dir sofort hinterher. Florian und Nikolai mussten ihn zu zweit zurückhalten, damit er nichts unüberlegtes."

Die Hoffnung begann wieder in ihr aufzukeimen, doch sie versuchte sie zurückzuhalten. Hoffnung war zu etwas geworden, das ihr Angst machte.

„Was ist passiert?", fragte Becca, nachdem sie eine ganze Weile still dagesessen hatten. „Du weißt schon. Dort wo Pyrros dich hingebracht hat. Was haben sie mit dir gemacht?"

„Ich kann mich kaum erinnern", flüsterte Siandra. „Vermutlich ist das auch besser so." Natürlich war das gelogen. Sie konnte sich noch an einiges erinnern, auch wenn das meiste, wie von einem dichten Nebelteppich verhangen war. Doch sie wollte nicht darüber sprechen, nicht einmal daran denken.

Becca schien zu verstehen. „Und?", fragte sie um das Thema zu wechseln. „Hast du eigentlich auch nur irgendetwas für die Schule getan, seit du hier in Versailles ein und ausgehst?" Sie ließ ihren Blick aus einem der Fenster schweifen. „Junge, Elyano hat wirklich nicht zu viel versprochen."

Ein eisiger Schauer lief Siandra über den Rücken. An ihr Abitur hatte sie nun wirklich keine Gedanken verschwendet. Sie hatte zwar keine Schule mehr, aber eigentlich sollte sie die Zeit damit verbringen für ihre Prüfungen zu lernen. Sie hingegen war von einem Unglück ins nächste gestolpert.

„Keine Sorge. Ich bringe dir meine Zusammenfassungen vorbei", sagte Becca lächelnd und kehrte vorsichtig die Scherben des Glases zusammen.

Die Jägerin schien noch immer in ihrer eigenen Gedankenwelt gefangen und starrte zur Decke. Unsicher sah Becca ihre beste Freundin an. „Geht es dir wirklich gut?"

Siandra nickte, auch wenn sie sich nicht sicher war. Was hatte sie gesagt, das Aisling derart aus der Fassung gebracht hat? War es die Sache mit Elyanos Eid gewesen?

„Du hast noch ein wenig Zeit bis die ersten Klausuren anfangen", sagte Becca optimistisch. „Du schaffst das schon. Bei mir bin ich da gar nicht so sicher."

„Wieso? Mathe?", fragte Siandra mit einem mitleidigen Lächeln. Sie wusste, wie sehr Becca mit diesem Fach auf Kriegsfuß stand.

Becca stöhnte genervt auf. „Frag nicht. Herr Freytag war übrigens äußerst pikiert darüber, dass du nicht zu seiner Lerngruppe gekommen bist. Hast Effi Briest verpasst."

„Wäre Effi doch nur mal von dieser verdammten Schaukel gefallen, dann wäre uns allen etwas erspart geblieben", grummelte sie.

„Ach ja, ich vergaß", sagte Becca lachend. „Du kannst ja nur etwas mit russischen Autoren anfangen. Und mit..." Sie stockte.

„Sprich es ruhig aus. Mit Märchen. Und jetzt scheine ich in einem gefangen zu sein. Ironie meines Lebens."

„Ich..." Becca wurde von einem Tumult vor der Tür unterbrochen. Laute Stimmen drangen an Siandras Ohr, die sie nicht sofort zuordnen konnte. Auch Aisling schien aus ihrer Starre erwacht und sah sie verwundert an.

„Lassen Sie uns durch! Wir haben ein Recht sie zu sehen!", polterte eine Stimme, die Siandra nur allzu vertraut war. Die Frage war nur: Wie kam er hierher? Sie zuckte zusammen, als die Tür aufgerissen wurde und mit voller Wucht gegen die Wand schlug. Es war ihr Vater. Der dunkle Anzug, der fast zu einer zweiten Haut geworden war, war makellos glatt gebügelt und das grau melierte Haar zu einem perfekten Seitenscheitel gezogen. Wütend strich er sich über den Schnauzbart und durchbohrte sie mit seinem Blick. Ihre Mutter stand an seiner Seite, elegant gekleidet wie immer. Ihre Augen schnellten zwischen Siandra und ihrem Mann hin und her. Sein Auftritt schien ihr sichtlich unangenehm zu sein.

Ein Jäger, den Siandra nicht kannte, folgte ihnen. „Ihr befindet Euch in unserem Haus. Wir machen hier die Regeln", sagte er kühl, doch ihr Vater nahm keine Notiz davon.

Als der Jäger sich in seinen Weg stellte, brüllte er ihn wütend an. „Sie ist meine Tochter! Es ist mein Recht sie zu sehen!"

„Vater, das reicht!"

Erst jetzt schien er sie zu bemerken. Für einen Moment dachte Siandra so etwas wie Erleichterung in seinen Augen zu sehen, doch schnell machte dieser Ausdruck der Wut Platz. „Wo warst du, verdammt nochmal?!", tobte er, als er auf Siandras Bett zukam. Der fremde Jäger warf ihr noch einen flüchtigen Blick zu, ehe er den Raum verließ. „Wir hatten schon die Polizei verständigt, weil wir dachten, du würdest irgendwo zugekifft im Straßengraben liegen."

„Woher weißt du überhaupt, dass ich hier bin?"

„Uns wurde Bescheid gegeben, was denkst denn du? Wie kommst du auf so eine hirnrissige Idee? Reagierst nicht auf Anrufe und bist auf einmal wie vom Erdboden verschluckt. Deine Mutter war ganz krank vor Sorge. Ich hatte ein Treffen der Vorstandsmitglieder einberufen, die nur deinetwegen gekommen sind. Und wer war nicht da? Siandra Ecker natürlich! Selbst deine Tante wusste nicht, wo du bist!"

„Du hast mit Liza gesprochen?"

„Natürlich! Immerhin wohnst du in ihrem Haus! Also, was zum Teufel machst du hier?"

„Sie ist mit ihrem Freund zusammengezogen", warf Becca ein.

„Becca!", rief Siandra fassungslos, doch ihre beste Freundin bedachte sie nur mit dem Spiel-mit-Blick.

„Dein Freund?", fragte ihr Vater. Siandra konnte die Zornesfalte auf seiner Stirn erkennen. „Warum kenne ich ihn nicht? Ich bestehe darauf, dass er mir vorgestellt wird. Wer weiß, wen du dir da angelacht hast. Du hast einen guten Namen und einen Ruf zu verlieren."

„Vater!"

„Ich bitte dich! Der Letzte, den du angeschleppt hast, war lächerlich. Nicht würdig an deiner Seite zu stehen. Du bist meine Erbin, vergiss das nicht!"

Siandra wusste nicht ob sie lachen oder weinen sollte. Entgeistert lachte sie auf. „Nein, bin ich nicht."

„Wovon sprichst du da? Wenn du jetzt schon wieder von deiner Schwester anfängst..."

„Sag mir endlich die Wahrheit!"

„Hast du jetzt auch angefangen Drogen zu nehmen? Dein neuer Freund dealt bestimmt, sonst könnte er sich ein solches Anwesen mit Sicherheit nicht leisten! Und wer sind diese ganzen anderen seltsam aussehenden Leute? Sektenmitglieder? Einem Mittelaltermarkt entlaufen?"

„Vater, es reicht", sagte Siandra. Ihr Vater hatte keinerlei Ahnung. Er wusste nicht, was sie war. Vermutlich wusste er nicht einmal, dass er nicht ihr Vater sein konnte. Sie sah zu ihrer Mutter, doch die wandte den Blick ab.

„Du kommst mit uns", sagte ihr Vater befehlsgewohnt und fasste ihren Arm. Siandra war derart perplex, dass sie sich nicht wehrte, als er sie auf die Füße zog. Wütend entzog sie sich seinem Griff.

„Ich gehe mit euch nirgendwo hin."

In den Augen ihres Vaters blitzte es zornig auf und eine dünne Röte durchzog seine Wangen. „Du wagst es mir zu widersprechen?" Rot vor Wut baute er sich vor ihr auf und erhob die Hand zum Schlag. Sie wandte den Blick ab, doch der heiße Schmerz auf ihrer Wange blieb aus.

„Fass sie ja nicht an." Siandra kannte diesen Akzent. Als sie den Kopf drehte, erkannte sie Elyano, der die Hand ihres Vaters umklammert hielt. Sie hatte nicht einmal bemerkt, wie er hereingekommen war.

„Und wer ist das hier, verdammt nochmal?!", brüllte ihr Vater, ließ aber die Hand sinken.

„Du bist hier nicht erwünscht", erwiderte Elyano, der mit seiner Beherrschung zu kämpfen schien. „Verschwinde!"

„Wer bist du, dass du es wagst, mir Befehle zu erteilen?", fragte Siandras Vater erzürnt. „Bist du etwa dieser Drogendealer?!"

Elyano wollte etwas erwidern, als sich die Tür öffnete. Es war Teddy. Sein Blick huschte über Siandra und Becca zu Elyano. „Was ist hier los?"

Erst starrte Siandras Vater ihn nur an, dann schien er ihn jedoch zu erkennen. „Na, wenn das nicht die Modeschwuchtel ist", sagte er hämisch.

„Sie sollten jetzt gehen", presste Teddy hinter geschlossenen Zähnen.

„Er hat recht", sagte Ariel mit harter Stimme, als er hinter Teddy in den Raum trat. Der Jäger von vorhin begleitete ihn. „Ihr seid hier nicht mehr länger erwünscht."

Selbst Siandras Vater konnte seinem Blick nicht standhalten. „Wehe, du tauchst am Montag nicht auf", knurrte er wütend, ehe er gemeinsam mit seiner Frau durch die Tür verschwand. Siandra verkniff sich das „Rat mal, wo ich Montag nicht sein werde".

Angespannt knabberte sie an ihrer Unterlippe. Was musste Ariel nur von ihr denken, nachdem ihr Vater einen solchen Aufstand geprobt hatte? Er hasste sie doch ohnehin schon. „Ariel, es tut mir...", wollte sie ansetzen, doch der Hüter des Ordens schüttelte den Kopf.

„Mach dir nichts draus", sagte er mit ungewöhnlich sanfter Stimme. „Niemand ist für seine Familie verantwortlich.

Er ist nicht meine Familie, dachte sie, doch sie wagte es nicht, es laut auszusprechen.

„Wir sollten ebenfalls gehen", fuhr Ariel fort. „Die beiden brauchen alle Ruhe, die sie bekommen können. Und dieser Auftritt war nicht gerade etwas, das ich guten Gewissens als ruhige Unterhaltung bezeichnen würde."

Becca lächelte Siandra noch einmal kurz zu und versprach ihr die Zusammenfassungen vorbeizubringen, ehe sie sich verabschiedete. Siandra versuchte Elyanos Blick aufzufangen, doch er sah sie nicht an. Er sagte etwas Leises zu Ariel, bevor er den Raum verließ.

Entnervt ließ Siandra die Stirn auf den Schreibtisch sinke. Sie war froh, wenn sie das Ganze hinter sich gebracht hatte. Seit zwei Stunden versuchte sie schon sich Biologie in den Schädel zu hämmern – doch so ganz wollte ihr das nicht gelingen. Und das lag nicht nur daran, dass sie mit Becca chattete. Sie hatte schon mehrmals versucht ihre Schwester anzurufen, aber sie erreichte sie einfach nicht. Entweder war sie bei irgendwelchen Untersuchungen oder schlief. Normalerweise rief Vero sie immer zurück, aber jetzt wo ihr Handy weg war, stellte sich das natürlich als recht schwierig heraus. Und so langsam machte Siandra sich wirklich Sorgen. Sie konnte sich einfach nicht aufs Lernen konzentrieren. Seit drei Tagen versuchte sie das schon, seit Samoel sie von der Krankenstation entlassen hatte. Doch ihre Gedanken schweiften immer wieder ab.

Elyano hatte sie seit dem Zwischenfall mit ihrem Vater kaum zu Gesicht bekommen. Ständig war er unterwegs, immer war er beschäftigt. Sie fragte sich, ob er ihr aus dem Weg ging oder tatsächlich so viel um die Ohren hatte. Einmal hatte sie es tatsächlich geschafft, ihm im Flur aufzulauern. Sie musste unbedingt ihre Schwester besuchen. Er konnte doch nicht wirklich annehmen, dass sie den ganzen Tag hier im Orden verbrachte, bis der gütige Herr so gnädig war, sie hinauszugeleiten. Ihr Gespräch hatte geendet wie alle ihre Gespräche endeten: Elyano war wieder verschwunden.

Siandra knabberte an ihrem Kugelschreiber und füllte eine Tabelle aus. Vielleicht sollte sie Fynn bitten, sie zu begleiten. Hinter ihr krächzte Jack fröhlich vor sich hin, doch an den Lärmpegel hatte sie sich mittlerweile gewöhnt. Den Vogel konnte sie gut ausblenden.

Sie atmete geräuschvoll aus und ließ den Stift fallen. Heute würde sie ja doch nichts mehr in ihrem Kopf behalten. Vielleicht sollte sie sich ein wenig im Orden umsehen.

Ein wenig unsicher trat Siandra auf den Flur. Auch wenn sie wusste, dass sie eigentlich sicher war, behagte es ihr überhaupt nicht zu wissen, dass die meisten Bewohner ihren Tod wollten. Doch je weiter sie ging, desto mehr beruhigte sie sich. Als sie am Aufenthaltsraum stehen blieb, überkam sie kurz die Erinnerung an Priyas Angriff. Sie mahnte sich dazu ruhig zu atmen, ehe sie die Tür öffnete. Trotzdem raste ihr Herz, als sie den Aufenthaltsraum betrat.

Sofort versiegten alle Gespräche und sämtliche Blicke richteten sich auf sie. Erst, als Aisling ihr zuwinkte und zu sich herüber rief, merkte Siandra, dass sie die Luft angehalten haben musste. Erleichtert ließ sie sich neben Aisling und Fynn auf das Sofa sinken.

„Du traust dich also in die Höhle der Löwen?", fragte Fynn lächelnd. Einige Karten und Lagepläne lagen aufgeschlagen neben ihm und mit der einen Hand tippte er etwas auf ein Tablet ein. Den anderen Arm hatte er um Aisling geschlungen.

Sie versuchte sein Lächeln zu erwidern. „Wie du siehst."

Auf dem Sofa gegenüber des kleinen Couchtisches saßen zwei weitere Jäger. Den einen erkannte Siandra sofort. Es war Zephir, der Kerl, den sie mit dem Stein niedergeschlagen hatte. Verlegen biss sie auf ihre Unterlippe, als sie daran dachte.

„Na, alles chico?" Zephir grinste und zwinkerte ihr zu. Die Frau neben ihm glich ihm so sehr, dass sie Zwillinge sein könnten. Sie hatte dasselbe fein geschnittene Gesicht und die gleichen hellen Haare. Als sie die Beine übereinanderschlug, bewegte sie sich mit einer Anmut, die Siandra bei kaum einem Menschen gesehen hatte. Aber schließlich war sie kein

Mensch. Siandra fragte sich, wie alt die beiden wohl waren. Sie wirkten wie Mitte zwanzig, aber ob sie das auch waren, war eine andere Frage.

„Ach, ihr kennt euch ja noch gar nicht", sagte Fynn und sah von seinem Tablet auf. „Das sind Zephir und Aiofé. Ihr beiden, das ist Siandra."

„Wenn das nicht das Mädchen mit dem Stein ist", erwiderte Zephir und ließ sein Grinsen in die Breite wachsen.

„Das Mädchen mit dem Stein?", fragte Aisling verwirrt.

„Weißt du es noch nicht? Siandra hat unseren lieben Zephir ausgeknockt", sagte Fynn schadenfroh. „Einer unserer besten Jäger von einem Mädchen erschlagen. Noch dazu von einem Halbblut."

„Hätte ich denn ahnen können, dass sie mich hinterrücks anfällt? Immerhin war ich gerade dabei sie zu retten!"

„Es tut mir leid", murmelte Siandra. „Aber wie hätte ich denn wissen können..."

„Was für einen anderen Grund hätte ich denn haben können, dich da rauszuholen?"

„Rotkäppchen hat gesagt...", setzte Siandra an, doch Zephir unterbrach sie erneut.

„Du glaubst allen Ernstes, ich würde mit dieser Hexe zusammenarbeiten?"

Hastig schüttelte sie den Kopf. „Nein, ich..."

„Lass sie, Zephir", beschwichtigte seine Schwester ihn. „Sie war verwirrt und hatte Angst. Du kannst manchmal ganz schön furchteinflößend sein. Und ab und an würde ich dir auch am liebsten eine runterhauen", sagte sie und stach ihm in die Seite.

„Untersteh dich."

„Wie kannst du überhaupt glauben, dass einer unserer Jäger...", begann Fynn und stockte. Seine Augenbrauen zogen sich zusammen. „Du glaubst doch nicht etwa, was über meinen Bruder erzählt wird?"

„Wovon sprichst du?", fragte Aisling und strich sanft über seinen Arm.

„Gerüchte über Elyano. Dass er nur zu uns gekommen ist, um für Rotkäppchen zu spitzeln. Dass er immer noch ein Werkzeug der Fürstin ist."

Ungläubig starrte Aisling Siandra an. „Das darfst du auf keinen Fall glauben! Elyano würde sich niemals gegen uns oder den Rat stellen. Ich kenne ihn. Fynn kennt ihn. Er mag seine eigenen Wege haben, die Dinge zu lösen, aber er steht auf unserer Seite. Du musst ihm vertrauen."

„Vielleicht habt ihr recht", murmelte Siandra leise.

„Natürlich haben wir recht", sagte Zephir mit einem großspurigen Lächeln. „Wir haben immer recht."

Lachend warf Aisling ihm einen Schokoriegel an den Kopf. „Du Spinner."

Angespannt tippte Siandra die Nummer auf ihrem Handy ein und atmete tief durch. Bitte geh ran, bitte geh ran, flehte sie in Gedanken, doch ihr Gebet wurde nicht erhört. Minutenlang ertönte nur das nervige Fragezeichen, ehe sich die Mailbox einschaltete. Wütend pfefferte Siandra das Telefon auf das Bett. Sie wurde langsam aber sicher wirklich nervös. Unruhig ging sie auf und ab und strich sich über den Nacken. Sie musste hier raus. Sie musste Vero sehen. Sehen, dass es ihr gut ging. Ganz egal, was Elyano davon hielt.

Gedankenverloren starrte sie aus dem Fenster, als ihr Blick auf einige Gestalten fiel, die über den Rasen liefen. Lautes Gelächter drang durch das angelehnte Fenster an ihr Ohr. „Lass das", schrie Priya immer wieder lachend und suchte das Weite, doch da hatte der Rabe sie bereits eingeholt und ergriffen. Fynn und Aisling folgten ihnen etwas langsamer Hand in Hand, als Elyano auf den großen Pool zuging. Siandra runzelte die Stirn. War das sein Ernst?

„Das hast du davon, Priya", rief Fynn schadenfroh und klopfte seinem Bruder auf die Schulter. „Gut gefangen."

„Rabe, ich warne dich", drohte Priya, doch Elyano lachte nur. Die Jägerin kreischte erschrocken auf, als er mit ihr zusammen in den Pool sprang.

Siandra schreckte aus ihren Gedanken auf, als die Tür mit einem Ruck aufgerissen wurde. Es waren die Zwillinge. Ein gehetzter Ausdruck lag auf den geröteten Gesichtern. Siandra wusste nicht, wie ihr geschah, als die beiden ihr einen durchdringenden Blick zuwarfen und in ihrem Kleiderschrank verschwanden. Nur Sekunden später klopfte es.

Siandra sah noch einmal zu ihrem Schrank, ehe sie zur Tür ging. Sie staunte nicht schlecht, als Heinrich vor ihr stand. Etwas atemlos lehnte er auf seinen Gehstock. „Hallo Eorlina", sagte er sanft lächelnd. „Hast du die Zwillinge gesehen?"

„Sind sie dir etwa ausgebrochen?", fragte sie lachend, doch es blieb ihr beinahe im Hals stecken.

„Die Beiden rauben mir noch den letzten Nerv", seufzte er. „Manchmal könnte man meinen, sie wären keine zwölf Jahre alt."

„Ich habe sie vorgestern das letzte Mal gesehen. Warum? Was haben sie denn angestellt?"

Heinrich schüttelte den Kopf. „Nichts, nichts. Wenn du sie sehen solltest, sag mir einfach Bescheid."

Als sich die Tür wieder schloss, drehte Siandra sich zum Schrank um. Sie hob die Augenbraue und öffnete die Tür einen Spalt weit. „Raus mit der Sprache. Was habt ihr gemacht?"

Grinsend trat Zephir aus dem Schrank hervor und zog seine Schwester hinter sich her. Fynn hatte ihn mal einen wandelnden Widerspruch zwischen einem ernstzunehmenden Mann und einem pubertierenden Zwölfjährigen genannt. Ein Schmunzeln schlich sich auf Siandras Gesicht, als sie daran dachte. Er hatte recht. „Heinrich regt sich nur wieder völlig grundlos auf."

„Wir haben uns lediglich ein paar Kleinigkeiten ausgeborgt", sagte Aiofé.

Siandra ließ sich auf ihr Bett sinken. „Und was...?"

Aiofé lächelte nur auf eine seltsam wissende Art und warf ihr einen kleinen Beutel zu, der über ihre Schulter gehangen hatte. Vorsichtig sah Siandra hinein. Unförmige kleine Päckchen lagen dort drinnen, wirr durcheinander gewürfelt und in braunes Papier eingeschlagen. „Was ist das?", fragte sie zögerlich.

„Schau doch nach", forderte Zephir mit einem breiten Grinsen auf dem Gesicht.

Siandra griff nach einem der Päckchen und schälte es sorgfältig heraus. Eine kleine Statue kam zum Vorschein. Sie ließ ihren Finger über die glatte, rot melierte Oberfläche gleiten. Es fühlte sich wächsern an und als ob Hitze in ihrem Inneren pulsiert. Die Statue stellte einen Bären dar. Er stand auf seinen Hinterbeinen und ruderte mit den Pranken wild durch die Luft. Sein Maul war weit aufgerissen und seine Augen blitzten wütend. „Nochmal die Frage. Was ist das?"

„Das, meine liebe Siandra, wird der Grund für den nächsten Herzinfarkt unseres Vaters sein."

„Euer Vater?"

Zephir wechselte einen kurzen Blick mit seiner Schwester. „Ein kleines

Präsent für den geschätzten Hüter dieses Ordens."

„Was?" Siandra starrte die beiden an. Ariel war ihr Vater?

„Nicht so laut", sagte Zephir und kniff die Augen zusammen. „Heinrich sieht zwar nicht danach aus, aber er hat verdammt gute Ohren."

„Was habt ihr damit vor?", fragte Siandra misstrauisch, auch wenn sie sich nicht sicher war, ob sie es wissen wollte.

„Jetzt mach nicht so ein Gesicht, als würden wir den Orden gemeinsam mit unserem Vater in die Luft jagen. Wir wollen ihn nur ein wenig aus der Reserve locken."

„Indem ihr..." Fragend sah Siandra die beiden an.

„Du musst schwören, niemanden etwas zu sagen", verlangte Aiofé.

„Nicht einmal Elyano."

„Warum sollte ich es Ely..."

„Schwöre es!"

Seufzend nickte sie. „Gut. Ich schwöre es."

„Das sind...", wollte Aiofé ansetzen, als sich die Tür erneut öffnete. In einer fließenden Bewegung griff Zephir nach dem Beutel und befestigte ihn an seinem Gürtel.

„Ich hoffe, ich störe nicht", sagte Elyano und trat ein. Seine dunklen Haare waren noch nass von dem Bad im Pool. Die Tropfen fielen ihm auf die Schulter und rollten über seinen nackten Oberkörper. Helle Linien hoben sich von seiner Haut ab, Narben vergangener Kämpfe. An einer Kette um den Hals trug er einen schlichten silbernen Ring. Sein T-Shirt steckte, zu einem wirren Bündel verknotet, am Bund seiner Hose fest. *Hör auf zu starren, hör auf zu starren, verdammt nochmal hör auf zu starren.* Hitze schoss in Siandras Wangen, als Elyano sich laut räusperte und Zephir neben ihr lachte.

„Das grenzt ja fast an sexueller Belästigung", sagte Elyano grinsend und ließ sich auf Siandras Bett nieder.

„Was willst du, Rabe?", fragte sie und wunderte sich, dass sie ihre Stimme so gut unter Kontrolle hatte. Wo war er in den letzten fünf Tagen gewesen? Und warum tauchte er jetzt auf einmal wieder auf?

Elyano streckte sich lässig auf dem Bett aus und lächelte sie nur stumm an. Die Wassertropfen perlten auf seiner Haut ab und hinterließen schimmernde Spuren. *Wie es sich wohl anfühlen... Stopp!*, herrschte sie sich an. *Hör auf so etwas auch nur zu denken!* „Ich habe nach dir gesucht", sagte er schließlich.

Siandra hob fragend die Augenbrauen. „Und weshalb?" Sie zuckte zusammen, als er auf einmal aufsprang und nach ihrer Hand griff, doch sie wich seinem Griff aus. „Was hast du vor?", fragte sie ihn misstrauisch.

„Ich möchte dir etwas zeigen."

Erst wollte Siandra ihm sagen, wohin er sich dieses ‚etwas' stecken konnte, doch dann überwog ihre Neugierde. Als er ihr die Hand reichte, ergriff sie zögerlich. „Und was willst du mir zeigen?"

„Das wirst du sehen, wenn wir da sind", sagte er und führte sie durch den Orden. Ratlos musterte Siandra ihn aus dem Augenwinkel. Sie glaubte Zephir. Sie glaubte auch Aisling und Fynn. Doch was war mit Elyano? Ihr Herz wollte glauben, dass er auf ihrer Seite stand, doch ihr Verstand erinnerte sie immer wieder an die Begegnungen mit Rotkäppchen, an seine Worte, die Vertrautheit zwischen den beiden. Angespannt presste sie die Lippen aufeinander. Sie glaubte Zephir, dass Elyano in die Höhlen gekommen war, um sie da rauszuholen, doch was, wenn das nicht der einzige Grund war? Und warum glaubte sie einem fast Fremden mehr, als dem, der sie mehr als einmal gerettet hatte? „Wohin führst du mich?", fragte sie erneut, um sich von ihren Zweifeln abzulenken.

Elyano grinste nur schelmisch. „An einen schönen Ort, vertrau mir." Er schob sie zu einem schicken dunklen Sportwagen und hielt ihr die Tür auf.

Ihre Augenbrauen huschten nach oben, als sie ihn musterte. „Und du willst so fahren?"

Elyano lachte. „Steig schon ein", sagte er, bevor er um das Auto herumging und sich auf den Fahrersitz sinken ließ. Mit einem schleifenden Geräusch öffnete sich das Tor der Garage. Ohne auch nur eine Sekunde zu vergeuden, startete Elyano den Wagen und lenkte ihn vom Gelände des Ordens.

Er schwieg, als sich das Auto durch den dichten Kölner Verkehr schlängelte. Siandra blieb ebenfalls stumm. Sie sah hinaus und ließ das Meer an Farben an ihr vorbeiziehen. „Warum kannst du mir nicht vertrauen?", fragte Elyano und riss sie aus ihren Gedanken.

Angespannt strich sie über ihren Unterarm. „Ich kenne dich doch gar nicht."

„Fynn kennst du genauso wenig, aber bei ihm scheinst du keine Bedenken zu haben", sagte er bitter.

„Er verheimlicht mir auch nichts. Ich weiß rein gar nichts über dich. Niemand scheint etwas zu wissen." Ich möchte dir doch vertrauen, fügte sie in Gedanken hinzu.

„Informationen sind Macht. Informationen bergen Gefahr. Und du weißt schon mehr als die meisten." Er schien in einem inneren Kampf mit sich selbst zu sein, als er den Wagen auf die Autobahn lenkte. Erst nach minutenlangem Schweigen setzte er wieder zum Sprechen an. „Ich kann dir nichts erzählen. Noch nicht."

Wortlos betrachtete sie ihn von der Seite. Was war es, das er ihr nicht sagen konnte? Ob es etwas mit seiner Vergangenheit zu tun hatte? Sie versuchte den Gedanken an Rotkäppchen zu verdrängen, doch er schlug immer wieder die Krallen in ihre Seele. Stille hüllte sie ein. Nur der Motorenlärm auf der Straße und das gelegentliche Klicken des Blinkers war zu hören.

„Auf einmal darf ich den Orden verlassen?" Sie versuchte ihre Sorgen zu verdrängen, doch das Lachen blieb ihr wie ein Hühnerknochen im Hals stecken.

Elyano schwieg, seinen Blick starr auf die Straße gerichtet. Hatte sie es sich jetzt endgültig mit ihm verscherzt? Der Schmerz, der sie ergriff, verunsicherte sie. Warum war es ihr so wichtig, was er von ihr dachte?

„Da wären wir", sagte er und ein kaum merkliches Lächeln huschte über seine Züge, als er Siandra beobachtete, die mit geweiteten Augen ausstieg.

10. Wahrheit und Lüge

„Warum hast du das getan?", fragte Siandra mit erstickter Stimme, als er neben sie trat. Ihr Blick wanderte über das hohe weiße Gebäude - das Krankenhaus, in dem ihre Schwester lag. Wie konnte er von ihr wissen? Sie hatte ihm nie etwas über ihre Schwester erzählt. Nicht direkt jedenfalls.

„Wir treffen uns in zwei Stunden wieder hier", sagte er und ging zurück zum Auto.

Ein unwillkürlicher Schauer breitete sich auf ihrem Körper aus, als sie an die Wölfe und Rotkäppchen dachte. „Du gehst?", fragte sie und versuchte das Zittern in ihrer Stimme zu unterdrücken. So viel zu ihrer eigenen Courage.

Elyano schüttelte den Kopf. „Ich bleibe in der Nähe", sagte er und griff nach den schwarzen Bändern, die im Kofferraum lagen. „Vertrau mir."

Siandra nickte nur. Sie vertraute ihm tatsächlich. Sie vertraute ihm, dass ihr hier nichts geschehen würde. Elyanos Lächeln leicht erwidernd, ging sie auf das Gebäude zu.

„Sia, was machst du denn hier?", fragte Vero erstaunt und richtete sich vorsichtig auf.

Siandra ließ sich auf den Stuhl neben ihrem Bett sinken. Ihre Schwester sah wirklich nicht gut aus. Sie war blass und wieder war ein neues Gerät hinzugekommen, von dem Siandra keinerlei Ahnung hatte. „Was ich hier mache? Ich habe mir Sorgen um dich gemacht. Wie geht es dir?"

Vero verzog die Lippen zu einem gequälten Lächeln. „Da fragst du noch? Ich sehe doch aus, wie das blühende Leben. Wo hast du die ganze Zeit gesteckt? Stell dir vor, sogar unser Vater hat angerufen, um von mir zu erfahren, wo du dich versteckt hast. Und wollte mir natürlich nicht glauben, dass ich keine Ahnung hatte."

„Tut mir leid, dass er dich da mit reingezogen hat", sagte Siandra zerknirscht.

Vero winkte lässig ab. „Mach dir nichts draus. Ich kenne diesen Mann schon viel länger als du. Seine Psychospielchen beherrsche ich im Schlaf. Aber wo warst du denn? Und sei ehrlich. Ich erkenne es genau, wenn du lügst."

Angespannt biss Siandra auf ihre Unterlippe. Sie konnte ihr nicht die komplette Wahrheit sagen. „Ich war... bei einem Freund."

„Bei dem mit der riesigen Villa?"

„Woher weißt du...?", setzte sie an, beantwortete ihre Frage jedoch selbst. „Natürlich. Becca. Was hat sie dir denn erzählt?"

„Abgesehen davon, dass du dir einen sexy Kerl angelacht hast? Schäm dich, mir nichts zu erzählen! Becca sagte, er sähe aus, wie ein dunkelhaariger Chris-Hemsworth-Verschnitt."

„Wer?"

„Hinter welchem Mond lebst du denn? Also ehrlich Siandra." Vero schnaubte entrüstet. „Chris Hemsworth! Thor!"

„Ich komme in letzter Zeit nicht zum fernsehen, weißt du?", sagte Siandra mit einem schiefen Grinsen.

„Ich dafür umso mehr", sagte Vero und seufzte. „Hier hat man ja sonst nichts zu tun", fuhr sie fort und ihre Augen bekamen wieder das neugierige Funkeln, das Siandra schon von ihrer Schwester gewöhnt war. „Sieht er wirklich aus wie Chris Hemsworth?"

Siandra schüttelte lachend den Kopf. „Ich denke nicht. Nicht wirklich. Hast du denn keine anderen Sorgen?"

„Nur die, dass ich wochenlang nicht wusste, wo meine Schwester steckt."

„Tut mir leid", murmelte Siandra geknickt.

„Schon vergessen", sagte Vero lächelnd und ließ sie fast vergessen, dass dies ein Krankenhaus und sie selbst schwer krank war. „Und? Wie sieht er denn aus? Mehr wie...?" Abwartend sah sie ihre Schwester an.

Siandra schmunzelte, ging aber drauf ein. „Er ist mehr so der Jake-Gyllenhaal-Typ."

„Ich will alles über diesen geheimnisvollen Kerl wissen. Und wehe, du lässt etwas aus!"

Siandra hob abwehrend die Hände. „Da gibt es eigentlich nicht viel zu erzählen. Er ist nur jemand, den ich nach einer Party kennengelernt habe."

„Nur?" Vero hob die Augenbrauen und schien sie mit ihrem Blick geradezu auf die Wahrheit hin zu durchleuchten. „Wenn er nur irgendein Kerl wäre, würdest du noch lange nicht bei ihm wohnen. Wasserschaden und Riesenvilla hin oder her."

Siandra griff nach dem Kugelschreiber, der auf dem Nachtschränkchen lag und begann an der Halterung herumzuspielen. Was sollte sie ihrer Schwester sagen? Sie wusste ja selbst kaum, was das alles zu bedeuten hatte. Und sie wusste ebenso wenig, was Ariel mit ihr anstellen würde, wenn er herausfand, dass sie ihr etwas erzählt hatte. „Okay, okay", entgegnete sie. „Dann eben nicht nur. Es ist... kompliziert."

„Weil er seine letzte Freundin im Schlaf ermordet hat."

Entgeistert hielt Siandra in der Bewegung inne. „Was?"

„Weil er ein gesuchter Krimineller ist? Ein Steuersünder? Amazon-Mitarbeiter?" Vero grinste. „Vater sagt, er dealt mit Drogen?"

Siandra seufzte frustriert. „Vater hat nen Knall."

„Nichts Neues für mich. Und jetzt erzähl mir endlich von deinem Kerl."

„Es ist schwierig."

„Sagtest du bereits."

Angespannt strich Siandra sich eine Strähne aus dem Gesicht, überlegte, was sie ihr erzählen konnte und was nicht. „Ich weiß nicht, ob ich ihm vertrauen kann. Ob es zwischen ihm und..." Sie suchte nach Worten. „... seiner Ex wirklich aus ist. Woher weiß ich, dass er die Wahrheit sagt?"

Vero sah sie einen Moment lang nur stumm an, ehe sie zum Reden ansetzte. „Das kannst du nicht wissen."

„Aber..."

„Ich weiß ja nicht, was passiert ist und du musst es mir auch nicht sagen. Aber fang bloß nicht zwanghaft an, nach einem Grund zu suchen, ihm nicht zu vertrauen. Die Welt ist nicht nur schwarz und weiß. Es wird sich schon alles klären." Da war er wieder. Der unerschütterliche Optimismus ihrer Schwester. Manchmal wünschte Siandra sich, sie könne nur ein wenig mehr wie sie sein. Vielleicht würden die Dinge dann nicht mehr so an ihr nagen. Doch jedes Mal, wenn sie es versuchte, schlug das Leben ihr mit aller Kraft ins Gesicht. „Vielleicht hast du recht."

Ein schalkhaftes Grinsen stahl sich auf Veros Züge. „Das habe ich doch immer", sagte sie, als ein Hustenkrampf ihren ganzen Körper schüttelte.

Als sie ihre Hand zurückzog, war sie blutig. Schlagartig verfinsterte sich ihre Miene und eine Falte bildete sich zwischen ihren Augenbrauen. Verzweiflung stand in ihre Augen geschrieben. Wortlos reichte Siandra ihr ein Taschentuch, während sich die Angst durch ihr Inneres fraß.

Erst, als die Ärzte gekommen waren, um Vero für die nächste Untersuchung vorzubereiten, hatte Siandra das Krankenhaus verlassen. Der Besuch ihrer Schwester hatte ihre Sorgen nicht vermindern können. Im Gegenteil. Sie hatte versucht sich nichts von ihren Ängsten anmerken zu lassen, als sie weiter über die unbedeutendsten Dinge gesprochen hatte, doch sie konnte ihre Augen nicht mehr länger vor der Wahrheit verschließen. Ihrer Schwester ging es schlecht. Sehr schlecht. Und es gab nichts, was sie tun konnte, um ihr zu helfen.

Siandra entdeckte Elyano schon von weitem. Er saß mit dem Rücken zu ihr, auf einer Parkbank am Abhang, und starrte in die Ferne. Im Tal konnte man schemenhaft die Umrisse Kölns im Nebel ausmachen. Als sie näher kam, bemerkte sie den Raben, der auf Elyanos Knie saß. Sanft streichelte der Jäger über das Gefieder des Vogels. Der Rabe hob den Kopf und sah sie aus wachen Augen an, verfolgte jeden ihrer Schritte. Eine seltsame Wärme breitete sich in ihr aus und verriet ihr, dass Elyano ganz genau wusste, dass sie hinter ihm stand.

Elyano strich dem Raben noch einmal über den Kopf, ehe er etwas gälisches murmelte. Der Vogel breitete seine Schwingen aus und erhob sich in die Lüfte. Erst, als der schwarze Punkt fast völlig am Horizont verschwunden war, trat Siandra an die Parkbank heran. Mit gesenktem Blick murmelte sie ein leises „Danke" und berührte seine Schulter. Elyano erwiderte nichts. Kurz legte er seine Hand auf ihre, doch so flüchtig dieser Hautkontakt auch war, so schnell war er wieder verschwunden.

Sie war ihm dankbar, dass er sie nicht auf die Tränenspuren auf ihrem Gesicht ansprach, als er sich zu ihr umdrehte. „Dann lass uns zurückfahren", sagte er mit der Andeutung eines Lächelns auf dem Gesicht.

Der Morgen war noch jung. Die meisten Jäger lagen noch in ihren Betten oder waren von ihrer nächtlichen Patrouille noch nicht zurückgekehrt und auch die Sonne wagte sich noch nicht hervor. Vorsichtig, um niemanden zu wecken, öffnete Siandra die schwere Tür, die zur Küche führte. Der große Raum war wie ausgestorben. Nur einer saß am Tisch: Elyano. Einige Scheiben Toast und eine Auswahl verschiedener Aufstriche lagen vor ihm. In den Händen hielt er eine dampfende Tasse, während er sich über eine Zeitschrift beugte. Sie hatte ihn seit einigen Tagen nicht mehr gesehen. Seit dem Nachmittag, als er sie zu ihrer Schwester gebracht hatte. Der Gedanke an Vero brachte all ihre Ängste wieder zurück. Am Telefon beteuerte sie zwar jedes Mal, es würde ihr gut gehen, doch Siandra hörte, dass es nicht die ganze Wahrheit war.

Elyano hob den Kopf und musterte sie besorgt. Wieder breitete sich diese eigenartige Wärme in ihr aus, die Siandra nicht verstand und legte sich wie ein Schleier um sie. Was hatte er in den letzten Tagen gemacht, als sie Stunde um Stunde mit Lernen verbracht hatte? Fynn hatte ihr erzählt, dass er einige Dinge für Ariel klären musste und dafür nach Berlin fahren musste. Oder Hipsterhausen, wie er es genannt hatte. Doch was er tatsächlich dort getan hatte, wollte er ihr nicht sagen. Vermutlich wollte sie es auch gar nicht wissen.

Wortlos schlich sie zur Anrichte, füllte eine Schale mit Früchtemüsli und wartete darauf, dass der Kaffee zischend in ihre Tasse tröpfelte. Ungeduldig klopfte sie mit den Fingern auf die Arbeitsplatte, um sich davon abzuhalten, Elyano mit Fragen zu löchern. Sie hatte beschlossen, ihm vertrauen. Ob es ihr gelingen würde, wusste sie nicht.

„Kannst du noch warten, oder willst du dir das Pulver direkt durch die Nase reinziehen?", witzelte Elyano hinter ihr, als hätte nie etwas zwischen ihnen gestanden.

Siandra grinste schwach, ging aber nicht darauf ein. „Ich hätte dich nie für den Frühstück-Typen gehalten." Mit der Tasse Kaffee und der Schüssel Müsli ließ sie sich Elyano gegenüber auf den Stuhl sinken.

„Man gönnt sich ja sonst nichts", zwinkerte er ihr zu.

Einige Zeit aßen die beiden schweigend. Ohne die Augen zu heben, griff Elyano nach einer Scheibe Brot und bestrich sie mit Frischkäse. Siandra warf einen Blick auf die Zeitschrift, in die er versunken war, doch sie verstand kein einziges Wort. Sie konnte nicht einmal die Schriftzeichen erkennen. Sie erinnerten sie an Kyrillisch, doch dazu waren die Buchstaben viel zu verschnörkelt. Einige kleine Karten waren auf der Seite abgebildet, ebenso wie die Schemata zweier Waffen. Das Portrait eines blonden Mannes lächelte sie von der anderen Seite kühl an. Sie hatte ihn schon einmal gesehen, doch sie konnte sich nicht mehr daran erinnern, wo das gewesen sein sollte.

Elyano sah von seiner Zeitschrift auf und hob erwartungsvoll die Augenbrauen. Als sie weiterhin stumm blieb, seufzte er. „Nun frag schon, was du fragen willst."

Ertappt wandte Siandra einen Herzschlag lang den Blick ab. „Du wirst mir ja doch nicht antworten", entgegnete sie trotzig.

„Woher willst du das wissen?"

Angespannt verflocht sie die Finger ineinander. „Was ist das für eine Sprache?"

„Eshani", antwortete er knapp. „Aber das ist es nicht, was du eigentlich fragen willst, oder?"

„Nein", flüsterte sie und musste die Worte regelrecht an ihrer Zunge vorbei pressen, als sie weitersprach. „Wo bist du gewesen?"

Elyano schwieg. Stumm biss er von seinem Brot ab und nahm einen Schluck Kaffee. Die Minuten zogen schier endlos dahin und Siandra hatte die Hoffnung auf eine Antwort schon fast aufgegeben, als er zum Sprechen ansetzte. „Ich war bei meinem Vater", erklärte er tonlos.

Verwundert sah Siandra ihn an. Sein Vater? Sie hatte alles erwartet nur nicht das. Also war er nicht für Ariel unterwegs gewesen. Vermutlich hatte Fynn ihr das nur gesagt, damit sie ihm nicht noch mehr misstraute. „Was wolltest du von ihm?

Elyanos Gesicht wurde zu einer angespannten Maske. „Ich hatte etwas mit ihm zu besprechen", begann er fast ein wenig zögerlich und schüttelte den Kopf. „Aber das ist nicht wichtig. Er hat mir nur ein weiteres Mal die Augen geöffnet und mir meinen Platz gezeigt."

„Was hat er gesagt?", fragte sie behutsam.

Einen Atemzug lang schien Elyano in einer Starre gefangen. Er setzte zum Reden an, schüttelte dann jedoch erneut den Kopf, als habe er es sich anders überlegt.

Vorsichtig suchte sie seinen Blick. „Elyano?"

„Es ging um meine Schwester."

„Du hast eine Schwester?" Die Puzzle-Teile in ihrem Kopf fügten sich mehr und mehr zu einem Bild zusammen. Die sieben Raben. Die Schwester. Der Fluch. „Was ist mit ihr passiert?"

Elyano lachte bitter. „Du spielst doch auf diese Geschichte an, oder?

Das Märchen, das über mich und meine Brüder verfasst wurde."

Elyano war also tatsächlich einer der Sieben Raben. Aber was war mit seiner Schwester geschehen?

„Vieles in dem Märchen ist wahr", fuhr Elyano fort. „Unser Vater hat uns damals weggebracht, weil unsere Gaben sie angeblich in Gefahr bringen würden. Doch ich wusste, was der eigentliche Grund war. Es war das Geld, das man für uns und unsere Gaben geboten hatte. Geld, das mein Vater brauchte, um seine Schulden zu bezahlen."

„Eure Gaben?"

„Malefiz' Fluch, der unser Sein bestimmt. Die Stimme des Raben, tief in unserem Inneren. Sie ist zeitgleich Segen und Verhängnis, denn sie schenkt uns eine Schnelligkeit und Kraft, die anderen Eshani'i nicht gegeben ist." Er hielt inne und trank einen weiteren Schluck Kaffee. „Kurz bevor wir weggebracht werden sollten, verschwand unser jüngster Bruder spurlos. Ich wusste viele Jahre nicht, wohin es Fynn verschlagen hatte, oder ob er überhaupt noch lebte. Genau, wie ich nicht wusste, wo unsere Schwester war. Ich habe meinen Vater immer wieder gebeten, es mir zu sagen, habe ihn angefleht, sogar bedroht."

„Warum hat er es dir nicht gesagt?"

Elyanos Züge wurden bitter. „Er sagte, dass es sicherer für sie ist, wenn ich nichts weiß."

Siandra wollte etwas erwidern, als er einen in hellen Stoff gehüllten Gegenstand auf den Tisch legte. „Öffne es", sagte er ruhig.

Siandra nahm einen Schluck von ihrem Kaffee, der mittlerweile abgekühlt war und griff danach. Behutsam befreite sie ihn aus dem Stoff. Eine unterarmlange Klinge aus dunklem Metall und einem lederumflochtenen Knauf kam zum Vorschein.

„Florian hat die Klinge angefertigt, als ich anfing nach ihr zu suchen."

Siandra hob fragend die Augenbrauen. Sie hätte nicht gedacht, dass gerade er dem Raben einen Gefallen tun würde.

Elyano schien ihre Gedanken zu erahnen. „Er hat es nicht für mich gemacht, sondern auf Ariels Bitten hin."

„So etwas kann er?"

„Er war nicht immer im Orden. Als Jugendlicher ist er fortgelaufen und hat einige Jahre unter den Menschen gelebt. Er hat dort eine Ausbildung zum Goldschmied gemacht und dieses Wissen im Orden in andere Richtungen gelenkt." Elyano atmete geräuschvoll aus. „Die Klinge ist leicht und einfach zu führen. Ich möchte, dass du sie bekommst."

Siandras Augen weiteten sich. Hastig legte sie die Klinge wieder in den Stoff und schob sie ihm entgegen. „Elyano, ich... das kann ich nicht annehmen."

„Doch, das kannst du. Glaub mir, es ist gar nicht so uneigennützig. Damit verhindere ich schließlich, dass Salomo wieder mein Waffenarsenal plündert, weil du einen ‚Spaziergang' unternimmst."

Sie wandte verlegen den Blick ab. „Du wusstest es?"

Sanft umfasste er ihr Kinn und brachte sie dazu, ihm in die Augen zu sehen. „Ich erkenne meine Waffen immer wieder." Er nahm einen letzten Schluck aus seiner Tasse, ehe er sie auf die Beine zog. „Dann lass mal sehen, ob du auch damit umgehen kannst."

„Nein, nein, nein und nochmals nein!" Entnervt stöhnte Elyano auf und schlug die Hände über dem Kopf zusammen.

Siandra lehnte sich schwer atmend an die Wand. Ihre Beine pochten und ihre Arme ächzten unter der ungewohnt harten Belastung. Die Minuten zogen sich in dem Trainingsraum endlos dahin. Sie konnte nicht einmal sagen, wie lange sie schon hier drinnen waren.

Elyano war ein gnadenloser Lehrmeister. Er schonte sie kein Stück und schien ihr Training auch in naher Zukunft nicht beenden zu wollen. Der Hauch eines Lächelns lag auf seinen Lippen, als er sie mit einer Handbewegung zu sich bat. Also hob sie ihr Schwert, auch wenn sie es nur unter größter Kraftanstrengung schaffte.

Elyanos Mundwinkel zuckten belustigt, als er sie umkreiste und mit der Flanke seiner Klinge sanft auf ihr Bein klopfte. „Beine weiter auseinander", sagte er mit der Stimme eines Kommandanten, der es gewohnt war, dass man seine Befehle ohne Wenn und Aber befolgte. „Solltest du wirklich einmal angegriffen werden, hast du sonst keinerlei Chance den Schlag abzufangen."

Angestrengt versuchte sie seinen Anweisungen zu folgen, auch wenn ihr Arm von Sekunde zu Sekunde schwerer wurde.

„Das Schwert in eine Hand, Siandra!", rief er mit unnachgiebiger Stimme. „Das ist kein Langschwert! Die Klinge ist die Verlängerung deines Armes, handle auch danach. So wie du das Schwert hältst, könnte ich dir ohne große Mühe die Hand abhacken." In einer schnellen Bewegung ließ Elyano seine Waffe durch die Luft zischen. Mit einem Klirren fiel ihre zu Boden. Tadelnd hob er die Augenbrauen. „So nicht. Oder kannst du deinen Arm fallen lassen?"

„Ich bin müde." Stöhnend rieb Siandra über ihre Arme. „Lass uns für heute aufhören."

„Die Wölfe werden dich auch nicht schonen."

„Sklaventreiber", murmelte sie und bückte sich, um nach ihrer Klinge zu greifen. Doch kaum hatte sie sie zum Schlag erhoben, da flog sie bereits wieder zu Boden. Und wieder zuckten Elyanos Augenbrauen nach oben. „Wie war das mit dem Arm?"

„Mein Arm ist in seiner normalen Länge völlig in Ordnung", sagte sie, konnte sich aber ein Grinsen nicht verkneifen. Als Elyano erneut auf sie losging, schaffte sie es zumindest das Schwert festzuhalten, verlor aber vollends das Gleichgewicht und fiel zu Boden.

„Würdest du wieder aufstehen?", fragte Elyano belustigt, doch Siandra schüttelte den Kopf.

„Nein, ich bleibe hier liegen."

Elyanos Augen blitzten diebisch. „Vergiss es. Das Training ist noch nicht beendet." Ihr Atem stockte, als sich seine Arme um sie legten und sie den Boden unter den Füßen verlor. Auf einmal war er ihr nah – viel zu nah. Ihr Puls raste. Sie konnte es nicht verhindern, dass ihr Herz verrückte Fragen stellte.

„Ich störe ja nur ungern", sagte jemand hinter ihnen abschätzig.

Elyano sagte nichts, ließ Siandra nur herunter und drehte sich um. Es war Priya. Die Jägerin sah Siandra missbilligend an, ehe sie auf Elyano zuging. Doch auch der Blick, mit dem sie ihren besten Freund bedachte, war nicht gerade herzlich. „Wir müssen reden", verlangte sie. „Allein."

Er nickte ebenso kühl und wandte sich kurz an Siandra. „Wir sehen uns später", sagte er und reichte ihr die Klinge, die noch am Boden gelegen hatte. „Damit kannst du den Orden verlassen, aber nimm Salomo mit. Und treib es nicht zu bunt", fügte er zwinkernd hinzu, als er ihr ungläubiges Gesicht bemerkte und Priya folgte.

„Ich kann es immer noch nicht glauben, dass Elyano dich gehen lassen hat", sagte Becca verwundert, als sie den Rudolfplatz überqueren.

Siandra hatte die Gunst der Stunde ergriffen und den Orden verlassen. Nachdem sie ihre Schwester besucht hatte – die heute wieder ein wenig besser aussah – hatte sie Becca zum Schwimmen getroffen. Es war schön, dass es noch so etwas wie ‚Wie immer' gab, auch wenn es selten geworden war. Da sie aber auf keinen Fall schon zurück zum Orden wollte, hatten sie beschlossen ein wenig durch die Innenstadt zu schlendern. Die Sonne stand hoch am Himmel und ließ die Hahnentorburg im sanften Licht erstrahlen.

Siandra zuckte mit den Schultern. „Hätte ich zwar niemals gedacht, aber ja. Jedoch nur unter Bedingung, dass ich Salomo mitnehme." Die Sache mit der Klinge, die sie mit Segensbändern vor den Augen der Menschen verbarg, behielt sie lieber für sich. Sie wollte nicht, dass ihre Freundin sich unnötig aufregte.

Becca hob die Augenbrauen. „Und wo ist der Kater?"

„Nicht weit weg, das kannst du mir glauben. Er war gar nicht begeistert davon, dass Elyano ihn wieder zum Aufpasser degradiert hat."

Becca lachte und schlenderte in eine der Seitenstraßen. Unzählige Menschen hatten scheinbar den gleichen Entschluss wie sie gefasst, den für den April ungewöhnlich schönen Tag im Freien zu nutzen.

„Es hätte mich jedenfalls nicht gewundert, hätte er mir noch einen GPS-Sender verpasst."

„Ja, das würde zu ihm passen", sagte Becca grinsend. „Was ist das eigentlich zwischen euch?"

Siandra zuckte mit den Schultern. Sie begriff es ja selbst nicht. Es war wie eine Freundschaft mit Elementen, die sie beide nicht verstehen konnten. Sie konnte ihre Gefühle für ihn ebenso wenig einordnen, wie sie die Sterne am Himmel zählen konnte.

Beccas Miene wurde ernst. „Kommst du bei all dem Stress überhaupt irgendwie zum Lernen?"

Siandra schwieg einen Moment und tat so, als würde sie die Kleidung auf den Ständern betrachten, die in so grellen Neontönen leuchteten, dass ihr beinahe die Netzhäute verglühten. „Ich komme schon klar", erwiderte sie und schritt durch die Tür in den kleinen Laden. Das war noch nicht einmal gelogen. Sie hatte es immer irgendwie geschafft ein paar Stunden am Tag zu lernen. Immerhin blieb ihr nicht mehr viel Zeit bis zu den Klausuren.

Becca schien die Antwort zu genügen. Mit einem diebischen Grinsen zog sie auf einmal ein beiges T-Shirt hervor, das vollständig mit Pailletten besetzt war und in dem Neonlicht unnatürlich glitzerte und glänzte. „Wäre das nichts für dich?"

Siandra lachte. „Willst du mich erblinden lassen? Steck das bloß weg!"

Grinsend hängte Becca das T-Shirt zurück. Als ihre Augen an Siandra vorbei wanderten, wurde sie bleich. Mit einem unguten Gefühl im Bauch drehte Siandra sich um und blickte in wölfisch funkelnde Augen. Keine Sekunde später spürte sie Salomos gesträubtes Fell an ihrem Bein.

„Einen wunderschönen Tag, die Damen", sagte Pyrros lächelnd und lehnte sich lässig an den Kleiderständer. „und Kater", fügte er belustigt hinzu.

Alles in Siandra schrie danach zu fliehen, doch sie schaffte es an Ort und Stelle stehen zu bleiben.

„Du hast nicht angerufen", stellte Pyrros fest.

„Hatte ich auch nicht vor", entgegnete Siandra. „Was willst du, Wolf?"

Er lachte auf. „Was werde ich schon wollen? Immer so misstrauisch, Siandra? Ich genieße nur den schönen Tag."

Siandras Hand wanderte unbewusst zum Knauf ihrer Waffe und auch Salomo blieb angespannt. Einem Wolf war nicht zu trauen.

„Schönes neues Spielzeug." Pyrros Mundwinkel zuckten verächtlich. „Hat Rabe dir das etwa geschenkt? Wie niedlich. Und einen kleinen Aufpasser hast du ja auch."

„Ich frage dich noch einmal. Was willst du?" Mit aller Macht unterdrückte sie das Zittern in ihrer Stimme.

Pyrros ging nicht darauf ein. „Rotkäppchen war überhaupt nicht davon begeistert, dass du einfach so das Weite gesucht hast. Sie hatte noch einiges mit dir vor." Der Unterton in seiner Stimme jagte ihr einen Schauer über den Rücken. Ein halbes Lächeln zuckte an seinen Mundwinkeln, als er sich zum Gehen abwandte. „Wenn du den Raben siehst, richte ihm aus, dass Rotkäppchen von ihrem letzten Treffen nicht sehr angetan war. Er sollte es sich scharf überlegen, ob er ihr Angebot annimmt."

Verwirrt starrte Siandra den Offizier der Wölfe an. Angebot? Wieder kehrten die Zweifel nagend zurück. Und warum ließ Pyrros sie einfach ziehen? Hatte Rotkäppchen ihm nicht aufgetragen, nach ihr zu suchen und zurückzubringen?

Pyrros schien ihre Gedanken zu erraten. „Nicht hier", flüsterte er. „Ich habe meine Prinzipien. Außerdem habe ich meinen freien Tag."

Siandra konnte nicht verhindern, dass ihre Augenbraue sich hob.

„Wiege dich nicht allzu sehr in Sicherheit", sagte er und verschwand durch die Tür.

Neben ihr erwachte Becca aus der Starre, in die sie verfallen war, als sie Pyrros erkannt hatte. „Ich bin mir nicht sicher, ob ich ihn jemals ertragen kann."

Doch Siandra hörte ihr nicht zu. Noch immer starrte sie Rotkäppchens Offizier nach. Was war das gerade gewesen? Von welchem Angebot hatte er gesprochen? Sie war derart in Gedanken, dass sie das Klingeln ihres Handys erst bemerkte, als Becca sie anstupste.

„Hallo Schatz", flötete eine hektisch klingende Stimme am anderen Ende der Leitung. „Ich bin wieder im Lande und würde dich gerne endlich mal wieder sehen."

Siandra brauchte einen Moment, um zu begreifen, dass die Stimme zu ihrer Tante Liza gehörte. Doch die Begegnung mit Pyrros hatte sie derart aus der Fassung gebracht, dass sie sich über den Anruf nicht ehrlich freuen konnte. „Klar. Wann hast du denn Zeit?"

„Wie wäre es mit jetzt?"

„Jetzt?", fragte Siandra völlig überrumpelt. Warum hatte sie es denn so eilig? War sie schon auf dem Sprung zu ihrer nächsten Reise?

„Ich dachte mir, dass du bei dem schönen Wetter sicherlich draußen unterwegs bist. Warum treffen wir uns nicht in dem kleinen Café, in dem wir letztes Mal waren?"

„Wer war das?", fragte Becca, nachdem sie aufgelegt hatte.

„Meine Tante", sagte Siandra immer noch völlig neben der Spur und steckte das Handy zurück in ihre Tasche. „Sie möchte, dass ich sie treffe. Sofort."

„O-okay. Dann auf!"

Wenn es eines gab, was Siandra an ihrer besten Freundin liebte, war es ihre Spontanität.

Ihre Tante war bereits da, als sie das Café erreichten. Mit einem breiten Lächeln auf den Lippen kam sie ihnen entgegen, um sie überschwänglich zu begrüßen. Ihre Haare wurden wie immer von einem akkuraten

Dutt zusammengehalten und schimmerten im Licht der Lampen rötlich. Sie strich sich das dunkle Business-Outfit glatt, ehe sie sich in der Sitzecke niederließ. Neben ihr stand ein schwer aussehender Aktenkoffer. Vermutlich hatte sie nur ihr Gepäck nach Hause bringen lassen und war selbst nicht einmal bis dorthin gekommen. Verwirrt ließ Siandra sich neben Becca auf einen Stuhl sinken. Warum hatte sie es nur so verdammt eilig sie zu sehen?

Während ihre Tante von dem Kongress in Australien und ihrem Urlaub auf den Malediven erzählte, bestellte Siandra einen Latte Macchiato. Hatte sie sie wirklich hergerufen, um Smalltalk zu machen? Doch als sie etwas einwerfen wollte, wechselte Liza schlagartig das Thema.

„Ich habe mit Ted gesprochen", eröffnete sie und nippte unbeteiligt an ihrer Tasse.

Siandra runzelte die Stirn. „Ted?"

„Thomas Brockmann", sagte sie und sah kurz zu Becca herüber. „Du müsstest ihn eigentlich kennen."

Siandra tauschte einen Blick mit ihrer besten Freundin. „Kann man so sagen." Aber woher kannte sie Teddy? Das konnte doch unmöglich in die Diese-Welt-ist-klein-Kategorie fallen. „Du kennst ihn?"

Liza stellte ihre Tasse so heftig auf dem Tisch ab, dass fast die Hälfte übergeschwappt wäre. „Natürlich! Er hat mich sofort angerufen, nachdem das alles passiert ist."

„Stopp! Stopp! Stopp! Woher kennst du Teddy?"

„Ich kenne Ted schon sehr lange", fuhr Liza ruhiger fort. „Als er mir erzählte, dass man dich in den Orden und zu Ariel gebracht hat, war ich ganz krank vor Sorge. Nicht auszudenken, was dir zwischen den ganzen Jägern hätte passieren können."

Ungläubig starrte Siandra ihre Tante an. Sie wusste davon? Von den Jägern, Ariel, dem Orden... „Aber...? Wie...?", stammelte sie unbeholfen.

Liza lächelte nur wissend und nahm einen Schluck Kaffee.

„Sie sagen, ich bin ein Halbblut." Siandras Stimme glich einem Flüstern. „Stimmt das?"

Ihre Tante atmete tief durch. „Ja, Siandra. Das stimmt."

„Aber wie...?"

„Bernhard Ecker ist nicht dein Vater."

Auch wenn sie es bereits geahnt hatte, traf die Wahrheit sie mit der

Wucht eines Hammers. „Aber... Vero..."

„Ist nichtsdestotrotz deine Schwester."

„Wie kann das sein?", fragte Siandra ratlos. „Wer ist mein Vater?"

„Mein Bruder ist...", setzte Liza an.

„Dein Bruder? Aber ich dachte..."

Lizas Blick wurde weich. „Deine Mutter ist mir schon seit vielen Jahren eine gute Freundin, doch verwandt sind wir nicht. Selbst ihr Mann kennt die Wahrheit nicht."

Das Gedankenkarussell in Siandras Kopf stand einfach nicht still. Wie konnte das alles sein? Sie hatte immer gedacht, sie wüsste über ihr Leben Bescheid. Doch jetzt schien alles eine einzige Lüge zu sein. „Also bist du eine Jägerin?"

Liza nickte zögerlich. „Ja und nein. Ich bin eine Eshani'i, aber ich bin keine Jägerin."

„Aber was ist mit meinem Vater? Warum ist er verschwunden?"

Erneut atmete Liza tief durch und strich ihren Rock glatt. „Er ist nicht verschwunden. Wir haben dafür gesorgt, dass du verschwindest."

„Wir?"

„Deine Mutter und ich."

Siandra machte Anstalten nach ihrem Glas zu greifen, doch sie brach in der Bewegung ab. Ihre Hände zitterten so stark, dass sie sich vermutlich nur blamieren würde. „Aber wieso?"

„Siandra..."

„Bitte! Du musst mir die Wahrheit sagen."

Liza klammerte sich so sehr an ihre Kaffeetasse, als würde sie daran Halt suchen. „Er wollte dich umbringen."

11. Aschenputtels Entscheidung

Angespannt krallte Siandra die Hände in den Stoff ihrer Hose. Shaikos Beleton. Ihr Vater. Mitglied in Rotkäppchens Rat. Er hatte sie töten wollen. Weil sie ein Halbblut war? Oder waren es andere Gründe gewesen? Etwas zerbrach in ihrem Inneren. Konnte das alles sein? Ihre Erinnerungen brachten sie zu dem einen Morgen in der Küche, zu dem Gesicht, das ihr von der Zeitschrift kühl zugelächelt hatte. Der Mann mit der Waffe aus ihrem Traum... es war derselbe Mann gewesen. Ihr Vater. Verzweifelt umfasste sie ihren Nacken.

„Siandra?" Die Stimme ihrer Tante drang kaum zu ihr durch, als sie aufstand und sich umdrehte. Sie wollte einfach nur noch weg. Aus dem Augenwinkel bemerkte sie, wie Becca aufspringen wollte, doch Liza hielt sie zurück. Ihr war das nur recht. Sie wollte nicht darüber sprechen.

Der Weg zurück zum Orden zog an ihr vorbei, ohne dass sie ihn so recht bemerkte. Sie wollte einfach nur in ihr Zimmer und allein sein. Sie konnte es nicht fassen. Ihr Vater wollte sie tot sehen. Sie ignorierte die gewohnten Blicke der Jäger, als sie sich ihren Weg durch den Orden bahnte.

„Vorsicht!", rief eine vertraute Stimme, als sie um die Ecke bog und um ein Haar Elyano über den Haufen rannte. Doch ein Blick in ihr Gesicht ließ sein Lächeln schlagartig verschwinden. „Was ist passiert?", fragte er besorgt, doch Siandra schüttelte den Kopf.

„Es ist nichts", murmelte sie und versuchte sich an ihm vorbei zu schieben, als seltsame Bilder auf sie einstürmten und sie in die Knie zwangen. Sie brachten sie fort, aus dem Flur des Ordens hinaus, mitten in einen dichten Wald.

Nasses Moos schmiegte sich an ihre Knie. Ein eisiger Wind seufzte zwischen den Nadeln der Bäume, durch die kaum ein Lichtstrahl fiel. Vor ihr lag ein toter Wolf. Ihre Hände gruben sich in sein stumpfes raues Fell. Dunkles Blut klebte an ihnen. Eine knöchrige Hand legte sich auf ihre Schulter, als eine heisere Stimme in ihr Ohr krächzte. „Gut gemacht, mein Kind."

„Siandra!" Elyanos Stimme holte sie aus dem Wald, zurück in den Orden. Sie spürte seinen Herzschlag an ihrem Rücken und die Arme, die sie sicher umschlossen. Behutsam drehte er sie zu sich um und brachte sie dazu, ihm ins Gesicht zu sehen. „Was ist mit dir?", fragte er beunruhigt. „Rede mit mir!"

Doch Siandra brachte kein einziges Wort über die Lippen. Unbeholfen befreite sie sich aus seiner Umarmung und taumelte den Gang entlang. Was war das gewesen? Es hatte sich wie ein Traum angefühlt, wie der Fetzen einer Erinnerung, doch es war nicht ihre eigene gewesen. Was war dort im Wald geschehen?

Erschöpft ließ sie sich auf ihr Bett sinken. Verdammt, was war nur mit ihr los? Zähflüssig gingen die Minuten ineinander über. Siandra hatte das Zeitgefühl längst verloren. Teilnahmslos starrte sie an die Decke und versuchte die ganzen Dinge zu vergessen, die sie erfahren hatte. Die Sache mit ihrem Vater. Die eigenartige Erinnerung. Doch so sehr sie sich auch anstrengte, die Gedanken geisterten stets in ihrem Kopf herum.

Sie schreckte auf, als es an der Tür klopfte. Innerlich stöhnte sie auf. Verdammt Elyano! Verstehst du nicht, dass ich nicht mit dir darüber reden möchte? Doch als sich die Tür öffnete, war es nicht Rabe, der dort stand, sondern Zephir. Sein Lächeln war ansteckend, als er auf sie zu kam und ihr die Hand entgegenstreckte. „Komm", sagte er. „Ich muss dir etwas zeigen."

Erst hatte Siandra ihn zum Teufel schicken wollen. Sie war sich nicht sicher, warum sie dann doch zugestimmt hatte, mitzukommen. Schmunzelnd hatte sie Zephir beobachtet, der vor einer unscheinbaren, fast schon verfallenen Tür stehen geblieben war und vorsichtig anklopfte. „Mein Schwesterlein, lass mich herein", flüsterte er mit einem schalkhaften Grinsen auf den Lippen. Nur Sekunden später hatte Aiofé die Tür geöffnet. Als Siandra in den Raum trat, kam sie aus dem Staunen nicht mehr heraus. Der Aufstieg hatte sich definitiv gelohnt.

„Darf ich vorstellen? Unser Geheimversteck", sagte Aiofé lächelnd und ließ sich auf einen der Sitzsäcke fallen.

Der Raum war nicht sonderlich groß, wirkte aber mit seiner hohen, mit hellem Stuck verzierten Decke wie ein Turm. Einige Sitzsäcke lagen verteilt im Raum. Zwei Bücherregale standen an die Wand gelehnt, die aus allen Nähten zu platzen schienen. Zwischen ihnen stand ein Sofa – ein einziges Schlachtfeld aus Chipstüten, aufgeschlagenen Büchern und DVD-Hüllen. Gelassen legte Aiofé die Beine auf einen ledernen Schreibtischstuhl und sah Siandra entgegen. Siandras Blick war jedoch von dem Anblick gefesselt, der hinter der Jägerin lag.

Die Rückseite einer riesigen Uhr nahm die ganze gegenüberliegende Wand ein. Vorsichtig trat Siandra näher und berührte die glatte Oberfläche. Die schwarzen Zahlen aus Glas eröffneten ihr die Sicht auf die riesige Eingangshalle des Ordens. „Ist das hier ein Uhrkasten?", fragte sie atemlos.

„Kann man so sagen", antwortete Zephir und warf seiner Schwester einen Müsliriegel zu. Er warf ihn so hoch, dass sie bei dem Versuch ihn zu schnappen, beinahe das Gleichgewicht verlor.

„Pass doch auf", rief sie lachend.

Ihr Zwillingsbruder fiel in das Lachen ein. „Streng dich ein wenig mehr an. Du wärst sportlicher, wenn du mal nicht immer diese Topmodelsendungen ansehen, sondern mit mir zusammen trainieren würdest."

Aiofé hob gelangweilt die Augenbrauen. „Ich trainiere mehr als genug. Vater sei's gedankt. Muss ja nicht jeder so sportsüchtig sein wie du."

Zephir wollte etwas erwidern, als laute Stimmen in der Eingangshalle erklangen. Auch Siandra zuckte erschrocken zusammen und eilte wie die Zwillinge zu einer der großen Zahlen.

Ariel durchquerte die Halle, dicht gefolgt von Elyano, der wild gestikulierend auf ihn einredete. Ruckartig drehte der Hüter des Ordens sich zu ihm um, doch der Rabe bot ihm stur die Stirn.

„Das kann nicht dein Ernst sein?!", rief Elyano wütend und fuhr sich durch das dunkle Haar. „Warum...?"

„Es ist mein letztes Wort!", unterbrach Ariel ihn harsch. „Die Jäger werden den Orden nicht verlassen!"

Siandra wechselte einen verwirrten Blick mit den Zwillingen, doch auch die beiden schienen ratlos. Was hatte er nur vor?

Wutentbrannt wandte Elyano sich ab und rauschte davon.

„Elyano." Ariels Stimme ließ ihn in der Bewegung stocken, doch er drehte sich nicht um. „Tu nichts unüberlegtes."

Elyano lachte bitter. „Was sollte ich schon tun?"

Das weiße Licht des Monds fiel durch die knöchrigen Zweige des dichten Waldes und erhellte ihren Weg. Der Vollmond war nicht mehr fern und die Nacht so hell, dass sie nicht einmal ihre Lampe hervorholen musste. Sie spürte die Furcht des Jungen, der sich an ihre Hand klammerte und neben ihr her stolperte. „Fürchte dich nicht", flüsterte sie mit einer Stimme, die nicht ihre eigene war. „Wir sind bald da."

Ein Käuzchen schrie auf, als sie ihren Weg fortsetzten. Das Mondlicht fiel auf die gelockten Haare des Jungen und ließen sie silbern glänzen. Sie hörte die freudigen Gedanken in ihrem Kopf, eine Stimme, die glockenhell auflachte und ihr so beängstigend vertraut war. *Das Reich der Wölfe ist mein.*

Erneut sah sie auf den Jungen herab, den Sohn ihres Feindes, der ihr so vertrauensvoll folgte und ihr Möglichkeiten eröffnete, die sie sich niemals erträumt hätte. Doch sie musste geduldig sein. Sie durfte es nicht übereilen.

Das Licht des Mondes wurde strahlender, bis es sie völlig einhülllte, als das Bild des Waldes wechselte. Sie erkannte das Gesicht des Mannes, der vor ihr kniete und sich auf eine blutige Klinge stützte. Pyrros war jünger und das irre wölfische Funkeln in seinen Augen fehlte, doch er war es ohne Zweifel. Seine Wölfe flankierten ihn. Ihre bernsteinfarbenen Augen leuchteten aus dem Dunkel des Unterholzes hervor. Ihr Fell war zerrupft und ihre Mäuler rot vor Blut.

„Hast du deinen Auftrag ausgeführt?", hörte sie ihre Stimme fragen.

Pyrros verzog das Gesicht zu einer hasserfüllten Fratze. „Ich habe die Verräter ausgeschaltet", erklärte er und schien ein Knurren zu unterdrücken. „Einen nach dem anderen."

Keuchend schreckte Siandra aus dem Traum auf. Es dauerte einen Moment, bis sie begriff, dass sie in ihrem Bett im Orden der Jäger lag. Erschöpft ließ sie sich zurück in die Kissen sinken. Draußen war es noch dunkel und selbst Jack war ruhig. Nur schemenhaft erkannte sie die Umrisse ihrer Möbel. Ein Zittern durchlief ihren Körper. Was hatten diese Träume nur zu bedeuten?

Vorsichtig rappelte sie sich auf. Ihr Hals fühlte sich an wie ausgetrocknet. Sie war ziemlich wackelig auf den Beinen, als sie aufstand und sich eine Hose überstreifte. Ihr Herz und ihre Sinne rasten. Selbst wenn sie sich wieder hinlegen würde, war sie viel zu unruhig, um wieder einzuschlafen.

Wenn die Erinnerungen nicht ihre eigenen waren, zu wem gehörten sie dann? Rotkäppchen? Aber warum geisterten sie durch ihren Kopf?

Sie war noch keine fünf Meter durch den Flur gelaufen, als ihr Handy klingelte. Ein Blick auf das Display verriet ihr, dass es ihre Mutter war, die anrief. Ein ungutes Gefühl breitete sich in ihr aus. Warum rief sie zu einer solchen Uhrzeit an?

„Siandra", hörte sie die tonlose Stimme ihrer Mutter am anderen Ende der Leitung und wusste sofort, dass etwas nicht stimmte.

„Was ist los?", fragte sie mit zitternder Stimme.

„Es geht um deine Schwester."

Angst ertränkte ihr Herz. „Was hat das zu bedeuten?", polterte ihr vermeintlicher Vater im Hintergrund, ehe sich eine Tür öffnete und wieder schloss. „Was ist mit ihr?", fragte Siandra erneut, als ihre Mutter weiterhin schwieg.

„Sie hat es nicht geschafft", flüsterte sie mit tränenerstickter Stimme.

Nein, dachte Siandra verzweifelt und stützte sich an der rauen Wand ab. Das kann nicht sein. Das darf nicht sein! Etwas zerbrach in ihrem Inneren und hinterließ eine grausame Leere. All die Monate hatte sie es gewusst, hatte diesen Tag gefürchtet. Nun da er gekommen war, traf es sie mit einer Wucht, die sie nicht für möglich gehalten hätte. Stumm liefen die Tränen über ihre Wangen. Hände bedeckten ihren Mund. Sie wusste nicht einmal, wie sie dorthin gelangt waren.

„Siandra...", flüsterte ihre Mutter, doch sie drang einfach nicht mehr zu ihr hindurch. Das durfte nicht sein. Sie schmeckte den metallischen Geschmack von Blut, als sie sich auf ihre Unterlippe biss, um die Tränen zu stoppen, doch sie rannen weiter.

„Siandra", flüsterte ihre Mutter erneut, doch Siandra klappte wortlos ihr Handy zu. Sie wollte nichts mehr sagen, nichts mehr fühlen. Sie drehte sich auf der Stelle um und lief zurück zu ihrem Zimmer. Mit Wucht ließ sie die Tür hinter sich zuschlagen und lehnte sich mit dem Rücken an das glatte Holz. Daran, wen sie mit dem Lärm aufwecken könnte, dachte sie nicht. In ihrem Kopf war kein Platz für Gedanken. Sie schluchzte so heftig, dass sie die Faust auf ihren Mund presste. Ihre Brust brannte und ihre Kehle war zu einem einzigen Klumpen verwachsen. Eine ohnmächtige Wut machte sich in ihr breit. Das durfte nicht sein. Das durfte einfach nicht sein!

Ihr Atem ging zitternd und Tränen prickelten hinter ihren Lidern, liefen ihre Wangen hinab. Wahllos griff sie nach der Vase, die auf der kleinen Kommode stand und warf. Mit einem lauten Klirren zerbarst sie an der Wand. Doch die Leere in ihrem Inneren konnte auch das nicht vertreiben. Ihre Hand umschloss die Tasse, die noch neben ihren Lernsachen stand. Das Porzellan zerbarst an der Wand und dünne Fäden kalten Kaffees tropften an der Tapete hinab. Sie hob gerade den Teller mit dem Obst an, als jemand in ihr Zimmer trat.

Elyano sah sie durchdringend an, als er die Tür hinter sich schloss. Auch Siandra wandte den Blick nicht von ihm ab. Mit einem tonlosen Schluchzen zerbrach sie den Teller an der Kante ihres Schreibtisches. Als sie nach der Wasserflasche greifen wollte, spürte sie auf einmal einen Arm, der sich um sie legte. Sie stieß ihn weg, doch Elyano ließ nicht locker. Er legte auch den zweiten Arm um sie und presste sie an seine Brust. Hektisch versuchte sie sich von ihm loszumachen, schlug nach ihm, aber je mehr sie sich gegen ihn wehrte, desto fester hielt er sie. Nach und nach verebbte ihr Widerstand.

Sie wusste nicht, wie lange sie einfach nur dastanden. Ihre Tränen wollten einfach nicht versiegen. Ausgelaugt ließ sie ihre Stirn gegen seine Schulter sinken. Elyano sagte nichts und sie wehrte sich nicht, als er mit einem Arm ihre Kniekehle umfasste und sie hochhob. Mit dem Ellbogen machte er das Licht aus, das Siandra eingeschaltet haben musste. Wann das gewesen war, konnte sie nicht sagen. Ihr Kopf fühlte sich an, wie in Watte verpackt. Elyano legte sie auf das Bett und zog die Decke über ihren Körper. Dann ließ er sich ohne ein weiteres Wort zu verlieren neben ihr nieder.

Sie achtete kaum auf den hellen Lichtschein, der von Elyanos Handy ausging. Seine Finger flogen kurz über die Tasten, ehe er es wieder in seine Tasche zurückgleiten ließ. „Siandra..." Seine Stimme streichelte über ihre Haut. „Was ist passiert?"

Doch sie antwortete nicht. Ein Schluchzen entrann ihrer Kehle, als die Leere in ihrem Inneren sie zu ertränken drohte. Wortlos legte er seine Arme um sie und zog sie dicht an sich heran. Er küsste sie sanft auf den Scheitel, hielt sie einfach nur, ohne etwas zu sagen. In diesem Moment vermochte nichts ihre Tränen zu trocknen.

Die fröhliche Musik, die aus den Boxen des Autoradios tönte, konnte Siandras Laune nicht heben. Das hatte Aislings Versuch sie mit einem Kinobesuch aufzuheitern auch nicht geschafft. Erst hatte sie mit dem Gedanken gespielt, das Treffen abzusagen, doch sie konnte sich auch nicht ewig in ihrem Zimmer einsperren. Sie biss auf ihre Unterlippe und blinzelte gegen die Tränen an.

Als sie am Morgen aufgewacht war, war Elyano verschwunden, ganz, als wäre er niemals da gewesen. Hatte sie sich das Ganze nur eingebildet? Nur halb hörte sie dem Gespräch zu, das zwischen Fynn und Aisling entbrannt war. Die Diskussion drehte sich um die Märchenverfilmung, die sie sich angesehen hatten, das nicht vorhandene Talent der Schauspielerin und die mangelnde Umsetzung. Siandras Gedanken wanderten jedoch immer wieder zur vergangenen Nacht zurück, zu Elyano, der...

„Was denkst du darüber?", fragte Aisling und riss sie damit aus ihrer gedankenverlorenen Starre.

Siandra zuckte mit den Schultern. „Die Menschen wissen es halt nicht besser."

Fynn lachte auf, als er auf das Gelände des Ordens einbog. „Habe ich dir nicht..." Er brach ab.

„Was ist los?", fragte Aisling alarmiert, doch dann entdeckte sie, was er gesehen haben musste. Das Torhaus stand leer. Dort, wo immer mindestens einer der Jäger Wache hielt, herrschte gähnende Leere.

„Wo sind sie nur hin?", murmelte Fynn beunruhigt und ließ seinen Wagen über den hellen Kies rollen.

Im Orden war das Chaos ausgebrochen. Jäger liefen mit angespannten Mienen an ihnen vorbei, doch keiner von ihnen reagierte, als sie nach ihnen riefen. Auf einmal war Siandra hellwach.

„Florian!", rief Fynn und hielt den Jäger am Arm fest. „Was ist passiert?"

Florian warf einen kurzen Blick auf Siandra, ehe er sich zu Fynn umdrehte. „Priya wurde während einer Patrouille getötet und die Zwillinge sind auch nur knapp davon gekommen."

Siandras Augen weiteten sich. Neben ihr fluchte Fynn derb, doch Siandras Augen wanderten zu einer Traube aufgescheuchter Jäger. Das konnte nicht alles sein. Der Tod war für die Jäger etwas alltägliches. Also warum...?

„Es war eine Falle", fuhr Florian fort.

Der Schock stand Fynn und Aisling ins Gesicht geschrieben, doch Fynn fing sich schnell. „Wie geht es Aiofé und Zephir?"

„Den Umständen entsprechend", sagte Florian. Eine Spur Sorge schwang in seiner Stimme mit, die Siandra bei ihm nicht erwartet hätte. „Ariel ist bei ihnen."

Siandras Augen suchten den Gang und die große Eingangshalle ab. Wo war Elyano? Priya war seine beste Freundin gewesen, auch wenn sie nie verstanden hatte, was die beiden verband. Wie musste es ihm nur jetzt gehen?

Florian fing ihren fragenden Blick auf. „Er ist im Gemeinschaftsraum und lässt niemanden an sich heran."

„Sollte nicht jemand nach ihm sehen?"

Florian hob die Augenbraue. „Und was soll ich ihm sagen? Tut mir leid, dass sie tot ist, aber sie hat es verdient?"

Siandra hörte nicht mehr, was Fynn erwiderte. Sie lief die Treppen hoch, in Richtung des Gemeinschaftsraumes.

Das Zimmer war wie ausgestorben. Nur Elyano saß dort, verborgen von einem Sessel und an die Wand gelehnt. Siandra sagte nichts. Wortlos ließ sie sich neben ihm auf dem Boden nieder, ergriff seine Hand und legte ihren Kopf auf seine Schulter. Elyano blieb ebenfalls stumm. Nichts, was sie sagen konnte, würde ihm helfen. Sie wusste, was er durchmachte. Es war fast, als würde sich ein glühender Schürhaken durch ihr Inneres fressen, wenn sie an ihre Schwester dachte.

Nach einer Weile legte er seinen Arm um sie und zog sie dichter an sich heran. Sanft bettete er sein Kinn auf ihre Haare. Er hatte recht. Jeder Tag könnte ihr Letzter zu sein. Sie wusste nicht, wie lange sie so neben Elyano gesessen hatte, als die Tür aufging. Es war Fynn, der im Türrahmen stand. Sein sonst so fröhliches Gesicht war wie versteinert und seine Stimme hölzern. „Ariel hat eine Versammlung einberufen", erklärte er. „Wir haben alle zu erscheinen."

Elyano nickte nur stumm und erhob sich. Bevor er sich umdrehte, streckte er Siandra seine Hand entgegen und half ihr auf.

Angespannt klammerte sie sich an seine Hand, als sie Fynn folgten. Die Jäger, die ihnen entgegenkamen, warfen Elyano seltsame Blicke zu. Was war nur passiert?

„Fynn, was ist los?", fragte Elyano. Äußerlich wirkte er gefasst, doch Siandra hörte die Unruhe und den Schmerz in seiner Stimme.

„Der Auftrag und der Hinterhalt..." Fynn stockte. Plötzlich drehte er sich zu Elyano um und presste seinen Bruder gegen die Wand. „Hattest du etwas damit zu tun?", fragte er aufgebracht.

„Was?!" Entsetzt starrte Elyano ihn an. „Wie kommst du darauf?"

„Die Gerüchte sind schon seit Wochen im Umlauf. Selbst Priya war sich nicht mehr sicher, auf welcher Seite du stehst. Aber ich hätte niemals erwartet..."

„Ich habe keine Ahnung, wovon du sprichst!" Elyano versuchte sich aus dem Griff seines Bruders zu winden, doch der stand ihm mit seiner Kraft in nichts nach.

„Sie sagen, es wäre dein Werk gewesen. Du hättest diesen Hinterhalt angezettelt, um den Orden zu schwächen. Sag mir die Wahrheit!"

Energisch machte Elyano sich von ihm los. „Glaubst du das etwa?"

„Sag du mir, was ich glauben kann."

„Ich hatte nichts damit zu tun!"

„Irgendetwas geht hier vor", flüsterte Fynn und ballte die Hände zu Fäusten. „Wenn ich doch nur wüsste was."

„Sie können mir nicht nachweisen, dass ich etwas damit zu tun hatte!", sagte Elyano, als sie weitergingen, doch ganz sicher klang er nicht. Siandra drückte seine Hand, wollte ihm zeigen dass sie ihm glaubte. Immerhin hatte sie beschlossen ihm zu vertrauen. Er erwiderte den Druck leicht.

Der Ratssaal war überfüllt. Jeder Jäger des Ordens schien sich hier versammelt zu haben. Schlagartig verstummten die Unterhaltungen, als sie eintraten.

Zwei Stühle standen etwas erhöht an der Kopfseite des Raumes. Auf dem einen saß Ariel, der Elyano mit seinem kühlen, fast schon ein wenig ausdruckslosem Gesicht verfolgte und auf dem anderen Aschenputtel. Als Elyano die Fürstin entdeckte, schien er kurz zusammenzuzucken und auch Siandra runzelte die Stirn. Wenn Aschenputtel hier war, musste es wirklich ernst sein.

Fynn griff kurz nach der Hand seines Bruders, ehe er Siandra mit sich zog und sie sich neben Aisling und Heinrich setzten. Siandras Herz klopfte ihr bis zum Hals, als Ariel Elyano nach vorne rief. Minutenlang herrschte eisiges Schweigen zwischen dem Hüter des Ordens und seinem Jäger. Ariels Miene war undurchdringlich, wie eine steinerne Maske. „Warum hast du das getan?", fragte er schließlich.

„Ich weiß nicht, wovon du sprichst", rief Elyano aufgebracht und krallte die Finger in seine Oberarme. „Kann mir mal jemand verraten, was das hier soll, verdammt nochmal?!"

Ariel atmete tief durch, ehe er zum Sprechen ansetzte. „Dir wird vorgeworfen, unsere Jäger in Rotkäppchens Auftrag wissentlich in eine Falle gelockt zu haben."

„Das stimmt nicht!", warf Elyano ein, doch Ariel fuhr fort, ohne ihm Beachtung zu schenken.

„Du hast sie dorthin gebracht und aus sicherer Entfernung abgewartet, dass deine Falle zuschnappt."

„Das ist nicht wahr und das weißt du auch!"

Ariel seufzte bitter. „Ich habe dir vertraut. Ich hätte niemals gedacht, dass du zu so etwas fähig bist. Aber vielleicht waren die Gerüchte die ganze Zeit schon wahr."

„Du weißt, dass ich niemals etwas tun würde, um ihnen zu schaden. Das weißt du, Ariel!"

Ariel schwieg und der ganze Raum teilte sein Schweigen. Elyano starrte ihn fassungslos an. Auch Fynns Gesicht war vor Anspannung ganz hart. Seine Finger umklammerten Halt suchend Aislings Hand.

„Das habe ich stets geglaubt", begann Ariel leise, ehe seine Stimme wieder fest und unnachgiebig wurde. „Doch die Beweislast ist erdrückend."

„Welche Beweise?", knurrte Elyano.

„Kurz bevor sie angegriffen wurden, hat Florian auf meine Anweisung hin Priya angerufen. Sie ließ das Handy im Kampf fallen, trotzdem blieb die Verbindung bestehen. Nachdem sie ihn niedergeschlagen hatte, wurde der Angreifer äußerst... gesprächig. Außerdem trug er deinen Dolch bei sich."

Siandras Augen weiteten sich. Verwirrt sah sie zu Fynn, der die Hände zu Fäusten geballt hatte. „Was hatte er bei ihm zu suchen?"

„Er erzählt Lügen", zischte Fynn, ehe er die Stimme erhob. „Das ist doch lächerlich! Warum sollte man einen Auftragsmörder mit der eigenen Klinge bewaffnen?"

Ariel ließ sich von ihm nicht beirren. Er rief Florian an seine Seite, damit er weitere Beweise vorbrachte. Während der Jäger mit betont sachlicher Stimme sprach, wurde Elyano in der Mitte immer unruhiger. Er hatte die Arme vor der Brust verschränkt und starrte Florian mit einer Mischung aus Wut und Fassungslosigkeit an, auch wenn er zu versuchen schien eine undurchdringbare Maske aufrecht zu erhalten.

Florian legte Briefe vor, die Elyano an Rotkäppchen geschrieben haben sollte, gab aufgezeichnete Anrufe und SMS wieder. Diese Stimme aus dem Handy klang genau wie Elyano. Siandra verflocht angespannt die Finger miteinander, während sie Elyano beobachtete. War sie die einzige, die bemerkte, dass seine Hände zitterten?

„Hast du irgendetwas dazu zu sagen?", fragte Ariel schließlich kalt.

Elyano presste die Lippen aufeinander. „Es stimmt. Ich habe wieder Kontakt zu der roten Fürstin aufgenommen. Aber..."

Die Stimmen der Jäger erhoben sich zu einem Sturm. Erst Ariels laute Anweisung brachte sie wieder dazu leiser zu werden, auch wenn sie nicht ganz verstummten. „Du leugnest es also nicht einmal", knurrte der Hüter des Ordens.

„Das hat damit überhaupt nichts zu tun", entgegnete Elyano wütend. „Man kann alles aus dem Zusammenhang reißen und so lange zurechtbiegen, bis es passt. Ja, ich habe mit Rotkäppchen gesprochen. Ja, ich habe mich auch mit ihr getroffen. Aber das hatte doch überhaupt nichts damit zu tun!"

Ariel wollte etwas erwidern, als Aschenputtel die Hand auf seine legte. Die Fürstin hatte die ganze Zeit über geschwiegen, doch nun erhob sie sich. Ihr Gesicht war wie versteinert. „Die Beweislast ist erdrückend, Elyano. Sie spricht ihre eigene Sprache und spricht ganz klar gegen dich. Du hattest geschworen, dich von Rotkäppchen loszusagen und uns zu folgen. Stattdessen hast du unser Vertrauen ausgenutzt und unsere Jäger für deine Ziele geopfert. Wer weiß, wie viele Informationen du deiner Fürstin preisgegeben hast." Sie atmete tief durch. „Mir bleibt keine andere Wahl."

„Nein", presste Elyano hervor und auch Siandra beschlich eine böse Vorahnung.

„Mein Urteil lautet Verbannung."

12. Der Rat der Fürstinnen

Das Rumoren breitete sich wie eine Seuche rasend schnell im Raum aus. Protestierend sprangen Fynn und Aisling auf, versuchten auf Aschenputtel einzureden, aber ihre Stimmen gingen in dem Chaos unter. Elyano war sämtliche Farbe aus dem Gesicht gewichen. Siandra wollte zu ihm gehen, doch sie schaffte es nicht, sich vom Fleck zu rühren.

„Das könnt ihr nicht machen!", rief Fynn wieder wütend, doch es verlor sich in der Menge. Proteste mischten sich mit zunehmendem Jubel.

„Elyano hat den Orden aufs Schlimmste verraten. Ein derartiges Verhalten kann nicht ungestraft bleiben", sagte Ariel mit harter Stimme.

Wortlos drehte Elyano sich um. Niemand folgte ihm, als er den Ratssaal verließ. Niemand außer Siandra. Doch erst an seinem Zimmer schaffte sie es, ihn einzuholen.

Orientierungslos lief er in dem Raum auf und ab und schmiss wahllos Dinge in einen Rucksack.

„Elyano..." Ihre Stimme war nicht viel mehr als ein Wispern.

Er bemerkte Siandra erst, als er sich umdrehte. Fast schon ungläubig starrte er sie an, als sie auf ihn zukam und ihm eine Strähne aus dem Gesicht strich. „Wohin wirst du jetzt gehen?", fragte sie und versuchte die Emotionen, die in ihr tobten, zu ignorieren.

Elyano ging nicht auf ihre Frage ein. „Glaubst du ihnen?"

Siandra dachte an die Vorwürfe, die Ariel und Florian ihm entgegengebracht hatten und erinnerte sich an die vergangene Nacht. Nur schemenhaft hatte sie bemerkt, dass er eine SMS geschrieben hatte. Sie hatte sich nichts dabei gedacht, doch jetzt fragte sie sich, ob es etwas zu bedeuten hatte. Die Zweifel nagten wieder an ihr, waren aber nicht stark genug. „Nein. Ich glaube dir."

Der Blick, den ihr zuwarf, war so intensiv, als würde er sie berühren. Sie spürte seine Nähe in ihrem ganzen Körper. Sein Gesichtsausdruck verriet Gefühle, für die sie keinen Namen hatte. Ein kurzes Zögern lag in seinen Augen, ehe er ihr Gesicht umfasste und sie küsste. Eine gefährliche Wärme regte sich in ihrem Herzen, als sie den Kuss erwiderte und die Hände auf seine Brust legte, um nicht den Halt zu verlieren. Sie spürte seinen unruhigen Herzschlag und schmeckte den Abschied in seinem Kuss.

Er löste sich von ihr und zog sie dicht an sich heran. Kurz lehnte er seine Stirn an ihr Haar und atmete tief durch. „Ich muss gehen", murmelte er. Ehe sie sich versah, hatte er seinen Rucksack ergriffen und die Entfernung zum Fenster überbrückt. Noch einmal warf er ihr einen Blick zu, den sie nicht zu deuten, wagte und ließ sich rückwärts über die Brüstung fallen.

Sie schrie erschrocken auf und stürmte auf das Fenster zu. Aber Elyano war verschwunden.

„Elyano!" Siandra drehte sich ruckartig um, als sie Fynns Stimme hörte und die Tür aufgerissen wurde. Sein Blick irrte im Raum umher und blieb an Siandra hängen. „Wo ist er?"

„Fort", flüsterte Siandra tonlos und konnte den Schmerz auch in dem Gesicht des Jägers erkennen. „Wo geht er nur hin?", fragte sie und starrte aus dem Fenster. Ein schwarzer Schatten verschwand am Horizont.

„Ich habe keine Ahnung", flüsterte Fynn und stützte sich mit einer Hand an den Fensterrahmen. Erst jetzt bemerkte Siandra, dass Aisling an seiner Seite stand.

„Wie kann er nur so etwas tun?!", entfuhr es Siandra aufgebracht.

„Ariel ist sehr speziell, wenn es um seine Kinder geht. Vor allem seit dem Tod seiner Gemahlin", sagte Fynn betont ruhig, obwohl Siandra sehen konnte, wie sehr das Ganze den Jäger mitnahm. „Er würde gerne daran glauben, dass Elyano unschuldig ist, aber er hat keine andere Wahl, ebenso wenig wie unsere Fürstin. Sie können sich nicht auf Elyanos Seite stellen. Die Beweise sind gegen ihn."

„Glaubst du Elyano?"

Fynn sah ihr tief in die Augen. „Immer", sagte er mit fester Stimme. Siandra beneidete ihn fast ein wenig um dieses bedingungslose Vertrauen.

„Aber die Beweise", flüsterte Siandra. „Der Dolch. Die Telefonate. Die Briefe... Wie ist das nur möglich...?"

„Vieles kann aus dem Zusammenhang gerissen einen anderen Sinn ergeben. Technik kann manipuliert und Menschen erkauft werden. Ich weiß nur, dass mein Bruder Zephir oder Aiofé niemals etwas angetan hätte. Ich frage mich…"

„Fynn?", fragte Aisling besorgt und legte eine Hand auf seinen Arm. Der Jäger schien aus seiner Starre zu erwachen und schüttelte sich kaum merklich. „Nichts. Ich glaube, wir kommen nur weiter, wenn wir die Zwillinge fragen. Wie geht es den beiden?"

„Nicht sonderlich gut", antwortete Aisling und ihr ohnehin besorgtes Gesicht bewölkte sich. „Die Angreifer haben ihnen ordentlich zugesetzt."

„Wer hat sie überhaupt angegriffen?", fragte Siandra. „Weißt du mehr?"

„Laut Ariel haben sie sich nicht zu erkennen gegeben. Keine Ahnung."

Siandra zuckte zusammen, als Florian in das Zimmer trat. Sein kühler Blick suchte den Raum ab und blieb an ihr hängen.

„Siandra, Ariel will dich sprechen." Es war das erste Mal, dass er sie bei ihrem Namen nannte. Was hatte das zu bedeuten? Ein schrecklicker Gedanke durchzuckte sie. Der Eid. Auf einmal wurde ihr ganz übel vor Angst.

„Kommst du jetzt?", fragte Florian genervt und trat ein Stück beiseite, damit sie an ihm vorbeigehen konnte. Stumm nickte sie und verließ das Zimmer.

Florian brachte sie nicht zu dem Ratssaal sondern in die Bibliothek. Hier zwischen den hohen Bücherregalen hatte sie Heinrich kennengelernt und auch jetzt saß er dort, zusammen mit Ariel und Aschenputtel.

Mit einer Handbewegung bat Ariel sie in einem der Ledersessel Platz zu nehmen. „Du kannst dir sicherlich denken, weshalb wir dich zu uns gerufen haben."

Siandra musste die Worte an ihrer Zunge vorbei pressen. „Es geht um den Eid, oder?" Sie fürchtete sich vor der Antwort. Was würde jetzt mit ihr geschehen?

Ariels Hände formten ein lockeres Dreieck. „Wir hatten noch nie einen solchen Fall. Noch nie zuvor hat einer der Unsrigen einen solchen Eid gesprochen und dann mit dem Orden gebrochen." Er warf einen kurzen Seitenblick auf Aschenputtel. „Zudem hat sich eine Änderung ergeben, die ich vorher nicht berücksichtigt hatte. Mir war bis vor wenigen Minuten nicht bewusst, dass unsere Fürstin Elyanos Eid und damit deinen Schutz derart erweitert hat. Das wirft alles nochmal durcheinander. Der große Rat muss einberufen werden."

„Der große Rat?", fragte Siandra unsicher.

Es war Heinrich, der die Frage beantwortete. „Der Rat der sechs Fürstinnen."

„Rotkäppchen wird also auch dort sein?"

Aschenputtel nickte emotionslos. „Auch sie ist eine Fürstin, Siandra. Es ist ihre Entscheidung, was mit dir geschieht, ebenso wie es meine ist." Einen Augenblick lang hüllte Aschenputtel den ganzen Raum mit ihrem Schweigen ein. „Komm näher", sagte sie schließlich. Ariel sah aus, als würde er darüber nachdenken etwas einzuwerfen, doch er blieb stumm. Seine Augen durchbohrten Siandra, als sie sich zögerlich von ihrem Sessel erhob und auf die Herrscherin zuging. Was auch immer Aschenputtel mit ihr vorhatte, es schien dem Hüter des Ordens nicht zu gefallen. Angespannt krallten sich seine Finger in das Leder der Lehne und ließen ihn wie ein angekettetes Raubtier wirken.

Lautlos bat Aschenputtel sie ihr die Hand zu reichen und Siandra tat wie ihr geheißen. Einen Moment geschah nichts, doch dann begann sich eine eigenartige Wärme in ihr auszubreiten. Ein geheimnisvolles Lächeln legte sich auf Aschenputtels Lippen, als sie sich von ihr löste. „Die Fürstinnen werden bald eintreffen", erklärte sie. „Halte dich bereit. Und mach dir keine Sorgen. Die Jäger werden nicht Hand an dich legen. Nicht, wenn ihnen ihr Leben lieb ist." Aschenputtel lächelte, doch es reichte nicht bis zu ihren Augen. In ihnen lag etwas, das ihr einen Schauer über den Rücken jagte.

Angespannt flocht Siandra die Finger ineinander, als sie Tags darauf zusammen mit Becca, Aisling und Fynn in ihrem Zimmer saß. Seit Stunden überlegten sie schon hin und her, wie sie Elyano aus dieser Misere heraushelfen konnten – und wohin er verschwunden war. Siandra zog sich immer weiter zurück. Selbst Jacks fröhliches Gekrächze konnte sie nicht aufmuntern. Sie hockte auf der Fensterbank und starrte stumm in die Ferne. Die Sorge um Elyano fraß sich tief ihr Innerstes und mischte sich mit der Trauer um ihre Schwester. Wo bist du nur, Elyano?

Auch Fynn war seltsam still. Im Schneidersitz saß er auf dem Boden, die Hände locker auf die Knie gestützt. „Alles in Ordnung?", fragte Aisling ihn nach einer Weile besorgt.

„Ich glaube nicht, dass wir ihn finden."

Beunruhigt drehte Siandra sich auf der Fensterbank zu ihm um. „Was meinst du damit?"

„Wenn Elyano nicht gefunden werden will, dann wird ihn auch niemand finden. Das war schon immer seine Stärke. Er kann sich geradezu in Luft auflösen."

„Dann sollen wir also gar nichts tun?", fragte Siandra und konnte den Ärger kaum unterdrücken.

„Das habe ich nicht gesagt."

Wieder wanderte Siandras Blick aus dem Fenster hinaus. Hoffentlich tat Elyano nichts unüberlegtes.

„Aber wir können doch nicht einfach nur hier herum sitzen", mischte sich Becca ein.

„Ich habe mit Salomo gesprochen", erklärte Fynn und nahm einen Schluck aus der Colaflasche, die neben ihm stand. „Er hat versprochen unauffällig die Augen offen zu halten. Das größte Problem, das sich uns stellt ist, dass wir nicht offen nach ihm suchen dürfen. Allein, dass wir es überhaupt in Erwägung ziehen, grenzt schon fast an Eidbruch."

„Aber was werden wir jetzt tun?", fragte Siandra.

Fynn seufzte. „Mehr können wir nicht tun. Uns sind die Hände gebunden." Er horchte auf, als es an der Tür klopfte und ein Jäger den Kopf herein streckte.

„Zephir und Aiofé sind erwacht."

Siandra versuchte ihre Erinnerungen in den hintersten Winkel ihres Gedächtnisses zu verbannen, als sie das Krankenzimmer betraten. Die Zwillinge sahen immer noch schwach aus und schafften es kaum, sich aufzurichten. Aiofés Lippen verzogen sich zu einem kaum merklichen Lächeln, als Fynn und die anderen sich auf die Stühle rund um ihre Betten setzten. Zephir schenkte sich mit zittriger Hand ein Glas Wasser ein.

Fynns Mundwinkel hoben sich. „Was macht ihr denn für Sachen?", fragte er mit gespielt tadelnder Stimme.

„Du weißt doch", sagte Zephir grinsend. „Die Göttinnen wachen über Narren wie uns."

„Was ist passiert?", fragte Aisling besorgt.

Das Lächeln auf Aiofés Gesicht verschwand schlagartig und auch Zephirs Grinsen verblasste. „Ich kann mich kaum erinnern", begann Zephir zögerlich. „Wir waren auf dem Weg zum Mediapark, weil es dort zu Unruhen gekommen war. Angeblich sollten die Kreaturen des Flusses in der Innenstadt ein heilloses Verkehrschaos anrichten."

„Erst war ich überhaupt nicht davon begeistert, den Auftrag zusammen mit Priya zu erledigen", fuhr Aiofé fort. „Zephir ebenso. Aber Elyano hatte uns darum gebeten. Er ist Niemand, der um etwas bittet, deshalb haben wir sofort zugesagt."

Wieder musste Siandra an Elyanos SMS denken. Hatte er die beiden um diesen Gefallen gebeten?

„Als wir im Mediapark ankamen, griff irgendein Fremder Priya aus dem Hinterhalt an", erklärte Zephir und trank einen Schluck. „Es war ein Leichtes für sie, ihn auszuschalten. Sie hat Elyanos Dolch in den Händen des Fremden sofort erkannt. Und dann hat sie sich um ihn gekümmert. Ich weiß nicht, wo sie all diese Dinge gelernt hat, aber Priya hatte ihre ganz eigenen Methoden, Dinge aus jemandem herauszupressen, die sie wissen will. Er sagte, dass Elyano dahinter steckt. Vater war vorhin erst hier und hat uns von den Beweisen erzählt, die aufgetaucht sind."

„Und ihr glaubt ihm?", fragte Siandra.

Zephir strich sich durch die Haare. „Ich habe keine Ahnung, was ich glauben soll. Wer sagt uns, dass die Beweise nicht der Wahrheit entsprechen?"

„Obwohl..."

Zephir sah seine Schwester einen Herzschlag lang verwirrt an. „Aiofé?"

„Erinnerst du dich nicht daran, was dieser Kerl sagte, bevor Priya ihn umgebracht hat? ‚Du hast versagt'. Erst dachte ich, ich hätte mich verhört, aber je länger ich darüber nachdenke, umso sicherer werde ich mir. Vater hat nichts von dem Auftrag gewusst, er..."

„Er wusste nichts davon?", unterbrach Aisling ihn. „Aber er hat doch gesagt..."

„Ich weiß, was er gesagt hat. Aber ich bin mir sicher."

„Fynn, wusstest du etwas von dem Auftrag?", fragte Siandra den Jäger.

„Nein, aber..."

Siandra ahnte, was er dachte. Es hatte sich in letzter Zeit viel verändert. Elyanos Gebiete waren an Priya übergegangen. Er war sich nicht sicher, ob er von dem Auftrag gewusst hätte, wenn sein Bruder nicht suspendiert worden wäre. Immerhin besprachen sie jeden noch so kleinen Schritt.

„Vater lässt uns über keine Aufträge im Unklaren", fuhr Aiofé fort. „Als er sie anrief, habe ich laut und deutlich gehört, dass er sie gefragt hat, wo sie denn wäre. Er wusste nichts davon. Ich frage mich..."

„Was?", fragte Fynn ratlos.

„Ich frage mich, ob der Anschlag Elyano gegolten hatte. Und ob Priya ihn nur dorthin locken sollte und unabsichtlich zwischen die Fronten geraten ist, als uns die Nachhut angegriffen hat."

„Das ist doch lächerlich", warf Siandra ein und fragte sich sofort, warum sie die Jägerin verteidigte. „Priya ist... war Elyanos beste Freundin. Warum sollte sie...?"

„Mag sein", mischte Fynn sich ein. „Aber wem galt ihre Loyalität?"

„Dem Orden!"

Zephir lachte bitter. „Ich bitte dich! Priya war nie eine von uns. Ich habe keine Ahnung weshalb Elyano und sogar Vater ihr vertraut haben. Sie war von Anfang an Rotkäppchens Marionette."

„Das Gleiche wird auch Elyano vorgeworfen. Glaubst du das etwa auch?", fragte Aisling ruhig.

„Nein. Ich..."

„Dann hör auf voreilige Schlüsse zu ziehen. Priya war Elyanos beste Freundin. Sie hätte nie etwas getan, um ihm zu schaden."

„Aber was wenn doch?"

„Siandra?" Aislings Augenbrauen zogen sich zusammen, als sie zu ihr herüber sah.

Die Beunruhigung stand Siandra ins Gesicht geschrieben, als sie zum sprechen ansetzte. „Was, wenn Priya wirklich für Rotkäppchen gearbeitet hat und Elyano aus dem Weg räumen sollte? Oder ihn dorthin gelockt hat, um ihn zu einer Rückkehr zu zwingen?"

„Dann ist Elyano in Gefahr", flüsterte Aisling tonlos.

„Macht euch keine Sorgen. Elyano ist unverwüstlich", sagte Fynn lächelnd. Er legte einen Arm um Aisling, doch das Lächeln konnte nicht über die Sorge und den Schmerz in seinen Augen hinwegtäuschen.

Es war eigenartig nach so langer Zeit wieder zur Schule zu gehen. Auch wenn gar nicht so viel Zeit verstrichen war, fühlte es sich wie ein völlig anderes Leben an, das sie einst in einer fernen Vergangenheit geführt hatte. Eigentlich hätte Siandra wegen der bevorstehenden Abiturklausur nervös sein sollen, aber ihre Gedanken waren von Sorgen und Trauer überschattet. Außerdem saß ihr die Anspannung im Nacken und krallte sich in ihre Haut. Heute Abend würde der Rat der Fürstinnen zusammentreffen. Sie verdrängte die Angst, die in ihr aufkam, als sie daran dachte. Sie musste sich auf ihr Abitur konzentrieren. Zwei schriftliche Klausuren hatte sie bereits hinter sich gebracht und ein recht gutes Gefühl dabei. Nun lag nur noch eine vor ihr, bevor es in die mündliche Prüfung ging. Angespannt strich sie sich eine Strähne aus dem Gesicht. Sie konnte es nicht verhindern – sie machte sich Sorgen um Elyano, auch wenn sie wusste, dass er gut auf sich selbst aufpassen konnte. Und Veros Beerdigung rückte auch immer näher. Sie vertrieb den Gedanken an sie. Das letzte, was sie brauchen konnte, war ein Heulkrampf. Trotzdem konnte sie den Kloß nicht verhindern, der sie zu ersticken drohte.

Ihre Mutter hatte sie noch vor der Schule angerufen, um ihr viel Glück zu wünschen und hatte mit ihr unverfänglichen Smalltalk gehalten, als wäre nie etwas vorgefallen. Siandra hatte nur einsilbig geantwortet. Ihre Gedanken waren ganz woanders gewesen. Aber das war nicht ungewöhnlich. Vor Prüfungen war sie nie sonderlich gesprächig gewesen, selbst wenn die Welt gerade nicht um sie herum zusammenbrach.

„Alles in Ordnung mit dir?", fragte Becca neben ihr besorgt.

Siandra nickte nur. Wortlos folgte sie ihrer Freundin in den Raum, in dem sie ihre Deutschklausur schreiben würde. So viele Gedanken geisterten durch ihren Kopf. Sie hoffte nur, dass sie sich wenigstens ein bisschen auf die Prüfung konzentrieren konnte. Als ihr Lehrer die Klausurbögen austeilte, verstummten die Gespräche. Zurück blieb nur die nervöse Stille. Siandra seufzte, als sie auf ihr Blatt herabsah. Das konnte ja heiter werden. Was ihr Vater wohl davon hielt, wenn sie ihr Abitur in den Sand setzte. Obwohl – er war ja gar nicht ihr Vater. Was interessierte es sie also überhaupt?

Schwerfällig hob sie den Kugelschreiber und setzte ihren Namen auf den Prüfungsbogen. Alles war besser als gar nichts zu schreiben. Frage für Frage hangelte sie sich über das Blatt und bei jeder ihrer Antworten hatte sie das Gefühl, dass ihre Deutungen völlig an den Haaren herbeigezogen waren.

„Ihr habt noch eine halbe Stunde", erklärte Herr Freytag gleichmütig und vertiefte sich wieder in seine Zeitung. Vereinzelt war Stöhnen zu hören und Stifte, die hektisch über Papier kratzten.

Siandras Blick wanderte aus dem Fenster, über das Dach des Gebäudes, hin zu den fetten Tauben, die sich um ein Stück Brot stritten. Sie zuckte zusammen. Eine Sekunde lang hatte sie geglaubt, Elyano dort zwischen den Zweigen der Büsche gesehen zu haben. Verwirrt schüttelte sie den Kopf. Das war nicht möglich. Elyano war fort.

„Bist du bereit?", fragte Fynn besorgt und hielt ihr die Autotür auf. Siandra brachte nur ein Nicken zustande. Nervös strich sie den Stoff ihres Kleides glatt, nachdem sie eingestiegen war. Es war soweit. Die Fürstinnen hatten sich versammelt, um über ihre Zukunft zu entscheiden. Doch niemand hatte ihr gesagt, wo sie auf sie treffen würde. Außer Ariel wusste nur Fynn von dem Ort ihrer Zusammenkunft und selbst er sagte ihr nicht mehr, als dass es ein geheimer Platz sei. Was würde nun auf sie zukommen, nun da Elyano fort war? Salomo hatte ihr erzählt, dass nicht alle Fürstinnen Halbblütern so tolerant gegenüberstanden wie Aschenputtel. Wobei sie sich, was das anging, sich nicht ganz sicher war. Ihr gegenüber war die Fürstin immer nett gewesen, doch sie hatte auch anderes gehört.

Die Zwillinge wollten sie unbedingt begleiten, doch ihr Vater hatte es ihnen verboten. Sie waren noch schwach, aber selbst das hatte sie nicht besänftigen können. Siandra hingegen hätte sofort mit ihnen getauscht.

Gedankenverloren betrachtete sie ihre fast schon gläsern wirkenden Schuhe, während die Landschaft an ihnen vorüberzog. So oft, wie sie auf dem Weg zum Auto irgendwo gegen gedonnert war, konnten sie nicht aus Glas sein. „Mach dir keine Sorgen", sagte Fynn, doch Siandra konnte die Anspannung in seiner Stimme hören. Ihr Blick wanderte aus dem Fenster, als Fynn gerade auf die Autobahn auffuhr. *Wo bist du nur Elyano?*

Fynn konzentrierte sich stumm auf das Fahren. Siandra hätte ihm das liebend gerne abgenommen. Ihre Gedanken flogen wie ein eingesperrter Vogel von einer Seite zur anderen. Die Zeit zog sich immer weiter in die Länge und schien kein Ende zu finden, als Fynn endlich das Auto verlangsamte und über eine unebene Straße auf ein kleines Anwesen zufuhr. Im Innenhof parkte er und stieg aus. Siandras Atem beschleunigte sich, als ihre Autotür aufgerissen wurde. Es war ein Diener, der ihr die Tür aufhielt. Noch einmal atmete sie tief durch und versuchte ihre Angst hinunterzuschlucken, was ihr nur mäßig gelang.

„Können wir?", fragte Fynn und bot ihr galant den Arm an.

Siandra nickte nur stumm und hakte sich bei ihm ein. Der Jäger führte sie durch die Eingangstür in einen hohen Empfangsraum. Statuen von wunderschönen Frauen flankierten den Weg zu einer weiteren hohen Tür, durch die aufgeregte Stimmen zu hören waren.

„Nervös?"

„Das fragst du noch?" Siandra atmete geräuschvoll ein. Wenn sie allein an Rotkäppchen dachte, wurde ihr Angst und Bange.

Fynn griff nach ihrer Hand und drückte sie kurz. „Mach dir keine Sorgen. Es wird alles gut gehen."

Wie gerne hätte sie Fynns Optimismus geteilt. Mit einem unguten Gefühl im Bauch betrat sie den Raum.

Das Zimmer war ebenso hoch wie die Eingangshalle und erinnerte fast ein wenig an den Raum, in dem sie Aschenputtel kennengelernt hatte. Unzählige Gemälde hingen an den Wänden und ähnliche Skulpturen, wie die in der Eingangshalle waren in den Ecken verteilt. In der Mitte des Raumes stand ein langer Tisch, der fast vollständig besetzt war. Siandra wusste sofort wer sie waren. Die Fürstinnen. Sie wirkten fast, wie dem Gemälde entsprungen, das Elyano ihr gezeigt hatte. Doch als sie genauer hinsah, bemerkte Siandra noch etwas. Sie wirkten schwächer als auf dem Bild, fast schon ein wenig kränklich.

Sie verwarf den Gedanken, als sich alle Augen auf sie richteten und Rotkäppchens Blick noch viel stärker brannte, doch Fynns Anwesenheit gab ihr Kraft.

Mit einem unscheinbaren Lächeln erhob sich Aschenputtel und bat die beiden sich zu ihnen zu setzen. Siandra versuchte ein ebenso fröhliches Lächeln wie die Fürstinnen aufzusetzen, doch sie hatte das Gefühl, dass es ihr nicht sonderlich gut gelang. Fynn schaffte es hingegen mit seiner offenherzigen Art und seinem freundlichen Lächeln wieder einmal den Eindruck zu erwecken, als gäbe es keine unbekümmertere und ungefährlichere Person als ihn. Siandra wusste, dass er tödlich, wie der Reißzahn einer Schlange war, doch sein Lächeln war ansteckend.

„Wir haben von Rabes Verrat gehört", setzte eine Frau an, von der Siandra wusste, dass sie Dornröschen war. Sie trug die Haare kürzer als auf dem Gemälde. Mit leichtem Erstaunen bemerkte Siandra die bunten Tätowierungen, die unter dem Stoff ihres Kleides hervorlugten. Eines ihrer Ohren war mit unzähligen Ringen gepierct, an dem anderen trug sie rote Creolen. Sie musterte Siandra mit einem weichen Lächeln auf dem Gesicht. Auch wenn Siandra wusste, dass einige dieser Frauen ihr wahrscheinlich den Tod wünschten, war Dornröschen ihr gleich sympathisch.

Auf dem Tisch fand sich eine Auswahl feinster Speisen und exquisiter Gerichte, doch Siandra schaffte es nicht auch nur einen Bissen hinunter zu zwängen. Ihr Hals wehrte sich und ihr ganzer Körper blieb angespannt. Fynn übernahm das Reden für sie. Er wusste es wirklich offiziell aufzutreten und trotzdem Smalltalk zu machen. Siandra wunderte sich nicht, dass Ariel ihn ständig zu Pressekonferenzen mitnahm und zu seinem Offizier gemacht hatte. Er erzählte von kleineren Ereignissen im Orden, vom Stand der Dinge und Ariels letzten Entscheidungen. Die meiste Zeit hatte Siandra nicht einmal Ahnung, wovon er sprach. Sie hielt sich höflich lächelnd zurück und versuchte Rotkäppchens Blicken auszuweichen.

Die rote Fürstin saß ihr schräg gegenüber und unterhielt sich mit Aschenputtel, doch ihr Blick wanderte immer wieder zu ihr herüber. Siandra versuchte die Gefühle zu verjagen, die sie in ihr auslöste, doch ein Hauch der Angst blieb in ihrem Körper zurück. Es krallte sich regelrecht von innen in ihre Haut. Als sich ihre Blicke kreuzten, bemühte sich Siandra ihr zu trotzen und die Augen nicht abzuwenden, auch wenn es ihr alles andere als leicht fiel. Ein gefährliches Lächeln lag auf den Lippen der Fürstin.

„Ich verstehe nicht, weshalb wir uns überhaupt damit befassen", mischte sich die Frau mit ebenholzfarbenen Haaren ein, die neben Dornröschen saß. „Habt ihr keinen Orden, der sich für Euch darum kümmert?"

„Über Siandras Schicksal werden wir später entscheiden", sagte Aschenputtel und tupfte sich mit einer Serviette den Mund ab. „Wann kommt es schließlich schon einmal vor, dass wir alle zusammenkommen?"

„Entschuldigt mich", flüsterte Siandra, als ihr Brustkorb immer enger zu werden schien und flüchtete regelrecht hinaus. Hinter ihr schien Fynn gerade einen Witz gemacht zu haben. Die Fürstinnen fielen in sein Lachen ein.

Siandra war noch nicht weit gelaufen, als ihr ein kleiner, etwas pummeliger Junge entgegenkam. Seine blonden Haare fielen ihm zerzaust ins Gesicht. Auf seinen zittrigen Händen trug er ein Tablett mit Gläsern. Erst, als er sie fast erreicht hatte, bemerkte sie, dass er gar nicht so jung war, wie es den Anschein gemacht hatte. Er schien völlig in Gedanken versunken und murmelte vor sich hin. Als sein Blick auf Siandra fiel, schien er in der Bewegung zu erstarren und ließ in seiner Hektik beinahe die Gläser fallen. „Halbblut", stammelte er erschrocken.

Innerlich stöhnte Siandra auf, doch sie schaffte es, ihren Ärger hinter einem Lächeln zu verstecken. „Mein Name ist Siandra", sagte sie betont freundlich. „Und wer bist du?"

„Hänsel", antwortete er ein wenig ängstlich.

Hänsel? Unauffällig musterte sie ihn. War er wirklich der Junge aus dem Märchen? Das Kind, das von der Hexe eingesperrt worden war? „Bist du Gretels Bruder?", fragte sie, doch er sah sie nur verständnislos an. Hatte sie sich geirrt?

„Häää", sagte er erneut und setzte seinen Weg fort. Verwundert sah Siandra ihm nach, ehe sie die Tür zum Badezimmer entdeckte.

Als sie wieder in den großen Saal zurückkehrte, hatte sich das Gespräch etwas entspannt. Sie fing Fynns Blick auf, der sie sofort beruhigte und ihr ein wenig die Angst zu nehmen schien. Fast schon vergaß sie den Grund für ihre Einladung, als sie sich mit Dornröschen und Gretel über belanglose Themen unterhielt. Auch Fynn war tief in ein Gespräch mit der Fürstin Rapunzel verwickelt. Mit ungelenken Händen verteilte Hänsel die Gläser an die Gäste. Ein Wunder, dass sie alle heil blieben.

„Lasst uns anstoßen", sagte Aschenputtel und erhob ihr Glas. „Auf eine friedlichen Abend und eine gelungene Einigung." Die Fürstinnen griffen nach ihren Gläsern und nahmen einen Schluck von dem dunkelroten Wein. Doch mit dem bösartigen Lächeln, das Rotkäppchen ihr zuwarf, war Siandra der Sinn nach Wein und Feiern ganz und gar vergangen. Und auch Fynn lehnte ab, mit der Begründung, dass er noch fahren müsse.

„Was passiert jetzt mit dem Halbblut?", fragte Schneewittchen nach einer Weile.

Rotkäppchen lehnte sich auf ihrem Stuhl zurück. „Das ist doch wohl keine Frage. Sie ist ein Halbblut. Da gibt es nur eine Möglichkeit."

„Und vorher wolltet ihr noch eine letzte Henkersmahlzeit gönnen, oder was?"

Zornig klammerte Rotkäppchen sich an ihr Weinglas und starrte Fynn eisig an. „Halt dich da raus, Jäger! Das geht dich nichts an!"

„Aber wie können wir so etwas entscheiden?", fragte Dornröschen und strich sich über den Arm. „Wie können wir das entscheiden und sie zum Tode verurteilen?"

Starr vor Angst vergrub Siandra die Hände im Stoff ihres Kleides. Auch wenn Fynns Nähe sie beruhigte, wusste sie nicht, ob er sich auf ihre Seite stellen würde, wenn die Fürstinnen entschieden, dass es mit ihr ein Ende haben sollte.

Rotkäppchen lächelte verächtlich. „Das hat dich bisher doch auch nicht gestört. Wir alle haben unsere Jäger ausgesandt. Warum also sollten wir eine Ausnahme machen?"

Siandras Blut rauschte heiß vor Furcht durch ihre Adern. Einen kurzen Moment schloss sie die Augen, ganz als könne sie damit die Angst aussperren.

„Beruhige dich", sagte Aschenputtel mit strenger Miene. „Es bringt nichts, wenn..."

Rotkäppchen lachte auf. „Ich soll mich beruhigen? Sie ist ein Halbblut, ein Wesen wider die Natur, das es nicht geben dürfte. Ebenso wie ich, habt auch ihr euch der Aufgabe zum Schutz unserer Welt verschrieben. Halbblüter gehören ausgemerzt. Genau, wie diese jämmerlichen Menschen, die sie erschaffen haben!"

„Es reicht!", fuhr Aschenputtel scharf dazwischen, doch Rotkäppchen ließ sich nicht stoppen.

„Wir sollten an erster Stelle stehen und nicht sie. Versteckt und im Schatten, ist es das, was ihr wollt?" Plötzlich verschwand die Wut auf Rotkäppchens Gesicht und wich einem hinterlistigen Lächeln. Siandra schwante nichts gutes. „Eines haben die Menschen euch aber voraus. Sie sind nicht so gutgläubig."

Auf ihr Kommando hin traten Wölfe aus dem Dunkel der Ecken hervor. Die Fürstinnen sprangen auf, doch dann taumelten sie und stürzten. Aschenputtel krallte sich an der Tischkante fest. „Was hast du getan?", presste sie hervor, ehe ihre Beine nachgaben und sie zusammensackte.

Ein triumphierendes Lächeln breitete sich auf Rotkäppchens Lippen aus. „Ja, trinken wir!", rief sie euphorisch. „Trinken wir auf die neue Ära, in die uns das Halbblut geführt hat."

Siandra war nie zuvor glücklicher eine Waffe zu sehen, als in dem Moment, in dem Fynn seinen Dolch zog. In einer flüssigen Bewegung sprang er auf und stürzte sich auf die Fürstin. Rotkäppchen war im ersten Augenblick derart perplex, dass sie sich nicht sofort zur Wehr setzte. Fynn stach mit seinem Dolch zu. Blitzschnell umschlossen ihre Finger seinen Arm.

„So aber nicht, Jäger", sagte sie und lächelte süffisant. Siandra verstand nicht, was sie ihm ins Ohr flüsterte, aber es brachte ihn aus dem Takt. Er sah den Wolf nicht kommen, der sich von rechts näherte und den Kopf in seine Seite stieß. Getroffen rutschte Fynn über den glatten Marmorboden, doch er fing sich schnell und sprang wieder auf. Die Wölfe umzingelten ihn, als er zum Angriff überging.

Siandra erwachte aus ihrer Starre, als Rotkäppchens Blick sie erneut streifte und sie sprang hastig auf. Ihre Augen suchten den Raum ab und stießen auf Schwerter, die an der Wand hingen.

„Das wirst du nicht tun!", fauchte Rotkäppchen, als sie ihren Gedanken erahnte, doch da hatte Siandra bereits die Entfernung zur Wand überbrückt. Bitte geh ab, betete Siandra, als sie an dem Knauf zog und sie hatte Glück. Die Waffe lag leicht in ihrer Hand. Siandra wich zurück, als Rotkäppchen immer näher kam. Sie stolperte über jemanden und fiel.

„Siandra...", flüsterte eine Stimme neben ihr. Erleichterung brach wie eine Welle über ihr zusammen, als Siandra erkannte, dass es Aschenputtel war. Die Fürstin war benommen und öffnete die Augen nur ein Stück weit.

„Du versuchst doch nicht etwa vor mir zu fliehen?", rief Rotkäppchen. „Das hat bislang noch keiner geschafft."

Noch ehe die Fürstin sie erreichen konnte, flog ein kleiner Dolch durch die Luft, hinterließ einen feinen Schnitt auf ihrer Wange und blieb in einem Gemälde stecken.

„Warum gehst du denn schon?", fragte Fynn mit einem harten Lachen. „Wir hatten doch gerade eine so nette Unterhaltung." Mühelos sprang er über den Tisch und landete zwischen ihr und Siandra. Die Wölfe, mit denen er zuvor gekämpft hatte, lagen in sich zusammengesunken auf dem Boden.

Einen Wimpernschlag dachte Siandra so etwas wie Fassungslosigkeit in Rotkäppchens Augen zu sehen, doch sie wich schnell mit einem selbstzufriedenen Lächeln aus. „Dir werde ich noch die Flügel brechen. Der Rest meiner Wölfe wird in Kürze hier sein."

„Das mag sein", sagte Fynn und warf Siandra einen schnellen durchdringenden Blick zu. „Aber hilft es dir dann noch?"

Hektisch rappelte Siandra sich auf und half Aschenputtel auf die Beine. Gemeinsam flohen sie aus dem Raum. Hinter ihr schrie Rotkäppchen „Das wird dir noch leid tun, Jäger!", ehe die Tür ihre Stimme erstickte.

Orientierungslos flog ihr Blick umher. Wohin nur? Was, wenn ihnen Wölfe entgegen kamen? Selbst, wenn sie Aschenputtel nicht bei sich hätte, würde sie sich ihnen nicht zur Wehr setzen können. Ihr Herz klopfte hart in ihrer Brust und ihr Atem flog.

„Siandra!", rief jemand vor ihr. Erleichterung durchströmte sie, als sie Aschenputtels Gemahl Beliar auf sie zulaufen sah. „Was ist passiert?"

„Rotkäppchen", keuchte sie. „Gift. Fynn. Wölfe." Sie schaffte es kaum ihre Atmung zu beruhigen. Mit jedem unruhigen Zug pumpte ihr mehr Herz Blut durch ihren Körper. Sie war sich nicht sicher, ob er auch nur irgendetwas von dem verstand, was sie da von sich gab, doch der Fürst nickte nur und öffnete eine Tür.

„Rein da mit euch", befahl er mit fester Stimme. „Bleibt da drinnen und gebt keinen Ton von euch!" Mit den Worten zog er seine Waffe und lief los.

Noch immer pulsierte die Furcht durch ihre Adern, doch hier gab es keinen Platz für Angst. Behutsam bettete sie Aschenputtel auf das Sofa, das in einer Ecke des kleinen Kaminzimmers stand. Ihre Hilflosigkeit machte sie rasend. Sie wusste nicht, was sie tun konnte, um der Fürstin zu helfen, wusste nicht, mit welchem Mittel Rotkäppchen sie vergiftet hatte. War es der Wein gewesen? Und was war mit den anderen Fürstinnen?

Siandra zuckte zusammen, als die Tür sich öffnete und ein Mann im Türrahmen stand. Er trug eine dunkelrote Lederrüstung. Siandra erkannte Rotkäppchens Zeichen auf seiner Brust. Sein Mundwinkel hob sich, als er auf sie zu kam und seine gebogene Klinge hob.

Siandra ging zum Angriff über, doch es brauchte nur wenige Schläge bis ihr Schwert klirrend zu Boden fiel. Sie verlor ihren Schuh, als sie rückwärts stolperte und fiel. Ihr Magen krampfte sich zusammen. Sie griff nach dem einzigen Gegenstand in ihrer Reichweite und warf ihn. Mit einem lauten Klirren zerbarst der Schuh an der Wand. Also doch Glas! Sie hörte den Streich eines Schwertes, einen dumpfen Knall und ein seltsam gurgelndes Geräusch. Sie wollte wieder nach ihrem Schuh greifen, als eine vertraute Stimme zu ihr hindurch drang. „Soll ich dir noch meinen Stiefel geben, oder reicht es jetzt?"

Vorsichtig hob sie den Blick und sah in Elyanos belustigtes Gesicht, der sich zu ihr hinab beugte und ihr aufhalf. Sie strich ihm ungläubig über die Wange, konnte es kaum glauben, ihn hier zu sehen.

„Ich bin echt." Er grinste zwar, doch Siandra konnte die Anspannung sehen, die sich dahinter verbarg. „Alles in Ordnung?"

Siandra nickte und sah zu Aschenputtel. „Mir geht es gut, aber ich weiß nicht, was ihr fehlt. Ob sie..."

Elyano nickte ernst. „Als Erstes müssen wir euch hier raus bringen. Danach kümmere ich mich um Rotkäppchen." Er hob Aschenputtel auf seine Arme und trat in den Flur. Die Gänge waren wie ausgestorben. Aus der Ferne wurde Kampflärm zu ihnen getragen, doch schlagartig verstummten die Geräusche. Ihr Atem flog. Im Gehen streifte sie sich auch den anderen Schuh von den Füßen und beschleunigte ihre Schritte, bis sie mit Elyano gleichauf lag.

Ihr Herz schlug freier, als sie Fynn erkannte, der gemeinsam mit Beliar auf sie zu lief. Auch Elyano schien froh seinen Bruder zu sehen. Nur einige Schnittwunden in Fynns Gesicht und der zerfetzte Stoff des Hosenbeins, der eine weitere blutige Wunde freigab, zeugte von dem Kampf, der stattgefunden hatte.

„Was ist passiert?", fragte Elyano ihn, nachdem er die Fürstin an ihren Gemahl übergeben hatte.

„Rotkäppchen hat es geschafft zu fliehen", erklärte er atemlos. „Ich habe es nicht geschafft ... sie ..."

„Was ist mit den Fürstinnen?" Elyano presste die Lippen aufeinander, als sein Bruder den Blick abwandte und den Kopf schüttelte. „Lasst uns erst einmal von ihr verschwinden", sagte er. Sie mussten zurück in den Orden, damit die Jäger aus schwärmen konnten, um nach Rotkäppchen zu suchen.

Stumm saß Siandra dicht neben Elyano im Auto, ihre Finger mit seinen verflochten. Fynn jagte geradezu über die Autobahn, doch sie verspürte keine Angst. Nicht mehr.

Erst hatte sie versucht dem Telefongespräch zwischen Beliar und Ariel zu folgen, aber er sprach so schnell und leise, dass sie es bald aufgegeben hatte. Sie war sich nicht einmal sicher, ob sie überhaupt Deutsch sprachen.

Elyano schwieg, strich stumm immer wieder mit dem Daumen über ihr Handgelenk und die Fingerknöchel. Doch dann spürte Siandra, wie sich sein ganzer Körper anspannte.

„Halt an, Fynn", sagte er, die rechte Hand in den Stoff seiner Hose gekrallt.

„Warum...?"

„Ich habe gesagt, du sollst anhalten!"

Siandra erschrak vor der Schroffheit in seiner Stimme. Was war nur los mit ihm? Fynn sagte nichts. Er hielt den Wagen am Straßenrand und stieg aus, um seinem Bruder zu folgen. Beliar hielt in seinem Gespräch kurz inne und runzelte die Stirn, doch er blieb sitzen. Mit einem unguten Gefühl kletterte Siandra ins Freie.

„Was hast du?", fragte Fynn seinen Bruder.

Elyanos Miene war weicher geworden. Von seiner Wut war nichts mehr zu sehen. Er wirkte fast ein wenig traurig, doch Siandra konnte nicht erkennen, woran er dachte. Sie trat an ihn heran und strich über seinen Rücken. Kurz verspannte er sich, ehe er sich zu ihr umdrehte. Er sah sie kurz an, schien mit sich zu hadern, bevor er sich an seinen Bruder wandte. „Ich kann nicht mit euch kommen."

„Was soll das heißen, du kannst nicht mitkommen?", fragte Fynn fassungslos. „Du hast uns gerettet. Wärst du nicht gekommen... Du weißt genau, wo es für mich geendet hätte! Und Siandra, oder unsere Fürstin hätten es vermutlich auch nicht überlebt. Du trägst an dem Anschlag auf die Zwillinge keine Schuld und Ariel wird das ebenfalls so sehen."

„Darum geht es nicht", sagte Elyano. Angespannt verschränkte er die Arme vor der Brust, als Siandra auf ihn zu trat. Kurz schloss Elyano die Augen, presste die Lippen aufeinander, bevor er „Du solltest gehen", hervorbrachte.

Siandra nickte zögerlich. „Aber du kommst mit uns."

„Gib gut acht", flüsterte er und streckte die Hand gen Himmel.

Verständnislos sah Siandra ihn an. Gib gut acht? Was sollte das? Was sollte diese plötzliche kühle Distanz?

„Ich muss gehen", sagte er, als ein Rabe im Sinkflug auf seine Hand zuschoss und dann stark mit den Flügeln schlug, um auf einer Höhe zu bleiben.

„Aber wohin? Elyano!"

„Gib gut acht." Seine Stimme glich einem Flüstern. Der Rabe gab einen krächzenden Schrei von sich, als Elyano sich in einem Meer aus schwarzen Federn aufzulösen schien. Siandra versuchte ihn zu fassen, doch sie griff einfach durch ihn hindurch und fiel auf die Knie. Als der Nebel aus Federn sich legte, war Elyano verschwunden. Nur ein kleiner schwarzer Schatten entfernte sich immer weiter, ehe er am Horizont unterging.

13. Der Ruf des Raben

Alles in Ordnung? Ich muss gehen. Gib gut acht. Grübelnd starrte Siandra aus dem Fenster. Was war nur mit Elyano los? Warum war er plötzlich so abweisend und warum hatte er nicht mit in den Orden kommen wollen? Aus Furcht vor Ariel und Aschenputtel? Weil ein Eid ihn davon abhielt? Gib gut acht. Mehr hatte er ihr nicht zu sagen, nachdem er endlose Tage verschwunden war?

Dr. Allwissend hatte sich sofort um Aschenputtel gekümmert, als sie am Orden angekommen waren. Sie würde überleben, anders als der Rest der Fürstinnen. Ariel hatte Siandra erzählt, dass sie es nicht geschafft hatten. Warum mussten sie sterben? Und warum hatte Aschenputtel als einzige überlebt? Siandra verstand es einfach nicht und auch Samoel stand vor einem Rätsel. Welches Ziel verfolgte Rotkäppchen?

Der Trupp Jäger, den Ariel zu dem Anwesen geschickt hatte, konnte nichts herausfinden. Rotkäppchen war verschwunden, genau wie alle Hinweise, die ihnen helfen könnten.

Gedankenverloren wippte Siandra auf dem Schaukelstuhl in Zephirs Zimmer vor und zurück. Das Zimmer war genau wie er: verrückt und fröhlich. Die Wände waren in einem sanften Gelbton gestrichen und durch ein breites Fenster fiel Tageslicht hinein. Eine helle Tür führte zum Schlafzimmer. Zephir und Aiofé kauerten auf einem hellbraunen Ledersofa und hielten fast schon schüsselartige Tassen in den Händen. Auch die beiden schienen sich nicht so recht auf das Spiel, das sie spielten, konzentrieren zu können. Immer wieder kamen sie mit ihren Karten und den dazugehörigen Würfeln durcheinander.

Ariel hatte am Morgen eine Ratssitzung einberufen, zu der nur die ranghöchsten Jäger geladen waren. Niemand wollte ihr sagen, was geplant war. Selbst die Zwillinge schienen von den Plänen ihres Vaters nicht Bescheid wissen. Zufällig hatte Siandra mitbekommen, dass Ariel Botschafter in die Reiche der Fürstinnen entsandt hatte. Ohne ihre Führung drohten die sechs Reiche ins Verderben zu stürzen. Nur die Fürstinnen schafften es das Gleichgewicht zwischen den konkurrierenden Adligen zu halten. Die Fürstinnen waren schon immer da gewesen. Nur sie stammten aus einer Zeit, in der die Gesetze dieser Gesellschaft noch nicht existiert hatten. Für die Eshani'i standen sie über allem. Ohne sie wussten sie nicht mehr zu wem sie aufschauen sollten. Sie waren völlig orientierungslos.

„Jetzt hör schon auf Trübsal zu blasen", rief Aiofé und warf ihr ein Kissen an den Kopf.

Siandra konnte sich dem ansteckenden Grinsen nicht entziehen. Ihre Mundwinkel zuckten, als sie das Kissen zurückschickte. „Das musst du gerade sagen! Und jetzt konzentriere dich, sonst gewinnt dein Bruder schon wieder haushoch. Und ich kann dieses selbstgefällige..."

„Da ist es schon", unterbrach Aiofé sie, als sich ein halbes Grinsen auf Zephirs Gesicht ausbreitete.

„Ich bin eben gut", bemerkte er beiläufig und würfelte. Er blinzelte kurz in eine seiner Karten, ehe er eine abwarf.

„Bist du nicht", entgegnete Aiofé trocken. „Und ich würde es mir wünschen..." Sie stockte, als es an der Tür klopfte. Einen Atemzug später stand Ariel im Zimmer.

„Vater", sagten Aiofé und Zephir wie aus einem Mund und richteten sich auf.

Ariels Blick streifte die beiden nur kurz und blieb an Siandra hängen. „Ich würde gerne mit dir sprechen. Allein."

Ein mulmiges Gefühl beschlich Siandra, als sie aufstand und dem Hüter des Ordens folgte. Auch das aufmunternde Lächeln der Zwillinge konnte den Tumult in ihrem Inneren nicht beruhigen. Selbst wenn seine Stimme nicht mehr so feindselig wie noch vor einigen Wochen war, wusste sie nicht, wie sie ihn einschätzen sollte. Was passierte mit ihr, nun da die Fürstinnen keine Wahl treffen konnten? Sie wusste nicht, ob die Jäger sie nur in Sicherheit wiegen wollten oder sie tatsächlich außer Gefahr war.

„Wie geht es Aschenputtel?", fragte sie, als sie ihre Stimme wieder einigermaßen unter Kontrolle hatte.

„Den Umständen entsprechend", antwortete er mit seiner gewohnt kühlen Stimme. „Sie schläft noch."

Siandra antwortete nicht. Vor ihr kam Ariel zum Stehen und hielt ihr eine Tür auf. Es war kein sonderlich großer Raum, doch er wirkte wie inmitten eines Turmes erbaut. Hohe Fenster, die fast bis zur Decke reichten, erhellten das sonst sehr dunkel eingerichtete Büro. Ein schwerer Schreibtisch stand vor den Fenstern. Die Regale an den anderen Wänden mit den vielen alten Büchern gaben dem Zimmer den Anschein, als hätte es Jahrhunderte überdauert, wären da nicht der weiße Hightech-Computer und die ganzen anderen technischen Geräte gewesen.

Ariel trat um den Schreibtisch herum und bat sie, sich auf den Stuhl ihm gegenüber zu setzen. Er warf einen kurzen Blick auf den Monitor und ließ sich ebenfalls nieder. „Gib mir doch bitte mal deine Hände", sagte er schließlich ruhig.

Einen Atemzug lang sah Siandra ihn nur perplex an, ehe sie tat, wie ihm geheißen. Als Ariel ihre Handgelenke umfasste, spürte sie, wie sich die verblassten Linien auf ihrer Haut auf eigenartige Weise erhitzten. „Was geschieht jetzt mit mir?", fragte Siandra und konnte die Furcht, die in ihr wütete, kaum bändigen.

Ariel sagte nichts, sah sie nicht einmal an. Seine Augen blieben geschlossen. Minutenlang herrschte ein angespanntes Schweigen zwischen ihnen. Siandras Unbehagen wuchs und wuchs und die Angst brodelte immer höher. Was tat Ariel da? Nahm er mit seiner Berührung den Schutz von ihr oder war er längst erloschen?

Ariels Blick durchbohrte sie auf einmal, doch erst nach unzähligen weiteren Minuten brach er das Schweigen. „Da ist er", murmelte er vor sich hin.

„Was?"

„Schwach, aber er ist da", sagte er leise und schloss einen Atemzug lang die Augen. „Eindeutig." Als er die Augen wieder öffnete, fixierte er sie mit seinem Blick. „Was hat Elyano dir über unsere Welt erzählt?"

„Nicht viel", antwortete sie verwirrt. Diese Frage hatte sie nicht erwartet. Sie versuchte in ihrem Gedächtnis nach Elyanos Worten zu kramen. Über den Orden der Jäger. Die Fürstinnen. Das Netz der Eide, das sie band und verband.

„Schließe die Augen", sagte Ariel. „Horche in dich hinein. Was siehst du?"

Siandra tat es und wurde sogleich von undurchdringbarer Dunkelheit umhüllt. Was sollte sie denn mit geschlossenen Augen auch sehen können? Das ist doch irrsinnig, dachte sie, doch sie wagte es nicht, auch nur ein Wort zu sagen. Ariel konnte noch immer über ihr Leben oder ihren

Tod entscheiden. Aber dann lichtete sich die Dunkelheit ein wenig.

„Kannst du es sehen?" Ariels Stimme klang weit entfernt.

Bald schon schien Siandra inmitten eines grauen Nebels zu stehen. Da war nichts, außer unendlich weiter Leere. Doch dann erkannte sie, was Ariel meinte. Inmitten des Dunstes konnte sie einen Faden ausmachen. Nur schwach hob er sich von dem Grau seiner Umgebung ab.

„Was ist das?", fragte sie. Sie versuchte danach zu greifen, doch ihre Hand ging einfach durch ihn hindurch. Immer wieder verblasste er, aber ehe er gänzlich verschwinden konnte, fing er wieder schwach an zu leuchten.

„Das menschliche Blut in dir trübt deine Sicht. Erst, wenn du dich für dein unsterbliches Erbe entscheidest, erlangst du die volle Gewalt über das Netz."

Sie ließ den Blick kurz schweifen. „Netz?"

„Dich verbindet bislang nur ein Eid. Wir hingegen sind durch viel mehr gebunden. Zusammen bilden sie ein Netz. Ein Netz der Eide, das uns miteinander verbindet."

„Was soll das heißen, es verbindet euch?"

„Wir nutzen das Netz, um miteinander in Kontakt zu treten. Auch du wirst davon Gebrauch machen, sobald du dein Erbe antrittst."

„Meine Wahl", murmelte Siandra gedankenverloren.

„Du weißt von der Entscheidung, die du treffen musst?"

Sie nickte. „Ich habe nur weder einen Grund gefunden zu sterben, noch ewig zu leben."

Minutenlang schwiegen die beiden. Siandra betrachtete den Strang vor ihr. Ob sie mit seiner Hilfe Elyano finden konnte? „Wenn ihr darüber kommunizieren könnt, warum nutzt ihr nicht nur dieses Netz?"

Ariels Stimme klang belustigt, als er zum Sprechen ansetzte. „Weil es, wie du später noch sehen wirst, recht anstrengend ist, das Netz der Eide zu nutzen. Außerdem ist es deutlich schneller eine SMS zu verschicken oder einen Anruf zu tätigen, als sich durch den Wust an Fäden zu kämpfen."

„Kann ich..."

„Ja", sagte er nur knapp.

„Ja?"

„Du wolltest doch mit Sicherheit fragen, ob du Elyano über dieses Netz finden kannst. Nur zu, versuch dein Glück." Vorsichtig tastete sie sich an dem Faden entlang, langsam, Schritt für Schritt, um nicht die Orientierung zu verlieren. Die Leere um sie herum blieb stets gleich, während sie nicht das Gefühl hatte sich auch nur einen Meter zu bewegen.

„Siehst du etwas?", fragte Ariel gedämpft durch den Nebel.

Im ersten Moment wollte sie verneinen doch dann klärte sich ihr Blick. Immer deutlicher konnte sie eine Landschaft vor sich erkennen, als würde sie durch ein Fenster sehen. Sie erkannte den Rhein. Rechts von ihr rauschten einige Jugendliche mit Inlinern über steinerne Rampen. Doch ihr Blick fiel auf den Mann, der sich auf einem Skateboard lässig durch die Menschen schlängelte, die auf dem Weg am Fluss entlang spazierten. Er trug ein dunkelrotes Beanie und eine breite Sonnenbrille, doch sie erkannte ihn sofort. Es war Elyano. Zielstrebig fuhr er in Richtung der Brücke. Aber dann stockte er, hielt in der Bewegung inne und sah zu ihr herüber. Schlagartig verdichtete sich der Nebel wieder. Nein, dachte Siandra fast schon panisch und wollte ihm nachlaufen, doch da hatte die Dunkelheit sie wieder an sich gerissen. Hektisch öffnete sie die Augen und sah in Ariels nachdenkliches Gesicht.

„Er will also noch immer nicht gefunden werden", sagte er, als er ihre Handgelenke losließ.

Siandra nickte nur, unfähig etwas zu sagen. Was war das nur gewesen? Und wo war Elyano bloß? Sie hatte den Ort erkannt. Nur allzu oft war sie sie an dem Skatepark vorbeispaziert, der so dicht am Rhein lag, dass man die Schiffe beobachten konnte. Würde es etwas bringen dort nach Elyano zu suchen? Vermutlich hatte er schon längst das Weite gesucht. „Ich hoffe nur er tut nichts Unüberlegtes." Ihr Blick wanderte aus dem Fenster heraus. Elyano wollte nicht, dass sie wusste, wo er sich aufhielt. Was hatte er nur vor?

Als Ariels Blick sie erneut streifte, sah sie auf. Ein Hauch von Sorge lag auf seinen sonst so kühlen Zügen. „Fynn hat mir das von deiner Schwester erzählt. Die Beerdigung ist morgen, oder?"

Ein eisiger Ring legte sich um ihr Herz, als sie an ihre Schwester dachte. Sie strengte sich so sehr an die Trauer zu verdrängen, doch sie holte sie immer wieder ein. Angespannt krallte sie die Hände in das harte Holz der Stuhllehne.

„Mein herzliches Beileid", sagte Ariel weich und stand auf. Einen Moment lang sah Siandra ihn perplex an, ehe sie sich ebenfalls erhob. Warum war er auf einmal so nett zu ihr? Sie erinnerte sich daran, wie er sie behandelt hatte, als sie das erste Mal in den Orden gekommen war. Was hatte sich verändert? Sie verstand es einfach nicht. „Ich werde dafür sorgen, dass dich morgen jemand fährt", sagte Ariel und ging auf die Tür zu. Als sie nicht folgte, drehte er sich zu ihr um. Siandra konnte schwören so etwas wie Belustigung über seine Züge huschen zu sehen. „Alles in Ordnung?"

„Was passiert jetzt mit mir?", fragte sie unsicher, doch Ariel zog nur die Augenbraue hoch. „Der Eid bleibt bestehen? Es wird keine Jagd auf mich eröffnet?"

Der Anflug eines Lächelns zupfte an seinen Lippen. „Ich halte meine Versprechen. Immer. Selbst, wenn mir die Entscheidungen meiner Fürstin nicht gefallen."

Ihr ganzer Körper zitterte, als Siandra aus dem Auto stieg. Ihre Brust war ein einziger Knoten und ihre Kehle schmerzten, weil sie die Tränen so sehr zurückhielt. Der Jäger, der sie hergefahren hatte, nickte ihr kühl zu, ehe er sich wieder ins Auto setzte. Fynn und Aisling hatten ihr angeboten, sie zu begleiten, doch Siandra hatte abgelehnt. Diesen Schritt musste sie allein tun. Sie brauchte all ihre Kraft, um einen Fuß vor den anderen zu setzen. Noch nie in ihrem Leben hatte sie sich so einsam gefühlt, als in dem Moment, als sie dem Kiesweg den Hügel hinauf zum Friedhof folgte. Sie war nicht die Erste. Zahlreiche Menschen standen dicht um die kleine Kapelle gedrängt, schwarz gekleidet, in Hüte und Tücher gehüllt, damit man die Tränen nicht sah, die in Strömen flossen. Viele von ihnen kannte Siandra nicht einmal, andere wiederum nur flüchtig und sie bezweifelte, dass Vero sie besser gekannt hatte. Unverfänglich begrüßte sie ihre Eltern und ließ es zu von ihrer Mutter in die Arme genommen zu werden. Ihre Kehle zog sich schmerzhaft zusammen. Wie gerne würde sie mit ihrer Mutter sprechen und ihr sagen, dass sie Bescheid wusste. Doch sie wich keine Sekunde von der Seite ihres Mannes und Siandra wusste, dass die Situation eskalieren würde, wenn sie mehr als zwei Worte mit ihm wechselte. Er presste die Lippen aufeinander, als er sich abwandte.

„Siandra!" Jemand legte die Arme um sie und sie erwiderte schweigend die Umarmung ihrer Tante. Sie brauchte nichts zu sagen, die Trauer stand auch ihr ins Gesicht geschrieben. Liza war eine der wenigen Personen gewesen, die Vero regelmäßig besucht hatten. Becca stand neben ihr und zog ihre beste Freundin ebenfalls kurz an sich. Siandra ließ es geschehen.

Mit versteinertem Gesicht ließ Siandra sich auf der harten Bank nieder, als der Pfarrer seine anrührende Rede begann, die nichts mit Vero gemein hatte und alle unschönen Details aussparte. Ein Foto lächelte ihr von dem hellen Sarg entgegen, ein sehr altes Foto, aus einer Zeit, als alles noch in Ordnung gewesen war. Es kam ihr fast so vor, als würde der Pastor über eine völlig andere Person sprechen.

Erst, als die Rede geendet hatte und sie aufstand, um den anderen nach draußen zu folgen, spürte sie die Tränen, die stumm über ihre Wangen rollten. Schweigend folgte sie den Sargträgern. Einen Schritt setzte sie vor den anderen, um ihrem Herzen nicht die Gelegenheit zu geben auseinanderzubrechen. Aus dem Augenwinkel entdeckte sie ihre Eltern. Das Gesicht ihrer Mutter war bleich, ihr Mund kaum mehr als ein Strich. Krampfhaft hielt sie ihren Körper umschlungen. Ihr Begleiter wirkte hingegen kaum anders als sonst. Seine Miene war bewegungslos und seine Hände in die Taschen seines weiten Mantels vergraben. Doch dann wich der unbeteiligte Ausdruck auf seinem Gesicht einer wütenden Maske. „Was hat der hier zu suchen?", brüllte er Siandra an.

Einen Moment lang starrte sie ihn nur verwirrt an, bevor sie erkannte, was er meinte. Noch bevor sie Elyano sah, spürte sie seine Nähe wie einen tröstlichen Schleier, der sich über sie legte und ihr die Tränen in die Augen trieb. Gelassen stand er abseits des Weges an eine Säule gelehnt und beobachtete den Trauerzug mit scheinbar teilnahmsloser Miene. Er trug einen schlicht geschnittenen schwarzen Anzug, der sich kaum von dem dunklen Blätterwerk hinter ihm abhob. Ohne den Blick von Siandra abzuwenden, kam er auf sie zu und ignorierte das Toben ihres Stiefvaters. So viel Unausgesprochenes lag zwischen ihnen, doch in diesem Augenblick war Siandra nur froh ihn zu sehen. Sie zitterte, als er nach ihrer Hand griff und sie dicht an sich zog.

Gemeinsam folgten sie dem Trauerzug. Ihr Stiefvater wütete weiter, so laut, dass sich die anderen Gäste zu ihnen umdrehten, fast schon, als würde er damit alle anderen Gefühle unterdrücken, doch seine Frau brachte ihn behutsam zum Schweigen. Als der Sarg zur Erde gelassen wurde, grub Siandra ihre Finger in die Oberarme. Das Brennen in ihrer Brust erhielt immer wieder neue Nahrung. Sie schluckte, kämpfte gegen die Tränen an, doch sie konnte sie kaum zurückhalten. Die ganze Zeit über stand Elyano neben ihr. Er sagte nichts, legte nur einen Arm um ihre Schultern und gab ihr den Halt, den sie jetzt so dringend brauchte. Sie vergaß all die offenen Fragen, ihren Groll und gestattete sich, sich einfach an ihn zu lehnen.

Immer wieder bemerkte sie, wie der Blick ihres Stiefvaters sie streifte. Nach der Zeremonie, als sich alle zum Gehen abwandten, baute er sich bedrohlich vor ihr auf. Siandra hatte kaum Kraft ihm die Stirn zu bieten. Die Trauer und der Schmerz lähmten sie. „Was fällt dir ein?", rief er wütend. „Wie kommst du auf die Idee ihn mitzubringen?! Kannst du dir nicht vorstellen, was das für ein Bild auf die Familie wirft, so jemanden an deiner Seite zu sehen?"

Angespannt biss Siandra in ihre Wange, um nicht los zu brüllen.

„Er wird dich runter ziehen! Du wirst genauso abrutschen, wie deine Schwester!" Seine Worte jagten kleine Messer in ihren Körper, auch wenn sie geschworen hatte, es nicht an sich heranzulassen.

„Schatz", murmelte ihre Mutter und legte eine Hand auf den Arm ihres Gatten, doch er schien keinerlei Notiz von ihr zu nehmen. Er hatte sich zu sehr in seinem Zorn und seiner Trauer verrannt, um noch etwas wahrzunehmen. Siandra wich zurück, als er nach ihrem Arm greifen wollte.

„Du kommst mit uns", befahl er zornig und bekam ihr Handgelenk zu fassen. „Wenn du diesen Weg nicht verlässt, wirst du abstürzen."

Ungläubig starrte sie ihn an. Wollte er sie wirklich wie ein unmündiges Kind abführen? Ihr Kampfgeist erwachte zögerlich und sie öffnete den Mund um etwas zu erwidern, als Elyano sich wütend zwischen sie und ihren Stiefvater schob. Seine Augen funkelten kühl wie flüssiger Stickstoff.

„Lass sie los", sagte er mit bemüht ruhiger Stimme.

Einen Herzschlag lang schien sein Gegenüber viel zu perplex, um zu reagieren, ehe er seine Wut wiederfand. „Was geht dich das an? Das ist eine Familienangelegenheit, also halt dich da raus!"

Elyano schaffte es kaum seinen Zorn zu zügeln. Mit tiefem Schrecken erkannte Siandra die dunklen Schatten, die sich auf seinen Fingerknöcheln ausbreiteten und spürte, wie der tröstliche Schleier immer schwerer und kälter wurde. Sie wollte etwas einwerfen, als ihre Mutter es endlich schaffte, zu ihrem Ehemann durchzudringen. Er schnaubte nur noch einmal, ehe er Siandra losließ und den Kiesweg hinab stapfte. Ihre Mutter warf ihr nur noch einen letzten durchdringenden Blick zu, bevor sie ihm folgte.

Verständnislos sah Siandra den beiden nach, als sie eine sanfte Berührung an der Schulter spürte.

„Komm", flüsterte Elyano und griff nach ihrer Hand. „Lass uns nach Hause fahren."

Schon lange hatte sie keinen Ort mehr gekannt, der diese Bezeichnung wirklich verdient hatte. Doch jetzt fühlte es sich richtig an.

Die ganze Fahrt über schwiegen beide. Elyano hatte seine Augen starr auf die Straße gerichtet und sah nur hin und wieder herüber, um einen Blick in den Spiegel zu werfen. Das Brennen in Siandras Brust ließ einfach nicht nach. Sie ließ ihre Stirn gegen die Scheibe sinken, ballte die Hände zu Fäusten, doch der Knoten in ihrem Inneren löste sich einfach nicht. Er schien immer mehr zu wachsen und ihr die Luft zum Atmen zu nehmen. Aus dem Augenwinkel bemerkte sie, dass Elyano immer wieder zum Sprechen ansetzte, aber verstummte, ehe die Worte seinen Mund verlassen konnten.

Auch ihr brannte viel auf der Seele, so viele Fragen, die nach einer Antwort schrien, doch sie schaffte es nicht auch nur eine davon an ihrer Zunge vorbei zu pressen. Es war fast, als hätte die Trauer ihr die Stimme genommen.

„Siandra", flüsterte Elyano, doch dann schwieg er erneut. Immer wieder griff er nach ihrer Hand, nur um sie kurz darauf wieder loszulassen. Erst, als er auf das Gelände des Ordens einbog und die Blicke der verblüfften Jäger ihn verfolgten, kam Leben in ihn. Fast schon krampfhaft umklammerte er das Lenkrad, machte keinerlei Anstalten aus dem Auto zu steigen. „Ich kann nicht", setzte er an, brach dann aber ab. Weiß traten seine Fingerknöchel hervor, als er seinen Griff verstärkte.

„Was ist los?"

„Rotkäppchen", presste er hervor, doch dann drangen laute Stimmen an ihre Ohren.

Siandra zuckte zusammen, als Elyanos Tür aufgerissen wurde. In Fynns Gesicht spiegelte sich Sorge und Wut, aber auch Freude den verlorenen Bruder wohlbehalten wiederzusehen. „Wo bist du gewesen?", fragte er mit einer Härte in der Stimme, die Siandra nicht von ihm kannte.

Elyano atmete noch einmal tief durch, ehe er ausstieg. „Ich bin doch wieder da, oder nicht?", sagte er, ohne seinen Bruder anzusehen und ging auf den Orden zu. Stumm folgte Siandra ihm. Aisling gesellte sich zu ihr, doch sie sagte nichts und Siandra war ihr dafür dankbar.

Mit langen Schritten versuchte Fynn mit seinem Bruder Schritt zu halten. „Wo warst du?", rief er aufgebracht. „Wir haben uns Sorgen gemacht, verdammt!"

Elyano hielt kurz in der Bewegung inne, aber er drehte sich nicht um, ehe er den Orden betrat. Misstrauische Gesichter verfolgten sie, wohin sie auch gingen. Ein ungutes Gefühl hatte sich in Siandra ausgebreitet und ließ sie einfach nicht los. Unsicher schielte sie zu Elyano herüber. Was hatte er ihr sagen wollen? Was war mit Rotkäppchen und warum kam er gerade jetzt in den Orden zurück?

Elyanos ganzer Körper versteifte sich, als Ariel um die Ecke bog. Aufmunternd griff Siandra nach seiner Hand.

Ariels harter Blick wanderte über die Gruppe und blieb an Elyano hängen. „Also ist es wahr."

„Ariel", setzte Elyano an, doch der Hüter des Ordens schüttelte nur den Kopf.

„Aschenputtel verlangt, dich zu sprechen", sagte er und wandte sich ab. Elyano schien mit sich selbst zu hadern, schien nicht zu wissen, wie er als nächstes reagieren sollte. Noch einmal atmete er tief durch und ließ ihre Hand los. Da war er wieder, dieser unnahbare Blick, den Siandra so sehr fürchtete. „Gib gut acht", flüsterte er nur wieder und drehte sich um.

„Elyano?"

„Tu nichts unüberlegtes"; sagte er und folgte Ariel um die Ecke.

Verständnislos starrte Siandra ihm nach. Was hatte das alles zu bedeuten? Was sollte diese plötzliche Distanz?

Sie erschrak fast, als Aisling einen Arm um sie legte und sie mit sich zog. „Alles in Ordnung mit dir?", fragte sie vorsichtig.

Siandra schüttelte den Kopf. „Nein, aber es ist schon okay." Ihr Blick fiel auf Fynn, der stumm neben ihnen her lief und mit versteinertem Gesicht auf sein Smartphone eintippte.

„Wo hast du Elyano überhaupt aufgegabelt?", wollte Aisling auf einmal wissen, als sie die Küche fast schon erreicht hatten. Siandras Magen knurrte laut. Seit gestern hatte sie nichts mehr gegessen und das machte sich langsam bemerkbar. Während sie sich eine Tüte Fertignudeln warm machte, erzählte sie den beiden von der Beerdigung, von Elyano und dem Streit mit ihrem Stiefvater. Die wenigen Worte, die Elyano von sich gegeben hatte ließ sie aus. So sehr sie es sich auch wünschte mit jemandem darüber zu sprechen, wusste sie nicht, wie die beiden reagieren würden, sobald der Name Rotkäppchen fiel. Sie wusste ja selbst nicht, was sie davon halten sollte.

„Wo ist er nur die ganze Zeit über gewesen?", fragte Aisling leise. Das wüsste Siandra auch zu gerne. Sie ahnte, was böse Zungen behaupteten. Dass er bei Rotkäppchen gewesen war und mit ihr zusammen einen Angriff auf den Orden geplant hatte. Den Orden der letzten verbliebenen Fürstin.

Siandra zuckte zusammen, als wütende Stimmen an ihr Ohr drangen, die sich schnell näherten. Wortlos tauschte sie einen Blick mit Fynn und Aisling und trat vor die Tür.

Als Erstes entdeckte sie Florian. Er trug seine volle Rüstung und schien gerade erst von einem Auftrag zurückgekehrt zu sein. Zornig funkelte er Elyano an, der mit verschränkten Armen vor dem Jäger stand und ihn nicht minder wütend anstarrte. Dass die beiden noch keine Waffen ergriffen hatten, war auch alles. „Was hast du hier zu suchen, Verräter?", tobte Florian. „Wie kannst du es wagen, zurückzukehren, nach all dem, was du getan hast?"

„Ich habe gar nichts getan", knurrte Elyano und ballte die Hände zu Fäusten. Kurz huschte sein Blick über den Jäger zu Siandra, doch als Florian ihm weitere Anschuldigungen an den Kopf warf, ergriff die Wut wieder von ihm Besitz. „Aschenputtel hat den Bann aufgehoben, verdammt!", unterbrach er ihn. „Er ist ungültig! Ich bin jetzt hier. Hast du ein Problem damit?!"

Florian grinste, als hätte er darauf gewartet und ließ sein Butterfly-Messer aufschnappen. Bevor er aber zum Angriff übergehen konnte, ließ eine Stimme ihn zögern.

„Was ist hier los?", fragte Heinrich und humpelte auf seinen Gehstock gestützt heran.

Siandra trat auf Elyano zu und legte behutsam eine Hand auf seinen Arm. Kurz versteifte er sich unter ihrer Berührung. Verwundert sah sie zu ihm auf, doch er hatte bereits wieder Florian fixiert. Was war nur mit ihm los?

„Warum hat sie das getan?", fragte Florian in rasender Wut. „Warum lässt sie es zu, dass ein Verräter hier frei herumläuft? Es ist nur eine Frage der Zeit, bis er seine Herrin hierher führt."

„Hüte deine Zunge, Florian", mahnte Heinrich, als er die beiden Jäger erreicht hatte. „Es war die Entscheidung deiner Fürstin, Elyano in einer solch schwierigen Zeit wieder an ihrer Seite wissen zu wollen. Wage es ja nicht ihre Entschlüsse in Frage zu stellen." Siandra hatte ihn noch nie so wütend erlebt. Er hielt seinen Gehstock krampfhaft fest, als wäre er eine Waffe, die er jederzeit ziehen konnte.

Ruckartig drehte der Jäger sich zu ihm um und durchbohrte ihn mit seinem zornigen Blick. „Was hast du damit am Hut, alter Mann?"

Siandra beachtete Fynn und Aisling kaum, die aufgebracht auf Florian einredeten, oder den Jäger, der wild gestikulierend konterte. Es war der unsichtbare Schatten, der ihre Aufmerksamkeit forderte. Er streckte seine kühlen Finger aus und kroch wie ein Teppich aus Schlangen über den Boden. Ein dunkler Nebel, kalt und schneidend, der sie an den Schleier erinnerte, der sie sonst immer so beruhigend umhüllte. Noch bevor sie zu Elyano aufsah, wusste sie, dass etwas nicht in Ordnung war.

„Elyano, nicht!", rief Heinrich entsetzt und dann erkannte auch Siandra die Schatten auf seinen Fingerknöcheln, die sich langsam aber stetig über seine ganze Hand ausbreiteten.

„Elyano", flüsterte sie leise und wollte ihn am Arm berühren, als ein tiefes unmenschliches Knurren seine Kehle verließ, das ihr einen eiskalten Schauer über den Rücken jagte und sie zurückweichen ließ.

„Elyano!", rief Heinrich erneut und schien endlich zu ihm durchzudringen. Fassungslos starrte der Rabe ihn an. Sein Blick wanderte zu seinen Händen, ehe er sich umdrehte und floh.

Siandra war wie erstarrt, unfähig sich zu bewegen. Was war nur gerade passiert? Sie war hin und hergerissen. Sollte sie ihm folgen oder ihm seinen Freiraum lassen? Innerlich verfluchte sie sich. Sie war doch sonst nicht so zögerlich. Auf einmal spürte sie eine Hand in ihrem Rücken. „Nun geh schon, Eorlina", flüsterte Heinrich und schien sie mit seiner Stimme aus der Starre zu befreien.

Sie brauchte nicht lange nach Elyano zu suchen. Noch immer spürte sie den Nachklang des dunklen Nebels, der ihn wie ein dichter Kokon umhüllte. Mit verschränkten Armen stand Rabe vor dem hohen Fenster und starrte in die Ferne. Sein Blick war ebenso kühl wie der Schatten, der ihn umgab.

„Elyano...", flüsterte sie behutsam und trat auf ihn zu. Fast schon erwartete sie wieder dieses unmenschliche Knurren zu hören, doch es blieb aus.

„Geh weg", sagte er stattdessen mit rauer Stimme, ohne die Augen vom Fenster abzuwenden. Obwohl draußen die Sonne durch die dichten Wolken drang, schien der Raum von Dunkelheit erfüllt.

Sie wusste nicht, woher sie den Mut nahm, den Kopf zu schütteln und einen weiteren Schritt auf ihn zuzumachen. Der Gedanke an sein Knurren und den kalten Nebel lähmten sie fast. „Ich werde nicht gehen", sagte sie mit bemüht fester Stimme. Ihr Blick wurde weicher. „Was ist das nur gewesen?" Doch Elyano blieb stumm. Er drehte sich nicht einmal zu ihr um, als sie sich Schritt für Schritt immer näher an ihn heran tastete.

Elyano schien mit sich zu hadern, aber dann bewegte er sich so schnell, dass Siandra erschrocken zurückwich. Sein harter Blick traf sie. Doch da war noch etwas neben der Dunkelheit, die sich durch seine Augen fraß: ein Hauch von Furcht und Verzweiflung. Ohne ein Wort zu sagen, schob er seinen Ärmel hoch. Im ersten Moment dachte Siandra, er hätte seine Segensbänder angelegt, bevor sie erkannte, dass die Schatten viel dünner waren. Gestochen scharf hoben sich die schwarzen Linien von seiner Haut ab. Sie erinnerten sie an das Muster, das sich um ihr eigenes Handgelenk schlängelte, doch diese Linien wirkten anders. Härter. Bedrohlicher. Als würden sie sich gegen seinen Willen in die Haut schneiden.

„Was ist das?", fragte sie atemlos. Sie fürchtete sich vor der Antwort.

Er lachte bitter auf und strich sich fahrig über die Arme, ganz, als könne er sie einfach fort wischen. „Diese Symbole", erklärte er leise. „Sie sind mein Triumph und mein Verderben. Sie schenken mir eine ungeheure Macht, eine Kraft, von der jeder Jäger nur träumen kann, doch sie sind auch mein Unglück."

Eine bleierne Schwere breitete sich in ihr aus. Was hatte das zu bedeuten?

„Mir wurde diese Macht einst geschenkt. Als ich den Eid sprach, verblassten die Linien an meinem Handgelenk wie bei dir. Aber dann habe ich ihn gebrochen. Diese Linien, die mir eine solche Stärke verleihen, werden sich immer weiter ausbreiten und sie tiefer in meine Haut fressen, bis sie schließlich mein Herz erreichen und ich mich nicht mehr länger wehren kann. Das wird mein Ende sein."

Siandra starrte ihn fassungslos an. „Aber man muss es doch irgendwie aufhalten können!", warf sie ein. Was hatte es mit diesem Eid auf sich, den er gebrochen hatte? Ob es etwas mit den Raben zu tun hatte? Oder mit Rotkäppchen?

„An jedem Tag stirbt ein weiterer Teil von mir", flüsterte er heiser. „Nichts ist für die Ewigkeit bestimmt."

„Ihr schon", entgegnete Siandra. Sie schlang von hinten die Arme um ihn und lehnte die Stirn an seinen Rücken. „Ihr seid unsterblich." Elyano erwiderte nichts und auch Siandra schwieg. Angst machte sich in ihr breit, eine Angst, die ihr erschreckend vertraut war. Angst um diesen seltsamen Raben, den sie so wenig kannte und der ihr doch so nah war. Schlagartig kamen ihr Heinrichs Worte in den Sinn und eine eiskalte Welle schien sie beinahe zu erdrücken. „Hat es etwas mit dem Ruf des Raben zu tun?"

Ruckartig drehte Elyano sich um. Sein Griff schloss sich fest und unnachgiebig um ihre Schultern und drückte sie gegen die Wand. „Woher weißt du davon?", fragte er und in seinen Augen lag etwas, das sie nicht kannte, etwas, das ihr Angst einjagte. Angespannt biss sie auf ihre Unterlippe. Sollte sie ihm gestehen, dass sie ihn in ihrer ersten Nacht im Orden belauscht hatte?

Doch so schnell dieser eigenartige Ausdruck aufgeflammt war, so schnell war er auch wieder verschwunden. Sie kam nicht dazu etwas zu erwidern. Plötzlich ließ er sie los und ging wieder auf das Fenster zu. „Ist auch nicht wichtig", sagte er und atmete geräuschvoll aus. „Der Ruf des Raben ist etwas tief in mir, das nach mir verlangt. Und es zerreißt mich innerlich, ihm nicht folgen zu können. In jeder Sekunde. Jeder Minute. An jedem Tag. Doch mit meinem Eidbruch hat es nichts zu tun."

Siandra trat neben ihn und berührte seine Wange. Er zögerte, schien mit sich zu hadern, als wäre er von einem Schutzschuld umgeben, der langsam bröckelte. Siandra spürte den Schmerz tief in ihm und wünschte sich nichts sehnlicher, als ihn von ihm nehmen zu können. Aber sie fühlte auch, dass da noch etwas war, das er ihr verschwieg. Auch wenn er direkt neben ihr stand, war er ihr so fern. Wieder schien er mit sich zu kämpfen, als er seine Hand ausstreckte und der Linie ihres Halses folgte.

Seine Berührung überzog ihre Haut mit Feuer. „Wenn du in meiner Nähe bist", flüsterte er und sein Atem tanzte über ihre Haut. Sanft umfasste er ihr Gesicht und hauchte ihr einen Kuss auf die Lippen. „verstummt der Rabe in mir für einen kurzen Augenblick." Erneut küsste er sie und zog sie dicht an sich heran. Siandra konnte nicht anders, als den Kuss zu erwidern, auch wenn sie spürte, dass etwas nicht stimmte. Ein kleiner Teil von ihm schien zum Bersten angespannt, als wäre er jederzeit bereit zu fliehen. Doch sie wagte es nicht, ihn darauf anzusprechen.

14. Elyanos Ziel

Ruckelnd bahnte sich die Kutsche ihren Weg über den steinigen Bergpfad. Der Wald, den sie immer weiter verließen, um gen Himmel zu fahren, war still. Nur das gelegentliche Knurren der großen Wölfe, die das Gefährt zogen und das Kratzen der Räder auf dem harten Stein durchbrachen die Stille. Nachdenklich ließ sie ihren Blick aus dem Fenster schweifen. Die Dörfer im Tal wurden immer kleiner, ebenso der Flusslauf und die Bäume, während der Horizont immer weiter wurde. Oben, auf der Spitze des Berges, konnte sie schemenhaft ein Dorf erahnen. Es wirkte unscheinbar, doch sie wusste, dass den Jungen, hier in den heiligen Bergen, eine große Zukunft vorausgesagt war. Auch wenn das nur ein geringer Lohn war, im Vergleich zu den Qualen, die sie während ihrer Ausbildung bei dem Großmeister des Kampfes durchleiden mussten.

„Meine Fürstin?" Pyrros musterte sie besorgt und beugte sich kurz zu ihr herüber. Er trug eine akkurat sitzende Uniform und eine dunkle Holzkiste thronte auf dem Sitz neben ihm.

Sie lächelte, strich den roten Samt ihres Kleides glatt und legte die Hand auf seine. „Mach dir keine Sorgen, mein Liebster. Es ist alles in Ordnung."

„Dort oben werdet Ihr finden, was Ihr sucht?", fragte er mit einem abschätzigen Blick aus dem Fenster.

„Ich hoffe es doch."

„Und Nicuan wird sich mit der Bezahlung zufrieden geben?"

Ihr Blick streifte die dunkle Truhe. „Es ist mehr, als er in hundert Jahren ausgeben kann. Damit kann er sein ganzes Dorf, den verdammten Berg und vermutlich sogar das gesamte Tal kaufen."

„Aber warum...?", setzte Pyrros an, doch sie unterbrach ihn mit einem durchdringenden Blick.

„Wir haben doch bereits darüber gesprochen", sagte sie scharf und sah wieder hinaus. „Ich muss sie haben. Alle von ihnen."

Pyrros schwieg. Mit verschränkten Armen starrte er in die Ferne, während die Kutsche dem verschlungenen Pfad folgte. Sie wusste, dass es ihm gar nicht recht war, doch das war ihr egal. Sie musste diese Krieger haben.

Ungläubige Gesichter folgten ihnen, als sie das Dorf erreichten. Nicht oft kam es vor, dass Besucher an diesen Ort kamen, der dem Himmel viel näher zu sein schien, als der Erde.

Der Weg war uneben. Ruckelnd holperte die Kutsche durch die kleine Siedlung, ehe sie vor einem großen Gebäude zum Stehen kam. Mit einem galanten Lächeln streckte Pyrros ihr die Hand entgegen, um ihr aus der Kutsche zu helfen, doch sie beachtete ihn nicht. Etwas anderes kämpfte um ihre Aufmerksamkeit.

Durch einen überdachten Gang konnte sie in den Innenhof des Hauses sehen. Auf einer steinernen Erhöhung fand ein Kampf statt. Der dunkelhaarige Krieger schleuderte seinen Angreifer gerade mit einem gezielten Tritt zu Boden. Er war nur mit einer Leinenhose bekleidet. Selbst aus der Entfernung konnte sie die dunklen und hellen Linien erkennen, die sich auf seinem Oberkörper abzeichneten. Sein Gesicht zeigte keinerlei Regung, als sein Gegner sich krümmte und Blut hustete. Mit einer Hand wehrte er den nächsten Verzweiflungsschlag ab. Er bewegte sich wie ein Schatten über die Steinfläche. Ohne Mühe, mit tänzerischer Leichtigkeit, ging er den Angriffen seines Gegners aus dem Weg und schien sich dabei kaum anzustrengen. Doch dann schien er wieder in die Offensive zu gehen. Sein Gegner schaffte es auszuweichen, als seine Faust auf ihn niederging, aber zu schnell, um selbst einen Treffer zu landen. Er taumelte zurück, als der dunkelhaarige Krieger einem Raubtier gleich auf ihn zusprang. Sie hörte Knochen knacken, als die Faust des Dunkelhaarigen die Nase seines Gegners traf. Blut lief in Strömen über sein Gesicht und seinen Oberkörper, doch er gab nicht auf. Er kämpfte wie ein verwundeter Bär, voller Verzweiflung und Hoffnungslosigkeit. Immer mehr Strähnen lösten sich aus dem Zopf, den sich der Dunkelhaarige mit einem Lederband locker gebunden hatte. In einer gekonnten Bewegung riss er seinen Gegner von den Füßen und stürzte auf ihn. Mit immer noch regungslosem Gesicht kniete er sich über ihn und rammte den Kopf seines Opfers wieder und wieder gegen den harten Stein.

Mit kühler Bewunderung beobachtete sie, wie sich ein dunkler See auf dem hellen Untergrund bildete und bemerkte den Mann gar nicht, der durch den Bogengang auf sie zu kam. „Bewundert Ihr meine Raben? Eoghan Eachann ist der Beste meiner Schützlinge."

Noch einmal musterte sie den Krieger und runzelte kurz die Stirn, ehe sie sich umdrehte. Eoghan Eachann? Dieser Name muss dringend geändert werden.

Ihr gegenüber stand ein Mann von gedrungener Statur, der in eine haselnussbraune Tunika gehüllt war. Er wirkte nicht, wie ein Meister der Kriegskunst, aber sie kannte ihn lang genug, um zu wissen, dass man ihn lieber nicht unterschätzen sollte. Wenn doch, war es das Letzte, was man tat. Sein Kopf war kahl und eine in sich verschlungene Tätowierung zog sich von dem Ansatz hinter seinen Ohren bis zur Mitte seiner Stirn.

„Meister Nicuan", sagte sie falsch lächelnd, wohl wissend, dass die Freundlichkeit, die er ihr entgegenbrachte, auch nichts weiter als Farce war. „Es freut mich Euch bei solch guter Gesundheit zu sehen. Die Höhe scheint Euch gut zu bekommen."

„Viel zu gut, wie ich fürchte", sagte er. Er lachte heiser und stützte sich auf den aufwändig verzierten Gehstock. Mit einem scheinheiligen Lächeln bat er sie, ihm zu folgen und führte sie durch den Bogengang zu der Plattform, wo zwei in Kutten vermummte Jugendliche den leblosen Körper von der Steinfläche zogen.

Der dunkelhaarige Krieger stand bewegungslos neben fünf weiteren Männern, den Blick teilnahmslos in die Ferne gerichtet. Er wirkte fast wie eine leblose Säule.

Als Nicuan sie erreichte, kam wieder Leben in sie. Unterwürfig senkten sie die Köpfe und sanken auf die Knie. Ihr Meister lächelte und wies sie mit einer kaum wahrnehmbaren Handbewegung an aufzustehen. „Meine Fürstin", wandte sich Nicuan wieder an sie. „Eure neue Armee."

Siandra fröstelte und zog die Schultern zusammen. Die Tage wurden bereits länger und die Nächte kürzer, doch noch immer war der Wind kalt und beißend. Aber es war nicht nur die Kälte draußen, die sie erzittern ließ. Noch immer jagte der Gedanken an die vergangene Nacht einen Schauer über ihren Rücken, als sie am Friesenplatz aus der Straßenbahn stieg. Die Erinnerung, die nicht ihre eigene war. Rotkäppchens Erinnerung. Pyrros. Die Raben. Sie war sich sicher, dass der Krieger aus der Erinnerung Elyano gewesen war. Ihr Herz zog sich zusammen, als sie in sein teilnahmsloses Gesicht dachte, das Blut an seinen Händen und die Narben auf seiner Haut.

Gestern war ihr Abschlussball gewesen. Eigentlich hatte sie überhaupt nicht hingehen wollen, aber Fynn hatte es irgendwie herausbekommen und sie doch dazu gebracht. „Du wirst es sonst noch bereuen", hatte er ihr zugezwinkert und sich bei ihr eingehakt. Aisling war gemeinsam mit Nikolai auf einer Patrouille und Elyano mal wieder verschwunden. Und da sich Fynn absolut nicht von seiner Idee abbringen ließ, hatte Siandra schließlich zugestimmt. Der Abend war auch gar nicht so grässlich, wie sie es erwartet hatte. Selbst ihre Eltern waren da gewesen, wobei sie nur mit ihrer Mutter einige Worte wechselte. Ihr Stiefvater nickte ihr nur zu und musterte Fynn mit dem gleichen Blick, den er aufsetzte, wenn ihre Mutter nachmittags irgendwelche Talkshows einschaltete.

Elyano wartete bereits, als sie am vereinbarten Treffpunkt ankam. Mit gleichgültiger Miene, die Siandra fast zurück in Rotkäppchens Erinnerung stieß, lehnte er an eine Straßenlaterne. Sie musterte ihn mit gerunzelter Stirn, als sie auf ihn zuging. Warum trug er seine Rüstung, obwohl sie zum Essen verabredet waren? Und wo war er gestern gewesen? Sie spürte die Sorge in ihr aufsteigen, doch sie versuchte sich zu beruhigen. Vielleicht kam er nur von einem Auftrag und hatte keine Zeit gehabt, sich umzuziehen.

Ohne die Miene zu verziehen, zog er sie dicht an sich heran und drückte ihr einen Kuss auf den Scheitel. Sein ganzer Körper war angespannt. „Alles in Ordnung?", fragte sie vorsichtig. „Wo bist du gewesen?"

„Ich musste etwas erledigen", antwortete er knapp. Nichts mehr war von dem zu spüren, was noch vor kurzem zwischen ihnen gewesen war. Seine Finger verflochten sich mit ihren, als sie die Ringe entlang schritten. Siandra wollte weiter nachbohren, als Aislings Stimme an ihr Ohr drang und die Jägerin sie in die Arme zog.

Auch Aisling und Fynn warfen Elyano vielsagende Blicke zu, aber sie blieben stumm. Ein angespanntes Schweigen breitete sich zwischen ihnen aus, als sie das kleine griechische Restaurant betraten.

Der Raum war erfüllt von guter Musik und Gelächter, doch so recht wollte sich die gute Laune nicht bei Siandra einstellen. Immer wieder strich ihr Blick über Elyano. Seine Kleidung war an manchen Stellen geradezu zerfetzt und die Weste, die er über seiner Rüstung trug, war an einer Schulter ziemlich angesengt. Aisling sah kurz zu ihr herüber, schien stumm zu fragen, was mit ihm los war, doch Siandra zuckte mit den Schultern. Fynn schien ebenso ratlos. Hätte er es nicht gewusst, wenn Elyano einen Auftrag gehabt hätte?

Der Kellner, der an ihren Tisch kam, warf Elyano kurz einen verwunderten Blick zu, ehe sich sein Blick vernebelte. Siandra hatte keinerlei Zweifel daran, dass Elyano dahintersteckte, auch wenn sie sich nicht sicher war, wie er es gemacht hatte.

Siandra lauschte dem Gespräch zwischen Fynn und Aisling, blieb aber ansonsten still. Auch als das Essen nach einiger Zeit an den Tisch gebracht wurde, aß sie stumm und mischte sich nur ab und zu in die Unterhaltung ein. Elyano hielt sich ebenfalls größtenteils aus dem Gespräch heraus. Ab und an antwortete er knapp auf eine von Fynns Fragen, schwieg danach aber weiterhin.

Siandras besorgter Blick streifte ihn immer wieder, doch er schien es entweder nicht zu bemerken, oder er ignorierte es bewusst. Auch Fynn und Aisling schienen beunruhigt. Als der Nachtisch abgetragen wurde, gab Fynn seinem Bruder mit einem Nicken zu verstehen, dass er alleine mit ihm reden wollte. Aisling schien darauf bedacht, Siandra in ein Gespräch zu verwickeln, doch die versuchte angestrengt den beiden Jägern zu lauschen, die sich in eine weniger belebte Ecke zurückgezogen hatten.

„Wo bist du gewesen?", fragte Fynn leise, aber mit Nachdruck.

Elyano schien erst gar nicht antworten zu wollen, redete dann aber unheimlich schnell in gälisch auf ihn ein. Was auch immer er seinem Bruder erzählte, es schien ihm nicht zu gefallen. Das Gesicht des Offiziers bewölkte sich immer mehr. Er fragte etwas, doch Siandra konnte nicht verstehen was, dafür sprach er zu leise.

„Wir sollten gehen", sagte Elyano, als er sich wieder an den Tisch setzte. Beiläufig winkte er den Kellner herbei, um zu zahlen. Siandra nickte nur stumm. Was hatte das alles zu bedeuten?

Auch auf der Rückfahrt zum Orden schwiegen die Vier. Erst, als sie wieder im Gemeinschaftsraum saßen, wurden zumindest Aisling und Fynn wieder lebendiger. Siandra beobachtete die beiden, während sie mit den Zwillingen ein Spiel auf der Xbox spielten. Der Laptop, der auf ihren Knien thronte wärmte ihre Beine und die bauchige Tasse Chai Latte tat ihr übriges. Der Sommer war nicht mehr fern, doch noch immer waren die Tage kalt. Auch wenn sie nicht wusste, ob sie wegen des Wetters fröstelte oder der Kälte, die zwischen ihr und Elyano herrschte und die sie nicht erklären konnte. Sie spürte seinen warmen Arm, der über ihren Schultern lag und doch war er so weit entfernt.

„Du bist wirklich zu nichts zu gebrauchen. Warum habe ich dich auch in meinem Team?" Aisling lachte und knuffte Fynn spielerisch in die Seite. „Man könnte meinen, du wüsstest, wie man mit Waffen umgeht."

Fynn fiel in ihr Lachen ein, aber genau, wie bei ihr, reichte es nicht bis zu ihren Augen. Siandra sah, dass Aisling eigentlich etwas anderes sagen wollte. Sie wusste genau, welche Frage ihr auf der Zunge lag, denn auch ihr brannte sie auf der Seele. Was war mit Elyano los und wo war er bloß gewesen?

Ein leises Pling lenkte Siandras Aufmerksamkeit wieder auf den Laptop. Seit einigen Minuten schrieb sie mit Becca, die von dem Urlaub, den sie plante und von ihren Studienplänen erzählte. Nun schien sie völlig von der Idee begeistert zu sein, ein Auslandsjahr in Japan zu machen. ‚In dem Land, das von Hello Kitty regiert wird?', schrieb Siandra zurück und nippte an ihrem Chai. Über ihre eigene Zukunft hatte sie bisher noch überhaupt nicht nachgedacht. Das Leben um sie herum zog rasend schnell an ihr vorbei und sie schaffte es kaum Schritt zu halten.

Siandra hob den Blick von ihrem Laptop, als die Tür sich öffnete und Elyano sich neben ihr fast unmerklich anspannte. Schnell schrieb sie Becca zurück und schloss das Gerät. Florian kam gerade zur Tür herein. Als der Jäger Fynn und Elyano entdeckte, hob er die Augenbrauen. „Was macht ihr beiden denn hier?"

Fynn runzelte die Stirn und legte den Controller auf den kleinen Tisch neben dem Sofa. „Warum sollten wir nicht hier sein?"

„Weil euer Vater bei Ariel ist. Ich hatte angenommen, ihr wüsstet das."

„Woher willst du das wissen?", fragte Fynn misstrauisch.

„Glaub mir, es ist kaum zu überhören", sagte er und ließ sich in einen der Sitzsäcke sinken. Dabei ließ er die beiden Brüder nicht aus den Augen.

Fynn und Elyano tauschten einen kurzen Blick, doch Siandra konnte einfach nicht erkennen, was die beiden dachten. Sie nickten nur und überwanden mit weiten Schritten die Entfernung zur Tür.

Hastig sprang Siandra auf, um den beiden zu folgen und hätte damit um ein Haar ihre Tasse über den Laptop gekippt. Aus dem Augenwinkel sah Siandra, dass auch Aisling aufgestanden war.

Florian hatte recht. Je näher sie Ariels Büro kamen, desto deutlicher hörten sie die aufgebrachten Stimmen. Es war eine Stimme, die Siandra nicht kannte, die wütend auf Ariel einredete. Der Hüter des Ordens erwiderte nur ab und an etwas mit seiner gewohnt kühlen Stimme.

„Wo ist er?!", brüllte der Fremde mit den von Silber durchzogenen Haaren und schlug wütend auf den Schreibtisch. „Ich muss ihn sehen!"

„Ich bezweifle, dass er Euch sehen will", erwiderte Ariel, der mit verschränkten Armen an der Tür stand, ganz, als warte er nur darauf, dass sein Gast den Wink verstand. Doch der Mann war von seiner Wut völlig geblendet.

„Wo ist er?!", brüllte er ein weiteres Mal, als er Elyano entdeckte. Ohne Ariel noch eines weiteren Blickes zu würdigen, rauschte er auf ihn zu und redete in gälisch auf ihn ein. „Es ist deine Pflicht!", schnappte Siandra plötzlich auf.

Elyano, der teilnahmslos die Schimpftirade über sich ergehen ließ, erwachte auf einmal aus seiner Starre. Angriffslustig funkelten seine Augen. „Und wie stellst du dir das vor?", rief er wütend und ignorierte Fynns Hand, die sich beruhigend auf seine Schulter legte. „Du hast mich bisher immer im Unklaren gelassen! Wie soll ich sie da finden?!"

„Was ist hier los?", fragte Ariel und ließ seinen Blick wandern. Siandra stand immer noch wie vom Donner gerührt neben Aisling.

Zornig wie eine Schlange fuhr der Fremde zu Ariel herum. „Das ist eine Familienangelegenheit", knurrte er. „Haltet Euch da raus!"

Fast schon ein wenig amüsiert hob Ariel die Augenbrauen und trat unmerklich zwischen ihn und Elyano. „Mit Verlaub. Wenn Ihr die Sache vertraulich behandeln wollt, solltet ihr nicht durch den ganzen Orden brüllen."

Der Fremde sah aus, als würde er vor Wut kochen. Mit starrem Gesicht griff er nach Elyanos Schulter. „Es ist deine Pflicht! Bring sie wieder zurück!"

Elyano schlug die Hand seines Vaters weg und trat einen Schritt zurück. „Ich habe auch noch andere Verpflichtungen! Wie stellst du dir das vor?!"

„Die Familie steht stets an erster Stelle, vergiss das nicht!", sagte der Mann unterkühlt und steckte Elyano einen Zettel zu. „Untersteh dich, in dieser Sache zu versagen!" Mit diesen Worten drehte er sich um, ohne ihm noch einen Blick zuzuwerfen. Von Fynn schien er überhaupt keine Notiz zu nehmen. Er nickte Ariel nur kühl zu, ehe er hinter der nächsten Ecke verschwand.

Elyano schien einen Moment lang wie erstarrt. Erst, als Fynn auf ihn zu trat und ihn ansprach, regte er sich. Doch er beachtete seinen Bruder kaum. Sein Blick wanderte direkt zu Ariel, der ihn beunruhigt musterte. „Ich muss mit dir reden", sagte er mit fester Stimme. Der Hüter des Ordens nickte nur stumm. Er trat zurück und bat ihn mit einer Handbewegung einzutreten.

„Elyano!"

Er stockte in der Bewegung, als er Siandras Stimme hörte. Jetzt erst schien er zu begreifen, dass sie nicht alleine in dem Gang gestanden hatten. Ein Aufruhr von Gedanken huschte über sein Gesicht und bewölkte es, doch dann kam er mit schnellen Schritten hastig auf sie zu. Seine Bewegungen wirkten mechanisch, als er sie kurz in die Arme zog. „Mach dir keine Sorgen", flüsterte er, ehe er an Ariel vorbeiging.

Wie vom Donner gerührt starrte Siandra die geschlossene Tür an. Was war das nur gewesen? Was hatte Elyanos Vater mit dieser Pflicht gemeint? Sie war völlig ratlos. Sie drehte sich erst um, als sie Aislings Hand an ihrer Schulter spürte. „Komm", flüsterte sie. „Lass uns gehen."

Auch, als sie mit den anderen im Gemeinschaftsraum saß und an einer Tasse Kaffee nippte, kreisten ihre Gedanken immer wieder um Elyano. Nur sporadisch mischte sie sich in das Gespräch zwischen Aisling, Fynn und einer Jägerin namens Salomé ein. Sie schreckte aus ihren Gedanken auf, als eine Chipstüte in ihrem Schoß landete. Als sie den Kopf hob, entdeckte sie die Übeltäter. Die Zwillinge. Wie hätte es auch anders sein können. Aiofé grinste schief und ließ sich neben Siandra auf dem Sofa nieder, während Zephir den Inhalt einer Tüte in eine Kiste schüttete. Einige Tüten Chips, Weingummi und Schokolade kamen zum Vorschein. Mit einem gezielten Tritt schob Zephir die Kiste unter den Couchtisch.

„Wir sind aber nur auf dem Sprung", sagte Aiofé und nahm sich eine handvoll Nüsse aus der Schüssel, die auf dem kleinen Tisch stand.

Fynn nickte wissend und richtete sich in dem Sessel auf. „Stimmt ja, die Sache mit Syler."

Siandra horchte auf. Die beiden hatten einen Auftrag? Jetzt schon? "Solltet ihr euch nicht noch ein wenig ausruhen?"

"Von wegen ausruhen", schnaubte Zephir und griff ebenfalls nach den Nüssen. "Vater hält uns schon viel zu lange hier fest. Wir sind Jäger, verdammt nochmal."

"Es ist nur eine Patrouille", murmelte Aiofé, als ihr Bruder sich neben sie auf die Sofalehne setzte.

"Ariel macht sich Sorgen um euch", versuchte Aisling zu beschwichtigen. "Ihr seid alles, was ihm geblieben ist."

Aiofé seufzte. "Ich wünschte nur, er würde langsam anfangen, uns wie alle anderen Jäger behandeln."

Fynn rieb über seinen Nacken. "Das wird er..."

"Ich weiß", unterbrach sie ihn. "Das wird er nie. Trotzdem hoffe ich es jeden Tag."

"Wir müssen los", sagte Zephir und zog einen Schein aus der Hosentasche.

Verwirrt beobachtete Siandra ihn. Im ersten Moment dachte sie, es wäre ein Geldschein, doch als sie genauer hinsah, erkannte sie, dass er nichts mit einem Euroschein gemein hatte. Er war viel farbenfroher und war hochkant bedruckt. Fast erinnerte er sie ein wenig an eine Tarotkarte. Auch Aiofé zog einen solchen Schein heraus und trat neben ihren Bruder an einen Wandteppich heran. Vorher hatte Siandra ihm nie Beachtung geschenkt. Jetzt erkannte sie, dass es gar kein Teppich war. Es waren unzählige dieser bunten Scheine, die übereinander und in Reihen an der Wand hingen.

Die Zwillinge griffen nach Stecknadeln und befestigten ihre Scheine zwischen den anderen, während sie einige unverständliche Worte murmelten.

Nachdem die beiden den Raum verlassen hatten und Fynn und Aisling wieder in ein Gespräch verwickelt waren, nutzte Siandra die Gunst der Stunde und flüchtete aufs Dach. Entspannt atmete sie ein, als die frische Luft ihr entgegenschlug und an ihren Strähnen spielte. Der Abend war lau und fast so warm, dass man im Pullover nach draußen gehen konnte. Kaum eine Wolke war am Himmel zu sehen und einige Vögel sangen in der Ferne. Frühling lag in der Luft und der Sommer würde schon bald folgen. Sie wusste nicht, wie lange sie schweigend an die raue Steinmauer gelehnt dort gesessen hatte, doch dann vernahm sie eine Bewegung aus dem Augenwinkel und verspannte sich.

Sofort spürte sie den warmen Schleier, der sie beruhigend umhüllte und erkannte Elyano, der sich neben ihr niederließ und einen Arm um sie legte.

Einige Minuten saßen die beiden stumm nebeneinander und starrten zum Himmel hinauf. Siandra legte den Kopf an seine Brust und lauschte dem Gleichklang seines Herzens. „Alles in Ordnung mit dir?", fragte sie besorgt.

Elyano erwiderte nichts. Nach einigen Atemzügen löste er sich von ihr und stand auf, um näher an den Rand des Daches heranzutreten. Verwirrt sah Siandra zu ihm auf und wollte gerade zur Frage ansetzen, als er „Ich muss fort", flüsterte.

„Warum?", fragte sie und stand auf. Ohne die Augen von ihm abzuwenden, ging sie näher an ihn heran. „Wohin musst du?"

Elyano bedachte sie einen Moment lang mit einem Blick, den sie nicht deuten konnte, ehe er sie von hinten umarmte und sein Kinn auf ihr Haar bettete. „Nach Marburg."

„Marburg...", flüsterte sie. Sie war noch nie selbst dort gewesen, aber ihre Tante hatte ihr einmal davon erzählt. Und im Deutschunterricht war dieser Name gefallen. Denn es gab zwei Männer, die dort einst studierten – Wilhelm und Jacob Grimm.

„Wirst du mich begleiten?"

Einen Augenblick lang starrte sie perplex in die Ferne. Sie hatte nicht erwartet, dass er sie das fragte. Eher, dass er wieder von einem Moment auf den Nächsten spurlos verschwand. Sie drehte sich in der Umarmung zu ihm um. Elyano sah sie abwartend an. Er lächelte leicht und schon mit dieser kleinen Geste schaffte er es, ihr Herz taumeln zu lassen. Wann hatte sie es zugelassen, dass er ihr so viel bedeutete?

Sie räusperte sich, um das Zittern aus ihrer Stimme zu verbannen. „Als würde ich dich allein fahren lassen", versuchte sie die Anspannung mit einem Scherz zu vertreiben, aber es wollte ihr einfach nicht gelingen. „Was hast du vor? Was erhoffst du dort zu finden?" Doch Elyano brauchte nichts zu sagen. Plötzlich fiel ihr glühend heiß ein, in wessen Reich sie sich begaben. „Rotkäppchen", presste sie hervor.

Er nickte. „Mein Vater war hier, weil meine Schwester verschwunden ist. Nachdem er mir jahrelang verheimlicht hat, wo sie ist, verlangt er nun, dass ich sie zurückbringe. Er sagt, es wäre meine Pflicht." Er lachte bitter. „Auf einmal kommt er angekrochen. Er ist der Letzte, der etwas von uns erwarten dürfte."

Siandra strich mit den Zähnen über die Unterlippe. „Weil er euch verkauft hat?"

Elyano atmete geräuschvoll ein und wieder aus. „Ja", sagte er knapp. „Und weil er es überhaupt erst zugelassen hat, dass seine Geliebte diesen Fluch über uns brachte. In all den Jahren ist er immer nur gekommen, wenn er irgendetwas von uns brauchte. Fynn hat sogar versucht dem Alten eine Chance zu geben, doch auch er hat es irgendwann aufgegeben. Wir brauchen ihn nicht."

„Jeder braucht seine Familie."

„Familie hat nichts mit Blut zu tun. Familie ist nicht, in was man hineingeboren wird, sondern die, für die man zu sterben bereit ist. Dieser Orden ist meine Familie. Zephir, Aiofé, Aisling und die Anderen. Außerdem haben wir immer noch unsere Großeltern. Und unsere Schwester."

Siandra sah zu Elyano auf. „Warum wird deine Schwester versteckt?"

Er seufzte. „Sie lebt zu ihrer eigenen Sicherheit unter den Menschen. Man hat versucht sie zu entführen. Zu viele Seiten zeigten Interesse an ihr, weil sie zwar eine Eshani'i ist, aber durch keinen Eid gebunden wird." Er fuhr sich mit der Hand über die Stirn. „Und nun hat sie ihr Ziel erreicht. Meine Raben haben Llwyn in Marburg gesehen. Ich will mir gar nicht ausmalen, was Rotkäppchen mit meiner Schwester vor hat."

„Aber warum schickt Ariel dann keine Jäger?", fragte sie aufgebracht. „Wenn er sie schon nicht schickt, um deine Schwester zu befreien, warum dann nicht, um Rotkäppchen zu finden?"

„Weil es keine direkten Hinweise dafür gibt, dass Rotkäppchen ebenfalls dort ist. Ariels Späher haben Informationen, die beweisen, dass sie nach Norddeutschland geflüchtet ist, dorthin wo ihre Großmutter einst gelebt hat. Und er wird diesen Hinweisen folgen, nicht meinem Gefühl."

„Aber du glaubst, dass Rotkäppchen in Marburg ist?"

Elyano hielt kurz inne, ehe er tief durchatmete. „Ich weiß es. Ich kann genau spüren, dass sie in ihre Heimat zurückgekehrt ist." Er stockte. „Wirst du mich trotzdem begleiten?"

Siandra küsste ihn sanft. „Immer."

15. Der Fisch und das Meer

Wie ein Wahnsinniger jagte Elyano über die Autobahn in Richtung Marburg. Sie hatten erst am Nachmittag aus Köln losfahren können und jetzt schien er die verlorene Zeit mit seinem Tempo wieder reinholen zu wollen. Stetig trieb er den Tacho über die 200-Marke. Siandra sah unsicher zu ihm herüber. Seine Augen war starr auf die Straße gerichtet, nur ab und an warf er einen Blick in den Spiegel, um ein weiteres Auto zu überholen. Er hielt das Lenkrad so fest umklammert, dass seine Fingerknöchel weiß hervortraten.

Aus dem Radio dudelte der immer gleiche Mainstream-Pop, nur hin und wieder von Staumeldungen und Werbung unterbrochen. Siandra versuchte gar nicht erst dem Gespräch auf der Rückbank zwischen Fynn, Aisling und Salomo zu folgen. Ihre Gedanken blieben kaum lange genug an einem Ort. Behutsam berührte sie Elyanos Hand, als er in den nächsten Gang schaltete. Er sah nur kurz zu ihr herüber, doch er schien ein wenig zu entspannen.

Während Fynn erzählte, dass sie bei einem alten Freund unterkommen würden, spielte Siandra am Radio herum, weniger aus der Hoffnung ihm etwas bessere Musik zu entlocken, als um ihre Finger zu beschäftigen. In Dillenburg fuhr Elyano von der Autobahn ab und fegte über Landstraßen weiter. Siandra fühlte sich nicht gut. In der Nacht hatte sie kaum geschlafen und je näher sie der Stadt an der Lahn kamen, desto mehr überkam sie das ungute Gefühl, dass das alles eine schlechte Idee war. Doch sie sprach ihre Bedenken nicht aus. Sie wollte Elyano nicht noch mehr beunruhigen.

Sie musste kurz eingeschlafen sein. Als Aisling sie von hinten an der Schulter berührte, schreckte sie auf. Vor ihnen taten sich die ersten hohen Gebäude auf. „Die Behringwerke", sagte Elyano ruhig. Zielstrebig lenkte er das Auto über die Straßen der Universitätsstadt. Er kannte sich hier ziemlich gut aus. Angespannt beobachtete Siandra ihn aus dem Augenwinkel. Sie frage sich, wie viele Jahre er hier bei Rotkäppchen verbracht hatte. Sie versuchte den Gedanken an die Fürstin zu verdrängen, doch er hatte sich bereits festgesetzt und ließ sie nicht mehr los.

Es dauerte nicht lange, bis sie vor einem Haus parkten. Unscheinbar schmiegte sich das weiße Haus in die Reihe und fiel äußerlich kaum auf. Kaum zu glauben, dass hier ein Eshani'i leben sollte.

Erst Minuten nachdem sie geklingelt hatten, regte sich etwas hinter der Tür. Ein halbes Grinsen huschte über Elyanos Züge, als er ihren Gastgeber kurz umarmte. Der gedrungene Mann mit den wasserstoffblonden Haaren, der vor ihnen stand, stemmte vorwurfsvoll die Hände in die Hüften. „Ich hätte nicht erwartet, dass ihr so schnell eure Zelte hier aufschlagt", sagte er mit leicht näselnder Stimme und strich sein schwarzes Hemd glatt. An seinen Ohren trug er breite weiße Tunnels.

„Elyano ist ja auch gefahren wie ein Irrer", bemerkte Fynn, als der Mann sie hereinbat.

Ihr Gastgeber schmunzelte. „Wundert mich nicht. Ganz normal war Rabe ja noch nie."

Der Mann, den Elyano Siandra als Pascao vorstellte, führte sie in ein kleines, aber gemütliches Wohnzimmer mit vielen bunten Kissen und Accessoires, die gar nicht zu dem schlicht gekleideten Mann zu passen schienen.

Siandra ließ sich neben Elyano auf der breiten Couchgarnitur nieder und spürte die ganze Zeit Pascaos Blick auf sich liegen.

„Das ist also dein Halbblut, Rabe?"

Siandra zuckte zusammen. Schon lange hatte sie niemand mehr so genannt. Doch ehe sie etwas erwidern konnte, hatte Elyano bereits das Wort ergriffen. „Das ist Siandra."

Pascaos Mundwinkel hob sich, als er in die Küche ging und mit einigen Getränken zurückkehrte. Erst, als alles akkurat auf dem gläsernen Couchtisch seinen Platz gefunden hatte, wandte er sich wieder an Elyano. „Ich denke, es ist in deinem Interesse, wenn ich sofort zum Punkt komme, ohne viel Zeit mit den unnötigen kulturellen Gepflogenheiten des Smalltalks zu verschwenden. Aus einer zuverlässigen Quelle weiß ich, dass die Wölfe ein blondes Mädchen ins Landgrafenschloss gebracht haben. Es kann nur deine Schwester sein, Rabe. Wer sonst wäre Rotkäppchen wichtig genug, dass sie Pyrros persönlich damit beauftragt sie zu holen?" Besorgt schielte Siandra zu Elyano, der seine Finger in den Stoff seiner Hose grub. Sie legte ihre Hand auf seine, doch sie schien nicht zu ihm durchzudringen. Pyrros hatte also seine Schwester hergebracht. Hoffentlich hatte er ihr nichts getan.

„Hat man die Fürstin gesehen?", fragte Elyano und schien sich noch mehr anzuspannen.

Pascao zuckte mit den Schultern. „Niemand kann sagen, wo sich die rote Hexe aufhält. Das solltest du am besten wissen, Rabe." Er beugte sich über die Lehne des Sofas und zog eine Tasche hervor. Mit spitzen Fingern kämpfte er sich durch den Wust an Blättern, ehe er ein Einzelnes hervorzog.

„Das Landgrafenschloss", bemerkte Elyano, als Pascao das Blatt auf dem Tisch ausbreitete.

Ihr Gastgeber nickte. „Ein Grundriss. Pyrros kam von hier", erklärte er und zeichnete mit einem Finger die Wege nach. „Alle Informationen deuten darauf hin, dass sie das Mädchen in eines der Südzimmer gebracht haben. Aber der Raum wird streng bewacht. Rotkäppchen weiß, dass du kommen wirst, um deine Schwester zu befreien. Und mit Sicherheit weiß sie schon längst, dass du in der Stadt bist."

„Dann brauchen wir uns keinen Kopf um geheime Pläne zu machen und können direkt durch die Vordertür brechen", bemerkte Salomo.

Erst jetzt schien Pascao den gestiefelten Kater zu bemerken. „Das Kätzchen."

„Das habe ich ja wohl überhört."

„Und immer noch so sensibel. Aber so einfach ist das nicht, Herr Kater. Selbst wenn das Schloss nicht voll besetzt wäre, könnt ihr gegen Rotkäppchens Wölfe nichts ausrichten. Es sind zu viele. Und mit Verlaub, wie viele seid ihr? Vier?"

„Was ist, wenn wir es über diesen Weg versuchen?", fragte Fynn und zeigte auf einen Punkt auf der Karte.

„Vergiss es, da laufen den ganzen Tag Touristen lang. Und das Letzte, was wir gebrauchen können, ist es, wenn ein Mensch auf uns aufmerksam wird."

„Pascao war mal einer von uns", flüsterte Elyano Siandra ins Ohr, während Pascao sich mit Fynn, Aisling und Salomo über einen weiteren Planungsversuch stritt. „Bevor er nach Marburg gegangen ist, hat er in Ariels Orden gedient. Auch wenn er schon lange keine Aufträge mehr ausführt, ist er einer von Aschenputtels wichtigsten Informanten. Er lebt schon seit einigen Jahren hier, weitgehend unerkannt unter Rotkäppchen und ihren Anhängern. Mittlerweile besitzt er ein Bekleidungsgeschäft in der Oberstadt", erzählte er und schmunzelte.

„Die Fürstinnen scheinen sich alle nicht so recht über den Weg zu trauen, was?", flüsterte Siandra und ließ ihren Blick über die Karte schweifen.

„Sie tun das, was sie können, um zu bestehen."

Der frische Nachtwind strich durch ihre langen blonden Haare, als sie den Wölfen dabei zusah, wie sie ihre Opfer in die Enge trieben. Sie hatte dem Vogel die Flügel gestutzt. Nun konnte er nicht mehr fliegen. Das war sein Ende.

„Das Ende eines weiteren Verräters", flüsterte sie. Sie wandte den Blick nicht ab, als Pyrros dem Raben eine Klinge ins Herz rammte. Ihr treuer Pyrros. Er war der Einzige, der noch loyal auf ihrer Seite stand. Diese ganzen Verräter... Es machte sie krank. Sie hatten ihre Gnade nicht verdient.

Sie lächelte, als Pyrros an ihre Seite trat. Untertänig verbeugte er sich und reichte ihr die hölzerne Truhe, die er für sie aufbewahrt hatte. Sie warf einen kurzen Blick hinein. „Einer fehlt noch", hauchte sie. Besitzergreifend legte sie eine Hand in seinen Nacken und küsste ihn. „Du weißt, was du zu tun hast. Jage ihn, töte ihn und bring mir sein Herz." Auf Pyrros Lippen breitete sich ein Lächeln aus, als er die Schatulle an seine Brust drückte.

Sie folgte Pyrros mit Abstand zu der Lichtung, auf der er sich mit dem letzten ihrer Raben treffen wollte. Und dort stand er bereits, pünktlich, wie er es immer schon gewesen war. Das Mondlicht spiegelte sich auf dem kleinen See. Mit verschränkten Armen stand Elyano am Ufer und drehte sich erst um, als Pyrros ihn fast erreicht hatte. Sie verstand nicht, worüber sich die beiden unterhielten, sie konnte es sich jedoch gut vorstellen. Elyanos Hand zuckte zu seiner Waffe, doch die Wölfe hatten ihn umkreist noch ehe er sie ziehen konnte.

Mit unbewegtem Gesicht verfolgte sie den Kampf zwischen den Wölfen und dem letzten ihrer Raben, auch wenn sie wusste, wie er ausgehen würde. Nicht einmal Elyano hatte eine Chance gegen die Übermacht, die ihm gegenüberstand. „Hättest du nur eine andere Entscheidung getroffen", flüsterte sie wehmütig. „Du hast dir dein eigenes Grab ausgehoben.

Hättest du deinen Eid nicht gebrochen und mich so schändlich hintergangen. Der Eid wird dich dahinraffen, wenn es meine Wölfe nicht tun."

Siandra schreckte aus dem Traum hoch. Ein Frösteln schüttelte ihren ganzen Körper. Doch sie war nicht in dem Gästezimmer in Pascaos Wohnung. Sie war noch immer im Wald. Aber war es der Wald aus der Erinnerung? Er wirkte anders, freundlicher. Der Wind strich durch die lichten Zweige und umspielte den Saum ihres T-Shirts. Feuchtes Laub schmiegte sich an ihre Füße und nach und nach kroch Nässe den Saum ihrer Stoffhose hinauf.

Ein Rascheln im Gebüsch ließ sie zusammenzucken. Nervös sprang ihr Blick umher, doch sie konnte nichts erkennen. Was ging hier nur vor?

Fürchte dich nicht, mein Kind, flüsterte eine sanfte Stimme in ihrem Kopf.

„Wer spricht da?", fragte sie unsicher, als sie erneut das Rascheln hörte, das immer lauter wurde.

Ein weißer Hirsch trat aus dem Unterholz. Seine bernsteinfarbenen Augen beobachteten sie unentwegt, als er näher kam. Noch nie zuvor hatte sie einen weißen Hirsch gesehen, oder war einem solchen Tier derart nah gewesen. Es gab einige Hirsche im Stadtwald, doch die hatten sich immer scheu im Hintergrund gehalten. Was Siandra ihnen angesichts der schreienden Kinder nie verübeln konnte. Aber woher kam diese Stimme?

„Wer bist du?"

Ein Freund, sagte die Stimme und Siandra wurde das Gefühl nicht los, dass es der Hirsch war, der mit mir sprach. Es tut mir leid, dass ich dir diese Bilder nicht ersparen konnte, doch du musstest es sehen. Du musstest es wissen.

„Du hast mir diese Erinnerungen geschickt?", fragte sie und umklammerte ihren Oberkörper.

Der Hirsch nickte zögerlich und schloss die Augen.

„Aber warum?"

Es ist wichtig, dass du es verstehst. Nur du kannst ihn halten.

Verständnislos starrte sie ihn an. „I-ich... was?"

Er ist an sie gebunden, wie ein Fisch an das Meer. Alleine kann er sich nicht von ihr lösen.

Unsicher knabberte Siandra an ihrer Unterlippe. „Sprichst du von Rotkäppchen? Was soll ich denn ausrichten können?" Sie dachte an den

Traum, an Rotkäppchens Worte, die durch ihren Kopf gehallt waren. Der Eid, der ihn hielt und sein Verderben war.

Das kannst nur du wissen, kleine Nachtigall, flüsterte der Hirsch und durchbohrte sie förmlich mit seinem Blick.

Nur der Gesang der Nachtigall kann den Ruf des Raben verstummen lassen, erinnerte sie sich an Heinrichs Worte. Aber was hatte das alles zu bedeuten? Sie wollte etwas erwidern, als der Hirsch den Kopf hob. Dann drang das Rascheln der Zweige und die vertraute Stimme auch an ihre Ohren. „Halte sein Leben im Licht", sagte der Hirsch, ehe er wieder im Unterholz verschwand. Verwirrt sah Siandra ihm nach. Nur wenig später hörte sie schon Elyanos Stimme hinter sich.

„Daingead! Was hast du hier zu suchen?", fragte er ein wenig atemlos.

Wie in Trance drehte Siandra sich zu ihm um. Er trug nur eine leichte Stoffhose. Noch immer trug er den Ring an der Kette um den Hals. Siandras Blick fiel jedoch auf etwas anderes. Es waren die aggressiven Linien, die sich in seinen Arm fraßen und bereits seine Schulter erreicht hatten. Der Eid wird dich dahin raffen, hallte Rotkäppchens Stimme in ihrem Kopf wider. Sie spürte, wie die Furcht ihr die Stimme nahm. Es ging zu schnell. Einfach viel zu schnell.

Elyanos Blick war hart, als er auf sie zu kam und der eisige Nebel schien ihn wie eine zweite Haut zu umgeben. Auf einmal sah sie, was er wirklich war: Ein unbarmherziger Krieger, der schon früh gelernt hatte zu töten. Sie dachte an Rotkäppchen Erinnerungen und das Blut, das an seinen Händen geklebt hatte. Furcht flackerte kurz in ihr auf.

Sein Gesicht wurde weicher. „Siandra", sagte er leise. „Was machst du denn hier?"

„Ich weiß es nicht", antwortete sie wahrheitsgemäß. Es stimmte. Sie hatte keinerlei Ahnung, weder, wie sie an diesen Ort gelangt war, noch wo sie war. „Wie hast du mich gefunden?"

„Das war nicht schwer", sagte er knapp.

Einen Moment lang überlegte sie, ob sie ihm von den Erinnerungen erzählen sollte, die der weiße Hirsch ihr geschickt hatte. Sie verwarf den Gedanken. Was sollte sie ihm auch schon sagen? Sie wusste ja selbst nicht, was es damit auf sich hatte und aus den kryptischen Erklärungen des Hirsches wurde sie auch nicht schlauer.

Unsicher sah sie zu Elyano herüber. Obwohl er direkt vor ihr stand, war er ihr fern. Seine dunklen Augen musterten sie, aber er sah sie nicht an. Nicht richtig jedenfalls. Siandra nahm ihren Mut zusammen, trat auf ihn zu und küsste ihn leicht. Sie spürte, wie er sich anspannte und mit sich zu hadern schien.

„Mach nichts Dummes", flüsterte er an ihren Lippen. Einen Herzschlag lang erwiderte er den Kuss, ehe er sich hektisch von ihr losmachte. „Mach nichts Dummes", sagte er erneut, ohne sie anzusehen.

Mach nichts dummes? Verwirrt sah sie ihn an. „Elyano, was ist los?", fragte sie, doch er antwortete ihr nicht. Stumm starrte er in die Dunkelheit des Waldes, schien sich völlig abzuschotten. Wut kam in ihr auf, als er wieder diese drei Worte flüsterte. Warum ließ er sie an sich heran, nur um sie in der nächsten Sekunde wieder von sich zu stoßen? Eine eisige Erkenntnis machte sich in ihr breit. „Ist es wegen Rotkäppchen?", fragte sie und musste jedes Wort an dem Kloß in ihrem Hals vorbei pressen, als ihr Unterbewusstsein wieder Bilder beschwor, die sie nicht sehen wollte. „Wenn du mich nicht..."

„Du weißt genau, was ich dir zu sagen versuche!", brach es auf einmal aus Elyano heraus. Unter der Wucht seiner Stimme zuckte sie zusammen. „Du weißt genau, welche drei Worte ich eigentlich sagen will, aber ich kann es nicht. Ich kann es nicht, hörst du? Unser Märchen kann niemals gut ausgehen, Siandra."

„Aber warum..?"

„Weil sie jetzt schon zu viel Macht über mich hat. Es würde ihr einen weiteren Grund geben, dich zu jagen und mich zu benutzen, dir zu schaden."

Elyano brauchte ihren Namen nicht auszusprechen. Siandra wusste von wem er sprach. Rotkäppchen. Vorsichtig zeichnete sie die dunklen Linien nach, die sich seinen Oberarm hinauf schlängelten und ein wirres Muster auf seiner Schulter bildeten. Es kam ihr fast vor, als würden sie unter ihrer Berührung pulsieren, als wären sie tatsächlich lebendig und würden sich immer tiefer in seine Haut fressen. „Es ist ihr Werk, oder?", fragte sie mit einem Zittern in der Stimme.

Elyano nickte stumm. Es dauerte einen Moment, ehe er wieder zum sprechen ansetzte. „Es war mein Streben nach Macht. Der Wunsch meine verschwundenen Geschwister wiederzufinden und..." Er stockte kurz. „Der Wunsch ihr zu dienen."

Siandra erwiderte nichts. Schweigend wartete sie darauf, dass er fortfuhr.

„Sie hat uns vor so vielen Jahren die Freiheit geschenkt. Wenn sie nicht gewesen wäre... ich weiß nicht ob ich das Dorf in den Bergen jemals hätte verlassen können. Dort waren wir nicht mehr als Sklaven gewesen, doch in ihrem Dienst gelangten wir schnell zu Macht und Ansehen. Viel zu spät habe ich begriffen, dass sie Nicuans Ketten einfach nur durch ihre eigenen ersetzt hat. Ohne Bedenken habe ich damals den Eid gesprochen, der mich fest an sie und ihre Ideale band und mich zwang ihr bedingungslos zu folgen."

„Aber du bist ihr nicht gefolgt."

„Anfangs schon. Ich habe viele Jahre an ihrer Seite gekämpft und fest an ihre Sache geglaubt. Doch dann habe ich ihr wahres Ich erkannt, genau wie das Ziel, das sie wirklich verfolgte. Ich habe versucht, sie zur Vernunft zu bringen, aber nicht einmal auf mich wollte sie hören."

Siandra wusste nicht, ob sie die Antwort tatsächlich hören wollte, trotzdem setzte sie zur Frage an. „Was war wirklich zwischen dir und der Fürstin?"

Elyano atmete geräuschvoll ein und strich sich mit beiden Händen durch die Haare. „Es ist kompliziert. Egal, was ich einst für sie empfunden habe, es ist Vergangenheit."

„Hat Pyrros dich deshalb in einen Hinterhalt gelockt?" Weil sie es befohlen hat?, fügte sie in Gedanken hinzu.

Kurz zogen sich Elyanos Augenbrauen zusammen und er nickte. „Ich habe die Beziehung zwischen Pyrros und der Fürstin nie ganz verstanden. Er war schon immer ihr Schoßhund und hat sie vergöttert - tut es noch immer. Und sie ist nun einmal eine Person, die sich stets genau das nimmt, was sie braucht."

Stumm strich Siandra über die dunklen Schatten auf seiner Haut. Erneut machte sich der Kloß in ihrem Hals breit und die Angst zerfraß ihr Inneres, als ihr Blick die hellen Male streifte. Er folgte einer langen Narbe, die vom Brustbein zur Schulter verlief und blieb wieder an den Linien hängen. „Aber es muss doch eine Möglichkeit geben", flüsterte sie und konnte das Schluchzen kaum noch unterdrücken. Als sie erneut über seine Haut strich, hielt er ihre Hand fest und zog sie dicht an sich heran. „Aber was ist mit...?", wollte sie einwenden. Doch er verschloss ihren

Mund mit einem Kuss.

Sie spürte seine Stimme an ihrer Haut, als er leise sprach. „Ihr Auge hat sich abgewandt", sagte er. „Vorerst."

„Meinst du wirklich, es ist so klug, hier offen herumzulaufen?", fragte Siandra und ließ ihren Blick unruhig über die Straße schweifen. Nervös strich sie über die Klinge, die durch Segensbänder versteckt an ihrer Hüfte hing. Auch Elyanos Waffen verbargen sich unter unzähligen dieser Bänder.

Sie standen vor dem Aufzug an einem Parkhaus, der sie in die Oberstadt bringen würde. Die Sonne stand hoch über ihnen und die Luft streichelte ihnen angenehm über die Haut. Das Wetter war für einen Tag draußen wie geschaffen. Unzählige Menschen waren auf der Straße unterwegs. Touristen beim Bummeln durch die Altstadt oder Studenten, auf dem Weg zu ihren Lerngruppen oder der nachmittäglichen Auszeit.

Elyano schwieg, als sie in den vollkommen überfüllten Aufzug stiegen. Siandra stand dicht an ihn gedrängt und hielt seine Hand umklammert, als der Aufzug ruckelnd nach oben gezogen wurde. In der Ferne konnte sie durch die schmutzigen Fensterscheiben einen Turm erkennen, der dem Wald geradezu zu entspringen schien. „Was ist das?"

„Das ist der Spiegelslustturm" flüsterte Elyano ihr ins Ohr. „Oder besser gesagt Pyrros' Turm. Er und seine Sippschaft leben dort und in dem angrenzenden Wald."

Siandra wollte etwas erwidern, als sich die Türen des Aufzugs öffneten und sie hinausgeschoben wurden. Ihr Weg führte sie durch einen langen gläsernen Gang. Die Holzdielen ließen ihn wie eine überdachte Brücke wirken. Während sie mit dem nächsten Aufzug weiter nach oben fuhren, schwiegen beide. Erst, als sie bereits über die engen Straßen der Altstadt liefen, traute Siandra sich wieder das Thema auf Rotkäppchen zu lenken. „Woher können wir wissen, dass sie uns nicht finden wird?"

„Wie Pascao schon sagte: Sie weiß mit Sicherheit schon genauestens Bescheid, dass wir durch ihren Vorgarten hüpfen und ihre Geranien zertrampeln."

Unsicher rieb sie sich über den Nacken. „Bist du dir da sicher?"

„Absolut. Rotkäppchen ist die Herrin Marburgs. Sie ist wie eine Spinne und hat überall ihre Fäden, an denen sie nur zu ziehen braucht."

Siandra blieb perplex stehen. „Aber warum sind wir dann hier?"
Gelassen legte Elyano einen Arm um sie und zog sie mit sich. „Um sie ein wenig zu provozieren. Wir lenken ihre Aufmerksamkeit auf uns", flüsterte er ihr ins Ohr. „Wir sorgen dafür, dass sich sämtliche Augen der Spinne auf uns richten. Nur dann haben Fynn, Aisling und Salomo freie Bahn."
„Und du bist sicher, dass sie uns den Touristen abkaufen wird?"
„Das muss sie gar nicht. Aber es wird ihr zu denken geben."
Die Pflaster waren noch ganz nass vom Regen der Nacht und Siandra musste aufpassen, dass sie auf dem unebenen Boden nicht stürzte. Der Weg wurde breiter und führte auf einen kleinen Marktplatz. Das Glockenspiel im Rathaus ertönte, als sie näher herantraten. Elyano setzte sich auf den Rand eines Brunnens und zog Siandra neben sich. Einige Zeit schwiegen die beiden. Die Sonne strahlte auf sie herab und der Platz war erfüllt von Gelächter. In der Ferne konnte sie jemanden Akkordeon spielen hören. Doch Siandra konnte sich einfach nicht entspannen. Hoffentlich ging das nur gut.
Nach einer Weile führt Elyano sie zu einem kleineren Laden, der etwas abseits vom Markt gelegen war. Wölfe räkelten sich in einem wirren Muster an den Säulen empor, die die Eingangstür flankierten. Keiner der Menschen, die geschäftig an dem Laden vorbeigingen, schien ihn zu bemerken. Niemand von ihnen blieb stehen, um ins Schaufenster zu sehen oder ging ins Innere. Aber dahin zog Elyano sie nun.
Ein Windspiel erklang hell, als sie das Geschäft betraten. Es wirkte fast wie eine Art Tante-Emma-Laden. Sofort begleiteten sie feindselige Blicke. Beschützend legte Elyano einen Arm um sie und zog sie gelassen durch die engen Gänge. Der Mann hinter der Kasse, flüsterte einer zierlichen Frau etwas zu, die daraufhin fluchte und hinter einem Vorhang verschwand. „Sind das..?", setzte Siandra leise an.
„Aye. Jäger. Das ist eines der Geschäfte, die sie vor den Augen der Menschen verbergen. In Köln gibt es solche Läden auch. Wenn du..."
Alarmiert wollte Siandra zurück zur Tür stürmen, doch Elyanos Hand hielt sie fest. „Warum tust du das?", fragte sie.
„Was soll ich sagen? Ich provoziere einfach gerne. Außerdem wird sich die Aufmerksamkeit vielleicht noch stärker auf uns richten."
Siandra nickte. Er hatte recht. Wie könnten sie besser Rotkäppchens

Augen auf sich ziehen, als wenn sie so taten, als bestünde keine Gefahr?

Als sie an dem Regal mit den Zeitschriften vorbeigingen, fiel ihr Blick auf eines der Cover. Sie kannte das Gesicht, das ihr kühl von der Titelseite entgegen lächelte. Nervös griff sie nach der Zeitschrift und überflog den Titel, der ihr entgegen prangte. ‚Shaikos Beleton – Erneut zum Reichskanzler gewählt‘. Auch Elyano starrte auf das Bild, doch er sagte nichts. Dennoch bemerkte sie, wie sich sein ganzer Körper anspannte. Shaikos Beleton. Siandra konnte den Blick einfach nicht von dem gemeißelt kühlen Lächeln abwenden. Dieses Gesicht war ihr vertrauter, als ihr lieb war.

„Du hast es die ganze Zeit gewusst, oder?"

„Was?", fragte Elyano verwirrt.

„Dass er mein Vater ist. Du hast es gewusst." Sie deutete sein Schweigen als Ja. „Warum hast du mir nichts gesagt?"

Behutsam nahm Elyano ihr die Zeitschrift aus der Hand und drehte sie zu sich um. „Hätte es etwas geändert?"

Im ersten Moment war sie drauf und dran seine Frage zu bejahen, doch dann war sie sich nicht mehr so sicher. Hätte es wirklich etwas geändert? Und wenn ja, was? „Wer ist er?", fragte sie stattdessen.

„Er ist schon seit Jahren Mitglied in Rotkäppchens Rat. Und wie mir scheint, wurde er wieder zum Reichskanzler gewählt."

Siandra kannte den Begriff ‚Reichskanzler' aus dem Geschichtsunterricht, aber ihr war nicht bewusst, dass sich auch nur irgendwer in Deutschland so bezeichnete. Ehe sie fragen konnte, fuhr Elyano fort.

„Als Reichskanzler untersteht er der Fürstin, steht aber fast mit ihr auf einer Stufe. Wenn überhaupt jemand auf einer Stufe mit einer der Fürstinnen stehen kann. Nicht einmal die Fürsten stehen gleichberechtigt an ihrer Seite."

„Was ist mit Pyrros?"

„Pyrros befehligt Rotkäppchens Heer und ist ihre ausführende Gewalt. Shaikos hingegen verkörpert die Gesetzgebung. Er ist ihr wichtigster politischer Berater und hat neben ihr die höchste Position im Rat."

Siandra wandte sich von den Zeitschriften ab und gab vor, sich für die Kekse in dem Regal vor ihr zu interessieren. „Ihr Rat?"

„In ihrem Rat sitzen hohe Mitglieder ihres Volkes, in der Regel auch der Hüter des Ordens, der Reichskanzler und in Rotkäppchens Fall natürlich auch ihre rechte Hand Pyrros."

„Du hast früher auch im Rat gesessen, oder?", fragte Siandra vorsichtig. Als Elyano nickte, fuhr sie fort. „Kennst du ihn?"

Elyano zögerte und trat wieder ins Freie. Sie war sich sicher, dass er wusste von wem sie sprach. Und so wartete sie, bis er zum Sprechen ansetzte. „Er ist ein brillanter Mann, ein kluger Denker und herausragender Stratege. Auch wenn ihm viele vorwerfen, kein Herz zu haben. Er war schon immer kühl und berechnend gewesen, sieht immer den Wald, nie die Bäume."

„Aber er wurde wiedergewählt", stellte Siandra fest und wurde leiser, als einige Touristen an ihnen vorbeischlenderten.

Elyano lächelte bitter. „Es braucht keine Beliebtheit, um vom Volk gewählt zu werden. Er hat andere Mittel und Wege, sie von seinen Plänen zu überzeugen."

Ein helles Summen unterbrach Siandra noch bevor sie etwas antworten konnte. Elyano runzelte die Stirn und zog sein Handy aus der Tasche. Hastig überflog er die Zeilen.

„Alles in Ordnung?", fragte sie besorgt, als er den Kopf hob.

Elyano nickte und zog sie an sich heran, ehe er ihr ins Ohr flüsterte. „Fynn ist zurück."

16. Ein Spiegel der Macht

„Das ist nicht dein Ernst!", rief Siandra und funkelte Elyano wütend an. Der Rabe lief im Zimmer auf und ab, ruhelos, wie eine Raubkatze, die man in einen Käfig gesperrt hatte. „Wir können nicht hier herum sitzen und die Hände in den Schoß legen", entgegnete er nicht minder aufgebracht.

Fynn sprang auf und stellte sich seinem Bruder in den Weg „Jetzt sei doch vernünftig", sagte er mit betont ruhiger Stimme, auch wenn Siandra sah, dass in seinem Inneren ebenfalls alles danach schrie aufzubrechen und etwas zu unternehmen. „Es bringt uns nicht weiter kopflos loszustürmen!"

„Ich werde Rotkäppchen um eine Audienz bitten", wiederholte Elyano sein Vorhaben und ließ sich in einem Sessel nieder, nur um Sekunden später wieder aufzuspringen.

„Tha thu ir chuthach!", fluchte Fynn.

„Wen nennst du hier verrückt, du Idiot?"

Behutsam griff Siandra nach Elyanos Hand und strich über seine Fingerknöchel. „Bitte! Das kann nicht dein Ernst sein. Das ist Wahnsinn!"

„Niemand kommt in Rotkäppchens Festung. Es ist der einzige Weg!"

Trotzig hob sie das Kinn. „Dann werde ich dich nicht alleine gehen lassen."

„Du wirst hier bleiben. In Sicherheit!", sagte Elyano mit einer Stimme, die keinen Widerspruch duldete und machte sich von ihr los.

„Siandra hat recht", mischte sich Aisling ein, nachdem sie sich in den letzten Minuten zurückgehalten hatte. „Für dich ist es genauso gefährlich wie für sie."

„Rotkäppchen ist hinter ihr her, verdammt! Sie braucht Siandra, nicht mich."

„Aber du weißt auch, dass sie alles daran setzt, dich wieder in ihre Finger zu bekommen", warf Fynn dazwischen. „Es fehlt ihr nicht mehr viel, um dich endgültig zu kontrollieren."

„Ich bezweifle nicht, dass sie mittlerweile Mittel und Wege dazu gefunden hat", sagte Elyano und ließ sich auf dem Sofa neben Siandra nieder. Betont gelassen lehnte er sich zurück und legte einen Arm um sie, doch sein ganzer Körper blieb zum Zerreißen angespannt.

„Dann muss dir doch klar sein, wie hirnrissig dein Plan ist", stellte Fynn fest und trank einen Schluck. „Sie wird euch nicht gehen lassen, weder dich, noch unsere Schwester. Ihr seid beide zu wichtig für sie. Vielleicht sollte ich..."

„Nein", unterbrach Elyano ihn harsch.

„Warum nicht?! Für mich hat sie keine Verwendung! Ich habe keinerlei Nutzen für sie!"

„Aber durch dich kann sie an Elyano herankommen", bemerkte Pascao, der an die Durchreiche der Küche lehnte. Erschrocken drehte Siandra sich zu ihm um. Sie hatte nicht bemerkt, dass er zurückgekehrt war. „Sie weiß, dass die Liebe der Rabengeschwister noch schärfer ist, als ihre Klingen."

Fynn schwieg und sein Bruder tat es ihm gleich. „Wo ist Salomo?", fragte Aisling und versuchte die Anspannung aus ihrem Gesicht zu verbannen, auch wenn es ihr einfach nicht gelingen wollte. Siandra horchte auf. War der Kater nicht zusammen mit Pascao unterwegs gewesen?

Ein halbes Grinsen schlich sich auf sein Gesicht. „Das Fellknäuel hat es sich nicht nehmen lassen die Erkundung alleine fortzusetzen. Er wird wohl noch etwas unterwegs sein."

„Also habt ihr noch nichts herausgefunden", sagte Fynn trocken. „Ebenso wenig wie wir."

„Vielleicht findet Salomo etwas heraus", flüsterte Aisling, doch Siandra konnte an ihrem Gesicht ablesen, dass sie eigentlich nicht daran glaubte. Es war hoffnungslos.

Eine unangenehme Stille breitete sich im Raum aus. Angespannt biss Siandra auf ihre Unterlippe und sah zu Elyano herüber. Was sollten sie tun? Es musste einen Weg geben.

Erst als Pascao sich zu Fynn und Aisling auf das zweite Sofa setzte und den Fernseher einschaltete, lockerte sich die Stimmung nach und nach. Doch Siandra konnte sich einfach nicht auf die Vampir-Schmonzette konzentrieren. Immer wieder wanderten ihre Gedanken zu Elyanos Schwester und Rotkäppchen in das große Landgrafenschloss, das Marburg überragte. Aber da war noch etwas, das sie nicht losließ. Was hatte

Fynn damit gemeint, als er sagte, Rotkäppchen hätte schon fast alles, um Elyano zu beherrschen?

Nach und nach verabschiedeten sich die anderen und kehrten in die Gästezimmer zurück, bis nur Siandra und Elyano auf dem dunklen Ledersofa zurückblieben. Erneut sah sie zu Elyano herüber. Sie zögerte ihn zu fragen. „Elyano?", setzte sie nach einer Weile an. Abwartend hob er die Augenbrauen, erwiderte jedoch nichts. „Was hat Fynn damit gemeint? Was hat es wirklich mit der Macht auf sich, die Rotkäppchen über dich hat?"

Er seufzte. „Ich habe befürchtet, dass du das fragen würdest", sagte er und stand auf. Sie folgte ihm mit den Augen, als er in die Küche schlenderte und kurz darauf mit zwei Gläsern in der Hand zurückkehrte. Er reichte ihr eines und setzte sich wieder dicht neben sie. Siandra flüsterte ein leises „Danke" und nippte an dem Glas. Sie wusste nicht, was es war, doch es schmeckte sehr fruchtig und erfrischend. Sie schwiegen eine Weile. Siandra lehnte ihren Kopf an seine Schulter und legte die Beine auf seinen Schoß.

„Du willst es wirklich wissen, oder?", fragte Elyano leise.

Siandra nickte zögerlich, als ihr die Worte des Hirsches wieder in den Sinn kamen. Er ist an sie gebunden, wie der Fisch ans Meer. „Wie groß ist diese Macht?"

Er strich sich über den Nacken. „Ich habe mich naiv und nichtsahnend in ihren Dienst begeben. Damals hätte ich mir niemals vorstellen können, wie groß die Macht ist, die sie über mich hat. Erst habe ich es kaum bemerkt, immerhin war ich ihr auch ohne Zwang stets loyal ergeben. Doch als ich begann, mich ihr zu widersetzen, griff sie zu anderen Methoden." Er stockte kurz. Behutsam drückte Siandra seine Hand, blieb aber stumm. „Sie fand einen Weg mich zu kontrollieren, mich zu überwachen."

„Es war kein normaler Eid, den du geschworen hast, oder?", fragte Siandra vorsichtig.

„Ja und nein. Der Eid hat meine Loyalität an sie gebunden. Mir war nie bewusst gewesen, welche Macht ich ihr zusätzlich gab. Als ich den Eid brach, hätte es mich zerreißen müssen, bis ich mir nichts anderes als den Tod gewünscht hätte."

Siandra musste an die Linien denken, die sich unaufhörlich in seine Haut fraßen und die Enge machte sich wieder in ihrem Hals fest. Sie drängte das Schluchzen zurück und vergrub ihr Gesicht an seiner Halsbeuge. Beruhigend streichelte Elyano über ihren Rücken, als er weitersprach. „Die Göttinnen schienen mir gnädig zu sein. Erst später habe ich begriffen, dass der Tod mich längst nicht vergessen hat. Er sitzt mir die ganze Zeit über im Nacken, ganz egal, was ich tue."

„Aber es muss doch irgendetwas geben, um es zu verhindern", warf Siandra verzweifelt ein. Tränen sammelten sich in ihren Augen. Elyano sah sie nur an, umfasste ihr Kinn und küsste sie zärtlich. „Du sagtest, es ist nicht nur der Eid, durch den sie dich kontrolliert", bemerkte Siandra nach einer Zeit, in der sie nur stumm in seinen Armen gelegen hatte.

Elyano atmete hörbar aus. „Rotkäppchen hat sich die alte Macht der Spiegel zunutze gemacht. Mit ihr ist es ihr möglich, mich stets im Auge zu behalten. Und die Macht des Spiegels wird immer stärker. Ich fürchte, dass sie bald einen Weg findet, mich durch den Spiegel nicht nur zu beschatten, sondern auch vollends zu kontrollieren. Wer weiß, ob sie mich dann nicht dazu bringen kann, dir etwas anzutun. Sie hat jetzt schon viel zu viel Macht über mich. Aber so weit wird es nicht kommen."

Siandra wollte etwas erwidern, doch sie fühlte sich wie in einem warmen Nebel gefangen. Müdigkeit überkam sie und zwang ihre Lider immer mehr nach unten. „Schlaf ruhig", flüsterte er und hauchte ihr einen Kuss auf die Stirn. „Es wird dir nichts passieren. Dafür werde ich sorgen."

„Wo ist Elyano?"

Schlaftrunken rappelte Siandra sich auf dem Sofa auf. Es dauerte einen Augenblick, bis sie begriff, wo sie sich befand und wer dort mit unruhiger Stimme auf sie einredete. Na, er ist doch hier, wollte sie Fynn antworten, doch als ihre Hand zur Seite tastete, war da nur gähnende Leere. Alarmiert fuhr sie auf. Elyano! Er war fort! Nervös schoss ihr Blick durch den Raum und ihr Herz raste. Der Morgen schien noch jung. Selbst die Sonne hatte sich noch nicht hinaus gewagt.

„Wo ist er?", fragte Fynn erneut. Sie hörte die Panik in seiner Stimme.

Dennoch konnte sie die angespannte Wut nicht zügeln, die in ihr wütete. „Ich verfolge ihn nicht über GPS, verdammt!"

In einer fahrigen Bewegung strich Fynn sich durch die Haare, machte einige Schritte auf das Fenster zu, nur um wieder ruckartig umzudrehen. „Verdammt, er wird doch nicht..."

Siandra ahnte, woran er dachte. Kochend heiß bahnte sich Wut durch ihre Adern. Dieser Idiot! War er tatsächlich auf eigene Faust in das Schloss eingebrochen? Doch stärker als Wut brodelte die Angst in ihr. Angst um ihren Raben.

„Was ist denn hier los, so früh am Morgen?" Verschlafen lugte Pascao ins Wohnzimmer. Er zuckte zurück, als Aisling an ihm vorbeischoss.

„Fynn! Was...?" Ihr Blick wanderte zu Siandra. „Wo ist Elyano?"

„Verschwunden", presste Fynn hervor und befestigte die lederne Schwertscheide an seiner Hüfte.

Einen Moment lang starrte sie ihn nur fassungslos an und auch Siandra wünschte sich nichts sehnlicher, als dass es sich als dummer Scherz der beiden Brüder entpuppte. Doch Elyano tauchte nicht hinter einem der Schränke auf. Er war gegangen.

„Ihr bleibt hier", befahl Fynn mit einer Härte in der Stimme, die Siandra nicht von ihm kannte. Er war nicht mehr länger der jederzeit fröhliche Witzbold, sondern ein Offizier, der es gewohnt war, dass man ihm gehorchte.

Doch Aisling hatte längst nach ihren eigenen Waffen gegriffen. Sie stellte den Fuß auf einen Stuhl und befestigte die Scheide eines Dolches an ihrem Bein. Unbeeindruckt bot sie ihm die Stirn. „Du wirst nicht allein gehen."

Fynn starrte sie kurz verblüfft an, ehe der Offizier zurückkehrte. „Ich werde dich nicht in Gefahr bringen."

„Wann geht es bloß endlich in deinen Dickkopf? Es gibt keine Alleingänge mehr. Ohne die wären wir erst gar nicht in dieser Situation!"

Fynn seufzte ergeben. „Okay. Aber Siandra wird hierbleiben. Rotkäppchen wird keine Ruhe geben, bis sie sie wieder in ihrer Gewalt hat. Auch wenn ich den Plan meines Bruders in keinster Weise gutheiße, in einem Punkt hatte er recht. Wir werden ihr Siandra nicht auch noch auf dem Silbertablett präsentieren."

„Und ich habe nicht mitzureden?", fuhr Siandra wütend dazwischen.

„Nein", sagte Fynn kühl und schob sie vor sich her. „Ich lasse viel mit mir reden, aber nicht in dieser Sache. Du bleibst hier! Elyano wollte dich in Sicherheit wissen und ich bin seiner Meinung. Du wirst dieses Haus nicht verlassen!"

„Aber...", versuchte sie anzusetzen, doch Fynn schüttelte nur den Kopf.

„Vergiss es, Siandra."

Sie zuckte zusammen, als sie den kalten Fliesenboden unter ihren Füßen spürte. „Verdammt, Fynn! Was hast du vor?"

Der Jäger trug seine kühle Miene wie eine Maske. „Es ist nur zu deinem Besten", sagte er, als er die Tür schloss. Erst, als das Klacken des Schlosses an ihr Ohr drang, realisierte sie, dass er sie tatsächlich eingeschlossen hatte. Sie war viel zu perplex gewesen, um zu reagieren. Doch nun, da die Wut zurückkehrte, hämmerte sie zornig gegen die Tür. „Das kannst du nicht machen!", rief sie gegen das dicke Holz an. „Du kannst mich nicht wie einen Verbrecher einsperren!"

„Es ist nur zu deinem Besten", sagte Fynn erneut, doch dieses Mal war seine Stimme viel leiser. „Pass auf, dass sie da drinnen bleibt", sagte er, scheinbar zu Pascao. „Elyano würde mir nie verzeihen, wenn ihr etwas geschieht."

„Ja, ja. Elyano und sein Halbblut", sagte Pascao, aber dann war Stille.

Siandra klopfte noch eine Weile gegen die Tür, ehe sie aufgab. Es brachte nichts. Ruhelos lief sie in dem Raum auf und ab. Warum musste Elyano nur so bereitwillig in sein eigenes Verderben laufen? Hatte er in den Wirren seines Verstandes nur diese eine Möglichkeit gesehen? Ihr Herz schlug schwer gegen ihre Brust und gab einfach keine Ruhe.

Seufzend beugte sie sich über das Waschbecken. Das kalte Wasser tat gut auf ihrer Haut. Immer wieder strich sie sich mit der feuchten Hand durch das Gesicht und ließ ihr Handgelenk dann von dem kühlen Nass umspielen. Ihr Blick folgte den kaum sichtbaren Linien auf ihrer zu dem Fleck, der sie fast ein wenig an einen Vogel erinnerte. Er wirkte mehr, wie eine Unebenheit, eine etwas andere Pigmentierung, doch Siandra spürte seine Bedeutung in jeder Faser ihres Körpers.

Sie fasste einen Entschluss. Sie konnte nicht zulassen, dass Rotkäppchen ihm etwas antat. Ohne weiter darüber nachzudenken, stieg sie auf den Klodeckel und öffnete das darüber gelegene Fenster. Es war nicht sonderlich hoch, aber groß genug, dass sie sich durchquetschen konnte. So leise wie möglich stieg sie auf den Spülkasten und zuckte zusammen, als das Plastik erst verräterisch knarzte und sie dann auf den Spülknopf trat. Jetzt oder nie, dachte Siandra und zwängte sich durch den engen Rahmen. Hektisch schlich sie durch das vom Morgentau feuchte Gras. Sie musste das Haus so weit wie möglich hinter sich lassen, bevor Pascao merkte, dass sie getürmt war. Siandra stürmte in den Wald, getrieben von der Angst um Elyano. Es war zu auffällig, die Straße zu benutzen. Die rote Fürstin hatte überall ihre Späher, auch unter den Menschen. Außerdem erinnerte sie sich an den Wanderpfad, den Elyano ihr gezeigt hatte und der auf verschlungenen schmalen Wegen zum Schloss führte. Sie spürte die Zweige und die scharfen Dornen kaum, die an ihrer Kleidung rissen und sie am weiterkommen hindern wollten. Der Wald um sie herum war überall identisch, egal wohin sie auch lief. In ihrer Angst schaffte sie es kaum den Waldweg zu finden. Sie kam zum Stehen, stützte die Hände auf die Knie. War sie denn noch zu retten? Warum lief sie denn mitten in den Wald hinein? Nur um Pascao zu entkommen? Bei ihrem Glück würde sie niemals wieder herausfinden. Angestrengt konzentrierte sie sich auf ihre Atmung und starrte in die Dunkelheit. Wie sollte sie nur wieder hier heraus und zu Rotkäppchens Schloss finden? Aber dann entdeckte sie etwas Helles zwischen den Bäumen aufblitzen.

„Siandra!"

Sie zuckte zusammen, als sie eine Stimme hinter sich hörte. Sofort war der weiße Schein wieder zwischen den Bäumen verschwunden. Wer hatte da nach ihr gerufen? Pascao? Fynn? Doch als sie sich umdrehte, erkannte sie Salomo, der auf leisen Pfoten näher kam.

„Was machst du hier?", fragte der Kater verwundert. Als Siandra ihm davon berichtete, was geschehen war, verzog er wütend das Gesicht. „Dieser Narr", fauchte er und stellte seine Nackenhaare auf.

Siandra nickte und wollte etwas sagen, als sie wieder den Schimmer zwischen den Bäumen entdeckte. Und dann hörte sie erneut die sanfte Stimme in ihrem Kopf. Komm mit mir, flüsterte sie. Ohne auf Salomos Proteste zu achten, folgte sie ihr.

„Wohin gehst du, verdammt nochmal?", fluchte der Kater. „Wo ist Fynn?"

„Sucht einen Weg, um Elyano zu befreien", sagte sie, ohne den Blick von dem hellen Licht abzuwenden. Vorsichtig schob sie die dichten Äste beiseite, als sie sich einen Weg durch den Wald bahnte. Doch schon bald hörte sie wieder Salomos skeptische Stimme hinter sich.

„Und was wird das, wenn es fertig ist?"

Siandra hatte Schwierigkeiten dem unebenen Weg zu folgen, der sich nun einen steilen Hügel hinauf schlängelte. Die Sonne begann langsam durch die dichten Blätter hindurch zu scheinen, doch zeigte sie sich heute nur zögerlich. Der Wald lag noch tief im Zwielicht der Nacht. Erst, als sie oben angekommen war, antwortete sie dem Kater. „Das weiß ich noch nicht so genau." Sie hörte nicht, was Salomo erwiderte. Schau hier, Nachtigall. Schau hier, flüsterte die Stimme des Hirsches in ihrem Kopf. Rotkäppchen ist über die Jahre arrogant und unvorsichtig geworden. Sie weiß nicht, dass ich diesen Weg noch kenne und dass du ihn finden wirst. Aber noch hast du ihn nicht hinter dich gebracht. Der Flusslauf führt dich tief in ihre Festung, doch von da an musst du auf jemand anderen vertrauen. Jemanden, der nicht immer die Wahrheit spricht. Der weiße Schein kreiste über einem Hügel, ehe er immer blasser wurde.

„Warte!", rief Siandra erschrocken. „Wer bist du?"

Jemand, den du nicht erwartest, aber trotzdem kennst.

„Alles in Ordnung mit dir?", fragte Salomo in die Stille, die folgte.

Doch Siandra antwortete nicht. Vorsichtig kletterte sie den kleinen Hügel hinauf und auf der anderen Seite wieder herab. Schnell entdeckte sie, was der Hirsch gemeint haben musste. Ein Abwasserrohr endete in einem kleinen Teich. Sollte dieser fast schon ausgetrocknete Wasserlauf sie in das Innere des Landgrafenschlosses bringen? „Ich glaube, ich habe einen Weg gefunden", sagte sie und spähte ins Innere. Viel konnte sie nicht erkennen. Sie zog ihr Handy hervor und leuchtete in die Dunkelheit.

Sie hätte schwören können, dass der Kater angewidert die Nase rümpfte. „Bist du dir da sicher?"

„Du musst ja nicht..." Sie stockte, als sie eine Stimme hörte. Leise und weit entfernt, aber sie war da. Zaghaft tastete sie sich durch das Rohr. Ihre Chucks sogen sich auf der Stelle voll Wasser und gaben bei jedem Schritt schmatzende Geräusche von sich. Als sie einen Blick zurückwarf, erkannte sie, dass Salomo ihr folgte.

„Ich kann dich schließlich nicht allein gehen lassen", erklärte dieser ohne von dem dreckig nassen Boden aufzusehen.

Je weiter sie durch den Tunnel schritten, desto lauter wurde die Stimme, aber erst, als der Gang in einer Höhle endete, konnte Siandra sie vollends verstehen. „Manntje, Manntje, Timpe, Te", sagte jemand im Singsang. „Buttje, Buttje, in der See. Myne Frau de Ilsebill, wil nich so as ik wol wil."
Verwirrt sah Siandra sich um. Woher kam diese Stimme? Dann entdeckte sie den großen Fisch, der in dem Wasser des unterirdischen Sees trieb.

Es war ein Butt. Seine schuppige Haut glänzte in dem Licht, das durch Löcher in der Wand zu scheinen schien. Kaum dicker als ihre Hand lag er auf der Seite und starrte sie aus drei Augen teilnahmslos an. Zwei von ihnen saßen dicht aneinander auf der Seite des Kopfes, ein anderes auf der Stirn, sofern man diese so nennen konnte. War es der Fisch, der mit ihr gesprochen hatte? Aber das war unmöglich. Siandra vertrieb den Gedanken. Sie hatte schon vor einiger Zeit gelernt, dass in Elyanos Welt so gut wie nichts unmöglich war.

„Geh weg von ihm, Siandra", fauchte Salomo, als sie näher an das Ufer herantrat. Der Butt gab nur ein blubberndes Lachen von sich.

Siandra achtete nicht auf die Anfeindungen, die die beiden sich an den Kopf warfen. Konnte es möglich sein? War er derjenige, den der Hirsch gemeint hatte? Er sagte, dass sie jemanden finden würde, der ihr helfen konnte. Aber er sagte auch, dass es jemand war, auf dessen Antwort man nicht unbedingt vertrauen konnte. Doch Siandra hatte nicht das Privileg auswählen zu können, wer ihr half. Sie klammerte sich an die Hoffnung, wie an einen einzelnen Strohhalm. „Ich suche einen Weg in Rotkäppchens Festung", sagte sie und wunderte sich, wie sie es schaffte, ihre Stimme so fest klingen zu lassen. „Kannst du uns dabei helfen?"

„Rotkäppchens Festung sagst du?", fragte der Fisch und lachte wieder.

„Was ist daran so lustig?"

„Ich kann dir einen Weg zeigen. Die Frage ist eher, ob du wieder heraus findest."

„Bitte, zeig mir den Weg", sagte Siandra. Über den Rückweg würde sie sich Gedanken machen, wenn sie Elyano endlich gefunden hatte.

Der Butt starrte sie mit seinen drei Augen an und sie hatte fast das Gefühl, als würde er durch sie hindurch sehen. „Aber das ist nicht alles, was du zu finden erhoffst, habe ich recht?"

„Woher...?" Fassungslos starrte Siandra ihn an. Woher wusste dieser Fisch davon? Zögerlich nickte sie. „Ich suche einen Weg, um Rotkäppchens Macht über Elyano zu brechen." Sie spürte Salomos Blick im Nacken, doch das war ihr egal. Fast schon ein wenig nervös wartete sie auf die Antwort des Butts.

„Zufällig weiß ich, wo Rotkäppchen diesen Spiegel aufbewahrt. Aber du wirst ihn nicht zerstören können."

„Warum nicht?", fragte Siandra aufgebracht.

„Es ist eine besondere Waffe nötig, um die Spiegelmagie zu brechen. Du hast Glück. Sie befindet sich zufällig in dieser Höhle."

„Siandra, vertrau ihm nicht", zischte Salomo neben ihr. „Es wird dich ins Unheil reißen."

Sie achtete nicht auf Salomos Proteste. Ihre Augen folgten dem Blick des Butts zu einer steinernen Truhe, die in die Wand eingelassen schien. Atemlos öffnete sie sie. Ein handlanger Dolch kam zum Vorschein. Die Klinge war durchsichtig, wie Glas und der Griff war wie eine Feder geformt. Vorsichtig strich Siandra über die Schneide. Sie war warm, wie menschliche Haut. „Und damit kann ich den Spiegel zerstören?"

„Siandra, hör auf mit dem Mist!", fauchte Salomo. „Er hat schon andere vor dir ins Unheil gerissen. Sagt dir das Märchen denn rein gar nichts? Seine Hilfe hat den Fischer und seine Frau in den Wahnsinn getrieben und am Schluss hat er sie verspeist! Auch dir wird er Unheil bringen. Diese Klinge ist verflucht!"

Siandra warf dem Kater einen kurzen Blick zu, zögerte. Doch sie hatte keine andere Wahl. Es war ihre einzige Möglichkeit, um Elyano zu befreien.

„Dieser Dolch kann mir helfen, Rotkäppchens Macht über Elyano zu brechen?"

Der Fisch nickte langsam. „Du musst es dir nur wünschen. Du musst es zu einem Wunsch formen."

Noch einmal sah Siandra zu Salomo, doch auch sein flehender Blick konnte sie nicht von ihrer Entscheidung abbringen. Es war ihre einzige Chance. „Ich wünsche mir, dass die Macht dieser Waffe groß genug ist, um den Bann von Elyano zu nehmen."

„Geh nur hin, sie ist es schon", sagte der Butt mit träger Stimme.

„Wirst du mir zeigen, wo ich den Spiegel finden kann?"

„Sieh ein weiteres Mal in die Truhe."

Verunsichert tauschte sie einen Blick mit Salomo. Als sie hineingesehen hatte, war da nur der Dolch gewesen. Was bezweckte der Fisch? Doch als sie in die Kiste spähte, entdeckte sie tatsächlich einen Gegenstand in einer der Ecken. Sie hätte schwören können, dass er vorher noch nicht dort gelegen hatte. Es war eine goldene Kugel. Glatt schmiegte sich das Metall in ihre Hand. Was hatte es mit diesem Ball auf sich?

„Vertraue auf seine Führung", sagte der Fisch, ehe er untertauchte.

„Und folge mir."

Siandra dachte nicht mehr nach. Der Butt war ihre einzige Möglichkeit in das Schloss einzudringen. Sie hob Salomo auf ihren Arm und presste ihn dicht an sich, als sie in das kalte Wasser watete.

„Das kann nicht dein Ernst sein?!", rief Salomo panisch und versuchte sich aus ihrem Griff zu winden, doch sie hielt ihn eisern fest.

„Halt die Luft an", sagte sie, ohne auf seine Proteste zu achten, ehe sie untertauchte. Dunkelheit umfing sie, als sie versuchte, dem Fisch zu folgen. Doch bald schon verlor sie vollends die Orientierung. Sie wollte zur Oberfläche zurückkehren, als ihr Blick plötzlich auf das blaue Licht in ihrer rechten Hand fiel. Der Ball, fiel es ihr glühend heiß ein. Das blaue Licht durchschnitt die Dunkelheit und gab den Blick auf den Butt frei, der einige Meter vor ihr schwamm. Hastig folgte sie ihm durch einen schmalen Gang und spürte immer mehr wie ihr die Luft ausging. Nur noch ein kleines Stückchen, trieb sie sich selbst an.

Keuchend atmete sie ein, als sie die Wasseroberfläche durchbrach. Salomo sprang ihr förmlich aus den Armen und starrte sie mit panisch geweiteten Augen an, während sich sein Brustkorb hob und senkte. Und auch Siandra sog gierig immer mehr Luft in ihre Lungen, und stützte die Hände auf ihre Knie.

„Folge dieser Treppe. Sie wird dich in das Schloss bringen. Doch hüte dich vor den Wölfen. Rotkäppchen ist diese Tage sehr misstrauisch geworden. Das Schloss wird stärker bewacht, als zuvor." Siandra wollte dem Butt danken, aber da war er wieder im Wasser verschwunden.

Die Treppe endete in einem Labyrinth aus unübersichtlichen Gängen. Immer wieder geriet Siandra in Sackgassen und bald schon hatte sie vollends die Orientierung verloren. Der Steinboden war kahl, an vielen Stellen waren Stücke herausgebrochen. Zerrissene Wandteppiche bedeckten die Wände und wurden ab und an von Statuen abgelöst: Wölfe, mit weit aufgerissenen Mäulern, die sich auf die Hinterläufe erhoben hatten.

„Verdammt", fluchte Siandra, als der Gang erneut ins Leere verlief. „Es muss doch einen Weg geben. Rein theoretisch bist du doch ein Raubtier. Kannst du den Weg nicht erschnuppern?"

„Rein theoretisch also", erwiderte Salomo belustigt. „Aber ich muss dich enttäuschen. Hier stinkt einfach alles nach Wolf. Etwas anderes kann ich nicht riechen."

„Aber es muss doch..." Dann fiel ihr der goldene Ball in ihrer Hand ein und sie erinnerte sich an die Worte des Butts. Vertraue auf seine Führung. Die Kugel wurde warm und wand sich in ihrer Hand. Es war fast, als würde sie sie zwicken. Erschrocken ließ sie los. Fast lautlos kam der Ball auf dem Boden auf und rollte davon. Siandra warf Salomo einen kurzen Blick zu, doch der hatte bereits die Verfolgung aufgenommen.

Atemlos folgte sie dem Ball, der durch die Gänge rollte und in den Ecken gegen die Wände sprang, um um die Kurve zu kommen. Siandra glaubte jeden Moment das Knurren der Wächter zu hören, doch die goldene Kugel führte sie sicher an ihnen vorbei. Nie kam einer von ihnen in Sicht. Nach und nach wurden die Gänge breiter. Die Wandteppiche verschwanden und machten riesigen Gemälden Platz. Nervös tasteten sie sich vorwärts, schlichen um die Ecken, immer auf der Hut, immer bedacht den Wächtern auszuweichen. Doch es war kein Wolf zu sehen. Das Schloss schien vollkommen ausgestorben. Hatte Pascao nicht gesagt, es wäre stark bewacht? Sie hütete sich davor, sich allzu sicher zu fühlen. Unbewusst wanderte ihre Hand zur Hüfte, doch da war kein Schwert, das sie ziehen konnte.

Sie zuckte zusammen, als Rotkäppchens Stimme durch die Gänge hallte. „Sie ist hier! Lasst sie nicht entkommen!" Sie flogen geradezu über den Steinboden, immer dem goldenen Ball hinterher. Siandra wagte es nicht über die Schulter zu schauen. Ob die Wölfe ihnen schon auf den Fersen waren? Doch sie konnte nichts hören, weder ihren hechelnden Atem, noch etwas anderes, als ihre eigenen Schritte, die auf dem Stein widerhallten.

Nach einer schier endlosen Zeit stoppte der Ball vor einer unscheinbar wirkenden Tür. Siandra tauschte einen kurzen Blick mit Salomo, ehe sie nach der Klinke griff.

Im ersten Moment dachte sie, der Raum sei abgeschlossen, doch dann bewegte die Tür sich, langsam und widerspenstig, als würde sie selbst Siandra davon abhalten wollen, einzutreten. Hinter ihr lag ein runder Raum. Die Fenster, die fast die ganze Wand einzunehmen schienen, waren von dunklen Vorhängen verdeckt. Einige hohe Spiegel waren auf die Mitte des Zimmers hin ausgerichtet. Siandras Blick blieb aber an dem Spiegel hängen, der auf einem Sockel lag. Es war ein unscheinbar wirkender Handspiegel und doch war sie sich sicher, dass er es war, nach dem sie suchte. Ein Muster aus Efeuranken umrahmte ihn und endete in einem zierlichen Griff. Abschätzend wog sie den Dolch in ihren Händen. Würde er Rotkäppchens Macht über Elyano brechen können?

„Siandra, jetzt mach endlich!", zischte Salomo und strich nervös im Raum auf und ab.

Siandra atmete tief durch und wollte gerade zustechen, als Salomo fauchte und seine Nackenhaare sich aufstellten.

„Du bist ja so leicht zu durchschauen", sagte Rotkäppchen, als sie langsam auf Siandra zukam. Ein eiskaltes Lächeln zeichnete sich auf ihren Lippen ab. Sie trug ein schwarzes Kleid. Nur, wenn das spärliche Licht auf sie fiel, schimmerte es in unzähligen Rottönen. Siandra blieb die Luft weg und ihr Herz schlug schmerzhaft gegen ihre Rippen. Reiß dich zusammen!, fuhr sie sich in Gedanken an. Sie war verloren, wenn sie der Verzweiflung die Kontrolle überließ. Sie musste sich etwas einfallen lassen und zwar schnell. Möglichst unauffällig ließ sie ihren Blick im Raum umherwandern, auf der Suche nach etwas, das sie aus dieser Lage befreien konnte.

„Es wird dir nichts nutzen", sagte Rotkäppchen mit ruhiger Stimme und kam noch ein Stück auf sie zu. „Du wirst dieses Schloss nicht verlassen."

„Wo ist Elyano?"

„Siandra, Siandra", flüsterte die Fürstin und ging im Raum auf und ab. „Warum bist du nur gekommen? Dumm, dumm, dumm. Aber umso besser für mich. So muss ich Pyrros nicht losschicken, um dich zu suchen." Sie stockte kurz. „Die einzige Frage, die bleibt, ist die, wie du hier hereingekommen bist. Wie hast du den Butt überhaupt finden können?" Sie fing ihren verwirrten Blick auf und schnaubte. „Hast du wirklich geglaubt, du könntest ihm vertrauen? Er hat mir von deiner Ankunft genauestens berichtet."

Siandra schwieg. Der Dolch lag schwer in ihrer Hand und sie spürte, wie ihre Handflächen feucht wurden. Mach es, rief eine Stimme in ihrem Inneren, doch sie hatte das Gefühl, dass Rotkäppchen jede ihrer Bewegungen beobachtete, auch wenn die Fürstin sie nicht ansah.

„Es kann nur einer gewesen sein", flüsterte Rotkäppchen und ihre Stimme wurde stählern. „Natürlich. Dieser Verräter!"

„Wo ist Elyano? Was hast du mit ihm gemacht?", fragte Siandra erneut und unterdrückte das Zittern.

Rotkäppchens Lippen verzogen sich zu einem unschuldigen Lächeln. „Er ist zu mir zurückgekehrt, wie er es immer tut. Und diesmal wird er nicht wieder gehen."

„Du lässt ihm auch keine andere Wahl", bemerkte Siandra bitter.

„Glaubst du wirklich, er stand jemals auf eurer Seite?" Sie lachte hell auf. „Raben sind allesamt Lügner."

„Warum?", fragte sie, ohne darauf einzugehen. Sie hatte keine Zweifel daran, dass Elyano zu ihnen gehörte. Nicht mehr. „Warum tust du das alles?"

Einen Moment lang ballte Rotkäppchen die Hände zu Fäusten, doch dann entspannte sie sich wieder und das unschuldige Lächeln kehrte auf ihre Lippen zurück. „Er gehört mir", sagte sie. „Schon länger, als du es dir vorstellen kannst. Wir waren einander bestimmt. Alles war gut, bevor Stefano ihn beeinflusst hat. Er war glücklich, bis Stefano diesen Gedanken in seinen Verstand gesät hat. Und nichts ist widerstandsfähiger, nichts ansteckender, als ein bloßer Gedanke." Der Schatten einer Erinnerung huschte über ihr Gesicht, doch dann erschien wieder das gewohnt gefährliche Lächeln. „Und jetzt bereite dich auf dein Ende vor. Ich werde nicht zulassen, dass du meinen Plänen im Wege stehst." Sie hob die Hand. Einen Augenblick lang geschah nichts, doch dann hatte Siandra das Gefühl, die Luft würde immer dünner werden. Ein rötlicher Schleier breitete sich an den Fingern der Fürstin aus.

„Warum?", presste Siandra hervor.

„Jedes Märchen braucht einen Bösewicht. Wir sehen die Welt doch gerne in schwarz und weiß." Rotkäppchen sah sie einen Moment lang durchdringend an. „Er hat dir also geholfen", sagte sie plötzlich und betonte das erste Wort bedeutungsvoll. „Was hat er dir erzählt? Oder besser gesagt, was hat er dir gezeigt?"

Angespannt biss Siandra auf ihre Unterlippe und umklammerte den Dolch noch ein wenig fester.

„Dann lass mich dir auch etwas zeigen", sagte sie mit gefährlich ruhiger Stimme.

Auf einmal fühlte Siandra sich wieder wie in einem ihrer Träume gefangen. Unfähig sich zu bewegen, wurde sie in einen Strudel aus Farben gezogen, bis der Raum um sie herum verschwunden war und sie sich auf einem Dach wiederfand. Kalter Wind strich um ihre Beine, als sie näher an den Rand des Daches trat. Ihr Körper bewegte sich wie von unsichtbaren Fäden gezogen. Erst konnte sie im Dunkel der Nacht nichts erkennen, doch dann entdeckte sie einen Schatten, der über die Häuser auf der anderen Straßenseite huschte und mit spielerischer Leichtigkeit von der Regenrinne zur Feuerleiter sprang, um sich einen Weg nach unten zu hangeln. Es war Elyano. Auch aus der Entfernung und in der Dunkelheit konnte sie ihn erkennen. Und er war nicht allein. Keuchend versuchte eine junge Frau, vor ihm zu fliehen, doch sie stolperte auf dem nassen Steinboden und fiel. Siandra versuchte den Blick abzuwenden, als Elyano seine Waffe zog und dem Leben seines Opfers ein Ende bereitete, doch Rotkäppchen ließ es nicht zu.

Das Dach und die Stadt verschwammen um sie herum und ehe sie sich versah, stand sie in der großen Eingangshalle des Ordens. Lautes Stimmengewirr umfing sie als der Nebel verschwand. Um sie herum tobte ein Kampf. Sie erkannte die Wölfe, die sich knurrend auf Ariels Jäger stürzten. Raben durchschnitten die Luft und peitschten in halsbrecherischem Tempo an ihnen vorbei. Immer wieder ließen sie sich auf die Jäger niederstürzen und hackten mit ihren Schnäbeln auf sie ein. Und dann entdeckte sie Elyano inmitten der Menge. Dunkles Blut tropfte von seiner gebogenen Klinge und ein bösartiges Grinsen umspielte seine Lippen, als er sein Kusarigama aus dem Brustkorb eines Jägers zog.

„Richard!", rief jemand verzweifelt. Als Siandra sich umdrehte, sah sie Florian, der mit gezogenem Schwert auf Elyano zulief. Doch es war nicht die Verzweiflung und Trauer auf seinem Gesicht, die Siandra schockierten. Es war Elyanos halbes Lächeln, das auch nicht verschwand, als er mit Ariels Jäger die Klinge kreuzte.

Auf einmal schnitt ein gleißender Schmerz durch ihren Kopf, der ihre Sicht trübte. Stopp!, wollte sie rufen, doch kein Wort verließ ihre Lippen. Dann verschwanden Elyano und die Jäger um sie herum und sie fand sich in dem Spiegelzimmer wieder.

Rotkäppchen lächelte, als sie einen weiteren Schritt auf sie zu machte. „Nichts anderes ist er. Ein Mörder. Ein Schlächter. Mein Henker."

Mit zusammengekniffenen Augen verstärkte Siandra den Griff um den Dolch. Erst als der Schmerz langsam verebbte, schaffte sie es die Augen zu öffnen. „Keinen Schritt weiter", zischte sie und die Spitze des Dolches kratzte verräterisch über das Glas des Spiegels. Nur kurz verengten sich die Augen der Fürstin. Siandra wusste nicht, was sie tat, doch auf einmal war sie nicht mehr imstande, sich zu bewegen.

Erneut umspielte ein Lächeln Rotkäppchens Lippen und ihre Finger bewegten sich in einem gleichbleibenden Muster. „Denk nicht einmal daran", sagte sie mit lieblicher Stimme. „Du wirst meinem Plan nicht im Wege stehen."

Im ersten Moment dachte Siandra, die Fürstin würde an der Handfläche bluten, eine Wunde, die sich schnell ausbreitete. Doch dann erkannte sie, dass es kein Blut war. Was auch immer es war, es konnte nichts Gutes sein. Verzweifelt versuchte Siandra sich zu bewegen, den Dolch in den Spiegel zu stoßen, doch Rotkäppchen hielt sie im eisernen Griff. Als die Fürstin ihre Hand ruckartig bewegte, versuchte Siandra den Blick abzuwenden, aber nicht einmal das schaffte sie. Dann geschah alles schnell. Ein grelles, weißes Licht durchbrach den roten Schleier und schien sich im ganzen Raum auszubreiten, ehe Siandra den Hirsch erkannte, der sich zwischen sie und die Fürstin gestellt hatte.

Einen Herzschlag lang wirkte selbst die Fürstin verblüfft, dann wich dieser Ausdruck einer Fratze der Wut. „Stefano!", brüllte sie zornig und ballte die Hände zu Fäusten. „Was hast du hier verloren?"

„Alessandra", flüsterte er mit ruhiger Stimme. „Das darfst du nicht tun. Kehre um."

Siandra kam nicht umher, verwundert von dem Hirsch zu Rotkäppchen zu starren. Stefano? Alessandra?

„Was weißt du denn schon? Dies ist nicht mehr deine Welt! Hier hast du keine Macht! Gehe zurück in deinen Wald und halte deine Blätter grün." Erneut bündelte die Fürstin den rötlichen Nebel in ihrer Hand.

Stefano schüttelte traurig den Kopf. „Das kann ich nicht und das weißt du. Ich werde dich nicht erneut diesen Fehler begehen lassen. Du bist schon zu weit auf die falsche Seite getreten. Ich werde dir nicht mehr folgen können."

Rotkäppchen schnaubte verächtlich. „Wer entscheidet hier, was die richtige Seite ist? Du kannst mich nicht aufhalten. Niemand kann das, nicht einmal du. Die Fürstinnen sind Geschichte! Wenn jetzt auch noch Aschenputtel beiseite geschafft ist und die Orden vernichtet sind, wird mir nichts mehr im Weg stehen."

„Merkst du nicht, wie wahnsinnig das ist? Du wirst diese Welt nicht halten können! Sie wird dich in den Abgrund stürzen. Du kannst die Last der Eide nicht alleine tragen! Früher oder später werden sie dich in die Knie zwingen."

Der rote Nebel in Rotkäppchens Handfläche wurde von Sekunde zu Sekunde dunkler. Einen Atemzug lang dachte Siandra etwas wie Trauer auf den Zügen der Fürstin zu entdecken, doch schnell wich sie einem selbstsicheren Lächeln. „Mein lieber Bruder, du unterschätzt mich. Die Eide werden sich mir beugen. Es fehlt mir nicht mehr viel dazu."

Er war ihr Bruder? Siandras Blick huschte von Rotkäppchen zu Stefano. Wie konnte das nur sein?

„Nein, du bist es, die die Eide unterschätzt. Du kannst sie nicht beherrschen, auch nicht mit der Schwester der Raben."

„Schweig still!", unterbrach sie ihn wütend. „Du wirst mich nicht aufhalten!"

Bewegungslos verfolgte Siandra den Streit der ungleichen Geschwister, als sie plötzlich spürte, wie der Bann von ihr genommen wurde. Auch wenn sie nicht wusste, was passiert war, ahnte sie, dass es Stefano gewesen war, der sie befreit hatte. Siandra. Seine Stimme in ihrem Kopf klang flehentlich, fast ein wenig unsicher. Der Spiegel. Bitte, du musst ihn zerstören.

Siandra atmete noch einmal durch und wollte zustechen, als sie eine Bewegung aus dem Augenwinkel vernahm. Es war Rotkäppchen.

„Oh nein, das wirst du nicht tun", rief sie, aber da hatte die Klinge bereits klirrend die Glasschicht durchbrochen. Siandra spürte, wie eine enorme Energie freigesetzt wurde und taumelte zurück. Gleißendes Licht blendete sie, doch der erwartete Schlag von Rotkäppchens rotem Nebel blieb aus.

Als sie die Augen wieder öffnete, war der Hirsch verschwunden. Rotkäppchen kauerte auf dem Boden, mit dem Rücken zu ihr und hielt einen jungen Mann in den Armen, der ihr zum Verwechseln ähnelte. Seine Augen waren geschlossen und sein Gesicht bleich, aber friedlich. Rotkäppchens Schluchzen erschütterte sie bis ins Mark. Immer wieder strich die Fürstin ihm die Haare aus dem Gesicht und hauchte Küsse auf seine Stirn.

„Stefano", flüsterte sie. „Oh, Stefano."

Wie vom Donner gerührt, starrte Siandra sie an. Was war nur geschehen? Warum war Stefano nur...? Dann fiel es ihr ein. Der Spiegel. Es musste etwas mit dem Spiegel zu tun haben. Erst, als Pyrros vor ihr auftauchte, kam wieder Leben in sie, doch mit den Reflexen des Wolfes konnte sie nicht mithalten. Was habe ich getan?, fragte sie sich immer wieder, als Pyrros sie, begleitet von zwei seiner Wölfe, durch die Gänge des Schlosses führte.

Der Fluch der Geschwister

Erschöpft hob Elyano den Kopf, als Pyrros Siandra in die Zelle neben seiner brachte. Er sah furchtbar aus. Seine Kleidung zeigte die Spuren eines Kampfes. Der Stoff war an vielen Stellen wie von Krallen zerfetzt und blutverkrustete Striemen zeichneten sich auf seiner Haut ab. Geschockt starrte er sie an, als Pyrros sie, genau wie ihn an die Wand kettete. Wut flammte in seinen Augen auf. „Was hast du hier verloren?! Was zum Teufel machst du hier?" Er fluchte auf gälisch.

„Dich befreien", sagte sie und warf Rotkäppchens Offizier einen bösen Blick zu, ehe er sich abwandte.

Elyano sah kurz zu seinen eigenen Ketten auf. „Gut gemacht", erwiderte er trocken. Als Pyrros an ihm vorbeiging, verzogen sich seine Lippen zu einem höhnischen Lächeln und er murmelte einige Worte, die Siandra nicht verstand. Die Augen des Wolfes verengten sich zu Schlitzen. Er sagte nichts, trat nur nach Elyano, der keuchend zusammen zuckte.

Die Tür fiel schwer hinter Pyrros ins Schloss. Minutenlang herrschte eisiges Schweigen. Nur das schwere Atmen der Wölfe vor der massiven Tür war gedämpft zu hören.

„Warum bist du hergekommen?", fragte Elyano und seine Stimme klang trotz der Wut, die in ihm pochte, noch erschöpfter, als er den Anschein machte. „Ich habe doch..."

„Glaubst du wirklich, du könntest mich mit deiner hirnrissigen Idee vor irgendetwas bewahren? Ich kann vor Rotkäppchen nicht fliehen, ebenso wenig wie du, oder deine Schwester. Sie wird mich immer finden, ob im Orden, oder hier."

„Sie hätte dich nicht gefunden. Das hätte ich zu verhindern gewusst."

„Indem du dich in ihre Hände begibst?", unterbrach Siandra ihn und funkelte ihn fassungslos an. „Das kannst du nicht ernst meinen?!"

„Ich habe mich nicht..."

„Elyano, was anderes soll das hier sein?", fuhr sie ihn an, aber dann wurde ihre Stimme leiser. „Warum bist du hier unten?"

Elyano lachte tonlos auf. „Um zur Vernunft zu kommen. So sagte sie es jedenfalls, als ich mich weigerte das Ritual zu beenden, das für meine Schwester den Tod bedeuten würde. Als ich mich weigerte, nach dir zu suchen, damit auch du für das Ritual geopfert wirst."

Eine Eiseskälte breitete sich in ihrem Inneren aus. „Was für ein Ritual?", fragte sie, auch wenn sie sich nicht sicher war, ob sie die Antwort hören wollte.

„Ein Ritual, das sie begonnen hat, um die Kraft der Eide zu hintergehen. Schon seit Jahren forscht sie im Untergrund nach einer Möglichkeit und scheint nun eine gefunden zu haben. Doch sie braucht mich, um es zu beenden, denn ich war derjenige, der die Eide gesprochen hat, sowohl deinen, als auch den meiner Schwester."

„Aber wie...?"

„Ich weiß nicht, woher diese Macht kommt. Heinrich vermutet, dass sie mit der Kraft zusammenhängt, die ich von meinem Raben erhalte."

Erinnerungen tauchten wie Blitzlichter vor ihrem Inneren Auge auf. Die Raben, die sich auf die Jäger niederstürzten. Schnell vertrieb sie den Gedanken, als Elyano weitersprach.

„Sie wusste, dass ich mich niemals freiwillig gegen meine Schwester gestellt hätte. Oder gegen dich. Ich weiß nicht, wie es gewesen wäre, als ich noch loyal in ihrem Dienst stand. Wer weiß, zu welchen Taten sie mich getrieben hätte."

„Du liebst deine Schwester. Du liebst sie so sehr, dass du dich selbst auslieferst, um sie zu befreien. Ich glaube nicht, dass du ihr etwas angetan hättest, selbst wenn Rotkäppchen es verlangt hätte."

Elyanos Mundwinkel zuckten, doch ansonsten blieb sein Gesicht regungslos.

„Und deshalb hat sie nach einer Möglichkeit gesucht, dich vollständig zu kontrollieren", schlussfolgerte Siandra.

„Aye. Ich wusste, dass sie etwas plant, doch ich konnte nichts dagegen unternehmen. Mein Eid hinderte mich daran, ihr auch nur ein Haar zu krümmen."

„Aber du hast den Eid gebrochen."

„Es ist nicht nur der Eid der mich davon abhält... und ich werde es nicht zulassen, dass Fynn in ihre Nähe gelangt. Sie ist zu mächtig."

Siandra nickte und musste an den roten Nebel denken. Er hatte eine solch enorme Kraft ausgeströmt, dass es ihr eiskalt über den Rücken lief, wenn sie nur daran dachte. „Aber jetzt ist es vorbei", sagte sie ruhig. „Sie kann dich nicht mehr beherrschen. Der Spiegel ist zerstört."

„Auch wenn ich mir wünschte, du hättest dieses Risiko niemals auf dich genommen", erwiderte Elyano leise.

Einen Augenblick lang sah Siandra ihn nur stumm an, dann begriff sie, dass es nicht ihr Eindringen in Rotkäppchens Festung war, von dem er sprach. Es war der Dolch, der sich kalt an ihr Bein schmiegte. Hatte Pyrros ihn hergebracht? Sie hätte schwören können, dass sie ihn im Spiegelsaal fallen gelassen hatte.

„Das ist Rotkäppchens Magie", presste Elyano hinter geschlossenen Zähnen hervor. „Er wird dich immer verfolgen, er wird immer zu dir zurückkehren. Bis er beschließt, dass du ihm nicht mehr von Nutzen bist und er sich gegen dich wendet."

Entgeistert starrte Siandra ihn an. Das ist verrückt, lag ihr auf den Lippen. Aber dann erinnerte sie sich daran, in was für eine verrückte Welt es sie verschlagen hatte und blieb stumm. Minuten verstrichen, ohne dass einer der beiden etwas sagte. Unzählige Gedanken streiften durch Siandras Kopf, doch einen hielt sie fest. „Wer ist Stefano? Kennst du ihn?"

Elyano nickte traurig. „Sehr gut sogar. Er hat mich überzeugt, mit Rotkäppchen zu brechen und er war es, der mir die Augen geöffnet hat, was ihre Pläne angeht. Damals an dem See hat er mir geholfen, als er Pyrros im Namen seiner Schwester zurückrief und mir so eine Chance gab, zu fliehen. Und nun hat er mir erneut das Leben gerettet." Seine Stimme brach.

„Elyano, es tut mir so leid", flüsterte Siandra, doch er schüttelte den Kopf.

„Es gibt nichts zu verzeihen. Stefano wusste, was auf ihn zu kam. Er hat sein Schicksal selbst gewählt. Wenn man so viele Jahre gelebt hat, wie er, dann erkennt man den Weg, den man nehmen muss."

Siandra schwieg. Stefano hatte sein Leben aufgegeben, um Elyano vor seinem Schicksal zu bewahren. Um sie und die Schwester der Raben zu schützen. „Er hat sie Alessandra genannt", flüsterte sie.

Elyano nickte. „Ihr eigentlicher Name. Alessandra Montenari." Er legte kurz den Kopf in den Nacken. „Die Montenari-Geschwister kamen zusammen mit ihrem Vater, einem Gelehrten, und ihrer Großmutter aus Italien nach Deutschland. Auch wenn das Land damals noch nicht Deutschland hieß und das heutige Italien ein wichtiger Bestandteil des Reichs gewesen war."

Siandra musste an das denken, was Elyano ihr über die Namen der Fürstinnen erzählt hatte. „Aber du kennst ihren Namen? Ich dachte..." Sie stockte. Nur engste Vertraute kannten ihre Namen, wenn überhaupt. Rotkäppchens Stimme hallte in ihre Kopf wider. Wir waren einander versprochen. Wie tief ging ihre Verbindung wirklich?

Elyano presste kurz die Lippen aufeinander. „Ja, ich kenne ihren Namen", sagte er nur.

Siandra versuchte die Enge in ihrer Brust zu ignorieren, als sie an Rotkäppchen und Elyano dachte. Sie versuchte die Gedanken zu verdrängen. Das war Vergangenheit, oder etwa nicht? „Warum musste Stefano sterben?", fragte sie nach einer Weile leise. „Wie konnte sie das zulassen?"

Elyano atmete schwer aus, ehe er zum Sprechen ansetzte. „Indem er mir damals half, hat er sich gegen seine Schwester gestellt. Er hatte die Familie entehrt und alles wofür sie stand. Für Alessandra gab es nur die eine Möglichkeit – er musste bestraft werden. Stefano wurde Opfer ihres Wahnsinns und sein Leben an den Spiegel gebunden. Das Ganze hätte ihn töten müssen, doch er schaffte es, zu entkommen. Ich kann mir selbst nicht erklären, was damals passiert ist. Später hat er mir erzählt, dass es eine Quelle war, die ihn zu sich gerufen hat. Sie heilte seine Wunden, schenkte ihm sein Leben und forderte gleichsam Tribut. Denn von diesem Tag an, war er an seinen Wald und die Stadt, die er umgab, gebunden, als Hüter der Lichtung."

Beide schwiegen, jeder in seine eigenen Gedanken vertieft. Elyano mochte vor Rotkäppchens Macht sicher sein, doch es hatte Stefano das Leben gekostet. Heiß flammte die Schuld in ihr auf, als die Erinnerung in ihr aufstieg. Rotkäppchen, die ihren Bruder schluchzend in den Armen hielt. Ihr Blick wanderte zu Elyano. So laut die Schuld auch in ihr pochte, die Freude darüber, dass ihm nichts geschehen war, überwog.

Elyano schwieg, starrte fast schon stoisch an die Wand. Wie sehr sie sich danach sehnte, ihn zu berühren, die Hand durch die schweren Gitterstäbe zu strecken und das Klopfen seines Herzschlags zu spüren. Doch noch immer trennten sie die dicken Eisenstangen voneinander. Unruhig ließ sie ihre Augen wandern. Wie sollten sie nur jemals entkommen?

Vielleicht würde Salomo ihnen zur Hilfe eilen? Als Pyrros sie abgeführt hatte, war der Kater bereits verschwunden gewesen. Vielleicht hatte er es geschafft zu entkommen. Aber da war auch die kleine Stimme in ihrem Inneren, die raunte, dass es ihm vielleicht nicht gelungen war. Dass einer der Wölfe ihn erwischt hatte.

„Was zum Teufel...?!"

Elyanos Stimme ließ sie aus ihren Gedanken aufschrecken. Dichte, rostbraune Nebelschwaben strichen über den Boden, krochen in jede Ritze und umschmeichelten die Gitterstäbe der Zellen. Rotschimmernde Augen leuchteten sie aus dem Zwielicht des Nebels an. Angespannt rutschte Siandra näher an die Wand heran.

Elyano schien deutlich ruhiger als sie, auch wenn sie beim besten Willen nicht sagen konnte, was in seinem Kopf vorging. Seine Augenbrauen hoben sich abwartend und er schien keinen Hauch nervös zu sein. Die Konturen des Nebels flackerten und formten sich zu der Gestalt einiger Tiere, aber Siandra konnte nicht ganz erkennen, welche es waren. In einem Moment dachte sie einen Bären zu sehen, dann verwandelte sich die Silhouette in einen Eber, um gleich wieder zu einer Raubkatze zu werden. Sie hörte das Fauchen der Wölfe, die die Eingänge zu den Zellen bewachten, dann ein Jaulen, bevor sie verstummten. Hastig erklangen Schritte auf dem steinernen Boden, die sich rasch näherten. Ehe die beiden sich versahen, standen die Zwillinge bei ihnen im Zellentrakt.

Ungläubig hob Elyano die Augenbrauen, als Zephir auf ihn zukam und seine Schwester eine längliche, braune Box öffnete. Wie von unsichtbaren Fäden gezogen, folgten die Nebelgestalten ihrem Ruf und glitten in das Innere der Kiste. „Was macht ihr hier?", fragte Elyano immer noch fassungslos, als der Jäger sich daran machte, ihn von seinen Fesseln zu befreien und Aiofé sich bei Siandra ans Werk machte.

„Denkst du wirklich, wir lassen dich ins Verderben laufen, Rabe? Fynn hat uns schon vor ein paar Stunden angerufen", erwiderte Zephir und schlug einen bemüht gelassenen Tonfall an, doch Siandra sah, dass er erleichtert darüber war, Elyano weitestgehend unbeschadet gefunden zu haben. „Außerdem kannst du dir sicher denken, wie dein Bruder reagiert hat, als er sehen musste, dass du dich einer Nacht-und-Nebel-Aktion gleich aus dem Staub gemacht hast. Und als er dann auch noch erfahren musste, dass Siandra verschwunden war, hat ihn nichts mehr gehalten."

Elyanos Augen weiteten sich vor Schreck. „Fynn ist hier?"

„Was hast du denn gedacht? Er ist ein Jäger, genau wie du. Und genau wie sein sturer Bruder, ist auch er ein Mann der Tat. Eher würde er sich Rotkäppchen im Zweikampf entgegenstellen, als dich aufzugeben."

Scheppernd fielen die Eisenketten zu Boden. Elyano rieb sich kurz über die Handgelenke und griff nach seinen Waffen, die auf einem Tisch im Gang lagen. Sein Blick streifte Siandra. Ohne auf die Zwillinge zu achten, trat er auf sie zu und umfasste ihr Gesicht. Erst war sein Blick wütend und hart, doch dann wurde er weicher. Behutsam fuhr er mit dem Daumen die Konturen ihres Kiefers nach. „Du Dummkopf. Warum hast du das nur getan?", flüsterte er und küsste sie mit einer Intensität, die ihr den Atem nahm.

„Ich störe eure Version von Verdammt in alle Ewigkeit nur äußerst ungern, aber wir sollten besser verschwinden, ehe diese verfluchten Wölfe wieder aufwachen."

Elyano nickte kühl. Der Jäger in ihm hatte die Oberhand gewonnen, der Teil in ihm, der wusste, dass er einen klaren Kopf behalten musste, um sicher aus dieser Festung zu entkommen.

Siandra sah nur kurz auf, als Elyanos Finger sich um ihre schlossen und er sie mit sich zog. Die beiden folgten den Zwillingen durch die Gänge des Schlosses.

„Wo ist Fynn?", rief Elyano den beiden zu. Ohrenbetäubender Lärm umhüllte sie. Siandra kannte diese Geräusche nur zu gut, auch wenn sie manchmal wünschte, sie hätte sie niemals kennengelernt. Der helle Gesang aufeinander schlagenden Metalls.

„Bei den anderen", erklärte Zephir knapp. Seine Züge waren hart und ließen in keinster Weise auf den Spaßvogel schließen, der er sonst war. Hier war er nur noch der gnadenlose Jäger.

„Was soll das heißen, die anderen?", fragte Elyano verständnislos und Siandra spürte, wie er sich versteifte.

„Wir haben Vater informiert. Als er hörte, dass Rotkäppchen entgegen aller Informationen und Vernunft hierher gekommen ist, hat er nicht gezögert, seine Jäger auszusenden. Sie sind noch im gleichen Moment aufgebrochen."

„Und warum erfahre ich das erst jetzt?", schnaubte er und stoppte plötzlich in der Bewegung.

Siandra wäre beinahe gestürzt, hätte er sie nicht zurückgehalten. Sie standen auf einer Art Empore. Unter ihnen in der großen Halle tobte ein erbitterter Kampf der Jäger. Es erinnerte Siandra fast an das, was Rotkäppchen mit ihr geteilt hatte. Doch anders als in der Erinnerung, kämpften hier nur Jäger. „Wir müssen ihnen helfen", sagte Siandra. Ariels Jäger befanden sich in der Unterzahl. Immer weiter wurden sie von Rotkäppchens Untergebenen zurückgedrängt. Aber wo waren die Wölfe? Sie konnte keinen einzigen entdecken.

Elyano handelte zu schnell, als dass sie etwas hätte unternehmen können. „Bist du von allen guten Geistern verlassen?!", fluchte Zephir, als der Rabe Siandras Hand losließ und mit einem Satz die Brüstung erklommen hatte. Ohne einen Blick zurückzuwerfen, ließ er sich fallen und zog seine sichelförmige Klinge. Doch als er nach der Kette griff, fegte ein lautes Heulen durch die Halle. Rotkäppchens Jäger stockten in der Bewegung und liefen fast fluchtartig aus dem Raum. Einige von Ariels Jäger setzten ihnen nach, Elyano blieb hingegen nur fassungslos stehen. Wenig später kündigten eilige Schritte auf der Treppe seine zurückgelassenen Gefährten an.

„Rabe, bist du des Wahnsinns?!", fragte Zephir, als er ihn erreicht hatte. In seiner Hand lag ein elegantes Falchion.

„Ich habe den direkten Weg genommen", erklärte Elyano abwesend.

Siandra ahnte, was in ihm vorging, denn in ihr herrschte der gleiche Gedankentumult. Wohin waren Rotkäppchens Jäger nur verschwunden und wo steckten Fynn und die anderen? Siandra hielt ihren Dolch angriffsbereit in der Hand, als Elyano den verbliebenen Jägern Befehle zurief. Erst zögerten sie, als sie jedoch in die unnachgiebigen Gesichter der Zwillinge sahen, setzten sie sich in Bewegung und strömten aus. Elyanos Blick sprang gehetzt durch den Raum. Siandra ahnte, nach wem er suchte. Beruhigend legte sie eine Hand auf seinen Arm. „Mach dir keine Sorgen, es wird ihm schon nichts passiert sein", sagte sie, als sie ihrem Raben folgte, auch wenn sie sich dessen nicht so sicher war. Ein ungutes Gefühl beschlich sie. Wohin waren die Jäger nur verschwunden?

„Elyano!"

Eine vertraute Stimme ließ sie herumfahren. Tiefe Erleichterung breitete sich auf Elyanos Zügen aus, als er Fynn erkannte, der auf Aisling gestützt näher kam. Doch dann wich die Erleichterung Sorge. Fynns

Hose hing an einigen Stellen in Fetzen herab und eine tiefe Fleischwunde zeichnete sich auf seinem Oberschenkel ab. „Was ist passiert?", fragte Elyano beunruhigt.

Fynns Lippen verzogen sich zu einem gequälten, halben Grinsen. „Eines dieser Mistviecher hat mich erwischt. Ich war nur eine Sekunde zu langsam. Zeit genug für diesen räudigen Köter. Aber keine Sorge, so leicht lasse ich mich nicht von einem dahergelaufenen Wolf fertig machen. Und das Vieh wird seine Zähne auch nie wieder in jemandes Bein rammen." Er atmete tief durch. „Diese elendigen Töhlen sind einfach verschwunden, als hätten sie sich in Luft aufgelöst. Kurz nachdem der Wolf mich am Bein erwischt hat und durch meine Hand starb, kam ein weiteres dieser Mistviecher auf mich zu. Ich dachte schon, es sei um mich geschehen. Doch dann ließ er von mir ab, obwohl es ein leichtes für ihn gewesen wäre, meine Kehle zu durchtrennen. Er schien zu zögern, folgte aber diesem unsichtbaren Befehl. Und dann war da ein Heulen die Luft, gefolgt von einem hellen Klirren."

„Rotkäppchen und Pyrros sind ebenfalls verschwunden", fügte Aisling mit einem besorgten Seitenblick auf Fynn hinzu. So gelassen er sich auch gab, die Wunde an seinem Bein musste ihm große Schmerzen bereiten. Ihr selbst war die Sorge um ihren Gefährten ins Gesicht geschrieben, genau wie das Wissen, dass es für ihn heute beinahe zu spät gewesen wäre.

„Rotkäppchens Jäger sind auch geflohen, nachdem sie dieses seltsame Heulen gehört haben", sagte Elyano und strich in einer fahrigen Bewegung über sein Kinn.

„Wohin ist diese Hexe nur verschwunden?", presste Fynn hinter geschlossen Zähnen hervor. Kurz schloss er die Augen und atmete tief durch.

Plötzlich schien es Elyano wie Schuppen von den Augen zu fallen. „Die Spiegel", sagte er und verfluchte sich dafür, dass er nicht eher daran gedacht hatte. „Sie hat ihre Spiegel genutzt, um von hier zu verschwinden."

„Sie kann durch ihre Spiegel reisen?", fragte Siandra und konnte das Zittern, das sie überkam, kaum unterdrücken.

Elyano nickte nur knapp und zog sie mit sich. Ein fast schon panischer Ausdruck hatte sich auf seinem Gesicht ausgebreitet, der Siandra einen eiskalten Schauer über den Rücken laufen ließ. „Sie ist in Sicherheit", sagte Fynn plötzlich hinter ihm, als Aiofé ihn in Richtung der Treppenstufen schob und sich daran machte seine Wunde notdürftig zu verbinden.

Elyano stockte in der Bewegung. „Wo ist sie?", fragte er ein wenig ruhiger und legte einen Arm um Siandras Taille.

Ein kaum sichtbares Lächeln schlich sich auf die Lippen des anderen Bruders. „Schon auf dem Weg zu Pascao. Nikolai hat sich um sie gekümmert. Cac!", fluchte er vor Schmerzen.

Elyano nickte. Nikolai hatte zwar die Angewohnheit ihn bis aufs Blut zu reizen, doch er war ein guter Jäger und seine Schwester bei ihm in besten Händen.

„Wir sollten uns beeilen", sagte Zephir, der neben seiner Schwester stand und sie bei ihren Bemühungen Fynns Wunde provisorisch zu verbinden, beobachtete. „Wer weiß, ob es sich die rote Hexe nicht anders überlegt und zurückkehrt. Ich fürchte, dann hätten wir schlechte Karten."

Elyano ging neben Aiofé in die Hocke. „Wie schlimm ist es?"

Seufzend richtete sie sich auf. „Die Wunde ist zwar tief, aber das ist nicht das Schlimme. Der Speichel von Rotkäppchens Wölfen ist hochtoxisch. Ich fürchte, nur Samoel wird etwas dagegen ausrichten können."

„Dann sollten wir so schnell wie möglich nach Köln zurückkehren", stellte Elyano fest und drehte sich zum Gehen um. Je schneller sie diese verfluchte Stadt hinter sich lassen konnten, desto besser.

„Wo ist sie?" Ohne Pascao eines weiteren Blickes zu würdigen, schob Elyano sich an ihm vorbei. Nicht einmal auf Salomos fauchende Proteste achtete er, als er beinahe über den Kater gestolpert wäre.

„Auch schön dich zu sehen, Rabe. Oh, was habe ich dich doch vermisst", sagte Pascao trocken und ließ die anderen herein. Sein Blick streifte Fynns Bein und seine Augenbrauen zogen sich besorgt zusammen. „Bringt ihn in die Küche", sagte er und folgte Elyano ins Wohnzimmer. „Ich komme gleich zu euch."

Zephir und Aiofé stützten Fynn, der von Sekunde zu Sekunde schwächer zu werden schien. Er war bleich und seine Bewegungen wurden immer langsamer, als müsse er über jeden Schritt nachdenken. Besorgt kaute Siandra auf ihrer Unterlippe. Sie durften keine Zeit verlieren.

Als sie in Pascaos Wohnzimmer trat, glitt ihr Blick zum Sofa, auf dem ein zierliches, blondes Mädchen saß. Siandra erstarrte. Fassungslos sah sie es an, unfähig sich zu bewegen. Das war nicht möglich. Ungläubig blinzelte sie, doch das Mädchen verschwand nicht. Es saß nach wie vor auf dem Sofa und lächelte Elyano an, der stocksteif in der Mitte des Raumes stand. Wie konnte das möglich sein? Spielte ihr Verstand ihr einen grausamen Streich? Das Mädchen, Elyanos und Fynns Schwester sah aus wie Lynn. Sie war der Tochter der Bachmanns zum Verwechseln ähnlich, wenn sie sich nicht gar wie ein Ei dem anderen glichen. Siandra schüttelte den Kopf. Das konnte nicht Lynn sein. Mit Sicherheit lag sie in ihrem Bett im wohlbehüteten Haus ihrer Eltern und träumte von den Märchen, die Siandra ihr immer vorgelesen hatte. Doch dann kamen ihr Zweifel. Was, wenn auch das eine Lüge gewesen war? Das Mädchen sah genau wie Lynn aus und doch unterschied sie sich von dem Kind, auf das sie aufgepasst hatte. In ihren Augen lag etwas Wissendes, etwas Reifes, das nicht zu einem zehnjährigen Kind passte.

„Llwyn", hauchte Elyano und das Lächeln des Mädchens verschwand für den Bruchteil einer Sekunde. Der Schatten unzähliger Erinnerungen huschte über das junge Gesicht und Tränen liefen über ihre Wangen, als Elyano erneut ihren Namen flüsterte.

Zögerlich stand sie von dem Sofa auf und tastete sich langsam auf ihren Bruder zu. Mit tränennassen Augen sah sie zu ihm auf. „Elyano?", fragte sie mit zitternder Stimme.

„Ja, Llwyn", sagte Elyano mit brüchiger Stimme und beugte sich zu ihr herunter. Mit einem lautlosen Schluchzen fiel sie ihrem Bruder in die Arme und barg ihr Gesicht an seinem Hals. Siandras Verwirrung wich Erleichterung. Endlich hatte er seine Schwester gefunden.

Llwyns Augen wanderten über Elyanos Schulter und blieben an Siandra hängen. Eine Sekunde lang schien sie durch sie hindurch zu starren, ehe sie sich von ihrem Bruder löste und auf Siandra zuging. Verwundert sah Elyano ihr nach, doch seine Schwester achtete nicht auf ihn. Llwyn legte den Kopf leicht schief, schien in einem Labyrinth aus Erinnerungen und Empfindungen gefangen. Doch dann regte sich etwas in ihr. Vorsichtig streckte sie die Hand aus und berührte Siandras Arm. „Ich erinnere mich an dich", flüsterte sie und ein Lächeln zeichnete sich auf ihren Lippen ab.

Während Aiofé und Aisling sich so gut es ihnen möglich war, um Fynns Verletzungen kümmerten, bereiteten die anderen alles für ihre Abreise vor. Pascao hatte versucht Elyano in die Küche zu locken, damit sie sich um seine Wunden kümmern konnten, doch der Rabe hatte nur gereizt abgelehnt. Seine Verletzungen schienen nur oberflächlich zu sein und ihn nicht zu belasten. Anders als bei seinem Bruder. Fynn hatte die Augen geschlossen und atmete flach. Seine Schwester wich nicht von seiner Seite. Mit Tränen in den Augen berührte sie seinen Arm.

„Mach dir keine Sorgen, kleiner Vogel", sagte Aisling und versuchte für sie zu lächeln. Die Angst, die in ihr wütete und langsam aber sicher in Panik umschlug, konnte sie kaum verbergen. Sie mussten so schnell wie möglich zurück nach Köln.

Fynn schien es von Sekunde zu Sekunde immer schlechter zu gehen. Sein Gesicht war bleich und seine Augen nur halb geöffnet, als sie ihn vorsichtig auf die Rückbank des kleinen Busses betteten. Besorgt warf Siandra einen Blick über die Schulter, als sie neben Elyano in das Auto stieg.

Zephir saß bereits im Steuer und trommelte unruhig auf das Lenkrad, während seine Schwester noch etwas zu Pascao sagte. Sie gab ihm einen Umschlag und legte kurz die Hand auf seine Schulter, bevor sie mit langen Schritten zum Wagen zurückkehrte. Ehe Aiofé die Tür schließen konnte, hüpfte Salomo herein und machte es sich auf ihrem Schoß bequem. Siandra hätte schwören können, dass der Kater ihr zuzwinkerte, doch da hatte er sich schon wieder umgedreht.

Zephir machte Elyano in puncto Schnelligkeit Konkurrenz. Unaufhaltsam schoss er über die Autobahn. Immer wieder warf er einen Blick in den Rückspiegel, um nach Fynn zu sehen. Im Radio lief Elektro-Pop, doch niemand hörte zu. Jeder war allein mit seinen Gedanken und Ängsten. Nur Aiofés Stimme war irgendwann leise zu hören, als sie mit ihrem Vater telefonierte.

Fynn stöhnte vor Schmerzen. Schweiß stand auf seiner Stirn und färbte seine Strähnen dunkel. Sein Kopf lag auf Aislings Schoß. Er wurde erst ein wenig ruhiger, als sie leise mit ihm sprach. Auch wenn ihr Gesicht wie versteinert war, zwang sie sich zu einem sanften Lächeln. Sie beugte sich vor und hauchte ihm einen Kuss auf die Stirn. Schwerfällig öffneten sich seine Augen und auf seinen Lippen war kurz sein typisches, halbes Lächeln zu erahnen. „Ich liebe dich", flüsterte er. Jedes einzelne Wort schien eine Kraftanstrengung zu sein. Nun konnte Aisling die Tränen nicht mehr zurückhalten. Sie schluchzte leise und küsste ihn, sprach sanft in gälisch auf ihn ein.

Llwyn schlief, den Kopf friedlich auf Elyanos Schoß gebettet. Wie ein Kätzchen hatte sie sich zusammengerollt und auch der Sicherheitsgurt schien sie nicht zu stören. Von Zeit zu Zeit schlich sich ein kaum sichtbares Lächeln auf Elyanos Lippen, wenn er auf seine Schwester herab sah, doch es wurde jedes Mal von der Sorge um seinen Bruder überschattet. Siandra runzelte die Stirn. Was hatte Rotkäppchen mit ihren Wölfen gemacht, dass sie derart toxisch waren? Mittlerweile traute sie ihr alles zu. Vermutlich hatte jedoch der hohe Blutverlust ebenso zu Fynns Zustand beigetragen.

Behutsam strich Elyano seiner Schwester eine Strähne aus dem Gesicht. Seinen anderen Arm hatte er um Siandra gelegt, die links von ihm saß und den Kopf an seine Schulter gelehnt hatte. „Sie wird nach ihr suchen", flüsterte Elyano so leise, dass nur Siandra ihn verstehen konnte. „Sie wird nicht aufgeben, bis sie Llwyn wieder in ihren Händen hat und ihre Forschungen vorantreiben kann. Und ich weiß nicht, wie weit sie gehen wird, um..."

Siandra legte kurz einen Finger auf seine Lippen, um ihn zu unterbrechen. „Sie wird sie nicht bekommen", sagte sie mit fester Stimme, auch wenn die Geschehnisse der vergangenen Stunden ihr noch tief in den Knochen saßen. Sie wollte den Blick aus dem Fenster schweifen lassen, doch Elyano hielt sanft, aber bestimmt ihr Kinn fest.

„Dich wird sie auch nicht bekommen", erwiderte er und küsste sie zärtlich.

18. Ruhe vor dem Sturm

Erst als sie endlich auf das Gelände des Ordens einbogen, entspannte Zephir sich etwas am Steuer. Es war ein Wunder, dass niemand sie angehalten hatte, so kopflos wie sie durch die Stadt gerast waren. Auf der Stadtautobahn hatte es mehr als einmal rot aufgeblitzt, doch das war Zephir gleich gewesen. Sollte sein Vater sich darum kümmern, wenn all das hier vorbei war. Jetzt zählte nur, dass Fynn die Hilfe bekam, die er brauchte.

Ariel stand bereits mit Heinrich, Samoel und einigen Jägern vor dem Gebäude und wartete auf sie, als das Auto zum Stehen kam. Schnell betteten sie Fynn auf eine der Tragen, die sie mitgebracht hatten und trugen ihn zur großen Eingangstür. Aisling blieb dicht an seiner Seite.

Ariel warf Elyano und seiner Schwester einen Blick zu und für den Bruchteil einer Sekunde breitete sich ein ungläubiges Lächeln auf seinen Zügen aus, ehe er sich umdrehte und den anderen schnellen Schritts folgte.

„Kannst du dich um Llwyn kümmern?", fragte Elyano, als sie den Orden betraten. „Ich muss zu Fynn und möchte nur ungern, dass sie das sieht."

Siandra umfasste seine Wangen und küsste ihn, bevor sie nickte und nach der Hand des Mädchens griff. Elyano lächelte sie dankbar an und eilte die Treppen zu den Krankenzimmern hinauf. Siandra folgte ihm ein Stück, bog dann aber in Richtung Gemeinschaftsraum ab. Immer wieder wanderte ihr Blick zu dem Mädchen an ihrer Hand, das so sehr wie Lynn aussah und sich gleichzeitig so sehr von ihr unterschied.

Nachdenklich beobachtete Siandra sie, nachdem sie Llwyn mit einer Tasse warmen Kakao auf eines der Sofa verfrachtet hatte. Im Fernsehen lief eine Zeichentrickserie, doch weder Siandra noch Llwyn schienen ihr so recht folgen zu können.

„Wird Fynn wirklich wieder gesund?", fragte Llwyn und trank traurig einen Schluck von ihrem Kakao.

Siandra rang sich ein Lächeln ab und ließ sich neben ihr auf dem Sofa nieder. „Natürlich", sagte sie und strich dem Mädchen über die Wange. „Dein Bruder ist ein großer Krieger. Er wird bald schon wieder auf den Beinen sein, du wirst schon sehen."

Llwyn nickte gedankenverloren, ehe sich ihr Anblick geradezu in Siandra zu bohren schien. Einige Sekunden schwieg sie, doch dann flüsterte sie leise „Ich suche etwas." Sie hauchte es, fast, als versuche sie sich an den Text eines Liedes zu erinnern, das ihr einmal sehr vertraut gewesen war. „Doch ich weiß nicht, was es ist."

Auf einmal führten Siandras Erinnerungen sie zurück. Zurück zu dem einen Abend, an dem sie bei den Bachmanns zu Gast gewesen war und sie Lynn eine Geschichte vorgelesen hatte. Sie erinnerte sie sich daran, als wäre es gestern gewesen, als hätte Llwyns Blick die Erinnerungen heraufbeschworen.

„Woran denkst du?", fragte Siandra behutsam.

Llwyn schwieg. Einen Augenblick lang dachte Siandra das Mädchen hätte ihre Frage nicht gehört, doch dann begann es leise zu sprechen. „Ich kann mich nicht an viel aus meiner Zeit als Mensch erinnern", flüsterte sie und senkte den Blick. „Vieles ist verschwommen und unscharf seit Rotkäppchen mich dort herausgerissen hat."

„Hat sie dir etwas angetan?", fragte Siandra, doch das Mädchen schüttelte den Kopf.

„Nein, sie war immer sehr gut zu mir. Sie hat mir vorgelesen und Lieder für mich gesungen, wenn mir die Arme von den Nadeln wehtaten."

Angespannt presste Siandra die Lippen aufeinander. Was hatte diese Hexe ihr nur angetan? Welche Versuche musste sie durchleiden?

„Aber an dich kann ich mich erinnern", sagte Llwyn und riss sie aus ihren Gedanken. „An die Märchen, die du mir vorgelesen hast."

Siandra wollte etwas antworten, als sich die Tür öffnete und Elyano eintrat. Er lächelte, als er näher kam, doch Siandra sah, dass es erzwungen war. „Ariel fragt nach euch beiden", sagte er ruhig und legte einen Arm um Siandra. Llwyn nickte ruhig und setzte ihre Tasse ab, ehe sie vom Sofa aufsprang. „Wie geht es Fynn?", flüsterte Siandra leise, um Llwyn nicht zu beunruhigen.

Elyano seufzte und der Schatten der Sorgen vergangener Stunden trat wieder auf seine Züge. „Samoel hat sich um sein Bein gekümmert. Ein bisschen geht es ihm besser. Er schläft jetzt. Er braucht noch ein wenig Ruhe und muss das Bein erst einmal schonen, aber es scheint, als hätte er das Schlimmste überstanden."

„Das ist doch eine tolle Neuigkeit. Gott sei Dank." Sie drehte den Kopf, um ihm in die Augen sehen zu können. „Aber das ist nicht alles, habe ich recht?"

Elyano schüttelte den Kopf. „Es ist nichts", sagte er nur knapp.

Ihr blieb keine Zeit, noch etwas zu erwidern. Sie hatten den Ratssaal bereits erreicht. Siandra erinnerte sich an die letzten Male, in denen sie hier in diesem Raum gezittert hatte. Auch jetzt war sie angespannt, doch nicht aus Angst vor den Jägern, sondern weil sie um sie fürchtete. Ariel erhob sich kurz von seinem Stuhl, als sie eintraten. „Setzt euch", sagte er und wies auf Stühle an der Tafel. Anders als bei den Ratsversammlungen waren die Stühle nicht wie gewohnt angeordnet, sondern standen um einen großen Tisch herum. Es waren lang nicht alle Jäger anwesend, nur die wichtigsten Vertreter hatten sich hier versammelt.

„Wie geht es dir, Llwyn?", fragte Ariel mit einem väterlichen Lächeln und auf einmal sah Siandra nicht mehr den strengen Hüter des Ordens, sondern den liebevollen Familienvater.

„Gut", flüstert Llwyn schüchtern und wandte den Blick ab.

„Weiß man genaueres über Rotkäppchens Aufenthaltsort?", fragte Elyano kühl und griff unter dem Tisch nach Siandras Hand.

„Leider nein. Wir haben all unsere Jäger, sogar in den entlegensten Winkeln Deutschlands und in ganz Europa mobilisiert. Alle sind auf der Suche nach Rotkäppchen und ihrem Wolf. Sie hat keinerlei Chance unserem Netz zu entgehen."

„Wie konnte sie so plötzlich entkommen?", fragte eine Jägerin neben Aisling, die Siandra nur flüchtig kannte.

„Sie hat die Macht durch ihre Spiegel zu reisen", erklärte Elyano ruhig. „Mir war nur nicht bewusst, dass sie auch andere durch sie hindurch schicken kann."

„Das erklärt aber nicht, was unsere wichtigsten Jäger in dieser Stadt an der Lahn zu suchen hatten", warf Florian feindselig ein. „Es ändert nichts daran, dass sie ohne Erlaubnis den Orden verlassen und uns alle in Gefahr gebracht haben."

Siandra warf einen kurzen Blick zu Elyano. Sie hatte nicht gewusst, dass sie ohne Ariels Erlaubnis aufgebrochen waren. Klar hatte Ariel nicht gewollt, dass ein Trupp Jäger auszog, aber sie hätte nicht gedacht, dass es auch für sie als Verbot zu verstehen war. Ohne dass sie es verhindern konnte, breitete sich eine leise Wut in ihr aus, aber dann spürte sie, wie Elyano sanft ihre Hand drückte. Sie brauchte nicht zu ihm herübersehen, um den vertrauten Schleier zu spüren, der sie umgab. Zum wiederholten Male fragte sie sich, was es damit auf sich hatte.

„Beruhige dich, Florian", sagte Ariel, doch der Jäger ließ sich nicht besänftigen.

Siandra zuckte zusammen, als er mit der Faust auf den Tisch schlug. „Ernsthaft?!"

Elyano verschränkte die Arme vor der Brust. „Es ist unwichtig, aus welchen Grund wir nach Marburg gefahren sind. Einzig und allein das Ergebnis zählt. Wir haben Rotkäppchen gefunden, reicht das nicht?"

„Und ihr habt sie laufen gelassen", bemerkte Florian bissig.

„Halt die Klappe", knurrte Elyano, doch der Jäger ließ sich nicht einschüchtern.

„Vergiss es. Ich hab lang genug den Mund gehalten. Ist doch klar, warum Rotkäppchen entkommen konnte. Warum sollte er auch seine Geliebte an den Pranger stellen?"

„Spinnst du?!", fuhr Zephir wütend dazwischen. „Er hat uns keinen Grund gegeben, ihm zu misstrauen. Elyano steht auf unserer Seite, vergiss das nicht."

„Wenn du das wirklich denkst..."

„Schweigt still, alle drei!", unterbrach Ariel sie. „Zephir, Elyano, beruhigt euch. Und Florian, darüber werden wir noch sprechen, aber dafür ist jetzt nicht die Zeit. Unsere Fürstin vertraut Elyano, ich vertraue Elyano und du tust gut daran, ihn zumindest zu akzeptieren."

Florians geringschätziger Blick wanderte zu Elyano und blieb an Siandra hängen. „Wie kann ich das? Wo er doch schon dafür sorgt, dass selbst Halbblüter in unserer Mitte Platz finden?"

„Es reicht!" Wütend sprang Elyano auf und stützte seine Hände auf die Tischplatte. Seine Augen waren dunkel vor Zorn und sein Blick durchstach Florian förmlich.

„Elyano. Setz. Dich. Wieder. Hin", sagte Ariel mit einer Stimme, die selbst für seine Verhältnisse unglaublich hart war. „Und nun zu dir, Florian", fuhr er fort, als sein ehemaliger Offizier sich widerstrebend niedergelassen hatte. „Siandra steht unter Aschenputtels Schutz. Das muss dir nicht gefallen, ebenso wenig wie mir, aber genau wie ich, bist auch du gezwungen es hinzunehmen." Entnervt ließ er sich auf seinen Stuhl zurück sinken und fasste sich an die Stirn. „Wenn wir jetzt wieder zum Thema zurückkehren könnten?"

„Das wäre wohl für alle Beteiligten das Beste", sagte Heinrich und strich über den hölzernen Griff seines Gehstocks.

„Warum hatte Rotkäppchen Llwyn in ihrer Gewalt?", fragte die Jägerin neben Aisling, Salomé, wenn Siandra sich richtig erinnerte. „Warum war diese Rettungsaktion überhaupt notwendig gewesen?"

Ariel seufzte. „Es scheint, dass die Gerüchte tatsächlich wahr sind. Rotkäppchen forscht, um hinter das Geheimnis der Eide zu kommen. Und Llwyn war ein entscheidender Faktor, durch den Fluch der Raben, der sie ein Dasein als Mensch fristen ließ. Viele Jahre steckte sie in verschiedenen Körpern, war an keinerlei Eide gebunden und ist deshalb für Rotkäppchens Forschung ein entscheidender Schlüssel."

„Es würde mich nicht wundern, wenn Rotkäppchen damals ihre Hände mit ihm Spiel hatte, um genau das zu erreichen", zischte Elyano, doch Ariel achtete nicht auf ihn.

„Sie hatte vermutlich die Hoffnung, dass sie auch sich selbst und ihre Untergebenen von sämtlichen Eiden, abgesehen von dem, der ihre Diener an sie selbst bindet, befreien könnte, sollte sie herausfinden, was dafür verantwortlich ist. Wir befürchteten, dass etwas derartiges geschehen könnte, deshalb mussten wir sie schützen. Doch damals hätte ich niemals gedacht, dass eine der Fürstinnen..."

„Das ist der Grund, oder?", fragte Elyano, doch Siandra erkannte die Unruhe, die unter der Oberfläche brodelte. „Der Grund, weshalb ihr mir Lwyns Aufenthaltsort verheimlicht habt."

„Es war zu gefährlich, Elyano, das musst du doch einsehen. Rotkäppchen hatte dich in ihrer Hand und ihr Zugriff auf deine Gedanken und dein Handeln war bei weitem stärker. Wenn du davon gewusst hättest, hättest die Fürstin sofort erfahren, mit oder ohne deine Zustimmung."

Elyano atmete tief ein und Siandra spürte, wie sich sein ganzer Körper anspannte. Sanft legte sie ihre Hand auf sein Bein, doch die Spannung löste sich nicht. Er war in seiner stummen Selbstgeißelung gefangen, in der er sich all die Dinge vorwarf, die er im Dienste Rotkäppchens getan hatte.

„Aber wir werden sie finden", sagte Siandra ruhig.

Ariel nickte. „Der Kampf im Schloss hat Rotkäppchen ungeahnt getroffen. Sie hat nicht erwartet, dass wir tatsächlich gegen sie vorgehen würden. Sobald einer der Kundschafter etwas über ihren Aufenthaltsort herausfindet, werden wir mit einer großen Streitmacht ausrücken, um sie für ihre Taten zur Rechenschaft zu ziehen."

„Bis dahin sollten wir alles daran setzen, an unseren Fähigkeiten zu arbeiten", sagte Heinrich und ließ seinen Blick über die Jäger wandern. „Wir mögen der roten Fürstin einen entscheidenden Schlag versetzt haben, doch der hat sie noch lange nicht in die Knie gezwungen. Nur weil wir eine Schlacht gewonnen haben, heißt das nicht, dass wir den Krieg für uns entschieden haben. Einen Feind, der sich zurückzieht, darf man niemals unterschätzen, denkt daran. Es könnte sein, dass er gerade zum Sprung ansetzt. Und Rotkäppchen ist niemand, der sich einfach geschlagen gibt."

Ariel nickte erneut. „Du hast recht, wir dürfen sie nicht unterschätzen. Aber wir dürfen uns auch nicht einschüchtern lassen. Jahrzehntelanges Training liegt hinter jedem von uns. Rotkäppchen wird es sich zweimal überlegen, ob sie wirklich die Konfrontation sucht oder ein Gespräch."

„Du glaubst doch nicht wirklich, dass Rotkäppchen mit sich reden lässt?", warf Elyano ein und musste sich davon abhalten mit den Zähnen zu knirschen. „Sie würde eher jeden ihrer Wölfe opfern, als aufzugeben."

Ariels Züge spannten sich an, als er zum Sprechen ansetzte. „Noch ein Grund mehr, sich gut vorzubereiten", sagte er und wollte sich von seinem Stuhl erheben, als Llwyn leise flüsterte.

„Kann ich zu Fynn gehen?"

Ein Lächeln schlich sich auf die Lippen des Hüters. „Natürlich, Liebes. Elyano?"

Der Angesprochene nickte. Seine Hand schloss sich um Siandras Hand, als er aufstand und sich zu Llwyn umdrehte. „Lass uns gehen", sagte er lächelnd, doch es war sein falsches, aufgesetztes Lächeln.

Während sie den Weg zu den Krankenzimmern einschlugen, wanderte Siandras Blick unweigerlich zu Elyanos Gesicht. Ein verborgener Schmerz zeichnete sich auf seinen Zügen ab und auch die Lässigkeit, mit der er einen Arm um ihre Schultern legte, konnte sie nicht davon überzeugen, dass alles in Ordnung war. Florians Worte hatten alte Wunden neu aufgerissen.

„Vergiss, was er gesagt hat", flüsterte sie und hoffte, dass ihre Stimme ihn hinter seiner dicken Mauer erreichte.

„Aber er hat recht. Ihr könnt mir nicht vertrauen. Ariel nicht, die Jäger nicht und am allerwenigsten du. Und wenn ich an all das denke, was ich damals getan habe, haben sie auch allen Grund mich zu hassen."

„Und all die Dinge, die du für den Orden getan hast? All die Leben, die du gerettet hast, indem du dein eigenes aufs Spiel setztest?"

„Das ändert nichts..."

Siandra schüttelte den Kopf. „Nein. Aber wenn du dich von deiner Vergangenheit einholen lässt, wirfst du die Chance, deine Taten wiedergutzumachen, endgültig weg. Wenn sie nicht schon längst vergeben sind." Siandra blieb kurz stehen und umfasste sein Gesicht. „Und ich möchte es nicht erleben, dass du zu jemandem wirst, der sich von irgendetwas beherrschen lässt."

Elyano lehnte sich vor und küsste sie kurz. Er sagte nichts, doch Siandra spürte, wie ein Teil der Anspannung von ihm abfiel und der Schleier sie wieder einhüllte.

„Kommt ihr endlich?", rief Llwyn, die bereits um die Ecke gebogen war.

Elyano grinste. „Ich glaube unser Typ ist gefragt. Llwyn, sei nicht so laut, ja?"

Doch die Vorsicht war umsonst. Fynn saß hellwach im Bett, nur sein Bein lag etwas erhöht. Aisling hatte sich auf dem Stuhl neben ihm niedergelassen. Erinnerungen kamen in Siandra auf, aus den Tagen, als Aisling in diesem Bett gelegen hatte und Fynn derjenige gewesen war, der an ihrer Seite gewacht hatte. Ihre Finger hatten sich mit Fynns verwoben.

Elyano hob eine Augenbraue. „Ich dachte, du solltest schlafen?"

Ein schiefes Grinsen schlich sich auf das Gesicht des immer heiteren Jägers. „Ach was. So ein räudiger Wolf kann mich nicht so einfach in die Knie zwingen. Da muss Rotkäppchen schon härtere Geschütze auffahren, um mich zu beseitigen."

„Hier möchte dich jemand besuchen, kleiner Bruder", sagte Elyano lächelnd und schob Llwyn sanft hervor, die schüchtern hinter ihm hervorsah. Das Grinsen auf Fynns Lippen wurde breiter, als er auf das Laken neben sich klopfte und „Komm her zu mir", sagte.

Das ließ sich das Mädchen nicht zweimal sagen. Mit einem seligen Lächeln auf den Lippen erklomm Llwyn das Krankenbett und schmiegte sich an ihren Bruder. Es war fast, als wären die Geschwister nicht einen Tag voneinander getrennt gewesen, so vertraut wirkten sie miteinander. „Wirst du wieder gesund?", fragte Llwyn vorsichtig und fuhr das Muster auf der Bettdecke nach.

Fynn strich sanft über ihre Haare. „Natürlich werde ich das, kleiner Vogel. Und wenn es soweit ist, gehen wir in den Zoo."

Siandra musste schmunzeln, ein solches Versprechen aus dem Mund eines Jägers zu hören, doch Llwyn hatte er damit für sich gewonnen.

Die Sorge kehrte auf Fynns Gesicht zurück, als er sich an seinen Bruder wandte. Er richtete sich auf und sein Gesicht verzog sich, ehe er wieder so tat, als könne ihn nichts erschüttern. „Was sagt Ariel?", fragte er mit angespannter Stimme. „Was werden die Jäger tun?"

Ruhig und sachlich setzte Elyano seinen Bruder in Kenntnis und ließ dabei den Eklat mit Florian außen vor. Siandra verstand warum er das tat. Fynn war noch deutlich angeschlagen. Jede Aufregung wäre für ihn fatal, auch wenn sich das angesichts der bevorstehenden Tage und Wochen wohl nicht ganz vermeiden lassen würde.

„Was tut ihr dann noch hier?", fragte Fynn in die Stille, nachdem Elyano geendet hatte. „Solltet ihr nicht längst trainieren? Ich brauche noch ein paar Tage, aber dann stoße ich auch zu euch."

„Fynn!", fuhr Aisling ihn an und an dem Funkeln ihrer Augen erkannte Siandra, dass dies ein Thema war, über das die beiden bereits gestritten hatten.

Betont gelassen hob Fynn die Augenbrauen. „Ich verstehe dein Problem nicht. Ich bin ein Jäger und ein Jäger muss kämpfen. Dr. Allwissend..."

„Samoel hat gesagt, dass du noch eine ganze Weile brauchst, um wieder auf die Beine zu kommen. Der Biss ging tief."

Fynn seufzte. „Noch bin ich kein Invalide. Und wenn es in die alles entscheidende Schlacht mit Rotkäppchen geht, werde ich sicherlich nicht im Orden sitzen und Däumchen drehen, sondern an der Seite meines Bruders kämpfen. Ich werde vorbereitet sein!"

„Fynn...", versuchte Elyano sich einzumischen, doch auch er stieß auf taube Ohren.

„Nein! Ich habe das gleiche Recht auf Rache wie du. Auch ich will sie für das, was sie unserer Familie angetan hat, zur Rechenschaft ziehen!" Fynns Augen funkelten einen Augenblick lang angriffslustig, doch dann ließ er sich zurück in die Kissen sinken.

Aisling seufzte erleichtert auf. Ihr Mundwinkel verzog sich zu einem nachsichtigen Lächeln, als sie ihm eine Strähne aus dem Gesicht strich und ihn kurz küsste.

„Mach dir nichts draus, Fynn", sagte Siandra und legte ihren Arm um Elyanos Hüfte. „Es dauert nicht lange, bis du wieder auf dem Damm bist. Und bis dahin wird Elyano diesen dreckigen Wölfen ganz gewaltig in den Arsch treten."

Elyano hob die Augenbrauen. „Und solche Worte aus dem Mund einer Dame."

In den nächsten Tagen war die Stimmung im Orden zum Bersten angespannt. Jeder bereitete sich auf den Kampf vor, der schon bald erwartet wurde. Nicht mehr lange und sie würden gegen Rotkäppchen und ihre Wölfe in die Schlacht ziehen. Die Jäger wussten, dass sie sich auf ihre Fähigkeiten verlassen konnten, doch sie waren nicht dumm. Ihnen war klar, dass sie Rotkäppchens Krieger nicht unterschätzen durften. Und so setzte ein jeder von ihnen alles in sein Training, um noch todbringender zu werden.

Fynn ging es von Tag zu Tag besser. Auch wenn er noch keinen Kampf durchstehen konnte, ließ er es sich nicht nehmen auf seinen Krücken durch den Orden zu laufen. Und seine Rastlosigkeit steckte auch schnell sein Umfeld an. Bald schon war die Luft erfüllt von Kampflärm und anderen Vorbereitungen. Selbst Siandra kam nicht drum herum, zu trainieren, auch wenn es Elyano lieber wäre, sie würde es lassen. Doch sie hatte es sich in den Kopf gesetzt, ihn an der alles entscheidenden Schlacht nicht allein zu lassen und an seiner Seite zu kämpfen, wenn sie gegen die rote Fürstin zogen. Und nichts konnte sie von diesem Entschluss abbringen.

Angespannt ließ sie ihren Nacken kreisen. Sie spürte ihren Muskelkater bis in die letzte Faser ihres Körpers. Mit einem Lächeln dachte sie an den Morgen, als sie den Orden verlassen wollte und Elyano ihr über den Weg gelaufen war. Ihr Rabe hatte nichts gesagt. Er hatte sie nur in Richtung seines Autos gelenkt. „Wohin soll's denn gehen?", fragte er mit einem

Grinsen, doch Siandra hatte ihn nur durch die Stadt gelotst, ohne ihm zu sagen, wohin sie eigentlich wollte. Sie konnte es nicht aussprechen. Sie hatte sich nicht getraut, diesen Ort noch einmal zu betreten.

Als sie vor dem Grab ihrer Schwester stand, konnte sie nicht mehr an sich halten. Sie weinte bitterlich und presste die Hand auf den Mund. Elyano war die ganz Zeit bei ihr. Er sagte nichts, doch seine tröstliche Präsenz hüllte sie ein. Sie musste nicht erst ihr Herz befragen, um zu wissen, dass sie ihn liebte. Es war ihr auf einmal völlig klar.

Sanft zog er sie in die Arme und flüsterte ihr zärtlich auf gälisch ins Ohr. Auch wenn Siandra nicht verstand, was er sagte, füllten sich ihre Augen wieder mit albernen Tränen. Als sie wieder nach Hause gefahren waren, hatte sie sich eigenartig gefühlt. Erleichtert. Als wäre ihr eine große Last von den Schulter gefallen.

Aufmerksam verfolgte Siandra den Kampf zwischen Elyano und dem Hüter des Ordens. Sie hatte Ariel noch nie zuvor kämpfen gesehen, doch nun verstand sie, warum er seit Jahrzehnten die Führung inne hatte. Er hatte vermutlich schon mehr Schlachten gesehen, als sie sich jemals vorstellen könnte.

Mit der Anmut eines Raubtieres umkreiste Elyano seinen Mentor. In der Hand hielt er eine schmale, kurze Klinge. Sein sichelförmiges Kusarigama lag neben Siandra auf dem Tisch.

Ein siegessicheres Lächeln lag auf den Lippen des Älteren, als dieser zum Angriff überging. Elyano wich aus, zu schnell, um selbst einen Treffer zu landen. Er rollte sich auf dem Boden ab und schlug mit seiner Klinge zu, aber Ariel sah den Hieb kommen. Ein gekonnter Sprung brachte ihn aus der Gefahrenzone. Erneut ließ er sein Schwert sprechen und schaffte es Elyano ein Stück zurückzudrängen.

Siandra zuckte zusammen, als Ariel es schaffte Elyano zu Fall zu bringen und eine scharfe Klinge auf ihn herab raste. Doch der Rabe rollte sich geschickt zur Seite und brachte seinen Mentor mit einem Tritt aus dem Takt. Zeit genug, für ihn, aufzuspringen und selbst zum Angriff überzugehen. Mit übermenschlicher Geschwindigkeit drangen die beiden aufeinander ein. Keiner von ihnen ließ dem Anderen auch nur eine Sekunde, um Luft zu holen. Siandra schaffte es kaum, ihnen mit den Augen zu folgen, so schnell prasselten die Angriffe nieder. Die Luft war erfüllt von dem hellen Gesang der Schwerter.

Ariel täuschte eine Finte vor und Elyano ging in die Falle. Der Rabe stolperte und spürte schon das Schwert des Älteren an der Brust. Aber auch Ariel hatte seine Deckung vernachlässigt. Mit einem halben Grinsen auf den Lippen klopfte Elyano ihm mit der breiten Seite seines Schwertes gegen die Schulter.

Siandra merkte erst, dass sie die Luft angehalten hatte, als sie geräuschvoll ausatmete. In einem richtigen Kampf hätten beide schwere Verletzungen davongetragen. Mit einem angriffslustigen Funkeln in den Augen begannen sie ihren gefährlichen Tanz aufs Neue.

Angst schoss durch Siandras Adern, als Elyano einmal nicht schnell genug reagierte und von Ariels Fuß getroffen wurde. Er wurde zu Boden geschleudert und blieb reglos liegen. Siandra wollte aufspringen, als Heinrich, der ganz in seiner Nähe stand, sich über seinen Schützling beugte. Er zuckte zusammen, als sich eine Klinge an seinen Hals legte.

„Nicht die Deckung vernachlässigen, alter Mann. Auch der abgeschlagene Kopf eines Wolfes hat noch spitze Zähne", sagte Elyano. Doch dann lachte er und richtete sich auf.

Tadelnd sah Heinrich ihn an. „Elyano."

„Ach komm schon, Heinrich. Die Ewigkeit ist eine lange Zeit, wenn man nicht den Mut hat sich zu amüsieren." Mit einem gewitzten Lächeln auf den Lippen schob er seine Klinge zurück in die Schwertscheide und gesellte sich zu Siandra.

„Auf Kosten anderer. Du bringst mich noch einmal ins Grab, Rabe."

„Immer diese Haarspalterei."

„Du hältst dich wohl auch für Chuck Norris, was?", flüsterte Siandra in Elyanos Ohr und knuffte ihm in die Seite.

„Nein, ich bin besser", sagte er grinsend und legte einen Arm um sie, als die Tür auflog. Alarmiert fuhren sie herum.

Ein Jäger stand in der Tür, völlig außer Atem und mit hochrotem Kopf. „Mein Herr Ariel", keuchte er. „Es gibt Nachricht von den Kundschaftern."

19. Die Rache der roten Fürstin

„Also ist es jetzt soweit", sagte Siandra tonlos und schlang die Arme um ihren Körper. Sie hatte gewusst, dass dieser Tag kommen würde. Die Schlacht war unausweichlich, doch in ihrem Inneren hatte sie gehofft, dass sie etwas mehr Zeit haben würden. Wer wusste schon, ob es einen neuen Morgen für sie gab, wenn der Kampf gegen Rotkäppchen erst einmal angebrochen war?

Ihr Blick wanderte aus dem Fenster heraus. Der Mond setze bereits seine vergilbten Segel, um diese Welt zu verlassen. Sie spürte, wie Elyano an sie herantrat und sie von hinten umarmte. Sanft strich er ihr Haar beiseite und verteilte Küsse auf ihren bloßen Nacken.

„Wir wussten, dass wir nicht davor weglaufen können", flüsterte er. „Vertrau mir. Rotkäppchen wird diesen Kampf nicht vergessen. Es wird ihr Letzter sein."

Ruckartig drehte sie sich in seinen Armen um und durchbohrte ihn mit ihrem Blick. Seine Augen spiegelten die gleiche Furcht, die auch heiß durch ihre Adern rann. „Wie kannst du dir da so sicher sein? Du bist ein geübter Jäger, aber sogar für den Besten besteht das Risiko, einmal nicht schnell genug zu sein. Das Risiko, nicht nach Hause zurückzukommen."

Elyano umfing ihr Gesicht zärtlich mit den Händen und hauchte ihr einen Kuss auf die Lippen „Ich muss so denken. Mir bleibt nichts anderes übrig. Wenn ich nicht stets einen kühlen Kopf bewahre, sondern mich von meiner Angst beherrschen lasse, bin ich verloren."

Siandra nickte stumm, drehte sich langsam wieder zum Fenster um. Elyano sagte ebenfalls nichts. Er zog sie dichter an sich heran und bettete sein Kinn auf ihr Haar. Der Raum war totenstill, doch in ihrem Kopf jagte ein Gedanke den anderen. Und immer wieder wanderten sie zu dem kleinen Mädchen, das einige Zimmer weiter in einem Bett lag und schlief. „Ich kenne Llwyn", flüsterte sie. „Aus ihrer Zeit als Mensch." Elyano sagte nichts, doch sie spürte, wie er aufhorchte. „Ich habe jahrelang auf sie aufgepasst. Ich hätte niemals gedacht..."

„So sollte es auch sein. Llwyn sollte stets vor unserer Welt verborgen bleiben. Die Gefahr war zu groß, dass Rotkäppchen ihren Aufenthaltsort erfährt. Dass die größte Gefahr von mir ausging, habe ich damals nicht geahnt."

Als sie den Schmerz in seiner Stimme hörte drehte sie sich zu ihm um. Sanft strich sie über seine Wange und fuhr mit ihren Fingern über die rauen Bartstoppel. „Wie hat Rotkäppchen sie nur gefunden?"

„Jeder Mensch ist käuflich", erwiderte Elyano kühl. „Leider trifft das auch auf Eshani'i zu. Irgendjemand muss seine Informationen verkauft haben."

„Aber wer?"

Er zuckte mit den Schultern. „Keine Ahnung. Sie haben mich über alles im Dunklen gelassen." Stille senkte sich über die beiden, ehe Elyano wieder die Stimme erhob. „Wie war sie so?", fragte er leise. „Als Mensch..."

„Sie war ein liebes Mädchen. Immer höflich und fröhlich. Man musste sie einfach gernhaben."

Ein fast unsichtbares Lächeln zeichnete sich auf seinen Lippen ab.

„Also werden wir morgen früh in die Schlacht ziehen?", fragte Siandra tonlos. Es war keine Frage von richtig und falsch, es war eine Tatsache.

Doch Elyano schüttelte den Kopf. „Nein", sagte er mit einer Stimme, die keinen Widerspruch duldete. „Du wirst hier im Orden bleiben."

Verständnislos starrte Siandra ihn an. Ärger brannte dumpf unter ihren Rippen und drohte sie zu zerreißen. Unter ihre sonst so ruhige Stimme mischte sich Zorn und eine tiefe Falte zeichnete sich zwischen ihren Augen ab. „Was soll das heißen?!"

„Genau das, was ich gerade eben gesagt habe. Ich möchte, dass du hier im Orden in Sicherheit bleibst."

„Aber ich kann kämpfen", begehrte sie auf, doch er schnitt ihr die Stimme ab.

„Nein, Siandra! Du wirst hier bleiben und das ist mein letztes Wort!"

„Du hast nicht über mich zu bestimmen", fauchte sie und wollte sich umdrehen, als sich Hände um ihre Arme schlossen. Sie versuchte sich aus seinem Griff zu befreien, doch nach und nach erstarb ihr Widerstand. „Lass mich los", verlangte sie mit schwacher Stimme, doch Elyano blieb standhaft.

„Versteh doch, Siandra", sagte er mit einem leisen Flehen in der Stimme.

„Ich kann dich nicht dabei haben. In dieser Schlacht brauche ich meinen klaren Kopf mehr denn je. Und den habe ich nicht, wenn du an meiner Seite wärst. Ich würde die ganze Zeit in Angst um dich schweben." Sanft umfasste er ihr Kinn und brachte sie behutsam dazu, ihm in die Augen zu sehen, als sie den Blick abwenden wollte. „Aisling, Zephir, Aiofé... Sie sind Jäger und werden alle an meiner Seite kämpfen. Ich muss schon um sie bangen. Bitte, nimm mir wenigstens die Angst um dein Leben ab."

Siandra spürte, wie ihre eigene Angst ihr Herz ertränkte und ihr die Luft zum Atmen nahm. „Aber was, wenn du dieses eine Mal nicht schnell genug bist?", fragte sie mit bebender Stimme und Tränen begannen sich ihren Weg zu bahnen. „Was, wenn dieser Auftrag dein Letzter ist?"

„So wird es nicht sein", flüsterte Elyano und strich mit seinem Daumen sanft ihre Tränen hinfort. Er kannte sein Schicksal als Jäger. Jeder Tag konnte der Letzte sein, den er auf Erden wandelte. Doch er würde zurückkehren. Er würde mit aller Kraft dafür kämpfen nach Hause, zu ihr zurückzukehren. Mit einem lautlosen Schwur auf den Lippen zog er sie dichter an sich heran und vergrub seine Finger in ihren Haaren.

Ihre Lippen fanden sich und die Intensität des Kusses nahm ihr den Atem. Dieser Moment würde vergehen, wie alles verging, doch Siandra wollte nicht mehr an das Gestern und an das, was morgen kam denken. Alles, was zählte, war das Jetzt und Hier.

Elyanos Daumen fuhr sanft die Linie ihres Halses entlang. Die Wucht ihrer Gefühle erschlug sie fast und unwillkürlich fragte sie sich, ob er wohl sehen konnte, wie ihr Puls durch ihre Adern raste. Wie von selbst tasteten sich ihre Finger über die weiche Haut seines Halses zu seinem Schlüsselbein und sie spürte, dass auch sein Herz so stark klopfte, als würde es nach ihrer Hand greifen.

Elyanos Hände wanderten unter ihr T-Shirt und strichen sanft über den Rippenbogen, ehe er es ihr über den Kopf zog. Hitze breitete sich aus, wo seine Finger ihre Haut berührten. Sie spürte die Wärme, die er verströmte, als sie ihre Hände unter sein Hemd wandern ließ und über seinen Rücken strich. Als ihre Finger die Haut über den Bund seiner Hose erreichten, hob er sie plötzlich hoch. Mit ständig wachsendem Hunger küsste er sie und trug sie zu dem Bett, das in der Mitte des Raumes stand.

Elyano ließ sie behutsam in die weichen Kissen sinken. Ein raubtierartiges Grinsen trat auf sein Gesicht, als er sich seines Hemdes entledigte und sich über sie beugte. Das Blut rauschte immer heißer und schneller durch ihre Adern und seine Berührungen überzogen ihren Körper mit Feuer.

Ohne den Kuss zu unterbrechen, glitten seine Hände über ihren Rücken, ihre Hüften und ihre Beine. Sie war wie in einem Rausch gefangen und bemerkte kaum, wie immer mehr Hüllen fielen.

Der frische Abendwind wehte durch das halb geöffnete Fenster und strich über ihre Haut, doch ihr Körper schien förmlich zu glühen. Ihre Lippen fanden sich immer wieder und sein Duft streichelte über ihre Haut, als er seine Lippen den Fingern folgten ließ. Die Welt um sie herum verschmolz in dem Schmerz, der mit dem Wissen um die Möglichkeit aufkam, dass dies ihre letzten gemeinsamen Stunden waren und die ihre Seele und ihr Herz erzittern ließ. Doch in diesem Augenblick gehörte ihnen die Ewigkeit.

Der Morgen weckte Elyano mit einer frischen Brise. Er kroch auf zarten Fingern aus rosa, orange und gelb ins Zimmer und ließ Staubkörner in seinem Licht ihren ganz eigenen Tanz vollführen. Ein Lächeln schlich sich auf Elyanos Lippen, als er sich an den warmen Körper neben ihm schmiegte und Siandra einen Kuss auf den Scheitel drückte. Der Morgen war angebrochen. Wer wusste, ob er zurückkehrte, ob diese Augenblicke ihre letzten, gemeinsamen sein würden? Doch er würde alles daran setzen, die Bedrohung durch Rotkäppchen aus der Welt zu schaffen. Viele Jahre lang hatte er dem Ruf des Raben gelauscht und der Drang ihm endlich zu folgen, hatte seine Seele zerrissen. Doch in ihrer Nähe schwieg der Rabe in ihm.

Sanft strich er ihr eine Strähne aus dem Gesicht. Sie hatte ihren Kopf auf seinen Oberarm gebettet und bei jedem Atemzug streichelte ihr Atem über seine nackte Brust. Vielleicht hatte Heinrich recht. Vielleicht konnte der Gesang einer Nachtigall den Ruf des Raben tatsächlich zum Verstummen bringen. Doch eines war sicher: Er hatte etwas gefunden, für das es sich zu kämpfen und siegen lohnte.

Auf dem Gang wurden Schritte laut und holten ihn unbarmherzig in die Wirklichkeit zurück. Er seufzte und strich mit den Lippen über Siandras Stirn. Lieber würde er sie ruhen lassen und noch minutenlang im Schlaf beobachten, während er in den Erinnerungen der vergangenen

Nacht verweilte, doch die Zeit schritt rasend schnell voran. Ihre letzten gemeinsamen Augenblicke rannen wie Sand durch seine Finger, langsam und unaufhaltsam.

Siandras Lider flackerten, ehe sie zögerlich die Augen öffnete. Sie blinzelte den Schlaf weg und lächelte als ihr Blick auf ihn fiel. Doch dann schien sie zu begreifen, was der Morgen für sie bedeutete und ihr Gesicht bewölkte sich. Er senkte seinen Kopf zu ihr herab und ihre Lippen trafen sich. Alles in der Welt hätte er dafür gegeben, die Sorgen von ihr zu nehmen, die auch ihn beschäftigten, doch dazu hatte er nicht die Macht. Ein dumpfer Schmerz kratzte über seine Seele, als er ihre leise Stimme vernahm.

„Also ist er gekommen. Unser letzter Morgen."

Doch Elyano schüttelte den Kopf. „Es wird einen neuen Morgen für uns geben. Daran darfst du nicht zweifeln."

Siandra nickte nur stumm und strich über den silbernen Ring, der an seinem Hals baumelte. Behutsam folgte sie den feinen Vertiefungen in dem Metall, Schriftzeichen, die sie nicht lesen konnte. „Was bedeutet das?", fragte sie leise.

Elyano legte den Ring auf seine Handfläche und strich über das erste der beiden Worte. Daran wie er den Ring berührte, erkannte sie, wie viel er ihm bedeutete. „Familie", flüsterte er und ließ seinen Finger weiter ziehen. „Rabe. Eines, um mir Kraft zu geben und eines", er stockte kurz, „um nicht zu vergessen."

Siandra beugte sich vor, um ihn zu küssen und Elyano erwiderte den Kuss, zog sie dichter an sich. Nach einer Weile drehte sie sich in seinen Armen um und schmiegte sich an seine Brust. Sie spürte das gleichmäßige Klopfen an ihrem Rücken und beobachtete die Wolken am Himmel, die der Sommerwind ihnen brachte.

Der helle Kies knisterte unter ihren Füßen, als sie nach draußen gingen, um die Jäger zu verabschieden. Siandra hatte eine bewegungslose Maske aufgesetzt, doch in ihrem Inneren tobte ein Kampf der Gefühle. Angst und Hoffnung. Glück und Verzweiflung. Sie hatte sich gewünscht, dass diese Nacht niemals ein Ende finden würde, denn an ihrem Ende stand ein Abschied. Ein Abschied, von dem keiner wusste, ob er nur für einige Stunden, oder für immer war. Ein Kloß saß tief in ihrem Hals und hinderte sie am Sprechen, als Elyano ihre Hand losließ und sie kurz an sich zog, um sie zu küssen. Seine Finger hinterließen eine prickelnde Spur, als sie sich in die Flut ihrer Haare gruben und über ihre Kopfhaut strichen. Viel zu schnell löste er sich von ihr.

„Wir werden uns bald wiedersehen, deshalb sage ich dir nicht Lebewohl", sagte er mit einer Stärke in der Stimme, bei der sie sich nicht sicher war, woher er sie nahm. Noch einmal küsste er sie sanft, ehe er sich zu seiner Schwester herunter beugte, um sie in seine Arme zu ziehen. Er flüsterte etwas, schnell und leise, in der Sprache seiner Heimat. Llwyn nickte nur mit Tränen in den Augen. Elyano löste sich von ihr, strich Siandra ein letztes Mal über die Wange und drehte sich zu den anderen Jägern um. Aisling und die Zwillinge standen an einem der unzähligen Autos und warteten.

Siandra spürte eine Hand auf ihrer Schulter und sah in Fynns aufmunterndes Gesicht. Auf eine Krücke gestützt, stand er hier neben ihr, obwohl er alles dafür gegeben hätte, an der Seite seines Bruders und seiner Gefährtin zu stehen. Doch nach einer lautstarken Diskussion hatte Elyano es schließlich geschafft, ihn zumindest halbwegs zur Vernunft zu bringen. Der Rabe drehte sich zu seinem Bruder um und legte eine Hand auf seine Schulter. Fynn tat es ihm gleich. Elyanos Augen durchbohrten ihn förmlich. Ein Schwall unbekannter Wörter drang auf Siandra ein, doch dazwischen schnappte sie etwas auf, das sie verstand und das ihre Seele einen Sprung machen ließ. „Ich vertrau dir mein Herz an, vergiss das nicht", sagte er und Fynn nickte, ließ seine Krücke achtlos zu Boden fallen und fasste mit seiner freien Hand nach der anderen Schulter seines Bruders.

„Möge deine Klinge stets als Erste ihr Ziel finden", sagte er ruhig, bevor Elyano zu den anderen Jägern ins Auto stieg. Stumm reichte Siandra Fynn seine Krücke und beobachtete die Autos, die über den Kiesweg rollten und vom Kölner Berufsverkehr verschluckt wurden.

Vertrauensvoll schob sich eine Kinderhand in ihre. Llwyns Gesicht war so ernst, wie man es von einem Kind ihres Alters kaum erwarten würde.

Siandra seufzte und kramte von irgendwo in ihrem Inneren ein Lächeln hervor. „Komm, lass uns reingehen."

Angespannt starrte Elyano aus dem Fenster. Kilometer für Kilometer rollte das Auto seinem Ziel entgegen, rollte ihr entgegen. Er zwang sich den

Kiefer zu lockern, als er sich dabei ertappte, mit den Zähnen zu knirschen. Alessandra. Rotkäppchen. Doch würde er es auch zu Ende bringen können? Trotz all der Dinge, die sie ihm und seiner Familie angetan hatte, war nicht alles schlecht gewesen. Niemand hatte von ihm gefordert an Alessandras Seite zu stehen und niemand hatte ihm die Gefühle aufgezwungen, die er einmal für sie gehabt hatte. Er war nicht mehr länger ihr Henker, doch ihre gemeinsame Vergangenheit würde sie immer verbinden.

Vielleicht hätte er ehrlich zu Siandra sein sollen. Ihr alles erzählen, was ihn damals mit der roten Fürstin verbunden hatte, von den Schritten, die sie beinahe gemeinsam gegangen wären. Elyano verdrängte diese Gedanken. Er würde es ihr sagen. Bald. Seine Gedanken flogen zurück zum Orden, zu Siandra, seiner Schwester und zu Fynn. Allein für sie lohnte es sich zu kämpfen.

Er atmete noch einmal durch, als das Auto auf einem abgelegenem Parkplatz zum Stehen kam. Die Jäger starteten nicht alle vom gleichen Ort aus. Wie eine Schlinge hatten sie Rotkäppchens Lager in einer alten Ruine umstellt, darauf bedacht, ihren Kundschaftern nicht in die Arme zu laufen. Und nun würden sie ihre Falle zuschnappen lassen.

„Komm", flüsterte Aisling auf einmal neben ihm. „Lass es uns zu Ende bringen."

Mit undurchdringlicher Miene stieg Elyano aus dem Auto aus und befestigte seine Waffen mit gekonnten Handgriffen. Er musste seine Gefühle hinter einer dicken Mauer verbergen, anderenfalls würde Alessandra sie als Waffe gegen ihn verwenden. Ein Seitenblick auf Aisling und die Zwillinge zeigte ihm, dass auch sie völlig in die Rolle des Jägers eingetaucht waren. Jetzt zählte nur noch eines: Alessandra zu finden und sie und ihre Wölfe dem Tribunal der Räte ausliefern. Die Fürstinnen mochten alle bis auf eine tot sein, doch noch immer gab es die Reichskanzler und Hüter, ihre Räte, vor denen sich die rote Fürstin bald verantworten musste. Er wusste nicht wie lange sie Bestand haben würden, nun da ihnen die Führung genommen wurde, doch eines war sicher: Fürstin Rotkäppchen würde für ihre Begehen bezahlen. Auch wenn Elyano es lieber hier und jetzt beenden würde. Sie war zu mächtig. Selbst hinter Gittern konnte sie noch genug Schaden anrichten. Es wäre ein Einfaches für ihn gewesen, seine Raben auszuschicken, damit sie ihnen den Weg zu Rotkäppchens

Lager wiesen, doch das wäre riskant gewesen. Nicht nur, dass seine Vögel in dem dichten Wald nur schlecht fliegen konnten, würde Rotkäppchen sofort Verdacht schöpfen, wenn sie einen von ihnen sah. Und so blieb ihnen nichts anderes übrig, als den Angaben des Kundschafters zu vertrauen. Lautlos wie es nur Rauch vermochte, schlichen sie durch das Unterholz. Kurz gestattete Elyano es sich, die Augen zu schließen und den Geruch des Waldes tief in seine Lungen aufzunehmen. Der Geruch nach altem Holz, Harz und dem feinen Moschusduft der nachtaktiven Tiere, die in der Sicherheit ihrer Höhlen auf den nächsten Jagdausflug warteten. Der Wald weckte Erinnerungen, an eine Zeit, in der er sich zwischen den dichten Zweigen genauso zuhause gefühlt hatte, wie die Bären und Hirsche, die hier lebten. Doch das Gefühl der Geborgenheit war nur ein Trugbild gewesen. Eine Flucht vor der Realität, vor dem, was er wirklich war. Rotkäppchens Henker. Ihr Schlächter. Ihre Marionette.

Elyano wurde aufmerksam, als Aisling ihm ein Handzeichen gab. Angespannt verlangsamte er seine Schritte, duckte sich, um eins mit den Sträuchern um ihn herum zu werden. Wie ein Mahnmal tat sich die Ruine vor ihnen auf. Es schienen die Überreste eines alten Klosters zu sein, das auf kargem Stein stand. Es war fast, als würden die Pflanzen sich weigern, in der Nähe des Gesteins zu wachsen. Hier würde es also zu Ende gehen.

Aus dem Augenwinkel nahm er verschwommene Schemen wahr und wusste, dass es die anderen Jäger sein mussten, die ihm im Kampf gegen die Fürstin beistehen würden. Schritt für Schritt tastete er sich auf das Loch in der Mauer zu, die Hand am Griff seiner Waffe. Im Innenhof konnte er ein Feuer brennen sehen und gedämpfte Stimmen drangen an sein Ohr. Noch einmal atmete er tief durch und gab Aisling und den Zwillingen ein Zeichen.

Sie nutzten den Vorteil der Überraschung für sich. Rotkäppchens Jäger hatten sie nicht kommen sehen. Mit einem Ruck bohrte Elyano einem Jäger das Schwert in die Schulter und schlug dem nächsten den Kopf ab. Er ließ seine Klinge durch die Luft gleiten und schickte einen Gegner nach dem anderen zu Boden, während er sich immer weiter in die Festung vorwagte. Ganz in seiner Nähe kämpfte Florian, sein Gesicht verbissen und ohne Gnade. Doch Elyano achtete nicht auf ihn. Seine Augen suchten nach Alessandra und nach Pyrros, doch nicht einmal einen seiner Wölfe konnte er entdecken. Lediglich Rotkäppchens Anhänger kämpften eisern gegen die Übermacht an, die sich ihnen bot. Ein Schwert flog auf ihn zu, doch Elyano duckte sich unter dem Schlag hindurch und ging zum Gegenangriff über. Die Augen seines Gegners rollten sich zurück und er konnte das Weiße sehen, als er zu Boden ging.

Dumpf klangen Elyanos Schritte auf den herausgerissenen Treppenstufen, als er sich seinen Weg in das zerfallene Gebäude bahnte. Sie musste hier irgendwo sein und er würde sie finden.

„Bleib stehen!", brüllte einer von Rotkäppchens Handlangern und stellte sich ihm in den Weg. Elyano dachte gar nicht daran. Im vollen Lauf rammte er dem Mann seine Schulter in die Brust und brachte ihn zu Fall. Mit einem Schrei fiel dieser die Treppenstufen herunter, danach war Stille. Elyano wollte sich nicht umdrehen, um nachzusehen, ob Rotkäppchens Jäger wieder aufstand. Etwas anderes war wichtiger.

Ein Mann in den Farben der roten Fürstin kam auf ihn zugelaufen, doch Elyano ließ ihm nicht einmal Zeit seine Waffe zu ziehen. Er ließ seinen Ellbogen gegen seinen Kehlkopf donnern und schickte ihn zu Boden. Wieder und wieder ließ er seine Klinge auf die Gegner niedergehen, während er sich den Weg in das Herz des Klosters freikämpfte.

„Elyano!", hörte er plötzlich Aislings Stimme und fuhr herum. Wut stieg in ihm auf, als er sah, wie sie von einigen Kriegern in die Mangel genommen wurde. Er stach dem einen in den Rücken und riss die Klinge ruckartig wieder heraus, um zum nächsten Gegner überzugehen. Ihnen blieb kaum Zeit zum Durchatmen. Wie Ameisen schienen Rotkäppchens Jäger aus den Ritzen des Gemäuers zu kriechen. Und doch waren es weniger, als Elyano erwartet hatte. Er kannte die Ausmaße von Rotkäppchens gewaltigem Heer, hatte es jahrelang befehligt. Und einen Wolf suchte man hier auch vergebens. Vermutlich haben sie sich tief ins Innere des Klosters verzogen, dachte Elyano, als er aus dem Augenwinkel etwas aufblitzen sah. Einen Mantel, rot wie Blut und Haar, das wie gesponnenes Gold leuchtete. Hastig fuhr er herum. Alessandra! „Aiofé!", schrie er gegen den Kampflärm an, doch Ariels Tochter hatte die Fürstin schon längst erkannt. Zusammen mit ihrem Bruder nahm sie die Verfolgung auf und auch Elyano setzte ihnen nach. Er hörte Aiofés Peitsche knallen, als sie durch die Luft zuckte, sich um Rotkäppchens Fuß rollte und sie zu Fall brachte. Zephir war nur Sekunden nach seiner Schwester bei ihr und fackelt nicht lange. Elyano erkannte, was er vorhatte, doch er war zu weit entfernt, um ihn aufzuhalten. Mit vor Wut verzerrtem Gesicht stach Zephir zu. Die Fürstin keuchte auf und sank zu Boden, als er seine Klinge aus ihrem Brustkorb riss.

Wie betäubt beobachtete Elyano die Blutlache, die sich immer weiter um sie herum ausbreitete. Aiofé redete wild gestikulierend auf ihren Bruder ein, doch Elyano verstand nicht, was sie sagte, so schnell und leise sprach sie.

Sein Blick wanderte durch den Raum. Sie standen inmitten eines Meeres aus Leichen und eine von ihnen war Alessandra. Schritt für Schritt trat er näher an die Fürstin heran. Er hatte gedacht, dass er im Augenblick ihres Todes Genugtuung verspüren würde, doch da war nichts dergleichen. Er spürte rein gar nichts. Vorsichtig schlug er ihre Kapuze ein Stück zurück und hatte das Gefühl, ein eiskalter Dolch würde durch seine Eingeweide wandern.

„Elyano, was ist mir dir?", fragte Aiofé besorgt, als er zurück zuckte.

Doch Elyano antwortete nicht. Er fuhr herum, als er jemanden hinter sich leise lachen hörte. Es war einer von Rotkäppchens Jägern. Eine Klinge steckte tief in seiner Brust und Blut tropfte ihm aus Mund und Nase. Mit wenigen Schritten eilte Elyano zu ihm und packte ihn am Kragen. „Wo ist sie?!", brüllte er den Jäger an. „Und wo ist der verfluchte Wolf?!"

„Elyano, was ist los?", fragte Aiofé erneut, diesmal drängender.

„Überzeuge dich selbst", entgegnete Elyano kühl und wandte sich wieder dem Jäger zu, doch der spukte ihm nur blutigen Speichel ins Gesicht. Er hustete, presste „Lang lebe Fürstin Rotkäppchen" hervor, ehe der Tod ihm das Wort nahm.

„Wie ist das nur möglich?", hauchte Aiofé hinter ihm verständnislos.

Beiläufig wischte Elyano sich über das Gesicht. Er trat an die Überreste eines Fensters und spähte in die Ferne. Die Furcht sprang ihn wie ein Raubtier aus der Dunkelheit an.

„Wo kann sie nur sein?", stammelte Zephir fassungslos.

Elyanos Gesicht wurde zu einer bitteren Maske. „Bei dem Rest ihres Heeres, schätze ich."

Samtene Grausamkeit

„Komm schon, Siandra", rief Llwyn und trieb sie zur Eile an. Sie hatte ihr versprochen, etwas zu Essen zu kochen, ihr Lieblingsgericht genauer gesagt, und nun konnte es Llwyn nicht schnell genug gehen. Ein Schmunzeln überkam Siandra, als sie an den Tag dachte, als sie das letzte Mal für das Mädchen gekocht hatte und wie viel sich seitdem geändert hatte. So viele Tage waren ins Land gezogen... ein komplett anderes Leben lag hinter ihr. Sie seufzte. So sehr sie auch versuchte, sich gemeinsam mit Llwyn und Fynn abzulenken, es wollte ihr einfach nicht gelingen. Immer wieder wanderten ihre Gedanken zu Elyano, der sein Leben in diesem Moment aufs Spiel setzte. Angst überkam sie, als sie an die Möglichkeit dachte, dass er nicht nach Hause zurückkehrte. Hastig vertrieb sie die Furcht. An so etwas durfte sie nicht einmal denken. Er würde zurückkehren.

Auch Fynn war in Gedanken bei Aisling, seinem Bruder und den anderen Jägern. Vor wenigen Minuten hatten sich ihre Wege getrennt, nachdem sie eine Zeit lang lustlos Spiele auf der Wii gespielt hatten. Die Einzige, die bei diesem Zeitvertreib Spaß hatte, war Llwyn. Elyano hatte seine Schwester im Unklaren darüber gelassen, was genau geplant war und Siandra konnte verstehen, was ihn dazu getrieben hatte, sie vor derartigen Sorgen zu bewahren.

Auf dem Weg zur Küche hatte Fynn sich von Siandra und seiner kleinen Schwester verabschiedet. Er wollte kurz mit Heinrich sprechen und dann nachkommen. „Wehe du lässt mir nichts übrig", hatte er Llwyn noch zugezwinkert und war mit seiner Krücke davon gehumpelt. Siandra hoffte nur, er tat nichts Unüberlegtes. Sie wusste genau, wie sehr es ihm zusetzte, hier im Orden bleiben zu müssen, während Elyano, Aisling und die anderen draußen waren und kämpften.

Sie hatten die Küche schon fast erreicht, als Siandra neben eiligen Schritten noch etwas anderes vernahm. Dumpfe Geräusche, wie Pfoten auf hartem Steinboden und eine unterschwellige Gefahr, die schwer in der Luft hing. Ohne nachzudenken, griff sie nach Llwyns Arm und zog sie mit sich in eine Nische. Als das Mädchen quietschte, hielt sie ihr den Mund zu. Furcht rann heiß durch Siandras Adern. Das konnte nicht sein. Sie konnten unmöglich hier sein?! Doch als sie um die Ecke spähte, bewahrheitete sich ihre schlimmste Befürchtung. Wölfe, hier im Orden. Was hatten sie es an den Wachen vorbeigeschafft?

Bitte, sei leise, flehte sie in Gedanken und hielt Llwyn auch weiterhin den Mund zu. Siandra hob sie hoch und presste den schmalen Körper an sich, als sie die Richtung wechselte und durch den Gang eilte. Sie musste das Mädchen in Sicherheit bringen und ihr fiel nur ein Ort ein, von dem sie sich fast sicher war, dass Pyrros ihn nicht kannte. Wie von selbst trugen ihre Füße sie durch den Orden, immerzu darauf bedacht, keinem von Rotkäppchens Spähern über den Weg zu laufen. Wie viele von ihnen hatten es geschafft, hier einzudringen?

Erst, als die Tür des großen Uhrkastens, dem Versteck der Zwillinge, hinter ihnen ins Schloss fiel, ließ Siandra Llwyn los. Das Mädchen war den Tränen nahe. „Was ist los?", fragte sie und schluchzte.

Siandra kniete sich zu ihr herunter und zog sie in ihre Arme. „Alles wird gut", flüsterte sie, als das Mädchen sich enger an sie schmiegte. „Alles wird gut." Es war das Einzige, das ihr über die Lippen kam. Wenn die Wölfe hier im Orden waren, was hieß das für Elyano und die Jäger? Sie unterdrückte das Schluchzen, das in ihrem Hals aufstieg. Sie wollte, konnte nicht glauben, dass die Jäger es nicht geschafft hatten und Elyano ... tot war. Nein, das durfte nicht sein. Reiß dich zusammen, herrschte sie eine innere Stimme an. Sie musste stark bleiben. Für Llwyn. Sie erinnerte sich an Elyanos Worte. Sobald man sich von seiner Angst beherrschen ließ, war man verloren.

Sie schreckte auf, als eine vertraute Stimme dumpf an ihr Ohr drang. Vorsichtig machte sie sich von Llwyn los und trat an das große Zifferblatt des Uhrkastens heran. Wut entflammte ihre Adern, als ihr Blick auf Pyrros fiel. Sein blondes Haar war noch wirrer als sonst und in seinen Augen lag ein gehetzter, fast schon ein wenig irrer Ausdruck, der Siandra mit einer namenlosen Furcht erfüllte. „Jagt ihnen nach", befahl er mit einer Stimme, die selbst Stahl zu schneiden vermochte. „Aber dass ihnen keiner etwas zuleide tut. Rotkäppchen will sie lebendig. Tötet jeden, der sich euch in den Weg stellt!"

Bittere Tränen liefen über Llwyns Gesicht, als sie sich wieder an Siandra klammerte. „Wo ist Elyano?", schluchzte sie. „Was will dieser Mann hier?"

In Sicherheit, hoffte Siandra und wollte dem Mädchen nicht sagen, dass sie seinetwegen hier waren. Wegen ihnen beiden. Es hätte Llwyn nur noch mehr verängstigt. Mit bewegungsloser Miene beobachtete Siandra die ausschwärmenden Jäger. Sie konnte nicht hierbleiben. Fynn war irgendwo im Gebäude. Wenn Pyrros oder einer seiner Gefährten ihn fanden, war er verloren. Doch genauso wenig konnte sie Llwyn alleine lassen. Was, wenn die Wölfe sie fanden und Rotkäppchen auslieferten?

Erst, als sie den metallischen Geschmack von Blut im Mund schmeckte, merkte sie, dass sie auf ihre Lippe gebissen hatte. „Alles wird gut", flüsterte sie wie ein eisernes Mantra und strich Llwyn durchs Haar, während sie einen Entschluss fasste. Behutsam umfasste sie die Schultern des Mädchens. „Hör mir zu, das ist jetzt sehr wichtig. Ich werde draußen nach Fynn suchen. Du bleibst hier. Versteck dich, sei leise und lass niemanden rein, den du nicht kennst."

„Aber..."

„Nein, Llwyn. Bitte, du musst es mir versprechen. Wenn du hierbleibst, wird dir nichts geschehen. Aber du musst mir vertrauen. Schließ die Tür von innen ab und bleib leise. Ich werde so schnell wie möglich zurückkommen."

Llwyn nickte und wischte sich mit dem Handrücken die Tränen aus dem Gesicht. „Mit Elyano und Fynn."

Siandra nickte, auch wenn sie sich dessen nicht so sicher war und zog das Mädchen in ihre Arme. „Du bist unglaublich tapfer", flüsterte sie und trat auf die Tür zu. „Vergiss nicht, was ich dir gesagt habe."

„Sei leise, schließ die Tür ab, las niemanden rein", wiederholte Llwyn.

Ein schwaches Lächeln, das nur für sie bestimmt war, zupfte an Siandras Lippen. „Ganz genau", hauchte sie, ehe sie die unscheinbare Tür hinter sich schloss.

Als sie durch die ihr so vertrauten Gänge des Anwesens lief, drang der Kampflärm bereits an ihre Ohren. In den letzten Wochen war der Orden ihre Heimat geworden, doch heute wirkte er anders, fremd. Ihr Atem raste und sie war froh darüber, dass sie ihre Waffe an der Hüfte trug. Noch heute morgen hatte Fynn angeboten, ihr einige Tipps zu geben. Aber, dass sein Training so bald in die Tat umgesetzt wurde, hätte sie nicht geahnt.

„Halbblut!"

Ruckartig drehte sie sich herum, als sie eine fremde Stimme hörte und zog ihre Waffe. Erst als sie erkannte, dass es einer von Ariels Jägern war, entspannte sie sich ein wenig. Seine Rüstung war bereits an einigen Stellen zerrissen und eine blutige Wunde zog sich quer über seine Wange und seinen Hals. Fest hielt der Mann einen Speer umklammert. „Halbblut", sagte er erneut. „Komm mit mir. Ich bringe dich hier raus."

„Wo ist Fynn?", fragte Siandra, ohne auf die Worte des Jägers zu achten. Der Mann zögerte. Erst, als Siandra ihn erneut, drängender fragte, sagte er ihr, was sie hören wollte. „Er ist zusammen mit Ariel und Heinrich im großen Ratssaal." Seine Augen weiteten sich geschockt, als Siandra sich an ihm vorbei schieben wollte. „Das darfst du nicht", protestierte er und hielt sie am Arm fest. „Du läufst in deinen Tod, Mädchen. Gegen Pyrros und seine Meute hast du keinerlei Chance."

„Dieses verlauste Pack hat mich bisher nicht zu Fall gebracht und wird es auch in Zukunft nicht", sagte Siandra und ihre Stimme glich einem Knurren. Die Angst schlug ihr wie Rauch entgegen. Angst um den Jäger, der ihr so lieb wie ein Bruder war und die Sorge um ihn brachte sie fast um. Sie musste zu ihm und da würde auch dieser Jäger nichts dran ändern.

Der Mann stellte sich ihr in den Weg und seine Augen funkelten bedrohlich. „Ich habe die Anweisung, dich hier raus zu bringen. Notfalls auch gegen deinen Willen."

Siandra ließ sich nicht einschüchtern. Die Furcht hatte sie in Brand gesetzt und loderte mit zerstörerischer Kraft in ihr. Mit einer nahezu flüssigen Bewegung zog sie ihre Klinge. „Versuchs doch", fauchte sie und schob sich an ihm vorbei. Der Jäger war viel zu perplex, um zu reagieren. Niemals hätte er eine solche Reaktion von einem Halbblut erwartet.

Eilig lief Siandra durch die Gänge. Hinter sich hörte sie die Schritte des Jägers, der ihr folgte, doch das war ihr gleich. Wie von selbst brachten ihre Füße sie die Treppe herunter zur zweiten Ebene. So oft schon war sie diesen Weg gegangen, doch nie zuvor hatte die Angst, um die, die sie liebte, so stark in ihr gepocht. Kaum etwas hatte ihr Herz derart rasen lassen.

„Aber meine Anweisungen", rief der Jäger hinter ihr, doch sie ignorierte ihn. Als sie den Ratssaal schon fast erreicht hatte, drang eine weitere

Stimme an ihr Ohr. Es war ebenfalls einer von Aschenputtels Jägern, ein gedrungener Mann, dessen Haar man wohl nur noch als friedhofsblond bezeichnen konnte. In seiner Hand hielt er einen Speer, der mit bunten Federn geschmückt war. „Jergli", rief er wütend. „Was hast du hier zu suchen? Und was tut sie noch hier? Du solltest sie doch wegbringen!"

„Ich habe es ja versucht, Veitli! Aber sie hat mich nicht gelassen!"

„Was sollte sie schon tun?"

„Ich störe diese Unterhaltung ja nur ungern", zischte Siandra und schob sich an ihnen vorbei. Während die beiden sich hier nett unterhielten, zogen die Wölfe weiter durch den Orden und Fynn und die anderen kämpften um ihr Überleben.

„Warte, Halbblut!", riefen sie und wollten ihr nachsetzen, als ein Knurren sie aufschrecken ließ. Krampfhaft umklammerten sie ihre Speere und gingen zum Angriff über.

Siandra wollte ihnen zu Hilfe kommen, als jemand nach ihrem Ellbogen griff. Sie zuckte erschrocken zusammen, doch dann erkannte sie, dass es ein weiterer der Jäger war, der sie mit sich zog. Er glich dem jüngeren der beiden Speerträger bis aufs Haar. „Folge mir, Halbblut", flüsterte er ihr ins Ohr. Der raue, blonde Bart kratzte über ihre Wange. „Mein Bruder und mein Vetter kommen mit dieser Höllenbrut allein zurecht."

„Du wirst mich nicht wegbringen?", fragte Siandra atemlos, während sie neben ihm herlief.

Der Jäger schüttelte den Kopf. „Jeder kann eigene Entscheidungen treffen, selbst ein Halbblut. Und du hast deine bereits getroffen, habe ich recht?" Siandra nickte. Sie würde an Elyanos Stelle an Fynns Seite stehen. „Dann geschieht es auf deine Verantwortung, Kleines", sagte er und grinste für den Bruchteil einer Sekunde.

Noch bevor sie um die Ecke bogen, hörten sie den Klang aufeinander schlagender Schwerter. Siandra beschleunigte ihre Schritte. Hoffentlich kam sie nicht zu spät! Mit der Hand am Knauf ihrer Waffe riss sie die Tür auf und erstarrte.

Der Kampf war bereits im vollen Gange. Wie hungrige Raubtiere umkreisten Pyrros und Fynn einander. Auf ihren Gesichtern lag eine todbringende Entschlossenheit. Keiner von ihnen würde den anderen lebendig ziehen lassen. Doch während Pyrros noch voller Energie war, lehnte Fynn sich mit einer Hand keuchend auf seine Krücke und schien seine

Klinge in der anderen kaum halten zu können.

Heinrich kämpfte ein paar Meter weiter gegen einige Wölfe. Siandra war von seinem Anblick einen Augenblick lang gebannt. Es war, als hätte er den greisen alten Mann einfach abgeschüttelt. Sein Gehstock lag in seinen Händen. Erst als Siandra ein zweites Mal hinsah, erkannte sie die schlanken Klingen, die ihm zu entwachsen schienen. Gekonnt ließ Heinrich sein zweischneidiges Schwert auf seine Gegner herabfahren.

Fynn sah schon sichtlich mitgenommen aus. Ein blutiger Schnitt verlief quer über seine Stirn und Blut und tropfte ihm ins Auge. Sein Gesicht war in bitterer Entschlossenheit verzogen. Der Jäger, der Siandra hergebracht hatte, stürzte sich sofort auf Pyrros und auch sie wurde von einem der gegnerischen Jäger belagert.

„Siandra", sagte Pyrros seidig lächelnd und ging erneut zum Angriff über. „Wie schön, dass du dich zu uns gesellst. Bleibt mir die Mühe erspart, dich auch noch suchen zu müssen."

„Was hast du hier verloren?", presste Fynn zwischen zwei Schlägen hervor. „Du solltest in Sicherheit sein!"

„Und du solltest in einem Krankenbett liegen. Hat ja auch nicht ganz funktioniert", erwiderte Siandra und schlug mit ihrer Klinge zu.

„Wie rührend", säuselte Pyrros und ließ von Fynn ab, um Ariels Schlag abzufangen. Der Hüter des Ordens war aus dem Hinterhalt auf den jungen Wolf zugesprungen, doch in einer flüssigen Bewegung hatte dieser den Schlag pariert. Pyrros war ein wahrer Meister an seinem Degen, aber das war nicht seine größte Fertigkeit. Es war sein Erbe, das ihm eine unmenschliche Kraft und Schnelligkeit verlieh. Seine Augen funkelten angriffslustig, als er seine Waffe durch die Luft schnellen ließ.

Ariel kämpfte mit einem eindrucksvollen Breitschwert und ließ sich von Pyrros' Arroganz nicht aus der Ruhe bringen. Mit aller Kraft schlug er zu und zwang Rotkäppchens Offizier kurz in die Knie, doch dann konterte er. Gekonnt duckte er sich unter Ariels Schlag und ging selbst zum Angriff über.

Siandras Augen weiteten sich vor Schreck, als es Pyrros gelang Ariel an der Seite zu verletzen, aber dann ließ ein erneuter Schlag ihres Angreifers ihren Arm erzittern. Auch Fynn hatte alle Mühe mit seinem Gegner. Ohne den Jäger an seiner Seite, hätte er schon lange den Boden unter den Füßen verloren.

Pyrros trat nach Ariel und es gab in knackendes Geräusch, als habe er ihm die Kniescheibe zertrümmert. Mit einem schmerzvollen Aufschrei taumelte Ariel zurück. Pyrros Degen streifte seine Brust und zerteilte mit Leichtigkeit Stoff und Haut. Taumelnd rappelte er sich auf und ging erneut zum Angriff über, doch Pyrros war schneller. Mit einem siegessicheren Lächeln parierte er den Schlag.

„Mach mich nicht wütend, alter Mann", knurrte er und seine Mimik ließ den Wolf, der in ihm schlummerte, erkennen.

Wieder und wieder ließ Siandra ihre Klinge auf ihren Gegner niedergehen. Auch wenn sie die letzten Tage fast ununterbrochen unter den Argusaugen von Elyano, Heinrich und Fynn trainiert hatte, konnte sie der jahrelangen Ausbildung ihres Gegners kaum etwas entgegensetzen. Sie spürte, wie ihre Arme immer schwerer wurden und sich eine eigenartige Müdigkeit in ihr ausbreitete. Dann stand das Glück auf ihrer Seite. Mit einem Ausfallschritt durchbrach sie die Deckung ihres Gegners und stach zu. Der Jäger ging keuchend zu Boden.

Sie fuhr herum, als sie einen dumpfen Schmerzenslaut hörte, dicht gefolgt von Fynns verzweifelter Stimme. „Nein!", schrie er und versuchte zu Ariel zu gelangen, doch sein Gegner stellte sich ihm in den Weg. Mit einem fast schon selbstgefälligen Lächeln zog Pyrros seinen Degen aus dem Brustkorb des Hüters und wischte das Blut an einem der Wandteppichen von seiner Klinge. „Das wirst du büßen!", brüllte Fynn, doch Siandra konnte den Blick nicht von Ariel abwenden. Kraftlos sackte er auf die Knie, seine Augen ungläubig aufgerissen. Sein Mund öffnete sich, doch kein Laut kam von seinen Lippen, nur helles Blut.

„Ich würde ja gerne bleiben und mit euch spielen, aber ich habe einen Auftrag zu erledigen. Meine Fürstin erwartet mich."

Pyrros wandte sich an Rotkäppchens Jäger. „Bring sie zu mir, wenn ihr lange genug Hasch-mich gespielt habt." Mit den Worten drehte er sich um und verließ den Raum.

Mit einem wütenden Aufschrei erwachte neues Leben in Fynn. Zornig wie ein verletzter Bär schlug er auf die Jäger und Wölfe ein, die seiner Rache im Weg standen. Er setzte alles daran, dem Wolfsprinzen zu folgen.

Siandra versuchte ihn aufzuhalten, doch da spürte sie, wie etwas Hartes ihren Kopf traf und er herumgeschleudert wurde. Gleißend hell explodierte der Schmerz in seinem Inneren, als sie ihr eigenes Blut schmeckte und den Griff des Jägers spürte, der ihr die Waffe entriss.

„Bring sie zu ihr", rief der Jäger, der noch mit Heinrich beschäftigt war, ihrem Gegner zu.

Siandra spürte das raue Lachen des Mannes an ihrem Rücken, als er ihren Arm mit einem Ruck, nach hinten riss und dort festhielt. Mit aller Macht versuchte sie sich zu befreien, doch jede Bewegung bereitete ihr Höllenqualen. Sie hatte keine andere Wahl, als sich Rotkäppchens Jäger zu beugen.

Dröhnend trug der Wind den Kampflärm an sie heran. Der helle Gesang aufeinander treffenden Eisens, dumpfe Schmerzenslaute. Siandra versuchte ihre Seele vor dem Bild zu verschließen, das sich ihr bot, doch es gelang ihr nicht. Pyrros hatte Fynn an die Wand gedrängt. Ariels Jäger lehnte sich Halt suchend gegen sie und hielt seinen Arm mit schmerzverzerrtem Gesicht. Helles Blut lief durch seine Finger hindurch und tränkte seine Kleidung. Sein Schwert lag einige Meter von ihm entfernt auf dem Boden, für ihn unerreichbar.

Pyrros drehte sich zu ihr um und sie erkannte die Klinge, die sich hinter seinem Lächeln verbarg. „Nein!", schrie sie und versuchte sich zu befreien, um Fynn zu helfen, doch ihr Entführer hielt sie unbarmherzig fest. Einen Moment lang fixierte Pyrros sie mit seinem Blick, dann ging alles unmenschlich schnell. In einer beiläufig wirkenden Bewegung stach er in Fynns Bein. Der Jäger stöhnte vor Schmerzen auf, krümmte sich und sank zu Boden. In der nächsten Sekunde holte der Wolf erneut aus und traf Fynn am Rücken. Siandra musste nicht das Blut zu sehen, das sich langsam um Elyanos Bruder ausbreitete, um zu wissen, dass für ihn jede Hilfe zu spät kam.

„Bring sie zu ihr", befahl Pyrros, ohne den Blick von Siandra abzuwenden. „Ich werde nachkommen, sobald ich den kleinen Vogel gefunden habe."

Llwyn, dachte Siandra verzweifelt, als sie weiter geschliffen wurde. Sie dürfen sie nicht finden! Sie dürfen es einfach nicht! Ihr Hals brannte, doch sie hatte keine Kraft zu weinen. Auf einmal fühlte sie sich erschöpft und ausgebrannt.

21. Der Gesang der Nachtigall

Siandra kannte den Gang, durch den der Jäger sie führte und ahnte, wo Rotkäppchen auf sie warten würde. Doch dann blieb ihr Entführer plötzlich stehen, als jemand nach ihm rief. Ein Schwall einer unbekannten Sprache – war es etwa spanisch? - brach über sie herein ein und ließ den Jäger die Richtung wechseln. Er murmelte unablässig etwas in derselben Sprache, als er sie grob mit sich zog und zur Eile antrieb.

Eine eiskalte Hand packte ihr Herz, als sie die Wandteppiche bemerkte. Sie wusste, wohin er sie brachte, auch wenn alles in ihr hoffte, dass ihre Vermutung falsch war. Eine Frage jagte durch ihr Innerstes. Wie? Wie hatte Rotkäppchen sie bloß gefunden?

Rotkäppchen saß mit dem Rücken zu ihr in einem breiten Ledersessel und starrte gedankenverloren durch die gläsernen Zahlen. Ein ruhiges Lied lag in der Luft, kaum mehr als ein Summen. Es verstummte, als der Jäger neben Siandra die Stimme erhob.

„Meine Fürstin, ich bringe Euch das Halbblut."

„Was ist mit Ariel?", fragte sie, ohne sich umzudrehen.

„Um den braucht Ihr Euch nicht mehr zu sorgen, meine Fürstin."

Rotkäppchen lachte kurz auf, doch es klang mehr nach einem Schnauben. In unerträglicher Langsamkeit drehte sie sich auf dem Stuhl zu ihnen um. Sie lächelte, doch es hatte nichts freundliches an sich und reichte nicht bis zu ihren Augen. Sie hatte einen Arm um Llwyn geschlungen, die auf ihrem Knie saß. Verängstigt starrte das Mädchen Siandra an.

„Lass sie gehen", verlangte Siandra. Ihre Stimme klang rau und fremd aus ihrem Mund.

Rotkäppchen richtete sich auf. Sie verströmte Arroganz, wie ein See Nebel. „Sie gehen lassen?", fragte sie und hob die Augenbrauen. „Wie käme ich denn dazu? Sie ist der letzte Schlüssel, die letzte Hürde, die noch vor mir liegt. Sie wird mir helfen, das Geheimnis der Eide zu ergründen, habe ich nicht recht, Liebes?" Sie lächelte Llwyn zu, doch das Kind war wie erstarrt. „Genau wie du, Siandra."

„Was hast du hier verloren?", fragte Siandra und versuchte einen unerschütterlichen Gesichtsausdruck wie eine zweite Rüstung zu tragen. „Und wo sind Elyano und die anderen?"

Rotkäppchen erhob sich von dem Sessel und schob Llwyn in die Arme eines Jägers, der hinter ihr in der Ecke stand. Als Siandra näher hinsah, erkannte sie dass es Hänsel war, der nun Llwyn festhielt. Was hatte Gretels Bruder hier zu suchen?

„Es gibt schwierigeres, als Ariel zu täuschen. Solch ein Narr", sagte sie mit seidenglatter Stimme, ehe sich ihr Gesicht bewölkte. „Dir hat wohl noch niemand etwas gesagt. Elyano ist..." Sie stockte. „... tot. Hätte er sich nur nie von mir abgewandt, wäre er vielleicht noch am Leben. So hätte es nicht enden müssen."

Fassungslos starrte Siandra sie an und für einen kurzen Augenblick entgleiste ihr der Gesichtsausdruck. Rotkäppchen wirkte so ehrlich in ihrer Bestürzung, dass sie es ihr fast glaubte. Ihre Kehle schmerzte, doch sie würde der Fürstin nicht diese Genugtuung geben. Schnell versuchte sie wieder ihre versteinerte Maske aufzusetzen.

Rotkäppchens Augenbrauen hoben sich und ihr Lächeln war wie in Samt gehüllte Grausamkeit. „Ach, glaubst du mir etwa nicht?" Sie trat auf Siandra zu und gab ihrem Jäger mit einer herrischen Handbewegung zu verstehen, sie loszulassen. Dann umfasste sie ihr Kinn und zwang sie, sie anzusehen. „Ich habe es selbst getan." Rotkäppchens Worte brannten wie Salz in Wunden und ihr Lächeln verriet Dinge, die lieber unausgesprochen blieben.

Ein eiserner Ring lege sich um ihr Herz. Das war nicht möglich! Er konnte nicht... tot ein. Er war doch Rabe, der jede Schwierigkeit mit einem Grinsen überstand. Doch dann dachte sie an Ariel und Fynn und daran, wie schnell ein Leben enden konnte.

„Was hast du, Siandra? Habe ich dich etwa sprachlos gemacht?"

Siandra versuchte die Trauer um ihre Freunde beiseite zu schieben. Sie konnte nicht glauben, dass alles verloren war, durfte es nicht. Wenn sie Rotkäppchens Worten Glauben schenkte und die Trauer Oberhand gewann, waren sie verloren. Llwyn, die Jäger und auch sie. „Nein", antwortete sie knapp und sah, wie das Lächeln für den Bruchteil einer Sekunde aus Rotkäppchens Gesicht verschwand.

Doch die Fürstin fing sich schnell wieder. „Nein?"

„Ganz genau. Nein."

Schweigend starrten die beiden Frauen sich an, schienen sich geradezu ein Blickduell zu liefern. Rotkäppchen ließ ihr Kinn los und machte einen Schritt von ihr weg. Doch ehe Siandra sich bewegen konnte, hörte sie bereits die Stimme der Fürstin. „Das würde ich dir nicht raten", flüsterte sie, doch Siandra dachte nicht daran stehen zu bleiben. Sie lief auf Llwyn zu, stürzte aber ehe sie sie erreichen konnte, wie von einer unsichtbaren Macht getroffen. Es war die gleiche Macht, die sie am Boden festhielt.

„Siandra!", schrie Llwyn und keuchte auf, als Hänsel nach ihr schlug.

„Ich habe es dir doch bereits gesagt." Ein dämonisches Funkeln lag auf Rotkäppchens Zügen, als sie näher kam. „Leg dich nicht mit mir an, Siandra!"

Siandra wurde plötzlich in die Luft gerissen und prallte hart gegen eines der Bücherregale. Einen Augenblick lang senkte sich unbarmherzige Schwärze vor ihre Augen und ihre Rippen schmerzten, als wäre mindestens eine von ihnen gebrochen. Doch Rotkäppchen ließ nicht von ihr ab. Wieder hob sie sie in die Lüfte.

„Siandra, Siandra, warum machst du das nur? Hättest du dich doch aus allem herausgehalten, hättest du dich nur mir angeschlossen. Warum tust du das?"

„Ich kämpfe für die Freunde, die meine Familie geworden sind!", spie sie der Fürstin geradezu ins Gesicht.

„Familie?", wiederholte Rotkäppchen herablassend. „Du glaubst doch nicht etwa, sie sehen es genauso?" Ihr Lachen erfüllte den riesigen Uhrkasten. „Du bist ein Halbblut, Siandra. Hast du es denn immer noch nicht begriffen? Selbst deine Entscheidung zu einem Leben, als eine der Unseren könnte daran nichts ändern. Du wirst stets das Halbblut bleiben, eine Ausgestoßene, eine Unreine. Und sie sind Jäger. Es liegt in ihrer Natur zu jagen und zu töten. Im Augenblick mögen sie dich dulden, aber sie werden dich noch lange nicht als eine der Ihren akzeptieren." Sie schnaubte. „Familie. Dass ich nicht lache."

Jedes ihrer silberkalten Worte schnitt tiefe Wunden in ihre Seele, doch Siandra versuchte sich nichts anmerken zu lassen. Sie musste an Garos Worte denken, damals in den Höhlen. Rotkäppchen war eine Meisterin der Manipulation. Doch sie würde sich nicht in ihrem Spinnennetz verfangen. Sie würde kämpfen.

Als die Wut in ihr aufkam, spürte sie, wie sich die unsichtbare Hand, die sie hielt, immer mehr öffnete und sie fallen ließ. Hart kam sie auf dem Boden auf und keuchte.

Rotkäppchen stieß einen missbilligenden Laut aus. Das Lächeln war verschwunden und hatte nur kalten Zorn zurückgelassen. „Dich werde ich lehren", presste sie hinter geschlossenen Zähnen hindurch, als Schritte sie aufhorchen ließen, zusammen mit dem Geräusch einer Tür, die aufgestoßen wurde. Rotkäppchens Augen verengten sich vor Wut, als sie erkannte, wer durch die Eingangshalle stürmte.

Siandra presste eine Hand in ihre Seite und richtete sich schwerfällig auf.

„Siandra!", rief Elyano und eine Woge der Erleichterung brach über ihr zusammen. Doch er war alleine. Vielleicht hatte er die Macht seiner Raben genutzt, um wie der Wind zum Orden zurückzukehren. An die Möglichkeit, dass die anderen Jäger gefallen waren, wollte sie nicht einmal denken.

„Dann sollte ich mich wohl besser sputen", zischte Rotkäppchen und griff nach Llwyns Arm. Siandras Blick schoss durch den Raum, auf der Suche nach etwas, das ihr gegen Rotkäppchen helfen würde. Dann wurde ihr plötzlich ein Gegenstand bewusst, der an ihrer Hüfte baumelte. Sie griff danach. Es war der Dolch, den der Butt ihr gegeben hatte. Warum hatte Rotkäppchens Jäger ihn nicht zusammen mit ihrem Schwert an sich genommen? Sie verwarf den Gedanken. Und auch wenn sie ein ungutes Gefühl bei der Sache hatte, war er die einzige Möglichkeit, die ihr blieb.

Rotkäppchen rammte Llwyn eine Nadel in den Arm und ihr Widerstand erstarb. Hänsel, der zwischen Siandra und der Fürstin stand, sah ihren Angriff nicht kommen. Mit aller Kraft hieb sie ihm den Griff gegen die Schläfe und eilte weiter, als er getroffen zu Boden ging.

„Du glaubst wirklich, ich mache es dir so einfach?", fragte Rotkäppchen, ohne nach einer Waffe zu greifen. Behutsam bettete sie die schlafende Llwyn auf das große Sofa.

Siandra achtete nicht auf ihre Worte. Sie ging zum Angriff über. Doch als sie den Dolch zum Schlag erhob, wurde er ihr von einer unsichtbaren Hand entrissen. Mit vor Schock geweiteten Augen starrte sie den Dolch an, der in der Luft schwebte und plötzlich auf sie selbst zuschoss. Egal, was sie tat, er würde sie erwischen.

Dann spürte sie, wie das kalte Metall sich an ihren Hals schmiegte. Ihre Haut brannte an den Stellen, an denen er sie einschnitt.

„Hättest du doch eine andere Seite gewählt", flüsterte Rotkäppchen und trat näher an sie heran. „Vertraue niemals einem Fisch. Oder einem Raben. Er wird immer mir gehören. Er wird mir immer gehorchen."

Siandra beobachtete Rotkäppchen, unfähig sich zu bewegen, als sie in die Tasche ihres dunklen Mantels griff und einen länglichen Gegenstand hervorholte. Es war ein schmaler Dolch mit goldener Klinge. Rotkäppchen seufzte theatralisch. „Schon schade um dich. So ein hübscher Hals."

„Nicht so schnell!"

Rotkäppchen fuhr herum, als die Tür aufflog und Elyano hereinstürmte. „Kommst du, um mitzuspielen? Dazu bist du leider zu spät dran. Verschwinde!", zischte sie, ohne von Siandra zurückzutreten.

„Dein kleines Ablenkungsmanöver hat dich nicht weit gebracht, Alessandra!", knurrte er und auf einmal sah Siandra wieder das bösartige Blitzen in seinen Augen. „Und jetzt lass sie los!"

Mit einem unschuldigen Lächeln auf den Lippen ging sie auf ihn zu und schlich um ihn herum, wie eine Katze, die mit ihrer Beute spielte. „Hast du es denn noch nicht gelernt, dass du dich mir nicht in den Weg stellen sollst?"

„Ich wiederhole mich nur äußerst ungern", sagte er und griff zum Knauf seiner Klinge. „Lass. Sie. Gehen."

Ein belustigtes Grinsen schlich sich auf ihr Gesicht, als sie stehen blieb und die Arme vor der Brust verschränkte. „Also ehrlich Elyano. Wie weit ist es mit uns gekommen? Du hättest an meiner Seite zu wahrer Größe aufsteigen können. Als meine rechte Hand."

„Du glaubst doch nicht, dass du damit durchkommst?" Fast schon ungläubig starrte er sie an. „Du hast die Fürstinnen ermordet. Ihre Orden werden nach Rache und Vergeltung dürsten. Und ohne Führung wird es zu einem Bürgerkrieg, zu einem einzigen Streben nach der Vorherrschaft im Reich kommen. Ist es das, was du willst?"

„Nicht die Jäger sind das Problem, es sind die Menschen. Jahrhunderte lang sind wir nun schon gezwungen, im Verborgenen zu leben und spüren jeden Tag aufs Neue, dass die Göttinnen unsereins zwar als Erstes schufen, ihnen jedoch mehr Aufmerksamkeit entgegenbringen."

„Und was willst du tun? Die Menschen auslöschen?"

Ihr glockenhelles Lachen erfüllte den Raum. „Große Göttin, Elyano, nein. Ich werde nur den rechtmäßigen Platz meines Volkes einfordern." „Das ist Wahnsinn!", keuchte Elyano auf.

„Nein, das ist Zukunft", sagte Rotkäppchen und balancierte den goldenen Dolch mit der Schneide auf ihrer Handfläche. Wie von unsichtbaren Fäden gezogen, richtete er sich auf. „Unser Volk wird aufsteigen und das Zeitalter der Menschen ein Ende finden! Ihr könnt mich nicht aufhalten. Nicht einmal du, Elyano!" Ein Lächeln bittersüßer Erkenntnis trat auf ihr Gesicht, als sich der Doch von ihrer Handfläche löste.

Elyano erkannte, was sie vorhatte. „Du wirst sie nicht anrühren", knurrte er und riss seine Klinge aus der Lederscheide.

Fast beiläufig ließ Rotkäppchen ihre Hand durch die Luft streichen. Mit vor Schock geweiteten Augen beobachtete Siandra den goldenen Dolch, der zu flimmern begann, noch immer unfähig sich zu bewegen. Aus einem Dolch wurden zwei, aus zwei vier und ehe sie sich versahen, war Rotkäppchen von einem Kreis dieser Dolche umgeben. „Ich habe dich gewarnt, dich nicht mit mir anzulegen", flüsterte sie und bewegte die Hand ruckartig auf Elyano zu.

Nacheinander schossen die Dolche blitzschnell auf ihn zu. Elyano versuchte sich abzurollen, wehrte einige mit der Flanke seiner Klinge ab, doch einer fand den Weg zu seinem Arm und durchtrennte den Stoff einige handbreit.

Siandra musste einen erschrockenen Aufschrei unterdrücken. Sie konnte nicht tatenlos hier herumstehen. Sie musste etwas tun! Doch sie konnte sich nicht von einem Gegner befreien, den sie nicht sehen konnte.

Elyano rollte sich in einer geschmeidigen Bewegung vom Boden ab und ging zum Angriff über. „Lieber sterbe ich im Stehen, als mein Leben lang zu knien!", knurrte er. Seine Klinge traf auf Metall, als Rotkäppchen ein langes Schwert beschwor. Ihre Augen funkelten entschlossen, als ihre Klinge den Angriff blockte und selbst einen Schlag ausführte. Fast schon unbeteiligt stand die Fürstin vor dem Ziffernblatt, die Arme vor der Brust verschränkt und beobachtete mit Argusaugen den Kampf. Keinen einzigen Blick schenkte sie Siandra, die nur wenige Meter neben ihr stand.

Verdammt, dachte Siandra mit einem Anflug von Panik. Es musste möglich sein, sich aus Rotkäppchens Bann zu winden. Aber so sehr sie es auch versuchte, sie bekam seinen Knauf einfach nicht zu fassen.

Hell sang der Stahl, als er immer wieder aufeinander traf. Elyano versuchte zu Rotkäppchen zu gelangen, doch die gegnerische Klinge machte ihm immer wieder ein Strich durch die Rechnung. Sie war schnell. Fast noch schneller als er. Die Erkenntnis rann langsam wie Eiswasser über seinen Rücken. Ihm blieb keine andere Wahl. Er musste es tun. Er konzentrierte sich und rief in Gedanken nach seinem Raben, als er erneut zum Angriff überging und all seine Kraft in den Schlag steckte.

Siandra versuchte nach dem Dolch zu greifen, aber jedes Mal entzog er sich ihr. Angespannt kaute sie auf ihrer Lippe, während ein Entschluss tief in ihr aufkam. Noch einmal atmete sie tief durch, dann griff sie nach der Schneide des Dolches. Sie unterdrückte mit aller Kraft den Schmerzenslaut, der in ihr aufstieg, als der scharfe Stahl in ihre Handfläche schnitt und Blut hervortrat. Sie durfte nicht aufgeben. Es war ihre einzige Chance. Zentimeter für Zentimeter rückte er von ihrer Haut ab. Als sie ihn weit genug von ihrem Hals weghielt, ließ sie ihn schnell los und schaffte es einen Griff zu fassen. Die offenen Wunden auf ihrer Haut brannten, doch sie versuchte nicht darauf zu achten. Der Dolch wand sich in ihrer Hand und sie hatte ziemliche Probleme seiner Herr zu werden. Er warf sich umher, versuchte seinen Widersacher abzuschütteln, aber Siandra hielt ihn unbarmherzig fest.

Elyano spürte, wie die schwarze Kraft durch seine Adern schoss und von ihm Besitz ergriff. Es war, als würde er das Tier in seinem Inneren aus der Ferne beobachten. Das Tier gewann die Oberhand, doch es störte ihn nicht. Er wehrte sich nicht einmal. Er wusste, dass es ihre einzige Möglichkeit war, Alessandra zu besiegen. Und so ignorierte er das Stechen in seiner Brust, umarmte den Schmerz geradezu, wie einen lang vermissten Freund.

Einen kurzen Augenblick lang weiteten sich Rotkäppchens Augen erschrocken, dann kehrte ihr Lächeln voll grausamer Gewissheit zurück. Erneut ging sie zum Angriff über. Elyano hielt gegen, setzte all seine Kraft ein. Mit einer flüssigen Bewegung schaffte er es die Klinge von sich weg und zur Seite zu lenken. Doch bevor sie in das Holz des Bücherregals einschlagen konnte, löste sie sich auf.

„Lass die Spielchen", knurrte Elyano rau. Siandra zuckte zusammen. Seine Stimme klang fremd und die Schroffheit brannte auf ihrer Haut.

Rotkäppchens Mundwinkel zuckte. „Oh, ich habe gerade erst angefangen", flüsterte sie und griff über die Schulter nach ihrem Rücken. Sie zog zwei schlanke Klingen hervor und gab Elyano nicht einmal die Möglichkeit auszuatmen, ehe sie ihren tödlichen Tanz begann. Mit einer fast schon unmenschlichen Schnelligkeit drang sie auf Elyano ein. Sie stand ihm im Können in kaum etwas nach. Wendig wie eine Raubkatze, ließ sie sich zu Boden fallen, um seinem Angriff zu entgehen und trat nach ihm. Elyano hatte ihre Bewegung kommen sehen. Er sprang zur Seite und schlug zu, doch da war Rotkäppchen wieder auf den Beinen und ging zum Gegenangriff über.

Angestrengt umklammerte Siandra den Griff des Dolches. Sie durfte ihn nicht loslassen. Aber sie spürte auch, wie ihre Hände nach und nach schwerer wurden und ihr der lederne Griff immer mehr aus den Händen glitt. Die Wunden an ihrer Hand brannten wie Feuer. Nein, dachte sie verbissen und verstärkte ihren Griff. Als sie schon befürchtete, den Kampf mit dem Dolch zu verlieren, schien er sich in ihrer Hand zu beruhigen. Doch sie hatte keine Zeit aufzuatmen.

Ein unterdrückter Schrei hallte durch die Luft, der in einen Schmerzenslaut überging. Elyano kniete vor Rotkäppchen auf dem Boden. Ihre Klingen lagen an seinem Hals, überkreuzten sich unter seinem Kinn. Doch er wandte die Augen nicht ab. Er erwiderte den Blick der roten Fürstin, obwohl er wusste, dass ihn sein Ende erwartete.

Siandras Herz schlug bis zu in ihrem Hals, als sie ohne nachzudenken handelte. Sie lief los, holte aus und stach mit dem Doch zu. Die Klinge schnitt durch Haut und fiel mit einem Klirren zu Boden. Die Wunde an Rotkäppchens Arm war nicht tief. Sie schien sie nicht einmal sonderlich zu schmerzen. Für Elyano war es aber Ablenkung genug. Mit einem Ruck hatte er sich aus der Gefahrenzone gebracht und ging ohne zu Zögern zum Angriff über. Siandra spürte, dass etwas in ihm vorging, sich veränderte. Wie ein dichter, schwerer Nebel hing es im Raum, kroch in jede Ritze und Pore. Sie sah die Schatten, die sich auf seinem Handrücken ausbreiteten und in ihrem Inneren kämpfte sich eine eigenartige Kälte an die Oberfläche. Und plötzlich wusste sie, was er vorhatte. Nein, wollte sie schreien, suchte nach Worten, um ihn aufzuhalten, doch kein einziger Laut kam über ihre Lippen. Siandra konnte ihn kaum mit den Augen verfolgen, so schnell bewegte er sich. Mit einem raubtierartigen Funkeln ging er wieder zum Angriff über und schaffte es Rotkäppchen die Schwerter aus der Hand zu schlagen. Mit einem Scheppern fielen sie zu Boden und schlitterten über die glatte Oberfläche. Elyano ließ ihr keine Gelegenheit Luft zu holen. Seine Klinge durchschnitt die Luft, schnellte auf Rotkäppchen zu, doch die Fürstin zuckte nicht mit der Wimper.

Mit den Händen fing sie den Schlag der Klinge ab. Aber es war nicht ihre Haut, die die zerstörerische Macht des Stahls abhielt. Es waren rote Funken, wie Strom, der den Boden berührte. Mit einem selbstgefälligen Lächeln stieß sie ihn zurück. „War es das wert?", fragte sie, als sie die Hand bewegte und eine ihrer Klingen zu ihr zurückkehrte.

Der dunkle Schatten hatte seinen Handrücken fast vollständig überzogen und seine Augen waren tiefschwarz. Das Adrenalin pumpte den letzten Rest seiner Menschlichkeit aus seinem Körper. Ein unwirklicher Schrei entrann seiner Kehle, als er erneut zum Angriff überging. Siandra war wie erstarrt und auch Rotkäppchen schien seine Kraft zu unterschätzen. Sie schaffte es, Elyanos Schläge zu parieren, doch er wurde immer schneller. Mit einem lauten Scheppern fiel Rotkäppchens Schwert zu Boden. Siandra zuckte zusammen, als Elyanos Klinge sich an die Kehle der Fürstin legte. „Leb wohl", knurrte er, doch seine Stimme hatte nichts mehr mit ihm gemein.

„Es gibt keinen Sieg, ohne Leid. Kein Vergehen, ohne Wiederkehr", flüsterte Rotkäppchen tonlos.

Siandra wandte den Blick nicht ab, als Elyano ausholte und den Kopf der roten Fürstin von ihrem Hals trennte.

Erst, als er kraftlos auf die Knie sackte, fiel auch die Starre von Siandra ab. Mit wenigen Schritten hatte sie die Entfernung zu ihm überbrückt. Ein unmenschliches Knurren kam über seine Lippen, als sie sich zu ihm hinkniete. Mit versteinertem Blick starrte er zu Boden.

Siandras Blick fiel auf seine Hand. Der schwarze Schatten schien in Bewegung, wie ein Grasmeer im Wind. Dunkle, schwarze Linien stachen unter seinem Hemdärmel hervor. Ihr stockte der Atem, als sie sie auch an seinem Hals erkannte. Mit zitternden Händen öffnete sie seine Lederrüstung ein Stück weit. Die schwarzen Linien hatten sich über seinen ganzen Oberkörper ausgebreitet. Sie schienen zu leben, pulsierten und breiteten sich weiter aus. Der schwarze Schatten schien aus ihnen heraus zu wachsen, bedeckte seine Haut und wurde zu dunklen Federn. „Nein!", rief Siandra und legte die Arme um seinen Nacken und zog ihn dicht an sich heran. Sie spürte sein Herz klopfen, so stark, als würde es nach etwas schlagen. Der schwarze Schatten brannte auf ihrer Haut, aber sie spürte den Schmerz nicht.

Ein stummer Schrei kam über seine Lippen, doch sie hielt ihn ohne nachzugeben. Die dünnen Linien an ihrem Handgelenk pochten und sie spürte Elyanos warmen Schleier, schwach und weit entfernt. Sie versuchte danach zu greifen, doch es gelang ihr einfach nicht. Erschöpft sank sie mit dem Kopf gegen seine Schulter, ließ ihn aber nicht los. Sie hatte das Gefühl zu ertrinken, als würde sie in einem Meer aus warmer Milch versinken. Ihr Bewusstsein trat langsam in die hinterste Ecke ihres Verstandes, während der Raum um sie herum in einem weißen Strudel versank.

Siandra wusste nicht, wie lange sie bewusstlos gewesen war. Sie erwachte auf einer Hügelkuppe. Hinter ihr thronten die Bäume des dichten Waldes, doch auf der anderen Seite konnte sie über den Rand hinab ins Tal blicken. Die glühende Sonne lag wie eine blutrote Seifenblase in der Ferne und der Horizont erweckte in ihr die Illusion von Grenzenlosigkeit.

Elyano stand mit dem Rücken zu ihr, nur wenige Meter entfernt. Seine Arme waren weit aufgespannt und Federn bedeckten sie, wanderten unaufhaltsam zu seinem Rücken vor. Schlagartig verflog die trügerische Müdigkeit in Siandra. Sie verschwendete keine Gedanken an das Warum, dachte nur daran, dass sie ihn verlieren würde, wenn er einen weiteren Schritt machte. War es sein Rabe, der nach ihm rief? Oder war es Rotkäppchens Fluch?

„Elyano", flüsterte sie und stand langsam auf. Behutsam tastete sie sich an ihn heran. „Tu das nicht."

Doch Elyano reagierte nicht auf ihre Worte. Er murmelte etwas in der dunklen, rauchigen Sprache seiner Heimat und schien in Gedanken schon längst an einem anderen Ort, hoch oben in den Lüften. Erst, als sie seinen Rücken berührte, regte sich etwas in ihm. Er schüttelte sich kurz, kaum wahrnehmbar, ehe er sich zögerlich zu ihr umdrehte. Er sah ihr ins Gesicht, doch er sah sie nicht an. Er war ihr nah und doch unendlich weit entfernt. Wieder wollte er sich umdrehen, machte einen weiteren Schritt.

„Nein, bleib!", rief sie erschrocken und Elyano hielt tatsächlich inne.

„Was hält mich noch hier?", flüsterte er und seine Stimme klang bitter. „Was hält mich noch an dieser Welt?"

Siandras Hals brannte vor Tränen und der Knoten in ihrer Brust wollte sich einfach nicht lockern. „Du darfst nicht verschwinden", flüsterte sie und musste ein Schluchzen unterdrücken. Sie strich ihm sanft über die Wange. Seine Haut war kalt und glatt wie Marmor, als wäre alles Leben auf einen Schlag entwichen. „Bitte", flehte sie und umfasste sein Gesicht mit den Händen. „Du musst zurückkehren. Nach Hause." Sie küsste ihn, spürte wie stumme Tränen über ihre Wangen liefen. Seine Lippen waren kühl, wie seine Haut, als hätte er sie schon längst verlassen. „Kehr zu mir zurück."

Der Schatten einer Erinnerung huschte über sein Gesicht, doch noch immer war sein Blick glasig und seine Augen wie ein Fetzen der Nacht. Wieder küsste sie ihn, drängender, verzweifelter und plötzlich spürte sie, dass sich etwas in ihm regte. Wärme strahlte ihr entlegen, als er ihren Kuss erwiderte und sie dichter an sich zog. „Eorlina", flüsterte er an ihren Lippen. „Goldmarie."

22. Eine Zeit zu finden und zu verlieren

Als sie sich voneinander lösten, standen sie wieder im Orden der Jäger. Das Versteck der Zwillinge lag unverändert vor ihnen. Als Elyano mit reglosem Gesicht auf Rotkäppchen zuging, brach alles über Siandra ein. Ariel... Fynn... Llwyn... „Oh mein Gott, Llwyn", rief sie und riss Elyano aus seinen bitteren Gedanken. Sein Blick schoss durch den Raum, an dem bewusstlosen Hänsel vorbei und fand seine Schwester schnell auf dem breiten Sofa, halb kauernd, halb liegend. „Was hat sie ihr nur angetan?", flüsterte Siandra und trat besorgt an ihn heran.

Doch Elyano atmete erleichtert auf. „Sie schläft nur."

„Elyano...", flüsterte Siandra. Verzweifelt suchte sie nach Worten, rang mit ihren Tränen.

Alarmiert erhob er sich, als er in ihr Gesicht sah. „Was ist los? Ist alles in Ordnung mit dir?", fragte er und griff nach ihren Händen. Sanft strich er über die Schnitte auf ihrer Haut, doch nicht das war es, was Siandra beinahe verzweifeln ließ.

Sie nickte, dann schüttelte sie den Kopf. „Ariel... Fynn..."

Elyanos Augen weiteten sich vor Schock. Dann sprang er auf und rauschte an ihr vorbei. „Fynn!" Immer wieder brüllte er den Namen seines Bruders, während sie durch die Gänge des Ordens liefen und seine Stimme zerriss ihr Herz.

Der Orden bot ein Bild der Zerstörung. Überall fanden sie Spuren von Kämpfen, Blut und die Überreste von Jägern und Wölfen. „Nein", hauchte Elyano und sie entdeckte, was er gesehen hatte.

Fynn lag noch dort, wo Pyrros ihn zurückgelassen hatte, in der Lache seines eigenen Blutes, doch nun lehnte er mit dem Rücken an der Wand. Sein Gesicht war blass und sein Brustkorb war bewegungslos. Mit einem tonlosen Schluchzen fiel Elyano neben seinem Bruder auf die Knie. Tränen liefen über seine Wangen und vermischten sich mit Fynns Blut. Siandra hatte Elyano noch nie zuvor weinen gesehen und der Anblick ließ die Wunde in ihrer Seele erneut bluten.

Sie hatten Rotkäppchen vernichtet. Sie war fort und ihre Jäger schienen sich in alle Winde verstreut zu haben. Der Tod ihrer Herrin hatte alle Eide, die sie an sie und ihre Ideale banden, gelöst. Sie hatten keinen Grund mehr zu kämpfen. Selbst die Wölfe waren verschwunden. Sie fragte sich, was wohl aus Pyrros geworden war und ob einer der Jäger ihn bezwingen konnte, doch sie glaubte nicht daran. Nicht einmal Ariel hatte dies vermocht. Als sie an den Hüter des Ordens dachte, überkam sie Trauer, die sich fest um ihr Herz legte. Trotz allem, was zwischen ihnen geschehen war, trotz dem, was sie war, hatte er sich für sie eingesetzt und für sie gekämpft. Es wäre ein Leichtes für ihn gewesen, sie an Rotkäppchen auszuliefern, doch er hatte es nicht getan.

Auch Siandra liefen Tränen über das Gesicht, als sie sich neben Elyano kniete und nach Fynns Hand griff. Plötzlich trug die Luft raue Worte an ihr Ohr. Sie waren so leise, dass sie fast untergingen. Fast zeitgleich spürte sie den schwachen Puls an Fynns Handgelenk. Seine Lider flatterten, als er schwach ihre Hand umklammerte. Ein Sturm aus Empfindungen stand auf Elyanos Gesicht geschrieben. „Er lebt!", keuchte er.

Leise strich der Wind durch das uralte Gemäuer. Ein Frösteln schüttelte Siandra und sie zog ihre Jacke noch ein wenig enger um sich, doch auch das konnte die Kälte in ihrem Inneren nicht vertreiben. Selbst die Nähe zu Elyano und der Arm, den er um ihre Hüfte geschlungen hatte, konnten nichts daran ändern.

Ihr Blick wanderte zu Llwyn, die mit blassem Gesicht auf der anderen Seite ihres großen Bruders stand und seine Hand fest umklammert hielt. Siandra schaffte es kaum die Augen wieder auf den Sarg zu richten, der vor ihnen aufgebahrt war. Inmitten der Anderen zollte sie den gefallenen Jägern und Ariel Respekt. Der Kampf mit Rotkäppchen und ihren Anhängern hatte enorme Verluste gekostet. Doch auch, wenn Pyrros entkommen konnte, war die Gefahr gebannt. Rotkäppchen war fort und würde nicht zurückkehren.

Siandra schenkte den Worten des Pfarrers kein Gehör. Sie war sich nicht einmal sicher, ob die Jäger ihn bestochen hatten, oder ob er einer von ihnen war. Immerhin war dies keine offizielle Gedenkfeier der Stadt. Es war eine Gedenkfeier der Jäger.

Sie hatten sich in einer Halle tief unter dem Orden versammelt. Dunkle Schieferplatten bedeckten die Wände und Siandra konnte die hellen Buchstaben erkennen, die in sie eingelassen worden waren. Namen derer, die es nicht geschafft hatten.

Der Pfarrer, der immer wieder ein wenig nervös in die Menge schielte, passte mit seinen bibelkundigen Sprüchen einfach nicht in das Bild des Ordens.

„Ariel hat das sonst immer gemacht", flüsterte Elyano leise. Er warf seinem Bruder einen besorgten Blick zu, der etwas abseits neben Aisling, in einem Rollstuhl saß. Sein Gesicht war immer noch von Müdigkeit und Schmerzen bestimmt und seine Züge waren bitter. Elyano seufzte. Ob er ihnen die Entscheidung, die sie getroffen hatten – treffen mussten – jemals verzeihen würde?

„Mach dir keine Sorgen", flüsterte Siandra. „Er wird sicherlich damit zurechtkommen. Er hat überlebt."

Elyano lacht bitter auf. „Er ist ein Jäger. Er wird niemals damit zurechtkommen."

„Vielleicht geht es ihm bald wieder besser."

„Ja", flüsterte Elyano leise in ihr Haar. „Vielleicht geht es ihm bald wieder besser."

„Alles was auf der Erde geschieht, hat seine von Gott bestimmte Zeit", sagte der Pfarrer und ließ seine kleinen, grauen Augen hinter seiner der Brille über die Jäger wandern. Siandra konnte sich kaum vorstellen, dass auch nur einer der Jäger an die Bibel glaubte, genauso wenig, wie sie. Und doch erfüllten die Worte sie mit einer unglaublichen Ruhe und vermochten es fast, den Knoten in ihrer Brust zu lösen, der sie seit dem Kampf mit Rotkäppchen im eisernen Griff hatte. Sie schloss die Augen, als er fortfuhr.

„Eine Zeit geboren zu werden und zu sterben, einzupflanzen und auszureißen, zu töten und Leben zu retten."

Siandra dachte an all die Jäger, die an diesem Tag ihr Leben gelassen hatten. An Ariel, der für Elyano mehr Vater gewesen war, als es sein eigener jemals sein könnte. Und sie dachte an Fynn, der dem Tod nur knapp entronnen war und für den nun alles ganz anders sein würde.

„Niederzureißen und aufzubauen. Zu weinen und zu lachen. Wehzuklagen und zu tanzen. Sich zu umarmen und sich aus der Umarmung zu lösen. Zu finden und zu verlieren."

Siandras Blick wanderte kurz zu Elyano und instinktiv schmiegte sie sich enger an ihn. Elyano starrte gebannt auf den Pfarrer, doch sie bemerkte, wie er immer wieder besorgt zu seinem Bruder herüber schielte. Der Schleier, der sie tröstend umgab, flackerte immer wieder und sie spürte die Unruhe in ihm, die Sorge und auch die Trauer.

„Es gibt eine Zeit aufzubewahren und wegzuwerfen, eine Zeit zu zerreißen und zusammenzunähen, zu schweigen und zu reden. Das Lieben hat seine Zeit und das Hassen, der Krieg und der Frieden."

Als der Pfarrer geendet hatte, verstreuten sich die Jäger in alle Winde, hielten vor den Schieferplatten kurz inne und verließen die Gruft. Elyano trat auf Fynn zu, doch da hatte er schon den Rollstuhl mit einer Hand mühsam gewendet und sich den anderen angeschlossen. Neben ihm versuchte Aisling, ihm zu helfen, doch der Jäger stieß ihre Hand weg. Ihre Stimmen waren zu leise, um zu verstehen, doch Siandra sah, dass Aisling mit den Tränen kämpfte. Ihr Blick traf Elyano und sie schüttelte kaum wahrnehmbar den Kopf. Später, formten ihre Lippen stumm, ehe sie ihrem Gefährten folgte.

„Er wird mir nie verzeihen", flüsterte Elyano tonlos.

Behutsam legte Siandra ihre Hand auf seine Brust, ließ ihren Kopf folgen und schmiegte sich an ihn. Sie hätte ihn in dieser einen Nacht verlieren können und jedes Mal war sie noch dankbarer dafür, dass es nicht dazu gekommen war. Doch Andere hatten nicht so ein Glück gehabt. Stumm nickte sie Teddy zu, der Becca behutsam aus der Gruft heraus dirigierte. „Gib ihm Zeit", flüsterte Siandra, doch ihr Rabe schien ihr nicht zuzuhören.

„Nein", hauchte er. „Er wird uns die Entscheidung, die wir getroffen haben, niemals vergeben."

„Aber ohne die Hilfe von Ärzten wäre er gestorben!"

Elyano schwieg. Er sprach nicht aus, dass sein Bruder den Tod einem solchen Schicksal vorgezogen hätte und dies auch für jeden anderen Jäger galt.

Ein letztes Mal drehte Siandra sich zu Ariels Sarg um und erstarrte. Sie kannte den Mann, der als Einziger noch dort stand, auch wenn sie ihn noch nie von Angesicht zu Angesicht getroffen hatte. Er trug einen schlichten Anzug und seine blonden Haare lagen akkurat an seinem Kopf an. „Vater", flüsterte Siandra, so leise, dass nicht einmal Elyano sie hörte.

Doch dann verschwand Shaikos Beleton. Er löste sich von dem Sarg und wurde eins mit der Menge. Siandras Augen suchten die Gruft nach ihm ab, doch sie konnten ihn nicht mehr finden.

Fynn ging es nicht gut, das konnte jeder sehen. Mit einem bitteren Zug um den einst so fröhlichen Lippen stand er am Fenster und starrte in die Ferne. Er hielt sich an dem steinernen Fensterbrett fest, um nicht das Gleichgewicht zu verlieren und sein Bein zu entlasten. Es ging ihm nicht gut. Obwohl seine Verletzungen langsam heilten und er sich bereits wieder auf den Beinen halten konnte, würde es nie wieder so sein, wie zuvor.

Elyano, Siandra und Aisling saßen auf dem Sofa und beobachteten ihn, auch wenn sie vorgaben, es nicht zu tun. Er spürte ihre besorgten Blicke wie Messer in seinem Rücken. Aber er brauchte ihr Mitleid nicht. Mit der rechten Hand griff er nach dem Dolch, der auf der Fensterbank lag. Aislings Dolch. Doch seine Bewegungen waren schwerfällig geworden. Nur mit ganzer Kraft schaffte er es die Hand um den Griff zu schließen. Sie zitterte vor Anstrengung, als er versuchte die Waffe zu heben. Einen halben Meter schaffte er, ehe sie mit einem Klirren zu Boden fiel. Alles in ihm brüllte vor Zorn. Wütend trat er gegen den Schrank, doch er vergaß sein linkes Bein und wäre beinahe gestürzt, hätte nicht Aisling plötzlich neben ihm gestanden.

Sanft strich sie über seine Wange, aber sie vermochte es nicht, sein Herz zu erreichen. „Quäle dich nicht, mo cridhe."

„Du hast doch keine Ahnung", sagte er bitter und humpelte auf eine Krücke gestützt zu einem der Sessel herüber. Er war ein Krieger, eingesperrt in einen zerstörten Körper. Sie hatten doch keine Ahnung, wie er sich fühlte... und was Ariel von ihm verlangte. Vor dem Angriff hatte er nur Elyano von den Plänen erzählt, die der Hüter des Ordens mit ihm hatte und von dem Brief an die Räte. Doch er wusste, dass er es nicht ewig geheim halten konnte. Der Orden brauchte immer einen Hüter und Ariel hatte seinen Nachfolger bereits gewählt.

Er spürte Elyanos Blick auf sich liegen. Er hatte ihn schon am Morgen dazu gedrängt, es Aisling zu sagen. Spätestens auf dem Fest zum Jahreswechsel würden es alle erfahren. Denn dort würden die Ratsmitglieder und die Fürsten aus dem ganzen Reich zusammenfinden und über die Zukunft entscheiden. Aber er konnte es nicht. Ariel würde nicht wollen, dass er seine Nachfolge übernahm. Nicht so.

„Entweder du sagst es ihr, oder ich werde es tun", sagte Elyano kühl und verschränkte die Arme vor der Brust. Fynn funkelte ihn nur zornig an.

„Wovon spricht er?", fragte Aisling neben ihm. Er sah den Schmerz in ihren Augen und hasste sich dafür, dass er für ihn verantwortlich war.

„Elyano", knurrte er drohend, doch sein Bruder hörte nicht auf ihn.

„Erzähl ihr von Ariels letzten Anweisungen und den Plänen, die er mit dir hatte."

„Das ist völlig unwichtig", fuhr Fynn ihn an und krallte seine gesunde, linke Hand in die Lehne des Sessels. „Es hat sich alles verändert. Er würde nicht wollen..."

„Er wollte dich als seinen Nachfolger!", erwiderte Elyano nicht weniger laut. „Nicht Zephir, Aiofé, oder mich. Er wollte dich! Ariel wusste, was er tat. Er hätte dich nicht gewählt, wenn..."

„Sieh mich doch an, Elyano! Siehst du einen Krieger? Nein! Ich bin nicht mehr das, was Ariel in mir gesehen hat und ich werde auch nie wieder so sein. Ich bin nur noch ein verdammter Krüppel, wie soll ich also den Orden führen? Ich kann mir nicht vorstellen, dass Ariel das gewollt hätte. Er sagte, ich wäre der Einzige, der sie aufhalten könnte. Rotkäppchen ist besiegt! Und wen sollte ich so schon aufhalten können?!"

„Fynn...", flüsterte Aisling und legte eine Hand auf seine Schulter, doch er wischte sie in einer fahrigen Bewegung fort.

„Pyrros hat mir nur die Flügel gebrochen, obwohl er meinem Leben ein Ende gesetzt haben könnte. Es war mein Schicksal in dieser Schlacht zu fallen. Ihr hättet mich sterben lassen sollen und mich nicht in diesen zerfallenen Körper einsperren dürfen..."

Er stockte, als Aisling ihm eine Ohrfeige verpasste. Tränen funkelten in ihren Augen, als sie sich umdrehte und den Raum verließ.

Siandra zögerte nicht lange, ehe sie aufsprang. Gedämpft hörte sie Fynns und Elyanos Stimmen durch die Tür, die sich wütend anbrüllten, als sie der Jägerin über den Gang folgte.

Siandra fand Aisling in einem der großen Badezimmer. Die Jägerin lehnte sich über das Waschbecken, um sich Wasser ins Gesicht zu schaufeln.

„Aisling", flüsterte Siandra behutsam und trat an sie heran, doch sie schien keine Notiz von ihr zu nehmen. „Er hat das sicher nicht so gemeint."

Aisling fuhr ruckartig herum. „Doch, hat er. Und ich nehme es ihm nicht einmal übel. Eigentlich. Jeder von uns würde genauso reagieren. Niemand weiß, ob er je wieder eine Klinge führen kann, oder ob sein Knie für immer steif bleibt. Und doch..."

„Er hat überlebt, wo viele anderen gestorben sind."

Aisling nickte traurig. „Ja. Er hat überlebt." Schweigend ließ sie sich auf dem Boden nieder und Siandra tat es ihr gleich. Aisling sah noch mieser aus, als sie sich fühlte. Die Sache mit Fynn setzte ihr ordentlich zu.

„Wird er es schaffen, damit klarzukommen?"

„Ich weiß es nicht", flüsterte Aisling.

„Hast du davon gewusst? Ich meine die Sache mit Ariel..."

Doch die Jägerin schüttelte den Kopf. „Ich hatte keine Ahnung."

Was hatte Ariel dazu bewogen, Fynn als seinen Nachfolger auszuwählen und nicht eines seiner Kinder? Und was meinte er damit, dass nur er sie aufhalten konnte? Sprach er wirklich von Rotkäppchen? Rotkäppchen ist tot, versuchte sie sich selbst zu beruhigen, doch sie konnte die Unruhe einfach nicht aus ihrem Körper vertreiben. Hitze schien förmlich durch ihre Adern zu jagen. „Was wird er jetzt tun?", fragte sie, um sich von dem eigenartigen Gefühl abzulenken.

„Er wird sich Ariels Willen beugen – oder den Eid brechen. Eine andere Wahl hat er nicht. Ob er seine Sache nun gut machen wird, oder nicht. Egal, wie die Dinge stehen. Auf dem Fest zum Jahreswechsel muss er dem Rat seine Entscheidung bekannt geben. Auch wenn es für ihn niemals eine Entscheidung gegeben hat."

„Aber ist es für Fynn nicht die richtige Entscheidung?", fragte Siandra und strich sich über die Arme. Es fühlte sich fast so an, als würden tausende von Ameisen durch ihren Blutkreislauf krabbeln. „Er würde die Fäden in der Hand halten und müsste nicht kämpfen. Ariel hat doch auch stets delegiert."

„Die Frage ist, ob die anderen Jäger ihm folgen werden. Egal, ob Ariel selbst in den Kampf gezogen ist, oder nicht, er war stets ein fähiger Krieger. Und die Frage bleibt, ob Fynn es selbst schafft, damit zu leben. Er ist ein Vogel ohne Flügel. Ich weiß nicht, ob er stark genug ist, diesen Verlust zu überstehen."

„Er hat es geschafft, deinen Verlust zu überstehen", flüsterte Siandra und kramte ein Lächeln hervor, auch wenn sie das Gefühl hatte, von innen zu verbrennen. „Und jetzt stehst du an seiner Seite. Er wird es schaffen, da bin ich mir sicher."

Aisling erwiderte ihr Lächeln, doch dann weiteten sich ihre Augen. „Siandra! Dein Arm!"

Und dann erkannte Siandra, was sie meinte. Die Linien an ihrem Handgelenk waren plötzlich wieder deutlich sichtbar. Sie hatten sich über ihren ganzen Arm ausgebreitet und pulsierten, als seien sie lebendig. Ein eigenartiges Flimmern ging von ihnen aus und ein Gefühl machte sich in Siandra breit, ein Gefühl von Stärke und Euphorie, als würde ihr alles gelingen.

Hastige Schritte näherten sich und ehe sie sich versahen, wurde die Tür aufgerissen. Doch die Tür schlug gegen den Stopper und prallte zurück – direkt gegen Elyanos Kopf. „Siandra?", fragte er und hielt sich die schmerzende Stirn. „Was ist passiert? Ich habe gespürt... Der Eid... Irgendetwas hat sich verändert." Als er zu Siandra sah und seine Augen ihren Arm streiften, erstarrte er. Er wechselte einen kurzen Blick mit Aisling, doch er schwieg.

Verwirrt sah Siandra zwischen den beiden hin und her. Wussten sie etwas, das sie nicht wusste? „Was ist los?", fragte sie und erschrak, als sie erneut auf ihren Arm sah. Die eigenartigen Linien waren verschwunden. Nicht einmal die verblassten Muster auf ihrem Handgelenk waren noch zu sehen. „Was geht hier vor?"

Elyano ließ sich vor ihr auf den Boden sinken. „Der Eid hat sich verändert."

„Er ist verschwunden."

Elyano zögerte kurz, ehe er nickte. „Zum Teil jedenfalls."

Verwirrt sah Siandra zu Aisling herüber. Was hatte das zu bedeuten? „Du hast deine Entscheidung getroffen", flüsterte Aisling.

Entgeistert starrte Siandra sie an. Ihre Entscheidung? Aber das war nicht möglich. „D-das kann nicht sein", stammelte sie. „Ich habe nichts getroffen. Ich habe kein Wort gesagt."

„Manche Entscheidungen muss man nicht aussprechen, um sie zu treffen", sagte Elyano und jagte ihr mit seinem Lächeln einen wohligen Schauer über den Rücken. Dann streckte er ihr die Hand entgegen, um ihr aufzuhelfen. „Komm. Lass uns zu Fynn zurückgehen."

Das Fest zum Jahreswechsel tobte bereits seit einigen Stunden und der ganze Orden war voller Gäste. Viele von ihnen hatte Siandra noch nie zuvor gesehen. Elyano hatte ihr erklärt, dass nicht alles Jäger waren. Vertreter sämtlicher Gesellschaftsschichten waren gekommen, um mit ihnen das neue Jahr zu begehen. Ratsmitglieder, aber auch unzählige Abgesandte angesehener Familien. Nur die Fürstin Aschenputtel war noch nicht eingetroffen.

Die Bremer Stadtmusikanten standen auf der Bühne und spielten ein Lied nach dem anderen. Doch entgegen Siandras Erwartungen waren es keine Tiere, die die Instrumente hielten, auch wenn der Kerl an der Gitarre mit den langen Ohren und dem Pferdegebiss ein wenig wie ein Esel aussah, die Frau am Klavier sehr katzenhafte Augen hatte und der Typ am Schlagzeug mit seinem Irokesenschnitt einem Hahn zum Verwechseln ähnlich sah. Mit einem leichten Lächeln im Gesicht schmiegte Siandra sich enger an Elyano, der sie zu den Klängen von Moon River über die Tanzfläche führte. Ein Windhauch erfasste ihr Kleid, doch ihr war nicht kalt. Der Spätsommer hatte Einzug gehalten. Bald schon würden die Tage kürzer und die Nächte länger, doch noch war es nicht soweit. Wer wusste schon, was die nächsten Wochen und Monate für sie bereithalten würden? Die Schlacht mit Rotkäppchen hatte hohe Verluste gefordert und sie wussten nicht, ob die Gefahr endgültig gebannt war. Oder wie Fynn sich entscheiden würde.

Den ganzen Abend gab es keine Spur von Fynn. Nur Aisling hatte sie kurz gesehen, als die Jägerin schnellen Schrittes den Raum durchquert hatte, die Augen rot vom Weinen. Siandra fragte sich, wo er wohl steckte und wie es ihm ging.

Siandra runzelte die Stirn, als ihr Blick auf Aiofé fiel, die an der Bar saß und lachend ein Schnapsglas abstellte. Zwei junge Männer saßen rechts und links von ihr. Einer von ihnen beugte sich zu ihr herüber und flüsterte ihr etwas ins Ohr. Die Jägerin kicherte und schlug spielerisch nach ihm, ehe sie nach dem nächsten Kurzen griff und mit den Männern anstieß.

Auch Elyano beobachtete die Szene mit zusammengekniffenen Augenbrauen. „Warte mal kurz", sagte er und löste sich von Siandra. Er rief Aiofés Namen, doch sie ignorierte ihn oder bemerkte ihn nicht. Als er sie schon fast erreicht hatte, kam Zephir auf ihn zu. Er legte die Hand auf seine Schulter und der Rabe begriff, zog sich wieder zurück. Zephir zerrte seine Schwester von der Bar weg. Aiofé versuchte sich aus seinem Griff zu befreien, zischte ihn wütend an, doch Siandra verstand nicht, was sie ihm an den Kopf warf, auch nicht, was Zephir seiner Schwester antwortete. Die Musik überdeckte den Streit der Geschwister, doch auf einmal schien Aiofés Wut umzuschlagen. Ihre Beschimpfungen wichen Schluchzern, als Zephir sie an sich zog und aus dem Saal führte.

Auch als Elyano wieder den Arm um sie gelegt hatte, war Siandra immer noch fassungslos. Sie bemerkte Elyanos warmen Atem kaum, der über ihre Haut strich. „Nach dem Tod ihrer Mutter hatte Aiofé es ziemlich schwer", flüsterte Elyano leise. „Mehr noch als ihr Bruder. Sie konnte mit ihrer Trauer nicht umgehen. Sie ist erst zu mir gekommen, als sie schon fast nicht mehr ohne Oxycodon und Alkohol konnte."

„Deshalb hast du gestern mit Zephir gesprochen?", fragte sie vorsichtig.

Elyano nickte. „Er macht sich große Sorgen, dass sie jetzt, nach der Sache mit Ariel einen Rückfall erleidet. Ich mache mir die gleichen Sorgen."

Sanft strich Siandra über seine Brust. „Wie geht es Zephir?" Sie hatte ihn in den letzten Tagen kaum zu Gesicht bekommen. Er war immer unterwegs gewesen, hatte freiwillig Patrouillen übernommen und schien sich selbst nicht zur Ruhe kommen zu lassen.

Elyano seufzte. „Nicht sonderlich gut. Aber er wird es überstehen."

Siandra schwieg und schmiegte sich an Elyano, bewegte sich zu der langsamen Musik. Ihre Gedanken wanderten von Zephir und Aiofé zu Ariel und den ganzen anderen Jägern, die sie im Kampf verloren hatten. Und mehr als einmal war sie dafür dankbar, dass ihr Rabe ihr geblieben war.

„Alles in Ordnung, Eorlina?", flüsterte Elyano ihr ins Ohr und riss sie aus ihren trüben Gedanken.

„Natürlich", erwiderte sie lächelnd, als er sie auf den Balkon führte. Der frühe Abendwind strich um ihre nackten Beine und ließ sie frösteln, doch da trat Elyano hinter sie und zog sie dicht an sich heran, vertrieb die Kälte aus ihrem Inneren. „Ich frage mich nur, wie man auf die Idee kommen kann, im Sommer einen Jahreswechsel zu feiern."

„Wir ‚Märchenwesen' kommen schon auf eigenartige Ideen. So ist sie nun einmal, meine Welt."

„Und nun auch meine", flüsterte sie und drehte den Kopf, um ihn zu küssen. Sie spürte, wie sich seine Lippen zu einem Lächeln formten. Eine Welt voller Märchen und Magie und sie steckte mittendrin. Auch wenn sie niemals darum gebeten hatte, in diese ganze Sache hineinzugeraten, bereute sie keinen einzigen Schritt, keine Entscheidung, denn alle hatten zu ihm geführt.

Ein Krächzen durchbrach die Stille der Abenddämmerung, als ein Rabe anflog und sich in die Wipfel eines Baumes setzte. Ein Müller hatte einst sieben Söhne... Das Märchen war tatsächlich wahr und doch so falsch. Denn in den Geschichten und Märchen ihrer Kindheit ging alles gut aus und Jeder lebte glücklich bis an sein Lebensende, anders als in der Realität.

Elyano bemerkte ihre aufkommende Trauer und strich sanft über ihre Wange. Er brauchte nichts zu sagen, seine Berührung schaffte es fast, den Schatten von ihrer Seele zu wischen. Und wieder spürte sie den warmen Schleier, der sie umgab und den letzten Rest ihrer Sorgen verjagte.

„Was ist das?", fragte sie und lehnte ihre Stirn an seine Schulter.

„Was meinst du?"

„Dieser seltsame..." Sie suchte nach Worten. „Schleier. Er kommt und geht, wird stärker und schwächer. Was hat es damit auf sich?" Sie löste sich ein Stück weit von ihm, um ihn anzusehen.

Doch Elyano lächelte, küsste sie sanft, ehe er zum Sprechen ansetzte. „Daran scheint der Rabe, der mir einst den Fluch gebracht hat, Schuld zu sein. Denn durch ihn spüre ich dich, wenn du nicht in meiner Nähe bist. Es scheint aus unserer Verbindung hervorzugehen. Der Eid, den ich sprach, um dich zu schützen und der mich gleichzeitig an dich band."

Siandra sah ihn einen Moment lang nur stumm an. Hatte Aisling deshalb so seltsam reagiert, als sie davon erfahren hatte? Was hieß das für sie beiden? Doch ein anderer Gedanke drängte sich an die Oberfläche. „Aber der Rabe ist fort", warf Siandra ein. „Du hast ihn hinter dir gelassen. Wie kann ich den Schleier dann immer noch spüren und du mich?"

Elyano atmete tief durch. „Der Rabe in mir ist nicht fort. Er ist verstummt, doch er wird niemals ganz verschwinden. Er ist ein Teil von mir und wird bis zu dem Moment sein, da ich diese Welt verlasse. Mach dir keine Sorgen", fügte er hinzu, als er in ihr entsetztes Gesicht sah. „er hat keine Macht mehr über mich. Nie wieder."

Beruhigt atmete sie auf, als er sie erneut in seine Arme zog und sein Kinn auf ihr Haar bettete. Doch sie spürte auch, dass das nicht alles war. Dass er ihr etwas verschwieg. Eine Zeit lang beobachtete sie nur still die Wolken, die am Abendhimmel vorüberzogen und lauschte den gedämpften Liedern. „Kann ich dich etwas fragen?"

Sie spürte, wie Elyano nickte. „Alles", flüsterte er in ihr Haar.

„Deine Beziehung zu Rotkäppchen war … eng. Du bist ihr in die Schlacht gefolgt und warst ihr wichtigster Berater. Wann hast du dich dazu entschlossen, dich von ihr loszusagen?"

Es dauerte einen Moment, bis Elyano zum Sprechen ansetzte. „Ich war so blind. Ich glaubte, sie zu lieben, doch das war ein Irrtum." Er atmete geräuschvoll ein. „Ich liebte die Illusion, die ich mir selbst erschaffen hatte. Deshalb glaubte ich an ihre Ideale, folgte ihnen, ohne sie zu hinterfragen. Sie war eine Konstante in meinem Leben, die ich lange Zeit nicht aufgeben wollte. Bis ein lieber Freund mich wachgerüttelt hat."

„Stefano?"

Er nickte. „Ihr Bruder hatte den Wahnsinn, der sie ergriff, schon früh gespürt", fuhr er mit belegter Stimme fort. „Sie haben sich früher so nahe gestanden. Doch das war, bevor Alessandra nur noch von dem Gedanken an Macht kontrolliert wurde. Stefano versuchte mich zu warnen, doch ich wollte nicht auf ihn hören, glaubte nicht, was er mir zu sagen versuchte. Aber dann kamen diese Unfälle und meine Brüder Matthew und Eideard fanden den Tod. Und Stefano zeigte mir die Wahrheit, vor der ich mich so lange versteckt hatte. Ich begriff, dass nicht allein Pyrros Wunsch nach Rache hinter den Unglücken steckte, sondern Alessandra, die aus dem Zwielicht heraus die Fäden zog."

Siandra griff nach seinen Händen, als er kurz stockte, doch sie sagte nichts und wartete stumm, bis er die Worte wiederfand.

„Ich schaffte es zu fliehen, nachdem ihr auch meine anderen Brüder zum Opfer gefallen waren, doch Stefano blieb zurück. Ich habe ihn mit dem Wahnsinn seiner Schwester allein gelassen und dafür musste er den Preis zahlen."

Siandra drehte sich in seinen Armen zu ihm um. „Es war nicht deine Schuld. Niemand hätte ahnen können, was Rotkäppchen ihrem eigenen Bruder antun würde."

Elyano wollte etwas erwidern, doch dann schien sich sein ganzer Körper mit einem Mal anzuspannen. Beunruhigt folgte sie seinem Blick und entdeckte, was er gesehen haben musste: eine vermummte Gestalt war zwischen den Bäumen hervorgetreten und folgte dem verschlungenen Weg über die Wiese zum Hintereingang des Ordens. „Was zum...?", setzte Elyano an und zog Siandra mit sich.

In Windeseile hatten sie sich durch die Masse der Feiernden hindurchgeschoben. Niemand schien von ihnen Notiz zu nehmen. Niemand außer einem.

„Was ist los?", fragte Heinrich und folgte den beiden. Elyano antwortete nicht. Er hielt erst an, als sie die Hintertür erreicht hatten. „Würdest du mir bitte erklären...", verlangte Heinrich, doch dann erklang ein dumpfes Klopfen an der Tür. Hektisch, fast schon ein wenig verzweifelt.

Elyano und Siandra wechselten einen kurzen Blick, ehe der Rabe zur Klinke griff und die Tür aufzog.

Im ersten Moment glaubte Siandra, Pyrros unter dem schweren, dunklen Mantel zu sehen, doch als der Fremde die Kapuze zurückschlug, erkannte sie, dass sie sich geirrt hatte.

„Mein Fürst", sagte Elyano und deutete eine Verbeugung an. Siandra und Heinrich taten es ihm gleich.

Der Blick des Fürsten war unruhig, fast schon nervös. „Ich brauche eure Hilfe. Als mein Orden müsst ihr mir helfen", sagte er und seine Stimme hatte etwas Flehendes an sich. „Es geht um Aschenputtel."

Einfach mal Danke sagen

Hinter einem Buch stehen immer mehr Personen, als auf dem Umschlag stehen. Es würde lange dauern, all die Personen aufzuzählen, die Rabenlied zu dem gemacht haben, was es nun ist und es würde vermutlich in einer klischeehaften Aufzählung enden – und das will doch nun wirklich niemand.

Meine Eltern haben mich immer in meinem Tun unterstützt und es zerreißt mich, dass mein Vater, das hier nicht mehr miterlebt. Aber neben meiner Familie gibt es so unzählig viele Menschen, denen ich danken muss. Allen voran meiner lieben Freundin Annelie Michaelis, die wohl den größten Anteil daran hatte, dass diese Geschichte letztlich ein Ende finden konnte. Sie kannte Rabenlied noch unter einem anderen Namen, in einer Version, in der Becca noch Sarina hieß und Siandra einen kleinen Hund hatte. Ein großer Dank geht auch an die Thalianer aus Bergisch Gladbach, meine lieben Arbeitskollegen, die mir meinen Weg gezeigt haben. Danke an Benedikt Steuer und Vanessa Harings, die die Geschichte auf Herz und Nieren geprüft haben. Genau wie sie, haben auch Paisley und die liebenswert Verrückten aus der Kreativschreibstube einen großen Anteil daran, dass Rabenlied zu dem geworden ist, was ihr nun in den Händen haltet.

Ein großer Dank geht auch an Natalja Pohlmann, die mich gecoacht und dazu motiviert hat, das Wissen, das ich in meinem Brotjob mit den Werken anderer gelernt habe, für mich selbst umzusetzen und es einfach zu wagen. Auch wenn es sie vermutlich selbst den ein oder anderen Nerv gekostet hat. Danke dafür.

Ich bin glücklich, es gewagt zu haben, diese Geschichte mit euch zu teilen, die mich schon so lange verfolgt. Deshalb geht mein größter Dank an jeden einzelnen Leser, den ich in diese Welt entführen und mit denen ich meine liebgewonnenen Charaktere teilen durfte. Danke dafür!

So geht es weiter...

Band 2: Rabenschwinge – Ewig dein

Erhältlich: Winter 2017/2018

Nur du kannst sie aufhalten. Ariels Worte verfolgten Fynn, als er sich mühsam die schmale Treppe hinabschleppte. Schweiß stand auf seiner Stirn und sein ganzer Körper bebte vor Anstrengung, doch er trieb sich immer weiter voran. Er war ein Jäger. Jahrelanges Training hatte ihn gestählt und zu einer tödlichen Waffe gemacht. Er konnte nicht akzeptieren, dass sich sein eigener Körper nun so gegen ihn stellte.

Wenn Aisling wüsste, dass er wieder diesen Weg in die Krypta nahm, würde sie ihn einen Kopf kürzer machen. Das heißt, das hätte sie getan, bevor Pyrros und seine Diener in den Orden eingefallen waren und der Prinz der Wölfe ihm die Flügel gebrochen hatte.

Fynn seufzte. Alle schlichen sie um ihn herum, verstummten, wenn er den Raum betrat und schafften es kaum normal mit ihm zu sprechen. Er konnte es ihnen nicht einmal zum Vorwurf machen. Der Schmerz, der ihn seit der Schlacht verfolgte, hatte sich einer Schlange gleich in seinen Brustkorb geschlichen und sich dort verbissen. Er ließ ihn nicht vergessen, weder seinen zerbrochenen Leib, noch die Last, die auf seinen Schultern lag, seit Ariel diese Welt verlassen und ihn zum Hüter des Ordens ernannt hatte.

Nur du kannst sie aufhalten. Wütend schlug Fynn gegen die harte Steinwand und brachte die Gemälde zum erzittern. Rotkäppchen war tot, ihr Orden zerschlagen. Noch vor wenigen Monaten hätte er Ariels Nachfolge mit Stolz angetreten und seine Sache gut gemacht. Doch jetzt hatte sich alles verändert. Er war kein Jäger mehr. Nur noch ein Schatten seiner Selbst. Und ein Hüter, der seinen Orden nicht mit der Klinge verteidigen konnte, war kein Hüter.

Fynn stolperte immer wieder über die steilen Treppenstufen. Selbst mit dem Gehstock in seiner Hand schaffte er es nur schwerlich, das Gleichgewicht zu halten. Es wäre gefährlich gewesen, hätte Gefahr auch nur noch irgendeine Bedeutung für ihn gehabt. Aisling. Elyano. Die Zwillinge. Sie machten sich doch alle nur etwas vor. Er würde den Orden nicht halten können. Die Jäger würden ihn nicht als Anführer akzeptieren und rebellieren. Es würde Krieg geben. Gegen wen, wusste er nicht, ebenso wenig, wie viel Zeit ihnen noch blieb. Doch er würde kommen. Die Orden der ermordeten Fürstinnen dürsteten bereits nach Rache. Die Uneinigkeiten der Adligen und Ratsmitglieder wuchsen mit jedem Tag. Nicht mehr lange und alles würde zugrunde gehen.

Als Fynn schon fast in der Krypta angekommen war, rutschte sein Gehstock auf einer glatten Stelle weg und nahm ihm das Gleichgewicht. Er fiel und kam hart auf dem Marmorboden auf. Doch der Schmerz übertönte den, der ihn bereits seit Wochen verfolgte, kaum. Einen Augenblick lang überlegte er, einfach hier liegen zu bleiben, an nichts mehr zu denken, nichts mehr zu fühlen und die Welt geschehen zu lassen. Aber dann regte er sich. Er rappelte sich mühsam auf und setzte seinen Weg fort.

Fynn beachtete die unzähligen Namen kaum, die in die Schieferplatten an den Wänden eingelassen waren. Fast schon Halt suchend, klammerte sich sein Blick an das pompöse Grab in der Mitte der Halle. Ariels Grab. Er lehnte seinen Gehstock an den dunklen Stein, doch er kippte zur Seite und fiel scheppernd zu Boden. Der Krach erreichte ihn kaum. Schwer atmend stützte er sich auf die Steinplatte. Er konnte nicht verstehen, warum Ariel so entschieden hatte. Warum hatte er nicht seinen Sohn, Zephir, als seinen Nachfolger gewählt, sondern ihn? Den Raben, der seine Schwingen verloren hatte. Ob er nun eine andere Wahl treffen würde? Fynns Schultern verkrampften sich und die Schlange in seinem Inneren wand sich fester um sein Herz. Natürlich würde er das. Ariel hätte das nicht gewollt. Doch die Entscheidung war unantastbar und seine Worte gingen Fynn nicht mehr aus dem Kopf.

Noch nie zuvor hatte es einen Wechsel der Hüter gegeben. Seit der Orden sich vor so vielen Jahrhunderten zusammengefunden hatte, war es stets Ariel gewesen, der an seiner Spitze gestanden hatte. Er hatte sich als Jäger in der Schlacht bewährt und seine Jäger folgten ihm, weil sie ihn respektierten und er ihnen Schutz versprach. Wie sollte Fynn sie nur schützen können?

Ariel. Der Gedanke an den Hüter des Ordens ließ sein Herz schwer werden. Ohne Bedanken hatte er ihn und Aisling vor so langer Zeit bei sich aufgenommen, zwei obdachlose Jugendliche, die aus ihrer Heimat geflohen waren. Er hatte sie an seinen Tisch geholt und wie seine eigenen Kinder behandelt. Er war zu ihrem Vater geworden und seine Gemahlin zu einer liebevollen Mutter. Und Aiofé und Zephir wurden zu ihren Geschwistern. Auch wenn sie den Gedanken an seine Brüder und seine Schwester nie ganz vertreiben konnten.

„Fynn?" Eine leise, fast schon scheue Stimme ließ ihn herumfahren. Aisling. Seine Miene blieb eine kalte Maske, als sie näher kam und die Arme um seinen Nacken schlang. Er wusste nicht, ob er sein Gesicht je wieder zu einem Lächeln zwingen konnte. Vielleicht hatte Pyrros ihm selbst das genommen.

Aislings Lippen strichen zaghaft über seine und einen kurzen Moment lang schloss er die Augen, spürte die Wärme, die sie verströmte, als sie sich an ihn schmiegte. Behutsam strich sie eine blonde Strähne aus seinem Gesicht und ließ ihre Finger weiter über seinen Kiefer streichen, über seinen Hals, bis sie über seinem Herzen stoppte. „Was machst du hier?", fragte sie leise.

„Den Toten die letzte Ehre erweisen. Antworten finden."

„Aber die Toten werden nicht mit dir sprechen können."

„Das weiß ich auch", erwiderte er schroffer als beabsichtigt. Mit etwas ruhigerer Stimme sagte er ein weiteres Mal: „Das weiß ich auch."

Wortlos bückte Aisling sich, um Fynns Gehstock aufzuheben. Mit einem traurigen Flackern in den Augen küsste sie ihn und gab ihm seinen Stock. „Komm", sagte sie und griff nach seiner fast schon tauben rechten Hand. „Lass uns diesen Ort verlassen."

Er nickte stumm und folgte ihr die breitere Treppe hinauf, auch wenn die Schlange in seinem Inneren fauchte und schrie, dass es keinen anderen Ort gab, an dem er lieber verweilen wollte.